Джеймс Дэшнер

Джеймс Дэшнер

БЕГУЩИЙ В ЛАБИРИНТЕ

БЕГУЩИЙ В ЛАБИРИНТЕ

ИСПЫТАНИЕ ОГНЕМ

ЛЕКАРСТВО ОТ СМЕРТИ

АСТ
москва

УДК 821.111-3(73)
ББК 84 (7Сое)-44
Д94

James Dashner

THE MAZE RUNNER

THE MAZE RUNNER
THE SCORCH TRIALS
THE DEATH CURE

Перевод с английского Д. Евтушенко («Бегущий в Лабиринте») и Н. Абдуллина («Испытание огнем», «Лекарство от смерти»)

Компьютерный дизайн В. Воронина
Художник В. Ненов

Дэшнер, Джеймс

Д94 Бегущий в Лабиринте: [сб.; пер. с англ.] / Джеймс Дэшнер. — Москва: АСТ, 2014. — 798, [2] с.

ISBN 978-5-17-087563-4

Вчера они были обычными парнями...

Сегодня они — пешки в чужой игре, похищенные неизвестно кем для участия в чудовищном эксперименте. Их память стерта. Их новый дом — гигантский комплекс, отгороженный от еще более огромного Лабиринта стенами, которые раздвигаются утром и замыкаются вечером. И никто еще из тех, кто остался в Лабиринте после наступления ночи, не вернулся... Они не сомневаются: если сумеют разгадать тайну Лабиринта, то вырвутся из заточения и вернутся домой. Итак, что же будет дальше? Кто рискнет жизнью ради других, и кто выживет в смертоносном испытании?..

УДК 821.111-3(73)
ББК 84(7Сое)-44

БИРИНТЕ

Посвящается Линетт.
За три года, пока я писал эту книгу,
ты не усомнилась во мне ни разу

ГЛАВА ПЕРВАЯ

Он очнулся в холодном мраке и вдохнул затхлый пыльный воздух. С этого мгновения для него началась новая жизнь.

Раздался громкий металлический стук; пол дрогнул и вдруг ушел из-под ног. От внезапного толчка он упал и, неуклюже барахтаясь, попытался встать. Несмотря на холод, лоб покрылся капельками пота. Поднявшись, он оперся спиной о твердую металлическую стену, какое-то время скользил вдоль нее, затем уткнулся в угол. Сполз на пол, прижал колени к груди и крепко обхватил их руками, надеясь, что глаза скоро привыкнут к темноте.

После очередного толчка комната начала двигаться вверх, точь-в-точь как старый подъемник в горнорудной шахте.

Резкий скрежет цепей и вращающихся блоков, какой можно услышать лишь в цехах древнего завода, наполнил кабину, отражаясь от стен гулким эхом. Темный лифт продолжал подниматься, медленные покачивания взад-вперед вызывали тошноту. Совсем дурно стало, когда в нос ударил запах горелого машинного масла. Хотелось заплакать, но слезы не текли. Оставалось лишь сидеть и ждать.

Меня зовут Томас, — мелькнула далекая мысль.

Единственное, что он смог о себе вспомнить.

Происходящее не укладывалось в голове. Томас пытался трезво оценить окружающую обстановку и найти выход из создавшегося положения. В сознание разом ворвалось целое море информации — факты, образы, воспоминания, детали окружающего мира и того, как в нем все устроено. Томас увидел снег на деревьях, устланную листьями дорогу, зеленый луг, освещенный бледным светом луны, шумную городскую площадь с сотнями людей; вспомнил о том, как ест гамбургер и плавает в озере.

Но как он оказался в темном лифте, кто его родители и кто он вообще такой, бедняга вспомнить не мог. Он даже фамилии своей не знал. В памяти всплывали образы каких-то людей, однако понять, кто они, не получалось, — вместо лиц виделись лишь расплывчатые цветовые пятна. Он безуспешно силился припомнить хотя бы одного знакомого человека или обрывок разговора.

Плавно покачиваясь, лифт продолжал подниматься. Томас перестал обращать внимание на противный скрежет цепей, тянувших кабину вверх. Казалось, прошло уже много времени; сколько — точно сказать было невозможно: минуты растянулись в часы, а каждая секунда длилась целую вечность.

Как ни странно, первоначальный страх улетучился, словно рой мошкары, сметенный порывом ветра, и теперь его место заняло сильное любопытство. Очень хотелось понять, где он очутился и что, собственно, происходит.

Издав скрип, а затем глухой металлический звук, кабина резко остановилась, и сидевшего в углу Томаса неожиданным рывком отбросило на середину лифта. Опершись руками об пол, он явственно ощутил, что кабина постепенно перестает раскачиваться. Затем она окончательно замерла: наступила тишина.

Прошла минута. Еще одна. Томас покрутил головой. Темнота. Он снова ощупал стены, пытаясь найти выход — ничего, лишь холодный металл. От отчаяния Томас застонал, и эхо, отразившись от стен, показалось зловещим завыванием смерти. Наконец эхо смолкло, и вновь наступила тишина. Он опять закричал, позвал на помощь, заколотил кулаками в стены.

Ничего.

Томас съежился в углу, обхватив плечи руками и трясясь от нахлынувшего страха. Сердце едва не выскакивало из груди.

— Кто-нибудь... помогите... помогите мне! — закричал он.

Каждое слово причиняло нестерпимую боль в горле.

Когда над головой раздался громкий лязг, Томас чуть не задохнулся. Он посмотрел вверх — потолок лифта разрезала тонкая полоска света, становившаяся все шире. Низкий скрипучий звук наводил на мысль о том, что кто-то с трудом поднимает тяжелые двойные створки. Томас отвернулся и заслонил лицо руками — после долгого времени, проведенного в кромешной темноте, яркий свет резал глаза.

Внутри все похолодело, когда он услышал над собой чьи-то голоса.

— Глянь-ка на этого шанка.

— Сколько ему лет?

— Выглядит как кланк, только в майке.

— Сам ты кланк, балда стебанутая.

— Черт, у кого-то ноги воняют!

— Надеюсь, путешествие в один конец тебе понравилось, Шнурок.

— Точно, обратного билета уже не будет, брат.

Чувство полнейшего замешательства овладело Томасом. Странные голоса отдавались в голове эхом, некоторые слова он слышал впервые, другие казались отдаленно знакомыми. Прищурившись, он поднял голову к свету, чтобы понять, кто говорит. Поначалу Томас смог разглядеть лишь двигающиеся неясные силуэты, однако вскоре они оформились в человеческие фигуры — над люком в потолке лифта склонились люди и, глядя сверху вниз, указывали на него пальцами.

Зрение сфокусировалось — будто объектив фотокамеры: лица обрели резкость. Да, молодые парни — но разного возраста. Томас и сам толком не знал, что ожидал увидеть, однако отчего-то удивился: на него смотрели обычные подростки, почти дети. Страх немного отступил, хотя сердце продолжало бешено колотиться.

Кто-то сбросил вниз веревку с большой петлей на конце. Томас поколебался, затем просунул в петлю правую ступню, крепко ухватился за веревку, и его немедленно потащили наверх. К нему потянулись руки, множество рук, схватили за одежду и принялись вытаскивать из кабины. Все вокруг — лица людей, свет, яркие краски окружающего мира — замельтешило перед глазами, слившись в одно расплывчатое пятно. От нахлынувших эмоций свело живот и затошнило; хотелось кричать и плакать. Гул голосов утих, но когда ему помогли перебраться через острый край темной кабины, кто-то произнес:

— С прибытием, шанк. Добро пожаловать в Глэйд*.

Томас почему-то был уверен, что никогда не забудет эти слова.

---

* Glade (*англ.*) – поляна, лужайка.

ГЛАВА ВТОРАЯ

Чьи-то руки поддерживали Томаса, пока он не смог стоять самостоятельно. Немного пошатываясь, ослепленный ярким светом, он отряхнул одежду. Его разбирало любопытство, но сильная слабость не позволяла толком рассмотреть, что происходит вокруг. Обступившие подростки молча наблюдали, как новичок крутит головой, пытаясь хоть что-то понять.

Под любопытными взглядами он сделал несколько неуверенных шагов. Раздались смешки, кто-то ткнул в Томаса пальцем. Тут было по меньшей мере полсотни человек самого разного роста, телосложения, возраста и национальности. Все с волосами разной длины и в грязной, пропитанной потом одежде, словно эти люди занимались тяжелым физическим трудом.

Ничего не понимая, Томас смотрел то на подростков, то на ландшафт необычного места, в котором очутился. Они находились в центре огромной площади размером с несколько футбольных полей, окруженной четырьмя циклопическими стенами из серого камня, местами густо увитыми плющом. Стены, высота которых, вероятно, была не меньше нескольких сотен футов, образовывали идеальный квадрат. В центре каждой из его сторон зиял проход высотой во всю стену, ведущий, как отсюда показалось Томасу, в длинные ходы и коридоры.

— Гляньте на салагу, — раздался скрипучий голос; Томас не видел, кто это произнес. — Ему так понравились новые апартаменты, что он сейчас шею свернет.

Несколько парней засмеялись.

— Захлопнись, Галли! — грубо рявкнул кто-то.

Томас снова перевел взгляд на окруживших его незнакомцев. Высокий белокурый парень с квадратной челюстью и безучастным лицом, глядя на него, хмыкнул. Другой, коренастый, смотрел на Томаса круглыми от удивления глазами, нервно переминаясь с ноги на ногу. Еще один, плотный мускулистый юноша с азиатской внешностью и высоко закатанными рукавами, обнажавшими бицепсы, также внимательно изучал Томаса. А темнокожий, тот самый, что поприветствовал Томаса, нахмурился. Остальные разглядывали Томаса с не меньшим интересом.

— Где я? — спросил Томас, поразившись забытому звуку собственного голоса.

— В дрянном местечке, — произнес темнокожий. — Расслабься и наслаждайся жизнью.

— Кто будет его куратором? — выкрикнули из толпы.

— Да ты только глянь на эту кучу кланка, балда стебанутая! Как пить дать, станет слопером!

Толпа отозвалась дружным смехом, как будто подростки в жизни не слышали ничего забавнее.

От обилия слов, значения которых Томас не понимал, он и вовсе растерялся. Шанк, кланк, куратор, слопер... Подростки обменивались этими словами с такой легкостью, что казалось странным, почему он их не понимает. Наверное, вместе с памятью он утратил и часть словарного запаса... Да, неприятно.

Смятение, любопытство, паника, страх — его переполняла целая гамма чувств. Но главенствовало все-таки тягостное ощущение безысходности, словно прошлая жизнь закончилась, была стерта из памяти и заменена чем-то пугающим. Хотелось убежать и спрятаться.

— ...даже в этом случае. Ставлю на кон свою печенку, — донесся давешний скрипучий голос.

Томас по-прежнему не видел лица говорившего.

— Заткнитесь, я сказал! — прикрикнул темнокожий парень. — Еще одно слово — и следующий перерыв будет сокращен вполовину!

Должно быть, их главарь, решил Томас. Нескрываемое любопытство парней смущало, и он сосредоточился на осмотре места, которое темнокожий назвал Глэйдом.

Площадь была выложена массивными каменными блоками, из трещин и стыков которых торчали пучки высокой травы и бурьяна. В одном из углов площади находилась ветхая деревянная постройка странного вида, который сильно контрастировал с серой каменной стеной. Строение окружали несколько деревьев — их корни цеплялись за каменное основание, будто узловатые руки. В другом углу виднелось что-то вроде огорода — отсюда Томас смог разглядеть кукурузу, кусты томатов и какие-то фруктовые деревья.

В противоположной стороне он заметил небольшие дощатые загоны для овец, коров и свиней. Наконец, четвертый угол скрывали заросли деревьев; ближайшие были чахлыми — казалось, что они вот-вот засохнут. Было очень светло, однако солнца на голубом и безоблачном небе Томас не увидел. Ни о сторонах света, ни о времени по отбрасываемым стенами теням судить было невозможно — сейчас могло быть как раннее утро, так и поздний вечер. Пытаясь успокоиться, Томас глубоко вдохнул и уловил целый букет запахов: свежевспаханная почва, навоз, хвоя, что-то гниющее, какой-то приятный аромат. Почему-то он был уверен, что так пахнет ферма.

Томас снова посмотрел на пленивших его людей; несмотря на смущение, ему страшно хотелось буквально засыпать их вопросами.

Пленник, — подумал он. — *Почему это слово всплыло в памяти*?

Он всматривался в лица, стараясь оценить, с кем имеет дело. Глаза одного из юношей горели нескрываемой ненавистью, и Томас невольно поежился. У парня настолько злобный вид, что напади он сейчас на Томаса с ножом, тот бы нисколько не удивился. Черные волосы юноши упали на глаза, он отбросил их назад резким движением головы, после чего развернулся и пошел к блестящему металлическому шесту рядом с деревянной лавкой. На вершину шеста пополз разноцветный флаг, вяло повисший в неподвижном воздухе.

Томас в изумлении наблюдал, как, подняв флаг, парень повернулся и сел на лавку. Томас быстро отвел глаза.

Внезапно лидер группы — на вид ему было лет семнадцать — сделал шаг вперед. Одет он был вполне привычно — в черную футболку, джинсы и кроссовки, на руке красовались электронные часы. Было странно видеть обычно одетого человека: Томас почему-то решил, что каждый здесь должен носить нечто более мрачное, что-то наподобие тюремной робы. Волосы темнокожего были коротко подстрижены, а лицо — тщательно выбрито. За исключением постоянно хмурого взгляда, в его облике не было ничего угрожающего.

— Это долгая история, шанк, — произнес он. — Постепенно ты все узнаешь — завтра я возьму тебя на экскурсию. А до тех пор... постарайся ничего не сломать. Я — Алби.

Протянув руку, темнокожий молча ждал рукопожатия.

Не отдавая себе отчета, Томас отвернулся от Алби, молча побрел к ближайшему дереву и сел под ним, опершись спиной о шершавый ствол. Его вновь охватил почти невыносимый страх, но он глубоко вдохнул и попытался заставить себя не паниковать. *Просто смирись. Если поддашься страху, не сможешь разобраться в ситуации.*

— Так расскажи, — произнес Томас срывающимся голосом. — Расскажи мне долгую историю!

Алби удивленно оглянулся на приятелей.

Томас снова окинул взглядом толпу: его первоначальная оценка оказалась верной — здесь было человек пятьдесят—шестьдесят самого разного возраста, как совсем еще дети, так и подростки постарше, вроде Алби. Тот выглядел одним из самых старших. И вдруг Томас с ужасом понял, что совсем не помнит, сколько лет ему самому.

— Нет, серьезно, — спросил он, оставив всякую попытку скрыть страх. — Где я?

Алби подошел к Томасу и сел напротив, скрестив ноги; за ним последовали и другие ребята, сгрудившись позади. Всем хотелось видеть говорящих получше, поэтому подростки толкались и вытягивали головы.

— Если тебе не страшно, — начал Алби, — значит, ты не нормальный человек, а псих. Будешь вести себя не как все — сброшу с Обрыва.

— Обрыва?.. — переспросил Томас, побледнев.

— Ладно, забей. — Алби потер глаза. — Невозможно объяснить все сразу, понимаешь? Мы тут не убиваем шанков вроде тебя. Гарантирую. Но тебе придется постараться не быть убитым. Или выжить. Называй как хочешь.

Алби умолк.

Томас почувствовал, как кровь отхлынула от лица.

— Слушай, — тяжело вздохнул Алби, проведя пальцами по коротко стриженным волосам, — я не силен в таких вещах. Ты у нас первый Салага с тех пор, как убили Ника.

От этих слов у Томаса перехватило дыхание.

Из толпы вышел какой-то парень и, подойдя к Алби, отвесил тому шутливый подзатыльник.

— Дождись, когда поведешь его на гребаную экскурсию, Алби, — произнес он хриплым голосом с необычным акцентом. — Не видишь, парень совсем перепугался? Первый раз слышит о таких вещах. — Он наклонился и протянул Томасу руку. — Меня зовут Ньют, и мы все будем очень признательны, Шнурок, если ты простишь нашего нового кланкоголового босса.

Томас пожал ему руку — в отличие от темнокожего, Ньют казался более дружелюбным. Ростом он был чуть выше Алби, но выглядел немного моложе — на год или около того. Длинные светлые волосы спадали по обтянутой футболкой спине, на мускулистых руках выступали вены.

— Брось, — проворчал Алби, жестом приглашая товарища сесть рядом. — Он понимает едва ли половину из того, что я говорю.

Раздались редкие смешки. Чтобы лучше слышать Ньюта и Алби, окружающие подступили почти вплотную к ним.

Алби широко развел руки ладонями вверх.

— Это место называется Глэйд. Здесь мы живем, едим и спим. Себя мы называем глэйдерами. Это все, что пока...

— Кто отправил меня сюда? — требовательно спросил Томас. Страх уступил место злости. — И как...

Не успел он договорить, как рука Алби метнулась к Томасу и ухватила его за майку.

— Поднимайся, шанк! Вставай! — Алби вскочил на ноги, потащив за собой Томаса.

Обескураженный Томас встал и пятился от надвигающегося на него Алби, пока не уперся спиной в дерево.

— Не стоит меня обрывать, щенок! — рявкнул Алби ему прямо в лицо.— Слушай, придурок, если бы мы рассказали тебе все сразу, ты наделал бы полные штаны кланка прямо тут, а то и вообще помер бы со страха! А потом чистильщики выкинули бы тебя куда подальше, потому что пользы от тебя уже не было бы никакой!

— Не врубаюсь, о чем ты толкуешь, — медленно произнес Томас, отметив, однако, что голос наконец-то обрел твердость.

К Алби подскочил Ньют и обхватил того за плечи.

— Остынь, Алби, только хуже сделаешь. Не понимаешь разве?

Тяжело дыша, Алби отпустил майку Томаса.

— Нет времени любезничать, Салага. Старая жизнь закончилась. Началась новая. Учись быстро, слушай других и помалкивай. Сечешь?

В поисках поддержки Томас посмотрел на Ньюта. Внутри все клокотало, глаза горели от наворачивающихся слез.

Ньют кивнул.

— Слышал, что он сказал, Шнурок?

Томас кипел от злости, страшно хотелось наброситься на кого-нибудь с кулаками, но он просто ответил:

— Да.

— Лады, — сказал Алби. — Первый День — вот что для тебя сегодня, шанк. Надвигается ночь, и скоро вернутся бегуны. Сегодня Ящик прибыл поздновато, так что на экскурсию времени не осталось. Прогуляемся завтра, сразу после подъема. — Он повернулся к Ньюту. — Обеспечь его лежанкой. Пусть поспит.

— Лады, — ответил Ньют.

Алби пристально посмотрел на Томаса.

— Спустя несколько недель ты освоишься, шанк. Будешь наслаждаться жизнью и нам помогать. Каждому было тяжко в Первый День, ты — не исключение. С завтрашнего дня у тебя начнется новая жизнь.

Он повернулся и сквозь расступившуюся толпу зашагал к покосившейся деревянной постройке в углу. Остальные начали расходиться, напоследок бросая на новичка долгие взгляды.

Томас скрестил руки, закрыл глаза и глубоко вздохнул. Пустота, выедавшая его изнутри, быстро уступила место такой печали, что от нее закололо в сердце. Навалилось слишком много. Где он? Что это за место? Какое-то подобие тюрьмы? Если так, за что его отправили сюда и на какой срок? Язык здешних обитателей непривычен, а их самих, казалось, вообще не беспокоит, будет он жить или умрет.

Вновь подступили слезы, но Томас сдержался.

— Что я такого сделал? — прошептал он, не рассчитывая, что его кто-то услышит. — Почему меня бросили сюда?

— Мы все прошли через это, Шнурок. — Ньют похлопал Томаса по плечу. — У всех нас был Первый День, и каждого когда-то вытащили из темного Ящика. Не скрою, у тебя большие неприятности, а дальше может быть еще хуже. Но пройдет время, и ты станешь настоящим бойцом без страха и упрека. Видно, что ты не какой-нибудь долбаный слюнтяй.

— Это тюрьма? — спросил Томас. В сумраке сознания он безуспешно пытался отыскать малейший проблеск, который позволил бы вспомнить прошлое.

— Слишком много вопросов, — сказал Ньют. — Ничего обнадеживающего ответить не могу. Во всяком случае, пока. Сейчас постарайся успокоиться и прими положение как данность — утро вечера мудренее.

Томас промолчал, понурив голову и разглядывая под ногами трещины в камнях. Вдоль края одного из каменных блоков росла полоска бурьяна с мелкими листочками. Крохотные желтые цветочки тянулись вверх, словно пытались дотянуться до солнца, скрытого исполинскими стенами Глэйда.

— Думаю, Чак будет тебе хорошим напарником, — продолжал Ньют. — Толстяк малость неуклюж, зато отличный собеседник, когда все дела сделаны. Побудь здесь. Я скоро вернусь.

Едва он успел закончить фразу, как воздух прорезал истошный вопль — высокий, пронзительный, почти нечеловеческий крик эхом разнесся по выложенной камнем площади, заставив обернуться всех, кто на ней находился. От мысли, что вопль раздался из деревянной постройки, у Томаса кровь застыла в жилах.

Даже Ньют подскочил, как ужаленный.

— Вот хрень! На десять минут нельзя отлучиться без того, чтобы медаки не начали истязать бедолагу! — Он покачал головой и слегка пнул Томаса ногой. — Найди Чака и передай, что я поручил ему позаботиться о твоем спальном месте.

Сказав это, он со всех ног помчался к постройке.

Томас сполз на землю по грубой коре дерева, оперся спиной о ствол и закрыл глаза. Как бы ему хотелось, чтобы все происходящее оказалось лишь кошмарным сном!

ГЛАВА ТРЕТЬЯ

Томас долго сидел так, будучи не в силах пошевелиться. Наконец он заставил себя посмотреть в сторону кособокой постройки. Возле нее крутилась группа мальчишек, которые то и дело беспокойно поглядывали на верхние окна, будто ожидали, что вот-вот случится взрыв и оттуда в туче осколков стекла и щепок на них вылетит какая-нибудь омерзительная тварь.

Внимание Томаса привлек странный стрекочущий звук. Он посмотрел вверх и успел заметить бледный красный огонек, тут же скрывшийся в ветвях. Томас поднялся и обошел дерево с другой стороны, вытягивая шею и стараясь понять, откуда исходит стрекотание, но не увидел ничего, кроме голых серо-коричневых веток, вытянувшихся словно костлявые пальцы и придававших дереву сходство с живым существом.

— Это один из этих... жуков-стукачей, — произнес кто-то.

Томас обернулся — рядом стоял невысокий пухлый мальчуган. Совсем юный — вероятно, самый молодой из всех, кого Томас успел здесь встретить; на вид ему было лет двенадцать-тринадцать. Длинные темные волосы, заложенные за уши, доходили до плеч, на румяном круглом лице блестели грустные голубые глаза.

Томас кивнул ему.

— Жуков... каких, говоришь, жуков?

— Стукачей, — повторил мальчик, указывая на верхушку дерева. — Если у тебя хватит ума не лезть к нему первым, он тебя не тронет, — он сделал паузу, — шанк.

Кажется, парнишке было неловко произносить последнее слово, будто диалект Глэйда по-прежнему оставался ему чуждым.

Опять раздался леденящий душу вопль — на сей раз более протяжный, — от которого Томаса прошиб холодный пот.

— Что там происходит? — спросил он, показывая на постройку.

— Не знаю, — ответил круглолицый мальчик высоким детским голоском. — Это Бен. Ему здорово досталось. Все-таки *они* до него добрались.

— *Они*?..

Зловещий тон, каким мальчик произнес это слово, Томасу очень не понравился.

— Ага.

— Кто — они?

— Надеюсь, тебе не придется это прочувствовать на собственной шкуре, — ответил парнишка как-то слишком уж спокойно и непринужденно. Он протянул руку. — Меня зовут Чак. Пока не появился ты, я считался Салагой.

Так вот кто должен позаботиться о моем ночлеге, — подумал Томас. Мало того, что он не мог избавиться от чувства полнейшего дискомфорта, так теперь еще и был раздражен. От непонимания происходящего разболелась голова.

— Почему все называют меня Салагой? — спросил он Чака, коротко пожав тому руку.

— Потому что ты самый новый из всех новичков. — Чак ткнул в Томаса пальцем и засмеялся.

Из дома вновь донесся душераздирающий крик, похожий на рев животного на скотобойне.

— Как ты можешь смеяться? — поразился Томас, напуганный загадочным воплем. — Такое впечатление, будто там кто-то умирает.

— Все с ним будет нормально. Никто еще не умер, если успевал получить сыворотку. Тут все — или ничего. Смерть или жизнь. Просто очень болезненно.

— Что — болезненно? — спросил Томас, выдержав небольшую паузу.

Глаза Чака забегали.

— Ну... когда жалят гриверы.

— Гриверы?

Томас все больше заходил в тупик. *Жалят... Гриверы*... Услышав слова, от которых веяло чем-то зловещим, он уже не был уверен, что хочет знать подробности.

Чак пожал плечами и, закатив глаза, отвернулся.

Томас досадливо вздохнул и вновь прислонился к дереву.

— Сдается, ты знаешь не намного больше меня, — слукавил он.

Его амнезия была очень странной. Томас помнил, как устроен мир в общем и целом, но многие детали — например, лица людей и их имена — напрочь вылетели из головы. Как если бы в новой книге отсутствовало каждое десятое слово, отчего смысл понять невозможно. Томас не помнил даже своего возраста.

— Чак... как ты думаешь, сколько мне лет?

Мальчик окинул его взглядом с ног до головы.

— Я бы сказал, шестнадцать. Рост примерно метр восемьдесят, шатен... если тебя это интересует. А еще: ты выглядишь хуже, чем обжаренный на костре кусок печенки. — Он хихикнул.

Томас был поражен настолько, что последних слов уже не слышал. Шестнадцать?! Неужели ему всего шестнадцать? Он-то ощущал себя куда более взрослым.

— Ты серьезно? — Он умолк, пытаясь подобрать нужное слово. — Как...

Томас почувствовал себя совсем плохо.

— Успокойся. Первые дни будет очень погано, потом привыкнешь. Как я, например. Всяко лучше, чем жить в куче кланка. — Он искоса посмотрел на Томаса, будто ожидая нового вопроса. — Кланком мы называем дерьмо. Когда дерьмо падает в ночной горшок, оно издает звук, похожий на «кланк».

Томас уставился на Чака, не веря ушам.

— Офигеть, — только и смог он вымолвить.

Томас встал, прошел мимо Чака и направился к обветшалому дому, который нелепым пятном выделялся на фоне массивной каменной стены. Определение *«развалина»* подходило к его внешнему виду, пожалуй, лучше всего: в высоту дом выглядел как трех- или четырехэтажное здание, но складывалось впечатление, что он в любую минуту готов завалиться. Судя по нелепому нагромождению балок, досок, окон и толстых веревок, дом, видимо, сколотили в большой спешке.

Проходя через площадь, Томас уловил отчетливый запах дыма и аромат жарящегося на огне мяса. В животе заурчало. Теперь, когда Томас узнал, что кричал всего лишь покусанный мальчик, ему стало легче. Конечно, если не думать, кто именно покусал...

— Как тебя зовут? — спросил Чак, стараясь поспеть за Томасом.

— Что?

— Твое имя. Ты нам до сих пор не сказал. Наверняка ты его помнишь.

— Томас.

Он едва слышал собственный голос. Его мысли направились в новое русло: если Чак прав, тогда Томас только что выявил нечто общее между обитателями Глэйда. Потеря памяти у всех была похожей — они помнили собственные имена, но почему-то забыли, как зовут их родителей и друзей. И почему-то никто здесь не помнил своей фамилии.

— Рад знакомству, Томас, — сказал Чак. — Не беспокойся, я позабочусь о тебе. Я тут уже целый месяц и знаю Глэйд вдоль и поперек. Положись на меня.

У входа в дом-развалюху, где толпилась группа мальчишек, Томаса внезапно обуял приступ раздражения. Он резко обернулся и, приблизившись к Чаку вплотную, бросил тому прямо в лицо:

— Ты даже на мои вопросы толком ответить не можешь!

Удивившись собственной решительности и отваге, он повернулся и пошел к двери с твердым намерением войти внутрь и получить ответы.

Чак пожал плечами.

— Ну а что толкового я могу тебе рассказать?! Я ведь еще новичок, как и ты. Но я мог бы стать тебе другом...

— Мне не нужны друзья! — отрезал Томас.

Потянув на себя дверь, сбитую из выцветших на солнце досок, Томас увидел нескольких парней. Они стояли у лестницы, ступеньки и поручни которой были настолько кривыми, что буквально торчали во все стороны. Стены холла и коридора покрывали обои мрачного цвета, местами ободранные, а на одной из них висел черно-белый портрет какой-то женщины, одетой в старомодное белое платье. Единственным предметом мебели здесь был стол на трех ножках. Все это смахивало на дом с привидениями. Тут даже некоторых половиц не хватало.

Пахло пылью и плесенью, что сильно контрастировало с приятными ароматами снаружи. С потолка свисали помаргивающие флуоресцентные лампы, но Томасу некогда было задуматься, откуда в Глэйде электричество. Сейчас его внимание было приковано к женщине на портрете. Неужели она жила здесь когда-то и помогала местным обитателям?

— Эй, глянь-ка, Салага пришел.

Томас вздрогнул, когда понял, что это произнес тот самый черноволосый парень, совсем недавно глядевший на него со смертельной ненавистью. Выглядел он лет на пятнадцать, долговязый и худой. Нос был размером с маленький кулак и напоминал картофелину неправильной формы.

— Видать, шанк совсем обделался, когда услышал, как визжит старина Бенни. Может, тебе подгузник сменить, кланкорожий?

— Меня зовут Томас.

Он не знал, как себя дальше вести, да и не хотелось связываться, поэтому, не произнеся больше ни слова, двинулся к лестнице — ближайшему пути к отступлению. Задира мгновенно преградил ему собой путь, выставив руку.

— Туда нельзя, Шнурок. — Он указал большим пальцем на потолок. — Новичкам запрещено смотреть на... ужаленных. Ньют и Алби этого не одобряют.

— А в чем проблема? — сказал Томас, пытаясь скрыть страх и не думать о том, что парень подразумевал под словом «ужаленный».

— Послушай меня, Салага. — Подросток скрестил руки на груди и нахмурился. — Я видел тебя раньше. Как-то подозрительно мне, что ты у нас здесь появился...

— А вот я никогда в жизни тебя не видел, понятия не имею, кто ты такой, и мне абсолютно на тебя наплевать, — прошипел Томас.

Парень коротко рассмеялся, затем посерьезнел и нахмурился.

— Я видел тебя, шанк. Не очень многим в этих краях довелось быть покусанными. — Он указал пальцем вверх. — Я один из них. Я знаю, каково сейчас Бенни. Я был там. Я видел тебя во время Метаморфозы. — Он ткнул Томасу пальцем в грудь. — Готов спорить на твой первый ужин у Фрайпана*, что Бенни тоже тебя видел.

Томас продолжал молча смотреть в глаза задире. Им снова овладел страх. Неужели этот кошмар никогда не закончится?

— Слово «гривер» заставило тебя обмочиться? — ехидно усмехнулся парень. — Поджилки трясутся? Небось не хочешь быть покусанным, а?

Вот опять. *Покусанный*. Томас попытался отогнать от себя тревожные мысли и указал на лестницу, откуда по всему дому эхом разносились стоны.

— Если Ньют там, я должен с ним поговорить.

Парень несколько секунд сверлил Томаса взглядом, затем кивнул.

— А знаешь, ты прав, Томми. Мне не следует быть таким грубым с новичками. Ступай наверх. Уверен, Алби и Ньют все тебе объяснят. Серьезно, иди. И извини меня.

Он слегка похлопал Томаса по плечу, а потом шагнул назад и жестом пригласил пройти. Томас понимал: тот что-то затевает — отсутствие некоторых фрагментов памяти отнюдь не превратило его в идиота.

— Как тебя зовут? — спросил Томас, раздумывая, стоит ли вообще подниматься.

— Галли. Кстати, не позволяй вводить себя в заблуждение. Настоящий лидер тут — я, а совсем не те двое чокнутых шанков наверху. Заруби себе на носу. Можешь называть меня Капитан Галли, если хочешь.

Впервые он улыбнулся. Зубы были под стать уродливому носу: двух-трех не хватало, а остальные нельзя было назвать белыми даже при всем желании. Зловонное дыхание Галли

---

* Fry pan (*англ.*) — сковорода.

напомнило Томасу о чем-то отвратительном из прошлой жизни.

— Есть, Капитан Галли! — ответил он, чувствуя, что еще немного — и его вывернет наизнанку. Страшно захотелось выругаться и двинуть Галли по физиономии.

Ощутив прилив адреналина, Томас демонстративно откозырял ему.

В толпе раздались сдержанные смешки. Галли побагровел, обернулся, потом снова с ненавистью вперил взгляд в Томаса. Его лоб прорезали глубокие морщины, ноздри на огромном носу раздулись.

— Давай, поднимайся. И держись от меня подальше, ушмарок. — Он снова указал пальцем вверх, не сводя при этом глаз с Томаса.

— Как скажешь.

Томас еще раз окинул взглядом окружающих. От растерянности, смущения и злости к лицу прилила кровь. Никто, кроме Чака, стоявшего в двери и качавшего головой, не шелохнулся, чтобы его остановить.

— Не надо, — сказал мальчик. — Ты новичок и не имеешь права туда идти.

— Ну, поднимайся! — повторил Галли. — Чего стоишь?

Томас успел пожалеть, что вообще зашел в дом, но стремление поговорить с Ньютом было непреодолимо.

Он начал подниматься по лестнице. Каждая ступенька угрожающе скрипела под его весом, и если бы не желание поскорее выкрутиться из неловкой ситуации, Томас трижды подумал бы, стоит ли идти дальше, рискуя провалиться сквозь гнилые доски. Он продолжал подниматься, вздрагивая от малейшего скрипа, достиг площадки, свернул налево и оказался в длинном коридоре с поручнями вдоль стен и несколькими дверями. Только из-под одной из них сквозь щель пробивался свет.

— Метаморфоза! — крикнул Галли снизу. — Посмотри, что тебя ждет, хмырина кланкорожая!

Издевка подстегнула Томаса, придав смелости. Не обращая внимания на треск половиц под ногами и улюлюканье снизу, он подошел к входу в освещенную комнату, медленно повернул медную ручку и приоткрыл дверь.

Ньют с Алби склонились над кем-то, лежащим на кровати.

Томас вытянул шею, чтобы лучше рассмотреть «пациента» и понять, что вызвало такой переполох.

От увиденного на голове зашевелились волосы, а к горлу подступил ком.

Взгляд был мимолетным — всего несколько секунд, — но и этого было достаточно. Конечности и обнаженная грудь мальчика были покрыты густой сетью вздутых вен необычно зеленого цвета, выпирающих из-под кожи, словно веревки. Тело дергалось и корчилось — все в багровых синяках, красных язвах и кровавых порезах. Налитые кровью глаза вылезали из орбит. Картина успела врезаться в память Томасу прежде, чем перед ним вырос Алби. Вытолкнув Томаса из комнаты, он захлопнул за собой дверь, которая, впрочем, не могла заглушить стоны и крики несчастного.

— Что ты тут делаешь, Шнурок?

Томас почувствовал себя совсем плохо.

— Я... я хотел поговорить, — пролепетал он дрожащим голосом.

Что могло произойти с тем парнем?..

— Проваливай отсюда! Немедленно! — приказал Алби. — Чак тебе поможет. И если до завтрашнего утра ты еще хоть раз попадешься мне на глаза, этот день станет для тебя последним. Я лично сброшу тебя с Обрыва! Ты понял?

От унижения и страха Томас будто уменьшился до размеров маленькой крысы. Он молча юркнул мимо Алби и почти бегом спустился по шатким ступенькам. Не обращая внимания на детей, изумленно разинувших рты — в особенности на Галли, — Томас выскочил наружу, схватив Чака за руку и увлекая за собой.

Томас ненавидел их. Всех. Кроме Чака.

— Пожалуйста, уведи меня!

Он вдруг понял, что Чак — его единственный друг во всем мире.

— Нет проблем, — бодро ответил тот — явно в восторге от собственной значимости. — Сначала заглянем к Фрайпану и возьмем для тебя какой-нибудь еды.

— Не уверен, что после увиденного ко мне когда-нибудь вернется аппетит.

Чак кивнул.

— Вернется, будь спок. Встретимся у того самого дерева. Я буду минут через десять.

Томас был безумно рад убраться подальше от страшного дома, поэтому направился назад к дереву. Стоило ему представить, как непросто будет здесь выжить, как возникло желание бежать отсюда со всех ног. Жутко захотелось вспомнить что-нибудь из прошлой жизни. Хоть малейшую деталь — мать, отца, какого-нибудь друга, школу, увлечение, подружку...

Он несколько раз сильно зажмурился, стараясь выбросить из головы картину того, что увидел в старом доме.

Метаморфоза. Галли назвал это *Метаморфозой*.

Томас поежился, хотя было совсем не холодно.

ГЛАВА ЧЕТВЕРТАЯ

Прислонившись спиной к дереву, Томас еще раз окинул взглядом Глэйд — свой новый дом, кошмарное пристанище, в котором он обречен провести, возможно, весь остаток жизни. Тень от увитой плющом стены вытянулась настолько, что уже наползла на край противоположной стены.

Это помогло немного сориентироваться: деревянная хибара, погруженная сейчас в густую тень, находилась в северо-западном углу, а небольшой лес — на юго-западе. Сельскохозяйственный участок занимал северо-восточную часть Глэйда. В юго-восточной стороне мычала, блеяла и кукарекала всякая домашняя живность.

Прямо в центре площади зиял все еще незакрытый люк Ящика — словно приглашал снова прыгнуть в него и вернуться домой, — а неподалеку, примерно футах в двадцати к югу, располагалась какая-то приземистая будка, сложенная из бетонных блоков. В будке не было ни единого окна, виднелась только мрачного вида тяжелая стальная дверь с большой круглой ручкой наподобие колеса, вроде тех, какие используют для задраивания люков на подлодках. Глядя на будку, Томас и сам не понимал, что сейчас чувствует острее: любопытство и желание узнать, что находится внутри, или боязнь очередного страшного открытия.

Едва он переключил свое внимание на проходы в центре каждой из четырех стен Глэйда, как подошел Чак, держа в руках пару сэндвичей, яблоки и две металлические кружки с водой. Чувство облегчения, охватившее Томаса, удивило даже его самого — в этом мире он был не совсем одинок.

— Фрайпан не обрадовался, что я пришел на кухню до ужина, — сказал Чак, усаживаясь под деревом и жестом приглашая Томаса сделать то же самое.

Томас сел, взял было сэндвич, но остановился: в памяти вновь всплыла чудовищная сцена в старом доме. Однако голод одержал верх, и он принялся за еду, ощутив во рту упоительный вкус ветчины, сыра и майонеза.

— О господи... — промычал Томас с набитым ртом. — Умираю с голоду.

— А я что говорил! — невнятно отозвался Чак, уплетая свой сэндвич.

Откусив еще несколько раз, Томас наконец-то задал давно мучивший его вопрос:

— Так что все-таки случилось с этим Беном? Он же на человека перестал быть похож.

Чак бросил взгляд на дом.

— Я и сам точно не знаю, — пробормотал он. — Я его не видел...

Томас понимал, что Чак врет, но решил не давить на мальчишку.

— Не думаю, что тебе бы понравился его вид, уж поверь мне, — сказал он, грызя яблоко.

Томас снова перевел взгляд на огромные просветы в стенах. Хотя отсюда и было плохо видно, ему показалось, что края каменных стен, ведущих в коридоры, какие-то странные. Глядя на стены, он вдруг почувствовал головокружение, словно не сидел у их основания, а парил над ними.

Он тряхнул головой и спросил:

— А там что? Какой-то зáмок, что ли?

Чак замялся.

— Гм... Ну... я отсюда никогда не выходил...

— Что-то ты темнишь, — сказал Томас, отправив в рот последний кусок яблока и делая большой глоток из кружки.

До сих пор ему никто ничего толком не объяснил, и это начинало действовать на нервы.

— Почему все здесь такие скрытные?

— Так уж сложилось. В этом местечке творятся очень странные вещи, и большинство из нас не знает всей правды. В лучшем случае — половину.

Чака, видимо, все это нисколько не беспокоило. Он был совершенно равнодушен к тому, что у него отобрали прошлое. Да, похоже, с ребятами что-то не так...

Томас встал и пошел в направлении восточного прохода.

— Никто мне не говорил, что я не имею права осмотреться.

Хотелось узнать об этом месте хоть что-нибудь, чтобы не сойти с ума.

— Эй, погоди! — крикнул Чак, пытаясь догнать Томаса. — Будь осторожен. Эти штуковины вот-вот закроются.

— Закроются? Ты про что?

— Да про ворота, шанк!

— Ворота? Что-то я не вижу никаких ворот.

Впрочем, Томас был уверен, что просто так пугать Чак не станет. Было ясно — он упускает что-то очевидное. От этой мысли стало не по себе, и Томас замедлил шаг, уже не очень уверенный в том, стоит ли приближаться к стене.

— А как бы ты назвал эти большие проходы? — Чак указал на неимоверно высокие проемы в стенах. Сейчас ребята находились в каких-то тридцати футах от них.

— Я бы назвал их *большими проходами*.

— Так вот, это ворота. И на ночь они всегда закрываются.

Томас остановился, размышляя над словами Чака. Что-то не сходилось. Он поднял глаза, посмотрел по сторонам и уставился на массивные каменные стены, ощущая, как недоумение постепенно перерастает в откровенную тревогу.

— В каком смысле — *закрываются*?

— Сейчас сам все увидишь. Скоро вернутся бегуны. Потом большие стены сдвинутся, и проход закроется.

— Да ты бредишь, — пробормотал Томас.

Как можно сдвинуть эти исполинские стены? Чушь. Он пожал плечами и успокоился, решив, что Чак просто его дурачит.

Наконец они добрались до огромного просвета в стене, ведущего наружу — в длинные каменные коридоры. Разинув рот, Томас смотрел в проход: от увиденного у него перехватило дыхание.

— Восточные Ворота, — объявил Чак с такой гордостью, будто сам их построил.

Томас его почти не слушал, пораженный тем, насколько большим оказался просвет с близкого расстояния. В ширину он был не меньше двадцати футов и уходил высоко вверх до самого края стен, чьи торцы, обрамляющие проходы, были гладкими, за исключением одной странной детали: с левой стороны Восточных Ворот виднелось множество глубоких отверстий диаметром в несколько дюймов. Отверстия были просверлены прямо в камне, начинались у самого подножия стены и уходили вверх с интервалом примерно в фут. При этом из правого торца Ворот, прямо напротив отверстий, выступали штыри — также несколько дюймов в диаметре и длиной в фут. Назначение конструкции угадывалось безошибочно.

— Так ты не шутишь? — спросил Томас. Его снова охватило волнение. — Стены и правда двигаются?

— А что я еще мог иметь в виду?

Томасу потребовалось какое-то время, чтобы собраться с мыслями.

— Ну, не знаю. Я думал, есть какая-то обычная дверь или небольшая стенка, которая выдвигается из основной стены. Не пойму, как такие громадины могут перемещаться. Да они небось здесь тыщу лет так стоят!

От мысли, что стены могут сомкнуться и замуровать его внутри Глэйда, как в ловушке, стало очень неуютно.

Чак всплеснул руками.

— Да понятия не имею! Знаю только, что они двигаются, причем с грохотом. То же самое происходит и в других частях Лабиринта: стены там перемещаются каждую ночь.

От услышанного Томаса словно пронзило током. Он повернулся к мальчику.

— Что ты сказал?

— То есть?

— Ты сказал — «лабиринт». Сказал: «То же самое происходит и в других частях лабиринта».

Чак покраснел.

— Я устал от твоих вопросов. С меня хватит.

Он пошел назад к дереву, под которым они только что ели.

Томас крепко задумался. Что находится за пределами Глэйда? *Лабиринт*? Сквозь Восточные Ворота прямо перед собой он видел коридоры, уходящие налево, направо и прямо. Стены коридоров выглядели точь-в-точь как те, что огораживали Глэйд, да и пол был вымощен похожими массивными каменными блоками. Но заросли плюща там казались более густыми. В отдалении виднелось еще несколько просветов в стенах, ведущих в новые коридоры, а еще дальше, примерно в сотне ярдов, был прямой ход, заканчивающийся тупиком.

— И правда, смахивает на лабиринт, — прошептал Томас, нервно хихикнув.

Чудесно. Ему стерли память и бросили в гигантский лабиринт. Ситуация представлялась настолько абсурдной, что делалось действительно смешно.

И тут случилось неожиданное: из одного из правых ответвлений внезапно выскочил какой-то парень и побежал по главному коридору прямо на Томаса — в направлении Ворот, ведущих в Глэйд. Мальчишка с раскрасневшимся лицом, покрытый пóтом настолько, что одежда прилипла к телу, пронесся мимо, едва взглянув на Томаса, и, не сбавляя скорости, помчался к приземистой бетонной будке возле лифтовой шахты.

Томас проводил бегуна удивленным взглядом, не понимая, чего тот, собственно, так торопится. Почему бы ребятам не делать вылазки в Лабиринт?.. И тут он заметил, что и из остальных трех Ворот выскочили парни — не менее взмыленные, чем тот, который прошмыгнул мимо него. Что-то недоброе таилось в Лабиринте, если все они возвращались оттуда в такой спешке.

Выбежавшие собрались у металлической двери маленькой будки. Кряхтя от усилия, один из мальчиков пытался крутануть ржавое колесо. Так вот, значит, про каких бегунов говорил Чак. Интересно, а что они делали в Лабиринте?..

Тяжелая дверь наконец-то подалась, громко и противно лязгнув. Ребята общими усилиями распахнули дверь пошире и тут же скрылись внутри, с грохотом захлопнув ее за собой. Томас смотрел на все это, разинув рот и пытаясь найти происходящему хоть какое-нибудь объяснение. Да, было тут что-то такое, отчего по всему телу пробежали мурашки.

Кто-то дернул его за рукав, выводя из состояния задумчивости. Это вернулся Чак.

Томас тут же буквально набросился на него:

— Кто эти парни? Откуда они пробежали? Что это за будка такая? — Он повернулся и ткнул пальцем в сторону Восточных Ворот. — Почему вы вынуждены жить в центре этого чертового Лабиринта?

От гнетущего чувства непонимания происходящего буквально раскалывалась голова.

— А я больше ничего не скажу, — ответил Чак неожиданно твердо. — Думаю, тебе надо пораньше лечь спать и хорошенько выспаться. И... — тут он умолк и приложил правую руку к уху. — Начинается...

— Что?.. — спросил Томас, удивленно глядя на Чака. Сейчас тот говорил, как взрослый, и уже не вел себя словно маленький ребенок, которому очень хотелось видеть в Томасе друга.

Внезапно воздух сотряс оглушительный грохот, сопровождающийся чудовищным треском и хрустом. Томас подскочил на месте, попятился, споткнулся и упал. Вокруг все затряслось, как при землетрясении. В панике Томас обернулся — стены пришли в движение. Они действительно ползли, запирая его в Глэйде, как в ловушке. От внезапного приступа клаустрофобии сдавило дыхание, легкие будто наполнились водой.

— Не волнуйся, Шнурок! — крикнул Чак сквозь грохот. — Это всего лишь стены!..

Томас был настолько поражен видом закрывающихся Ворот, что едва услышал его. Он кое-как поднялся и сделал несколько неуверенных шагов назад, чтобы лучше рассмотреть происходящее. В то, что он сейчас видел, было почти невозможно поверить.

Гигантская стена справа от них, пренебрегая всеми известными законами физики, ползла по земле, высекая искры и поднимая клубы пыли. От рокота дробящегося камня у Томаса завибрировали все кости. И тут он понял: двигается только *эта* стена. Она направлялась навстречу той, что слева, и собиралась вот-вот замуровать проход: штыри были готовы войти в отверстия.

Томас посмотрел на другие Ворота: по всем четырем сторонам Глэйда, смещаясь влево и перегораживая проходы, двигались правые стены.

Это невозможно!.. Ужасно захотелось убраться отсюда, в последний момент проскочить в закрывающийся створ Ворот и сбежать подальше от чертова Глэйда. Но здравый смысл одержал верх — в Лабиринте наверняка куда опаснее, чем здесь.

Он попытался представить себе, как работает вся конструкция. Очевидно, огромные каменные стены — сотни футов в высоту — скользили по земле, как раздвижные двери.

В памяти промелькнул смутный образ из прошлой жизни. Томас постарался ухватиться за обрывок воспоминания, дополнить картину лицами, именами, окружающей обстановкой, но все растворилось в сумраке. Его пронзило щемящее чувство тоски.

Выступающие штыри правой стены плавно вошли в круглые отверстия левой, и стены сомкнулись. По Глэйду прокатился жуткий грохот. Все четыре прохода закрылись.

Томасу опять стало не по себе, по телу пробежала легкая дрожь, которая, впрочем, тут же исчезла. Внезапно он ощутил удивительное спокойствие.

— Вот это да!.. — выдохнул он, понимая, впрочем, что простое «вот это да» никак не соответствует масштабам увиденного.

— Фигня, как сказал бы Алби, — буркнул Чак. — Со временем привыкнешь.

Томас огляделся: теперь, когда они были наглухо замурованы в Глэйде, атмосфера этого места полностью изменилась. Он попытался понять, для чего закрывались выходы, но предположения были одно хуже другого: либо их запирали тут, как в тюрьме, либо ограждали от чего-то извне. Мысль о том, что в Лабиринте таится какая-то смертельная опасность, снова вывела Томаса из состояния душевного равновесия. Вернулся страх.

— Да пошли уже, — сказал Чак, дернув его за рукав. — Поверь, к ночи тебе лучше быть в постели.

Понимая, что выбора нет, Томас попытался справиться с бушующими в душе чувствами и побрел за мальчиком.

ГЛАВА ПЯТАЯ

Они оказались в густой тени между Хомстедом — так Чак назвал трехэтажную деревянную развалюху — и каменной стеной.

— И куда мы идем? — спросил Томас. Сейчас он думал о двигающихся стенах и о зловещем Лабиринте. Выходило плохо — в том смысле, что ум заходил за разум. Томас потряс головой и сделал слабую попытку пошутить: — Если ты рассчитываешь на поцелуй перед сном, не обольщайся.

Чак юмора не оценил.

— Заткнись и иди за мной.

Томас глубоко вздохнул и, пожав плечами, последовал за Чаком вдоль задней стены дома. Тихо, на цыпочках, они приблизились к небольшому мутному окошку, сквозь которое пробивался мягкий свет. Судя по звукам, внутри кто-то находился.

— Туалет, — прошептал Чак.

— И что? — насторожившись, спросил Томас.

— Люблю проделывать такие штучки. Перед сном лучшего развлечения и не придумаешь.

— Какие еще штучки? — Интуиция подсказывала Томасу, что Чак задумал что-то нехорошее. — Знаешь, я лучше...

— Молчи — и просто смотри.

Чак осторожно взобрался на большой деревянный ящик, стоявший прямо под окном, пригнулся, чтобы тот, кто находился внутри, не смог его заметить, а затем вытянул руку и легонько постучал по стеклу.

— Ты что творишь? — прошептал Томас. Более неудачного момента для выделывания подобных фокусов выбрать было трудно: там запросто мог оказаться Ньют или Алби. — Я только что попал к вам, и всякие неприятности мне совершенно без надобности!..

Чак, зажав рот ладонью, беззвучно смеялся. Не обращая внимания на Томаса, он снова постучал в окно.

В окне мелькнула чья-то тень, окошко открылась. Томас быстро отскочил и вжался в стену дома. Что за ерунда — какой-то сосунок смог подбить его на идиотскую выходку!.. Пока что Томас оставался незамеченным, но стоило тому, кто находился в туалете, высунуться из окна, и они попались.

— Кто там? — раздраженно заорал кто-то из уборной скрипучим голосом.

У Томаса перехватило дыхание, когда он понял, кто кричит — голос Галли он запомнил хорошо.

И тут резко, без предупреждения, Чак выпрямился перед окном и заорал что есть мочи. Судя по грохоту в туалете, шутка удалась, но, судя по последовавшим жутким ругательствам, Галли был явно не в восторге. Страх и неловкость одновременно охватили Томаса.

— Я тебя убью, хмырина кланкорожая! — завопил Галли, но Чак уже успел спрыгнуть с ящика и теперь несся прочь.

Услышав, как Галли открывает внутреннюю дверь и выбегает из уборной, Томас похолодел.

Однако он быстро пришел в себя и рванул следом за своим новым и единственным другом, но едва завернул за угол, как нос к носу столкнулся с Галли, выскочившим из Хомстеда. Тот был похож на вырвавшегося на волю разъяренного дикого зверя.

— А ну иди сюда!.. — заорал Галли.

Внутри у Томаса от страха что-то екнуло. Похоже, сейчас ему крепко заедут по физиономии.

— Это не я! Клянусь!.. — крикнул он.

Впрочем, смерив противника взглядом, Томас решил, что бояться его, пожалуй, не стоит — Галли выглядел не настолько крепким, чтобы с ним нельзя было справиться.

— Не ты?! — рявкнул Галли, свирепо вращая глазами. — Тогда откуда ты знаешь, что что-то случилось, если не делал этого?

Томас ничего не ответил. Он уже немного успокоился.

— Я не дурак, Шнурок, — прошипел Галли, ткнув пальцем в грудь Томасу. — Я видел жирную харю Чака в окне. Ты должен как можно скорее решить для себя, кто твои враги, а с кем лучше не ссориться. Врубаешься? Мне плевать, чья это была идея, но еще одна такая выходка — и прольется кровь. Ты меня понял, новичок?

Не успел Томас ответить, как Галли развернулся и пошел прочь.

Однако Томасу очень хотелось поскорее замять конфликт.

— Извини, — пробормотал он, понимая, насколько глупо это звучит.

— Я знаю тебя, — бросил Галли, не оборачиваясь. — Я видел тебя во время Метаморфозы и очень скоро выясню, зачем ты здесь.

Томас проводил задиру взглядом, пока тот не скрылся в Хомстеде. Несмотря на провалы в памяти, что-то подсказывало ему: никого отвратительнее Галли встречать ему еще не доводилось. Просто поразительно, как сильно он возненавидел человека, которого увидел впервые в жизни. Да-да, Томас ненавидел Галли всей душой.

— Ну, спасибо тебе, приятель, — сказал он подошедшему Чаку. Тот стоял с виноватым видом, понуро уставившись в землю.

— Извини. Если бы я знал, что там Галли, ни за что бы этого не сделал. Честно.

Неожиданно для самого себя Томас засмеялся, хотя всего час назад был уверен, что больше никогда в жизни не услышит звука собственного смеха.

Чак пристально посмотрел на него и неловко улыбнулся.

— Чего это ты?

Томас замотал головой.

— Ладно, не извиняйся. Так этому... шанку и надо. Хоть я и не знаю, что это слово значит. Но все равно, прикольно вышло.

Ему стало немного легче.

Спустя пару часов Томас лежал рядом с Чаком в мягком спальном мешке на траве. Местом ночевки служила широкая лужайка, которую он раньше не заметил. Ее выбрали для ночлега многие, что Томасу показалось странным. Хотя, с другой стороны, всем в Хомстеде все равно не хватило бы места. Тут, по крайней мере, было тепло, и это в который раз заставило Томаса подумать о том, в какой части света они находятся. Он совершенно не помнил ни географических названий, ни названий государств, не имел представления о каких-либо ключевых событиях в мире. Жители Глэйда, очевидно, тоже ничего подобного не знали, а если что-то и знали, то предпочитали помалкивать.

Он долго лежал, глядя на звезды и прислушиваясь к чужим негромким разговорам. Спать не хотелось совсем: отчаяние и безысходность никак не отпускали его, а облегчение, вызванное шуткой, которую Чак сыграл с Галли, давно прошло. Это был бесконечный и очень странный день.

Все было так... непривычно. Томас помнил множество мелких вещей из прошлой жизни — что-то о еде, одежде, учебе, играх. Но все это никак не желало складываться в целостную картину. Он словно смотрел сквозь толстый слой мутной воды. И, пожалуй, сильнее всего он чувствовал... обиду.

— Твой Первый День, Шнурок, и ты выжил, — прервал Чак его раздумья.

— И что из того?

Очень хотелось сказать: «Не сейчас, Чак. Я не в настроении».

Чак приподнялся на локте и внимательно посмотрел на Томаса.

— Через пару дней ты узнаешь гораздо больше. Начнешь потихоньку привыкать. Лады?

— Ну, да... кажется, лады. Кстати, откуда взялись все эти странные словечки?

Все выглядело так, будто обитатели Глэйда позаимствовали их из чужого языка.

Чак снова плюхнулся на землю.

— Не знаю. Я тут всего месяц, если помнишь.

Интересно, Чак действительно ничего не знает или просто предпочитает держать язык за зубами? Этот сообразительный и веселый мальчишка выглядел как сама невинность, но кто может за него поручиться? Как и все в Глэйде, он оставался для Томаса загадкой.

Прошло несколько минут, и Томас почувствовал, что усталость после долгого дня наконец-то взяла свое — его начало клонить в сон.

И тут Томаса словно током ударило — настолько неожиданной была пришедшая в голову мысль.

Глэйд, стены, Лабиринт — все это внезапно показалось каким-то... родным и уютным. Приятное ощущение тепла и умиротворения разлилось в груди, и впервые с тех пор, как Томас оказался здесь, он подумал, что Глэйд — не самое плохое место во Вселенной. Он замер, широко раскрыв глаза и затаив дыхание. *Что это со мной*? — подумал Томас. — *Что изменилось*? Удивительно, но от мысли, что все будет хорошо, стало немного не по себе.

Неожиданно он осознал, *что* должен делать, хотя и не понимал, откуда взялась такая уверенность. Это чувство озарения было странным — чуждым и знакомым одновременно, но принятое решение казалось единственно верным.

— Я хочу стать одним из тех парней, которые выбираются наружу, — громко сказал он. — В Лабиринт.

— Чего? — отозвался Чак.

Томас уловил в сонном голосе Чака нотки раздражения.

— Я про бегунов. Что бы они там ни делали, я хочу в этом участвовать, — пояснил он.

Интересно, — подумал он, — *что это такое на меня нашло?..*

— Ты понятия не имеешь, о чем толкуешь, — проворчал Чак и отвернулся. — Спи лучше.

Хотя Томас действительно не понимал, о чем говорит, настроен он был очень решительно.

— Я хочу стать бегуном.

Чак снова повернулся к нему и приподнялся на локте:

— Можешь прямо сейчас распрощаться с этой мыслью.

Реакция Чака слегка удивила Томаса, однако он не унимался:

— Не пытайся меня...

— Томас. Новичок. Друг мой. Забудь об этом!

— Ладно. Поговорю завтра с Алби.

Бегун, — подумал Томас. — *Я ведь даже не знаю, кто они такие. Может, я и правда свихнулся*?

Чак со смехом откинулся на спину.

— Ну ты и кусок кланка! Спи давай!

Однако Томас не сдавался:

— Что-то есть в Лабиринте такое... Все кажется до боли знакомым...

— Да спи ты, говорю!

Томас вдруг почувствовал, что в его мозгу сложились воедино несколько фрагментов мозаики. Хотя он понятия не имел, какая картина получится в итоге, но следующие слова пришли к нему будто извне, словно за него говорил кто-то посторонний:

— Чак, мне кажется, я раньше уже бывал здесь.

Он услышал, как мальчишка резко сел и как-то порывисто вздохнул, но Томас решил не продолжать разговор и повернулся на бок, опасаясь, как бы чувство душевного покоя и уверенности в себе не покинуло его.

Сон пришел гораздо быстрее, чем он предполагал.

ГЛАВА ШЕСТАЯ

Томас проснулся оттого, что кто-то пытался его растормошить. Он открыл глаза и увидел чье-то лицо, склонившееся над ним в предрассветном сумраке. Томас хотел что-то сказать, но холодная рука мгновенно зажала ему рот. Томас не на шутку испугался, но, поняв, кто его разбудил, сразу успокоился.

— Тс-с, Шнурок. Мы ведь не хотим разбудить Чака, верно?

Говоривший обдал его несвежим утренним дыханием.

Ньют. Он, кажется, был вторым по старшинству после Алби.

Томас был удивлен, однако страх улетучился. Стало любопытно: захотелось узнать, что от него нужно Ньюту. Он кивнул. Ньют убрал руку.

— Пойдем, Шнурок, — сказал он, поднимаясь на ноги и протягивая руку, чтобы помочь Томасу встать. Ньют, казалось, обладал такой силой, что мог запросто оторвать ему кисть. — Хочу показать тебе кое-что до подъема.

Последние остатки сна вмиг улетучились.

— Хорошо, — с готовностью ответил Томас, понимая, что надо оставаться настороже, потому что здесь никому доверять нельзя, но любопытство брало верх.

Он быстро вскочил и надел туфли.

— А куда мы...

— Просто иди за мной и не отставай.

Они на цыпочках пошли через лужайку, переступая через тела спящих. Несколько раз Томас чуть было не споткнулся. Потом наступил на чью-то руку, заставив спящего вскрикнуть от боли, за что немедленно получил пинок в ногу.

— Извини, — прошептал он, не обращая внимания на сердитый взгляд Ньюта.

Оказавшись на бетонных плитах двора, Ньют перешел на бег, направляясь к западной стене. Какое-то время Томас колебался, не понимая, зачем ему бежать, потом махнул рукой и помчался следом.

В тусклом свете каждое препятствие на пути выделялось черной тенью, поэтому Томас мог бежать достаточно быстро. Ньют остановился прямо у высоченной стены, которая высилась над ними, словно небоскреб — еще один неясный образ из прошлого, промелькнувший в закоулках опустошенной памяти.

Томас заметил маленькие красные огоньки, вспыхивающие то тут, то там на поверхности стены: они хаотично двигались и замирали, вспыхивали и внезапно гасли.

— Что это? — громко прошептал он с дрожью в голосе.

Мигающие красные огоньки таили в себе какую-то скрытую угрозу.

Ньют стоял всего в паре футов от стены, утопающей в густых зарослях плюща.

— Блин, со временем ты все узнаешь, Шнурок!

— По-моему, глупо посылать меня туда, где все кажется непонятным, и при этом не отвечать на вопросы. — Томас умолк, удивившись собственной решительности. — Шанк, — добавил он, вкладывая в незнакомое слово весь сарказм, на какой был способен.

Ньют издал короткий смешок.

— А ты мне нравишься, Шнурок. Я собираюсь показать тебе кое-что. Ладно. Молчи и смотри.

Он шагнул к стене, запустил руки в заросли плюща и отодвинул в сторону несколько стеблей: под ними обнаружилось квадратное окно шириной в пару футов, покрытое толстым слоем пыли. Сейчас оно выглядело абсолютно черным, словно было закрашено краской.

— И куда смотреть? — прошептал Томас.

— Держи портки покрепче и постарайся не обделаться, дружок. Один из них вот-вот появится.

Прошла минута. Вторая. Потом еще несколько... Томас переминался с ноги на ногу, не понимая, почему Ньют неподвижно стоит и всматривается в окно, за которым нет ничего, кроме темноты.

Но внезапно что-то изменилось.

В окне появилось странное свечение; проникая сквозь стекло, оно переливалось всеми цветами радуги на лице и теле Ньюта, словно тот стоял у края бассейна, подсвеченного изнутри. Томас застыл и прищурился, стараясь разглядеть то, что находилось по другую сторону стекла. К горлу подступил комок.

Что это, черт возьми?!

— Там, за стенами, Лабиринт, — шепнул Ньют. Глаза его были широко раскрыты, будто он находился в состоянии транса. — Все, что мы делаем в жизни, абсолютно все, связано с Лабиринтом, Шнурок. Каждый божий день своей жизни мы посвящаем лишь одному — разгадать гребаную тайну этого гребаного Лабиринта, понимаешь? Я хочу, чтобы ты узнал, с чем имеешь дело и почему эти чертовы стены каждый вечер задвигаются. Надеюсь, после этого ты уяснишь, что тебе никогда и ни при каких обстоятельствах не стоит высовывать туда свою задницу.

Продолжая придерживать стебли плюща, Ньют отступил назад и жестом предложил Томасу стать на его место и заглянуть в окно.

Томас наклонился вперед и уткнулся носом в холодную поверхность стекла. Ему потребовалось несколько секунд, чтобы сквозь слой пыли и грязи различить смутный движущийся силуэт: ради этого Ньют и привел его сюда. От увиденного у Томаса перехватило дыхание, словно ледяной ветер ворвался в легкие и сковал их льдом.

Нечто — какое-то существо — размером с корову, но без каких-либо четких очертаний, проворачиваясь и пульсируя, поползло по коридору. Взобравшись на противоположную стену, оно вдруг прыгнуло прямо на окно, ударившись о толстое стекло с громким глухим звуком. Томас невольно вскрикнул и отпрянул от окна, как ошпаренный, однако тварь отскочила назад, не нанеся стеклу ни малейшего вреда.

Томас сделал два глубоких вдоха и снова прильнул к окну. Темнота мешала рассмотреть существо подробно, однако оно излучало странное свечение, позволявшее видеть блестящую скользкую шкуру с торчащими из нее серебристыми шипами. Из тела чудовища, словно руки, выступали жутковатого вида странные механические приспособления со всякими инструментами на концах: дисковая пила, ножницы, какие-то длинные штыри, о назначении которых можно было лишь догадываться...

Тварь оказалась жуткой помесью животного и машины. Скорее всего, она понимала, что за ней наблюдают, знала, *что* находится за стенами Глэйда, и ей, видимо, очень хотелось проникнуть внутрь и полакомиться человеческим мясом. Страх, словно опухоль, разрастался в груди Томаса, сдавливая дыхание. Несмотря на провалы в памяти, он не сомневался, что ни с чем более страшным сталкиваться ему еще не доводилось.

Томас отошел от окна; хорошее настроение, которое он почувствовал минувшим вечером, улетучилось без следа.

— Что это такое? — спросил Томас, чувствуя, как от страха сводит живот. Он снова подумал, что никогда больше не сможет притронуться к еде.

— Мы называем их гриверами, — ответил Ньют. — Мерзкая тварь, верно? Слава богу, они вылазят только по ночам. Если бы не Ворота...

Томас сглотнул, начиная сомневаться, что когда-нибудь вообще сможет сбежать отсюда. От былой решимости стать *бегуном* ничегошеньки не осталось. И все-таки выбора у него не было. Так или иначе, сделать это придется.

Странная мысль, если принимать во внимание только что увиденное.

Ньют отрешенно посмотрел на окно.

— Теперь, дружище, ты знаешь, какая нечисть водится в Лабиринте. Все это не шутки. Но раз уж ты оказался в Глэйде, мы рассчитываем, что ты постараешься выжить и поможешь выполнить то, ради чего нас сюда послали.

— Что именно? — спросил Томас, не надеясь услышать ничего утешительного.

Ньют посмотрел ему прямо в глаза. Первые проблески зари падали на него, и Томас мог видеть лицо Ньюта в мельчайших подробностях — грубая кожа и изрезанный морщинами лоб.

— Найти выход отсюда, Шнурок, — произнес Ньют. — Разгадать тайну поганого Лабиринта и вернуться домой.

Спустя пару часов — к этому времени Ворота уже открылись — Томас сидел за старым кособоким столиком неподалеку от Хомстеда. Из головы никак не выходили гриверы: что они делают по ночам в Лабиринте? И каково это — быть атакованным этими чудовищными тварями?

Он попытался отбросить мысли о гриверах и сосредоточиться на чем-нибудь другом. На бегунах. Томас постоянно думал о них. Бегуны только что, не сказав никому ни слова, покинули Глэйд и помчались в Лабиринт, быстро скрывшись в его коридорах. Томас нехотя ковырял вилкой яичницу с беконом, ни с кем не разговаривая, даже с Чаком, который сидел рядом и молча ел. Бедняга изо всех сил пытался завязать с Томасом беседу, а тот упорно не отвечал. Сейчас ему хотелось лишь одного — чтобы его оставили в покое.

Разум отказывался верить в реальность происходящего. Ситуация выглядела просто невозможной. Неужели Лабиринт настолько огромен, что дюжине подростков не удалось изучить его за время многочисленных вылазок? Как вообще можно построить такое циклопическое сооружение? И что более важно — для чего? Ведь должно быть у него какое-то назначение. Кроме того, оставалось неясным, как давно существует Лабиринт и с какой целью сюда забрасывают людей.

От раздумий трещала голова.

Несмотря на все попытки не думать о гривере, мысли об отвратительном существе возвращались снова и снова. Всякий раз, как только Томас закрывал глаза, ему чудилось, будто на него набрасывается призрачный собрат омерзительной твари.

Томас знал — об этом говорило какое-то шестое чувство, — что сам он далеко не дурак. Тем не менее все здесь оставалось непонятным. За исключением одного — ему суждено стать бегуном. Интересно, подумал Томас, а почему он в этом так уверен? Особенно теперь, когда знает, какие кошмарные страшилища обитают в Лабиринте...

Кто-то хлопнул его по плечу, выведя из состояния задумчивости. Томас обернулся: за спиной, скрестив руки на груди, стоял Алби.

— Судя по твоему паршивому виду, проснулся ты рано, — произнес он. — Как тебе видок из окна? Понравилось?

Томас поднялся, надеясь, что вскоре выяснит что-нибудь важное или как минимум отвлечется от мрачных мыслей.

— Понравилось настолько, что захотелось узнать об этом местечке поподробнее, — ответил он, опасаясь, как бы его слова опять не вызвали у Алби приступ гнева, какой он наблюдал днем ранее.

Алби кивнул.

— Пошли со мной, шанк. Экскурсия начинается прямо сейчас. — Сделав несколько шагов, он вдруг остановился. — И никаких вопросов до самого окончания, сечешь? У меня нет времени трепаться с тобой весь день.

— Но... — Томас запнулся, увидев, что Алби нахмурил брови. Неужели этот парень не может быть хоть чуточку любезнее? — Расскажи мне. Я хочу знать все об этом месте.

Ночью он решил пока никому не признаваться в том, что чувствует себя так, будто бывал здесь раньше и многие вещи кажутся ему знакомыми. Озвучивать подобные мысли представлялось не самой хорошей идеей.

— Я расскажу только то, что посчитаю нужным, Шнурок. Пошли.

— А мне с вами можно? — спросил Чак.

Алби подошел к столу и схватил мальчика за ухо.

— Ай!.. — вскрикнул Чак.

— У тебя что, нет обязанностей, балда?! — рявкнул Алби. — Или думаешь, помои с дерьмом куда-то испарились?!

Чак поморгал, потом испуганно посмотрел на Томаса.

— Удачи...

— Спасибо.

Внезапно Томасу стало жалко Чака — к нему здесь, видимо, относились без особого уважения. Как бы то ни было, сейчас мальчишке ничем не поможешь — пора идти.

Он улыбнулся Чаку и поспешил вслед за Алби.

ГЛАВА СЕДЬМАЯ

«Экскурсия» началась у Ящика. Сейчас люк закрывали две металлические створки, лежащие на уровне земли. Белая краска на них давно потускнела и кое-где потрескалась. Было уже довольно светло. Тени от предметов падали теперь в другую сторону, чем вчера. Солнца еще не было видно, но казалось, что оно может появиться над восточной стеной в любую минуту.

Алби указал на створки.

— Это Ящик. Раз в месяц, строго по расписанию, он привозит одного новичка, вроде тебя. На нем же раз в неделю сюда доставляют кое-какие вещи — одежду и продукты питания. Много нам не надо. Мы в Глэйде и своим прекрасно обходимся.

Томас кивнул. Его так и подмывало снова начать спрашивать. *Прямо хоть кляп в рот вставляй*, подумал он.

— Как работает Ящик, откуда приезжает и кто им управляет — мы без понятия. Ни один из прибывших шанков не смог о нем ничего рассказать. У нас есть электричество, одежду нам присылают, а пищей мы в основном обеспечиваем себя сами. Однажды попробовали отправить одного новенького назад, но пока он там сидел, Ящик так и не сдвинулся с места.

Томас чуть было не спросил, что находится за створками, когда Ящика нет, но передумал. Сейчас он испытывал смешанные чувства — любопытство, растерянность, удивление; ко всему этому примешивался непреодолимый страх перед зловещими гриверами.

— Глэйд разделен на четыре участка, — продолжал тем временем Алби. На Томаса он не смотрел. — Плантация, Живодерня, Хомстед, Могильник. Ты запоминаешь?

Томас помедлил, затем неуверенно кивнул головой.

Алби поморщился, словно был здорово раздосадован тем, что у него по горло неотложных дел, а он вынужден терять время с каким-то новичком.

— Плантация. — Он указал на северо-восток, где располагались сады и огороды. — Там мы выращиваем еду. Вода поступает через проложенные под землей трубы — водопровод был тут с самого начала. Если бы не он, мы бы давно уже подохли с голода. Дождей тут не бывает. Никогда. — Он махнул рукой в сторону загонов для скота в юго-восточном углу Глэйда. — Живодерня — там мы выращиваем и забиваем скотину... А вон там — Хомстед. Сейчас эта убогая халупа раза в два больше, чем была, когда тут появились первые из нас. Мы ее достраиваем по мере того, как Ящик привозит доски и прочее строительное барахло. Выглядит, конечно, стремно, но жить там можно. Хотя большинство все равно спит под открытым небом.

От обилия информации и от незаданных вопросов у Томаса раскалывалась голова. Он никак не мог привести мысли в порядок.

Алби ткнул пальцем в юго-западный угол Глэйда, скрытый густыми зарослями. Возле хилых деревьев у самого края рощицы виднелись скамейки.

— Вон то место мы называем Могильником. Кроме кладбища — это где лес погуще, — там больше нет ничего. Ты свободно можешь пойти туда посидеть, отдохнуть или просто пошляться от нефиг делать. Делаешь что хочешь, короче. — Он кашлянул и умолк, словно хотел сменить тему. — Каждый день в течение следующих двух недель ты будешь работать под руководством нескольких кураторов. Так мы узнаем, какая работа тебе подходит лучше всего — слопер, технарь, чистильщик, копач. Тут у всех есть специальность. Пошли.

Алби зашагал к Южным Воротам, расположенным между Могильником и Живодерней. Томас побрел следом. Он поморщился, когда со стороны фермы до него донесся резкий запах навоза. *Кладбище*, подумал он. *Зачем кладбище там, где живут одни подростки?* Это беспокоило его даже сильнее, чем обилие непонятных слов вроде «слопера» и «чистильщика». Любопытство буквально распирало Томаса, и он чуть было не перебил Алби, но вовремя опомнился и заставил себя молчать, переключив внимание на Живодерню.

Возле большого корыта стояли несколько коров, меланхолично пережевывая сено. В грязной луже неподалеку неподвижно лежали несколько свиней, и если бы они время от времени не шевелили хвостиками, можно было бы подумать, что они давно сдохли. Кроме того, Томас увидел загон с овцами; еще там находились клетки с индюками и курятник. Там и сям по участку деловито сновали какие-то ребята; выглядели они так, словно провели всю жизнь на ферме.

Почему мне знакомы эти животные? — удивился Томас. Для него в них не было ничего нового и интересного. Он отлично знал, как они называются, чем питаются и как выглядят. Почему эта информация осталась в его в мозгу, а то, где и с кем он прежде их видел, забылось совершенно? Странной выборочной амнезии не находилось никакого объяснения.

Алби указал на большой хлев. Его некогда красные стены давно выцвели и приобрели мрачный ржавый оттенок.

— Это скотобойня. Грязная у них работенка, надо сказать. Очень грязная. Впрочем, если не боишься вида крови, можешь стать забойщиком.

Томас замотал головой. Перспектива стать забойщиком его совершенно не привлекала.

«Экскурсия» продолжалась. Томас обратил внимание на противоположную сторону Глэйда, на ту его часть, которую Алби назвал Могильником. Ближе к углу, где находилось кладбище, деревья росли плотнее, их листва выглядела более здоровой и полной жизни. Похоже, там постоянно царил полумрак. Зажмурившись, Томас посмотрел вверх и наконец-то увидел солнце — правда, выглядело оно странно: более оранжевое, что ли, чем обычно. Томас снова поразился необычной избирательности своей амнезии.

Он снова перевел взгляд на Могильник, но огненный диск солнца продолжал маячить перед глазами. Томас часто заморгал, чтобы избавиться от светового пятна, и вдруг снова заметил красные огоньки, поблескивавшие глубоко в темных кронах деревьев. *Что это за штуковины*? — недоуменно подумал он, злясь на Алби за то, что тот не отвечает на вопросы. Чрезмерная скрытность «экскурсовода» раздражала все сильнее.

Алби остановился, и Томас с удивлением обнаружил, что они оказались у Южных Ворот: по обе стороны высились громадные стены. Гигантские блоки из серого камня, местами потрескавшиеся, были почти полностью скрыты плющом. Глядя на них, Томасу подумалось, что ничего древнее этих стен ему, скорее всего, видеть еще не приходилось. Он задрал голову, пытаясь сообразить, как высоко они поднимались, но испытал странное ощущение, будто смотрел не вверх, а вниз, в бездонную пропасть. Голова закружилась: Томас, пошатываясь, отступил назад, продолжая поражаться невиданной архитектуре своего нового пристанища. Он повернулся к Алби; тот стоял спиной к проходу.

— Там Лабиринт. — Алби ткнул большим пальцем через плечо и замолчал.

Томас посмотрел в зияющий просвет между стен, служивший выходом из Глэйда. Простиравшиеся за ним коридоры выглядели точь-в-точь как те, которые он утром увидел у Восточных Ворот через окно. От мысли, что в любую минуту на них может напасть гривер, бросило в жар. Инстинктивно Томас попятился.

Успокойся! — одернул он себя.

— Я в Глэйде уже два года. Дольше, чем все остальные. Те, кто появился тут до меня, уже мертвы, — произнес Алби. При этих словах у Томаса часто забилось сердце. — Мы два года бьемся над разгадкой тайны, но так ни к чему и не пришли. По ночам долбаные стены в Лабиринте двигаются, как здесь Ворота, поэтому составить карту Лабиринта чертовски сложно. Практически невозможно.

Он кивнул в сторону приземистой бетонной будки, в которой прошлой ночью скрылись бегуны.

Разум Томаса с трудом мог переварить услышанное. Алби здесь уже два года? Стены в Лабиринте перемещаются?..

А сколько человек погибло?

Он шагнул вперед, желая взглянуть на Лабиринт собственными глазами, словно все ответы были написаны на его стенах.

Алби выставил руку и остановил Томаса, слегка оттолкнув назад.

— Туда нельзя, шанк.

Томас сдержался и спросил лишь:

— Почему?

— Думаешь, я утром подослал к тебе Ньюта ради развлечения? Правило Номер Один гласит, что никто — абсолютно никто! — кроме бегунов, не имеет права выходить в Лабиринт. Это единственное правило, за нарушение которого не бывает пощады. Посмеешь его нарушить — и если к тому времени тебя еще не прикончат гриверы, за них это сделаем мы. Сечешь?

Томас нехотя кивнул, подумав, что Алби наверняка преувеличивает. По крайней мере, хотелось бы в это верить. Как бы то ни было, но если после ночного разговора с Чаком оставались какие-то сомнения, теперь они полностью исчезли: он хочет стать бегуном. И он им станет. Он обязан попасть в Лабиринт. Несмотря на все, что Томас узнал и увидел собственными глазами, его тянуло туда как магнитом.

Внезапно его внимание привлекло едва уловимое движение в верхней части левой стены. Он быстро повернул голову и успел заметить, как в зарослях плюща мелькнуло нечто — мелькнуло и тут же исчезло, блеснув чем-то серебристым.

Томас не смог ничего с собой поделать: вопрос сам сорвался с языка.

— Что это было?

Алби даже не оглянулся.

— Сколько раз повторять — никаких вопросов до окончания, шанк! — Он помолчал, потом глубоко вздохнул и все-таки ответил: — Жуки-стукачи. С их помощью за нами наблюдают Создатели. Тебе лучше не...

Внезапно его прервал пронзительный вой сирены, разнесшийся по всему Глэйду. От неожиданности Томас присел, зажал уши ладонями и ошалело завертел головой: сердце было готово буквально выскочить из груди. Он посмотрел на Алби и растерялся: тот, кажется, нисколько не испугался надсадного рева сирены, а выглядел всего лишь удивленным.

У Томаса отлегло от сердца: его «экскурсовод», по-видимому, был далек от мысли, что наступил конец света. Впрочем, если и наступил, то Томасу уже порядком надоело постоянно чего-то бояться.

— Что происходит? — спросил он.

— Странно, — произнес Алби и прищурился.

Томас посмотрел в сторону Живодерни: люди, работавшие в загонах, были, очевидно, тоже весьма удивлены, потому что недоуменно озирались по сторонам. Один из них, низенький худой парнишка, крикнул Алби, почему-то глядя при этом на Томаса:

— В чем дело?

— Понятия не имею, — сухо бросил Алби в ответ.

Терпение Томаса иссякло.

— Алби! Что происходит?

— Ящик, балда ты стебанутая! Ящик! — бросил Алби на ходу.

— А что с ним? — настаивал Томас, стараясь поспеть за ним.

Ему захотелось заорать: *«Ответь же мне!»*

Алби не ответил и даже не замедлил шага. Приблизившись к Ящику, Томас увидел, что со всех концов Глэйда к лифтовой шахте стекаются подростки. Среди них был и Ньют. Стараясь сдержать нарастающий страх и убеждая себя, что все будет хорошо и происходящему есть разумное объяснение, Томас окликнул его:

— Ньют, что происходит?!

Увидев Томаса, Ньют кивнул и пошел навстречу ему шагом, странно спокойным для такой суматохи. Подойдя, он похлопал Томаса по спине.

— Это значит, что к нам прибывает очередной чертов новичок. — Ньют умолк, наблюдая за реакцией Томаса. — Вот прямо сейчас.

— И что?

Внимательнее всмотревшись в лицо Ньюта, Томас понял: то, что он ошибочно принял за спокойствие, на самом деле было растерянностью; судя по всему, его новый приятель с трудом верил в реальность происходящего.

— Как что?! — воскликнул Ньют, даже слегка приоткрыв рот от удивления. — К нам еще никогда не присылали двух новеньких в течение одного месяца, Шнурок! Не говоря уже о двух днях подряд...

Сказав это, он махнул рукой и помчался к Хомстеду.

ГЛАВА ВОСЬМАЯ

Просигналив ровно две минуты, сирена смолкла. Вокруг стальных створок люка в центре площади собралась толпа. От мысли, что он прибыл сюда лишь вчера, Томас вздрогнул.

Вчера? — подумал он. — *Неужели это было только вчера*?

Кто-то взял его за локоть. Он обернулся и снова увидел Чака.

— Как дела, Салага? — спросил тот.

— Отлично, — ответил Томас, хотя это была чистейшая ложь. Он кивнул на закрывающие шахту створки. — Почему все так переполошились? Ведь каждый из вас попал сюда этой же дорогой.

Чак пожал плечами.

— Просто, насколько я знаю, Ящик всегда прибывал четко по расписанию — только один раз в месяц, в один и тот же день. Может быть, те, кто управляют Лабиринтом, решили, что сморозили большую глупость, послав тебя сюда, и теперь отправили кого-то на замену.

Чак ткнул Томаса локтем в бок и совершенно по-детски хихикнул, что, как ни удивительно, вызвало у Томаса еще большую симпатию к мальчишке.

Он посмотрел на нового приятеля нарочито строго.

— Иногда ты просто невыносим. Серьезно говорю.

— Ага, но мы теперь друзья, так ведь? — Теперь Чак аж захрюкал от смеха.

— Похоже, выбора мне ты не оставляешь.

Томасу и в самом деле был нужен друг, и Чак подходил на эту роль как нельзя лучше.

Мальчишка с довольным видом скрестил руки на груди.

— Рад, что вопрос улажен. В такой дыре каждому нужен приятель.

Томас шутливо схватил Чака за воротник и сказал:

— Хорошо, *приятель*. Тогда будь добр называть меня по имени. Томас! Запомнил? Иначе сброшу тебя в шахту, когда Ящик уедет. — Его вдруг осенило; он отпустил Чака. — Постой-ка. Вы никогда не...

— Пробовали, — ответил Чак, прежде чем Томас успел договорить.

— Пробовали — что?

— Залезть в Ящик, после того как нам доставили посылку, — сказал Чак. — Не срабатывает. Ящик не тронется с места, пока в нем кто-то есть.

Томас вспомнил, что Алби говорил ему то же самое.

— Я знаю, но что если...

— И это пробовали.

Томас еле сдержался, чтобы не зарычать от досады.

— Черт! Как с тобой трудно говорить. Что именно пробовали?

— Проникнуть внутрь, когда Ящика не было. Облом. Створки открыть можно, но за ними ничего — пустота и кромешная тьма. И никаких тебе тросов. Nada*! Спуститься не получится.

Да как такое возможно?

— А если...

— Тоже пробовали.

На этот раз Томас издал громкий недовольный вздох.

— Ну, хорошо. Говори.

— Бросали в шахту разные предметы. Но так и не услышали, чтобы они обо что-то стукнулись. Шахта уходит черт-те на какую глубину.

Томас помолчал, прежде чем заговорить, опасаясь, как бы Чак не оборвал его и на этот раз.

— Ты что, мысли читать умеешь? — спросил он с наивозможным сарказмом.

— Просто я очень умный, вот и все, — подмигнул Чак.

— Слушай, Чак. Никогда мне больше так не подмигивай, — недовольно произнес Томас.

Чак действительно немного его раздражал, но все-таки было в мальчишке что-то такое, отчего окружающий мир казался не таким мрачным. Томас глубоко вздохнул и снова перевел взгляд на толпу, окружившую люк.

— А сколько времени занимает подъем Ящика?

— Обычно приезжает через полчаса после сирены.

Томас задумался. Наверняка должно быть что-то, чего они еще не испробовали.

— Ты насчет шахты точно уверен? Вы не пытались... — он сделал паузу, но на этот раз Чак смолчал. — Вы не пытались сделать веревку?

— Ага. Пытались. Сплели из плюща самую длинную, какую только смогли. Скажем так, эксперимент... не совсем удался.

— В каком смысле?

— Меня тут еще не было, но я слышал, что парень, который вызвался сделать это, не успел спуститься и на десять футов, как снизу что-то вылетело и перерубило его пополам.

— Чего? — засмеялся Томас. — Ни за что не поверю в эту чушь!

---

* Ни фига (*исп.*).

— Ты, наверное, считаешь себя самым умным? Я лично видел кости этого бедняги. Его разрезало точно пополам — будто нож взбитые сливки. То, что осталось, выставили напоказ в специальном гробу, чтобы другим неповадно было.

Приняв слова Чака за очередную шутку, Томас ожидал, что тот сейчас засмеется или хотя бы улыбнется. Разве можно перерубить человека надвое? Но Чак был серьезен.

— Ты не шутишь?

Чак спокойно посмотрел Томасу в глаза.

— Я не вру, Са... э-э... Томас. Пойдем, глянем, кого к нам забросили. Поверить не могу, что ты пробыл Салагой всего лишь день. Везет же кланкоголовым.

По пути Томас задал еще один мучивший его вопрос.

— А с чего вы взяли, что Ящик привез человека, а не какие-нибудь вещи?

— В таких случаях сирена не воет, — просто ответил Чак. — Вещи доставляются раз в неделю в один и тот же час. Эй, глянь-ка!

Чак остановился и показал пальцем на кого-то в толпе. С нескрываемой ненавистью на них смотрел Галли.

— Вот черт, — произнес Чак. — Ты явно пришелся ему не по нраву.

— Ну да, — пробормотал Томас. — Я это успел заметить.

Чак толкнул Томаса локтем, и приятели пошли дальше. Подойдя к остальным ребятам, они остановились и молча стали ждать. Встреча с Галли отбила у Томаса всякую охоту продолжать беседу.

А вот Чак, видимо, не наговорился.

— Почему бы тебе не пойти и не выяснить с ним отношения сразу, не откладывая в долгий ящик? — спросил он, стараясь говорить твердо.

Томасу хотелось верить, что у него хватит смелости подойти к Галли, но сейчас это было бы величайшей глупостью.

— Начнем с того, что у него гораздо больше друзей, чем у меня. Так что Галли — не тот человек, с которым стоит ссориться у всех на виду.

— Верно, но ты куда умнее. Да и шустрее. Я уверен, у тебя хватит сил справиться и с ним, и со всеми его дружками.

Один из подростков, стоящий перед ними, бросил сердитый взгляд через плечо. *Должно быть, один из дружков Галли*, подумал Томас.

— Помолчи лучше, а? — прошипел он.

За его спиной хлопнула дверь. Томас обернулся — из Хомстеда вышли Алби и Ньют. Оба выглядели очень уставшими.

В памяти всплыла ужасная картина — извивающийся на кровати Бен.

— Дружище, ты должен мне рассказать, что такое Метаморфоза и что они там делали с бедолагой Беном.

Чак пожал плечами.

— Да я, в общем-то, не в курсе. Знаю только, что гриверы что-то такое делают с человеком, отчего он долго мучается. А когда все заканчивается, человек становится... другим.

Томас почувствовал, что у него появился шанс наконец-то получить хоть один внятный ответ.

— Другим? В каком смысле? Каким образом гриверы могут изменить человека? Галли именно это имел в виду, когда говорил про «быть ужаленным гривером»?

Чак приложил палец к губам:

— Тс-с.

От досады Томас хотел сплюнуть, но сдержался. Он твердо решил вернуться к этому разговору позже, захочет Чак того или нет.

Алби и Ньют протиснулись сквозь толпу в самый центр и остановились возле люка, закрытого двумя металлическими створками. В наступившей тишине Томас расслышал скрежет и громыхание поднимавшегося лифта и вспомнил собственное кошмарное путешествие накануне. Ему стало неприятно, словно он заново переживал ужасные минуты после пробуждения во мраке кабины. Кто бы ни находился сейчас в Ящике, Томас искренне ему сочувствовал, понимая, через какие испытания тот проходит.

Раздался приглушенный удар: лифт прибыл.

Сгорая от нетерпения, Томас наблюдал, как Ньют и Алби заняли позиции на противоположных сторонах люка, взялись за простые ручки в виде крюков, закрепленные на каждой из створок, и одновременно потянули их в стороны. С гулким грохотом створки упали на землю, подняв в воздух клубы пыли.

Воцарилось напряженное молчание. Откуда-то издалека донеслось блеяние козы. Томас подался вперед, насколько было возможно, стараясь увидеть того, кто находился в кабине.

Ньют наклонился, чтобы лучше разглядеть новичка. Внезапно он резко выпрямился; на его лице читалось изумление.

— Господи… — выдохнул он, дико озираясь по сторонам.

Реакция Алби, успевшего к этому времени тоже заглянуть в кабину, была похожей.

— Не может быть… — пробормотал он, словно в трансе.

Толпа оживленно загомонила и ринулась к небольшому отверстию люка. *Что такого они там увидели,* — удивился Томас. — *Что там?!* В душу закрался противный страх: чувство было похоже на то, которое он пережил утром при виде таинственного свечения в окне.

— Не подходите! — громко приказал Алби. — Отойдите назад!

— Кто там? — крикнули в толпе.

Алби выпрямился.

— Два новичка за два дня, — еле слышно прошептал он. — И теперь еще это… Два года никаких изменений, и вот — пожалуйста…

Тут он почему-то посмотрел на Томаса.

— Что происходит, Шнурок?

— А мне откуда знать? — ответил Томас, смущенно глядя на Алби.

Лицо залил румянец, а в животе неприятно заныло.

— Почему бы тебе просто не сказать нам, что за шанк сидит там внизу? — крикнул Галли.

При этих словах подростки зашумели и снова подались вперед.

— Заткнитесь, шанки! — заревел Алби. — Ньют, скажи им!..

Ньют еще раз заглянул в Ящик, затем повернулся к толпе.

— Там девчонка, — мрачно произнес он.

Все возбужденно загалдели; до слуха Томаса доносились лишь отдельные отрывки фраз:

— Девчонка?!..

— Чур, моя будет!

— Как она на вид?

— Сколько ей лет?

Томас был в полнейшем замешательстве. *Девчонка?..* До этого момента он почему-то не задумывался, почему в Глэйде жили только парни. Впрочем, пока у него не было времени особо над этим задумываться. *Кто она? Почему…*

Ньют жестом призвал толпу к тишине.

— Но это еще не все, блин, — сказал он и кивнул в сторону Ящика. — Кажется, она умерла.

Чтобы извлечь тело девушки из Ящика, Алби и Ньют спустились вниз по веревкам, сплетенным из стеблей плюща. Толпа притихла. Глэйдеры с серьезными лицами переминались с ноги на ногу, изредка о чем-то негромко переговариваясь. Никто из окружающих не признавался, что ему не терпится посмотреть на девушку, но Томас был уверен, что они сгорали от любопытства не меньше его.

Галли был среди тех, кто держал веревки, чтобы вытащить из Ящика Алби, Ньюта и труп. Томас присмотрелся к нему внимательнее: глаза парня заволакивала темная пелена, и в них читалось какое-то очень нездоровое возбуждение. Глядя на него, Томас ощутил, что начинает опасаться Галли еще сильнее, чем всего минутой раньше.

Из глубины шахты послышался крик Алби, и Галли с несколькими подростками принялись с усилием тащить веревку. Несколько мгновений спустя безжизненное тело девушки извлекли из кабины и положили на землю. Глэйдеры мгновенно ринулись вперед, окружив труп плотным кольцом. Напряжение, висевшее в воздухе, казалось буквально осязаемым. Томас остался стоять на месте. От наступившей гнетущей тишины у него по спине поползли мурашки, словно они только что раскопали свежую могилу.

Несмотря на любопытство, он не стал продираться сквозь толпу поближе к телу девушки — слишком плотным было скопление народа. Но перед тем как ему заслонили обзор, Томас все-таки успел краем глаза увидеть неизвестную: она была худощавой и довольно высокой — пять с половиной футов ростом, насколько он мог судить. На вид лет пятнадцать-шестнадцать. Но что его поразило больше всего, так это ее кожа — светлая, почти белая, словно жемчуг; и по контрасту — иссиня-черные волосы.

Выбравшись из шахты, Ньют и Алби протиснулись сквозь толпу к трупу и исчезли из поля зрения Томаса. Но спустя буквально несколько мгновений подростки неожиданно расступились, и в образовавшемся просвете Томас увидел Ньюта, который указывал на него пальцем.

— Подойди сюда, Шнурок! — крикнул он грубо.

Сердце у Томаса подпрыгнуло к самому горлу, ладони вспотели. Чего они от него хотят?.. Похоже, ситуация принимала все более нежелательный оборот. Усилием воли Томас заставил себя шагнуть вперед, стараясь держаться непринужденно, но при этом не выглядеть так, словно он в чем-то виноват.

Успокойся, ты ничего плохого не сделал!

Однако его не покидало странное чувство, будто он мог стать причиной неприятностей, сам того не осознавая.

Глэйдеры расступились. Пока Томас шел по образовавшемуся проходу, они сверлили его злобными взглядами, словно он нес личную ответственность за все происходящее — за Лабиринт, за Глэйд, за гриверов. Томас старался не смотреть по сторонам.

Он подошел к Ньюту и Алби, которые склонились над телом девушки. Чтобы не встречаться с ними глазами, Томас сосредоточил внимание на незнакомке. Да, она была красива. Более того — прекрасна. Шелковистые волосы, бархатистая кожа, губы идеальной формы, стройные ноги... Оценивать внешность мертвого человека было очень неприятно, но он не мог отвести взгляда от девушки. Долго она не будет так выглядеть, пронеслось в голове у Томаса, и по телу пробежал холодок. Скоро начнется процесс гниения...

Его передернуло.

— Ты знаешь эту девчонку, шанк? — раздраженно спросил Алби.

Томас меньше всего ожидал подобного вопроса.

— Знаю ее? Разумеется, нет! Я вообще никого, кроме вас, не знаю...

— Не в этом смысле... — начал Алби, но тут же запнулся, подбирая слова. — Ну, в смысле... она тебе *кажется* знакомой? Есть такое чувство, будто ты видел ее раньше?

— Нет. Абсолютно, — покачал головой Томас, глядя то под ноги, то снова на девушку.

Алби поморщился.

— Ты уверен?

Судя по сердитому выражению лица Алби, он не верил ни единому слову Томаса.

Да с чего он решил, что я имею к этому какое-то отношение? — раздраженно подумал Томас. Он выдержал взгляд Алби и ответил единственно возможным образом:

— Да, уверен. А что?

— Проклятье, — проворчал Алби, оглядываясь на девушку. — Совпадения быть не может. Два дня и два новичка. Один живой, другой — мертвый.

Только сейчас Томас начал понимать, к чему клонит Алби, и обомлел от ужаса.

— Да ты что...

Слова застряли у него в горле.

— Расслабься, Шнурок, — сказал Ньют. — Никто не говорит, что ты прикончил девчонку.

Голова у Томаса пошла кругом. Он был уверен, что никогда прежде ее не видел, но почему-то теперь в душу стали закрадываться сомнения.

— Я клянусь, что она мне совершенно незнакома...

— А ты...

Ньют поперхнулся и умолк: девушка вдруг резко дернулась и села. Хватая ртом воздух, она часто заморгала и принялась крутить головой, дико глядя на обступивших ее людей. Алби вскрикнул и повалился на спину, Ньют испуганно ахнул и отскочил назад. Томас не двинулся с места, парализованный страхом, и продолжал, словно завороженный, смотреть на то, что только что считалось трупом.

Горящие голубые глаза девушки были широко открыты, рот жадно хватал воздух. Потом она попыталась что-то сказать, но слов разобрать было нельзя.

И вдруг девушка замерла, а потом внятно произнесла глухим, каким-то замогильным голосом одну-единственную фразу:

— Скоро все изменится.

Томас с изумлением наблюдал, как после этого девушка закатила глаза, повалилась на спину и затихла. При этом ее согнутая в локте правая рука взметнулась вверх и застыла, указывая в небо. В кулаке был зажат сложенный лист бумаги.

Томас попытался сглотнуть, но в горле пересохло. Подскочил Ньют и с трудом вытащил листок из стиснутых пальцев бывшего трупа. Дрожащими руками он развернул записку и, встав на колени, расправил ее на земле. Томас подошел поближе и заглянул Ньюту через плечо.

На листке жирными черными буквами небрежным почерком было написано всего два слова: «*Она последняя*».

ГЛАВА ДЕВЯТАЯ

Повисла странная тишина, словно над Глэйдом пронесся ветер и вымел все звуки. Для тех, кто не мог увидеть записку, Ньют прочитал ее содержимое вслух, однако никаких криков, возгласов или вопросов, которые ожидал услышать Томас, не последовало — глэйдеры, не произнося ни слова, ошеломленно смотрели на девушку. Она лежала на земле и выглядела так, будто спала: грудь поднималась и опускалась в такт едва уловимому дыханию. Судя по всему, девушка, оказывается, не умерла и вовсе не собиралась этого делать.

Ньют поднялся. Томас ожидал, что он начнет успокаивать всех, даст какое-то более или менее разумное объяснение происходящему, но тот лишь скомкал записку, сжав кулаки с такой силой, что на них проступили вены. Сердце Томаса оборвалось. На душе сделалось совсем скверно.

— Медаки! — крикнул Алби, сложив ладони рупором.

Томас не успел подумать, что значит это слово — он слышал его однажды, — как кто-то с силой отпихнул его в сторону: два подростка постарше продирались сквозь толпу зевак. Один высокий, со стрижкой ежиком и носом размером с крупный лимон, другой — маленький, черноволосый, с первыми признаками седины на висках. Томас решил, что их появление внесет хоть какую-то ясность в происходящее.

— Ну и что нам с ней делать? — спросил тот, что повыше, неожиданно высоким голосом.

— А я откуда знаю? — бросил Алби. — Вы у нас тут медаки, вот вы и думайте.

Медаки, — мысленно повторил Томас, начиная догадываться о значении слова. — *Скорее всего, это что-то вроде врачей.*

Невысокий медак склонился над девушкой, проверил ее пульс и, прижав ухо к груди, послушал биение сердца.

— А кто сказал, что Клинт должен первый к ней клеиться? — сострил кто-то в толпе. Несколько человек громко рассмеялись.

— Я — следующий! — раздался чей-то выкрик.

Как они могут шутить в такой ситуации? — возмутился Томас. — *Девушка чуть не умерла.* Он почувствовал отвращение.

Глаза Алби сузились, а рот перекосила недобрая усмешка, не предвещавшая ничего хорошего.

— Если хоть кто-нибудь прикоснется к ней — отправится ночевать к гриверам в Лабиринт, — сказал Алби. Он сделал паузу, медленно обводя взглядом окружающих, слово хотел заглянуть в глаза каждому. — Повторяю: никто ее не тронет!

Первый раз Томасу понравилось сказанное Алби.

Невысокий парень, которого звали Клинтом — если выкрикнувший его имя не ошибался, — завершил беглый медицинский осмотр и встал.

— Она вроде в порядке. Дыхание и пульс в норме. Правда, немного замедленные. Физически она так же здорова, как ты и я, но, видать, в коме. Джеф, давай-ка отнесем ее в Хомстед.

Джеф взял девушку за руки, а его напарник Клинт ухватил за ноги. Томас хотел как-то помочь — с каждой секундой он все сильнее сомневался в том, что не видел ее раньше. Она действительно казалась ему странно знакомой, он чувствовал с девушкой какую-то невидимую связь, хоть и не мог объяснить — какую. Подумав об этом, Томас нервно оглянулся, словно посторонние могли подслушать его мысли.

— На счет «три», — скомандовал Джеф. Его высокая, согнутая пополам фигура выглядела довольно нелепо. — Раз... два... три!

Они рывком подняли незнакомку с земли и почти подбросили в воздух — девушка, очевидно, оказалась куда легче, чем они предполагали, — и Томас еле сдержался, чтобы не заорать на них.

— Думаю, придется понаблюдать за ней какое-то время, — произнес Джеф, ни к кому особенно не обращаясь. — Если быстро не очухается, начнем кормить ее бульоном.

— Позаботьтесь о ней, — сказал Ньют. — Что-то в девчонке особенное. Иначе ее бы сюда не прислали.

У Томаса засосало под ложечкой. Он уже не сомневался, что как-то связан с девушкой. Они прибыли сюда с разницей в один день, ее лицо показалось ему знакомым, и, несмотря на все ужасное, что Томас узнал о Лабиринте, он испытывал необъяснимую потребность стать бегуном... Что все это могло значить?

Перед тем как медаки понесли девушку в Хомстед, Алби еще раз внимательно всмотрелся в ее лицо.

— Положите девчонку в соседней с Беном комнате и глаз с нее не спускайте! Обо всех изменениях немедленно сообщать мне. И не важно, что произойдет — обделается она или начнет говорить во сне. Сразу доложите!

— Хорошо, — буркнул Джеф, и они с Клинтом понесли девушку в Хомстед. Ее тело безжизненно раскачивалось.

Когда медаки ушли, толпа начала расходиться, на ходу обсуждая ситуацию и выдвигая все новые и новые предположения относительно произошедшего.

Томас рассеянно наблюдал за ними, погрузившись в раздумья. О его необъяснимой связи с девушкой подозревал не он один. Неприкрытые намеки по поводу того, что Томас имеет к девушке какое-то отношение, свидетельствовали о том, что глэйдеры явно о чем-то догадывались, но вот о чем? Мало того, что он и так ничего не понимал, так теперь еще и эти обвинения... На душе сделалось совсем гадко. Словно прочитав его мысли, к нему подошел Алби и схватил за плечо.

— Ты уверен, что никогда ее раньше не видел? — спросил он.

Томас помедлил, прежде чем ответить.

— Нет... скорее, я не помню, — ответил он осторожно.

Интересно, а если он и вправду ее знал? Что бы это могло значить?

— Уверен? — допытывался Ньют, остановившийся рядом с Алби.

— Я... нет, не думаю. Чего ты ко мне пристал? И так тошно...

Сейчас Томасу хотелось лишь одного — чтобы поскорее наступила ночь и он смог бы остаться в одиночестве и заснуть.

Алби покачал головой, отпустил Томаса и повернулся к Ньюту.

— Что-то тут не так. Созывай Совет.

Он произнес это так тихо, что окружающие наверняка его не услышали, но в приказе слышалось что-то зловещее.

Алби и Ньют ушли, и Томас с радостью заметил, что к нему направляется Чак.

— Послушай, а что такое Совет?

Чак напыжился.

— Это когда собираются кураторы, — с важным видом сказал он. — Собрания проводятся очень редко — когда происходит что-то очень необычное или трагическое.

— Думаю, сегодняшнее событие подпадает под оба определения. — Урчание в желудке прервало поток мыслей. — Кстати, можно где-нибудь раздобыть чего-нибудь пожевать? А то утром я толком и не позавтракал. Умираю от голода.

Чак удивленно поднял брови.

— При виде этой полудохлой цыпочки в тебе проснулся голод? Да ты еще больший псих, чем я думал.

— Просто раздобудь поесть, хорошо? — вздохнул Томас.

Несмотря на скромные размеры кухни, она была укомплектована всем необходимым, чтобы приготовить полноценный обед. Тут имелись: большая плита, микроволновая печь, посудомоечная машина и два стола. Оборудование выглядело старым и изношенным, однако содержалось в идеальной чистоте. При виде кухонной утвари и привычной обстановки Томас вдруг почувствовал, что воспоминания, настоящие и цельные воспоминания, вот-вот вернутся к нему. Но важнейшие элементы — лица, имена, места и события, — по-прежнему отсутствовали. Все это буквально сводило с ума.

— Садись, — сказал Чак. — Я тебе что-нибудь принесу, но клянусь — в последний раз. Хорошо, что Фрайпана сейчас нет — он терпеть не может, когда мы суемся в его холодильник.

Томас был рад, что они остались одни. Пока Чак гремел посудой, доставая еду из холодильника, он выдвинул из-под небольшого пластикового стола деревянный стул и сел.

— Кошмар какой-то. Нас отправили сюда какие-то злодеи. Поверить не могу, что это на самом деле происходит...

— Перестань ныть. Просто прими как есть и не думай об этом, — отозвался Чак после небольшой паузы.

— Да, ты прав.

Томас посмотрел в окно. Похоже, сейчас наступил удачный момент, чтобы найти ответ хотя бы на один из миллиона вопросов, вертевшихся у него в голове.

— Откуда здесь электричество?

— А кого это волнует? Мне лично все равно.

Опять скрытничает, — с досадой подумал Томас.

Чак поставил на стол две тарелки: на одной лежали сэндвичи с пышным белым хлебом, на другой — аппетитно блестевшая ярко-оранжевая морковь. В животе снова заурчало, поэтому Томас схватил один из сэндвичей и жадно принялся его уплетать.

— Потрясающе, — прочавкал он с набитым ртом. — По крайней мере, еда здесь отменная.

Несмотря на странность всего окружающего, он вдруг снова почувствовал умиротворение. К счастью, Чак не горел желанием вступать в беседу, поэтому Томас спокойно пообедал в тишине, за что остался очень благодарен мальчишке.

Подкрепившись, он собрался с мыслями и решил, что с этого момента перестанет хныкать и начнет действовать.

Проглотив последний кусок сэндвича, Томас откинулся на спинку стула.

— Слушай, Чак, — начал он, вытирая губы салфеткой, — а что надо сделать, чтобы стать бегуном?

Чак поднял глаза от тарелки, с которой подбирал последние крошки, и громко отрыгнул. Томас невольно поморщился.

— Только снова не начинай!

— Алби сказал, что скоро я начну заниматься с разными кураторами. Как думаешь, когда я смогу попробовать себя в качестве бегуна?

Томас ждал от Чака толкового ответа, но тот лишь картинно закатил глаза, давая понять, что более идиотского желания и придумать нельзя.

— Они вернутся через несколько часов. Вот прямо у них и спросишь.

Томас решил не обращать внимания на иронию.

— Что они делают, когда возвращаются из Лабиринта? Что находится в той бетонной будке?

— Карты. Они собираются там сразу после возвращения, чтобы ничего не забыть.

— Карты? — Томас не поверил своим ушам. — Если они пытаются создать карту, что мешает им взять с собой бумагу и делать это прямо в Лабиринте?

Карты... Это заинтриговало его сильнее, нежели все остальное, о чем довелось услышать в последнее время. Впервые он услышал о чем-то, что могло помочь выбраться из заточения.

— Конечно же, они так и делают, но есть еще много всяких вещей, которые им нужно обсудить и проанализировать. К тому же, — Чак опять закатил глаза, — они почти все время *бегают*, а не рисуют. Потому и называются «бегунами»!

Томас задумался. Неужели Лабиринт настолько огромен, что за два года они так и не смогли найти из него выход? Это казалось невероятным. Но он вспомнил, как Алби что-то говорил про перемещающиеся стены. Что, если глэйдеры приговорены провести здесь весь остаток жизни?

Приговорены.

Слово вызвало панический ужас, и огонек надежды, зародившийся в нем после сытного обеда, моментально угас.

— Чак, а вдруг мы все — преступники? Какие-нибудь убийцы или вроде того...

— Чего?.. — Чак посмотрел на него как на сумасшедшего. — Откуда такие бредовые мысли?

— Сам посуди: нам стерли память, мы живем в месте, из которого невозможно сбежать, а территорию вокруг охраняют кровожадные монстры. Тебе это не напоминает тюрьму?

Теперь, когда Томас озвучил свою теорию вслух, она показалась еще более правдоподобной. Сердце у него екнуло.

— Чувак, мне примерно двенадцать лет. — Чак ткнул себя в грудь. — Максимум — тринадцать. Ты правда думаешь, что я совершил преступление, за которое меня могли бросить в тюрьму до конца жизни?

— Да какая разница, совершил или нет! Так или иначе, ты в заточении! Или ты считаешь, что оказался в летнем лагере?

Господи, — думал Томас. — *Хотел бы я ошибаться*.

Чак помолчал, затем произнес:

— Не знаю. По крайней мере, это лучше, чем...

— Да, я уже слышал! Лучше, чем жить в куче кланка!

Томас встал и задвинул стул назад под стол. Пусть Чак и был ему симпатичен, но любые попытки завязать с ним более или менее нормальный разговор заканчивались ничем и только злили.

— Можешь сделать себе еще один сэндвич, а я пойду на разведку. Увидимся.

Он быстро выскочил из кухни во двор, не давая Чаку возможности увязаться за собой. Глэйд снова принял обычный вид — люк был закрыт, подростки вернулись к своим делам, а в небе по-прежнему светило солнце. Никаких следов появления странной девицы, доставившей зловещую записку, не осталось.

Так как утренняя экскурсия была прервана, Томас решил самостоятельно пройтись по Глэйду, рассмотреть его как следует и, что называется, прочувствовать дух места. Сначала он направился в северо-восточный угол, к длинным рядам высоких кукурузных стеблей, с которых уже можно было снимать урожай. Неподалеку росли томаты, салат, горох и какие-то незнакомые Томасу растения.

Он глубоко втянул носом воздух, наслаждаясь запахами земли и травы. Томас надеялся, что запахи пробудят хоть какие-то воспоминания, однако этого не произошло. Подойдя ближе к огородам, он увидел нескольких парней, которые пололи и рыхлили грядки. Один из них, улыбаясь, махнул ему рукой, и улыбка была искренней.

Может, здесь не так уж и плохо, подумал Томас. *Не все же тут сволочи.* Он еще раз глубоко вдохнул приятный аромат и пошел дальше — ему хотелось посмотреть многое.

Он направился к юго-восточному углу Глэйда, где в небрежно сколоченных деревянных загонах содержались коровы, овцы и свиньи. И ни одной лошади. Хреново. Толку от наездников было бы куда больше, чем от бегунов. Когда Томас приблизился к ферме, то подумал, что в прежней жизни он, вероятно, имел дело с животными. И запахи, и звуки казались ему очень знакомыми.

Запах фермы, конечно, был не так приятен, как аромат растений, но Томас посчитал, что могло быть и хуже. Исследуя Глэйд, он все больше поражался умению местных жителей вести хозяйство и сохранять среду обитания в идеальной чистоте. Его впечатлило, насколько организованными они, очевидно, были и как упорно сообща трудились. Можно себе представить, в какое отвратительное место превратился бы Глэйд, если бы все вдруг поглупели и обленились.

Наконец он оказался в юго-западном углу, неподалеку от рощи.

Томас как раз приближался к редким хилым деревцам, стоящим на самой границе, за которыми начинались густые заросли, когда уловил под ногами едва различимое движение, сопровождающееся щелкающим звуком. От неожиданности он вздрогнул. Диковинное существо, отдаленно напоминающее игрушечную крысу, промелькнуло мимо него и, сверкнув на солнце стальным блеском, устремилось в сторону деревьев. Когда существо отбежало от Томаса футов на тридцать, он сообразил, что это была вовсе не крыса, а скорее ящерица, только на шести лапках.

Жук-стукач, осенило Томаса. «*С их помощью за нами наблюдают*» — вспомнил он слова Алби.

Глядя вслед убегающему существу, Томас заметил, что тот отбрасывал перед собой на землю красноватый свет, вероятно, исходящий из глаз. И еще Томас мог поклясться, что на покатой спине жука большими зелеными буквами было написано «*ЭТО ПОРОК*», хотя логика подсказывала: разум просто решил сыграть с ним злую шутку.

Решив во что бы то ни стало разгадать загадку, он помчался вслед за жуком-шпионом и спустя всего несколько секунд оказался во мраке под сенью густых деревьев.

ГЛАВА ДЕСЯТАЯ

Томас поразился внезапно обступившей его темноте. Со стороны лес выглядел не таким уж большим — пара акров, не больше. Однако высокие толстые деревья росли настолько плотно друг к другу, что сквозь густые кроны свет почти не проникал. Воздух в роще, казалось, имел легкий зеленоватый оттенок, словно на Глэйд внезапно опустились густые сумерки. Зрелище завораживало красотой и таинственностью одновременно.

Стараясь двигаться максимально проворно, Томас все глубже заходил в непролазные заросли. Тонкие ветки хлестали его по лицу, а под ногами шуршал толстый слой опавшей листвы и валежника. Чтобы пройти под здоровенными ветвями, приходилось пригибаться чуть ли не до самой земли, хватаясь за них руками, чтобы удержать равновесие.

Все это время взгляд Томаса был прикован к убегающему жуку-стукачу. И чем дальше жук углублялся в темную лесную чащу, тем ярче становились красноватые огоньки.

Когда юноша пробежал сто или сто пятьдесят футов, уклоняясь от сучьев, пригибаясь и то и дело падая на землю, жук прыгнул на самое толстое дерево и быстро вскарабкался вверх по стволу. Но когда Томас добежал до дерева, жук пропал из виду. Он бесследно исчез в густой кроне, словно его и не было.

Томас его упустил.

— Маленький ушмарок, — прошептал юноша, невольно улыбнувшись.

Как ни странно, выражение сорвалось с губ совершенно естественно, словно он уже становился глэйдером.

Где-то справа хрустнула ветка, и он резко повернул голову на звук. Затаив дыхание, Томас продолжал прислушиваться. Снова что-то хрустнуло — на этот раз громче, будто кто-то переломил о колено толстую палку.

— Кто здесь? — крикнул юноша, начиная нервничать.

Голос отразился от листвы и разнесся эхом по лесу. Томас стоял неподвижно, словно прирос к земле. Эхо стихло: наступила тишина, нарушаемая лишь отдаленным щебетанием птиц. Ответа не последовало. Как и нового хруста веток.

Не слишком задумываясь над тем, что делает, Томас пошел на источник звука. Нисколько не пытаясь скрыть свое продвижение, он двигался вперед, с шумом раздвигая ветки, которые, пружиня, тут же возвращались обратно. Он прищурился — глаза с трудом привыкали к нарастающей темноте, — и пожалел, что нет фонаря. Мысль о фонаре вернула его к размышлениям о потере памяти. Он снова вспомнил предмет из прошлого, но не мог соотнести его с местом, временем, событием или людьми. Невыносимо.

— Тут есть кто-нибудь?.. — снова позвал Томас. Он немного успокоился, отметив, что странные звуки больше не повторялись. Наверное, шорох произвело какое-то животное, а может, другой жук-стукач.

На всякий случай он снова крикнул:

— Это я! Томас! Новичок! Вернее, предпоследний новичок...

Томас поморщился и покачал головой, надеясь, что никто его не услышал. Сейчас он себя вел как последний идиот.

Снова тишина.

Он обошел толстый ствол раскидистого дуба и остановился как вкопанный — впереди было кладбище. По коже пробежали мурашки.

Небольшая полянка была покрыта густыми зарослями бурьяна. Из земли тут и там торчали простые деревянные кресты, горизонтальные перекладины которых были примотаны к столбам полусгнившими от времени веревками. Могильные кресты были выкрашены белым, но, видимо, в большой спешке — в некоторых местах дерево было не прокрашено вовсе. На крестах были вырезаны имена умерших.

Томас нерешительно подошел к ближайшей могиле и присел, чтобы рассмотреть, кто в ней похоронен. Здесь было настолько темно, что юноше казалось, будто он глядит через черную пелену дыма. Птицы притихли, словно отправились на ночевку, и даже жужжание насекомых было едва слышно. Только теперь Томас заметил, насколько влажен лесной воздух — на лбу и тыльных сторонах ладоней выступили крупные бусинки пота.

Он наклонился к кресту, установленному, очевидно, совсем недавно. На нем значилось имя — «Стивен». Вырезавший имя, видимо, не рассчитал, сколько места нужно для надписи: буква «н» была очень маленькой и едва умещалась на самом краю.

Стивен, размышлял Томас. Ему вдруг стало жалко умершего. *Что с тобой случилось? Может, Чак надоел тебе до смерти?..*

Он встал и пошел к соседнему кресту, почти полностью скрытому в зарослях. Могила выглядела самой старой, земля на ней была твердой как камень. Кто бы тут ни покоился, он явно был одним из первых умерших.

Хозяина могилы звали Джордж.

Томас посмотрел вокруг: тут находилась еще пара десятков могил, две из которых выглядели такими же свежими, как и первая. Внезапно внимание Томаса привлек серебристый отблеск, не очень похожий на сверкание жука, но не менее странный. Юноша пошел через кладбище и оказался у могилы, прикрытой то ли пластиком, то ли стеклом с грязными краями. Он попытался рассмотреть, что находится внутри, а когда понял, с ужасом отшатнулся. Это было что-то вроде окошка на могиле, в которой лежали полуистлевшие останки человека.

Любопытство пересилило отвращение, и Томас наклонился, чтобы рассмотреть могилу получше. Она была раза в два меньше обычной, и неудивительно: в ней находилась только верхняя половина покойника. В памяти всплыл рассказ Чака о том, как один смельчак попытался спуститься в пустую шахту, но был перерублен пополам чем-то, прилетевшим из глубины. На стекле Томас едва смог различить нацарапанную надпись. Она гласила:

Пусть полушанк служит предупреждением каждому:
через шахту Ящика сбежать не получится.

Странное дело, но Томас чуть не рассмеялся — слишком уж неправдоподобной казалась история. Впрочем, он тут же мысленно отругал себя за несерьезность. Покачав головой, юноша направился читать надписи на других могилах, но тут прямо перед ним, за деревьями на противоположной стороне кладбища, снова раздался хруст ломающейся ветки.

Затем еще один. И еще. Все ближе и ближе. В сумраке леса невозможно было ничего разглядеть.

— Кто здесь?! — крикнул Томас дрожащим голосом. Отзвуки эха были такими, словно он находился в туннеле. — Знаешь, это совсем не смешно!..

Неприятно признаваться самому себе, что испугался до смерти.

Тот, кто скрывался за деревьями, не ответил и, отбросив всякие попытки скрыть свое присутствие, побежал, с шумом продираясь сквозь лесную чащу. Томас окаменел от ужаса, поняв, что кто-то, огибая кладбище, направляется прямо к нему. Когда, судя по звуку, бегущий находился от него всего в нескольких футах, в тени деревьев Томас мельком увидел сухощавого парня, который бежал, странно подпрыгивая.

— Какого черт...

Неизвестный выскочил из леса прежде, чем Томас успел закончить фразу. Он успел лишь увидеть похожую на привидение фигуру с бледной кожей и огромными глазами. Томас закричал и попытался убежать, но было поздно. Призрачная фигура подпрыгнула в воздухе и навалилась на него сверху, вцепившись в плечи мертвой хваткой. Томас повалился на землю, в падении задел чей-то могильный крест, поломав его надвое, и разодрал себе спину.

Он изворачивался и изо всей силы бил напавшего, но тот, очевидно, не собирался сдаваться и снова атаковал Томаса. Совершенно бледный, костлявый, клацающий зубами, напавший выглядел, как чудовище из кошмарного сна, но Томас понимал, что имеет дело с человеком — правда, абсолютно обезумевшим.

Неизвестный сильно укусил его за плечо, и Томас заорал от боли; выброс адреналина придал ему сил — он уперся ладонями в грудь нависающему над ним парню и с силой оттолкнул от себя. Противник опрокинулся назад, сокрушив при этом могильный крест — тот издал резкий треск.

Томас встал на четвереньки, жадно глотая воздух. Лишь теперь он смог хорошо рассмотреть напавшего на него безумца.

Это был Бен — парень, пострадавший от гривера.

ГЛАВА ОДИННАДЦАТАЯ

По-видимому, Бен не вполне восстановился, так как выглядел почти таким же, каким Томас видел его в Хомстеде. Сейчас на нем были только шорты. Белая кожа, обтягивающая костлявое тело, напоминала бумагу, которой плотно обернули пучок хвороста, на теле пульсировали зеленые раздутые вены, хотя выступали они немного меньше, чем сутками ранее. Налитые кровью глаза смотрели на Томаса так, словно Бен собирался перегрызть ему глотку.

Бен присел, готовясь снова броситься в драку. Внезапно в его правой руке появился нож. Томас оцепенел от ужаса, не веря, что это происходит на самом деле.

— Бен!..

Томас резко повернулся на голос и увидел Алби — тот стоял на краю кладбища в полумраке леса и был здорово похож на привидение. Томас с облегчением заметил, что Алби держит большой лук и, натянув тетиву, целится прямо в Бена.

— Бен, — повторил Алби, — если немедленно не уймешься, ты — труп!

Томас перевел взгляд на нападавшего — тот со злостью глядел на Алби, облизывая пересохшие губы. Что с ним произошло? Парень превратился в настоящего монстра, но почему?

— Если убьешь меня, то убьешь не того! — взвизгнул Бен, брызгая слюной с такой силой, что она долетела до лица Томаса. — Ты должен прикончить этого шанка!..

Его голос был полон безумия.

— Кончай дурить, Бен, — спокойно произнес Алби, продолжая держать его на прицеле. — Томас у нас появился только что, так что не о чем волноваться. Ты просто еще не очухался от Метаморфозы. Будет лучше, если ты вернешься в Хомстед.

— Он чужак! — закричал Бен. — Я видел его! Он... он — враг! Мы обязаны его прикончить! Позволь мне выпустить ему кишки!

Услышав такое, Томас инстинктивно попятился. Интересно, что Бен имел в виду, когда сказал, что *видел* Томаса? И с чего он взял, что Томас — враг?..

Алби не шелохнулся, продолжая целиться в Бена.

— Такие вопросы решать мне и кураторам, утырок стебанутый. — Алби держал лук настолько твердо, словно опирался рукой о дерево. — Успокойся и тащи свою костлявую задницу назад в Хомстед!

— Он хочет вернуть нас домой! — крикнул Бен. — Он хочет вывести нас из Лабиринта! Уж лучше сразу прыгнуть с Обрыва или перерезать друг друга!

— О чем ты говоришь? — оторопел Томас.

— Заткнись! — заорал Бен. — Захлопни свой поганый рот, предатель!

— Бен, — тихо произнес Алби. — Я считаю до трех.

— Он — враг! Враг, враг, враг... — словно заклинание, зашептал Бен.

Неотрывно глядя на Томаса, он медленно покачивался взад-вперед, перекладывая нож из одной руки в другую.

— Раз.

— Враг, враг, враг, враг...

Теперь Бен улыбался. В сумраке леса его зубы, казалось, испускали тусклое зеленоватое свечение.

Томасу хотелось отвернуться, вскочить и убежать, но, парализованный страхом, он был не в силах сдвинуться с места.

— Два.

Голос Алби прозвучал громче и более угрожающе.

— Бен, — произнес Томас, пытаясь как-то уладить конфликт. — Я не... Я вообще не знаю, что...

Бен издал дикий вопль и бросился вперед, замахнувшись ножом.

— Три!.. — крикнул Алби и спустил туго натянутую тетиву.

Воздух прорезал свист выпущенной стрелы, и ее наконечник с отвратительным чавкающим звуком вонзился в живую плоть.

Голова Бена резко дернулась влево. Развернувшись, он пошатнулся и рухнул на живот — ногами к Томасу, — не издав ни звука. Томас вскочил и сделал несколько шагов вперед. Длинный черенок стрелы торчал у Бена из щеки. На удивление, крови было гораздо меньше, чем можно было ожидать, но она все-таки вытекала, и в сумраке леса выглядела черной, как нефть. Бен лежал неподвижно, лишь палец на его правой руке продолжал конвульсивно подергиваться. Томаса чуть не вырвало. Неужели Бен погиб из-за него? Неужели он виноват в его гибели?..

— Пойдем, — сказал Алби. — Чистильщики завтра о нем позаботятся.

Что здесь вообще произошло?! — думал Томас, глядя на бездыханное тело. — *Что я такого сделал этому парню*?!

Он оторвал взгляд от тела, надеясь получить ответы, но Алби уже исчез, и лишь качающаяся ветка дерева указывала на то, что он только что был здесь.

Томас, прихрамывая, вышел из леса под ослепительные лучи солнца и зажмурился. Нестерпимо болела лодыжка, хотя он и не заметил, в какой момент ее повредил. Одной рукой он прижимал место, в которое его укусил Бен, другой держался за живот, словно хотел подавить подступающий позыв к рвоте. Перед глазами стояла жуткая картина: неуклюже лежащий Бен с вывернутой под неестественным углом головой, по стреле стекает кровь и, собираясь на наконечнике, капает на землю.

Все, хватит.

Он опустился на колени под одним из тощих деревьев на опушке леса, и его стошнило. Томаса все рвало и рвало до тех пор, пока он не стал отплевываться желчью. Выворачивало наизнанку: казалось, приступ никогда не закончится.

И в этот момент, словно разум решил сыграть с ним злую шутку, Томас вдруг осознал, что находится в Глэйде почти двадцать четыре часа. Один полный день. Ни больше, ни меньше. В голове пронеслось все, что с ним произошло за это время. Все жуткие события.

И пришла уверенность: самое худшее уже произошло и дальше жизнь просто обязана наладиться.

Ночью Томас лежал, уставившись в усыпанное звездами небо, и гадал, сможет ли вообще когда-нибудь заснуть. Стоило ему смежить веки, и в памяти всплывал страшный образ Бена, бросающегося на него с перекошенным от бешенства лицом. Но независимо от того, закрывал или открывал Томас глаза, он продолжал слышать звук стрелы, вонзающейся в щеку Бена.

Юноша был уверен, что те пять минут на кладбище будет помнить до конца своих дней.

— Скажи что-нибудь, — обратился к нему Чак в пятый раз с тех пор, как они залезли в спальные мешки.

— Не хочу, — снова повторил Томас.

— Все знают, что произошло. Пару раз такое уже бывало. У покусанных гриверами иногда едет крыша, и они накидываются на окружающих. Так что ты не исключение.

Впервые Томас подумал, что Чак стал не просто назойливым, а почти невыносимым.

— Чак, радуйся, что сейчас у меня нет в руках лука Алби.

— Я всего лишь...

— Чак, замолчи и спи.

Томас почувствовал: еще немного, и он взорвется.

Наконец его «приятель» уснул, присоединившись к хору подростков, оглашавших Глэйд храпом.

Прошло несколько часов; была уже глубокая ночь, а Томас оставался единственным, кто не спал. Хотелось расплакаться, но слез не было. Потом, по непонятной причине, захотелось найти Алби и избить его, но он отказался от этой мысли. Юноша хотел закричать и выругаться, открыть люк и прыгнуть в черную пустоту шахты. Но он не сделал и этого.

Томас закрыл глаза, заставив себя отбросить мрачные мысли, и через некоторое время все-таки заснул.

Утром Чаку пришлось силой выволакивать Томаса из спального мешка, тащить в душ, а потом еще и в раздевалку — тот был вялым и безразличным ко всему. Завтрак прошел как в тумане: когда спустя полчаса он закончился, Томас даже не мог припомнить, что конкретно ел. Он был совершенно разбит и ощущал себя так, словно ему вскрыли череп и всадили в мозг целую дюжину гвоздей. Вдобавок ко всему его мучила изжога.

К сожалению, как успел понять Томас из разговоров, на ферме косо смотрели на любителей поспать в рабочее время.

Вскоре он уже стоял рядом с Ньютом перед хлевом на Живодерне и мысленно готовился к встрече с первым куратором. Несмотря на отвратительное утро, он был рад, что откроет для себя что-то новое; к тому же работа на ферме давала отличный шанс отвлечься от мыслей о случившемся на кладбище. Вокруг мычали коровы, блеяли козы и хрюкали свиньи. Где-то поблизости залаяла собака.

Надеюсь, Фрайпан не вложил новый смысл в понятие «хот-дог», — подумал Томас. — *Хот-дог... Когда я в последний раз ел хот-дог? И с кем?*

— Томми, ты вообще меня слушаешь?

Томас очнулся от раздумий и повернулся к Ньюту. Тот, видимо, уже довольно долго что-то говорил, но юноша не слышал ни единого слова.

— Что? А, да, извини. Просто я ночью почти не спал.

Ньют улыбнулся, пытаясь изобразить сожаление.

— Да, блин, понимаю. На тебе и правда лица нет. Небось думаешь, какой я стебанутый ушмарок, что заставляю тебя тащиться на ферму после всего, что вчера случилось?

Томас пожал плечами.

— Думаю, работа — именно то, что мне сейчас нужно. Я готов на все, лишь бы отвлечься.

Ньют кивнул и на этот раз улыбнулся более искренне.

— Как я и думал, ты не дурак, Томми. Мы тут дураков не держим, и это одна из причин, по которым нам удается сохранять Глэйд в чистоте и порядке. Начнешь лениться — начнешь хандрить. А начнешь хандрить — перестанешь бороться за жизнь и сдашься. Все просто.

Томас кивнул, катая ногой камень по пыльной потрескавшейся земле.

— Есть новости про вчерашнюю девушку?

Если что и могло рассеять тягостные воспоминания, так только мысли о незнакомке. Томас продолжал ощущать странную связь с новенькой, поэтому хотел узнать о ней как можно больше.

— Спит. Все еще в коме. Медаки заливают ей в рот какую-то жидкую стряпню Фрайпана, следят за работой органов и все такое. Она вроде в порядке, хотя и в отключке.

— Странно все это.

Томас не сомневался, что не случись на кладбище инцидента с Беном, все его мысли были бы о девушке. Возможно, он не смог бы сомкнуть глаз из-за нее. Жутко хотелось выяснить, кто она, действительно ли они были знакомы в прошлом.

— Точно. Думаю, слово «странно» подходит как нельзя лучше.

Томас попытался отбросить мысли о девушке и переключил внимание на большой хлев за спиной у Ньюта.

— С чего начнется испытание? Мне предстоит подоить коров или, может, заколоть несколько несчастных поросяток?

Ньют засмеялся, и Томас про себя отметил, что он почти не слышал смеха с тех пор, как появился в Глэйде.

— Сначала мы направляем новичков к чертовым забойщикам. Но ты не волнуйся: забой животных для кухни Фрайпана — лишь малая часть работы. У забойщиков масса других обязанностей, связанных со скотиной.

— Жаль, не помню, кем был раньше. Может, любителем резать зверушек, — пошутил Томас, но Ньют, кажется, совсем не понял шутки.

— Будь спокоен, к заходу солнца ты это узнаешь. — Он кивнул в сторону хлева. — Пошли к Уинстону — он тут куратор.

Уинстон оказался прыщавым мальчишкой, коренастым и очень мускулистым. Томас подумал, что куратор любит свою работу, пожалуй, сверх меры.

Может, его сослали сюда из-за того, что он был серийным убийцей?

В течение первого часа Уинстон показывал Томасу загоны с животными, индюшатники, курятники, хлев и объяснял, какую работу нужно выполнять. Пока они обходили ферму, Томаса неотступно сопровождала местная собака — надоедливый черный лабрадор по кличке Гав. Томас поинтересовался, откуда в Глэйде могла появиться собака, но Уинстон ответил, что она жила здесь изначально. К счастью, Гав оказался молчалив и, скорее всего, такую кличку ему дали в шутку.

Следующий час был посвящен непосредственно работе — кормежке животных, уборке помещений, ремонту ограды и выгребанию кланка.

Кланк. Томас поймал себя на том, что использует словечки глэйдеров все чаще и чаще.

Третий час на ферме выдался для него наиболее трудным: ему пришлось наблюдать, как Уинстон сначала заколол свинью, а потом разрезал на куски перед отправкой на кухню. По пути на обед Томас поклялся себе в двух вещах: во-первых, его работа не будет связана с животными и, во-вторых, он больше никогда не станет есть свинину.

Уинстон отпустил Томаса на обед одного, сказав, что останется на Живодерне. Томас был только рад этому. В присутствии Уинстона он чувствовал себя неуютно. Шагая в направлении Восточных Ворот, он так и представлял куратора грызущим в темном углу скотобойни сырую свиную ногу.

Юноша как раз проходил мимо Ящика, когда, к огромному его удивлению, из Лабиринта через Западные Ворота слева от него вбежал парень азиатской внешности с сильными руками и короткими черными волосами, на вид чуть старше Томаса. Переступив границы Глэйда, бегун сделал еще три шага, остановился и наклонился, упершись руками в колени и пытаясь отдышаться. Глядя на его раскрасневшееся лицо и одежду, насквозь пропитанную потом, можно было решить, что он пробежал не меньше двадцати миль.

Томас с любопытством рассматривал его — ему пока не доводилось видеть бегунов так близко, не говоря уже о том, чтобы общаться с ними. К тому же, судя по наблюдениям двух предыдущих дней, этот бегун вернулся на несколько часов раньше обычного. Томас направился к парню, намереваясь задать тому несколько вопросов.

Но не успел он мысленно оформить хотя бы одну фразу, как бегун рухнул на землю.

ГЛАВА ДВЕНАДЦАТАЯ

Парень лежал неподвижно в неуклюжей позе. Несколько секунд Томас боролся с искушением броситься на помощь, однако никак не мог принять решение, опасаясь навлечь на себя неприятности. Но что, если с парнем действительно что-то серьезное? Что если его... покусали? Или...

Томас отбросил сомнения — бегуну явно требовалась помощь.

— Алби!.. — заорал юноша. — Ньют! Кто-нибудь, приведите их!

Он подскочил к распластанному парню и опустился на землю рядом с ним.

— Эй, ты как?

Голова бегуна лежала на вытянутых руках, бока раздувались от тяжелого дыхания. Парень находился в сознании, хотя Томас никогда не видел человека более вымотанного.

— Я... в порядке, — ответил бегун, еле ворочая языком. Потом посмотрел на Томаса. — А ты что еще за кланк?

— Я новенький, — Томас вдруг подумал, что бегуны круглые сутки проводят в Лабиринте и узнают обо всем, что происходит в Глэйде, только из чьих-то рассказов. Интересно, ему уже сообщили о появлении девушки? Наверняка кто-то уже насплетничал. — Меня Томасом зовут. Появился у вас два дня назад.

Бегун кое-как принял сидячее положение. Его черные волосы прилипли к мокрому от пота лбу.

— А, Томас, — выдохнул он. — Новички. Ты и та цыпочка.

Алби подбежал к ним с явно озабоченным видом.

— Ты чего так рано вернулся, Минхо? Стряслось что-нибудь?

— Не гони лошадей, Алби, — отозвался бегун. Похоже, силы возвращались к нему с каждой новой секундой. — Лучше принеси воды — пришлось бросить рюкзак в Лабиринте.

Алби не двинулся с места. Он довольно сильно пнул Минхо в ногу, давая понять, что не шутит.

— Рассказывай, что произошло!

— Я едва говорить могу, балда! — рявкнул Минхо хрипло. — Принеси воды!

Томас с удивлением заметил, что по лицу Алби промелькнуло нечто напоминающее улыбку. Впрочем, парень тут же нахмурился и поглядел на Томаса.

— Минхо — единственный шанк, кто имеет право говорить со мной в таком тоне. Любой другой уже летел бы вверх тормашками с Обрыва.

И тут Алби встал и побежал — видимо, за водой для этого Минхо.

Томас был просто поражен.

— Почему он разрешает тебе помыкать собой? — спросил он.

Бегун пожал плечами и вытер со лба свежие капли пота.

— Ты что, испугался этого пустомели? Чувак, тебе предстоит еще многому научиться. Чертовы новички!

Упрек задел Томаса сильнее, чем можно было ожидать, учитывая, что знакомство с Минхо длилось всего три минуты.

— А разве он не ваш вожак?

— Вожак?.. — Минхо издал хриплый звук, очевидно, обозначающий смех. — Ну-ну. Можешь называть таким манером, если хочешь. А может, стоит величать его Эль Президенте? Или нет! Лучше Адмирал Алби! Так гораздо красивее!

Продолжая хихикать, он потер глаза.

Томас оказался в замешательстве, не зная, как продолжать разговор. Невозможно было понять, шутит Минхо или говорит серьезно.

— И кто тогда вожак, если не он?

— Лучше помолчи, Шнурок, пока совсем не запутался, — вздохнул Минхо, словно Томас его утомил, затем тихо пробормотал под нос: — И чего вы, шанки зеленые, вечно лезете с глупыми вопросами? Это так достает...

— А ты чего ожидал? — внезапно вспыхнул Томас.

Можно подумать, ты не так же себя вел, когда сам тут очутился! — захотелось ему сказать.

— Ожидал, что сделаешь то, что тебе сказали, — закроешь рот.

При этих словах Минхо впервые посмотрел Томасу прямо в глаза. Тот невольно отстранился и немедленно пожалел об этом — было ошибкой позволять парню думать, что он может говорить с ним в таком тоне.

Томас выпрямился и произнес, глядя на лежащего бегуна:

— Ага. Уверен, что именно это ты и делал, когда был новичком.

Минхо пристально посмотрел на него.

— Я — один из самых первых глэйдеров, балда. Так что не болтай о том, чего не знаешь.

Теперь Томас стал немного опасаться парня, но все равно — ему осточертело такое обращение с собой. Он хотел было встать и уйти, но Минхо быстро схватил его за руку.

— Чувак, расслабься. Я всего лишь прикалываюсь. Знаешь, иногда забавно действовать на нервы новичкам. Ты и сам поймешь, когда прибудет... — Он осекся, озадаченно задрав брови. — Как думаешь, новеньких и правда больше не будет?

Томас расслабился и снова сел рядом, удивляясь, как легко бегуну удалось его успокоить. Он вспомнил про девушку и записку, в которой говорилось, что она «последняя».

— Думаю, не будет.

Минхо вопросительно посмотрел на него.

— Ты видел цыпочку, верно? Все говорят, что вы с ней знакомы или типа того.

Томас почувствовал, как в нем нарастает обида.

— Видел, только она мне совсем не кажется знакомой.

Внезапно ему стало стыдно за свое вранье. Пусть ложь и была пустячной.

— Симпатичная?

Томас не думал о девушке в таком аспекте, с тех пор как она очнулась с запиской в руке и произнесла замогильным голосом «*Скоро все изменится*». Но ее красота ему запомнилась.

— Да, кажется, симпатичная, — ответил он, немного подумав.

Минхо медленно опустился на спину и закрыл глаза.

— Ну да. *Кажется*... При условии, что тебя привлекают цыпочки в отключке, — засмеялся он.

— Ага.

Манера поведения Минхо, похоже, менялась ежеминутно, поэтому Томас никак не мог для себя решить, нравится ему бегун или нет.

После долгой паузы он все-таки решился спросить:

— Что-нибудь интересное нашел сегодня?

Минхо посмотрел на него круглыми от удивления глазами.

— Знаешь, Шнурок, это самый идиотский вопрос, который только можно задать бегуну. — Он опять закрыл глаза. — Впрочем, сегодня особый день.

— Что ты имеешь в виду?

Томас сгорал от нетерпения, ожидая получить хоть какую-то информацию. *Ответь*! — мысленно умолял он. — *Пожалуйста, ответь мне*!

— Давай подождем возвращения нашего свадебного генерала. Не люблю повторять одно и то же по два раза. К тому же он может быть против того, чтобы ты слышал.

Томас вздохнул. В очередной раз он остался без ответа, но его это совсем не удивляло.

— Ну скажи хоть, где так вымотался. Да и вернулся ты раньше. Обычно вы весь день там проводите?

Минхо с кряхтением приподнялся и сел, скрестив ноги.

— Точно, Шнурок. Целый день мотаюсь по Лабиринту. Но сегодня, скажем так, я малость переволновался, поэтому и рванул назад побыстрее.

Томасу не терпелось поскорее узнать, что произошло в Лабиринте.

— Расскажи.

Минхо всплеснул руками.

— Чувак! Говорю тебе — терпение! Подождем генерала Алби.

Что-то в интонации бегуна было такое, что смягчило отказ, и Томас окончательно определился: Минхо ему симпатичен.

— Ладно, умолкаю. Но когда будешь рассказывать новости Алби, сделай так, чтобы он меня не прогнал, хорошо?

Бегун пару секунд молча глядел Томасу в глаза, затем ответил:

— Хорошо, Шнурок. Ты у нас тут босс.

Спустя несколько секунд появился Алби и протянул Минхо большую пластиковую кружку с водой; тот осушил ее залпом.

— Итак, — начал Алби, — с этим покончено. Теперь говори, что там стряслось?

Минхо поднял брови и кивнул в сторону Томаса.

— Не обращай внимания, — ответил Алби. — Мне плевать, что услышит этот шанк. Говори же!

Томас молча наблюдал, как Михно поднимается, пошатываясь из стороны в сторону. Весь его облик буквально *кричал* о неимоверной усталости. Бегун прислонился к стене и обвел обоих ледяным взглядом.

— Я нашел труп.

— Что? — оторопел Алби. — Чей труп?

Минхо улыбался.

— Труп гривера.

ГЛАВА ТРИНАДЦАТАЯ

При упоминании о гриверах у Томаса учащенно заколотилось сердце — трудно было вспоминать о чудовищах без содрогания. Но ему стало любопытно, почему мертвый гривер наделал такого переполоха. Неужели раньше они не сталкивались с подобным?

Вид у Алби был недоверчивый, словно ему пообещали, что сейчас за спиной у него вырастут крылья, и он сможет взлететь.

— Сейчас не самое подходящее время для шуток, — сказал он.

— Знаешь, на твоем месте я бы тоже не поверил, — ответил Минхо. — Но я видел эту дохлую тварь собственными глазами, можешь не сомневаться.

Определенно ничего подобного раньше не происходило, подумал Томас.

— Значит, ты обнаружил *мертвого* гривера, — задумчиво повторил Алби.

— Верно, — немного раздраженно подтвердил Минхо. — Он в паре миль отсюда, недалеко от Обрыва.

Алби посмотрел в просвет в стене, потом снова на бегуна.

— Ну хорошо... А почему ты не притащил его с собой?

Минхо издал смешок, который больше походил на недовольное фырканье.

— Чувак, ты чего, огненного соуса Фрайпана перебрал? Да они по полтонны весят! И вообще, я не прикоснусь ни к одной из этих тварей, даже если мне пообещают выход из Лабиринта!

— Как он выглядел? — спросил Алби. — Он хоть немного шевелился? Железные шипы на теле были выпущены? А кожа скользкая?

Томаса распирало от любопытства. Железные шипы? Скользкая кожа? Да о чем они вообще?.. Однако он продолжал молчать, стараясь не напоминать о своем присутствии. Вряд ли подобные темы следовало обсуждать при посторонних.

— Короче, старик, — сказал Минхо. — Ты должен сам посмотреть на него. Тут есть какая-то странность.

— Странность? — удивленно переспросил Алби.

— Чувак, я чертовски устал, хочу жрать, и вдобавок мне солнцем напекло башку. Но если настаиваешь, можем туда смотаться. Как раз успеем вернуться к закрытию Ворот.

Алби посмотрел на часы.

— Лучше отложим до утра.

— Самое умное, что я услышал от тебя за последнюю неделю. — Минхо выпрямился, шутливо ткнул Алби кулаком в плечо и, слегка пошатываясь, побрел к Хомстеду.

По-видимому, боль в теле не позволила ему оглянуться, так как он, уходя, крикнул через плечо:

— По идее я обязан вернуться назад в Лабиринт, но мне по фигу. Пойду навещу Фрайпана и чего-нибудь пожую.

Томас был немного разочарован. Он понимал, что Минхо устал и ему требовалось отдохнуть и поесть, но все равно хотелось разузнать побольше.

Алби неожиданно повернулся к нему.

— Если ты что-то знаешь, но скрываешь...

Томасу до чертиков надоело, что его обвиняют в сокрытии какой-то информации. Неужели у них других проблем нет? Ведь он действительно ничего такого не утаивал.

— За что ты меня так ненавидишь? — прямо спросил он, глядя Алби прямо в лицо.

На лице Алби отобразились одновременно смущение, гнев и удивление.

— *Ненавижу* тебя? Ты так ничему и не научился с тех пор, как вылез из Ящика, придурок! Речь тут идет не о ненависти, симпатии, любви, дружбе или прочей ерунде! Все, о чем мы тут думаем, — как бы выжить. Так что забудь бабьи замашки, шанк, и включай гребаные мозги, если они у тебя есть!

Томасу будто дали пощечину.

— Но... почему ты продолжаешь обвинять...

— Потому что совпадения быть не может, балда стебанутая! Сначала появляешься ты, на следующий день — эта девчонка с непонятным посланием, потом на тебя набрасывается Бен, а теперь еще гриверы дохнуть стали! Что-то здесь не так, и я не успокоюсь, пока не разберусь, что именно!

— Я ничего не знаю, Алби, — твердо сказал Томас. Кажется, сейчас был удачный момент для того, чтобы проявить характер. — Я даже не знаю, чем занимался три дня назад, и тем более не в курсе, почему Минхо наткнулся на труп существа, которое вы называете гривером! Так что отвали!

Алби отпрянул назад и несколько секунд оторопело глядел на него. Затем сказал:

— Не кипятись, Шнурок. Взрослей и начинай соображать. Никто никого ни в чем не обвиняет. Но если что-то вспомнишь, если что-то тебе покажется знакомым, сразу скажи. Пообещай.

Не раньше, чем ко мне вернутся воспоминания, — подумал Томас. — *И не раньше, чем я сам захочу делиться ими.*

— Я думаю... Ладно, но...

— Просто пообещай!

Томас замолчал. Алби и нажим, с каким он действовал, ему порядком опротивели.

— Обещаю, — наконец ответил он. — Если что вспомню, сообщу.

Алби кивнул, развернулся и, не произнеся более ни слова, пошел прочь.

Томас выискал самое раскидистое дерево на опушке леса около Могильника — оно давало наибольшую тень. Возвращаться назад на ферму к Мяснику Уинстону он побаивался. Томас понимал, что необходимо поесть, но ему не хотелось никого ни видеть, ни слышать, поэтому он предпочел остаться в одиночестве до тех пор, пока его не хватятся. Он сидел, опершись на толстый ствол дерева, и мечтал хотя бы о слабом ветерке, но ветра не было.

Томас уже почти задремал, когда тишину и покой нарушил Чак.

— Томас! Томас!.. — кричал мальчишка, на ходу размахивая руками. На лице его читалось сильнейшее возбуждение.

Томас потер глаза и недовольно застонал; больше всего на свете ему сейчас хотелось немного поспать. Он поднял глаза на Чака только тогда, когда услышал прямо перед собой его учащенное дыхание.

— Чего тебе?

— Бен... Бен... он... не умер, — с трудом выдавил Чак, пытаясь отдышаться.

Услышав это, Томас подскочил как ужаленный. От усталости ни осталось и следа.

— *Что*?!

— Он... не умер. За ним пошли чистильщики... стрела не задела мозг... Медаки его кое-как залатали.

Томас оглянулся на лес, где прошлым вечером на него напал обезумевший глэйдер.

— Ты что, издеваешься? Я сам его видел...

Он не умер? Томас не мог бы сейчас ответить, что сейчас чувствовал сильнее: смятение, облегчение или страх оттого, что на него снова могут напасть...

— Ага, и я его видел. Со здоровенной повязкой на голове, — ответил Чак. — Его заперли в Кутузке.

Томас снова повернулся к нему.

— Кутузке?.. В каком смысле?

— Да, в Кутузке. У нас с северной стороны Хомстеда устроена тюрьма. — Чак ткнул пальцем в сторону дома. — Его упекли так быстро, что медакам пришлось оказывать ему помощь прямо в камере.

Томас потер глаза. Он понял, что на самом деле чувствовал, и от этого стало стыдно, — он испытал облегчение, решив, что Бен погиб и больше не придется его бояться.

— И что теперь с ним будет?

— Утром был Совет кураторов на эту тему. Принято единогласное решение. Теперь, думаю, этот шанк очень сильно жалеет, что стрела сразу не проткнула ему гнилые мозги.

Томас искоса посмотрел на Чака.

— О чем ты говоришь?

— Сегодня вечером его ждет Изгнание. За то, что пытался тебя убить.

— Изгнание? А это еще что такое? — спросил Томас, хотя он и догадывался, что ничего хорошего за этим словом не кроется, раз Чак считал его чем-то похуже смерти.

Но тут Томас увидел, пожалуй, самое страшное из всего, чему стал свидетелем с момента прибытия в Глэйд: Чак улыбался. Улыбался, несмотря на весь ужас новости, которую принес.

Ничего не ответив, Чак развернулся и побежал прочь — видимо, чтобы поделиться потрясающим известием с кем-нибудь еще.

Вечером, когда над Глэйдом начали сгущаться сумерки — примерно за полчаса до закрытия проходов, — Ньют и Алби собрали всех глэйдеров у Восточных Ворот. Бегуны вернулись совсем недавно и тут же скрылись в таинственном Картохранилище, задраив за собой тяжелую стальную дверь. Минхо уже находился там. Алби попросил бегунов закончить свои дела как можно скорее и выделил им на все про все двадцать минут.

Тот факт, что Чак улыбался, сообщая весть об Изгнании Бена, все еще тревожил Томаса. Он понятия не имел, что скрывается за наказанием, но был уверен — нечто страшное. Особенно если учесть, что все они собрались прямо у выхода в Лабиринт. *Неужели они хотят выдворить его наружу?* — размышлял он. — *Прямо к гриверам?*

Гнетущая атмосфера ожидания чего-то зловещего нависла над толпой, словно грозовая туча. Глэйдеры напряженно перешептывались. Томас молча стоял, скрестив на груди руки, и терпеливо ожидал представления. Наконец бегуны покинули будку. Выглядели они очень уставшими, на лицах по-прежнему оставалось напряженное выражение глубокой задумчивости. Минхо вышел первым: это навело Томаса на мысль о том, что он был их куратором.

— Давайте его сюда! — скомандовал Алби, заставив Томаса вздрогнуть и очнуться от дум.

Томас опустил руки, повернулся и стал выискивать глазами Бена, с беспокойством думая, как поведет себя обезумевший юноша, когда его увидит.

Из-за дальнего угла Хомстеда показались три крепких парня, которые буквально волокли Бена по земле — тот отказывался идти самостоятельно. Одежда на мальчике была изорвана настолько, что едва держалась, а голову и лицо прикрывала толстая, мокрая от крови повязка. Он походил на мертвеца — таким же Томас видел его последний раз на кладбище. За исключением одной детали: теперь его глаза были открыты и полны страха.

— Ньют, — сказал Алби очень тихо. Не находись Томас всего в нескольких футах рядом, он бы не расслышал слов. — Неси шест.

Ньют, очевидно, ожидал приказа, поэтому кивнул, уже направляясь к небольшому сараю с садовым инвентарем, стоявшему на Плантации.

Томас снова перевел взгляд на Бена и его конвоиров. Несчастный по-прежнему не пытался сопротивляться, позволяя волочить себя по пыльным камням. Поравнявшись с толпой, конвоиры поставили Бена прямо перед Алби, и пленник лишь безвольно свесил голову, не решаясь глядеть никому в глаза.

— Ты сам виноват, Бен, — бросил Алби, покачав головой, и посмотрел на сарай, к которому пошел Ньют.

Томас проследил за его взглядом: Ньют как раз вышел из перекошенного дверного проема с несколькими алюминиевыми трубами в руках и принялся соединять их в единый шест, футов двадцати в длину. Закончив, он закрепил на одном из концов какой-то странный предмет и потащил готовую конструкцию к толпе. У Томаса мурашки побежали по спине, когда он услышал жуткий скрежет, с которым труба волочилась по камням.

Он был ужасно напуган всей этой процедурой и почему-то никак не мог отделаться от чувства ответственности за случившееся, хотя и понимал, что ничем Бена не провоцировал. Несмотря на это, Томас сильно переживал. Что он сделал не так? Ответа не было, но угрызения совести все равно продолжали грызть его изнутри, словно язва.

Наконец Ньют подошел к Алби и передал тому конец шеста. Только теперь Томас смог рассмотреть странный предмет, который прикрепил Ньют к противоположному краю: к железной трубе толстой проволокой была прикручена петля из грубой кожи. Большая застежка в виде кнопки указывала на то, что петля могла открываться и закрываться. Назначение механизма стало очевидным.

Это был ошейник.

ГЛАВА ЧЕТЫРНАДЦАТАЯ

Томас наблюдал, как Алби расстегнул ошейник и надел его на шею Бену. Когда кожаная петля с громким шлепком сомкнулась, Бен поднял голову. Его глаза застилали слезы, а из носа бахромой свисали сопли. Глэйдеры взирали на него в молчаливом ожидании.

— Алби, пожалуйста, — начал умолять Бен таким жалостливым голосом, что Томас засомневался, а тот ли это парень, который днем ранее попытался перерезать ему глотку. — Я клянусь, у меня просто помутилось в голове. Это было секундное помешательство из-за Метаморфозы. Я бы никогда его не убил. Пожалуйста, Алби. Пожалуйста!

Каждое слово, слетающее с уст мальчика, было для Томаса словно удар кулаком в живот; он ощущал себя виноватым все сильнее и сильнее.

Алби не удостоил Бена ответом. Вместо этого он дернул за ошейник, чтобы убедиться, что и на шесте, и на шее Бена тот закреплен как надо. Затем прошел вдоль шеста, оторвав его от земли и проведя ладонью по всей длине. Когда достиг конца шеста, крепко обхватил его и повернулся к толпе. Глаза Алби были налиты кровью, он тяжело дышал, а лицо перекосила злобная гримаса. Внезапно вожак глэйдеров показался Томасу олицетворением зла.

На противоположном конце шеста была совсем иная картина: Бен, дрожащий и плачущий, с петлей из неровно вырезанной старой кожи на бледной худой шее, прикованный к длинной двадцатифутовой трубе. Даже оттуда, где стоял Томас, труба казалась очень прочной — алюминиевый шест если и прогибался в центре, то совсем чуть-чуть.

Алби заговорил громким, почти торжественным голосом, не обращаясь ни к кому конкретно и в то же время ко всем сразу.

— Бен Строитель, Совет кураторов вынес решение. Ты приговариваешься к Изгнанию за попытку убийства Томаса Новичка. Решение окончательное. Ты покидаешь нашу общину. Навсегда.

Долгая, очень долгая пауза.

— Кураторы, занять места у Шеста Изгнания!..

Томас возненавидел Алби за то, что тот публично связал его имя с изгнанием Бена. Чувствовать собственную ответственность было невыносимо. И вот теперь, снова оказавшись в центре внимания, Томас рисковал получить в свой адрес новую порцию подозрений. Ощущение вины трансформировалось в злость и желание обвинить кого-нибудь другого — ему сильнее всего хотелось, чтобы Бен наконец-то исчез, а все поскорее закончилось.

Один за другим из толпы вышли несколько юношей и, подойдя к шесту, крепко взялись за него, словно готовились к игре в «перетягивание каната». Помимо Ньюта, среди них оказался и Минхо, что подтверждало предположение Томаса о том, что он являлся куратором бегунов. Мясник Уинстон тоже занял позицию у шеста.

Десять кураторов расположились с равными промежутками между Алби и Беном: наступило гробовое молчание. Единственным звуком, нарушавшим тишину, были приглушенные всхлипывания Бена, который не переставал вытирать нос и глаза. Он пытался повернуть голову, однако ошейник мешал ему оглянуться назад и увидеть сам шест и кураторов.

В душе у Томаса снова что-то переменилось. Все-таки это было неправильно. Неужели Бен заслужил такую судьбу? Наверняка можно наказать его как-то иначе. Неужели Томас до конца своих дней будет нести груз ответственности за случившееся? *Заканчивайте же скорее*! — мысленно закричал он. — *Пусть это кончится*!

— Пожалуйста, — сказал Бен срывающимся от отчаяния голосом. — *Пожа-а-а-алуйста*! Кто-нибудь, помогите мне! Вы не можете так со мной поступить!

— Молчать! — крикнул Алби.

Но Бен не обращал на него внимания, продолжая умолять о пощаде и дергая кожаную петлю на шее.

— Пожалуйста, остановите их! Помогите мне! Пожалуйста!..

Он переводил жалобный взгляд с одного мальчика на другого, но все неизменно отворачивались, не решаясь посмотреть ему в глаза. Опасаясь встретиться взглядом с Беном, Томас быстро отступил назад, спрятавшись за спиной какого-то высокого парня. *Это невыносимо*, — подумал он.

— Если бы мы позволяли безнаказанно творить преступления таким шанкам, как ты, община долго бы не протянула, — крикнул Алби. — Кураторы, приготовиться!

— Нет, нет, нет, нет, — слезно заголосил Бен. — Я клянусь, что сделаю все что захотите! Клянусь, что больше это никогда не повторится! Ну пожа-а-а-алуйста!..

Его пронзительный вопль заглушил оглушительный грохот Восточных Ворот, пришедших в движение. Правая стена, скрежеща камнем по камню и высекая снопы искр, заскользила влево, отгораживая Глэйд от ночного Лабиринта. Земля задрожала. Томас понял, что сейчас должно произойти, но не знал, хватит ли у него мужества досмотреть до конца.

— Кураторы, вперед! — скомандовал Алби.

Кураторы толкнули шест перед собой и начали выпихивать Бена за пределы Глэйда — прямо в Лабиринт. Голова Бена резко дернулась назад, и он издал пронзительный сдавленный крик, даже более громкий, чем грохотание закрывающейся стены. Он упал на колени, но один из кураторов, идущий впереди — плотный черноволосый парень со злым оскалом скверных зубов, — тут же рывком поставил его на ноги.

— Не-е-е-ет!.. — закричал Бен, брызгая слюной. Несчастный бился изо всех сил и, вцепившись в ошейник руками, пытался его разорвать. Впрочем, он не мог противостоять кураторам, которые общими усилиями продолжали волочить его к границе Глэйда, выход из которого был уже почти перегорожен правой стеной. — Не-е-е-ет!..

Бен попытался упереться ногами в камень на границе Ворот, но задержал продвижение лишь на долю секунды — несмотря на сопротивление, шест неотвратимо выталкивал его в Лабиринт. Приговоренный извивался всем телом, стараясь освободиться от ошейника, но вскоре оказался за пределами Глэйда. До полного закрытия Ворот оставалось всего несколько секунд.

В последней отчаянной попытке избежать изгнания Бен с силой вывернулся в петле, рискуя сломать шею, и оказался лицом к лицу с глэйдерами. Томас не мог поверить, что перед ним человеческое существо — глаза Бена наполнял дикий страх, изо рта выступала пена, а бледная кожа туго обтягивала кости и раздутые вены. Выглядел он как пришелец из параллельного мира.

— Держать!.. — заорал Алби.

Бен издал протяжный крик, настолько пронзительный, что Томас невольно зажал уши. Это был животный исступленный вопль, от которого у бедняги наверняка разорвались голосовые связки. В последнюю секунду стоявший впереди куратор отсоединил наконечник с прикрепленным ошейником от основной трубы, после чего остальные быстрым движением втащили шест назад, оставив Бена за пределами Глэйда. Он был изгнан, и его последние крики потонули в ужасном грохоте сомкнувшихся стен.

Томас закрыл глаза и почувствовал, как по его щекам потекли слезы.

ГЛАВА ПЯТНАДЦАТАЯ

Вторую ночь подряд Томас ложился спать, преследуемый терзающим душу образом Бена. Что бы изменилось, не случись этой истории? Он почти поверил, что чувствовал бы себя вполне комфортно и счастливо, продолжая приспосабливаться к новой жизни, постоянно открывая нечто новое ради заветной цели стать бегуном. Почти... Томас подспудно чувствовал, что Бен — лишь одна из его многочисленных проблем.

И вот теперь Бен исчез; оказался вышвырнутым в мир гриверов, чтобы пасть жертвой чудовищ, которые утащили его туда, куда утаскивают всю свою добычу. Несмотря на то что у Томаса были объективные причины ненавидеть Бена, на первый план вышло чувство жалости.

Томас с трудом представлял, каково это — оказаться в Лабиринте, но последние секунды изгнания Бена, когда тот бился в истерике, брызгал слюной и кричал, моля о пощаде, развеяли в нем последние сомнения в обоснованности главного правила Глэйда: никто не имеет права выходить в Лабиринт, кроме бегунов, да и то лишь в дневное время. Каким-то образом Бен однажды оказался укушенным, значит, лучше любого другого знал, какая судьба ждет его по ту сторону стен.

Бедняга, подумал Томас. *Не повезло парню.*

Юноша поежился. Чем больше он размышлял над этим, тем менее привлекательной казалась перспектива стать бегуном. И все-таки, как ни странно, его что-то тянуло в Лабиринт.

Рано утром, когда рассвет едва коснулся неба, Глэйд наполнился будничными звуками рабочего дня, разбудившими Томаса, который впервые после прибытия сюда спал по-настоящему крепко. Он сел и потер глаза, стараясь разогнать дремоту, но, сдавшись, снова лег, надеясь, что о нем банально забудут.

Но не прошло и минуты, как кто-то ткнул его в плечо. Открыв глаза, Томас увидел над собой Ньюта. *Ну, что еще*? — подумал он.

— Поднимайся, бездельник.

— Ага, и тебе доброе утро. Который час?

— Семь часов, Шнурок. Решил дать тебе подрыхнуть подольше после всего, что выпало на твою долю за два дня, — ответил Ньют, издевательски улыбаясь.

Томас сел, проклиная всех и вся за невозможность поспать еще несколько часов.

— Подрыхнуть? Вы что, кучка крестьян каких-нибудь, чтобы так выражаться?

Крестьяне... Интересно, откуда он знает, как изъясняются крестьяне? Томас вновь задумался об избирательности потери памяти.

— Гм... Ну, раз ты сам об этом заговорил... — Ньют уселся рядом, скрестив ноги. Несколько мгновений он молчал, наблюдая за пробуждающимся Глэйдом. — Отправлю-ка я тебя сегодня к копачам. Поглядим, Шнурок, может, их работенка тебе придется по душе больше, чем забой несчастных поросят.

Томасу надоело, что к нему обращаются как к ребенку.

— Может, хватит меня так называть?

— Как? Несчастным поросенком?

Томас хмыкнул и покачал головой.

— Нет, *Шнурком*. Я больше не самый, что называется, новый новичок, разве не так? После меня прибыла еще девчонка. Вот ее и называй «Шнурком», а меня зовут Томас.

Мысли о девушке снова завертелись в голове, и снова появилось ощущение, будто он был знаком с ней в прошлом. Томасу стало тоскливо. Захотелось увидеть новоприбывшую. *Бессмыслица какая-то*, — подумал он. — *Я даже имени ее не знаю...*

Ньют откинулся назад и удивленно поднял брови.

— Ни хрена себе! Да ты, никак, за ночь отрастил яйца и превратился в настоящего мужика!

Томас решил не обращать внимания на издевку и спросил:

— А кто такие копачи?

— Так мы называем парней, которые, отклячив задницу, вкалывают на Плантации — пашут, полют, сажают и все в таком духе.

— А кто у них куратор? — Томас кивнул в сторону огородов.

— Зарт. Классный парень. В смысле, пока сачковать не вздумаешь. Это тот здоровяк, который держал шест за передний конец.

Томас надеялся, что сегодня уже не услышит ни про Бена, ни про Изгнание. Тема вызывала в нем лишь тоску и ощущение вины, поэтому он поспешил заговорить о чем-то другом.

— Почему именно ты меня все время будишь?

— А что, тебе не нравится видеть поутру мою физиономию?

— Не особенно. Ну, так...

Но прежде, чем он успел завершить фразу, Глэйд потряс грохот открывающихся на день Ворот. Томас посмотрел в сторону Восточных Ворот, словно ожидал увидеть Бена, стоящего по ту сторону прохода, но вместо этого заметил потягивающегося Минхо. Бегун неспешно вышел в Лабиринт и что-то поднял с земли.

Это был наконечник шеста с кожаным ошейником. Минхо, который, видимо, был нисколько не удивлен, бросил его одному из бегунов, и тот понес его в сарай с садовыми принадлежностями.

В замешательстве Томас повернулся к Ньюту. Как Минхо может быть настолько равнодушным к тому, что произошло?

— Что за...

— Я видал только три Изгнания, Томми. Будь спокоен, зрелище ничем не лучше вчерашнего. Так вот, каждый раз эти поганые гриверы оставляют ошейник у входа. Как подумаю об этом, так мурашки по коже лезут.

Томас мысленно с ним согласился.

— А что они делают с человеком — после того как поймают?

Интересно, он действительно хотел знать ответ?

Ньют лишь пожал плечами, но не слишком убедительно. Скорее, он просто не хотел об этом говорить.

— Расскажи мне про бегунов, — внезапно попросил Томас.

Слова сорвались с языка непроизвольно: он молча ждал ответа, невзирая на молниеносный порыв извиниться и сменить тему разговора. Хотя юноша видел гривера через окно, он очень хотел узнать все о бегунах. Желание узнать об их работе было настолько же сильным, насколько и необъяснимым. Томас уже не сомневался в своем предназначении.

— Про бегунов? Зачем тебе? — произнес Ньют после долгой паузы. Просьба Томаса его явно озадачила.

— Просто интересно.

Ньют метнул на него подозрительный взгляд.

— Эти парни — лучшие из лучших. А иначе и быть не может. Здесь все зависит от них.

Он подобрал камень и бросил его, задумчиво глядя, как тот, подпрыгивая, катится по земле.

— А почему ты не с ними?

Ньют резко повернулся к Томасу.

— Был до того момента, пока не повредил ногу несколько месяцев назад. Она так и не зажила, блин.

Он невольно потянулся рукой к лодыжке и потер ее. Легкая гримаса боли, перекосившая лицо Ньюта в этот момент, была вызвана, как показалось Томасу, не физическим страданием, а неприятными воспоминаниями.

— Как это произошло? — спросил Томас, решив выудить из него как можно больше информации.

— Драпал от чертовых гриверов, как еще? Чуть было не попался. — Ньют помолчал. — До сих пор вздрагиваю при мысли, что был на волосок от Метаморфозы.

Метаморфоза. Томас был убежден: когда он поймет, что это такое, многие вопросы отпадут сами собой.

— А кстати, что это такое? Какие-то изменения? Неужели после этого все становятся такими же психами, как Бен, и набрасываются на людей?

— Случай Бена нетипичен. Ты, кажется, хотел о бегунах поговорить? — Тон Ньюта недвусмысленно намекал на то, что тема Метаморфозы закрыта.

Это лишь сильнее разожгло любопытство, но Томас был рад и тому, что разговор снова возвращается к бегунам.

— Хорошо. Я весь внимание.

— Как я сказал, они лучшие из лучших...

— И как вы их отбираете? Смотрите, кто быстрее бегает?

Ньют одарил Томаса снисходительным взглядом и громко вздохнул.

— Слишком узко мыслишь, Шнурок. Или Томми, если тебе будет угодно. Скорость бега — только часть качеств бегуна. И очень маленькая часть, надо сказать.

— Что ты имеешь в виду? — заинтересовался Томас.

— Когда я говорю «лучшие из лучших», то имею в виду — лучшие во всем. Чтобы выжить в этом долбаном Лабиринте, надо быть умным, быстрым и сильным. Надо уметь принимать решения и правильно оценивать степень риска, на который можешь пойти. Безрассудству там нет места. Как и излишней осторожности. — Ньют откинулся назад, опершись на локти, и вытянул ноги. — Да и чертовски страшно там. Я совсем не тоскую по тем временам.

— А я думал, гриверы только по ночам вылазят.

Пусть ему и предначертано судьбой стать бегуном, но нарваться на одну из этих гадин очень не хотелось.

— Обычно да.

— Тогда чего там бояться?

О каких еще ужасах Томасу предстояло узнать?

— Напряжения, стресса, — вздохнул Ньют. — Схема Лабиринта меняется каждый день. Приходится постоянно держать в уме расположение стен, а потом еще наносить их на долбаные карты. Но самое паршивое — ты все время трясешься, что не успеешь вернуться назад. В простом лабиринте и то легко заблудиться, а уж если каждую ночь стены меняют местоположение... Чуть ошибешься, и пиши пропало — ночь в компании кровожадных тварей тебе обеспечена. В общем, Лабиринт не для дураков и слюнтяев.

Томас нахмурился. Он никак не мог понять, что за непреодолимое чувство толкает его в Лабиринт. Особенно после вчерашних событий. И все-таки его существо требовало скорее стать бегуном.

— А с чего вдруг такой интерес? — спросил Ньют.

Томас помедлил с ответом, боясь произнести это вслух.

— Я хочу стать бегуном.

Ньют повернулся и заглянул ему прямо в глаза.

— Ты и недели у нас не находишься, шанк, а уже такие самоубийственные мысли. Не рановато ли?

— Я не шучу.

Томас абсолютно не понимал, что им движет, но ничего не мог с собой поделать. Фактически желание стать бегуном было единственным, что помогало ему не сломаться в условиях, в которых он оказался.

Ньют продолжал неотрывно смотреть на Томаса.

— Я тоже. Забудь об этом. Никто еще не становился бегуном в первый месяц. Не говоря уже о том, чтобы в первую неделю. Тебе предстоит пройти очень много испытаний, прежде чем мы сможем рекомендовать тебя куратору.

Томас встал и принялся сворачивать спальный мешок.

— Ньют, ты меня не понял. Я не смогу весь день выщипывать сорняки — просто свихнусь. Понятия не имею, чем я занимался до того, как меня отправили сюда в железном ящике, но нутром чую: бегун — мое предназначение. Я справлюсь.

Ньют пристально посмотрел на него.

— Никто не утверждает обратного, но пока что повремени.

На Томаса накатила волна нетерпения.

— Но...

— Не спорь, Томми, и просто поверь. Начнешь трепаться направо-налево о том, что ты слишком хорош для сельскохозяйственных работ и тебя хоть сейчас отправляй в Лабиринт, — наживешь себе кучу врагов. Оставь эту идею до поры до времени.

Наживать врагов Томасу хотелось меньше всего, но и желание сделаться бегуном никуда не исчезло, поэтому он решил зайти с другого конца.

— Отлично. Поговорю об этом с Минхо.

— Ну-ну, попытайся, шанк чертов. Бегунов выбирает Совет, и если ты думаешь, что это я такой крепкий орешек, а их можно запросто уломать, то сильно ошибаешься.

— Как мне вас убедить, что я смогу стать действительно хорошим бегуном? Заставлять меня ждать — значит впустую тратить время!

Ньют встал и ткнул в Томаса пальцем.

— Послушай-ка меня, Шнурок. Ты внимательно меня слушаешь, болван?

Удивительно, но Томас нисколько не испугался угрозы. Он поднял глаза к небу и кивнул.

— Тебе лучше выбросить из головы эту чушь, пока остальные не узнали! Существуют определенные правила, и от этих правил зависит вся наша жизнь! — Он сделал паузу, но Томас промолчал, готовясь выслушать целую лекцию. — Порядок, порядок и еще раз порядок! — продолжал Ньют. — Постоянно повторяй в своей червивой башке это слово. Причина, по которой мы тут не сошли с ума, следующая: мы работаем не покладая рук и поддерживаем порядок. Именно ради порядка мы выперли Бена — негоже, когда всякие психопаты бегают по округе и пытаются выпустить тебе кишки. Порядок! Меньше всего нам здесь надо, чтобы ты его нарушал!

Понимая, что наступил момент, когда лучше прекратить упираться, Томас пошел на попятную.

— Ладно, — только и сказал он.

Ньют похлопал его по плечу.

— Давай заключим сделку.

— Какую? — В Томасе вновь проснулась надежда.

— Ты держишь рот на замке насчет бегунов, а я постараюсь как можно скорее включить тебя в список претендентов на тренировки. Как только проявишь свои способности. Но если начнешь болтать, будь спокоен — путь в бегуны тебе будет заказан навсегда. Идет?

Томаса совсем не прельщала перспектива ждать неизвестно сколько.

— Хреновая сделка какая-то.

Ньют вопросительно вздернул бровь.

— Ладно, идет, — сдался Томас.

— Отлично. А теперь наведаемся к Фрайпану. Надеюсь, не подавимся его жратвой.

В это утро Томас впервые познакомился с печально известным Фрайпаном, правда, только на расстоянии. Парень был слишком занят приготовлением завтрака для целой армии голодных глэйдеров. Ему было не больше шестнадцати, а он уже имел настоящую бороду. Впрочем, все его тело было густо покрыто волосами, которые то тут, то там выглядывали из-под пропитанной маслом одежды. *Кажется, на кухне заправляет не самый чистоплотный повар на свете*, — подумал Томас и на будущее решил внимательнее присматриваться к содержимому тарелки, чтобы не наглотаться противных черных волос Фрайпана.

Едва они с Ньютом присоединились к Чаку, сидевшему за складным столиком прямо напротив кухни, как большая группа глэйдеров вскочила с мест и побежала к Западным Воротам, о чем-то оживленно переговариваясь.

— Чего это они? — равнодушно спросил Томас, удивляясь собственному спокойствию. Он уже начал привыкать к тому, что в Глэйде постоянно происходит что-то непредвиденное.

Ньют пожал плечами, не отрываясь от яичницы.

— Провожают Минхо и Алби. Хотят посмотреть на того дохлого гривера, будь он неладен.

— Кстати, — встрепенулся Чак. Изо рта у него вылетел маленький кусочек бекона. — У меня насчет этого возник вопрос...

— Блин, да неужели?! — ответил Ньют. — И в чем этот вопрос заключается, Чаки?

Чак, кажется, о чем-то глубоко задумался.

— Смотрите. Они нашли мертвого гривера, так?

— Верно, — сказал Ньют. — Спасибо, что просветил.

Несколько секунд Чак отрешенно постукивал вилкой по столу, затем продолжил:

— Тогда кто прикончил гадину?

Великолепный вопрос, подумал Томас. Он ожидал услышать разъяснение от Ньюта, но ответа не последовало. Тот, скорее всего, и сам не понимал, что произошло.

ГЛАВА ШЕСТНАДЦАТАЯ

Все утро Томас провел в компании куратора Плантации, работая, как выразился Ньют, «отклячив задницу». Зарт был высоким черноволосым парнем, от которого почему-то пахло кислым молоком. Именно он находился ближе всех к Бену, держа шест во время Изгнания.

Зарт был неразговорчив. Он очень коротко объяснил Томасу, что нужно делать, и оставил его одного. Томасу пришлось заниматься прополкой, подрезкой веток на абрикосовом дереве, посадкой семян тыквы и кабачков и сбором уже созревших плодов. Он был не в восторге от работы на Плантации, на работающих с ним ребят не обращал никакого внимания, но все-таки здесь было куда приятнее, чем на Живодерне Уинстона.

Когда они вдвоем с Зартом принялись пропалывать длинный ряд молодых кукурузных побегов, Томас решил, что наступил подходящий момент спросить кое о чем. Куратор выглядел не таким уж неприступным.

— Слушай, Зарт... — начал он.

Тот быстро глянул на Томаса и снова принялся за работу. На длинном осунувшемся лице парня выделялись грустные глаза, и складывалось впечатление, что он постоянно чем-то очень расстроен.

— Да, Шнурок. Чего тебе?

— Скажи, сколько всего кураторов в Глэйде и какие еще бывают профессии? — поинтересовался Томас.

— Ну, есть строители, слоперы, чистильщики, повара, картоведы, медаки, копачи, забойщики. И бегуны, разумеется. Всех сразу не перечислишь. Возможно, есть еще что-то. Я особо не интересуюсь, кто чем занимается.

Значение большинства слов пояснения не требовало, но два из них поставили Томаса в тупик.

— Кто такие «слоперы»?

Он помнил, что Чак работал слопером, но о том, что конкретно вменялось ему в обязанности, мальчишка упорно не говорил. Сразу менял тему.

— Это шанки, которые практически ни на что не годятся. Слоперы* драят нужники, чистят душевые, кухню, прибира-

---

* От *англ.* slop — нечистоты, помои.

ются на скотобойне, после того как там зарежут скотину. Короче, занимаются самой никчемной работой. Проведешь хоть один денек в компании этих горемык, и больше к ним возвращаться тебе не захочется. Можешь мне поверить.

Томасу вдруг стало очень жалко Чака. Более того, он почувствовал себя виноватым. Мальчик так старается подружиться с остальными ребятами, а в ответ получает лишь пренебрежительное отношение и равнодушие окружающих. Да, Чак немного взбалмошный и часто докучает разговорами, но все-таки Томас был рад общению с ним.

— А копачи? — спросил он, выдергивая из земли большой сорняк с комом глины на корнях.

Зарт кашлянул и ответил, не прерывая работы:

— Они выполняют всю основную работу на Плантации. Роют канавы, ковыряются в земле и все такое, а в свободное время занимаются чем-нибудь другим. Вообще-то многие в Глэйде имеют несколько специальностей. Тебе разве не сказали?

Томас проигнорировал вопрос и продолжил расспросы, решив вызнать как можно больше.

— А чистильщики кто такие? Я уже в курсе, что они занимаются покойниками, но ведь люди не так часто умирают, правильно?

— Стремный народец эти чистильщики, — хмыкнул Зарт. — Помимо всего прочего, они действуют как охранники и полиция, но всем нравится называть их чистильщиками. Думаю, повеселишься, когда тебя к ним отрядят.

У Томаса оставалось еще много вопросов. Очень много. Чак и остальные глэйдеры не торопились отвечать на них, а Зарт, похоже, был не прочь поболтать по душам. Но, как ни странно, у Томаса пропало желание продолжать разговор. Совершенно неожиданно в голове снова всплыли мысли о девушке, потом он подумал о Бене и мертвом гривере, загадочная смерть которого вместо радости почему-то посеяла в глэйдерах одно лишь беспокойство.

Его новая жизнь не заладилась.

Томас сделал долгий глубокий вдох. *Просто работай*, — решил он. И взялся за лопату.

К середине дня Томас уже еле стоял на ногах от усталости — работать все время согнувшись, ползать на коленях в грязи оказалось очень утомительно. Живодерня, Плантация. Два испытания были позади.

Бегун, — размышлял он по дороге на перерыв. — *Только бы мне позволили стать бегуном.*

Он снова подумал, как нелепо, наверное, об этом мечтать. Однако, не понимая причины своего непреодолимого желания, Томас не мог ему противиться. Мысли о девушке стали не менее навязчивыми, хоть он и пытался отогнать их всеми силами.

Уставший и разбитый, Томас направился на кухню попить и чего-нибудь перекусить. Несмотря на то что обед был всего два часа назад, он сейчас не отказался бы от еще одной полноценной порции. Пусть даже и из свинины.

Томас куснул яблоко и плюхнулся на землю рядом с Чаком. Ньют был неподалеку, но сидел в одиночестве, ни с кем не разговаривая, и грыз ногти, чего Томас раньше за ним не замечал. Напряженный взгляд и глубокие морщины на лбу выдавали сильную обеспокоенность.

Странность в поведении Ньюта не ускользнула и от Чака. Он задал вопрос, который вертелся у Томаса на уме.

— Что это с ним? — шепнул он. — Выглядит совсем как ты, когда тебя только вынули из Ящика.

— Не знаю, — ответил Томас. — Почему бы тебе у него самого не спросить.

— Я слышу каждое слово, черт бы вас побрал, — громко произнес Ньют. — Не приходится удивляться, что никто не хочет спать рядом с вами.

Томас почувствовал себя так, будто его поймали на воровстве, но беспокоился он искренне — Ньют был одним из немногих в Глэйде, кто вызывал симпатию.

— Что-то не так? — спросил Чак. — Не обижайся, но ты выглядишь, как куча кланка.

— Да вообще все не так, — ответил Ньют и замолчал, глядя куда-то в пустоту.

Едва Томас собрался уточнить, что он имеет в виду, как тот заговорил снова:

— Эта девчонка из Ящика... Она все время бредит, мелет какую-то несуразицу, но в сознание никак не приходит. Медаки делают все возможное, пытаются ее кормить, но каждый раз она ест все меньше и меньше. Чует мое сердце, затевается что-то очень недоброе.

Томас уставился на яблоко, затем откусил от него и ощутил во рту горечь — он вдруг понял, насколько сильно беспокоился о здоровье девушки. Томас волновался о ней, как о близком человеке.

Ньют громко вздохнул.

— Хрень какая-то, да и только. Но сейчас меня больше всего тревожит не это.

— А что тогда? — спросил Чак.

Томас подался вперед. Любопытство было настолько сильным, что все мысли о девушке мигом отошли на второй план.

Глаза Ньюта сузились, и он посмотрел в сторону одного из выходов из Глэйда.

— Алби с Минхо, — пробормотал он. — Они должны были вернуться несколько часов назад.

Томас снова вернулся к работе: выдергивал сорняки и считал минуты, когда сможет наконец-то покинуть Плантацию. Беспокойство Ньюта передалось и ему, поэтому время от времени юноша посматривал на Западные Ворота, выискивая глазами Алби и Минхо.

По словам Ньюта, они должны были вернуться к полудню. Этого времени как раз хватало, чтобы найти мертвого гривера, осмотреть его и вернуться. Волнение Ньюта было объяснимо. Когда Чак предположил, что ребята, возможно, потеряли счет времени и изучают гривера в свое удовольствие, Ньют одарил мальчишку таким испепеляющим взглядом, что если бы Чак в буквальном смысле загорелся, Томас ничуть бы не удивился. Но больше всего Томаса поразило другое: когда он спросил, почему бы Ньюту просто не взять несколько человек, чтобы попытаться отыскать друзей в Лабиринте, лицо парня перекосил ужас — щеки ввалились, потемнели и приобрели землистый оттенок. Однако он мгновенно совладал с эмоциями и спокойно объяснил, что спасательные экспедиции запрещены строго-настрого — чтобы не потерять еще большее количество людей. Однако Томас не сомневался: на лице Ньюта он уловил именно страх. Даже простое упоминание о Лабиринте приводило того в трепет.

Что бы с ним там ни произошло — возможно, именно в тех местах он и повредил лодыжку, — Ньют не мог вспоминать об этом без содрогания.

Томас постарался отбросить мысли о Лабиринте и сосредоточился на выдергивании сорняков.

* * *

Ужин прошел в гнетущей атмосфере: было очевидно — всем не до еды. Фрайпан и его помощники приготовили сытные блюда — вкуснейший бифштекс, картофельное пюре, фасоль и горячие рулеты. Томас уже убедился, что шутки относительно стряпни Фрайпана, в сущности, оставались только шутками: все уплетали его готовку за обе щеки, да еще и просили добавки. Но сегодня вечером глэйдеры сидели за столами с видом воскресших покойников, которым предоставили право поесть последний раз в жизни, прежде чем отправить в ад.

Бегуны вернулись в положенное время, и Томас с грустью наблюдал, как Ньют, уже не скрывая паники, отчаянно бегал от Ворот к Воротам, надеясь высмотреть Алби и Минхо. Но те так и не появились. Ньют велел глэйдерам не обращать на него внимания и продолжать спокойно есть, а сам остался поджидать пропавших товарищей. Никто ничего не сказал вслух, но Томас и сам понимал, что до закрытия Ворот оставались считаные минуты.

Глэйдеры последовали приказу Ньюта и неохотно ели. Томас сидел за столом у южной стены Хомстеда вместе с Чаком и Уинстоном. Он смог впихнуть в себя лишь несколько кусков пищи, после чего его терпение лопнуло.

— Я не могу просто сидеть и непонятно чего ждать, когда они застряли в Лабиринте, — сказал он и бросил вилку на тарелку. — Пойду к Ньюту.

С этими словами Томас встал и пошел к Воротам.

Разумеется, Чак увязался за ним.

Они нашли Ньюта около Западных Ворот. Он вышагивал взад-вперед, то и дело нервно запуская пальцы в волосы. Увидев подошедших ребят, Ньют вскинул голову.

— Куда они могли деться? — воскликнул он срывающимся высоким голосом.

Томас был растроган тем, что Ньют так беспокоился за Минхо и Алби, словно те были его родными.

— Почему бы не направить туда спасательную команду? — спросил он.

Ему казалось глупым просто сидеть здесь и переживать, когда они запросто могли выбраться в Лабиринт и *найти* пропавших.

— Твою м... — начал было Ньют, но осекся. На секунду он закрыл глаза и глубоко вздохнул. — Это невозможно. Понимаешь? Больше не будем об этом. Есть правила, и мы не можем их нарушать. Особенно теперь, когда Ворота вот-вот закроются.

— Но почему? — настаивал Томас, не понимая, отчего так упирается Ньют. — Если они там застрянут, их схватят гриверы! Разве мы не обязаны им помочь?

Ньют посмотрел на него в упор; его лицо было багровым от злости, а глаза буквально метали молнии.

— Заткнись, Шнурок! — рявкнул он, — Ты и недели тут не прожил! Ты что, считаешь, я не рискнул бы собственной жизнью, чтобы спасти этих болванов? Да я бы ни секунды не колебался!

— Нет... я... извини. Я не хотел... — Томас не знал, что сказать; ему лишь хотелось как-то помочь.

Лицо Ньюта смягчилось.

— До тебя никак не дойдет, Томми. Выход туда ночью равносилен самоубийству. Мы только потеряем еще больше людей. Если эти шанки не вернутся... — Он умолк, не решаясь произнести то, что все и так понимали. — Они оба дали клятву, как и я в свое время. Как все мы. На твоем первом Совете, когда тебя окончательно припишут к какому-нибудь куратору, тебе тоже придется поклясться: никогда не выходить в Лабиринт ночью. Ни за что на свете, ни при каких обстоятельствах.

Томас поглядел на Чака: лицо того было не менее бледным, чем у Ньюта.

— Ньют этого не скажет, — произнес мальчик, — поэтому скажу я. Раз Алби с Минхо не возвращаются, значит, они погибли. Минхо слишком умен, чтобы заблудиться. Это невозможно. Они мертвы.

Ньют ничего не ответил. Чак повернулся и с поникшей головой побрел к Хомстеду. *Мертвы?* — подумал Томас. Положение казалось настолько тяжелым, что он не знал, как реагировать. В душе была лишь пустота.

— Шанк прав, — мрачно произнес Ньют. — Вот почему мы не имеем права отправиться на поиски. Нельзя допустить, чтобы ситуация стала еще хуже.

Он положил руку на плечо Томасу, и она безвольно сползла вниз. По щекам Ньюта потекли слезы. Томас был уверен, что никогда в прошлом, память о котором была спрятана глубоко в темных закоулках сознания, он не видел человека, более убитого горем, чем Ньют. Сгустившиеся сумерки соответствовали настроению Томаса.

— Ворота закроются через две минуты, — произнес Ньют.

Короткая фраза прозвучала как смертный приговор. Не сказав больше ни слова, Ньют понуро пошел прочь.

Томас покачал головой. Он едва знал Алби и Минхо, но мысль о том, что они потерялись в Лабиринте и убиты жуткими чудовищами, одно из которых он видел через окно ранним утром, причиняла нестерпимую боль.

Юноша вздрогнул, когда по Глэйду прокатился раскат грома. Затем раздался грохот и звук дробящегося камня, издаваемый трущимися друг о друга стенами. Ворота закрывались на ночь.

Разбрасывая осколки камней и поднимая тучи пыли, по земле ползла правая стена. Ее запирающие штыри, последние из которых находились на такой высоте, что, казалось, могли вспороть небо, медленно приближались к отверстиям, расположенным на торце противоположной стены. Томас смотрел как завороженный на каменную громаду, скользящую по земле вопреки здравому смыслу. Ему до сих пор до конца не верилось, что это не сон.

И вдруг он заметил какое-то движение.

Прямо перед ним в глубине уходящего вдаль коридора что-то смутно промелькнуло.

В первый момент в душу закрался страх; он отступил, опасаясь, что на него ползет гривер, но вскоре неясные очертания оформилось в две человеческие фигуры, ковыляющие в сторону Ворот. Смахнув с глаз пелену страха, он присмотрелся лучше и понял, что это Минхо, волочивший за собой Алби, который бессильно повис у него на плече. Минхо заметил Томаса и поднял голову. Томас был уверен, что в этот момент у него глаза вылезли из орбит.

— Они его задели!.. — с трудом выкрикнул Минхо сдавленным голосом. Казалось, каждый его шаг мог стать последним.

Томас не ожидал такого поворота событий, и ему понадобилось время, чтобы прийти в себя.

— Ньют!.. — заорал он, с трудом оторвав взгляд от Алби с Минхо. — Они идут! Я их вижу!..

Он знал, что должен выбежать за Ворота и помочь, но правило, запрещающее покидать Глэйд, остановило его.

Ньют, к этому времени уже находившийся возле Хомстеда, мгновенно обернулся и, прихрамывая, побежал назад к Воротам.

Томас снова посмотрел в просвет в стенах и помертвел — Алби сполз со спины Минхо и рухнул на землю. Минхо отчаянно пытался поднять его на ноги, но все-таки, сдался и, схватив товарища за руки, потащил по каменному полу волоком.

Но до Ворот оставалась еще добрая сотня футов.

Правая стена неумолимо приближалась, и Томасу почудилось, что чем сильнее он хотел, чтобы она замедлилась, тем быстрее она ползла. До полного закрытия Ворот оставались считаные секунды. Шансов на то, что Минхо успеет дотащить Алби, уже не оставалось. Никаких.

Томас обернулся в сторону Ньюта: хромая, тот торопился как мог, но покрыл лишь половину расстояния до Томаса.

Юноша снова посмотрел в глубь Лабиринта, затем на движущуюся стену. Еще несколько футов, и все будет кончено.

И тут Минхо споткнулся и упал на землю. Стало окончательно ясно, что он не успевает. Время вышло, и ничего сделать уже невозможно.

— Не делай этого, Томми! Не вздумай, черт тебя дери!.. — услышал Томас крик Ньюта за своей спиной.

Шипы на торце правой стены походили на гигантские руки, которые тянулись к глубоким пазам напротив, словно пытаясь скорее в них погрузиться и обрести покой на всю ночь. Воздух наполнял оглушительный скрежет камней.

Пять футов. Четыре. Три. Два.

Томас знал, что выбора у него нет. Он рванулся вперед и, в последнюю секунду проскользнув мимо шипов, вбежал в Лабиринт.

Позади него со страшным грохотом сомкнулись стены, и их гул, отразившись от увитого плющом камня, эхом прокатился по коридорам, словно сатанинский хохот.

ГЛАВА СЕМНАДЦАТАЯ

Несколько секунд Томасу казалось, что время остановилось. Грохот закрывающихся Ворот внезапно сменился оглушающей тишиной; стало темно, будто само солнце испугалось того, что таилось в Лабиринте, и поспешило укрыться за стенами. В густых сумерках исполинские стены казались чудовищными надгробными памятниками, возвышающимися на поросшем плющом кладбище великанов. Томас прислонился спиной к стене, не веря до конца в то, что совершил. При мысли о последствиях безрассудного поступка ему сделалось дурно.

Пронзительный вопль Алби и кряхтение Минхо вывели Томаса из оцепенения. Он бросился к глэйдерам.

Минхо с трудом поднялся на ноги; даже в слабом сумеречном свете бегун выглядел ужасно — вспотевший, грязный и весь исцарапанный. На лежащего на земле Алби и вовсе нельзя было смотреть без трепета — одежда изорвана в клочья, руки покрыты порезами и синяками. Томас содрогнулся — неужели на Алби напал гривер?

— Шнурок, — сказал Минхо, — если ты думаешь, что совершил геройский поступок, то послушай меня: ты самый тупой из всех тупых шанков-полудурков на свете. Считай, что ты уже покойник. Как и мы с Алби.

Кровь прилила к лицу Томаса — он рассчитывал хоть на какие-нибудь слова благодарности.

— Не мог же я просто стоять там и наблюдать, как вы остаетесь за бортом!

— Ну и какая нам от тебя здесь польза? — закатил глаза Минхо. — Короче, не важно. Нарушив Правило Номер Один, ты в любом случае подписал себе смертный приговор.

— Спасибо за теплые слова. Я лишь пытался помочь.

Томасу очень захотелось дать Минхо хорошего подзатыльника. Куратор вымученно усмехнулся и опустился на колени рядом с Алби. Всмотревшись в пострадавшего юношу внимательнее, Томас понял, насколько плохо обстоит с тем дело: Алби, похоже, был на грани смерти. Его темная кожа быстро теряла естественный оттенок, дыхание стало учащенным и поверхностным.

Томаса охватило чувство безысходности.

— Что произошло? — спросил он.

— Не хочу это обсуждать, — бросил Минхо, щупая пульс Алби и наклоняясь, чтобы приложить ухо к его груди. — Скажу только: гриверы здорово умеют прикидываться дохлыми.

Удивлению Томаса не было предела.

— Так его что... покусали... или ужалили? И начинается Метаморфоза?

— Ты слишком многого не понимаешь, — только и ответил Минхо.

Томасу захотелось завыть от досады. Он и без Минхо прекрасно знал, что ничего не понимает, именно поэтому и задает вопросы.

— Алби умрет? — заставил себя спросить Томас и поразился, как обыденно и безразлично прозвучал вопрос.

— Раз мы не успели до заката, то, скорее всего, да. Может умереть в ближайший час. Точно не знаю, как долго человек может протянуть без сыворотки. Но будь спокоен, нам тоже каюк настанет, так что не сильно за него переживай. Скоро мы все отправимся на тот свет.

Он произнес это так спокойно, что Томас не сразу понял значение сказанного.

Наконец серьезность ситуации начала доходить до его сознания, и внутри у юноши все похолодело.

— Мы что, правда умрем? — спросил он, все еще отказываясь в это верить. — Хочешь сказать, у нас нет шансов?

— Ни единого.

— Да ладно! Ведь должен быть какой-то выход. — Томаса раздражал пессимизм Минхо. — Сколько гриверов могут здесь появиться?

Он посмотрел в коридор, уходящий глубоко в Лабиринт, словно боялся, что чудовища могут появиться от одного лишь упоминания своего имени.

— Не знаю.

И тут у Томаса промелькнула мысль, пробудившая в нем надежду.

— А как же Бен, Галли и прочие, кого покусали? Ведь они выжили?

Минхо бросил на него взгляд, который недвусмысленно давал понять, что Томас не умнее коровьей лепешки.

— Ты меня вообще слышишь? Они успели вернуться до заката, болван! Вернулись в Глэйд и получили сыворотку. Все без исключения.

Томас понятия не имел, о какой сыворотке толковал Минхо, но сейчас у него были вопросы и поважнее.

— А я думал, что гриверы выходят только по ночам.

— Значит, ты ошибался, шанк. Они *всегда* вылезают ночью, но это не значит, что они не могут появляться и в дневное время.

Томас не мог позволить себе поддаться унынию. Сдаться и покорно ждать смерти ему совсем не хотелось.

— Хоть кому-нибудь удавалось выжить после того, как он застревал в Лабиринте на ночь?

— Никогда.

Томас нахмурился, лихорадочно пытаясь найти хоть что-нибудь, что дало бы слабую надежду.

— А сколько всего погибло?

Изможденный до крайности Минхо сидел на корточках, положив руки на колени, и отрешенно смотрел в землю.

— По меньшей мере двенадцать. Ты на кладбище разве не ходил?

— Ходил.

Так вот, значит, как они умерли, подумал Томас.

— Там лежат те, кого мы смогли *отыскать*. Многие просто пропали без вести. — Минхо махнул рукой в сторону отрезанного от них Глэйда. — Долбаное кладбище не просто так устроили на самых задворках леса. Ничто так сильно не отравляет беззаботное существование, как каждодневное напоминание о погибших товарищах.

Минхо встал, взял Алби за руки и кивнул Томасу на ноги.

— Хватай за вонючие костыли. Надо перенести его к Воротам. Так они хоть одно тело смогут обнаружить утром.

Томас было решил, что ослышался — настолько дикой показалась фраза. Он почувствовал, что вот-вот окончательно и бесповоротно сойдет с ума.

— Этого не может быть! — заорал он стенам, подняв голову.

— Хватит ныть! Сам виноват. Не надо было нарушать правила. Давай, берись за ноги.

Содрогаясь от приступа нервной икоты, Томас взял Алби за ноги. Вдвоем они наполовину пронесли, наполовину протащили почти бездыханное тело на сотню футов к Воротам, где Минхо привалил Алби к стене, оставив его в полусидячем положении. Судя по внешнему виду Алби, жить ему оставалось недолго — грудь бедняги тяжело вздымалась и опускалась в такт стесненному дыханию, кожа покрылась потом.

— Куда его укусили? — спросил Томас. — Ты рану видишь?

— Черт возьми! Гриверы не кусаются в прямом смысле слова. Они колют жертву. Место укола увидеть невозможно. Их может быть целая дюжина.

Минхо скрестил на груди руки и прислонился к стене.

Почему-то слово «укол» показалось Томасу куда более зловещим, чем просто «укус».

— Колют? В каком смысле?

— Чувак, ты не поймешь, о чем я толкую, пока своими глазами не увидишь.

— Хорошо, тогда почему он тебя не уколол?

Минхо демонстративно вытянул руки.

— А может, и уколол! Вдруг я свалюсь без сознания в любую секунду!

— Они... — начал было Томас, но запнулся. Непонятно было, шутит Минхо или говорит серьезно.

— Нет никаких «они». Был только один, тот самый предположительно мертвый гривер. Он внезапно очухался, ужалил Алби и тут же смылся. — Минхо снова посмотрел в Лабиринт, уже почти полностью погрузившийся во тьму. — Но можешь не сомневаться, скоро тут появится целая куча этих ублюдков, чтобы прикончить нас своими иглами.

— Иглами? — Слова Минхо казались Томасу все более и более пугающими.

— Ну да, именно иглами.

Минхо ограничился лаконичным ответом и, похоже, совсем не собирался вдаваться в подробности.

Томас скользнул взглядом вверх — по густым зарослям плюща, скрывающим огромные стены. Отчаяние заставило его мыслить рационально.

— Мы можем взобраться на стену? — Он посмотрел на Минхо, но тот молчал. — Стебли плюща. По ним можно взобраться?

Минхо раздраженно вздохнул.

— Честное слово, Шнурок, ты, наверное, считаешь нас кучкой идиотов. По-твоему, нам не могло прийти в голову залезть на эти треклятые стены?

Впервые злость захлестнула Томаса настолько, что начала вытеснять страх и отчаяние.

— Я всего лишь пытаюсь помочь, чувак! Почему бы тебе не говорить по делу вместо того, чтобы отмахиваться от всего, что я предлагаю!

Минхо подскочил к Томасу и вцепился в него.

— Ты не понимаешь, стебанутый придурок! Ты вообще ни черта не знаешь и только усугубляешь положение, пытаясь вселить надежду! Мы уже трупы! Слышишь меня?! Трупы!

Томас не мог бы сказать с уверенностью, что сейчас сильнее чувствует по отношению к Минхо — злость или жалость. Слишком уж легко тот сдается.

Минхо посмотрел на свои руки, схватившие товарища, и на его лице отразилось смущение. Он разжал пальцы и отступил назад. Томас демонстративно расправил помятую одежду.

— О господи... — прошептал Минхо и опустился на землю, закрывая лицо руками. — Мне никогда еще не было так страшно, чувак. До такой степени — никогда.

Томасу хотелось как-то ободрить Минхо, сказать ему, чтобы он вел себя как мужик, начал думать трезво и рассказал все, что знает о гриверах. Ну хоть что-нибудь!

Едва он раскрыл рот, чтобы заговорить, как услышал вдалеке странный звук. В долю секунды Минхо вскинул голову и посмотрел в черноту одного из каменных коридоров. У Томаса перехватило дыхание.

Откуда-то из глубины Лабиринта исходил зловещий шум — непрерывное жужжание с металлическим лязгом, повторяющимся каждые несколько секунд и напоминающим скрежет трущихся друг о друга ножей. На секунду шум становился громче, после чего к нему примешивались странные щелчки; Томасу пришло на ум, что подобный звук могут издавать длинные ногти, барабанящие по стеклу. Внезапно раздался протяжный вой и еще какое-то звяканье, напоминающее звон цепей.

Сочетание непонятных звуков производило гнетущее впечатление, и то небольшое количество отваги, которое у Томаса имелось в запасе, начало стремительно улетучиваться.

Минхо поднялся на ноги. В наступившей темноте его лица почти не было видно, но как только он заговорил, Томасу стало ясно: парень напуган до смерти.

— Мы должны разделиться — это наш единственный шанс. Просто беги! Беги, не останавливаясь!

Крикнув это, он развернулся и побежал, в мгновение ока исчезнув во мраке коридоров Лабиринта.

ГЛАВА ВОСЕМНАДЦАТАЯ

Томас оторопело смотрел в темноту, в которой только что растворился Минхо.

Внезапно он почувствовал к нему неприязнь. Минхо — ветеран этих мест, опытный бегун, а Томас — новичок, находившийся в Глэйде всего несколько дней и впервые попавший в Лабиринт. И несмотря на это, из них двоих именно Минхо потерял самообладание, запаниковал, пустившись наутек при первых признаках опасности. *Как он мог меня тут бросить*? — недоумевал Томас. — *Как мог так поступить?!*

Звук становился все громче. Юноша отчетливо различил шум работающих моторов, к которым добавлялся монотонный металлический лязг, похожий на скрип лебедочных цепей на каком-нибудь старом заводе. А затем почувствовал запах — что-то, напоминающее вонь горелого масла.

Томас мог лишь догадываться, какая участь его ждала; он видел гривера, но только мельком и через перепачканное стекло. Что с ним сделают? Как долго продлятся его мучения?

Стоп! — скомандовал себе юноша. Он не имел права бездарно терять драгоценное время, просто ожидая, когда за ним придут и прикончат.

Он повернулся к Алби: тот по-прежнему полулежал-полусидел, приваленный к стене, смутно выделяясь в темноте неясной тенью. Томас опустился на колени и нащупал пульс на шее. Вроде есть. Он приложил ухо к груди, как это делал Минхо: ту-тук, ту-тук, ту-тук...

Жив пока.

Томас откинулся назад, усевшись на корточки, и вытер со лба пот. И в этот момент, длившийся какие-то доли секунды, он понял одну очень важную вещь, касающуюся самого себя — нет, того Томаса из прошлого: он не мог бросить товарища в беде. Пусть и такого вспыльчивого, как Алби.

Юноша наклонился, взял Алби за обе руки и перевел в сидячее положение. Затем взвалил безжизненное тело на спину и, кряхтя, встал на ноги.

Ноша оказалась непосильной: сделав всего несколько шагов, Томас упал, и Алби распластался на земле рядом с ним.

С каждой секундой зловещие звуки становились громче, отражаясь эхом от каменных стен Лабиринта. Томасу даже почудились, что где-то вдалеке, на фоне чернеющего неба, он увидел яркие сполохи.

Но столкнуться нос к носу с источником света и звуков в его планы отнюдь не входило. Решив действовать иначе, Томас снова схватил Алби за руки и попытался тащить по земле волоком, но груз оказался таким тяжелым, что, протащив его каких-то десять футов, Томас решил отказаться и от этой затеи. Тем не менее Алби надо было куда-то спрятать.

Он оттащил парня назад к выходу в Глэйд и снова прислонил его, придав сидячее положение. Усевшись рядом и опершись спиной на каменную стену, Томас немного отдышался и начал лихорадочно размышлять. Глядя в жерла чернеющих коридоров, в которых ничего нельзя было разглядеть, он утвердился в мысли, что тактика Минхо — бежать — обречена на провал, даже если бы у него и получилось нести Алби на себе. Мало того, что он мог заблудиться, так еще была вероятность попасть прямо в лапы гриверов вместо того, чтобы убежать от них.

Он сосредоточил внимание на стенах и плюще. Минхо ничего толком не объяснил, но дал понять, что вскарабкаться на стены невозможно. И все-таки...

План созрел сам собой. Его успех зависел от физических возможностей гриверов, о которых он понятия не имел, но ничего лучшего Томас придумать пока не сумел.

Он прошел несколько десятков футов вдоль стены, пока не отыскал самые густые заросли плюща, почти полностью скрывающие стену. Томас потянулся, схватил один из самых длинных стеблей, доходивших до самой земли, и крепко зажал его в ладони. Плеть оказалась куда толще и прочнее, чем он предполагал, — наверное, не меньше полудюйма в диаметре. Он потянул за растение, и оно со звуком разрываемого куска картона оторвалось от стены. Томас продолжал отходить от стены все дальше, отдирая его, и когда удалился от нее на десять футов, верхняя часть стебля потерялась из виду — утонула в темноте высоко над головой. Но юноша был уверен: свисающий стебель крепко цепляется где-то за вершину стены и не упадет на землю.

Ему не терпелось проверить плеть на прочность, поэтому он остановился и изо всех сил за нее дернул.

Не оборвалась.

Он дернул еще раз. Потом еще и еще, ухватившись за стебель уже двумя руками. Затем поджал ноги и повис: при этом его тело устремилось к стене, как на качелях.

Растение выдержало.

Томас быстро оторвал от стены еще несколько стеблей, которые должны были послужить веревками для подъема вверх, проверил каждый их них на прочность и убедился, что держатся они так же крепко, как и первый. Ободренный, он вернулся к Алби и потащил того к приготовленным плетям.

Внезапно в глубине Лабиринта раздался резкий треск, за которым последовал ужасающий скрежет, напоминающий звук сминаемого металлического листа. Томас вздрогнул и обернулся, напряженно всматриваясь в коридоры — он так увлекся, что совсем позабыл о приближающихся гриверах. Вроде никого, но звуки — жужжание, завывание, лязг — слышались все громче. Кажется, стало немного светлее: сейчас Томас различал куда больше деталей в Лабиринте, чем несколькими минутами ранее. Вспомнилось загадочное сияние, которое он наблюдал вместе с Ньютом в Глэйде через окно.

Гриверы неумолимо приближались. А иначе и быть не могло.

Юноша подавил нарастающую панику и принялся за дело.

Взяв один из стеблей, он обмотал его вокруг правой руки Алби. Для осуществления задуманного длины плюща было недостаточно, поэтому Томасу пришлось приподнять Алби как можно выше на собственных плечах. Сделав семь витков стебля вокруг руки товарища, он завязал плеть узлом. Потом взял еще один стебель и намотал его на левую руку, затем проделал то же самое и с обеими ногами, обмотав плющом каждую по отдельности. Томас забеспокоился, как бы такой метод не нарушил кровообращение у Алби, но рискнуть стоило.

Отбросив зародившиеся сомнения в осуществимости плана, Томас продолжил работу. Теперь настала его очередь.

Схватив свободный стебель обеими руками, он принялся карабкаться вверх над тем местом, где только что привязал Алби. Томас с удовлетворением отметил, что плотная листва плюща помогала удобнее держаться за плети, а множественные выбоины в каменной кладке служили великолепными подставками для ног. Он подумал, насколько упростилась бы задача, если бы не...

Томас мысленно оборвал себя. Он не имел права бросить Алби на произвол судьбы.

Оказавшись примерно в паре футов выше товарища, Томас несколько раз обвязал себе грудь плющом, пропустил стебли себе под мышками, затем осторожно разжал руки, продолжая твердо опираться ногами на большую трещину в камне, и повис в воздухе. К его огромному облегчению, стебель не оборвался.

Теперь предстояло самое сложное.

По бокам от него были туго натянуты четыре стебля, на которых висел Алби. Томас уцепился за тот стебель, который держал левую ногу вожака глэйдеров, и потянул на себя. Подняв ногу всего на несколько дюймов, Томас выпустил плеть из рук — тяжесть тела оказалась ему не по силам.

Он спустился на землю, полагая, что ему, возможно, будет легче не тащить Алби на себя, а толкать снизу вверх. Решившись, юноша попробовал поднимать товарища по паре дюймов, конечность за конечностью. Поднял левую ногу и обмотал вокруг нее еще один стебель. Затем настал черед правой ноги. Когда обе они были прочно закреплены, Томас сделал то же самое и с руками Алби — привязал сначала правую, потом левую.

Тяжело дыша, он отошел назад, чтобы посмотреть, что из этого вышло.

Алби висел, как неживая кукла, всего тремя дюймами выше, чем пять минут назад.

Клацанье, гул, жужжание и завывание доносились из коридоров уже очень громко. Томасу даже показалось, что где-то слева в глубине Лабиринта он заметил две красные вспышки. Гриверы приближались, и теперь стало очевидно, что их несколько.

Юноша принялся за работу с еще большим усердием.

Он медленно, но верно поднимал Алби по стене, попеременно подталкивая ноги и руки товарища на два-три дюйма вверх. Затем Томас взбирался чуть выше по стене, повиснув прямо под телом Алби, обматывал себе грудь плющом и продолжал как можно выше поднимать ноги и руки Алби, поочередно подвязывая их стеблями. Затем повторял весь процесс сначала.

Поднимался, обматывал, толкал вверх, отвязывал... Поднимался, обматывал, толкал вверх, отвязывал... К счастью, гриверы, похоже, не слишком торопились, так что у Томаса оставался некоторый запас времени.

Мало-помалу, дюйм за дюймом юноши поднимались по стене. Тяжело дыша и обливаясь потом, Томас выкладывался из последних сил. Он уже еле удерживал стебли взмокшими скользкими ладонями, к тому же ноги разболелись от постоянной необходимости опираться на трещины в камне. Тем временем звуки нарастали — пугающие кошмарные звуки. Но Томас не сдавался.

Он остановился лишь тогда, когда они с Алби оказались на высоте около тридцати футов над землей, и свободно повис на обмотанном вокруг груди плюще. Оттолкнувшись от стены натертыми, онемевшими от усталости руками, юноша развернулся лицом к Лабиринту. Все тело Томаса ужасно ныло, казалось, каждая его клеточка испытывала неимоверную усталость, а мышцы буквально умоляли об отдыхе. О том, чтобы поднять Алби еще хотя бы на дюйм, не могло быть и речи. Силы покинули Томаса.

В этом месте им и предстояло укрыться. Или отбивать атаки.

Взобраться на вершину стены не было никакой возможности, поэтому оставалось лишь рассчитывать на то, что гриверы не станут смотреть вверх или не смогут сделать этого физически. Впрочем, если их и заметят, у Томаса оставалась призрачная надежда сбрасывать гриверов одного за другим с высоты, без необходимости сражаться на земле со всеми ними одновременно.

Он не имел ни малейшего представления о том, что его ожидает и увидит ли он рассвет, но понимал, что судьба Алби и его собственная решится здесь, в зарослях плюща на вершине стены.

Прошло несколько минут, прежде чем Томас заметил впереди первую отчетливую вспышку света, отразившуюся от стен Лабиринта. Жуткие звуки, громкость которых нарастала в течение часа, превратились в пронзительный металлический визг, похожий на предсмертные вопли какого-нибудь робота.

Неожиданно внимание юноши привлекло красноватое свечение на стене слева от него. Он повернулся и чуть не закричал от испуга — всего в нескольких дюймах от него сидел жук-стукач; просунув тонкие длинные лапки сквозь ветки плюща, он каким-то образом удерживался на каменной поверхности стены. Единственный красный глаз жука горел, словно крошечное солнце, и испускал настолько яркий свет, что на него было невозможно смотреть. Томас прищурился и присмотрелся к «насекомому».

Его туловище представляло собой серебристый цилиндр около трех дюймов в диаметре и около десяти в длину, из которого выступали двенадцать многосуставных широко расставленных лапок, что придавало жуку отдаленное сходство со спящей ящерицей. Из-за яркого пучка красного света, направленного прямо на Томаса, головы стукача он не видел, но, вероятно, она была крошечной, и единственным ее назначением было наблюдение.

А затем произошло нечто, отчего Томаса бросило в дрожь. Он был уверен, что однажды уже видел такое — в Глэйде, когда один из жуков пробежал мимо него по направлению к лесу. Теперь сомнения рассеялись: красный огонек глаза отбрасывал тусклые отблески на спину «насекомого», высвечивая будто кровью написанные заглавными буквами слова: «ЭТО ПОРОК»

Томас не мог себе представить, зачем кому-то понадобилось писать такое на спинах маленьких тварей. Или это предупреждение для глэйдеров о потенциальной опасности?

ЭТО ПОРОК...

Он уже знал, что жуки выполняли функции шпионов для тех, кто послал глэйдеров сюда. Алби выразился недвусмысленно, заявив, что с помощью жуков-стукачей за ними наблюдают Создатели. Томас застыл и затаил дыхание, надеясь, что жуки реагируют только на движение. Так прошло несколько томительных секунд, и юноша уже начал задыхаться.

Но вот, издав легкий щелчок, жук повернулся и побежал прочь, быстро скрывшись в листве. Томас сделал глубокий вдох, затем еще один, чувствуя, как стебли врезаются ему в грудь.

По Лабиринту пронзительным эхом прокатился очередной металлический скрежет, сопровождаемый все нарастающим жужжанием моторов. Пытаясь притвориться таким же безжизненным, как Алби, Томас безвольно повис на плюще.

И тут из-за угла коридора показалось нечто — и поползло в их сторону.

Нечто, которое он видел раньше, но тогда юноша был защищен толстым бронированным стеклом.

Нечто неописуемое.

Гривер.

ГЛАВА ДЕВЯТНАДЦАТАЯ

Томас завороженно наблюдал, как омерзительное существо медленно ползет по длинному коридору Лабиринта.

Выглядело оно как результат неудавшегося генетического эксперимента, как чудовище из кошмарного сна. Полумашина-полуживотное, гривер с лязгом перекатывался по плитам коридора. Его тело напоминало гигантскую блестящую от слизи личинку, покрытую редкой шерстью и причудливо пульсирующую в такт дыханию существа. Гривер не имел четко выраженных головы и хвоста, в длину имел не меньше шести футов, а в ширину — около четырех.

Каждые десять—пятнадцать секунд из тела гривера выскакивали острые металлические шипы, после чего существо резко сворачивалось в шар и прокатывалось дальше. Затем оно снова останавливалось, как будто переводило дыхание, и с тошнотворным хлюпаньем втягивало шипы назад в скользкую кожу. Гривер методично повторял последовательность действий, преодолевая таким образом несколько футов за раз.

Но на коже гривера были не только шипы и шерсть: из его тела то тут, то там выступали металлические «руки», каждая из которых, очевидно, выполняла строго определенную функцию. На некоторых были установлены мощные фонари, из других торчали длинные устрашающего вида иглы. На одной «руке» Томас разглядел три отростка с острыми когтями, которые то сжимались, то разжимались без какой-либо видимой причины. Когда существо перекатывалось, его механические конечности складывались и отходили в стороны, чтобы избежать контакта с землей. Что — или кто — могло породить таких отвратительных, страшных монстров?..

Теперь природа непонятных звуков стала ясна. Когда гривер катился, он издавал монотонный жужжащий звук, похожий на стрекотание цепи бензопилы, а шипы и механические «руки», ударяющие в каменный пол, объясняли происхождение непонятного лязганья. Но самое главное, что приводило Томаса в трепет, — это заунывное душераздирающее завывание, похожее на стенания смертельно раненного, которое издавало существо во время коротких передышек.

Ужасное создание — издающее не менее ужасные звуки, — которое сейчас приближалось к Томасу, не могло привидеться даже в самом кошмарном сне. Усилием воли он заставил себя отбросить страх и сосредоточился на том, чтобы сохранять максимальную неподвижность. Оставалось надеяться, что гривер их просто не заметит.

Как знать? — подумал Томас. — *Может, он нас не увидит*?

Но зыбкая надежда вмиг разбилась о суровую реальность, стоило лишь вспомнить о жуке-стукаче, который наверняка успел точно обозначить их укрытие.

С клацаньем и жужжанием гривер продолжал перекатываться по коридору, выписывая зигзаги и время от времени уныло завывая. Каждый раз, останавливаясь, он выпускал во все стороны стальные руки-щупальца и шарил вокруг себя, словно робот, выискивающий признаки жизни на неизведанной планете. Призрачные тени, плясавшие на стенах Лабиринта, всколыхнули в памяти Томаса смутное воспоминание, спрятанное глубоко в темнице сознания — он вдруг вспомнил, что боялся теней на стенах, когда был еще совсем маленьким. Юноше пронзительно захотелось вернуться домой, в детство, броситься в объятия матери и отца, которые, как он надеялся, были живы, скучали по нему и пытались отыскать.

В нос ударил резкий запах чего-то горелого — зловонная смесь перегретого машинного масла и паленого мяса. В голове просто не укладывалось, что люди были способны сотворить до такой степени жуткое создание и послали его охотиться на детей.

Пытаясь не думать об этом, Томас закрыл глаза и сосредоточился на том, чтобы висеть совершенно неподвижно и бесшумно. Существо продолжало приближаться.

Гррррррррр.

Щелк-щелк-щелк.

Гррррррррр.

Щелк-щелк-щелк.

Не поворачивая головы, Томас украдкой поглядел вниз — гривер дополз до стены, на которой висели они с Алби. У закрытых Ворот в Глэйд, всего в нескольких ярдах правее Томаса, гривер остановился.

Пожалуйста, выбери другой путь, — мысленно молил Томас.

Поверни.

Ну, давай.

Туда.

Прошу тебя!

Гривер выпустил шипы и покатился прямо к тому месту, над которым находились Алби с Томасом.

Гррррррррр.

Щелк-щелк-щелк.

Он остановился, затем подкатился чуть ближе и оказался возле стены.

Томас задержал дыхание, стараясь не издавать ни малейшего звука. Сейчас гривер был прямо под ними. Юноше невыносимо хотелось посмотреть вниз, но он понимал, что любое, даже самое слабое движение может его выдать. Пучки света, которые существо отбрасывало во всех направлениях, не задерживались на месте ни на секунду и непрерывно ощупывали стены коридора.

И вдруг совершенно неожиданно огни погасли.

Мир вокруг погрузился в темноту. Наступила тишина. Тварь словно отключилась — она не шевелилась и не издавала никаких звуков. Заунывные подвывания — и те полностью стихли. Теперь, когда свет был погашен, Томас вообще перестал что-либо видеть.

Он ослеп.

Его тяжело бьющемуся сердцу отчаянно требовался кислород, поэтому Томас сделал несколько небольших вдохов через нос. А что, если тварь услышит дыхание? Или учует запах? Ведь его волосы, руки, одежда — да вообще все было пропитано потом. Томаса охватил безумный животный страх, какой ему не доводилось испытывать никогда в жизни.

Пока все было тихо — ни движения, ни света, ни звука. Томительное ожидание сводило с ума.

Прошли секунды. Минуты. Томас уже не чувствовал собственного тела — грудь онемела от впивающихся в нее стеблей. Он с трудом подавил желание заорать чудовищу внизу: «Убей меня — или проваливай назад в свою нору!»

Но тут, так же внезапно, свет включился и коридор снова наполнился клацающими и жужжащими звуками — гривер вернулся к жизни.

А затем стал взбираться по стене.

ГЛАВА ДВАДЦАТАЯ

Шипы гривера врезались в стену, разбрасывая во все стороны осколки камня, листья и обрывки стеблей плюща. Так же как и лапки жука-стукача, некоторые из рук монстра были оснащены острыми крюками; цепляясь за неровности в каменных блоках, они помогали гриверу подниматься вверх. Яркий фонарь на одном из щупалец осветил Томаса, но на этот раз луч не скользнул в сторону, а зафиксировался прямо на юноше.

Последний проблеск надежды, зародившийся было в душе у Томаса, угас.

Единственное, что оставалось делать — бежать. *Прости, Алби!* — подумал он, выпутываясь из удерживающих его плетей. Вцепившись левой рукой в заросли плюща над головой, он развязал на груди последние узлы из стеблей и приготовился. Понятно, что двигаться вверх нельзя — последовав за ним, гривер наткнется прямо на Алби. А вариант спуститься вниз был хорош лишь в том случае, если бы Томас хотел быстро расстаться с жизнью.

Оставалось одно — смещаться в сторону.

Томас потянулся и схватил стебель в двух футах слева от себя, затем намотал его на руку и изо всех сил дернул. Стебель держался прочно, как и все предыдущие. Мельком глянув вниз, Томас отметил, что гривер покрыл уже половину расстояния до него — теперь чудище не тратило времени на остановки и двигалось гораздо быстрее.

Томас отбросил в сторону стебли, свисавшие с груди, и качнулся вдоль стены влево. Чтобы, как маятник, не полететь назад к тому месту, где висел Алби, он выставил руку и быстро схватил еще один стебель, к счастью, оказавшийся толстым. На этот раз он уцепился за него обеими руками и, развернувшись лицом к стене, уперся подошвами. Вытянув правую руку как можно дальше, взялся за другую плеть. Потом еще за одну. Подобно обезьяне, прыгающей с ветки на ветку, Томас ловко перескакивал со стебля на стебель, двигаясь даже быстрее, чем рассчитывал.

Звуки, издаваемые преследующим гривером, не утихали, только теперь к ним добавился еще и треск камня, крошащегося под ударами клешней монстра. У Томаса содрогались все косточки. Сделав еще несколько мощных рывков вправо, он оглянулся.

Гривер больше не полз к Алби, а держал курс прямо на Томаса. *Наконец-то хоть что-то пошло, как задумано!* Юноша с силой оттолкнулся ногами от стены и вцепился в очередной стебель, продолжая двигаться дальше.

Теперь Томасу совсем не нужно было оглядываться назад, чтобы понять, что с каждой секундой гривер неумолимо его настигает. Преследователя выдавали звуки. Долго так продолжаться не могло, поэтому другого выхода, кроме как спуститься на землю, у юноши не оставалось.

Он метнулся к следующей плети, но вместо того чтобы крепко ухватиться за нее, позволил руке немного сползти вниз. Стебель обжег скользнувшую по нему ладонь, зато теперь Томас оказался на несколько футов ниже. Он в точности повторил последовательность действий и со следующим стеблем. Затем еще с одним. Перепрыгнув с плети на плеть еще три раза, юноша был уже на полпути к земле. Раны на стертых до крови ладонях нестерпимо болели, и только выброс адреналина помогал справиться с переполняющим его страхом — не обращая внимания ни на что, Томас целенаправленно двигался вперед.

Когда юноша в очередной раз качнулся на стебле, в темноте прямо перед ним что-то смутно замаячило, но когда он понял, *что* именно, — было уже слишком поздно.

Коридор заканчивался, резко уходя вправо.

Томас с размаху врезался в выросшее прямо перед ним каменное препятствие и, невольно разжав пальцы, полетел вниз. Стараясь предотвратить удар о жесткий каменный пол, он расставил руки в стороны и попытался в падении ухватиться за ветки плюща. И в этот момент он краем глаза увидел гривера — тот быстро изменил направление движения и оказался совсем близко от Томаса, готовясь вцепиться в него когтистой клешней.

Пролетев половину расстояния до земли, юноша все-таки умудрился ухватиться за стебель, едва не вырвав с корнем собственные руки, настолько резким оказалось торможение. Он с силой оттолкнулся обеими ногами от стены, чудом увернувшись от выпущенных гривером игл и когтей, и в полете ударил монстра по механической руке правой ногой. Резкий хруст свидетельствовал о маленькой победе. Впрочем, восторг поубавился, как только Томас почувствовал, что стебель, на котором он повис, качнулся назад и он вот-вот врежется прямо в спину чудовищу.

Под воздействием новой порции адреналина юноша среагировал мгновенно: он прижал ноги к груди, и как только почувствовал, что коснулся скользкого тела гривера, резко выпрямился и со всей силы оттолкнулся от спины монстра, изгибаясь при этом всем телом, чтобы избежать контакта с нацеленными на него иглами и когтями. Он отлетел влево, затем оттолкнулся от стены Лабиринта и попытался ухватиться еще за один стебель. Позади раздалось жуткое клацанье, и Томас почувствовал, как что-то резануло его по спине.

Пошарив по стене, юноша нащупал очередную плеть и вцепился в нее обеими руками. Не обращая внимания на страшную боль в содранных ладонях, он слегка ослабил хватку и плавно съехал по стеблю вниз до самой земли. Томас почувствовал под ногами твердый пол и, превозмогая нечеловеческую усталость, что есть мочи припустил прочь.

Почти сразу за спиной раздался громкий звук упавшей туши гривера, за которым последовали уже привычные звуки — жужжание, щелчки и клацанье ползущего чудища. Времени оглядываться уже не оставалось — на счету была каждая секунда.

Томас свернул за угол в один из коридоров, затем в другой. Юноша мчался со всех ног — так, как еще не бегал никогда. Сворачивая во все новые и новые коридоры, он старался запомнить маршрут, надеясь, что все-таки доживет до того момента, когда сможет использовать информацию для возвращения к Воротам в Глэйд.

Направо, теперь налево. Прямо по коридору, снова направо. Налево. Направо. Два раза налево. Очередной длинный коридор. Звуки, издаваемые преследователем, не ослабевали, но и громче не делались — Томас держал темп.

Он все бежал и бежал, не останавливаясь, и сердце уже было готово выскочить из груди. Делая очень глубокие вдохи, юноша старался максимально насытить легкие кислородом, хотя прекрасно понимал, что долго такая бешеная гонка продлиться не может. В голову закралась мысль: а не проще ли бросить попытки оторваться и встретить смерть в открытом сражении с гривером?

Он завернул за угол и остановился как вкопанный. Тяжело дыша, юноша смотрел вперед, будто зачарованный: вонзая шипы в каменный пол и перекатываясь, прямо на него надвигались три свеженьких гривера.

ГЛАВА ДВАДЦАТЬ ПЕРВАЯ

Томас обернулся посмотреть, не приближается ли первый гривер, но тот словно дразнил его: сбавил скорость и медленно, почти издевательски, сжимал и разжимал металлическую клешню.

Знает, что мне и так кранты, — подумал Томас. Все усилия пошли насмарку, и в итоге он оказался в окружении гриверов. Все кончено. Не успел и неделю прожить новой осознанной жизнью, как она обрывалась. Юноша принял решение: если ему суждено погибнуть, без боя он не сдастся. И так как схватка с одним чудовищем предпочтительнее, чем с тремя, он помчался назад — прямо навстречу гриверу, который преследовал его от Ворот. Мерзкая тварь замерла на долю секунды и даже перестала шевелить когтистыми пальцами, словно оторопев от неслыханной дерзости. Уловив замешательство монстра, Томас с воинственным кличем бросился в атаку.

Впрочем, ожил гривер мгновенно: ощетинившись шипами, он покатился вперед, готовясь столкнуться с противником лоб в лоб. Заметив, что монстр возобновил движение, юноша чуть было не остановился — вспышка безумной храбрости тут же угасла, — но все-таки продолжил бег.

Когда до столкновения оставалась лишь секунда, в течение которой удалось рассмотреть во всех подробностях стальные шипы, шерсть и скользкую кожу чудовища, Томас с силой оттолкнулся левой ногой от пола и кубарем покатился вправо. Не в силах справиться с инерцией, гривер затрясся всем телом и буквально встал на дыбы, пытаясь остановиться. Теперь он двигался куда проворнее — с надсадным металлическим скрежетом молниеносно развернулся и приготовился броситься на жертву. Однако теперь для Томаса путь к отступлению был свободен.

Он вскочил на ноги и побежал назад по коридору, преследуемый сразу четырьмя гриверами. Превозмогая себя, юноша продолжал бежать, но, судя по звукам, гриверы его настигали. Он бежал из последних сил, стараясь не думать о том, что смерть в когтях чудовищ — лишь вопрос времени.

И вдруг, когда юноша пробежал еще три коридора, из-за угла к нему метнулись две руки и рывком втянули в примыкающий проход. От страха у Томаса чуть не выскочило сердце — он попытался сопротивляться, но когда сообразил, что его схватил Минхо, брыкаться перестал.

— Что за...

— Заткнись и двигай за мной! — крикнул Минхо, увлекая юношу за собой.

Не раздумывая более ни секунды, Томас рванул вслед за товарищем. Они бежали по Лабиринту, сворачивая во все новые и новые коридоры — Минхо, видимо, точно знал, что делает и куда бежит, так как ни разу не остановился, чтобы выбрать направление.

Когда они свернули за очередной угол, Минхо попытался заговорить, жадно хватая ртом воздух.

— Я увидел... как ты ловко нырнул в сторону... там, в коридоре... и у меня возникла идея... нам надо продержаться еще немного... — с перерывами на глубокие вдохи прохрипел он.

Томас предпочел не сбивать дыхание расспросами и молча продолжал мчаться вслед за бегуном. Не нужно было оглядываться назад, чтобы понять: гриверы настигают их с устрашающей скоростью. Все тело Томаса было словно одна большая рана, ноги отказывались продолжать безудержную гонку. Однако он упорно продолжал бежать, надеясь лишь на то, что сердце не подведет и внезапно не остановится.

Ребята миновали еще несколько поворотов, когда впереди Томас увидел нечто необъяснимое, не поддающееся логике, а слабый свет, излучаемый их преследователями, лишь подчеркивал невероятность того, что предстало перед его взором: коридор не упирался в очередную стену, а заканчивался ничем. Впереди была лишь тьма.

Они приближались к сгустку зловещего мрака, но как Томас ни напрягал зрение, понять, что было впереди, он не сумел: две параллельные увитые плющом стены уходили в никуда, а над ними зияло лишь черное, усыпанное звездами небо. Когда ребята добежали почти до конца коридора, Томас понял, что они оказались у просвета — Лабиринт внезапно обрывался.

Как? — недоумевал он. — *Как после стольких лет поиска нам с Минхо так легко удалось найти выход*?

Минхо словно прочитал его мысли.

— Рано радуешься, — еле ворочая языком от усталости, произнес он.

За несколько футов до того места, где коридор обрывался, Минхо остановился и, выставив руку, преградил Томасу дорогу. Томас замедлился и осторожно подошел к месту, где Лабиринт переходил прямо в открытое небо. Лязг приближающихся гриверов слышался все громче, но любопытство пересилило.

Они действительно оказались у выхода из Лабиринта, но, как сказал Минхо, радоваться было особо нечему. Куда бы ни глядел Томас, — вверх, вниз, влево или вправо, — он видел только небо и мерцающие звезды, как будто стоял на краю Вселенной. Картина была одновременно и пугающей, и прекрасной. На мгновение у него закружилась голова, и он почувствовал слабость в коленях.

На горизонте занимался рассвет, небо светлело буквально на глазах. Томас смотрел как завороженный, не понимая, как такое возможно. Казалось, будто кто-то сначала построил Лабиринт, а затем отправил его высоко в небо парить в пустоте до скончания веков.

— Не понимаю, — прошептал Томас, не рассчитывая, впрочем, что Минхо его услышит.

— Осторожнее, — ответил бегун. — Ты будешь не первым шанком, который полетит с Обрыва.

Он схватил Томаса за плечо и кивнул назад, в глубину Лабиринта.

— Ты ничего не забыл?

Томас раньше уже слышал слово «Обрыв», но никак не мог соотнести его с тем, что видит сейчас перед собой. Вид бескрайнего чистого неба под ним поверг юношу в какой-то гипнотический ступор. Он стряхнул морок, заставил себя вернуться к реальности и оглянулся на надвигающихся гриверов. Выстроившись гуськом, те приближались на удивление быстро, всем своим видом демонстрируя решимость разобраться с людьми. Теперь гриверы находились на расстоянии всего десятка ярдов от глэйдеров.

— Эти твари очень опасны, — сказал Минхо, — но в то же время тупы, как бревно. Стой прямо тут, рядом со мной, и гляди...

Ему не потребовалось объяснять свой замысел — Томас и так все понял.

— Ясно. Я готов, — оборвал он товарища.

Они отступили назад к самому краю пропасти и встали в центре коридора вплотную друг к другу, повернувшись к гриверам лицом. Всего пара дюймов отделяла их сейчас от падения в бездну, в которой не было ничего, кроме бездонного неба.

Собственная смелость — единственное, что они теперь могли противопоставить гриверам.

— Надо действовать синхронно! — крикнул Минхо. Его голос почти утонул в оглушающем лязге барабанящих по камням шипов. — По моему сигналу!..

Почему гриверы двигались цепочкой, можно было только догадываться — вероятно, их стесняли не очень большие размеры коридора, не позволявшие наступать широким фронтом. Но как бы то ни было, они катились один за другим, оглашая Лабиринт громким лязганьем и душераздирающими завываниями, с твердым намерением убить. Расстояние в дюжину ярдов сократилась до дюжины футов, и до столкновения с монстрами оставалась лишь пара секунд.

— Приготовься, — твердо скомандовал Минхо. — Стой на месте... еще рано...

Ожидать хотя бы лишнюю миллисекунду для Томаса было невыносимо — хотелось закрыть глаза и больше никогда не видеть ни одной из этих тварей.

— Давай!.. — заорал Минхо.

И как раз в тот момент, когда первый гривер выставил клешню, готовясь нанести удар, Минхо и Томас бросились в разные стороны к противоположным стенам коридора. Судя по жуткому визгу, который издал первый гривер, ранее опробованная Томасом тактика сработала и на этот раз. Чудовище сорвалось с Обрыва. Странно, но его предсмертный вопль оборвался мгновенно — вместо того, чтобы слышаться еще какое-то время по мере падения гривера в бездну.

Врезавшись в стену, Томас в долю секунды развернулся и увидел, как второй гривер, не успев остановиться, как раз переваливался через край пропасти. Третий монстр попытался упереться густо утыканной шипами «рукой» в каменный пол. Раздался оглушающий надсадный скрежет металла, от которого у Томаса свело скулы. Но сила инерции оказалась слишком велика, и уже в следующую секунду чудовище сорвалось вниз, вслед за двумя первыми, тоже не издав ни единого звука во время падения — пересекая край Обрыва, гриверы словно растворялись в пространстве.

Четвертый и последний монстр успел вовремя затормозить, вонзив в землю шипы, и теперь балансировал прямо на краю пропасти.

Инстинкт подсказал Томасу, *что* делать. Он метнул взгляд на Минхо, кивнул и бросился вперед. Оба парня подскочили к гриверу и, выставив вперед ноги, изо всех сил толкнули монстра в спину, отправляя того в бездну навстречу смерти.

Томас быстро подполз к самому краю утеса и, вытянув шею, попытался разглядеть падающих чудовищ. Невероятно, но те исчезли — в зияющей внизу пустоте от них не осталось и следа. Ничего.

Разум не мог постичь ни глубины этой бездны, ни того, что стало с омерзительными чудовищами. Последние силы покинули Томаса; он улегся на землю, свернувшись калачиком.

И заплакал.

ГЛАВА ДВАДЦАТЬ ВТОРАЯ

Прошло полчаса.

Ни Томас, ни Минхо не двинулись с места.

Томас перестал плакать; теперь его волновало другое: что теперь о нем подумает Минхо и не расскажет ли другим, как он позорно разревелся. Но слез юноша сдержать не смог — его покинули последние остатки выдержки, а боль в израненных руках и крайняя степень усталости лишь усугубили душевное состояние. Несмотря на амнезию, Томас не сомневался, что это была самая драматичная ночь в его жизни.

Он снова подполз к краю Обрыва и вытянул шею, чтобы еще раз посмотреть на рассвет. Теперь он предстал во всей своей красе: темно-фиолетовое небо постепенно становилось светло-голубым, на бескрайнем плоском горизонте появились первые проблески оранжевого солнца.

Томас заглянул в пропасть: каменная стена Лабиринта переходила в горную породу утеса, который исчезал где-то очень-очень далеко, словно в бесконечности. И даже в стремительно усиливающемся свете Томас не мог разглядеть, что находится внизу. Складывалось впечатление, будто Лабиринт выстроили на некой структуре на высоте нескольких миль над землей, что казалось невероятным.

Этого не может быть, — думал он. — *Просто обман зрения.*

Томас со стоном перевернулся на спину — малейшее движение причиняло боль, словно снаружи и внутри его тела не осталось живого места. Утешало лишь то, что Ворота скоро откроются и они смогут вернуться в Глэйд.

Юноша посмотрел на Минхо — тот сидел, прислонившись к стене коридора.

— Поверить не могу, что мы еще живы, — сказал Томас.

Бегун кивнул, ничего не ответив: его лицо не выражало никаких эмоций.

— Как ты думаешь, другие могут появиться или мы всех порешили?

Минхо хмыкнул.

— Главное, продержались до рассвета. В противном случае на наши задницы вскоре свалился бы еще десяток тварей. Если не больше. — Он сменил позу, кряхтя и морщась от боли. — До сих пор не верится. Серьезно. Мы продержались целую ночь. Раньше такое никому не удавалось.

Томас мог гордиться собой и собственной смелостью, но сейчас испытывал лишь облегчение и невероятную усталость.

— Почему у нас получилось то, что не получалось у других?

— Хрен его знает. Это все равно что спрашивать у погибшего, что такого он сделал не так.

Томасу не давало покоя и кое-что другое: почему предсмертный скрежет гриверов мгновенно смолкал, стоило им пересечь край пропасти, и почему он не увидел, как они летели вниз. В этом было что-то очень странное и пугающее.

— Они будто испарились — после того, как пересекли край Обрыва.

— Точно. Поначалу это просто с ума сводило. Пара глэйдеров выдвинула гипотезу, что в пропасти исчезают и другие вещи, но это совсем не так. Гляди-ка.

Минхо взял камень и швырнул его с Обрыва. Томас проследил за ним глазами: камень продолжал лететь вниз, оставаясь в поле зрения, пока не превратился в еле заметную точку и не исчез.

Томас повернулся к Минхо.

— И что это доказывает?

Бегун пожал плечами.

— Но ведь камень не исчез, а спокойно падал.

— Тогда что произошло с гриверами?

Интуиция подсказывала Томасу, что в загадке Обрыва скрывается что-то очень важное.

Минхо снова пожал плечами.

— Мистика какая-то. Но у меня сейчас слишком болит голова, чтобы думать об этом.

И тут Томаса как током пронзило — он вспомнил про Алби. Мысли об Обрыве мгновенно улетучились.

— Надо скорее возвращаться и снять Алби со стены.

С большим трудом он поднялся на ноги.

Видя недоумение Минхо, Томас вкратце объяснил товарищу, как подвесил Алби на стеблях плюща.

— Вряд ли он еще жив, — проговорил Минхо, удрученно глядя под ноги.

Томас не хотел в это верить.

— Откуда ты знаешь? Пойдем.

Пошатываясь, он заковылял по коридору.

— Потому что никому еще не удавалось...

Минхо умолк, но Томас догадался, о чем тот подумал.

— Не удавалось, потому что гриверы успевали убить бегунов еще до того, как вы их находили. Если я правильно понял, Алби получил только укол иглой и ничего больше, верно?

Минхо встал, и они с Томасом медленно побрели к Глэйду.

— Не знаю. Просто раньше мы с таким не сталкивались. Были случаи, когда парней жалили в дневное время, но они успевали получить сыворотку и потом проходили через Метаморфозу. А тех шанков-горемык, которые застревали в Лабиринте ночью, мы потом так и не находили — разве что спустя несколько дней, и то редко. Так вот, все они погибли такой чудовищной смертью, что ты и представить себе не можешь.

При этих словах Томас невольно передернулся.

— Думаю, после всего, что мы пережили, я и не такое могу представить.

— По-моему, в твоих словах есть разумное зерно... — Минхо с удивлением посмотрел на Томаса. — Мы ошибались! Вернее, надеюсь, что ошибались! Знаешь, мы всегда считали, что существует какая-то точка невозврата — когда использовать сыворотку уже бесполезно. Просто потому, что все покусанные, которые не успевали вернуться до заката, неизменно погибали.

Минхо явно был в восторге от собственной мысли.

Когда они свернули в очередной коридор, бегун опередил Томаса и теперь шел бодрым шагом. Но и Томас не отставал, удивляясь, насколько хорошо он запомнил путь в лабиринте коридоров — иногда юноша смещался к нужным поворотам даже раньше, чем Минхо успевал показать дорогу.

— Так ты говоришь, сыворотка? — произнес Томас. — Я слышал о ней пару раз. Что это за сыворотка такая и откуда она берется?

— Это самая настоящая сыворотка, шанк. Противогриверная сыворотка.

Томас издал саркастический смешок.

— А я-то решил, что успел узнать все об этом убогом местечке! Почему она так называется? И, кстати говоря, почему гриверов называют гриверами?

Они продолжали идти по бесконечным коридорам, сворачивая в новые и новые проходы, но теперь никто из них не забегал вперед — товарищи шли рядом.

— Не знаю, откуда пошли все эти названия, — начал Минхо, — но сыворотку присылают те, кого мы называем Создателями. Она появляется каждую неделю в Ящике вместе с остальными предметами первой необходимости. Так было испокон веков. Сыворотка эта вроде лекарства или антидота. Разлита прямо по шприцам, поэтому готова к использованию в любой момент. — Минхо изобразил, как втыкает иголку себе в руку. — Колешь эту хреновину в раненого — и он спасен. Правда, потом человеку приходится переживать все прелести Метаморфозы, но зато он поправляется.

Минуты две прошли в полном молчании, в течение которых Томас переваривал новую информацию. За это время они успели сделать еще пару поворотов. Томас размышлял над

Метаморфозой и тем, что за ней скрывается. И еще по непонятной причине он думал о той девушке.

— Странно, — озвучил мысль Минхо. — Мы раньше никогда об этом не задумывались. Если Алби все еще жив, то на самом деле нет причин, по которым сыворотка его не спасет. Мы почему-то вбили в свои тупые головы, что как только Ворота закрываются, покусанному — каюк, и ничто ему не поможет. Хочу своими глазами полюбоваться на этого висельника на стене. Сдается мне, ты меня дурачишь на фиг.

Юноши продолжали двигаться дальше. Минхо выглядел почти счастливым, но у Томаса на душе было неспокойно — его мучила мысль, которую он боялся высказать вслух и всячески от себя отгонял.

— А если до Алби добрался другой гривер — после того, как я отвлек на себя первого?

Минхо бросил на него ничего не выражающий взгляд.

— Я только хочу сказать, что надо поторопиться, — сказал Томас. Он очень надеялся, что неимоверные усилия по спасению Алби не пропали даром.

Они постарались идти быстрее, но каждый шаг отдавался болью в теле, поэтому, несмотря на спешку, юноши вскоре снова пошли медленнее. В очередной раз свернув за угол, Томас заметил движение где-то вдали. От неожиданности у него чуть не подкосились ноги, а сердце учащенно заколотилось. Впрочем, он моментально сообразил, что перед ними появилась группа глэйдеров во главе с Ньютом. Он с облегчением вздохнул: впереди высились открытые на день Западные Ворота.

Они вернулись в Глэйд.

Ньют, прихрамывая, побежал им навстречу.

— Что произошло? — спросил он почти рассерженно. — И как, черт возьми...

— Я все объясню позже, — перебил его Томас. — Сейчас надо спасти Алби.

Ньют побелел.

— О чем ты? Он что, жив?

— Подойди сюда.

Томас отошел вправо. Задрав голову высоко вверх и глядя в густые заросли плюща, он отыскал глазами место на стене, где, привязанный стеблями за руки и ноги, висел Алби. Не говоря ни слова, Томас указал рукой в нужном направлении.

Впрочем, он не совсем верил в успешный исход: да, Алби висел на том самом месте и выглядел целым и невредимым, но совсем не шевелился.

Но вот Ньют заметил висящего в плюще друга и поглядел на Томаса. Если раньше Ньют выглядел удивленным, то теперь казался просто шокированным.

— Так он... жив?

Дай-то бог, — подумал Томас.

— Не знаю. Был жив, когда я его подвесил.

— Когда *ты* его подвесил... — Ньют покачал головой. — Так. Ты и Минхо — немедленно внутрь, пусть медаки вас осмотрят. Вид у вас хуже некуда. Когда освободитесь и отдохнете, все мне расскажете.

Томасу хотелось задержаться и узнать, в порядке ли Алби. Он было открыл рот, но Минхо схватил его за руку и потащил за собой ко входу в Глэйд.

— Надо обработать раны и выспаться. Шевелись.

Томас понимал, что Минхо прав. Он еще раз посмотрел вверх на висящего на стене Алби, а затем направился к Воротам.

Путь до входа в Глэйд и потом до Хомстеда показался бесконечным. Разинув рты, на Минхо и Томаса отовсюду смотрели глэйдеры, и на их лицах читался откровенный ужас, словно по площади шли восставшие из могил мертвецы. Томас понимал: подобная реакция вызвана тем, что они совершили нечто невообразимое, но такое внимание окружающих смущало.

Увидев впереди Галли — тот стоял скрестив руки и сверлил Томаса взглядом, — Томас чуть было не застыл на месте, но все-таки продолжил идти как ни в чем не бывало. Собравшись с духом, он ответил Галли долгим твердым взглядом, и когда расстояние между ними сократилось до пяти футов, тот опустил глаза.

Томас сейчас чувствовал себя настолько хорошо, что это его даже немного беспокоило. Впрочем, не слишком сильно.

Следующих пяти минут он почти не запомнил: два медака сопроводили их в Хомстед, а затем отвели наверх, где Томас украдкой заглянул в приоткрытую дверь и увидел, как кто-то кормит находящуюся в бессознательном состоянии девушку. Он едва совладал с порывом зайти в палату и спросить о ее состоянии. Потом их с Минхо препроводили в отдельные комнаты, наложили повязки на раны — по ощущениям Томаса, было очень больно, — дали поесть, попить и предоставили спальные места.

Наконец-то он остался один. Юноша лежал на самой мягкой подушке во всем Глэйде — и медленно погружался в сон, не переставая при этом думать о двух вещах. Во-первых, из головы не выходили слова, которые он прочитал на спинах обоих жуков-стукачей, — ЭТО ПОРОК. Они вновь и вновь возникали у него перед глазами.

И еще он думал о девушке.

Через несколько часов, показавшихся днями, в комнату вошел Чак и принялся тормошить Томаса. Поначалу юноша никак не мог понять, что происходит, но когда рассмотрел, кто его разбудил, недовольно застонал.

— Дай поспать, шанк.

— Я решил, что тебе захочется узнать...

Томас потер глаза и зевнул.

— Что узнать? — Он уставился на Чака, не понимая, отчего тот так довольно улыбается.

— Он жив, — сказал мальчик. — С Алби все в порядке — сыворотка подействовала.

Сон как рукой сняло. С души словно камень свалился: Томас и сам поразился тому, насколько рад был услышать добрую весть. Впрочем, радость была омрачена уже следующей фразой Чака.

— Он как раз входит в Метаморфозу.

Словно в подтверждение его слов из дальней комнаты раздался душераздирающий вопль.

ГЛАВА ДВАДЦАТЬ ТРЕТЬЯ

Алби не выходил у Томаса из головы. То, что они спасли ему жизнь и вернули из ночного Лабиринта, казалось невероятной победой. Но стоила ли она таких мучений? Сейчас бедняга испытывал жуткие страдания и проходил через то же самое, что и совсем недавно Бен. А если спасенный превратится в такого же сумасшедшего? В голове Томаса навязчиво роились тревожные мысли.

На Глэйд опускались сумерки.

Томас больше не мог выносить нечеловеческие вопли Алби прямо у себя под боком, поэтому упросил медаков отпустить его из Хомстеда как есть — не отдохнувшего, всего в ушибах и бинтах. Впрочем, от стенаний вожака глэйдеров невозможно было скрыться — тот продолжал оглашать округу истошными криками. Томасу очень хотелось взглянуть на человека, ради которого он рисковал собственной жизнью, но Ньют решительно отверг просьбу. «Тебе станет только хуже». Он был непреклонен. Да и Томас был слишком слаб, чтобы вступать в словесную перепалку — проспав несколько часов, юноша по-прежнему чувствовал себя невероятно разбитым.

О том, чтобы заняться чем-то полезным, не могло быть и речи, поэтому остаток дня Томас провел, сидя на лавке неподалеку от Могильника и предаваясь отчаянию. Первоначальное ликование по поводу того, что удалось пережить кошмарную ночь, поутихло, и теперь он с болью в сердце размышлял о своей никчемной новой жизни в Глэйде. Несмотря на то что каждая мышца тела болела, а само оно от макушки до пальцев ног было покрыто синяками и ссадинами, физическая боль не шла ни в какое сравнение с эмоциональным потрясением из-за пережитого минувшей ночью. Теперь все встало на свои места: Томас больше не питал иллюзий по поводу выживания в Лабиринте. Ему словно поставили окончательный диагноз — рак в терминальной стадии.

Неужели кого-то может устраивать такая жизнь? — недоумевал он. — *И каким негодяем нужно быть, чтобы поступить так с нами*? Теперь юноша гораздо острее понял одержимость глэйдеров во что бы то ни стало найти выход из Лабиринта. И дело тут не в самом факте побега: впервые Томас почувствовал жгучее желание отомстить негодяям, которые отправили его сюда.

Впрочем, подобные мысли приводили Томаса лишь к осознанию безвыходности положения, которое он испытывал уже не раз: если Ньют и Алби за два года исследований не смогли разгадать тайну Лабиринта, маловероятно, что разгадка вообще существовала. Но тот факт, что глэйдеры не сдавались несмотря ни на что, говорил об их характере красноречивее любых слов.

И теперь он оказался в их рядах.

Такова моя участь, — подумал он. — *Жить в огромном лабиринте в окружении мерзких чудовищ*.

Горечь разъедала душу, словно яд. Крики Алби — теперь, на расстоянии, они звучали тише, но все-таки слышались достаточно отчетливо — растравляли лишь сильнее. Каждый раз, слыша их, Томас невольно зажимал уши ладонями.

Хотя он и не помнил своей жизни до того, как очнулся в Ящике, юноша был уверен, что последние двадцать четыре часа — самые худшие с момента его появления на свет.

День незаметно подошел к концу. Солнце скрылось за высокими стенами, и вскоре Глэйд огласило уже привычное Томасу громыхание запирающихся на ночь Ворот. Когда совсем стемнело, Чак принес ему еду и большой стакан холодной воды.

— Спасибо, — сказал Томас, чувствуя прилив теплоты к мальчику. С максимальной быстротой, на которую были способны израненные руки, он принялся поддевать с тарелки куски говядины с лапшой и запихивать их себе в рот. — Как раз то, что мне сейчас нужно...

Томас сделал большой глоток воды, затем снова принялся жадно поглощать пищу. Лишь теперь он осознал, как сильно проголодался.

— Как можно так есть? Просто отвратительно, — сказал Чак, устраиваясь на скамье возле Томаса. — Все равно что наблюдать, как изголодавшаяся свинья пожирает собственный кланк.

— Прикольная шутка, — хмыкнул Томас. — Тебе стоит выступить с ней перед гриверами в Лабиринте. То-то они поржут.

Он тут же пожалел о своих словах. Судя по обиженному выражению лица Чака, реплика задела мальчика. Впрочем, обида исчезла с его лица так же быстро, как и появилась.

— Кстати, хотел сказать — в Глэйде сейчас только о тебе и говорят.

Томас выпрямился на лавке, не зная, как отнестись к подобной новости.

— С чего бы это?

— Гм... Дай-ка подумать. Во-первых, вопреки запрету, ты ночью удрал в Лабиринт. Во-вторых, выяснилось, что ты, оказывается, прямо Тарзан какой-то — ловко скачешь по зарослям плюща и подвешиваешь людей на стенах. И в-третьих, ты стал одним из первых, кто умудрился продержаться за пределами Глэйда целую ночь, да еще и укокошил четверку griверов. Так что ума не приложу, почему тебя обсуждают все кому не лень!

Томас почувствовал прилив гордости, который, однако, быстро сошел на нет. Ему стало даже неловко из-за того, что он посмел радоваться в такой момент: Алби лежит в постели и истошно кричит от боли, мечтая лишь об одном — умереть.

— Идея отправить их к чертовой бабушке с Обрыва была не моей, а Минхо.

— А по его словам — все наоборот. Он заметил, какие номера ты выделывал с отскоками в сторону, и после этого ему пришла мысль повторить то же самое на краю Обрыва.

— Номера с отскоками? — переспросил Томас. — Да такое любому идиоту под силу!

— Ой, да ладно тебе. Не скромничай. То, что ты сделал, просто невероятно. Сделали вы с Минхо, в смысле.

Внезапно Томас почувствовал злость. Он швырнул на землю пустую тарелку.

— Тогда почему мне сейчас так дерьмово, Чак? Может, ответишь?

Томас попытался прочитать ответ в глазах мальчика, но ничего не увидел. Чак лишь наклонился вперед, сцепив руки замком и опершись ими о колени, и понурил голову. Потом он еле слышно пробормотал:

— Потому же, почему нам всем тут дерьмово.

Несколько минут они сидели молча. Бледный как покойник, с выражением непередаваемой скорби на лице, к ним подошел Ньют и уселся на землю напротив. Несмотря на унылый вид Ньюта, Томасу было приятно его присутствие.

— Думаю, худшее уже позади, — сообщил Ньют. — Бедняга поспит пару дней, а когда очухается, будет в норме. Хотя, конечно, поорет малость.

Томас не вполне понимал, через какие испытания приходится проходить Алби — сущность Метаморфозы оставалась для него загадкой. Он спросил как можно более непринужденно:

— Кстати, Ньют, а что там все-таки происходит? Нет, серьезно, я не совсем понимаю, что это за Метаморфоза такая.

Ответ Ньюта его ошарашил.

— Думаешь, *мы* понимаем? — воскликнул тот, всплеснув руками и тут же снова опустив их на колени. — Все, что мы знаем, черт возьми, — если тебя уколет гривер своими погаными иголками, надо срочно сделать инъекцию сыворотки, иначе кранты. Как только пострадавшему дают сыворотку, он начинает извиваться, трястись, блевать; все тело покрывается волдырями и зеленеет. Такое объяснение устраивает, Томми?

Томас нахмурился. Не хотелось расстраивать Ньюта еще сильнее, но ему нужно было получить внятный ответ.

— Слушай, я понимаю, что видеть лучшего друга в таком виде — удовольствие не из приятных, но я лишь хочу понять, что там на самом деле происходит. Откуда пошло название — Метаморфоза?

Ньют поежился и, вздохнув, ответил:

— Во время Метаморфозы возвращается память. Не вся, а только обрывки, но все-таки настоящие воспоминания о том, что происходило до того, как человек попал в эту паршивую дыру. Каждый переживший Метаморфозу впоследствии ведет себя как псих, хотя обычно все проходит не так плохо, как у Бена. В общем, тебя как будто дразнят прошлой реальной жизнью, а потом снова ее отбирают.

Мозг Томаса лихорадочно заработал.

— Ты уверен? — спросил он.

Ньют недоуменно посмотрел на него.

— Что ты имеешь в виду? В чем уверен?

— В причине депрессии. Поведение меняется, потому что они хотят вернуться к нормальной жизни — или потому, что осознают, что их прежняя жизнь была ничем не лучше новой, нынешней?

Пару секунд Ньют пристально смотрел на Томаса, затем отвернулся, видимо, над чем-то серьезно задумавшись.

— Шанки, пережившие Метаморфозу, никогда об этом не рассказывают. Они просто делаются... другими. Отталкивающими, что ли. В Глэйде есть горстка таких. Я терпеть не могу находиться рядом с ними.

Ньют говорил отрешенным голосом, бессмысленно уставившись в одну точку где-то в лесной чаще, но Томас и так знал, о чем тот думает: Алби уже никогда не будет прежним.

— И не говори, — поддакнул Чак. — А худший из них всех — Галли.

— А о девчонке есть новости? — спросил Томас, решив сменить тему. Его мысли то и дело возвращались к новенькой, к тому же он был не в настроении обсуждать Галли. — Я видел там, наверху, как медаки ее кормили.

— Ничего нового, — ответил Ньют. — По-прежнему в долбаной коме или что-то вроде этого. Время от времени бормочет что-то невнятное — то ли бредит, то ли ей что-то снится. Пищу принимает исправно, и вроде внешне с ней все в порядке. Но все это очень странно.

Последовала долгая пауза, словно все трое пытались найти разумное объяснение появлению девушки. Томас в который раз задумался о необъяснимом ощущении знакомства с ней. Правда, сейчас это чувство немного притупилось — возможно, из-за того, что слишком уж много свалилось на него за последнее время.

— Как бы то ни было, в ближайшее время придется решать, что делать с Томми, — нарушил тишину Ньют.

Томас просто обалдел, не зная, как реагировать на подобное заявление.

— Делать со мной? Ты о чем?

Ньют встал.

— Ты всех тут на уши поставил, шанк. Одна половина глэйдеров решила, что ты Бог, а другая мечтает сбросить твою задницу в лифтовую шахту ко всем чертям. Придется многое обсудить.

— Например? — Томас и сам толком не знал, что больше беспокоило: отношение людей к нему как к герою или желание некоторых отправить его на тот свет.

— Терпение, — сказал Ньют. — Утром все узнаешь.

— А почему не сейчас? — Томасу подобная таинственность была не по вкусу.

— Я созвал Совет, и ты будешь на нем присутствовать. Более того, будешь единственным на повестке.

Сообщив это, он развернулся и зашагал прочь, оставив Томаса гадать, на кой черт надо созывать целый Совет, чтобы всего лишь поговорить о нем.

ГЛАВА ДВАДЦАТЬ ЧЕТВЕРТАЯ

На следующее утро вспотевший от волнения Томас сидел, нервно ерзая, перед двенадцатью парнями — те расположились напротив него на расставленных полукругом стульях. Юноша сразу понял, что это кураторы. К его большому сожалению, среди них сидел Галли. Один стул прямо напротив

Томаса оставался незанятым — это место принадлежало Алби. Все происходило в большой комнате в Хомстеде, в которой Томасу бывать еще не доводилось. Общий вид помещения говорил о том, что никто никогда не пытался сделать его хоть чуточку уютнее: стены, как и пол, сколочены из голых досок; окон в комнате не было вовсе; пахло плесенью и старыми книгами. За исключением маленького стола в углу и стульев, никакой мебели в комнате не было. Томас дрожал, но совсем не от холода.

Он с облегчением отметил, что Ньют здесь, — он сидел справа от пустующего места Алби.

— От лица нашего вожака, находящегося сейчас на лечении, объявляю Заседание Совета открытым, — произнес Ньют и слегка поморщился, словно ему претило все, что хоть отдаленно могло считаться формальной процедурой. — Как все вы знаете, за последние дни произошло много всякой хреновины, и в центре каждого происшествия оказывался Салага Томми, находящийся сейчас перед нами.

Томас зарделся от смущения.

— Теперь он не Салага, а обыкновенный нарушитель правил, — бросил Галли. Его обычно скрипучий голос звучал сейчас подчеркнуто строго.

Комната наполнилась приглушенным бормотанием и перешептываниями, но Ньют немедленно цыкнул на кураторов. Томасу вдруг захотелось убраться из этой комнаты как можно дальше.

— Галли, — произнес Ньют. — Постарайся соблюдать порядок, черт тебя дери, и не прерывай меня, потому что сегодня я не в духе. И если ты собираешься разевать свой поганый рот всякий раз, как я что-то скажу, то можешь сразу проваливать отсюда ко всем чертям!

Томас пожалел, что не имел права поддержать выступающего аплодисментами.

Галли сложил руки на груди и откинулся на спинку стула; при этом он напустил на себя настолько суровый вид, что Томас чуть не рассмеялся. Он все сильнее и сильнее удивлялся, как раньше до дрожи в коленях мог бояться Галли — теперь тот казался глупым и очень жалким.

Ньют бросил на Галли строгий взгляд, затем продолжил:

— Рад, что с этим мы разобрались. — Он снова поморщился. — Я созвал Совет, потому что последние пару дней ко мне выстраиваются целые очереди из желающих поговорить о Томасе. Причем одни видят в нем угрозу, другие, наоборот, возносят до небес и чуть ли не просят его руки и сердца. Надо, блин, решить, что с ним делать.

Галли подался вперед, но Ньют жестом остановил его, прежде чем тот успел произнести хоть слово.

— У тебя будет возможность выступить, Галли. Высказываемся по очереди. А ты, Томми, держи рот на замке до тех пор, пока мы не дадим слово. Лады? — Он подождал утвердительного кивка Томаса и указал на парня, сидящего у самого края справа. — Пердун Зарт, твой выход.

Раздались несколько смешков, и заведовавший Плантацией тихий рослый парень заерзал на стуле. Его присутствие в этой комнате казалось Томасу не менее неуместным, чем морковь на помидорной грядке.

— Ну... — начал Зарт, стреляя глазами по сторонам, словно искал поддержки у окружающих. — Я и не знаю... Он нарушил одно из основных Правил, и мы не можем позволить людям думать, что это в порядке вещей. — Он замолчал и, опустив глаза, потер ладони. — С другой стороны, с ним... многое изменилось. Теперь мы знаем, что в Лабиринте можно выжить, а гриверов — убить.

Томас немного успокоился. На его стороне был хоть кто-то, и юноша мысленно пообещал себе впредь быть максимально любезным с Зартом.

— Возражаю! — неожиданно выкрикнул Галли. — Могу поспорить, что с тупоголовыми тварями разделался Минхо.

— Захлопни варежку, Галли! — рявкнул Ньют, угрожающе приподнявшись с места. Томасу снова захотелось зааплодировать. — Тут я сейчас председатель, твою мать, и если ты еще хоть раз вякнешь вне очереди, гарантирую, что навлечешь Изгнание на свою унылую задницу!

— Я тебя умоляю, — саркастически пробурчал Галли и откинулся на спинку стула, снова напустив на себя граничащий с нелепостью серьезный вид.

Ньют сел и махнул рукой Зарту.

— Это все? Официальные рекомендации будут?

Зарт замотал головой.

— Хорошо. Фрайпан, ты следующий.

По бородатому лицу повара скользнула улыбка, и он встал.

— Надо признать, кишка у шанка не тонка. И этих кишок у него — как у всех свиней и коров, вместе взятых, которых мы нажарили за целый год. — Он сделал паузу, словно ожидал услышать в ответ смех, но никто не засмеялся. — По-моему, все это глупо. Он спас жизнь Алби и ухлопал парочку гриверов, а мы сидим тут и рассусоливаем, думая, как с ним поступить. Как сказал бы Чак, это куча кланка и больше ничего.

Томасу страшно захотелось подойти к Фрайпану и пожать ему руку; он высказал вслух именно то, что давно вертелось у него самого на языке.

— Каковы твои официальные рекомендации? — осведомился Ньют.

Фрайпан скрестил руки на груди.

— Введем его в Совет, на фиг, и пусть учит глэйдеров всему, что проделывал с гриверами в Лабиринте!

Комнату наполнил невообразимый гвалт, и Ньюту потребовалось не меньше минуты, чтобы восстановить порядок. Томас поморщился: Фрайпан зашел в своих рекомендациях слишком далеко, настолько далеко, что почти дискредитировал предыдущую великолепно сформулированную характеристику тому, что тут происходило.

— Хорошо. Так и запишем, — произнес Ньют, подтверждая слова какими-то пометками в блокноте. — А теперь все заткнитесь, черт побери! Вы отлично знаете правила: ни одно предложение не может быть отвергнуто сразу. Каждый из вас сможет высказаться, когда придет черед голосования!

Он закончил писать и кивнул третьему члену Совета — черноволосому конопатому парню, которого Томас видел впервые.

— На самом деле у меня нет мнения на этот счет, — промямлил тот.

— Чего?! — резко переспросил Ньют. — Тогда какого хрена мы избрали тебя членом Совета?!

— Сожалею, но я, честно, не знаю, как поступить. — Он пожал плечами. — Я, наверное, все-таки соглашусь с Фрайпаном. Зачем наказывать человека, который спас чью-то жизнь?

— Значит, мнение у тебя все-таки есть, и ты его только что огласил, правильно? — допытывался Ньют, поигрывая карандашом.

Парень кивнул, и Ньют сделал пометку. Томас понемногу успокаивался — кажется, большинство кураторов выступали на его стороне. И все-таки просто сидеть и ждать своей участи было тяжело; очень хотелось выступить самому, но юноша заставил себя следовать протоколу и продолжал молчать.

Следующим слово взял Уинстон — прыщавый куратор Живодерни.

— Он нарушил Правило Номер Один, и я думаю, его следует наказать. Не обижайся, Шнурок. Послушай, Ньют, ты у нас больше всех твердишь о соблюдении Правил. Если мы его не накажем, то подадим плохой пример остальным.

— Отлично, — ответил Ньют, делая запись в блокноте. — Значит, ты рекомендуешь наказание. Какое именно?

— Предлагаю посадить его в Кутузку на неделю и не давать ничего, кроме хлеба и воды. Кроме того, предать дело гласности, чтобы другим неповадно было.

У Томаса упало сердце, а Галли захлопал в ладоши, за что получил от Ньюта грозный взгляд. Далее выступили еще два куратора: один из них принял сторону Фрайпана, другой — Уинстона.

Наконец настала очередь Ньюта.

— В основном я согласен со всеми вами. Томаса надо наказать, но потом подумать, каким образом воспользоваться его навыками. Я воздержусь от оглашения собственной рекомендации до тех пор, пока не выслушаю каждого из вас. Следующий.

Разговоры про наказание бесили Томаса даже больше, чем невозможность сказать хоть слово в свою защиту. Впрочем, как это ни странно, после всего, что он совершил в Лабиринте, в глубине души юноша не мог не согласиться с кураторами — он действительно нарушил Главное Правило Глэйда.

Заседание продолжалось. Некоторые считали, что Томас достоин похвалы, другие настаивали на наказании. Или на том и другом одновременно. Теперь юноша почти не слушал их, ожидая лишь выступления последних двух кураторов — Галли и Минхо. Последний не произнес ни слова с того момента, как Томас вошел в комнату, и сидел, откинувшись на стуле с видом человека, не спавшего целую неделю.

Галли говорил первым.

— Думаю, я уже достаточно четко выразил свое мнение.

Великолепно, — подумал Томас. — *Тогда сиди и помалкивай*.

— Лады, — ответил Ньют и в который раз поморщился. — Минхо, твоя очередь.

— Нет! — заорал Галли так громко, что несколько кураторов подскочили на стульях. — Я еще хочу сказать кое-что!

— Тогда не тяни кота за хвост! — рявкнул Ньют.

Томас с облегчением отметил, что временно исполняющий обязанности председателя Совета относится к Галли с неменьшим презрением, чем он сам. И хотя Томас теперь не боялся Галли, он все равно его не переносил.

— Сами подумайте, — начал Галли. — Этот хмырь появляется из Ящика, весь такой смущенный и растерянный, а спустя уже несколько дней преспокойно мотается по Лабиринту с гриверами, будто он здесь хозяин...

Томас вжался в стул. Он надеялся, что остальные не разделяют мнения Галли.

— Уверен: он водит нас за нос, — продолжал Галли напыщенно. — Или вы правда думаете, что он мог сделать то, чего никому не удалось за два года? Ни за что не поверю.

— Как насчет сути, Галли? — спросил Ньют. — Может, объяснишь конкретно, к чему ты все это говоришь, черт возьми?

— Я думаю, он шпионит на тех, кто нас сюда поселил!

Комнату снова наполнил шум и гвалт. Томас лишь сокрушенно покачал головой, не понимая, как такое вообще могло взбрести Галли в голову. Наконец Ньюту удалось утихомирить кураторов, но Галли еще не закончил выступление.

— Мы не можем доверять шанку! — закричал он. — Смотрите: спустя всего день после его появления нам подкидывают какую-то психопатку с дурацкой запиской, которая мелет всякую чушь про то, что скоро все изменится. Затем мы находим мертвого гривера, а потом этот Томас удобненько устраивается на ночлег в Лабиринте, после чего пытается убедить нас в том, что он — герой. А ведь ни Минхо, ни кто-либо другой не видел, чтобы он хоть раз прикоснулся к плющу. Откуда мы знаем, что именно Шнурок привязал Алби на стене?

Галли замолчал. На какое-то время воцарилась тишина. Томас запаниковал — неужели они поверили этому гаду? Ему отчаянно захотелось выступить в свою защиту, и он едва не нарушил молчание, однако Галли продолжал:

— Слишком много странного приключилось, и все началось после появления этого стебанутого Шнурка. Почему именно он стал первым человеком, которому удалось пережить ночь в Лабиринте? Что-то тут не так, и пока мы не выясним — что именно, я официально рекомендую запереть его в Кутузке на месяц, а потом мы снова соберемся и все обсудим заново.

Кураторы принялись живо обсуждать услышанное, а Ньют тем временем записывал что-то в блокноте, почему-то покачивая при этом головой, отчего у Томаса зародилась надежда, что дела его не так плохи.

— Закончил, Капитан Галли? — съязвил Ньют.

— Не думай, что ты тут самый умный, Ньют, — прошипел Галли, побагровев. — Я чертовски серьезен. Как мы можем доверять шанку, если он и недели с нами не прожил? Ты даже на секунду не задумываешься, о чем я толкую, а тупо затыкаешь мне глотку!

Впервые Томас посочувствовал Галли — тот действительно имел основания быть недовольным грубым обращением Ньюта. В конце концов, он куратор.

Все равно я его терпеть не могу, — решил Томас.

— Хорошо, Галли, — сказал Ньют. — Прошу прощения. Мы выслушали твое мнение и примем к сведению рекомендацию. Ты закончил?

— Да, закончил. И я не ошибаюсь.

Не отвечая ему, Ньют указал на Минхо.

— Вперед, последний по счету, но не по важности.

Томас был несказанно рад, что наконец-то подошла очередь Минхо — тот наверняка станет на его защиту горой.

Неожиданно для всех Минхо резко выпрямился.

— Я был там и видел, что сделал это парень, — он проявил мужество тогда, когда я чуть в штаны не наложил. Я не буду впустую болтать языком, как Галли, а сразу выскажу рекомендацию, и покончим с этим.

Томас затаил дыхание и приготовился слушать.

— Лады, — ответил Ньют. — Говори.

Минхо посмотрел на Томаса.

— Предлагаю вместо меня назначить шанка на пост куратора бегунов.

ГЛАВА ДВАДЦАТЬ ПЯТАЯ

В комнате воцарилась гробовая тишина, будто всех внезапно сковало льдом. Члены Совета уставились на Минхо. Томас словно окаменел. Ну конечно, Минхо вот-вот признается, что просто решил пошутить.

Тишину нарушил Галли. Встав и повернувшись лицом к Ньюту, он указал через плечо на Минхо и выкрикнул:

— Это просто смешно! Да его надо выкинуть из Совета за подобные идиотские предложения!

Если в душе Томаса и была какая-то жалость по отношению к Галли, то выпад в адрес Минхо ее окончательно похоронил.

Как ни странно, некоторые кураторы поддержали рекомендацию Минхо — например, Фрайпан, который принялся заглушать Галли хлопками и потребовал провести голосование по внесенному Минхо предложению. Другие воспротивились. Уинстон энергично замотал головой и сказал что-то, чего Томас не смог расслышать. Кураторы принялись шумно обсуждать предложение, перебивая друг друга, а Томас, потрясенный и испуганный, молча сидел, обхватив голову руками, и ждал.

Почему Минхо вздумалось предложить такое? *Не иначе — пошутил*, — подумал юноша. Ньют говорил, что может пройти целая вечность, прежде чем глэйдер станет бегуном. Не говоря уже о получении должности куратора. Он снова посмотрел на спорящих членов Совета и пожалел, что не находится за тысячу миль отсюда.

Наконец Ньют бросил блокнот на пол и вышел из полукруга, призывая кураторов к тишине. Поначалу его, кажется, не только не слышали — даже не замечали; впрочем, постепенно порядок был восстановлен и все снова расселись по местам.

— Вот хрень, — сказал Ньют. — Никогда еще не видел сборище шанков, которые вели бы себя как младенцы. Может, вы забыли, но в здешних краях мы — самые старшие! Поэтому держитесь подобающе, а иначе распустим на хрен шарагу и изберем новых членов Совета! — Произнося это, он прошелся из конца в конец вдоль кураторов, заглянув в глаза каждому. — Вы меня поняли?

Совет ответил молчанием. Вопреки ожиданиям Томаса, вместо того чтобы поднять еще больший галдеж, кураторы лишь согласно закивали головами. В том числе и Галли.

— Лады. — Ньют снова уселся, возвращая блокнот себе на колени. Черкнув в нем пару строк, он обратился к Минхо: — Довольно серьезная заявка, братец. Ты уж извини, но тебе придется обосновать рекомендацию.

Томасу тоже не терпелось услышать объяснения.

Судя по изможденному виду Минхо, тот предпочел бы обойтись без пространных речей, но все-таки начал отстаивать свое предложение.

— Легко вам, шанки, сидеть тут и рассуждать о том, в чем вы ни бельмеса. Я единственный бегун в Совете. Кроме меня, здесь присутствует только один человек, который выходил в Лабиринт, — Ньют.

— Если не считать того раза, когда я... — перебил его Галли.

— А я и не считаю! — рявкнул Минхо. — Можешь мне поверить, что ни ты, ни кто-либо другой вообще не представляете себе, каково находиться в Лабиринте. И гривер тебя ужалил только потому, что ты нарушил то же самое Правило, что и Томас. Но его ты почему-то хочешь наказать! Это называется *лицемерие*, ты, смердящий кусок...

— Хватит, — оборвал его Ньют. — Обосновывай свою позицию, и закруглимся.

Напряжение достигло наивысшего накала — воздух в помещении словно превратился в хрупкое стекло, которое могло лопнуть в любую секунду. Минхо и Галли с напряженными, побагровевшими от злости лицами долго сверлили друг друга взглядами.

— Короче, вот что я скажу, — сказал Минхо, усаживаясь на стул. — Я никогда не видел ничего подобного. Он не запаниковал, не закричал, не заплакал и вообще ничем не выдал своего страха. Народ, он живет с нами всего несколько дней! Вспомните, какими мы были в самом начале — шарахались по углам, не зная куда ткнуться, ревели каждый час, никому не доверяли и отказывались что-либо делать. Мы оставались такими в течение недель, а то и месяцев, но выбора у нас не было — мы смирились и начали выживать.

Минхо снова встал и указал на Томаса.

— Буквально спустя несколько дней после появления в Глэйде парень выбегает в Лабиринт, чтобы спасти двух человек, которых он едва знает. Весь этот кланк насчет нарушения правил — просто чушь собачья. Ему даже правил официально не огласили! Зато к тому моменту он от многих успел узнать, какие опасности таятся в Лабиринте. Особенно ночью. Несмотря на это, он выскочил наружу перед самым закрытием, и все только ради того, чтобы помочь двум парням.

Минхо глубоко вздохнул; чем дольше он говорил, тем тверже становился его голос.

— Но это только цветочки. Он увидел, что я поставил на Алби крест и бросил его умирать, — а ведь я ветеран, обладающий знаниями и опытом. Так что по идее Томас не должен был ставить под сомнение мои решения. Но он поставил! Подумайте о том, ценой каких физических и моральных усилий ему удалось подвесить Алби на стене, подтягивая вверх дюйм за дюймом. Это просто безумие какое-то! В башке не укладывается! Но у него получилось. Когда мы услыхали шлепанье гриверов, я сказал Томасу, что надо разделиться, и смылся, начав бегать по специальным маршрутам, которые мы давно отработали на случай погони. А он не наделал в штаны от страха, как можно было предполагать, а в одиночку смог взять ситуацию под контроль, вопреки всем законам физики и земного притяжения умудрился подвесить Алби на стене, потом еще отвлек на себя внимание чудищ, улизнул прямо из-под носа у одного из них и наткнулся...

— Мы поняли, о чем ты, — встрял Галли. — Оказывается, Томми у нас — шанк-везунчик.

Минхо с угрожающим видом повернулся к Галли.

— Заткнись, никчемный утырок! Ты ни хрена не понимаешь! Я за два года не видел ничего подобного! И прежде чем разевать свой рот...

Минхо замолчал, потер глаза и обессиленно застонал. Глядя на него, Томас поймал себя на том, что слушал бегуна с широко раскрытым ртом. Он вконец запутался в собственных чувствах: сейчас в нем смешались и признательность Минхо за то, что он защищал его перед всеми, и непонимание необъяснимой агрессии Галли по отношению к себе, и страх услышать суровый приговор.

— Галли, — произнес Минхо более спокойно, — ты просто трусливый недоносок, который никогда не хотел стать бегуном и ни разу не пытался принять участие в тренировках. Ты не имеешь права болтать о вещах, в которых не смыслишь. Так что заткнись.

Галли вскочил с места, пылая ненавистью.

— Еще одно слово — и я сломаю тебе шею! Прямо здесь, на глазах у всего Совета! — прошипел он, брызжа слюной.

Минхо рассмеялся, а затем взял Галли растопыренной пятерней за физиономию и с силой толкнул. Томас аж подскочил, глядя, как грубиян повалился на стул и, в падении разломав его, распластался на полу. Не успел Галли подняться, как Минхо мгновенно подскочил к нему и ударом ноги в спину снова отбросил на пол.

Томас потрясенно опустился на стул.

— Никогда больше мне не угрожай, Галли, — оскалившись, прошипел Минхо. — А теперь даже обращаться ко мне не вздумай. Никогда. Иначе, клянусь, я переломаю тебе руки и ноги, а затем сверну твою поганую шею.

Ньют с Уинстоном вскочили с мест и, схватив Минхо, принялись оттаскивать его от Галли. Растрепанный и багровый от злости, тот тем временем поднялся — впрочем, пойти в контрнаступление он не решился, а лишь стоял, тяжело дыша и пытаясь испепелить обидчика взглядом.

Наконец Галли неуверенными шагами попятился к выходу, злобно обводя глазами кураторов. *Подобный полный ненависти взгляд можно увидеть только у человека, собирающегося совершить убийство,* подумал Томас. Приблизившись к двери, Галли вытянул руку за спину, пытаясь нащупать ручку.

— Теперь все изменилось, — сказал он, плюнув на пол. — Тебе не стоило этого делать, Минхо. Ты совершил *огромную* ошибку. — Безумный взгляд переполз на Ньюта. — Я знаю, ты меня ненавидишь и всегда ненавидел. Тебя следовало бы подвергнуть Изгнанию за твою полнейшую неспособность управлять этой шайкой. Ты жалок, но и все остальные здесь присутствующие — не лучше. Грядут серьезные перемены. Я вам это обещаю.

У Томаса упало сердце. Неужели может произойти что-то еще хуже того, что уже произошло?

Галли рывком распахнул дверь и шагнул в коридор, но не успели кураторы прийти в себя, как он просунул голову в дверной проем и крикнул, злобно глядя на Томаса:

— А ты, вшивый Салага, возомнивший себя Богом, не забывай, что я тебя видел! Я тебя видел во время Метаморфозы! И то, что решат кураторы, не имеет никакого значения! — Он сделал паузу, обвел полусумасшедшим взглядом каждого в комнате и добавил, снова уставившись на Томаса: — Я не знаю, для чего ты к нам заслан, но жизнью клянусь, что остановлю тебя! И убью, если придется.

С этими словами он исчез, громко хлопнув дверью.

ГЛАВА ДВАДЦАТЬ ШЕСТАЯ

Томас сидел, как ледяное изваяние, чувствуя, как к горлу подступает тошнота. За короткий период пребывания в Глэйде он успел испытать все возможные человеческие эмоции — и страх, и одиночество, и отчаяние, и горечь, и даже что-то наподобие радости. Но сейчас он чувствовал нечто доселе неизвестное — ему никогда еще не заявляли, что ненавидят настолько, что готовы убить.

Галли просто сумасшедший, сказал он себе. *Он вконец спятил.* Однако мысль не принесла успокоения — напротив, испугала еще сильнее: сумасшедшие способны на все.

Члены Совета притихли; кто сидел, кто стоял, но все без исключения пребывали в состоянии шока. Уинстон и Ньют отпустили Минхо, и все трое с угрюмыми лицами расселись по своим местам.

— Поделом ублюдку, — произнес Минхо почти шепотом. Очевидно, слова не предназначались окружающим.

— Можно подумать, ты у нас тут самый святой! — воскликнул Ньют. — О чем ты вообще думал? Тебе не кажется, что это перебор?

Минхо прищурился и дернул головой, показывая, что искренне удивлен вопросом.

— Хватит молоть чушь! Каждый из присутствующих с удовольствием полюбовался, как засранец получил то, чего давно заслуживал. Уверен, ты и сам так думаешь. Кто-то должен был поставить говнюка на место.

— Он член Совета, если ты забыл, — сказал Ньют.

— Чувак, он открыто пригрозил сломать мне шею и убить Томаса! Галли совсем свихнулся! На твоем месте я бы немедленно приказал скрутить его и кинуть в Кутузку. Он реально опасен!

Томас не мог не согласиться с Минхо и снова чуть было не нарушил данное себе обещание держать рот на замке, но вовремя осекся. На его голову и без того свалилось достаточно неприятностей, и усугублять положение не хотелось. Впрочем, долго так продолжаться не могло — он понимал, что еще немного, и его прорвет.

— А может, Галли в чем-то и прав, — пробормотал Уинстон себе под нос.

— Что?! — воскликнул Минхо, в точности повторяя мысленный вопрос Томаса.

Уинстон, казалось, и сам удивился тому, что высказал мысль вслух. Он забегал глазами по комнате, затем попытался объяснить:

— Ну... Галли прошел Метаморфозу — гривер его ужалил средь бела дня прямо у Западных Ворот. Значит, к нему вернулись какие-то воспоминания. Думаю, он неспроста утверждает, что Шнурок ему знаком.

Томас снова подумал о Метаморфозе, а особенно о том факте, что она может вернуть память. И вдруг ему в голову пришла шальная мысль: а не стоит ли позволить гриверу ужалить себя ради того, чтобы вспомнить прошлое, даже ценой ужасных мучений? Впрочем, воспоминания об извивающемся в постели Бене и нечеловеческих стонах Алби мгновенно отбили желание провести эксперимент. *Ни за что*, — решил он.

— Уинстон, ты видел, что сейчас произошло? — спросил Фрайпан, недоуменно глядя на куратора. — Галли — конченый псих. Глупо пытаться искать здравый смысл в его бредятине. Или, может быть, ты считаешь, что Томас — замаскированный гривер?

Томас больше не мог молчать ни секунды, пусть ему и придется нарушить порядок Заседания Совета.

— Могу я сказать? Меня уже достало, что все меня обсуждают, как будто я пустое место, — раздраженно спросил он, повышая голос.

Ньют посмотрел на него и кивнул.

— Валяй. Чертово заседание и так вконец испорчено.

Томас быстро собрался с мыслями, подбирая нужные слова, что было совсем непросто — раздражение, смятение и гнев мешали мыслить четко.

— Я не знаю, почему меня ненавидит Галли, хотя мне и наплевать на это, но он явно питает ко мне нездоровую неприязнь. Что касается того, *кто* я, то я знаю не больше вас. Правда, если мне не изменяет память, вы собирались обсудить вылазку в Лабиринт, а не то, почему какой-то идиот считает меня воплощением зла.

Раздался чей-то сдержанный смешок, и Томас замолчал, надеясь, что смог донести до слушателей свою точку зрения.

— Лады. — Ньют кивнул. — Давайте сворачивать лавочку, а что делать с Галли — позже подумаем.

— Совет не имеет права голосовать в неполном составе, если только куратор не отсутствует по болезни. Как Алби, — сказал Уинстон.

— Господи, Уинстон! — воскликнул Ньют. — Уж кто-кто, а Галли сегодня явно нездоров, так что обойдемся без него. Высказывайся в свою защиту, Томас, да приступим к голосованию по поводу твоей судьбы.

Томас поймал себя на том, что сжал кулаки на коленях так сильно, что побелели костяшки пальцев. Он заставил себя расслабиться, вытер вспотевшие ладони о штанины и начал говорить, не вполне четко представляя, что именно скажет Совету.

— Я не совершил ничего дурного. Я всего лишь увидел, что два человека пытаются доползти до Ворот, но не успевают. И не помочь им из-за какого-то глупого запрета было бы трусостью, эгоизмом и... в общем, глупостью. Если хотите упечь меня в Кутузку за попытку спасти чью-то жизнь — пожалуйста. Обещаю, что в следующий раз просто буду стоять в Воротах и хохотать, тыча пальцем в опоздавших бегунов, а потом отправлюсь на кухню к Фрайпану и спокойно перекушу с чувством выполненного долга.

Томас вовсе не собирался шутить. Он искренне не понимал, почему его поступок вызвал такую шумиху.

— Вот моя рекомендация, — произнес Ньют. — Ты нарушил чертово Правило Номер Один, поэтому отправляешься на сутки в Кутузку. Это твое наказание. Я также рекомендую Совету избрать Томаса бегуном, со вступлением решения в силу сразу после окончания заседания. Думаю, ночь, проведенная тобой в Лабиринте, стоит нескольких недель испытаний. Ты, что называется, доказал профпригодность. А что касается поста куратора, забудь об этом. — Ньют повернулся к Минхо. — В этом я согласен с Галли — дурацкая идея.

Хотя Томас в глубине души и понимал, что Ньют прав, последнее замечание его все-таки задело.

Юноша посмотрел на Минхо, ожидая реакции, но тот, кажется, совсем не удивился отказу. Однако он продолжал отстаивать свою позицию:

— Почему? Я могу ручаться, что среди нас он лучший. А лучшие становятся кураторами.

— Давай так, — сказал Ньют. — Дадим Томасу месяц, чтобы парень показал, каков он в деле. Произвести замену всегда успеем.

Минхо пожал плечами:

— Лады.

Томас облегченно вздохнул. Желание стать бегуном — удивительное для него самого, учитывая, *что* ему пришлось пережить в Лабиринте, — никуда не делось, но стать куратором ни с того ни с сего... Это уже чересчур.

Ньют окинул взглядом членов Совета.

— Итак. Мы выслушали несколько рекомендаций, теперь каждый может высказаться по...

— Да хрен с ними, с дебатами! — перебил Фрайпан. — Давайте сразу перейдем к голосованию, и дело с концом. Лично я голосую за твое предложение.

— И я, — отозвался Минхо.

Одобрительные возгласы послышались и с других мест, вселяя в Томаса надежду и переполняя его гордостью. Единственным, кто заявил категорическое «нет», оказался Уинстон.

— Твой голос ничего не решает, — сказал ему Ньют, — но все-таки объясни, чего ты так упираешься?

Уинстон пристально посмотрел на Томаса, затем повернулся к Ньюту.

— В принципе, я не против, но мы не можем полностью пренебрегать тем, что сказал Галли. В его словах есть смысл. Я уверен, что он не выдумывает. Вы и сами прекрасно знаете, что как только у нас появился Томас, все пошло кувырком.

— И то верно, — сказал Ньют. — Каждый из нас хорошенько все обдумает, а потом как-нибудь, если станет скучно, созовем очередной Совет и обсудим дела. Годится?

Уинстон кивнул.

При мысли, что его снова игнорируют, Томас недовольно простонал.

— Потрясающе! Меня как будто вообще здесь нет!

— Послушай-ка, Томми, — произнес Ньют. — Мы только что избрали тебя бегуном, черт возьми. Так что кончай ныть и проваливай отсюда. Тебе еще многому придется научиться у Минхо.

Только теперь Томас осознал, что именно произошло: он стал настоящим бегуном и скоро отправится исследовать Лабиринт. Несмотря на все треволнения, юноша задрожал от восторга; почему-то он был уверен, что лимит уготованных ему несчастий исчерпан и больше в Лабиринте ночью они не застрянут.

— А с наказанием что?

— Завтра, — ответил Ньют. — Просидишь в Кутузке от подъема и до заката.

Один день, подумал Томас. *Могло быть и хуже.*

Наконец собрание было распущено, и все — за исключением Ньюта и Минхо, — поспешили покинуть комнату.

Ньют продолжал сидеть, делая в блокноте какие-то пометки.

— Славное совещаньице, ничего не скажешь, — пробормотал он.

Минхо подошел к Томасу и шутливо ткнул его кулаком в плечо.

— А все этот шанк виноват.

Томас ткнул его в ответ.

— Куратором, говоришь? Правда хотел назначить меня куратором? Да ты еще больший псих, чем Галли!

Минхо притворно нахмурился.

— А что, сработало! Замахнулся на невыполнимое, зато получил то, чего хотел. Потом меня отблагодаришь.

Лишь сейчас Томас понял хитрый замысел Минхо и расплылся в довольной улыбке.

И тут в дверь постучали. Томас обернулся и увидел Чака; тот сиротливо стоял на пороге и выглядел так, будто за ним только что гнался гривер. От улыбки Томаса не осталось и следа.

— В чем дело? — спросил Ньют, поднимаясь со стула. Что-то в его тоне было такое, отчего Томас заволновался еще сильнее.

Чак смущенно смотрел в пол.

— Меня медаки послали...

— Зачем?

— У Алби припадок. По-моему, он совсем с катушек слетел — говорит, ему надо поговорить.

Ньют направился к двери, но Чак поднял руку, остановив его:

— Э-э... Не с тобой.

— Что ты имеешь в виду?

Чак кивнул на Томаса.

— Алби настаивает, чтобы привели *его*.

ГЛАВА ДВАДЦАТЬ СЕДЬМАЯ

Второй раз за сегодняшний день Томас от удивления потерял дар речи.

— Ну хорошо, пойдемте, — сказал Ньют и схватил Томаса за руку. — Одного тебя я все равно к нему не пущу.

Втроем — Томас шел следом за Ньютом, а за ними плелся Чак — они покинули комнату заседаний и направились по коридору к узкой спиральной лестнице, которую Томас раньше не заметил.

— Ты с нами не идешь, — холодно бросил Ньют Чаку, поставив ногу на первую ступеньку.

Как ни странно, Чак ничего не ответил и просто кивнул. *Видно, что-то в поведении Алби сильно напугало мальчишку*, подумал Томас.

— Кстати, — сказал он, обращаясь к Чаку. Ньют тем временем начал подниматься по лестнице. — Меня только что приняли в бегуны, так что теперь ты водишь дружбу с самым крутым перцем в округе.

Он попытался пошутить, чтобы развеять нарастающий страх от предстоящей встречи с Алби — что, если тот, как и Бен, набросится на него с обвинениями? Или, что хуже, в буквальном смысле нападет...

— Ага, точно, — пробормотал Чак, отрешенно уставившись на деревянные ступеньки.

Томас пожал плечами и стал подниматься. Лоб покрылся испариной, а ладони стали скользкими от пота — ему страшно не хотелось идти туда.

Ньют, мрачный и серьезный, ждал Томаса вверху на лестничной площадке. Поднявшись, Томас оказался в противоположном конце того самого длинного темного коридора, в который он попал в день появления в Глэйде. Он невольно представил Бена, извивающегося в муках, и в животе неприятно заныло; оставалось надеяться, что Алби миновал самую острую стадию Метаморфозы и ему не придется вновь наблюдать отвратительную картину — вздувшиеся вены на бледной коже, биение в конвульсиях... Впрочем, он не исключал чего-нибудь и похуже, поэтому заранее постарался взять себя в руки.

Они подошли ко второй двери справа, и Ньют легонько постучал. В ответ раздался стон. Ньют открыл дверь — слабый скрип всколыхнул в памяти Томаса неясные воспоминания из детства, когда он смотрел фильмы про дома с привидениями. Как и прежде, крошечные осколки памяти собрать воедино не удавалось: он помнил фильмы, но не лица актеров или своих близких, с которыми ходил в кино. Юноша помнил в общих чертах, что представляют собой кинотеатры, однако все детали о том, как они выглядели, стерлись из памяти. Непередаваемое чувство, которое Томас не смог бы описать при всем желании.

Ньют вошел в комнату и сделал ему знак следовать за ним. Переступая порог, Томас мысленно приготовился к самому худшему, однако ничего страшного не увидел — на кровати с закрытыми глазами лежал обычный юноша, правда, крайне истощенный.

— Он спит? — шепнул Томас, хотя на уме у него крутился совсем другой вопрос: *Он точно не умер*?

— Не знаю, — тихо ответил Ньют, шагнул вперед и уселся на деревянный стул, стоящий возле кровати.

Томас сел по другую сторону.

— Алби, — прошептал Ньют. Затем добавил более громко: — Алби. Чак сказал, ты хочешь поговорить с Томми.

Алби медленно открыл глаза — два кроваво-красных шара, блестевшие в ярком уличном свете. Посмотрел на Ньюта, потом на Томаса и со стоном принял сидячее положение, откинувшись на спинку кровати.

— Да, — просипел он еле слышно.

— Чак сказал, что ты бился в истерике и, в общем, совсем обезумел. — Ньют подался вперед. — Что с тобой? Все никак не оклемаешься?

Алби заговорил, но казалось, каждое слово давалось ему ценой неимоверных усилий.

— Все скоро... переменится... Девушка... Томас... Я их видел...

Он буквально исторгал из себя слова — со свистом, тяжело дыша. Потом сомкнул веки, снова открыл глаза, сполз вперед на кровати и лег на спину, вперившись взглядом в потолок.

— Что-то мне хреново...

— В каком смысле — «видел»?.. — начал Ньют.

— Я звал Томаса! — выкрикнул Алби неожиданно громким голосом, что всего секунду назад казалось абсолютно невозможным. — Ньют, я не с тобой хотел поговорить, а с ним. Я Томаса звал, черт возьми!

Ньют посмотрел на Томаса, удивленно подняв брови. В ответ тот лишь пожал плечами; с каждой секундой он нервничал все сильнее. Почему Алби приспичило поговорить именно с ним?

— Отлично, болван ворчливый, — ответил Ньют. — Вот он сидит. Говори.

— Выйди, — попросил Алби. Глаза его снова были закрыты, а грудь тяжело вздымалась.

— Ни за что — я должен слышать.

— Ньют. — Пауза. — Оставь нас. Немедленно.

Томасу становилось все более неуютно. Интересно, что подумает о них Ньют и что собирается сказать Алби, гадал он.

— Но... — попытался было воспротивиться Ньют.

— Вон!.. — гаркнул Алби дрожащим от напряжения голосом, поднимаясь на кровати и снова откидываясь назад. — Убирайся!

На лице Ньюта отразилась нескрываемая обида, хотя и без малейшего следа злости, что изрядно удивило Томаса. Прошло несколько напряженных секунд, а потом Ньют встал и пошел к выходу. *Он что, правда оставит меня одного*? — пронеслось у Томаса в голове.

— Не жди, что я буду целовать тебе задницу, когда придешь просить прощения, — бросил Ньют и вышел в коридор.

— И дверь закрой! — крикнул Алби, словно дал Ньюту еще одну пощечину напоследок. Ньют повиновался, захлопнув за собой дверь.

Сердце у Томаса бешено заколотилось — он остался один на один с человеком, который и до нападения гривера не отличался покладистым нравом, а теперь еще и Метаморфозу пережил. Юноше страшно хотелось поскорее выслушать Алби и убраться отсюда, но пауза растянулась до нескольких томительных минут. От волнения у Томаса начали трястись руки.

— Я знаю, кто ты, — наконец прохрипел Алби, нарушая тишину.

Томас не нашелся что ответить. Он попытался было что-то сказать, но ничего, кроме невнятного мычания, не получилось — он был взволнован до крайности и сильно напуган.

— Я знаю, кто ты, — медленно повторил Алби. — Я видел. Видел все. Откуда мы пришли и кто ты такой. И девушку видел. Я вспомнил Вспышку.

Вспышку?..

Усилием воли Томас заставил себя заговорить.

— Я не понимаю, о чем речь. Что ты конкретно видел? Я и сам хотел бы узнать про себя хоть что-нибудь...

— Приятного мало, — ответил Алби и впервые с тех пор, как вышел Ньют, поднял глаза — полные печали, запавшие и мрачные, словно черные дыры. Он посмотрел прямо на Томаса. — Если бы ты видел этот ужас... Почему те ублюдки хотят, чтобы мы помнили такое? Почему просто не оставить нас здесь и дать спокойно жить?

— Алби... — Томас очень пожалел, что не может влезть в голову парня и увидеть все собственными глазами. — Что открыла Метаморфоза? Что ты вспомнил? Я ничего не понимаю.

— Ты... — начал было Алби, но тут же схватился за горло и захрипел, задыхаясь. Высунув язык и кусая его, он судорожно задергал ногами и принялся яростно биться и метаться на кровати, словно его кто-то душил.

Томас в ужасе вскочил со стула и отступил назад — Алби, казалось, боролся сам с собой, вцепившись руками себе в горло и беспорядочно дрыгая ногами. Его обычно темная кожа, которая всего минуту назад была необыкновенно бледной, стала багровой, а глаза вылезли из глазниц так сильно, что больше напоминали белые с красными прожилками шарики из мрамора.

— Алби!.. — крикнул Томас. — Ньют! Ньют, сюда!..

Не успел он закончить фразу, как дверь резко распахнулась. Влетев в комнату, Ньют подскочил к Алби, схватил бьющегося в конвульсиях товарища за плечи и, навалившись всем телом, прижал его к кровати.

— Хватай за ноги!

Томас дернулся вперед, но Алби так яростно молотил ногами по воздуху, что подойти к нему, не получив удар, оказалось почти невозможным — нога угодила ему прямо в челюсть.

Скулу пронзила резкая боль, и Томас отскочил, потирая место ушиба.

— Блин, да хватай же ты его за ноги! — крикнул Ньют.

Томас застыл па месте, приноравливаясь, затем резко прыгнул на Алби, схватив обе ноги и придавив их к постели. Ньют, прижав плечи несчастного коленями, принялся отдирать его руки, все еще сдавливающие горло.

— Отпусти!.. — закричал Ньют, дергая Алби. — Ты себя убьешь нахрен!

От усилия на его руках выступили вены, мускулы вздулись. Наконец ему удалось оторвать руки Алби от горла и прижать к груди. Алби еще несколько раз дернулся всем телом, выгибая спину и приподнимаясь над кроватью, но мало-помалу стал успокаиваться. Постепенно он стал дышать более ровно, потом окончательно затих, уставившись остекленевшими глазами в потолок.

Однако Томас продолжал крепко держать Алби за ноги, боясь, что, почувствовав свободу, тот снова начнет брыкаться. Подождав целую минуту, Ньют осторожно отпустил руки бедняги, затем спустя еще минуту убрал колени с плеч товарища и слез с кровати. Томас последовал его примеру, решив, что припадок закончился.

Алби устало посмотрел на Ньюта.

— Извини, дружище, — прошептал он. — Сам не знаю, что случилось. Как будто... моим телом кто-то управлял. Извини...

Томас глубоко вздохнул, надеясь, что ни в чем подобном больше ему участвовать не придется — большей нервотрепки и придумать невозможно.

— Извини, говоришь... Ну-ну... — ответил Ньют. — Ты пытался убить себя, черт возьми.

— Это не я, клянусь, — пробормотал Алби.

— В каком смысле «не ты»?

— Не знаю. Но это был *не я*...

Судя по выражению его лица, он и сам ничего не понимал.

Ньют предпочел не вдаваться в подробности. Во всяком случае, сейчас. Он поднял с пола разбросанные в припадке одеяла и укрыл больного.

— Позже поговорим, а пока спи. — Ньют приложил ладонь ко лбу Алби и добавил: — Ты сейчас не в лучшей форме, шанк.

Но Алби уже засыпал и лишь слегка кивнул с закрытыми глазами.

Ньют глянул на Томаса и жестом указал на дверь. Томас только того и ждал. Хотелось поскорее покинуть этот сумасшедший дом, поэтому он поторопился вслед за Ньютом к выходу. Но едва они переступили порог, как за спиной у них раздалось невнятное бормотание Алби.

Парни замерли и обернулись.

— Что? — переспросил Ньют.

Алби открыл глаза и повторил сказанное, но уже громче.

— С девчонкой осторожнее.

Его веки снова закрылись.

И снова девушка. Так или иначе, все почему-то сводилось к ней. Ньют бросил на Томаса недоуменный взгляд, но в ответ тот только пожал плечами — слова Алби поставили его в тупик.

— Пойдем, — шепнул Ньют.

— И еще, — окликнул его Алби, не открывая глаз.

— Да?

— Берегите карты.

Произнеся это, Алби повернулся к ним спиной, показывая, что теперь разговор действительно окончен. Услышанное не очень-то обрадовало Томаса. Скорее, наоборот.

Они с Ньютом вышли из комнаты и тихо притворили за собой дверь.

ГЛАВА ДВАДЦАТЬ ВОСЬМАЯ

Томас и Ньют молча сбежали по лестнице и выскочили из Хомстеда во двор, залитый лучами солнца. Пожалуй, для Томаса все складывалось не самым лучшим образом.

— Есть хочешь, Томми? — спросил Ньют.

Томас не поверил своим ушам.

— Есть? Да мне после всего, что я увидел, блевать хочется!

Ньют ухмыльнулся.

— А я бы перекусил. Пошли на кухню, шанк, может, там чего осталось после обеда. Заодно и обсудим кое-что.

— Так и думал, что ты скажешь что-нибудь в этом роде...

Мало-помалу Томас становился вовлеченным в жизнь Глэйда, поэтому мог предугадывать события все лучше и лучше.

Они прошли прямо на кухню, где, несмотря на протесты Фрайпана, взяли сэндвичи с сыром и немного сырых овощей. От внимания Томаса не ускользнуло, что куратор поваров поглядывает на Томаса как-то подозрительно, но стоило ему, в свою очередь, посмотреть на Фрайпана, как тот немедленно отводил взгляд. Что-то подсказывало юноше, что отныне такое поведение станет нормой — местные обитатели почему-то считали его особенным. Несмотря на то что Томас жил в Глэйде всего неделю, он ощущал себя так, будто находится здесь целую вечность.

Они решили пообедать снаружи и уже спустя несколько минут сидели у основания западной стены, откинувшись спинами на увитый плющом камень, и смотрели на занятых своими повседневными обязанностями глэйдеров. Томас заставил себя есть — судя по тому, с какой быстротой развивались события, очередной неожиданности можно было ожидать в любой момент, поэтому силы ему еще понадобятся.

— Ты раньше такое видел? — спросил Томас, помолчав минуту-другую.

Ньют внезапно помрачнел.

— Ты про Алби? Нет. Никогда. С другой стороны, никто никогда и не пытался рассказать, что именно они вспомнили во время Метаморфозы, а когда мы спрашивали — не признавались. Может, Алби оттого и пошел вразнос, что решил заговорить.

У Томаса кусок застрял в горле. Неужели Создатели за пределами Лабиринта каким-то образом могут их контролировать? От этой мысли бросило в дрожь.

— Надо отыскать Галли, — сменил тему Ньют, грызя морковку. — Спрятался где-нибудь, паршивец. Как поем, так сразу этим и займусь. Давненько он в Кутузке не сидел.

— Ты не шутишь?

Томас несказанно обрадовался словам Ньюта. Он с огромным удовольствием лично захлопнул бы за Галли дверь тюремной камеры, а ключи от нее зашвырнул бы куда подальше.

— Чертов шанк угрожает прикончить тебя, поэтому мы обязаны позаботиться о твоей безопасности. Пусть радуется, что мы не приговорили его к Изгнанию, но обещаю, этот кланкорожий дорого заплатит за свои выходки. Помнишь, что я говорил тебе про порядок?

— Ага.

Томас подумал, что Галли возненавидит его еще сильнее, отсидев срок в Кутузке. *Плевать*, — убеждал себя он. — *Я больше не боюсь этого придурка*.

— Вот как мы поступим, Томми, — сказал Ньют. — До конца дня будешь отираться возле меня — нам надо обсудить кой-какие дела. Завтра — Кутузка. Следующий день проведешь с Минхо. Я хочу, чтобы ты какое-то время держался подальше от остальных шанков. Усек?

Томас ничего не имел против.

— Звучит заманчиво. Значит, Минхо будет меня тренировать?

— Верно. Ты теперь бегун, и он станет тебя обучать. Лабиринт, карты и все такое. Многому придется научиться. Надеюсь, будешь работать не покладая рук.

Как ни странно, мысль о том, что придется снова выходить в Лабиринт, Томаса не испугала. Он твердо решил оправдать ожидания Ньюта, к тому же усердные тренировки помогут отвлечься от других проблем. И втайне Томас надеялся покинуть Глэйд как можно скорее — теперь его новой целью в жизни стало избегать контакта с глэйдерами.

Они молча доедали обед, когда Ньют вдруг заговорил о том, что беспокоило его на самом деле. Смяв в комок оставшийся от трапезы мусор, он повернулся к Томасу и заглянул ему прямо в глаза.

— Слушай, — начал Ньют. — Я хочу, чтобы ты признался кое в чем. Мы слишком часто слышали об этом от других, так что нет смысла отрицать. Настало время сказать правду.

Томас понимал, что рано или поздно все к этому и придет, но все-таки вздрогнул. Он промолчал.

— Галли говорил об этом, Алби говорил, Бен говорил, — продолжал Ньют. — Девчонка — и та, когда мы вытащили ее из Ящика, сказала то же самое. — Он умолк, возможно, ожидая встречного вопроса Томаса, но тот молчал. — Все как один сказали, что грядут серьезные перемены.

Ньют отвернулся, посмотрел куда-то вдаль, затем заговорил снова.

— Сомнений быть не может. Галли, Алби и Бен утверждали, что видели тебя в своих воспоминаниях во время Метаморфозы, и из этого я делаю вывод, что там, в прошлом, ты отнюдь не сажал цветочки и не помогал старушкам переходить улицы. Что-то с тобой и правда нечисто, раз у Галли руки чешутся тебя укокошить.

— Ньют, я действительно не понимаю... — начал Томас, но Ньют не дал ему договорить.

— Я прекрасно знаю, что ты ни черта не помнишь! Хватит повторять одно и то же, как попугай! У нас у всех память отшибло, и то, что ты в очередной раз напомнишь нам об этом, пользы не принесет. Я говорю о том, что ты от нас чем-то отличаешься, и, полагаю, пора над этим призадуматься.

Томас почувствовал внезапный приступ злости.

— Отлично! И что, по-твоему, теперь делать? Я не меньше вашего хочу вспомнить прошлое. Или ты сомневаешься?

— Я хочу, чтобы ты открыл свой разум. Будь откровенен и скажи, кажется ли тебе что-нибудь, хоть малейшая вещь, знакомым?

— Ничего... — начал Томас, но запнулся. С момента прибытия в Глэйд произошло столько всего, что он уже и забыл, как, лежа в первую ночь рядом с Чаком, размышлял о том, каким узнаваемым кажется ему Глэйд и как по-домашнему уютно он вдруг здесь себя почувствовал. Эмоции, далекие от тех, которые он должен был бы испытывать.

— У тебя что-то на уме. Я же вижу, — вкрадчиво произнес Ньют. — Говори.

Томас помедлил, опасаясь, как бы признание не обернулось для него негативными последствиями, но держать все в себе больше не было сил.

— Ну... Я не могу ткнуть пальцем в какую-то конкретную вещь и сказать: «Вот это помню». — Он говорил медленно, тщательно подбирая слова. — Но в самом начале мне действительно показалось, будто я бывал здесь раньше.

Юноша посмотрел в глаза Ньюту, надеясь увидеть в них понимание.

— С другими новичками разве не так?

Лицо Ньюта оставалось непроницаемым. Он лишь сказал:

— Нет, Томми. Большинство из нас первую неделю только распускали сопли да мочились в портки от страха.

— Правда? Гм... — Томас умолк, огорченный и неожиданно смущенный.

Что все это значит? Чем он отличается от остальных? Может, с ним и правда что-то не так?

— А мне все показалось знакомым, и я изначально знал, что обязан стать бегуном...

— Черт, а вот это уже интереснее — Ньют изучающе посмотрел на Томаса, уже не скрывая подозрений. — В общем, продолжай прислушиваться к себе. В свободное время покопайся в памяти, напряги извилины и подумай об этом местечке. Хорошенько поройся в мозгу и постарайся найти ответ. Ради всех нас.

— Попробую.

Томас закрыл глаза, собираясь выискать ответ в темных закоулках разума.

— Да не сейчас, болван! — Ньют засмеялся. — Я имею в виду — потом как-нибудь. В свободное время — за обедом, перед сном, во время работы или в перерывах между тренировками. Сообщай мне обо всем, что хоть отдаленно покажется знакомым, договорились?

— Договорились.

Томаса беспокоило, что своим признанием он как бы подал Ньюту сигнал об опасности, и теперь тот станет относиться к нему с подозрением.

— Лады, — непринужденно улыбнулся Ньют. — А начнем с того, что кое-кого навестим.

— Кого еще? — спросил Томас, хотя уже знал ответ. Ему снова стало не по себе.

— Девчонку. Будешь пялиться на нее до рези в глазах. Поглядим — может, хоть так твои чертовы мозги зашевелятся, что-нибудь да вспомнишь.

Ньют встал.

— Кроме того, я хочу, чтобы ты до последнего слова передал мне ваш разговор с Алби.

Томас вздохнул и тоже поднялся.

— Ладно, — ответил он покорно.

Они направились в Хомстед, где лежала девушка, попрежнему находясь без сознания. Томаса очень волновало, что теперь подумает про него Ньют. Парень был ему действительно симпатичен, поэтому он и открылся. А вдруг теперь Ньют повернется к нему спиной?

— В крайнем случае отправим тебя к гриверам, — заявил Ньют, прерывая ход его мыслей. — Они тебя ужалят, пройдешь через Метаморфозу и все выложишь. Нам очень нужны твои воспоминания.

В ответ Томас саркастически хмыкнул, однако Ньют даже не улыбнулся.

Девушка, казалось, мирно спала и могла проснуться в любую минуту. Томас ожидал увидеть ее истощенной, находящейся на пороге смерти, однако кожа была розовой, а грудь равномерно вздымалась и опускалась в такт дыханию.

Один из медаков — низкорослый парень, имени которого Томас не запомнил, — как раз поил девушку, заливая в рот воду тонкой струйкой. На прикроватной тумбочке стояли тарелка и миска с остатками обеда — супом и картофельным пюре. Без сомнения, медаки делали все возможное, чтобы поддерживать в пациентке жизнь.

— Здорово, Клинт, — бросил Ньют непринужденно, словно навещал незнакомку уже не в первый раз. — Как она, жить будет?

— Ага, — отозвался Клинт. — Идет на поправку, правда, все время разговаривает во сне. Наверное, скоро придет в себя.

У Томаса екнуло сердце. Почему-то он не воспринимал всерьез вероятность того, что девушка может очнуться, полностью выздороветь и запросто разговаривать с глэйдерами. Странное дело, но при этой мысли юноша занервничал.

— Вы записываете ее слова? — осведомился Ньют.

Клинт кивнул.

— В основном это бормотание понять невозможно, но если удается, то да, записываем.

— Давай, выкладывай, — сказал Ньют, ткнув пальцем в лежащий на столе блокнот.

— Да все то же, что и тогда, когда ее из Ящика вынули: что скоро все изменится, о Создателях и о том, что «окончание неизбежно». И еще...

Тут Клинт покосился на Томаса, давая понять, что не хочет говорить в его присутствии.

— Да все нормально. Он имеет право слышать то, что слышу я, — успокоил его Ньют.

— В общем... я не смог толком разобрать все слова, но... — Клинт вновь посмотрел на Томаса, — она постоянно повторяет его имя.

У Томаса чуть не подкосились ноги. Неужели его имя вообще никогда не перестанут упоминать? Неужели они с девушкой действительно знали друг друга? Прямо наваждение какое-то, от которого нигде не скрыться.

— Спасибо, Клинт. — Тон Ньюта не оставлял сомнений в том, что присутствие медаков больше не требуется. — Напишешь подробный отчет обо всем, хорошо?

— Сделаю.

Клинт кивнул обоим посетителям и вышел из комнаты.

— Тащи сюда стул, — сказал Ньют, присаживаясь на край кровати.

Томас облегченно отметил, что Ньют пока не перешел к откровенным обвинениям. Он выдвинул из-под стола стул, поставил его у изголовья кровати и сел, наклонившись вперед, чтобы рассмотреть лицо девушки повнимательнее.

— Что-нибудь припоминаешь? — спросил Ньют. — Хоть что-нибудь?

Томас не ответил и продолжал всматриваться в лицо девушки, силясь разрушить невидимый барьер в мозгу и отыскать ее в своем прошлом. Юноша мысленно вернулся к тому моменту, когда ее извлекли из Ящика и она на короткий миг открыла глаза. Темно-синие глаза, такого насыщенного оттенка, какого он больше ни у кого никогда не видел. Он попытался совместить два образа воедино, представить те глаза на лице спящей. Черные волосы, жемчужно-белая кожа, полные губы... Томас снова поразился необыкновенной красоте девушки.

И вдруг где-то в самом дальнем закоулке памяти как будто что-то всколыхнулось — еле ощутимый трепет крыльев в темном углу, невидимый, но все-таки реальный. Ощущение длилось лишь миг и сразу растворилось в недрах потерянной памяти. Но Томас действительно что-то почувствовал!

— Я и правда знаю ее, — прошептал он, откидываясь на спинку стула.

У него словно камень с души свалился, когда произнес это вслух.

Ньют встал.

— Правда? И кто же она?

— Без понятия. Но в мозгу что-то щелкнуло — где-то я с ней пересекался.

Томас потер глаза, раздраженный неспособностью ухватиться за воспоминание.

— Отлично, тогда продолжай думать, не теряй зацепку. Сконцентрируйся, черт возьми.

— Да пытаюсь я, пытаюсь! Помолчи.

Томас закрыл глаза и попытался увидеть ее лицо в черной пустоте. *Кто она*? — подумал юноша и осознал всю абсурдность вопроса — он и про себя-то ничего не знает.

Томас подался вперед на стуле и глубоко вздохнул, затем посмотрел на Ньюта, сокрушенно качая головой.

— Я просто не...

— *Тереза.*

Томас подскочил как ошпаренный, повалив стул на пол, и испуганно стал озираться по сторонам. Ему почудилось...

— В чем дело? — спросил Ньют. — Что-то вспомнил?

Не обращая внимания на вопрос, Томас продолжал оглядываться в полнейшем замешательстве, уверенный, что услышал чей-то голос. Потом снова посмотрел на девушку.

— Я... — Он опять сел, наклонился вперед, вглядываясь в ее лицо. — Ньют, перед тем как я вскочил, ты что-нибудь говорил?

— Нет.

Мог бы и не спрашивать.

— Мне показалось, что я услышал... Сам не знаю. Может, это у меня в голове чей-то голос. Она сейчас ничего не говорила?

— Она? — удивился Ньют. Глаза у него загорелись. — Нет. А что ты услышал?

Признаваться было боязно.

— Я... Я клянусь, что услышал имя. Тереза.

— Тереза? Нет, я ничего такого не слышал. Имя, наверное, всплыло из глубин твоей долбаной памяти. Выходит, ее зовут Тереза. Скорее всего, так.

Томас почувствовал себя крайне неуютно, словно на его глазах только что произошло нечто сверхъестественное.

— Клянусь, я *правда* слышал голос! Но только у себя в голове. Черт, не могу объяснить...

— *Томас.*

На этот раз он не просто вскочил со стула, но еще и отлетел от кровати на другую сторону комнаты, по пути свалив со стола лампу — она с грохотом упала на пол и разбилась на мелкие осколки.

Голос. Голос девушки — шепчущий, нежный, но твердый. Томас его слышал. Теперь он не сомневался, что действительно слышал.

— Да что с тобой происходит, черт возьми?! — воскликнул Ньют.

Сердце Томаса бешено колотилось, а в висках пульсировала кровь. В желудке противно заныло.

— Она... Господи! Она говорит со мной! Мысленно! Она только что произнесла мое имя!

— Чего?!

— Точно тебе говорю! — Комната поплыла у него перед глазами, а голову словно сдавило тугим обручем. Томас чувствовал, что сходит с ума. — Я слышу ее голос у себя в башке! Правда, это не совсем голос, а что-то вроде...

— Сядь, Томми. О чем ты вообще толкуешь, на хрен?

— Ньют, я серьезно. Это... не совсем голос, но он возникает прямо у меня в голове.

— Том, мы последние. Скоро все закончится. Так должно быть.

Слова отозвались в голове эхом и коснулись барабанных перепонок — теперь он действительно их *услышал*. Однако голос звучал так, словно не проникал в уши со стороны, а возникал у Томаса прямо в мозгу, буквально из ниоткуда.

— Том, не сходи с ума.

Он зажал уши ладонями и зажмурился. Рассудок отказывался поверить в реальность происходящего.

— Память постепенно стирается, Том. Когда я очнусь, то не буду почти ничего помнить. Мы можем пройти испытания. Они должны завершиться. Меня послали ускорить процесс.

Томас больше не мог этого выносить. Не обращая внимания на вопросы Ньюта, он бросился к двери, рывком отворил ее и вылетел в коридор. Скатившись по лестнице, он пулей выскочил из Хомстеда и побежал прочь.

Но отделаться от навязчивого голоса оказалось не так-то просто.

— Скоро все изменится, — повторила она.

Ему хотелось кричать и бежать, бежать, бежать — до тех пор, пока его не покинут силы. Оказавшись возле Восточных Ворот, Томас промчался сквозь них и выбежал за пределы

Глэйда. Позабыв о Правилах, он продолжал бежать, коридор за коридором, углубляясь в самое сердце Лабиринта. Но голос преследовал его везде.

— *Это мы виноваты, Том. Мы их поставили в такие условия. А заодно и себя.*

ГЛАВА ДВАДЦАТЬ ДЕВЯТАЯ

Лишь когда голос смолк окончательно, Томас остановился.

Он с удивлением понял, что бежал по Лабиринту почти час — тени от стен довольно сильно вытянулись в восточном направлении, а значит, солнце скоро сядет, Ворота закроются. Необходимо возвращаться. Томас с удовлетворением отметил, как сильно в нем развит инстинкт бегуна: ведь он, не задумываясь, сориентировался в пространстве и времени.

И все-таки надо вернуться в Глэйд.

Но как возвращаться, когда там девушка, которая снова проникнет ему в голову и станет произносить совершенно нелепые вещи?

Впрочем, выбора у него не было. Отрицанием правды делу не поможешь. И каким бы грубым и неприятным ни было вторжение в мозг, оно не шло ни в какое сравнение с возможностью снова повстречаться с гриверами.

Он многое о себе узнал, пока бежал назад к Глэйду. Нисколько не задумываясь, юноша подсознательно точно восстановил в уме весь маршрут, который проделал, пытаясь скрыться от голоса, и теперь уверенно бежал по длинным коридорам в обратном направлении, безошибочно сворачивая то влево, то вправо.

Это значило лишь одно: Минхо не ошибался, утверждая, что скоро Томас станет самым лучшим бегуном.

Юноша узнал о себе и еще кое-что — как будто ночи в Лабиринте было недостаточно, чтобы это понять, — он находится в прекрасной физической форме. Буквально сутки назад Томас пребывал в состоянии крайнего изнеможения, а тело болело от макушки до пяток, однако он смог быстро восстановиться и сейчас бежал без особых усилий, хотя находился в Лабиринте почти два часа. Не нужно быть гением математики, чтобы подсчитать: к моменту возвращения в Глэйд Томас проделал половину марафонской дистанции.

Истинные размеры сооружения он оценил только теперь — Лабиринт простирался на несколько миль. И если учесть, что по ночам стены перемещались, становилось понятным, почему из него не удавалось найти выход. До сих пор Томас сомневался в правдивости слов бегунов, искренне удивляясь их неспособности решить загадку Лабиринта.

Он продолжал бежать, не останавливаясь, сворачивал то влево, то вправо, оставляя позади коридор за коридором. К тому времени, как Томас пересек границу Глэйда, до закрытия Ворот оставались считаные минуты. Уставший, он направился прямо к Могильнику, зашел в лес и стал продираться к юго-западному углу, где деревья представляли собой почти непролазную чащу. Сейчас юноше больше всего хотелось побыть одному.

Когда блеяние овец и хрюканье свиней почти стихли, а голоса глэйдеров превратились в далекое невнятное бормотание, Томас наконец-то получил то, чего хотел. Отыскав стык двух гигантских стен, он обессиленно рухнул прямо на землю. За ним никто не пришел, никто его не побеспокоил. Вскоре южная стена пришла в движение, закрывая проход на ночь. Томас отодвинулся от стены, затем, когда она остановилась, снова прислонился к мягкому покрову из плюща и спустя несколько минут заснул.

Утром кто-то осторожно потряс его за плечо.

— Томас, проснись.

Снова Чак. Кажется, этот мальчишка способен достать Томаса из-под земли.

Застонав, Томас потянулся. Ночью кто-то заботливо, как мать, укрыл его двумя одеялами.

— Который час? — спросил он.

— Ты чуть не проспал завтрак. — Чак потянул его за руку. — Надо идти. Вставай. Пора начать вести себя как нормальный глэйдер, иначе наживешь новых проблем.

Все события минувшего дня вдруг разом ворвались в сознание Томаса, и внутри все перевернулось.

Интересно, что они теперь со мной сделают? — подумал он. — *Она вроде говорила, что это я и она поставили всех в такие условия. В том числе и себя. Что все это значит*?

Наверное, он спятил. Как знать, возможно, стресс от пребывания в Лабиринте сказался на его психике. Так или иначе, голос звучал в голове только у него. Остальные не были в курсе тех странных вещей, о которых сообщила Тереза, так что Томаса никто ни в чем не обвинял. Более того, никто даже не знал, что она сказала ему свое имя. Никто, за исключением Ньюта.

Юноша решил помалкивать: дела и так обстояли не лучшим образом, а признавшись, что он слышит голоса в голове, можно лишь нажить новые неприятности. Правда, оставалась одна проблема — Ньют. Придется убедить его, что стресс выбил Томаса из колеи, и теперь, хорошенько выспавшись, он снова в полном порядке. *Я — не псих*, — мысленно убеждал себя Томас. И, в сущности, он был прав.

Чак наблюдал за ним, вздернув брови.

— Извини, — сказал Томас, вставая и стараясь вести себя как можно более естественно. — Задумался. Пошли, поедим. Я умираю с голоду.

— Лады, — ответил Чак, хлопнув его по спине.

По пути в Хомстед Чак болтал без умолку. Томас не жаловался — в окружающем безумном мире непринужденный разговор с приятелем был тем немногим, что приближало его к нормальной жизни.

— Тебя вечером нашел Ньют и приказал не беспокоить. И еще он огласил всем решение Совета насчет тебя — сутки в Кутузке, после чего обучение по программе тренировки бегунов. Некоторые шанки были недовольны, а другие, наоборот, поддержали решение, но большинство вело себя так, будто им вообще наплевать. Что до меня, то я за тебя рад.

Чак сделал паузу, чтобы набрать в легкие воздуха, затем продолжил:

— Знаешь, в первую ночь, когда ты лежал и нес всякую ахинею о том, что мечтаешь стать бегуном, я в душе покатывался со смеху. Говорил себе: у бедняги от пережитого совсем крыша съехала. А оно вон как вышло. Я оказался неправ.

Томасу совсем не хотелось говорить на эту тему.

— Любой нормальный человек поступил бы на моем месте так же. И не моя вина в том, что Ньют и Минхо решили сделать из меня бегуна.

— Ой, да ладно тебе. Не скромничай.

Сейчас карьера бегуна занимала Томаса куда меньше, нежели загадочный голос в голове и конкретно то, что сказала Тереза.

— Пожалуй, я рад. — Юноша принужденно улыбнулся: от мысли, что придется весь день просидеть в Кутузке в полном одиночестве, все внутри переворачивалось.

— Поглядим, каково тебе будет, когда, высунув язык, начнешь бегать по-настоящему. Как бы там ни было, знай, что старина Чаки тобой гордится!

Энтузиазм друга развеселил Томаса.

— Если бы ты был моей мамой, — сказал он, улыбаясь, — у меня была бы не жизнь, а сплошной праздник.

Моей мамой, — подумал он. На мгновение мир, казалось, почернел — он даже собственную мать не помнил. Юноша заставил себя отбросить грустную мысль, пока она окончательно его не поглотила.

Они пришли на кухню, взяли завтрак и, отыскав два свободных места за большим столом, сели. Каждый входящий неизменно бросал на Томаса любопытный взгляд. Несколько глэйдеров даже подошли и поздравили его; другие, напротив, смотрели с нескрываемой неприязнью, и все-таки Томасу показалось, что большинство его поддерживали.

И тут он вспомнил про Галли.

— Кстати, Чак. А Галли нашли? — спросил он как можно более непринужденно, отправив в рот кусок яичницы.

— Не-а. Как раз собирался сказать. Говорят, после Заседания Совета его видели вбегающим в Лабиринт. С тех пор он так и не вернулся.

Томас выронил вилку, не зная, что думать и чего теперь ожидать. Новость, мягко говоря, его ошарашила.

— Как?.. Ты серьезно? Он правда свалил в Лабиринт?

— Ну да. Ни для кого не новость, что он спятил. Кое-кто даже стал поговаривать, что ты вчера побежал за ним в Лабиринт и порешил.

— Поверить не могу... — Томас уставился в тарелку, пытаясь осмыслить мотивы поведения Галли.

— Не бери в голову, чувак. Его все терпеть не могли, кроме пары-тройки шанков. Это они обвиняют тебя в его убийстве.

Томас слушал и поражался непринужденности, с какой Чак говорил об этом.

— Ты говоришь так, будто Галли вышел подышать свежим воздухом, хотя он наверняка уже на том свете.

Чак вдруг о чем-то глубоко задумался.

— Знаешь, я не думаю, что он мертв.

— Как это? Тогда где он? Разве мы с Минхо не единственные, кто умудрился протянуть целую ночь?

— Так я об этом и толкую. Думаю, его скрывают дружки где-нибудь в Глэйде. Галли, конечно, идиот, но не настолько, чтобы, как ты, рассиживаться в Лабиринте целую ночь.

Томас замотал головой.

— А может, как раз поэтому он и сбежал. Хотел всем доказать, что ничем не хуже меня. Парень-то меня на дух не переносит. Не переносил, — добавил он после паузы.

— В общем, не важно. — Чак пожал плечами, словно они спорили о том, что взять на завтрак. — Если он погиб, то рано или поздно вы найдете труп, а если жив, то проголодается и объявится на кухне. Мне плевать.

Томас взял тарелку и поставил на прилавок.

— Все, чего мне сейчас хочется, — пожить нормально хотя бы один день, ни о чем не думать и полностью расслабиться.

— Твое желание будет исполнено! — отозвался кто-то от входа в кухню у них за спиной.

Обернувшись, Томас увидел Ньюта: тот довольно улыбался. Улыбка вселила в Томаса чувство необъяснимого успокоения, словно он убедился, что миру ничто не угрожает и жизнь налаживается.

— Пойдем, чертов уголовник, — сказал Ньют. — Будет тебе расслабуха в Кутузке. Шевелись. В обед Чаки принесет тебе что-нибудь пожевать.

Томас кивнул и вслед за Ньютом направился к выходу из кухни. Как ни странно, перспектива просидеть целый день в тюрьме показалась заманчивой. Целый день отдыха, без забот.

Однако что-то подсказывало юноше, что скорее Галли принесет ему цветы в Кутузку, чем хотя бы один день в Глэйде пройдет без приключений.

ГЛАВА ТРИДЦАТАЯ

Кутузка приютилась в неприметном закутке между Хомстедом и северной стеной, скрытая колючим, торчащим во все стороны кустарником, который выглядел так, словно рука садовника не прикасалась к нему добрую сотню лет. Она представляла собой довольно неказистое бетонное сооружение с единственным крошечным зарешеченным окошком и деревянной дверью, закрытой на страшный ржавый засов, как будто попавший сюда из мрачного Средневековья.

Ньют достал ключ, открыл дверь и жестом велел Томасу войти.

— Там только стул и безграничные возможности для безделья. Наслаждайся.

Томас мысленно чертыхнулся, когда переступил порог и увидел тот самый единственный предмет мебели — безобразное шаткое седалище, одна ножка которого была явно короче других — причем, вероятно, укоротили ее намеренно.

— Удачного дня, — напутствовал Томаса Ньют, закрывая дверь. Юноша услышал за спиной звук задвигающегося засова и щелчок замка, затем в маленьком окошке без стекла показалась довольная физиономия Ньюта.

— За нарушение правил это еще мягкое наказание, Томми, — сообщил он, глядя сквозь прутья решетки. — Хоть ты и спас жизнь людям, но должен уяснить...

— Да помню я, помню. *Порядок*!

Ньют улыбнулся.

— Ты шанк не промах, но независимо от того, друзья мы или нет, должен четко следовать правилам. Только они и помогли нам, горемычным, выжить. Поразмысли, пока будешь сидеть и пялиться на чертовы стены.

Прошел час. Скука подтачивала Томаса, словно крыса, прогрызающая дыру в полу. К концу второго часа ему хотелось биться головой об стену. Спустя еще пару часов он пришел к выводу, что предпочел бы отужинать в компании Галли и гриверов, чем торчать в этой проклятой тюрьме. Он попытался выудить из недр сознания какие-нибудь воспоминания, однако каждый раз, не успевая обрести отчетливые очертания, они рассеивались как дым.

К счастью, в полдень пришел Чак. Он принес обед и немного развеял скуку.

Мальчишка был в своем репертуаре: просунув в окошко несколько кусков курятины и стакан воды, он принялся развлекать Томаса бесконечными разговорами.

— Жизнь возвращается в нормальное русло, — объявил он. — Бегуны в Лабиринте, остальные занимаются повседневными делами. Глядишь, мы все-таки выживем. Правда, Галли не объявился. Ньют приказал бегунам немедленно возвращаться в случае, если они наткнутся на его труп. Да, кстати: Алби уже встал на ноги и вовсю мотается по Глэйду. Ньют страшно рад, что теперь ему больше не придется исполнять роль большой шишки.

При упоминании об Алби Томас застыл с куском курятины в руке. Он представил, как всего сутки назад тот бился в припадке и душил себя. Затем юноше пришло в голову, что никто до сих пор не знает, *что* сказал ему Алби после того, как Ньют вышел из комнаты, — прямо перед попыткой самоубийства. Впрочем, теперь, когда Алби не прикован к постели, ничто не помешает вожаку глэйдеров передать другим разговор с Томасом.

Чак продолжал болтать, направив разговор в совершенно неожиданное русло.

— Слушай, я тут немного запутался... Знаешь, мне грустно, я тоскую по дому и все такое, но при этом совсем не помню место, в которое мечтаю вернуться. Это так странно, если понимаешь, о чем я... Но я знаю наверняка, что не хочу жить здесь. Хочу вернуться назад, к семье. Какой бы она ни была и откуда бы меня ни похитили. Я хочу все вспомнить.

Томас опешил. Ему еще не доводилось слышать от Чака более серьезных и искренних слов.

— Я прекрасно тебя понимаю, — пробормотал он.

Невысокий рост Чака не позволял Томасу видеть глаза мальчика, пока тот говорил, но, услышав следующую фразу, ему стало ясно, что их наполняла боль, а то и слезы.

— Я поначалу часто плакал. Каждую ночь.

При этих словах мысли об Алби совсем выветрились у Томаса из головы.

— Правда?

— Перестал только незадолго до твоего появления. Ревел, как сопливый младенец. А потом, наверное, просто свыкся. Глэйд стал новым домом, хотя не проходит и дня, чтобы мы не мечтали вырваться отсюда.

— А я только один раз заплакал с тех пор, как прибыл, правда, тогда меня чуть живьем не съели. Я, наверное, совсем бездушный и черствый засранец.

Томас, вероятно, никогда бы не признался, что плакал, если бы Чак ему не открылся.

— Ты тогда разревелся? — донесся до него голос Чака.

— Ага. Когда последний гривер полетел с Обрыва, я сполз на землю и разрыдался так сильно, что у меня аж в горле и груди заболело. — Та ночь была еще слишком свежа в памяти Томаса. — В тот момент на меня как будто разом все свалилось. И знаешь, потом стало легче. Так что не стоит стыдиться слез. Никогда.

— А потом и правда как-то легче на душе. Странно все устроено...

Несколько минут они молчали. Томас надеялся, что Чак еще не ушел.

— Эй, Томас, — позвал его Чак.

— Я здесь.

— Как думаешь, у меня есть родители? *Настоящие* родители.

Томас засмеялся, но скорее для того, чтобы справиться с внезапным приступом тоски, вызванным вопросом мальчика.

— Ну конечно, есть, шанк! Или мне на примере птиц и пчел объяснять тебе, откуда берутся дети?

Томас вздрогнул: он внезапно вспомнил, как его просвещали на эту тему; правда, того, кто просвещал, забыл.

— Я немного не о том, — почти прошептал Чак упавшим голосом. Чувствовалось, что мальчишка совсем скуксился. — Большинство переживших Метаморфозу вспоминают страшные вещи, о которых потом не хотят рассказывать. Поэтому я начинаю сомневаться, что дома меня ждет хоть что-нибудь хорошее. Вот я и спросил, возможно ли такое, что там, в большом мире, мои мама с папой все еще живы и скучают по мне? А может, даже плачут по ночам...

Вопрос окончательно выбил Томаса из колеи. Глаза наполнились слезами. С тех пор как он оказался тут, вся жизнь пошла кувырком, поэтому юноша как-то не воспринимал глэйдеров как обычных людей, у которых есть семьи и безутешные близкие. Как ни странно, с этой точки зрения Томас не смотрел и на себя самого. Он думал лишь о том, кто его пленил, с какой целью упек в Лабиринт и как отсюда сбежать.

В первый раз Томас почувствовал к Чаку нечто такое, что привело его в неописуемую ярость, отчего захотелось когонибудь убить. Ведь мальчик должен учиться в школе, жить в доме, играть с соседскими детьми. Чак заслуживал лучшей доли. Он имел право каждый вечер возвращаться домой к родителям, которые его любят и беспокоятся о нем, — к маме, которая заставляла бы его каждый вечер принимать душ, к папе, помогающему делать домашние задания...

Томас возненавидел людей, оторвавших несчастного, ни в чем не повинного ребенка от семьи. Он возненавидел их такой лютой ненавистью, на которую, казалось, человек и вовсе не способен. Юноша желал им не просто смерти, а смерти страшной и мучительной. Ему пронзительно хотелось, чтобы Чак вновь обрел счастье.

Но их всех лишили счастья. И их всех лишили *любви*.

— Послушай меня, Чак. — Томас замолчал, пытаясь успокоиться и не выдать дрожащим голосом бушевавших в нем эмоций. — Я уверен, что у тебя есть родители. Я это знаю. Звучит ужасно, но ручаюсь, что мама как раз сейчас сидит в твоей комнате, сжимает подушку и смотрит в окно на мир, который тебя у нее отнял. И я ручаюсь, что она плачет. Плачет навзрыд, по-настоящему, сморкаясь и промокая платком опухшие от слез глаза.

Чак не ответил, но до слуха Томаса донеслись едва различимые всхлипывания.

— Не раскисай, Чак. Мы решим загадку Лабиринта и уберемся отсюда. Я теперь бегун, и, клянусь жизнью, верну тебя домой, и твоя мама перестанет плакать.

Томас искренне верил в то, что говорил. Дав клятву, он словно выжег ее в своем сердце.

— Надеюсь, ты прав, — отозвался Чак срывающимся голосом.

И показав через решетку большой палец, он ушел.

Пылая ненавистью и полный решимости сдержать обещание, Томас принялся ходить взад-вперед по маленькой тюремной камере.

— Клянусь, Чак, — прошептал он в пространство, — клянусь, что верну тебя домой.

ГЛАВА ТРИДЦАТЬ ПЕРВАЯ

К огромному изумлению Томаса, вскоре после того, как по Глэйду прокатился грохот, свидетельствующий о закрытии Ворот на ночь, пришел Алби, чтобы выпустить его на свободу.

Раздалось клацанье ключа в замке: дверь Кутузки распахнулась.

— Ну как ты, шанк, держишься? — спросил Алби.

Томас глядел на него, раскрыв рот, — вожак глэйдеров разительно отличался от того человека, которого он видел только вчера. Кожа вновь обрела здоровый цвет, а от кроваво-красной сетки капилляров в глазах не осталось и следа. Складывалось впечатление, что за двадцать четыре часа Алби набрал целых пятнадцать фунтов весу.

Алби не оставил без внимания взгляд Томаса.

— Чувак, ты чего так уставился, на хрен?

Томас, словно в трансе, лишь слегка мотнул головой, пытаясь угадать, помнит ли Алби что-нибудь из вчерашнего разговора и рассказал ли о нем другим глэйдерам.

— Что? А-а... да ничего. Просто невероятно, что ты смог так быстро восстановиться. Как самочувствие?

Алби отвел в сторону руку и напряг бицепс.

— Никогда не чувствовал себя лучше. Давай на выход.

Томас вышел наружу, стараясь не бегать глазами по сторонам, чтобы не выдать беспокойства.

Алби закрыл дверь Кутузки, запер засов на замок и повернулся к Томасу.

— По правде говоря, это все брехня. Чувствую себя хуже, чем кусок гриверского кланка.

— Вчера ты так и выглядел. — Алби хмуро посмотрел на него, но Томас не понял, притворяется тот или нет, поэтому поспешил внести ясность: — Но сегодня ты выглядишь на все сто. Серьезно говорю.

Алби сунул ключи в карман и прислонился к двери.

— Жаль, не удалось нам вчера поболтать подольше...

Сердце у Томаса подпрыгнуло. Теперь он мог ожидать от Алби чего угодно.

— Гм... Ну да...

— Я видел то, что видел, Шнурок. Правда, теперь все немного затуманилось, но я все равно никогда этого не забуду. Попытался рассказать, но что-то начало меня душить. А теперь, если картинки всплывают перед глазами, то мгновенно исчезают, как будто кто-то не хочет, чтобы я все вспомнил.

Перед глазами у Томаса возникла душераздирающая сцена предыдущего дня: Алби извивается в постели и пытается себя задушить. Юноша в жизни бы не поверил, что такое возможно, если бы не увидел все собственными глазами.

— А со мной что? Ты говорил, что видел меня. Чем я занимался в прошлом? — спросил он, несмотря на то, что страшился услышать ответ.

Алби задумчиво уставился куда-то вдаль, помолчал, затем ответил:

— Ты был с Создателями. Помогал им. Но это не самое страшное из того, что я вспомнил.

Томаса словно стукнули кулаком под дых. *Помогал им*? Он хотел было уточнить, как именно помогал, но слова застряли у него в глотке.

Тем временем Алби продолжал:

— Надеюсь, Метаморфоза не возвращает настоящие воспоминания, а подсовывает липовые. Некоторые подозревают, что так оно и есть. Хочется верить, что они правы. Если мир действительно такой, каким я его увидел... — Он замолчал.

Воцарилась гнетущая тишина.

— Может, расскажешь подробнее, что ты про меня видел? — Томас решил выудить еще какую-нибудь информацию.

Алби замотал головой.

— Ни за что, шанк. Не хватало мне еще раз попытаться себя придушить. Подозреваю, они что-то внедряют людям в мозги, чтобы управлять ими. Сумели же они стереть нам память.

— Гм... Если я враг, может, стоит оставить меня под арестом? — полушутя, полусерьезно сказал Томас.

— Шнурок, ты не враг. Возможно, ты конченый кланкоголовый придурок, но никак не враг. — На обычно суровом лице Алби проявилось некое подобие улыбки. — По-моему, то, что ты сделал — рискуя собственной задницей, спас меня и Минхо, — совсем не вражеский поступок. Нет, что-то тут неладно. Есть какая-то загадка в Метаморфозе и противогриверной сыворотке. И надеюсь, все это затеяли исключительно ради нашего блага.

Томас так обрадовался тому, что Алби не считает его воплощением зла, что не воспринял и половины сказанного.

— А все-таки — что ты вспомнил? Неужто все так хреново?

— Вспомнил кое-что из детства: каким был, где жил и все в таком роде. И знаешь, если бы сейчас ко мне снизошел сам Бог и сообщил, что меня отправляют домой... — Алби потупил взгляд и снова покачал головой. — Если все, что я видел, — реально, Шнурок, клянусь, я бы добровольно отправился к гриверам, лишь бы только не возвращаться обратно.

Его слова о том, что дела обстоят хуже некуда, лишь раззадорили любопытство Томаса. Захотелось узнать какие-нибудь подробности, упросить Алби хоть что-нибудь описать. Впрочем, Томас понимал, что история с удушением еще не стерлась из памяти вожака глэйдеров, поэтому разговорить его будет крайне трудно.

— Как знать, Алби. Может, воспоминания и правда фальшивые, а сыворотка — всего лишь наркотик, вызывающий галлюцинации.

Алби с минуту о чем-то думал.

— Наркотики... Галлюцинации... — Он покачал головой. — Сомневаюсь.

— Мы все равно должны выбраться отсюда, — предпринял Томас последнюю попытку уговорить его.

— Вот спасибо тебе, Шнурок, — ответил Алби саркастически. — Прямо и не знаю, как бы мы жили без твоих советов.

Он снова еле заметно улыбнулся.

Перемена в настроении собеседника вывела Томаса из состояния уныния.

— Хватит называть меня Шнурком. Теперь девчонка — Шнурок.

— Хорошо, Шнурок. — Алби вздохнул, ясно давая понять, что разговор его утомил. — Пойди, пожуй чего-нибудь. Считай, что твое суровое тюремное наказание длиной аж в целые сутки позади.

— И одного дня хватило.

Несмотря на желание продолжать беседу, Томасу не терпелось подальше убраться от Кутузки. К тому же он страшно проголодался. Улыбнувшись Алби, он поспешил на кухню.

Ужин был отменным.

Фрайпан знал, что Томас появится поздно, поэтому оставил для него большую тарелку с ростбифом и картофелем, а рядом оставил записку с сообщением, что в буфете лежит печенье. Повар, кажется, твердо решил оказывать юноше всяческую поддержку и за пределами комнаты для заседаний Совета.

Вскоре к Томасу присоединился Минхо, видимо, решив слегка подготовить его перед первым днем тренировки, и пока тот ел, привел некоторые интересные факты, которые Томасу стоило обдумать перед сном.

Когда они расстались, Томас сразу направился к уединенному месту, в котором спал прошлой ночью, — к юго-западному углу позади Могильника. Он шел, размышляя о разговоре с Чаком и о том, каково это, когда есть родители, которые могут пожелать тебе перед сном спокойной ночи.

Несколько человек продолжали бродить по Глэйду, завершая какие-то дела, но в целом было тихо, словно глэйдеры хотели поскорее лечь и заснуть, оставляя этот день в прошлом. Томасу сейчас хотелось того же самого.

Одеяла, которые кто-то принес ему прошлой ночью, лежали на прежнем месте. Он подобрал их и уютно устроился прямо в углу, на стыке двух каменных стен, где заросли плюща были особенно густыми и мягкими. Томас сделал глубокий вдох, впуская в легкие целый букет приятных лесных ароматов, и постарался расслабиться. Свежий чистый воздух снова навел на мысли о климате в здешних краях — не слишком жарко, не слишком холодно и никаких осадков. Если бы не факт, что подростков оторвали от семей, друзей и упекли в Лабиринт вместе с монстрами, место могло сойти за рай.

Впрочем, все здесь было слишком уж хорошим. Он чувствовал это сердцем, но выразить не мог.

Томас задумался о том, что Минхо поведал ему за ужином по поводу размеров Лабиринта. Он не сомневался в правильности оценок бегуна. Впервые юноша осознал масштабы конструкции, когда глядел с Обрыва, и до сих пор не понимал, как можно было построить настолько огромное сооружение — оно простиралось на несколько миль во всех направлениях. Бегуны должны находиться в нечеловечески идеальной физической форме, чтобы каждый день выдерживать неимоверную нагрузку.

Но все-таки им так и не удалось отыскать выход. Несмотря на это, несмотря на полнейшую безысходность положения, они не сдавались.

За ужином Минхо рассказал Томасу одну старую байку, которая когда-то давно ни с того ни с сего всплыла в его памяти, — о женщине, заблудившейся в лабиринте. Она шла по этому лабиринту, не отрывая правой руки от стены, и сворачивала исключительно вправо. Таким образом, благодаря простым законам физики и геометрии, женщина в конце концов дошла до выхода из ловушки. Вполне логично.

Только не здесь. Здесь все коридоры возвращали назад в Глэйд. Очевидно, бегуны упускали что-то важное.

Завтра он начнет тренироваться. Начнет помогать бегунам искать тот самый недостающий элемент головоломки. В эту ночь Томас дал себе слово: он перестанет чему-либо удивляться, забудет все плохое, что с ним случилось, и не успокоится до тех пор, пока не раскроет загадку Лабиринта и не найдет путь домой.

Завтра. Слово еще долго блуждало у него в мозгу, пока он все-таки не заснул.

ГЛАВА ТРИДЦАТЬ ВТОРАЯ

Перед рассветом Минхо разбудил Томаса и, помахав фонариком, дал команду следовать за ним к Хомстеду. От радости, что тренировки начинаются, утреннюю сонливость как рукой сняло. Юноша выбрался из-под одеяла и без лишних слов последовал за своим учителем, осторожно лавируя между телами глэйдеров, устроившихся на ночлег на лужайке, — если бы не храп и сопение, можно было подумать, что они мертвы. Над Глэйдом забрезжил рассвет; все вокруг окрасилось в темно-синие тона, и предметы начали отбрасывать первые тени. Томас никогда еще не видел Глэйд таким безмятежно тихим. Со стороны Живодерни донеслось кукареканье петуха.

Достигнув Хомстеда, они обогнули его и остановились в неприметном закутке у дальнего угла дома. Минхо вытащил ключ и открыл кривую дверь, ведущую в небольшой чулан. Томас задрожал от нетерпения, гадая, что в нем хранится. В мечущемся свете фонаря его взгляд выхватил какие-то веревки, цепи и некоторые другие вещи, но когда луч осветил открытый ящик, доверху набитый обувью, Томас чуть не рассмеялся — настолько все оказалось банальным.

— Тут хранится самое необходимое, — объяснил Минхо. — Для бегунов, по крайней мере. Нам регулярно присылают новую обувь. Если бы не ботинки, у нас бы ноги давным-давно до костей стерлись. — Он склонился над ящиком. — У тебя какой размер?

— Размер? — Томас задумался. — Я... и не знаю.

Юноша опять подивился тому, что имел лишь общее понятие о вещах, тогда как детали совершенно выветрились из памяти. Он нагнулся, снял одну из туфель, в которых появился в Глэйде, и заглянул внутрь.

— Одиннадцатый.

— Черт, шанк, ну и лапы у тебя... Так, кажется, кое-что нашлось. — Минхо выпрямился, держа в руке пару блестящих ботинок серого цвета. — Офигеть! В них, как в каноэ, можно плавать!

— А чего, классные!

Томас с ботинками в руках вышел из чулана и уселся на землю, чтобы поскорее их примерить. Спустя короткое время, взяв с полок еще какие-то вещи, к нему подошел Минхо.

— Их носят только бегуны и кураторы, — сказал он.

Не успел Томас поднять глаза, как ему на колени упали наручные часы. Черные, с пластиковым браслетом, совсем простенькие — на электронном циферблате отображалось только время.

— Надень и никогда не снимай. От них может зависеть твоя жизнь.

Томас страшно обрадовался — хоть он и умел по положению солнца и теней примерно определять время, но, очевидно, бегуну требовалась более точная информация. Надев часы, Томас вернулся к примерке ботинок.

Минхо тем временем продолжил:

— Вот тебе рюкзак, бутылки для воды, коробка для обедов, запасные шорты, футболки и кое-какие другие мелочи. — Он ткнул Томаса в плечо. Тот поднял глаза: Минхо протягивал ему две пары плотно обтягивающих трусов из белого блестящего материала. — Мы называем их «спецтрусы». С ними всегда будет... гм... легко и комфортно.

— Легко и комфортно?

— Ну да. Понимаешь, твой...

— Ясно. Можешь не продолжать. — Томас взял нижнее белье и «другие мелочи». — Вы до деталей все продумали, как я посмотрю.

— А ты думал! За два года проклятой беготни сто раз можно понять, чего именно не хватает, и попросить это прислать, — сказал Минхо и начал собирать свой рюкзак.

— Хочешь сказать, вы можете заказывать необходимые вещи? — поразился Томас.

Интересно, с какой стати Создатели так пекутся о глэйдерах?

— Конечно. Просто кидаем в Ящик записку, и дело сделано. Правда, не факт, что Создатели пришлют то, что попросим. Иногда они выполняют просьбы, иногда — нет.

— А карту когда-нибудь просили?

Минхо усмехнулся:

— Ага, было дело. И еще телик просили, но так нам ни черта и не дали. Наверное, эти ублюдки не хотят, чтобы мы видели, как прекрасна жизнь за пределами вшивого Лабиринта.

Что-то подсказывало Томасу, что жизнь на свободе, напротив, далеко не сахар — разве в нормальном мире могли поступить так с детьми? От подобной мысли стало неуютно, словно в темноте разума он вдруг набрел на свет и увидел что-то очень важное. Впрочем, это чувство исчезло так же быстро, как и возникло. Томас тряхнул головой. Закончив завязывать шнурки на ботинках, он встал, сделал небольшой круг трусцой и несколько раз подпрыгнул на месте, чтобы проверить, как ноги чувствуют себя в новой обуви.

— Вроде нормально. Думаю, я готов.

Минхо все еще сидел на корточках, складывая вещи в рюкзак. Он посмотрел на Томаса с нескрываемым отвращением.

— Выглядишь, как идиот, который скачет козлом, пытаясь подражать балерине. Готов, говоришь? Ну-ну. Интересно, долго ли ты там продержишься без плотного завтрака в желудке, запасов еды в рюкзаке и оружия?

Томас, который к этому моменту уже перестал прыгать, застыл на месте.

— Оружие?..

— Оружие. — Минхо встал и направился назад к чулану. — Иди сюда. Сейчас сам все увидишь.

Томас проследовал за Минхо в маленькую комнату, где куратор отодвинул от задней стенки несколько ящиков. Под ними оказался потайной люк, за которым юноша увидел деревянную лестницу, уходящую под пол в кромешную темноту.

— Храним его в подвале, чтобы шанки вроде Галли не могли добраться. Вперед.

Томас осторожно начал спускаться по лестнице вслед за Минхо. Каждая из дюжины ступенек так угрожающе скрипела под тяжестью их веса, словно могла вот-вот подломиться. Прохладный воздух бодрил, несмотря на сильный запах плесени и пыли. Наконец они ступили на земляной пол. В темноте подвала невозможно было ничего разглядеть, пока Минхо, дернув за шнурок, не включил единственную лампочку.

Помещение оказалось куда просторнее, чем предполагал Томас, — по меньшей мере тридцать квадратных футов. Тянущиеся вдоль стен полки и несколько массивных столов были завалены таким количеством всевозможного оружия, что у Томаса перехватило дыхание. Деревянные копья, металлические пики, сети, похожие на те, которыми укрывают курятники, бухты колючей проволоки, пилы, ножи, мечи... Одна из стен была целиком отведена под снаряжение лучников; тут лежали стрелы, деревянные луки и запасные тетивы. При виде их Томас вспомнил Могильник и Бена, сраженного стрелой Алби.

— Ни фига себе, — пробормотал Томас.

В изолированном пространстве маленького помещения звук его голоса моментально заглох. Мысль о том, что бегунам требуется так много оружия, поначалу привела его в замешательство, однако увидев, что большую часть предметов покрывает толстый слой пыли, Томас успокоился.

— Большую часть не используем, — пояснил Минхо, — но на всякий случай держим про запас. А в Лабиринт обычно берем только пару остро заточенных ножей.

Бегун кивнул на большой деревянный ящик в углу. Он был открыт, а его крышка прислонена к стене. Ящик был до самого верха наполнен ножами всех форм и размеров.

Оставалось лишь надеяться, что остальные глэйдеры не знают о существовании подвала.

— А не опасно хранить здесь все это добро? — спросил Томас. — Представь, а если бы Бен спустился сюда, перед тем как свихнуться и напасть на меня?

Минхо вытащил из кармана связку ключей и со звоном потряс ими перед лицом Томаса.

— Они есть только у нескольких счастливчиков.

— И все-таки...

— Хватит ныть. Выбери себе пару удобных ножей, только убедись, что они хорошо заточены. Потом поедим и упакуем провизию в дорогу. И еще: перед отправкой в путь хочу познакомить тебя с Картохранилищем.

Томас чуть не запрыгал от радости — приземистая постройка не давала ему покоя с тех самых пор, как он увидел бегунов, скрывшихся за ее толстенной дверью. Он выбрал сверкающий короткий кинжал с отделанной резиной рукояткой и нож с длинным черным лезвием. Впрочем, восторг Томаса угас довольно быстро: хотя теперь он хорошо знал, какие твари водятся в Лабиринте, все равно не хотелось думать о том, что оружие может однажды потребоваться.

Через час, поев и упаковав провиант, они уже стояли перед тяжелой стальной дверью, ведущей в Картохранилище, как Минхо назвал бункер. Томасу не терпелось попасть внутрь.

Рассвет предстал во всем своем великолепии. Глэйд пробуждался: подростки сновали по площади, готовясь к новому дню, а в воздухе витал аромат жареного бекона — Фрайпан со своими подручными вовсю трудились на кухне, чтобы вскоре насытить несколько десятков голодных желудков. Минхо отпер замок, повернул круглую ручку, вращая ее до тех пор, пока изнутри не донесся отчетливый лязг, и потянул на себя. С громким скрипом массивная железная дверь отворилась.

— Только после вас, — с шутливым полупоклоном произнес Минхо.

Томас молча вошел в бункер. Легкое опасение, смешанное с крайним любопытством, овладело им настолько, что пришлось напомнить себе о необходимости дышать.

В темной комнате пахло плесенью и сыростью с таким сильным привкусом меди, что, казалось, ее можно было ощутить на языке. В мозгу мелькнуло расплывчатое воспоминание о том, как в детстве, будучи еще несмышленым малышом, он тащил в рот медные монеты.

Минхо щелкнул выключателем, зажигая несколько флуоресцентных ламп. Когда они разгорелись в полную силу, Томас смог рассмотреть помещение во всех подробностях. Простота убранства удивила: Картохранилище представляло собой почти пустое помещение шагов двадцати в длину с абсолютно голыми бетонными стенами. Прямо в центре стоял деревянный стол, окруженный восемью стульями. На столе, напротив каждого из стульев, лежали аккуратные стопки бумаги и набор карандашей. Помимо стола и стульев, интерьер комнаты составляли восемь ящиков, подобных тем, в каких на оружейном складе хранились ножи. Ящики были закрыты и стояли с равными промежутками друг от друга, по два возле каждой стены.

— Добро пожаловать в Картохранилище, — объявил Минхо. — Самое занятное местечко, которое тебе доводилось видеть.

Томас был немного разочарован — он ожидал чего-то более впечатляющего.

Юноша сделал глубокий вдох.

— Только хреново, что тут воняет, как на заброшенном медном прииске.

— А мне запах нравится. — Минхо выдвинул из-под стола два стула и сел. — Садись. Хочу, чтобы ты получил общее представление о месте, в которое сейчас отправимся.

Когда Томас уселся, бегун взял чистый лист бумаги, карандаш и принялся рисовать схему. Томас наклонился поближе. Минхо изобразил большой квадрат, занявший почти всю площадь листа, а затем разделил его на квадраты меньшего размера. Теперь схема походила на увеличенное поле игры в «крестики-нолики» — три ряда квадратов одинакового размера. В центральном квадрате он написал слово «ГЛЭЙД», а остальные пронумеровал цифрами от одного до восьми, начав с верхнего левого квадрата и далее по часовой стрелке. Напоследок Минхо нарисовал несколько коротких черточек, пересекающих линии.

— Это Ворота, — объяснил он. — Ты видел только те, которые ведут из Глэйда, но в самом Лабиринте есть еще четыре штуки — они ведут в первый, третий, пятый и седьмой сектора. Сами Ворота остаются на месте, но пути к ним постоянно меняются из-за перемещения стен по ночам.

Он замолчал и пододвинул лист к Томасу.

Томас принялся изучать нарисованный план, восхищаясь тем, что Лабиринт оказался таким четко структурированным сооружением. Минхо тем временем продолжал:

— Таким образом, Глэйд окружен восемью секторами, каждый из которых представляет собой изолированный квадрат. Мы целых два года бьемся, как рыба об лед, но так и не приблизились к разгадке. Единственное место, которое с натяжкой можно считать выходом из Лабиринта, — Обрыв. Но вариант годится, только если хочешь полетать и разбиться в лепешку. — Минхо стукнул пальцем по схеме. — Проклятые стены смещаются каждый вечер во всех местах одновременно — как раз в то время, когда у нас закрываются Ворота. Мы сделали такой вывод, потому что в другое время никогда не слышали грохота.

Томас оторвался от листа.

— Я не видел, чтобы хоть одна из стен двигалась, когда мы ночью застряли в Лабиринте. — Он был рад добавить крупицу информации и от себя.

— Главные коридоры в районе Ворот никогда не меняют местоположение. Стены, которые перемещаются, расположены значительно глубже.

— А-а, вот как...

Томас снова всмотрелся в грубую схему, пытаясь мысленно представить Лабиринт и каменные стены в тех местах, которые Минхо обозначил линиями.

— У нас всегда задействовано как минимум восемь бегунов, включая куратора. Один бегун на сектор. Чтобы обежать весь сектор, в надежде отыскать проклятый выход, требуется целый день. Затем мы возвращаемся и переносим план на бумагу. Один день работы — один лист. — Минхо кивком указал на один из ящиков. — Вот почему эти хреновины битком набиты картами.

Томаса вдруг посетила неприятная и в то же время пугающая мысль.

— Я что... заменяю кого-то погибшего?

Минхо замотал головой.

— Нет, мы просто тебя тренируем. Но кто-то из бегунов может попросить об отпуске. Не волнуйся, бегуны довольно давно не погибали.

Как ни странно, слова лишь усилили беспокойство, которое, как надеялся Томас, не отразилось у него на лице.

— Так, значит, у вас... уходит целый день, чтобы исследовать один несчастный квадрат? — спросил он, побарабанив пальцами по третьему сектору на карте.

— Ну, ты даешь. — Минхо встал и подошел к ящику прямо позади них, опустился на колени и, подняв крышку, откинул ее на стену. — Погляди сюда.

Томас встал и заглянул из-за спины Минхо в ящик, в который могло уместиться ровно четыре стопки бумаги. Как раз четыре стопки в ней и оказалось; доходили они до самого верха. Друг от друга карты мало чем отличались: грубые наброски квадратных секторов занимали собой почти всю поверхность листа. В правом верхнем углу всех карт значилась надпись «Сектор 8», далее следовало имя «Хэнк» и слово «Дата» с указанным за ней числом. На последнем листе фигурировало число 749.

Минхо продолжил:

— Мы с самого начала поняли, что стены двигаются, и тут же начали фиксировать их перемещения. Думали, что, сравнив местоположение стен по дням и неделям, сможем найти закономерность в движении. Так оно и получилось — расположение стен во всех секторах Лабиринта повторяется с периодичностью в месяц или около того. Дело оставалось вроде бы за малым: вычислить момент, когда откроются проходы, ведущие за пределы секторов, но вот проходов-то как раз и не обнаружилось.

— Два года прошло, — сказал Томас. — Неужели вы ни разу не доходили до такого отчаяния, чтобы остаться в Лабиринте на ночь и поискать проход после того, как стены переместятся?

Минхо посмотрел на него с нескрываемым раздражением.

— Чувак, звучит как оскорбление. Серьезно.

— Что?.. — смутился Томас. У него и в мыслях не было поддеть товарища.

— Мы в течение двух лет задницы надрываем, и теперь все, что ты можешь спросить, — почему мы такие слюнтяи, что ни разу не заночевали в Лабиринте? В самом начале нашлись смельчаки, попытавшиеся остаться снаружи на ночь. Все они погибли. Может, хочешь повторить их подвиг? Думаешь, один раз выжил, сможешь до бесконечности судьбу испытывать?

Томас смущенно покраснел.

— Нет. Извини.

Внезапно он почувствовал себя куском кланка. С Минхо трудно было поспорить. В душе Томас понимал, что и сам предпочел бы возвращаться каждый вечер в Глэйд живым и невредимым, чем гарантированно встречаться с гриверами. При мысли о них он поежился.

— Ну так вот. — К огромному облегчению Томаса, Минхо снова перевел внимание на кипы карт в ящике. — Жизнь в Глэйде, может, и не такая сладкая, но, по крайней мере, мы тут в безопасности. Еды в достатке, есть защита от гриверов. Так что мы не имеем права просить бегунов остаться в Лабиринте на ночь, рискуя жизнью. Ни за что. Во всяком случае, не сейчас. По крайней мере, не раньше, чем конфигурация стен подскажет, что проход действительно может где-то открыться. Пусть и временный.

— Насколько вы приблизились к разгадке?

Минхо пожал плечами.

— Трудно сказать... Мы не знаем, что еще можно сделать, и это здорово угнетает. Но мы не имеем права пропустить хотя бы один день, так как есть вероятность, что как раз в этот самый день проход и правда где-нибудь откроется. Мы не имеем права сдаваться. Ни в коем случае.

Томас удовлетворенно кивнул — решимость Минхо ему импонировала. Как бы плохо ни обстояли дела, но если они сдадутся, станет еще хуже.

Минхо извлек из ящика еще несколько листов — карты, созданные в последние несколько дней. Бегло их просмотрев, он пояснил:

— Каждый бегун ведает картами, относящимися к закрепленному за ним сектору. Как я сказал, мы сравнивали карты по дням, неделям и месяцам, но, честно говоря, так и не нашли ключ к разгадке. А если быть честным до конца, мы даже не знаем, что искать. На самом деле мы в дерьме, чувак.

— Мы не имеем права сдаваться, — монотонно произнес Томас, словно под гипнозом повторяя то, что Минхо сказал чуть раньше. Слово «мы» сорвалось с языка совершенно непроизвольно, и юноша понял, что действительно стал частью Глэйда.

— Точно, брат. Нельзя опускать руки. — Минхо аккуратно положил листы назад, закрыл ящик и встал. — Ладно. Что-то мы засиделись, пора отправляться. Первые дни ты будешь просто следовать за мной и наблюдать. Готов?

Томас почувствовал, как нервы напряглись, словно туго натянутые струны, а в животе защекотало. Час настал. Больше никаких раздумий, никакой болтовни — он находится в шаге от того, чтобы совершить первый настоящий поход в Лабиринт.

— Ну... Вроде.

— Никаких «вроде». Готов или нет? — Минхо посмотрел на него неожиданно сурово.

— Я готов, — твердо ответил Томас.

— Тогда вперед.

ГЛАВА ТРИДЦАТЬ ТРЕТЬЯ

Они вышли через Западные Ворота в восьмой сектор и побежали по коридорам в глубь Лабиринта. Томас, не останавливаясь, все время бежал рядом с Минхо, сворачивая то влево, то вправо, и, казалось, нисколько не задумывался о выборе направления. Ранний утренний свет обладал какой-то необыкновенной чистотой и блеском, придавая окружающим предметам — плющу, потрескавшимся стенам, каменным блокам под ногами — яркие и резкие очертания. Несмотря на то что до полудня оставалось еще несколько часов, было достаточно светло. Томас старался не отставать от Минхо, иногда делая мощные рывки вперед, чтобы сократить временами увеличивающийся между ними разрыв.

Внезапно впереди показался небольшой прямоугольный проход, пробитый прямо в длинной стене, который вел в северном направлении. Выглядел он почти как обычный дверной проем, только без двери. Минхо промчался через него, не сбавляя скорости.

— Эти Ворота ведут из восьмого сектора — квадрат в центре слева — в сектор один — верхний левый квадрат. Как я сказал, Ворота всегда остаются на месте, но подход к ним может немного отличаться из-за постоянной перетасовки стен.

Томас последовал за Минхо в Ворота, отметив про себя, как тяжело он дышит. Виной всему нервное возбуждение, решил юноша, скоро дыхание опять станет ровным.

Они свернули направо и побежали по длинному коридору прямо, минуя несколько проходов, уходивших влево. Достигнув конца коридора, Минхо сбавил темп, перейдя почти на шаг, и, сунув руку за спину, извлек из бокового кармана рюкзака блокнот и карандаш. Не останавливаясь, сделал какую-то пометку и сунул их назад. Томасу стало любопытно, что записал Минхо, но не успел он открыть рот, чтобы это выяснить, как бегун объяснил:

— Я в основном... рассчитываю на зрительную память. — В голосе Минхо отчетливо слышались признаки напряжения. — Но примерно каждый пятый поворот делаю заметки, которые использую после возвращения. Чаще всего фиксирую изменения, которые произошли по сравнению со вчерашним днем. Таким образом, используя вчерашнюю карту, я потом быстро смогу нарисовать сегодняшнюю. Элементарно, чувак.

Томас пришел в восторг. В устах Минхо составление карт действительно представлялось довольно простым занятием.

Они пробежали еще немного и достигли пересечения коридоров. Перед ними открылось три возможных направления движения, однако Минхо без малейшего колебания свернул направо. Вытащив из кармана нож, он прямо на ходу срезал со стены большой пучок плюща, бросил его на землю себе за спину и побежал дальше.

— Хлебные крошки? — поинтересовался Томас, вдруг вспомнив старую сказку. Он почти перестал удивляться подобным внезапным проблескам памяти.

— Точно. Хлебные крошки, — отозвался Минхо. — Чур, я — Гензель, а ты — Гретель.

Они продолжали бежать все дальше в Лабиринт, сворачивая то вправо, то влево. После каждого поворота Минхо срезал и бросал на землю трехфутовые обрубки плюща. Томаса впечатляла сноровка куратора — тот проделывал все это, нисколько не сбавляя темпа бега.

— Ладно, — произнес Минхо. Теперь дышал он гораздо тяжелее. — Теперь ты.

— Что я?

Томас не ожидал, что в первый день ему придется делать что-нибудь самостоятельно, кроме как бежать следом за куратором и просто наблюдать.

— Срезай плющ. Ты должен выработать привычку делать это автоматически в течение всего пути. На обратном пути мы подбираем обрезки или просто отбрасываем их ногой в сторону.

Прошло довольно много времени, прежде чем у Томаса начало получаться на ходу срезать стебли, зато он делал что-то сам, чему был несказанно рад. После первых двух попыток ему пришлось делать рывки вперед, чтобы нагнать Минхо, в третий раз он порезал палец, однако где-то с десятой попытки юноша почувствовал себя вполне уверенно и на бегу срезал стебли почти так же ловко, как Минхо.

Пробежав еще некоторое расстояние — Томас понятия не имел, какое именно, но предполагал, что около трех миль, — Минхо перешел на шаг, а затем и вовсе остановился.

— Привал.

Он сбросил рюкзак на землю и достал из него бутылку воды и яблоко.

Томаса не пришлось упрашивать — он с радостью последовал его примеру и с жадностью прильнул к бутылке, наслаждаясь прохладной свежестью воды, потекшей по пересохшему горлу живительным ручейком.

— Притормози, — остановил его Минхо. — На обратный путь оставь.

Томас оторвался от бутылки, сделал глубокий удовлетворенный вдох и громко отрыгнул. Откусив от яблока, он почувствовал себя неожиданно посвежевшим. Внезапно мысли вернулись к тому дню, когда Минхо с Алби отправились посмотреть на мертвого гривера, после чего все пошло кувырком.

— Кстати, ты так и не рассказал, что случилось с Алби в тот день. Понятно, что гривер ожил, но как все вообще происходило?

Минхо тем временем снова взвалил на плечи рюкзак, очевидно, готовясь отправиться в путь.

— Что тут скажешь. Тварь только притворялась дохлой. Алби, болван, пнул его ногой, а эта гадина вдруг ожила, выпустила колючки и покатилась прямо на него. Правда, гривер себя странно повел — совсем не пытался атаковать. Мне показалось, что он хотел удрать, а Алби просто оказался у него на пути.

— Хочешь сказать, гривер драпанул от вас?

С учетом увиденного несколькими днями ранее, Томас с трудом верил в версию Минхо.

Тот пожал плечами.

— Ну да. По-моему, ему требовалась подзарядка или что-то типа. Хрен его знает.

— А что с ним могло произойти? Ты у него раны на теле или что-то необычное не заметил? — Томас и сам не знал, что пытался понять, но подспудно чувствовал, что странная перемена в поведении гривера произошла не случайно и разгадка тайны может помочь им в будущем.

Минхо призадумался.

— Нет. Гадина просто выглядела мертвой; валялась, как восковая фигура, а потом — раз! — и резко ожила.

Томас лихорадочно думал, пытаясь найти во всем какой-то смысл, хотя даже не знал, с чего начать и в каком направлении двигаться.

— Интересно, *куда* он сбежал... Ты не в курсе, где вообще скрываются гриверы? — Он помолчал секунду-другую, затем добавил: — Никогда не пробовали за ними проследить?

— Господи! У тебя и правда мания самоубийства какая-то. Жить надоело? Поднимайся. Надо идти.

Минхо развернулся и направился дальше.

Томас бежал следом, на ходу пытаясь самому себе ответить на вопрос, который сидел у него глубоко в мозгу и не давал покоя: почему внешне мертвый гривер внезапно вернулся к жизни и, главное, где потом скрылся...

Раздосадованный тем, что не знает ответа, он поспешил за Минхо.

Они бежали еще примерно два часа, прерываясь на небольшие остановки, которые, казалось, раз от раза становились короче. В какой бы хорошей физической форме Томас ни находился, он изрядно устал.

Наконец Минхо в очередной раз остановился и снял рюкзак. Опустившись на землю и откинувшись спиной на мягкий плющ, они молча приступили к обеду. Томас с огромным удовольствием смаковал каждый кусочек сэндвича и овощей, пережевывая пищу как можно медленнее. Он тянул время, понимая, что Минхо поднимет в дорогу сразу после того, как он сделает последний глоток.

— Сегодня изменения есть? — спросил он.

Минхо хлопнул по кармашку рюкзака, в котором лежал блокнот.

— Обычные перетасовки стен. Ничего такого, от чего твоя тощая задница пустилась бы в пляс.

Томас задрал голову и сделал большой глоток воды, глядя на тянущиеся ввысь стебли плюща на противоположной стене. В листве мелькнули красные огоньки и знакомый серебристый отблеск. Сегодня он видел такое довольно часто.

— А что это за жуки-стукачи такие? — спросил он. Ими, казалось, кишел весь Лабиринт. Затем Томас вспомнил, *что* увидел в Лабиринте ночью. С тех пор так много произошло, что у него не было времени спросить. — И почему у них на спинах написаны слова «*это порок*»?

— Мы не смогли поймать ни одного из них. — Минхо покончил с едой и засунул коробку для обедов назад в рюкзак. — И что значат слова, не знаем. Возможно, их написали, чтобы нас запугать. Но, скорее всего, жуки шпионят. Шпионят на *них*. Другого объяснения у нас нет.

— На кого — на *них*? — спросил Томас, готовясь задать Минхо еще несколько вопросов. В нем снова закипала ненависть к людям за пределами Лабиринта. — Догадки есть?

— Мы понятия не имеем, кто такие Создатели. — Минхо непроизвольно сжал кулаки, словно душил кого-то. Лицо его побагровело. — Жду не дождусь, когда смогу добраться до них и вспороть...

Но не успел куратор закончить свою мысль, как Томас вскочил и побежал на другую сторону коридора.

— Что это?

— А-а, ты об этом, — вяло отозвался Минхо.

Томас приблизился к источнику блеска, раздвинул в стороны стебли плюща и непонимающе уставился на квадратную металлическую табличку со словами, выбитыми на ней крупными заглавными буквами. Он провел рукой по выпуклой надписи, словно желая удостовериться, что зрение ему не изменяет.

ЭКСПЕРИМЕНТ «ТЕРРИТОРИЯ ОБРЕЧЕННЫХ»
ПРОГРАММА ОПЕРАТИВНОГО РЕАГИРОВАНИЯ
ОБЩЕМИРОВАЯ КАТАСТРОФА

Прочитав текст вслух, юноша повернулся к Минхо.

— Это что такое?

Томас не сомневался, что надпись имеет непосредственное отношение к Создателям. По телу побежал холодок.

— Да черт его знает. Этим весь Лабиринт увешан. Как будто «знак качества» поставили на свое великолепное творение, ублюдки. Я уже давно перестал обращать внимание.

Томас снова повернулся к зловещей надписи, пытаясь подавить нарастающее беспокойство.

— Звучит не очень-то обнадеживающе. Катастрофа. Территория обреченных. *Эксперимент*. Шикарно, ничего не скажешь.

— Да уж, Шнурок. Шикарнее не придумаешь. Пойдем.

Томас неохотно отпустил стебли плюща, тут же скрывшие табличку, закинул рюкзак за спину и побежал вслед за Минхо, ни на минуту не переставая думать о загадочных словах.

Спустя час после обеденного привала, когда они оказались в конце очень длинного прямого коридора без единого ответвления в стороны, Минхо остановился.

— Последний тупик, — сказал он спутнику. — Нужно возвращаться.

Томас громко вздохнул, стараясь не думать о том, что они провели в Лабиринте лишь половину положенного времени.

— Ничего нового?

— Нет. Стандартные изменения, — сухо ответил Минхо, глядя на часы. — Полдня прошло, пора назад.

Не дожидаясь ответа, он развернулся и побежал в обратном направлении.

Томас потрусил следом, досадуя, что они не могут задержаться и тщательно исследовать стены.

— Но... — начал было Томас, поравнявшись с Минхо.

— Не обольщайся, чувак. Вспомни, что я говорил раньше: мы не можем рисковать понапрасну. К тому же сам подумай: ты правда считаешь, что где-то здесь есть выход? Секретная дверь, например, или типа того?

— Н-не знаю... Может, и есть. Как-то ты пессимистично настроен.

Минхо замотал головой и смачно харкнул на стену слева от себя.

— Нет никакого выхода. Все эти перемещения — лишь вариации на тему. Стена — это просто стена и ничего более. Без тайных проходов.

Томас чувствовал, что Минхо прав, но не мог смириться с поражением.

— Откуда ты знаешь?

— Будь уверен, выродки, которые напустили на нас гриверов, не дадут выбраться просто так.

После таких слов Томас даже засомневался, а есть ли вообще смысл в дальнейших исследованиях Лабиринта.

— Тогда зачем вообще рыпаться? Живите себе спокойно и ни о чем не думайте.

Минхо мельком глянул на него.

— Зачем рыпаться? Затем, что отсюда *возможно* выбраться! Иначе во всей этой затее с Лабиринтом просто нет смысла. Но если ты думаешь, что мы где-нибудь найдем небольшую красивую дверь, ведущую в Счастливый Город, ты явно не в себе.

Томас посмотрел вдаль. Он ощутил такую безнадежность, что едва не остановился.

— Дерьмово.

— Самое умное, что ты произнес за сегодня, Шнурок.

Минхо с шумом выдохнул и продолжил бег, а Томас сделал единственное, чему пока научился лучше всего, — помчался следом.

Из-за страшного изнеможения остаток дня Томас почти не запомнил. Вернувшись в Глэйд, они с Минхо немедленно отправились в Картохранилище, где начертили карту сектора и сравнили ее с картой предыдущего дня. Вскоре Ворота закрылись на ночь, после чего Томас отправился ужинать. Чак несколько раз пытался завязать с ним разговор, но от усталости юноша почти не слышал его и лишь изредка бездумно кивал в ответ.

Не успели еще сумерки смениться темнотой ночи, а Томас уже лежал, свернувшись клубком на мягкой листве плюща в облюбованном юго-западном углу Глэйда, и думал о том, сможет ли заставить себя снова выйти в Лабиринт. От мысли, что сегодняшний подвиг придется повторить и завтра, бросало в дрожь. Особенно после осознания тщетности попыток найти выход. Работа бегуна вмиг утратила былое очарование. А ведь прошел всего один день.

Запал в душе и уверенность в том, что можно изменить ситуацию, окончательно угасли, а обещание, данное самому себе — вернуть Чака в лоно семьи, — растворилось в полнейшем изнеможении, боли и ощущении безнадежности.

Он уже почти засыпал, когда в голове вдруг зазвучал голос — нежный девичий голос, славно исходивший из уст прекрасной феи, заточённой у него в мозгу. На следующее утро, когда все перевернулось с ног на голову, юноша уже не смог бы точно ответить, слышал ли что-то на самом деле или ему только пригрезилось.

Однако все-таки Томас четко уловил и запомнил каждое слово:

— *Том, я только что запустила процесс Окончания.*

ГЛАВА ТРИДЦАТЬ ЧЕТВЕРТАЯ

Томас очнулся, окутанный слабым мертвенным светом. Сначала он подумал, что просто проснулся раньше положенного и до рассвета оставался еще час, но затем услышал крики. Он посмотрел вверх, сквозь ветви деревьев, и вместо привычного утреннего неба, подернутого бледными красками рассвета, увидел над собой безжизненную серую плоскость.

Он вскочил на ноги, ухватился рукой за стену, чтобы удержать равновесие, и, разинув рот, уставился в небо — не голубое, не черное, лишенное звезд или предрассветного пурпурного оттенка. Буквально каждый его клочок выглядел абсолютно бесцветным и мертвым.

Томас посмотрел на часы — он проспал лишний час после подъема. Яркий солнечный свет должен был разбудить юношу, как будил каждый день с момента появления в Глэйде.

Но не сегодня.

Он снова задрал голову, надеясь увидеть, как небо постепенно возвращается в обычное нормальное состояние. Оно оставалось монотонно серым. Без единого облачка, без признаков заката или зари. Просто серым.

Солнце исчезло.

Глэйдеры стояли в центре площади возле Ящика и, тыча в мертвое небо пальцами, оживленно переговаривались. Судя по времени, завтрак должен был давно закончиться, а подростки — приступить к повседневным обязанностям. Но бесследное исчезновение крупнейшего объекта Солнечной системы вмиг разрушило давно заведенные порядки.

Томас молча наблюдал за поведением толпы. Хотя инстинкт подсказывал ему, что в подобной ситуации стоило бы забеспокоиться, он сохранял хладнокровие. Более того, удивлялся тому, что большинство глэйдеров повели себя словно беззащитные птенцы, вывалившиеся из гнезда. Смех, да и только!

Разумеется, солнце никуда не исчезло — физически не могло этого сделать, хотя все выглядело именно так: огромный огненный шар в небе и утренние косые тени на земле действительно отсутствовали.

Впрочем, Томасу, как и остальным глэйдерам, хватало ума и рациональности мышления, чтобы не поверить в такую чушь, как исчезновение светила. То, чему они стали свидетелями, имело какое-то разумное научное объяснение, но каким бы оно ни было, Томасу стало очевидно одно: тот факт, что теперь они не видят солнца, мог означать, что в действительности они вообще никогда его не видели. Настоящая звезда просто так исчезнуть не может, и, вероятно, небо над Глэйдом — искусно созданная имитация.

Иными словами, солнце, которое два года освещало Глэйд, давало тепло и жизнь всем его обитателям, оказалось вовсе не солнцем, а подделкой. В сущности, подделкой в этом месте было все.

Томас понятия не имел, что все это значит и какие последствия за собой повлечет, но твердо знал, что прав. Это было единственное объяснение, которое принимал его рациональный ум. Впрочем, судя по реакции глэйдеров, никто из них пока не догадался, что произошло на самом деле.

Томаса как ножом по сердцу резанули, когда к нему подошел насмерть перепуганный Чак.

— Что случилось? — спросил мальчик с дрожью в голосе. Он не сводил глаз с неба, и Томас подумал, что у Чака наверняка уже шея затекла. — Похоже на здоровенный серый потолок. Да такой низкий, что кажется, будто можно рукой дотянуться.

Томас посмотрел вверх. Второй раз за двадцать четыре часа Чак высказал вслух то, что вертелось у него на языке. Небо действительно выглядело как потолок. Потолок огромной комнаты.

— Точно. Тут что ни день, то сенсация. Может, сбой какой-то произошел и скоро все наладится.

Чак оторвал взгляд от неба и посмотрел на Томаса.

— Сбой? И как это понимать?

Не успел Томас открыть рот, чтобы ответить, как вспомнил слова Терезы, прозвучавшие у него в голове перед сном: *я только что запустила процесс Окончания.* Совпадения быть не могло. Томаса прошиб холодный пот. Каким бы ни было солнце — настоящим или искусственным, — оно исчезло. И ничего хорошего это не предвещало.

— Томас? — Чак легонько коснулся его плеча.

— Что?..

— В каком смысле «сбой»? — повторил мальчик.

Томасу требовалось какое-то время, чтобы хорошенько все обдумать.

— Гм... Думаю, в этом месте есть что-то такое, чего мы не пока не знаем. Нельзя просто так заставить солнце погаснуть. К тому же света и так предостаточно, хоть он и тусклый. Возникает вопрос: откуда он?

Чак вытаращил глаза, будто ему только что раскрыли величайший секрет Вселенной.

— А правда, откуда свет, Томас? Как думаешь, что вообще происходит?

Томас положил руку на плечо мальчика и слегка сжал. Чак поставил его в тупик.

— Без понятия, Чак. Абсолютно без понятия. Но уверен, Ньют и Алби разберутся, что к чему.

— Томас! — К ним бежал Минхо. — Хорош трепаться с Чаки. Собирайся быстрей. И так припозднились.

Томаса словно обухом огрели по голове. Он почему-то решил, что пропажа солнца разрушит все их планы на сегодняшний день.

— Вы все равно пойдете в Лабиринт? — спросил Чак, очевидно, удивленный не меньше.

Томас был рад, что мальчик задал этот вопрос вместо него.

— Разумеется, пойдем, шанк, — ответил Минхо. — А тебе разве не надо кланк выгребать? — Он перевел взгляд на Томаса. — Теперь у нас еще больше причин исследовать Лабиринт. Если солнце на самом деле погасло, растения и животные долго не протянут. Я бы сказал, градус отчаяния несколько повысился.

Томас остолбенел, испытывая смесь восторга и страха, когда до него дошло, к чему клонит куратор.

— Хочешь сказать, мы останемся там на ночь, чтобы тщательно изучить стены? — спросил он.

Минхо покачал головой.

— Нет. Не сегодня, но, возможно, скоро. — Он задрал голову к небу. — М-да, знатное утречко выдалось, ничего не скажешь. Ладно, потопали.

Они с Минхо быстро собрали рюкзаки и наспех позавтракали. За это время Томас не проронил ни слова; ему было не до разговоров, так как все мысли крутились вокруг плоского серого неба и того, что ему мысленно сообщила Тереза перед сном, — он не сомневался, что слова принадлежали ей.

Что она подразумевала под *Окончанием*? Юношу так и подмывало поделиться этим с кем-нибудь, а еще лучше — со всеми сразу.

Впрочем, он не понимал, что значат ее слова, да и боялся признаться, что слышит в мозгу голос девушки. Чего доброго, его сочтут сумасшедшим и запрут в Кутузке. И на сей раз надолго. Хорошенько все взвесив, он решил пока держать рот на замке.

Второй тренировочный день вместе с Минхо начался под тусклым бесцветным небом.

Они наткнулись на гривера еще до того, как достигли Ворот, соединяющих восьмой и первый сектора.

Минхо опережал Томаса на несколько футов. Не успел он завернуть за угол, как резко затормозил и чуть не упал, по инерции подавшись вперед. Отпрыгнув назад, куратор схватил Томаса за майку и вдавил в стену.

— Тс-с, — прошептал он. — Там гривер, чтоб его!

Сердце Томаса, которое и до этого билось тяжело, начало колотиться в бешеном ритме.

Минхо прижал палец к губам. Выпустив майку напарника, он отступил на шаг, а затем осторожно прокрался к углу, за которым увидел гривера. Очень медленно он вытянул шею вперед и заглянул за стену. Томас еле сдержался, чтобы не крикнуть Минхо быть осторожнее.

Голова куратора дернулась назад. Повернувшись к Томасу, он еле слышно прошептал:

— Он просто сидит там без движения. Прямо как тот, которого мы приняли за мертвого.

— И что нам делать? — спросил Томас как можно тише. Юноша изо всех сил пытался справиться с приступом паники. — Он к нам не приближается?

— Нет, идиот! Я же сказал — просто сидит там и не шевелится!

— Ну и?.. — Томас развел руками. — Что делать-то будем?

Оставаться в такой близости от гривера ему совсем не улыбалось.

Минхо помолчал несколько секунд, видимо, тщательно обдумывая, как поступить, затем ответил:

— Другого пути в наш сектор нет. Давай немного подождем. Если тварь поползет к нам, побежим назад в Глэйд.

Он снова заглянул за угол и тут же резко обернулся.

— Черт, гаденыш смылся! За мной!

К счастью для Томаса, Минхо не стал дожидаться ответа, поэтому не увидел его перекошенное страхом лицо. Куратор сорвался с места и побежал туда, где только что находился гривер. Томас припустил следом, несмотря на то, что инстинкт убеждал оставаться на месте.

Ребята пробежали по длинному коридору, свернули налево, потом направо. Прежде чем поворачивать в боковые проходы, они останавливались, Минхо осторожно заглядывал за угол, сообщал Томасу, что вдали за очередным поворотом скрылся хвост гривера, после чего они бежали дальше. После десяти минут погони бегуны очутились в длинном коридоре, заканчивающемся Обрывом, за которым не было ничего, кроме безжизненного неба. Гривер направился прямо к пропасти.

Минхо остановился так внезапно, что Томас на полном ходу чуть не налетел на него. На их глазах гривер вобрал в себя шипы, подкатился к самому краю Обрыва и прыгнул в бездну. Он исчез бесследно, словно его и не было.

ГЛАВА ТРИДЦАТЬ ПЯТАЯ

— Теперь все сходится, — сказал Минхо.

Томас стоял рядом с ним на самом краю Обрыва и глядел в серую пустоту пропасти, не видя вообще ничего, за что можно было бы зацепиться глазом — ни слева, ни справа, ни сверху, ни внизу или прямо впереди. Лишь пустота вокруг.

— Что сходится? — спросил Томас.

— Это уже три раза повторилось. И думаю, неспроста.

— Ну да... — Томас понял, к чему клонит Минхо, но ждал, пока тот объяснит все сам.

— Тот дохлый гривер, которого я обнаружил в первый раз, скрылся в этом направлении. Мы так и не видели, чтобы он вернулся или, наоборот, двинул в глубь Лабиринта. А потом еще те четыре твари, которых мы обдурили и отправили полетать.

— Обдурили? — переспросил Томас. — Кто кого еще обдурил...

Минхо задумчиво посмотрел на него.

— Гм... Как бы то ни было, теперь еще этот. — Он махнул рукой в пропасть. — Я уверен, что гриверы покидают Лабиринт этим путем. Кажется полным бредом, но ведь и солнце просто так не потухнет.

— Если *они* могут уходить этим путем, — добавил Томас, развивая мысль куратора, — значит, и у *нас* получится!

— Опять ты со своими самоубийственными идеями, — засмеялся Минхо. — Видать, очень соскучился по гриверам. Думаешь, в их логове тебя сэндвичами накормят?

Томас поник, чувствуя, как угасает надежда.

— Есть предложения лучше?

— Не все сразу, Шнурок. Давай-ка для начала насобираем камней и проверим, что да как. Сдается мне, где-то тут есть скрытый выход.

Они подобрали с земли все лежащие поблизости булыжники, но их показалось недостаточно, и тогда ребята принялись отламывать куски каменных блоков из трещин в стене. Собрав внушительную горку камней, они перетащили ее к самому краю Обрыва и сели, свесив ноги через край. Томас заглянул вниз, но, кроме серой отвесно уходящей вниз стены, ничего не увидел.

Минхо достал блокнот с карандашом и положил на землю.

— Надо все тщательно записать. Какая-то оптическая иллюзия мешает нам увидеть выход. Ты тоже не зевай — смотри в оба и запоминай все, что увидишь. Не хочу один отвечать за возможный промах шанка, который решится сигануть вниз первым.

— Думаю, этим шанком обязан стать куратор бегунов, — попытался пошутить Томас, отгоняя страх. От мысли, что они находятся в непосредственной близости от места, откуда в любую секунду могут выскочить гриверы, бросало в жар. — Не волнуйся, мы предварительно обвяжем тебя веревкой покрепче.

— А это мысль. — Минхо взял камень из кучи. — Ладно, будем кидать по очереди, то дальше, то ближе, как бы вычерчивая камнями змейку. Если какой-то волшебный выход и вправду существует, надеюсь, наша затея сработает.

Томас взял камень и, прицелившись, бросил его влево, прямо туда, где стена коридора резко обрывалась ничем. Острый обломок полетел вниз и продолжал лететь, пока не скрылся в серой пустоте.

Теперь настала очередь Минхо. Он бросил камешек примерно на фут дальше того места, в которое метил Томас. Осколок полетел вниз. Затем снова кидал Томас, целясь еще на фут дальше. Потом опять Минхо. Оба камня исчезли в бездне. Бегуны продолжали бросать до тех пор, пока не прочертили воображаемую линию длиной не меньше дюжины футов от края Обрыва. Затем они сместились правее, проводя невидимую линию уже в направлении Лабиринта. Все камни беспрепятственно падали вниз.

Еще две линии — от края обрыва и в обратном направлении. Булыжники снова скрылись в пропасти. Они проделывали операцию вновь и вновь, бросая обломки на такое расстояние, которое человек — или гривер — был способен одолеть в прыжке. Томас внимательно провожал взглядом каждый брошенный в бездну камень, но со всяким новым броском в нем все сильнее крепло разочарование. В какой-то момент он и вовсе начал считать всю затею абсурдной. Бегуны уже проверили всю левую часть пропасти, истратив добрую половину припасенных «снарядов», но так и не заметили ничего необычного. Как он мог поверить в существование скрытого выхода? Томас мысленно обругал себя за наивность.

И тут произошло невероятное: камень, брошенный Минхо, пропал. Большой обломок стены, извлеченный ими из трещины, полетел вперед, почти в центр пропасти, начал падать к земле, а затем вдруг исчез, словно канул в воду.

Бесследно пропал, пролетев лишь какую-то секунду.

Томас потерял дар речи — такого странного зрелища он еще не видел.

— Как мы могли этого не заметить?! — воскликнул Минхо. — И раньше ведь бросали с Обрыва всякое барахло, но никогда не видели, чтобы что-то вот так исчезало. Ни разу.

У Томаса пересохло в горле. Он кашлянул.

— Давай-ка еще раз попробуем. Вдруг мы оба моргнули?

Минхо повторил эксперимент, бросив камень в ту же самую точку — тот снова внезапно исчез, словно растворился в пространстве.

— Наверное, в прошлый раз вы невнимательно смотрели, — предположил Томас. — Когда не ожидаешь, что что-то может произойти на самом деле, то не присматриваешься особо, поэтому оно и ускользает.

Они продолжали бросать оставшиеся камни с Обрыва, дюйм за дюймом удаляясь в стороны от той точки, где исчез первый обломок. К немалому удивлению Томаса, площадь участка, в котором пропадали предметы, не превышала нескольких футов.

— Неудивительно, что мы не замечали его, — сказал Минхо, лихорадочно зарисовывая в блокноте невидимое отверстие и делая пометки о его размерах. — Довольно маленький проход...

— Гриверы едва протискиваются в такую дыру. — Томас не сводил глаз с участка в небе, где находился невидимый портал, пытаясь впечатать в память точное местоположение прохода и расстояние до него. — Когда они вылезают, то, наверное, балансируют на краю дыры, а потом прыгают через пропасть прямо на край Обрыва. Тут довольно близко. Даже я смог бы прыгнуть на такое расстояние, а они тем более.

Минхо завершил набросок и поглядел на загадочную прореху в небе.

— Как такое возможно, чувак? Что мы вообще перед собой видим?

— Как ты и говорил, тут нет никакого волшебства. Всего лишь результат работы того самого механизма, который сделал небо серым. Выход скрыт чем-то вроде оптической иллюзии или голограммы. Все в этом месте наизнанку.

И «чертовски круто», вынужден был признать Томас. Хотелось бы ему понять, какие высокие технологии стоят за всеми странностями, которые тут творятся.

— Ага, что наизнанку — то наизнанку. Пойдем. — Минхо с кряхтением встал и закинул рюкзак за спину. — Надо обежать как можно больше коридоров. Может, на этом чудеса не закончатся и проявится еще что-нибудь необычное. Вечером расскажем обо всем Ньюту с Алби. Не представляю, как это можно использовать, но, по крайней мере, теперь мы знаем, куда уходят проклятые гриверы.

— И, вероятно, откуда приходят, — добавил Томас, бросив последний взгляд на невидимый портал. — Из Норы Гриверов.

— Ага. Вполне ничего себе название. Не хуже остальных. Надо идти.

Томас продолжал смотреть с обрыва, ожидая, пока Минхо первым двинется с места, но его товарищ, очевидно, был поражен открытием не меньше. Несколько минут они постояли в полном молчании, пока Минхо не развернулся и не побежал прочь, не говоря ни слова. Томас нехотя последовал за ним, и вскоре они скрылись в сером сумраке Лабиринта.

В коридорах ребята не обнаружили ничего необычного — все те же каменные стены и плющ. Томас делал метки из срезанных стеблей и записи в блокноте. Ему трудно было заметить все изменения, произошедшие по сравнению с предыдущим днем, однако Минхо без раздумий указывал на стены, которые за ночь успели переместиться. Когда они достигли последнего тупика и пришло время возвращаться домой, у Томаса возникло непреодолимое желание плюнуть на все и остаться в Лабиринте, чтобы посмотреть, что произойдет ночью.

Минхо, видимо, уловил перемену в настроении товарища.

— Еще рано, чувак. Еще рано, — сказал он Томасу, положив ему руку на плечо.

И они вернулись назад.

В Глэйде царило уныние. И неудивительно — любой захандрит, когда все вокруг окрашено в мрачные серые тона. Свет оставался таким же тусклым, как и утром, и Томас невольно задался вопросом, изменится ли освещение после «заката».

Когда они вошли в Западные Ворота, Минхо направился прямиком к Картохранилищу, чем очень удивил Томаса. Он-то был уверен, что в сложившейся ситуации это самое последнее, что им стоило делать.

— Тебе разве не хочется поскорее рассказать Ньюту и Алби про Нору Гриверов?

— Мы все еще бегуны, и у нас все еще есть обязанности, — ответил Минхо.

Томас побрел за ним к тяжелой стальной двери бетонного бункера. Куратор посмотрел на него и вымученно улыбнулся:

— Не волнуйся, у нас останется время поговорить с ними — долго мы тут рассиживаться не будем.

Войдя в Картохранилище, они застали там и других бегунов — кто-то прохаживался по комнате, кто-то, склонившись над столом, чертил карты, — однако никто не проронил ни слова, словно запас предположений о том, что случилось с небом, был исчерпан. Царившая тут атмосфера безысходности была настолько вязкой, что Томасу показалось, будто он тонет в ней, как в трясине. Юноша понимал, что должен испытывать те же чувства, но был слишком взбудоражен — ему не терпелось увидеть реакцию Ньюта и Алби на новость об Обрыве.

Томас сел за стол и, используя собственную память и пометки в блокноте, начал рисовать карту. Минхо все время сидел рядом и давал подсказки, вроде: «Думаю, проход заканчивался не там, а здесь», «Соблюдай пропорции» и «Да рисуй ты линии ровнее, шанк». Куратор раздражал своей дотошностью, однако здорово помог, поэтому уже спустя минут пятнадцать Томас смог оценить конечный результат работы — свою первую карту. Он страшно гордился собой — она ничем не отличалась от всех остальных виденных им карт.

— Недурно, — похвалил его Минхо. — Во всяком случае, для новичка.

Минхо встал, подошел к ящику с картами первого сектора и откинул крышку. Опустившись на колени перед ящиком, Томас извлек из нее вчерашнюю карту и положил рядом со своим творением.

— Что теперь делать? — спросил он.

— Надо сравнить конфигурации сектора. Правда, сравнивать изменения за два дня толку мало. Чтобы найти какие-то закономерности, нужны результаты за несколько недель. Неблагодарный труд, но я уверен: что-то тут спрятано. Что-то, что нам поможет. Просто пока мы этого не видим. Как я сказал, мы в дерьме.

Томас почувствовал, что глубоко в мозгу что-то зашевелилось; то же самое он испытал, когда попал в Картохранилище в первый раз. Перемещающиеся стены Лабиринта... Конфигурация... Все эти прямые линии... Может, за ними скрываются вовсе и не карты как таковые, а нечто совсем иное? Может, они на что-то указывают? Томас не мог отделаться от чувства, что он не замечает очевидного, а ключ к разгадке лежит на поверхности.

Минхо хлопнул его по плечу.

— После ужина и разговора с Ньютом и Алби сможешь вернуться сюда и дальше сравнивать карты сколько влезет. Пойдем.

Томас сложил листы в ящик и захлопнул крышку, злясь на себя за собственную беспомощность. Мысль, что стоит лишь протянуть руку — и он получит ответ, не давала покоя, словно заноза, засевшая глубоко в мозгу. Двигающиеся стены, прямые линии, конфигурации...

Ответ где-то рядом...

— Хорошо. Как скажешь.

Едва они вышли из Картохранилища, с лязгом захлопнув за собой массивную дверь, как к ним подошли Ньют и Алби, оба явно чем-то обеспокоенные. Возбуждение Томаса вмиг сменилось тревогой.

— Привет, — сказал Минхо. — Мы как раз...

— Давай без лишней болтовни, — оборвал его Алби на полуслове. — Нет времени. Что-нибудь нашли?

Минхо нахмурился.

— И я рад тебя видеть. Да, нашли кое-что интересное.

Вопреки ожиданиям Томаса, Алби, видимо, расстроился еще сильнее.

— Чертово место начинает рассыпаться, как карточный домик. — Он бросил на Томаса неприязненный взгляд, словно винил в происходящем именно новичка.

Какая муха его укусила? — подумал Томас, чувствуя, как в нем закипает злость. Они весь день мотались по Лабиринту, как проклятые, и что получают в качестве благодарности?

— О чем ты? — спросил Минхо. — Еще что-нибудь стряслось?

Ответил Ньют, сопроводив слова кивком в сторону Ящика:

— Сегодня долбаный Ящик не пришел. Приходил каждую неделю в течение двух лет в один и тот же день, в один и тот же час. И на тебе!

Все четверо посмотрели на металлические створки. Томасу даже показалось, будто над ними нависает тень — еще более мрачная, чем тусклый серый свет, окутавший Глэйд.

— М-да, блин. Вот теперь нам точно каюк, — пробормотал Минхо.

Томас понял, что их положение действительно становится бедственным.

— Солнца для растений нет, — произнес Ньют. — Снабжения — тоже. Я бы сказал, мы по уши в дерьме.

Алби стоял, скрестив руки на груди, и продолжал задумчиво смотреть на люк, словно пытаясь раскрыть его створки силой мысли.

— Так вот, — сказал Минхо, — как я уже говорил, мы обнаружили кое-что странное.

Ньют вопросительно поднял брови.

— Что?

Минхо подробно описал их с Томасом приключения, начав с гривера, за которым они проследили, и закончив результатами эксперимента с бросанием камней с Обрыва.

— Наверное, это ведет туда, где... ну, что ли... живут гриверы, — подытожил он.

— В Нору Гриверов, — ввернул Томас.

Все трое одарили его раздраженными взглядами, словно он вообще не имел права высказываться. Впервые такое обращение почти не покоробило Томаса.

— Блин, хочу поглядеть на нее собственными глазами, — пробормотал Ньют. И добавил: — С трудом верится.

Томас был полностью с ним согласен.

— Даже не знаю, что можно сделать, — сказал Минхо. — Может, получится как-то перегородить коридор?

— Дохлый номер, — ответил Ньют. — Проклятые твари умеют ползать по стенам, забыл, что ли? Что бы мы там ни построили, это их не остановит.

Разговор внезапно прервался: возле Хомстеда возник какой-то переполох. Несколько глэйдеров у входа в дом что-то бурно обсуждали, пытаясь перекричать друг друга. Среди них находился и Чак; как только он заметил Томаса, немедленно бросился к нему. Мальчишка пребывал в состоянии сильнейшего возбуждения, и Томас мысленно приготовился к очередным неприятным неожиданностям.

— Что происходит? — спросил Ньют.

— Она очнулась! — крикнул Чак. — Девчонка очнулась!..

Внутри у Томаса все оборвалось; он прислонился к бетонной стене Картохранилища. Девушка пришла в себя. Та самая девушка, чей голос он слышал в своем мозгу. Ему захотелось убежать, прежде чем это снова произойдет, прежде чем она с ним мысленно заговорит...

Слишком поздно.

— Том, я здесь никого не знаю. Забери меня! Все меркнет... Я начинаю забывать все, кроме тебя... Я должна рассказать тебе правду! Но память уходит...

Он не мог понять, как это у нее получается. Как она может телепатически говорить с ним?..

Тереза замолчала, затем добавила что-то совсем странное.

— Лабиринт — это код. Том, Лабиринт — это код.

ГЛАВА ТРИДЦАТЬ ШЕСТАЯ

Томас не хотел ее видеть. Не хотел видеть вообще никого.

Как только Ньют отправился поговорить с девушкой, Томас незаметно ускользнул, чтобы никто не заметил, как он нервничает. Принимая во внимание, что все в Глэйде только и думали о новенькой, внезапно пришедшей в себя после комы, скрыться оказалось несложно. Он убрался с площади на окраину Глэйда, а затем, перейдя на бег, направился к полюбившемуся месту в лесу позади Могильника.

Юноша улегся в углу, удобно устроившись в зарослях плюща, и с головой укрылся одеялом. Почему-то казалось, что таким способом он сможет отгородиться от вторжения Терезы в мозг. Через несколько минут Томас немного успокоился, сердце стало биться равномерно.

— Забывать тебя было мучительнее всего.

Поначалу Томас подумал, что слышит в мозгу очередное телепатическое сообщение, и зажал уши руками. Но звучание голоса было... другим. Девичий голос... Он слышал его ушами. По спине пробежали мурашки, и Томас медленно стащил одеяло с головы.

Справа от него, опершись на массивную каменную стену, стояла Тереза. Теперь она выглядела совершенно иначе — полная жизни и энергии, но главное, на ногах. В синих джинсах, коричневых туфлях и белой блузке с длинными рукавами Тереза показалась ему даже более привлекательной, чем в тот день, когда он увидел ее без сознания. Черные волосы обрамляли белую кожу лица, на котором сияли темно-синие глаза.

— Том, ты правда меня не помнишь?

Ее мягкий голос разительно отличался от того глухого полубезумного бормотания, каким она сообщила, что «*скоро все изменится*».

— Хочешь сказать, что... помнишь *меня*? — спросил Томас и смутился — от волнения у него сорвался голос, и последнее слово превратилось в истеричное взвизгивание.

— Да. Нет. Наверное... — Она всплеснула руками. — Не могу объяснить.

Томас открыл было рот, чтобы что-то сказать, и тут же его захлопнул.

— Я только помню, что *помнила* тебя, — ответила девушка, тяжело вздохнув и усаживаясь на землю; подняв к груди колени, она обхватила их руками. — Чувства. Эмоции. У меня в голове как будто расставлены стеллажи для разных лиц и воспоминаний, но они пусты. Все, что происходило в прошлом, будто отгорожено белой ширмой. В том числе и ты.

— Откуда ты меня знаешь?

Томасу показалось, что стены вокруг завертелись.

Тереза посмотрела на него.

— Кажется, мы были знакомы до того, как попали в Лабиринт. Как я сказала, в голове почти полная пустота.

— Ты знаешь про Лабиринт? Кто тебе сказал? Ты ведь только проснулась!

— Я... я и сама ничего не понимаю. — Она протянула к нему руку. — Но уверена, что ты — мой друг.

Томас сбросил с себя одеяло и, как загипнотизированный, подался вперед.

— Мне нравится, что ты называешь меня «Том»...

Едва он произнес это, как тут же пожалел — реплики глупее и придумать невозможно.

Тереза посмотрела на него.

— А тебя разве не так зовут?

— Да, но большинство здесь называют меня Томасом. Кроме Ньюта, пожалуй, — он зовет меня Томми. А «Том» звучит... как-то по-домашнему, что ли. Хотя и не знаю, что такое «настоящий дом». — Он горько усмехнулся. — Мы, кажется, вконец запутались.

Ее лицо впервые озарилось улыбкой. Томас чуть не отвернулся, потому что нечто столь прекрасное никак не вязалось с этим мрачным и серым местом. Казалось, он просто не имел права любоваться ее лицом.

— Точно. Запутались вконец, — сказала она. — И мне страшно.

— Как и мне, можешь поверить.

Некоторое время они молча сидели, уставившись в землю.

— Что... — начал он, не зная, как задать вопрос. — Как... у тебя получается говорить внутри моей головы?

Тереза покачала головой.

— *Без понятия. Просто могу это делать, а как — не знаю*, — ответила она телепатически, затем продолжила вслух: — Это как если бы ты попытался прокатиться здесь на велосипеде. Могу поспорить, что ты сел бы и поехал, не задумываясь. Но разве ты помнишь, как учился езде на нем?

— Нет. Вернее... Я помню, как катался, но не помню, как учился. — Он сделал паузу и уже с грустью добавил: — И кто меня учил, не помню...

— Ну... — произнесла она и часто захлопала ресницами, смутившись из-за того, что невольно испортила Томасу настроение. — В общем, у меня примерно так же.

— Исчерпывающее объяснение.

Тереза пожала плечами.

— Надеюсь, ты никому не говорил про голос в голове? А то они решат, что мы чокнутые.

— Ну... рассказал, когда это произошло самый первый раз. Но Ньют, наверное, думает, что в тот день я просто перенервничал.

Томасу страшно захотелось подвигаться. Казалось, если он продолжит сидеть на месте, то сойдет с ума. Юноша встал и принялся прохаживаться взад-вперед.

— Слишком много загадок ты задала — непонятная записка с сообщением, что ты «последняя», кома, способность говорить со мной телепатически... У тебя есть объяснение всему этому?

Тереза следила глазами за Томасом, который продолжал перед ней курсировать туда-сюда.

— Побереги силы и перестань задавать вопросы. Все, что у меня осталось, — смутное чувство, что мы где-то играли какую-то важную роль, что нас для чего-то использовали и мы оказались тут не случайно. Я знаю, что запустила какой-то процесс Окончания... хотя и не помню, что это, — вздохнула она. Ее лицо покраснело. — От моих воспоминаний не больше толку, чем от твоих.

— Ошибаешься. Ты знала, что мне стерли память, хотя я об этом не упоминал. Плюс то, о чем ты сказала только что. Думаю, ты не настолько безнадежна, как остальные.

Они долго смотрели друг другу прямо в глаза. Тереза о чем-то глубоко задумалась — очевидно, пыталась понять, что происходит.

— *Я в тупике*, — прозвучал голос в голове у Томаса.

— Ну вот, опять ты!.. — воскликнул он, хотя с удовлетворением отметил, что фокус с телепатией больше его не пугает. — Как у тебя это получается?

— Получается, и все. Уверена, что и у тебя получится.

— Как-то не горю желанием пробовать. — Юноша уселся на землю, подобрал ноги к груди и обхватил их руками, копируя позу Терезы. — Ты мне мысленно сказала кое-что прямо перед тем, как нашла меня тут. Сказала, что Лабиринт — это код. Что ты имела в виду?

Тереза слегка покачала головой.

— Когда я только очнулась, то поначалу подумала, что оказалась в сумасшедшем доме: какие-то странные мальчишки нависают над постелью, все вокруг мельтешит перед глазами, да еще и с памятью полная неразбериха. Попыталась ухватиться за какие-нибудь обрывки воспоминаний, но в голове почему-то сидело именно это. А *для чего* я сказала тебе о Лабиринте, совсем не помню.

— А еще что-нибудь вспомнила?

— Вроде да.

Она задрала левый рукав блузки, обнажая бицепс. На нем черными маленькими буквами были написаны какие-то слова.

— Что это? — Томас наклонился, пытаясь рассмотреть надпись.

— Сам прочитай.

Буквы были неровными, но он смог разобрать их, приблизив глаза почти вплотную.

ПОРОК – это хорошо

Сердце Томаса учащенно забилось.

— *ПОРОК*. Знакомое слово. — Он пытался понять, что может означать фраза на руке девушки. — Написано на маленьких существах, которые тут обитают. На жуках-стукачах.

— А что это такое?

— Механизмы, внешне напоминающие ящериц. Создатели — те, кто заслал нас сюда, — используют их, чтобы за нами наблюдать.

Тереза погрузилась в раздумья, уставившись куда-то в пустоту, затем посмотрела на надпись.

— Не могу вспомнить, зачем написала это, — сказала она и тут же, послюнив палец, стала стирать с кожи непонятные слова. — Если забуду, что тут написано, напомни. Наверняка я не просто так сделала надпись.

Три слова все еще стояли у Томаса перед глазами.

— А когда сделала, кстати?

— Когда очнулась. На тумбочке возле кровати лежали блокнот и ручка...

Томас запутывался все сильнее: сначала ощущение связи с девушкой, которое он испытал в первый день ее появления, затем голос в голове, а теперь еще и это.

— Ты сплошная загадка.

— Судя по тому, что ты прячешься в неприметном углу в зарослях, с тобой самим не все ладно. Или, может, тебе нравится жить в лесу?

Быстро она его раскусила. Томасу стало немного стыдно. Он было попытался напустить на себя сердитый вид, но сумел лишь жалко улыбнуться.

— Ты кажешься мне знакомой и утверждаешь, что мы друзья. Так что, думаю, я могу тебе доверять.

Он протянул руку, и они обменялись рукопожатием, которое было очень долгим. По телу Томаса пробежала мелкая, на удивление приятная дрожь.

— Все, чего мне хочется, — это вернуться домой, — сказала Тереза, убирая руку. — Как и всем вам.

Томас вздрогнул. Его как будто снова ткнули носом в реальность, напомнив, каким мрачным на самом деле был окружающий мир.

— Да. Особенно сейчас, когда все начало приходить в упадок. Солнце исчезло, небо стало серым, а тут еще и снабжение прекратилось. Кажется, здешней привычной жизни наступает конец.

Прежде чем Тереза успела ответить, из-за деревьев выскочил Ньют, а следом за ним Алби и еще несколько парней.

— Какого черта? — крикнул Ньют. — Медак сказал, что ты смылась через секунду после того, как очухалась!

Тереза встала.

— Кажется, он забыл упомянуть об одной маленькой детали: сначала я двинула ему по яйцам, а уже потом выскочила через окно.

Томас чуть не рассмеялся. Ньют повернулся к стоящему рядом медаку, лицо которого от смущения стало багрово-красным.

— Мои поздравления, Джеф, — бросил ему Ньют. — Теперь ты официально считаешься здесь первым, кому сумела надрать задницу какая-то баба.

— Продолжишь говорить в таком тоне — и станешь следующим, — холодно сказала Тереза.

Ньют опять повернулся к ней, но его лицо выражало все что угодно, только не страх. Он молча смотрел то на Томаса, то на девушку, а Томас изучающе глядел на Ньюта, пытаясь понять, что у того на уме.

Алби шагнул вперед.

— Все. Меня это достало. — Он ткнул пальцем в грудь Томасу. — Я хочу знать, кто ты такой, кто эта девица и откуда вы друг друга знаете!

Томас сразу же пал духом.

— Алби, я клянусь...

— Стоило ей очнуться, как она побежала прямо к тебе, придурок кланкоголовый!

— И что? Я знаю ее, она знает меня. Ну... по крайней мере, мы раньше знали друг друга. Я все равно ничего не помню. Как и она.

— Что ты сделала?! — рявкнул Алби, обращаясь к Терезе.

Томас удивленно посмотрел на девушку.

— Я спрашиваю, что ты сделала?! — заорал Алби. — Сначала небо, теперь еще это!

— Запустила какой-то процесс, — тихо ответила она. — Не нарочно, клянусь. Процесс Окончания. Но я не понимаю, что это значит.

— Ньют, в чем проблема? — спросил Томас, не желая обращаться к Алби. — Что произошло?

Алби схватил его за майку.

— Что случилось?! Я скажу тебе, что случилось, шанк! Вижу, ты, голубок, слишком занят, чтобы хоть раз оглянуться и посмотреть, что происходит вокруг! Ну, еще бы! Счастливые часов не наблюдают!

Томас быстро взглянул на часы, с ужасом понимая, *что* именно упустил. Он уже знал, что сейчас скажет Алби, прежде чем тот успел открыть рот.

— *Стены*, идиот! Ворота сегодня не закрылись!

ГЛАВА ТРИДЦАТЬ СЕДЬМАЯ

Томас потерял дар речи. Отныне все изменилось. Ни солнца, ни снабжения, ни защиты от гриверов. Тереза права — все изменилось. От страха у него перехватило дыхание.

— Я хочу, чтобы тебя изолировали. Немедленно. Билли! Джексон! В Кутузку ее! — приказал Алби, кивнув на девушку. — И не обращать внимания ни на одно ее поганое слово! Что бы она там ни плела!

Тереза никак не отреагировала на это, и Томас поспешил вступиться за нее.

— Да о чем ты? Алби, ты не можешь...

Алби с такой злостью сверкнул на него глазами, что юноша почувствовал, как у него застопорилось сердце, и запнулся.

— Но... как можно обвинять ее в том, что Ворота не закрылись?

Ньют шагнул вперед, положил руку на грудь Алби и мягко оттеснил его назад.

— Черт возьми, а как нам быть, Томми? Она сама во всем призналась.

Томас взглянул на Терезу — в синих глазах девушки было столько грусти, что у него сжалось сердце.

— Радуйся, что не отправляешься вместе с ней, Томас, — произнес Алби и ушел.

Никогда еще юноше так сильно не хотелось съездить вожаку глэйдеров по физиономии.

Билли и Джексон взяли Терезу под руки и повели прочь, однако не успели они дойти до леса, как Ньют окликнул их:

— Оставайтесь с ней, что бы ни случилось. Никто и пальцем не должен притронуться к девчонке. Головой отвечаете.

Оба конвоира кивнули и повели девушку дальше. Томас испытал почти физическую боль, глядя, как покорно и безропотно она шла в тюрьму. И еще ему стало невыносимо тоскливо оттого, что он больше не сможет с нею говорить.

Но я только встретился с ней, — подумал он. — *Я ее даже не знаю.*

Впрочем, он понимал, что лукавит. Томас был уверен, что они действительно знали друг друга до того, как им стерли память и отправили в Глэйд.

— *Навести меня*, — произнесла она у него в мозгу.

Томас не знал, как ответить ей мысленно. Но он все-таки попытался.

— *Обещаю. По крайней мере, там ты будешь в безопасности.*

Ответа не последовало.

— *Тереза*?..

Тишина.

* * *

Следующие тридцать минут прошли в невообразимой суматохе.

Несмотря на то что освещенность оставалась такой же, как утром, когда не взошло солнце и исчезло голубое небо, казалось, будто Глэйд внезапно погрузился во мрак. Ньют и Алби собрали кураторов и обязали их в течение часа разместить своих подопечных в Хомстеде. Томас ощущал себя сторонним наблюдателем, не зная, чем помочь.

Строителям — их куратор, Галли, так и не вернулся, — отдали приказ возвести баррикады перед всеми четырьмя Воротами. Они принялись за работу, однако Томасу было очевидно, что на постройку чего-нибудь эффективного не хватит ни времени, ни материалов. Ему даже показалось, что кураторы просто решили занять людей, чтобы отсрочить неизбежную вспышку паники. Томас помогал строителям собирать по Глэйду весь бесхозный хлам и сваливать его в проходах, по возможности сколачивая предметы между собой. Но когда он увидел уродливый и жалкий результат, то перепугался до смерти: не было ни малейшей надежды, что импровизированные баррикады смогут задержать гриверов.

Поглядывая по сторонам, Томас заметил, что работа кипит во всех уголках Глэйда.

Все фонарики, какие нашлись в Глэйде, были распределены между подростками. Ньют объявил, что планирует на ночь разместить всех в Хомстеде; электрическое освещение будет использовано только в крайнем случае. Фрайпан получил задание собрать все продукты длительного хранения и перенести их из кухни в Хомстед на случай, если придется выдерживать долгую осаду. Томас боялся и представить, в каком ужасающем положении они тогда окажутся. Другие собирали предметы первой необходимости и инструменты; юноша заметил, что Минхо переносит в дом оружие из склада в подвале, — Алби четко дал понять, что они обязаны использовать все возможности: Хомстед будет превращен в крепость, и глэйдеры должны отстоять его, чего бы это ни стоило.

Покинув строителей, Томас присоединился к Минхо и помог перетащить в дом ящики с ножами и дубинками, обмотанными колючей проволокой. Затем куратор сказал, что у него есть особое поручение от Ньюта, и посоветовал Томасу исчезнуть, отказавшись дать какие-либо объяснения.

Это задело юношу, но он все-таки оставил Минхо одного, решив переговорить с Ньютом.

Томас перехватил его на пути к Живодерне.

— Ньют! — крикнул он. — Надо поговорить.

Ньют остановился так внезапно, что юноша чуть с ним не столкнулся.

— Только быстро.

Томас замялся, не зная, с чего начать.

— Ты должен освободить девушку... Терезу.

Он понимал, что Тереза, возможно, обладает какой-то ценной информацией.

— Рад слышать, что теперь вы друзья навеки. — Ньют пошел дальше. — Не трать мое время, Томми.

Томас схватил его за руку.

— Выслушай меня! Она тут не просто так — мне кажется, нас с ней послали сюда, чтобы закончить все это дело.

— Как закончить, интересно знать? Позволить поганым гриверам проникнуть в Глэйд и перебить нас всех? Знаешь, Шнурок, мне приходилось выслушивать много всяких идиотских идей, но твоя бредятина вне конкуренции.

Томас застонал.

— Я совсем не о том говорю! Незакрытые Ворота — лишь вершина айсберга!

— Слушай, Шнурок, что ты вообще несешь?! — раздраженно спросил Ньют, скрестив руки на груди.

С тех пор как Томас увидел надписи на стене Лабиринта, слова — *эксперимент «Территория Обреченных», программа оперативного реагирования, общемировая катастрофа*, — не выходили у него из головы. Если кто и поверит ему, то только Ньют, решил он.

— Я думаю, над нами проводят какой-то эксперимент, тест или что-то типа того. И эксперименту суждено когда-то закончиться. Мы не можем жить здесь вечно — кто бы нас сюда ни забросил, он тем или иным способом намерен положить всему конец.

У Томаса словно камень с души упал, когда он высказался.

Ньют потер глаза.

— И это должно убедить меня, что все чудненько, я должен выпустить девицу, и плевать, что после ее появления все стало шиворот-навыворот?

— Черт, ты меня не понимаешь! Я хочу сказать, что она вообще не виновата в том, что мы тут оказались! Они всего лишь пешка, и послали ее к нам в качестве инструмента — или подсказки, как выбраться отсюда.

Томас набрал в легкие воздуха и продолжал более решительно:

— Я думаю, поэтому и меня к вам заслали. И тот факт, что Тереза активировала процесс Окончания, вовсе не означает, что она желает нам зла.

Ньют посмотрел в сторону Кутузки.

— Знаешь, сейчас я не хочу забивать всем этим голову. Думаю, одну ночь она сможет потерпеть. Тем более, если начнется заваруха, она в Кутузке будет в большей безопасности, чем мы.

Томас кивнул, соглашаясь на компромисс.

— Хорошо. Как-нибудь продержимся эту ночь, а завтра, когда в нашем распоряжении будет целый день, решим, что с ней делать. Заодно и подумаем, чего от нас хотят Создатели.

Ньют фыркнул.

— Томми, а что изменится завтра? Если забыл, мы целых два года на месте топчемся.

Томаса не покидало ощущение, что все последние события играли роль катализатора и стали следствием лишь одного — намерения Создателей подстегнуть завершение эксперимента.

— Теперь у нас нет выбора — мы *обязаны* решить загадку. Нас силой заставляют это сделать. Больше не получится жить как раньше, беспокоясь лишь о том, как бы вернуться в Глэйд целым и невредимым до закрытия Ворот.

Они стояли в центре площади, а вокруг них суетились глэйдеры, занятые подготовкой к трудной ночи.

— Копай глубже... Будь там, когда стены начнут перемещаться... — задумчиво протянул Ньют после минутного раздумья.

— Точно, — сказал Томас. — Как раз об этом я и говорю. Возможно, нам удастся как-то заблокировать Нору Гриверов и выиграть время, чтобы тщательнее изучить Лабиринт.

— Алби не разрешит выпустить девушку, — сказал Ньют. — Парень не питает к вам большой симпатии. Да и вообще, сейчас не это главное. Тут хоть бы просто до утра дожить.

Томас кивнул.

— Мы сможем отразить атаку.

— Ну еще бы, Геркулес! Ты у нас опытный вояка, да? — угрюмо бросил Ньют.

Не дожидаясь ответа, он пошел прочь, на ходу приказывая глэйдерам сворачивать работы и идти в Хомстед.

Томас остался доволен — разговор с Ньютом прошел почти так, как ему и хотелось. Он решил поторопиться и, пока есть возможность, поговорить с Терезой. Юноша помчался к Кутузке, на бегу замечая, что глэйдеры потянулись к Хомстеду с охапками всякой всячины в руках.

Томас остановился возле маленькой тюрьмы и перевел дыхание.

— Тереза?.. — позвал он, всматриваясь сквозь зарешеченное окошко в темную камеру.

Когда по другую сторону решетки внезапно возникло ее лицо, Томас вздрогнул и даже вскрикнул от неожиданности. Ему потребовалось несколько секунд, чтобы прийти в себя.

— Черт... Ты прямо как привидение.

— Очень мило, — отозвалась девушка. — Спасибо за комплимент.

Ее синие глаза светились в темноте совсем по-кошачьи.

— Пожалуйста. Я тут подумал...

Он замолчал, пытаясь собраться с мыслями.

— Приятно слышать. А вот болвану Алби думать, видимо, не дано, — съязвила Тереза.

Томас поспешил выложить свои соображения.

— Отсюда должен быть выход. Надо лишь проявить чуть больше настойчивости и остаться в Лабиринте подольше. То, что ты написала на руке, и что сказала про код — все это что-то значит, ведь так?

— Мне тоже так кажется. Но для начала ты не мог бы меня отсюда вызволить?

Тереза ухватилась за прутья решетки, и юноша почувствовал безотчетное желание взять ее за руки.

— Ну... Ньют сказал, что, возможно, тебя выпустят завтра. — Томас был страшно рад и такой уступке. — Так что придется тебе провести ночь здесь. С другой стороны, возможно, это самое безопасное место во всем Глэйде.

— Спасибо, что просил его за меня. Приятно, наверное, будет спать на холодном полу. — Девушка указала большим пальцем себе за спину. — Правда, гриверы не смогут протиснуться через такое окошко, так что я должна сиять от радости.

Упоминание о гриверах его удивило — в предыдущем разговоре с ней он ни разу о них не обмолвился.

— Слушай, Тереза. Ты уверена, что все начисто забыла?

Она на секунду задумалась.

— Странно... Кажется, я и правда что-то помню. Если только, лежа в коме, не слышала то, о чем говорили люди вокруг.

— В общем, сейчас это не столь важно. Я просто хотел повидаться с тобой, прежде чем скрыться в доме.

Уходить не хотелось, и Томас даже пожалел, что его не посадили в Кутузку вместе с девушкой. Юноша мысленно рассмеялся, представив реакцию Ньюта, попроси он о таком одолжении.

— Том?.. — окликнула его Тереза.

Томас стоял в задумчивости, словно отключившись от реальности.

— Извини. Что?..

Она убрала руки с решетки. Теперь он видел только ее глаза и смутное белое пятнышко лица.

— Не знаю, как смогу выдержать целую ночь в камере.

Томасу стало невероятно грустно. В голове возникла шальная мысль украсть у Ньюта ключи и устроить девушке побег, но он отбросил эту идею как нелепую. Выбора, кроме как стиснуть зубы и терпеть, у Терезы не было. Он заглянул ей прямо в глаза.

— По крайней мере, кромешной темноты не будет. Мы теперь, похоже, обречены двадцать четыре часа в сутки жить в сумерках.

— И то верно... — Тереза посмотрела на Хомстед, затем снова перевела взгляд на Томаса. — Я девушка сильная. Справлюсь.

Мысль о том, что придется оставить ее здесь, причиняла ужасную боль, но выбора не было.

— Я постараюсь уговорить их освободить тебя завтра.

Тереза улыбнулась, и от ее улыбки ему стало немного легче.

— Это обещание?

— Точно. Обещание. — Томас постучал себе пальцем по виску. — А если станет одиноко, сможешь с помощью своих... фокусов поговорить со мной. Я постараюсь ответить.

Он уже не противился ее вторжению в мозг и даже хотел этого, надеясь, что когда-нибудь сможет понять, как ей отвечать, чтобы они могли вести полноценный телепатический диалог.

— *Скоро ты научишься*, — сказала Тереза мысленно.

— Надеюсь.

Он продолжал стоять. Уходить очень не хотелось.

— Тебе пора, — сказала Тереза. — Не хочу, чтобы твоя страшная смерть была на моей совести.

Томас попытался улыбнуться.

— Хорошо. Увидимся завтра.

Он быстро развернулся, опасаясь, что снова передумает, и пошел прочь.

Свернув за угол, Томас направился к главному входу в Хомстед, куда как раз заходили два запоздавших глэйдера: Ньют стоял на пороге и подгонял их, как отбившихся от курицы цыплят. Как только Томас вошел внутрь, Ньют немедленно закрыл за ним дверь.

Юноше показалось, что за секунду до того, как раздалось щелканье замка, он услышал жуткий вой гриверов, донесшийся откуда-то из глубин Лабиринта.

Ночь началась.

ГЛАВА ТРИДЦАТЬ ВОСЬМАЯ

В прежние времена большинство глэйдеров ночевали под открытым небом, поэтому, чтобы всем разместиться в Хомстеде, пришлось изрядно потесниться. Кураторы разделили глэйдеров на группы и распределили по комнатам, снабдив одеялами и подушками. Несмотря на тесноту и неразбериху, подготовка ко сну проходила в напряженной тишине, словно никто не хотел привлекать к себе внимание.

Когда глэйдеры разместились, Томас вместе с Ньютом, Алби и Минхо оказался на втором этаже, где они могли завершить разговор, начатый возле Картохранилища. Алби и Ньют сидели на единственной в комнате кровати, а Томас и Минхо — на стульях напротив. Помимо кровати, из мебели здесь были только старый платяной шкаф и маленький стол, на котором стояла лампа — единственный источник освещения в комнате. Серая мгла снаружи, казалось, давила на окно, предвещая недоброе.

— Никогда еще не был так близок к тому, чтобы послать все к чертям, — сказал Ньют. — Плюнуть на все и поцеловать гривера на ночь. Обеспечения нет, Ворота нараспашку, чертово небо — и то серое. Но сдаваться все равно нельзя; думаю, вы все это понимаете. Ублюдки, по чьей вине мы здесь оказались, либо хотят нас просто порешить, либо подстегнуть к действию. Как бы то ни было, придется пошевелить лапками, чтобы спасти собственные задницы. Или не спасти... Тут уж как получится.

Томас молча кивнул. Он был полностью согласен с Ньютом, хотя и не знал, чем помочь. Он надеялся, что, если доживет до утра, они вместе с Терезой что-нибудь придумают.

Юноша посмотрел на Алби, который молча сидел, уставившись в пол, очевидно, погруженный в мрачные раздумья. На его осунувшемся лице по-прежнему читалась депрессия, а в запавших глазах сквозило полнейшее отчаяние. Все-таки не просто так Метаморфоза получила свое название, учитывая то, какие перемены произошли с парнем.

— Алби, — окликнул его Ньют. — Ты с нами?

Алби удивленно поднял глаза, словно для него стало полной неожиданностью, что в комнате помимо него находился еще кто-то.

— Что? А-а, ну да. Лады... Но вы ведь в курсе, какая хрень творится по ночам. И не факт, что остальным удастся повторить то, что провернул наш Супермен-Шнурок.

Томас поглядел на Минхо и поморщился.

Если куратор и был в душе солидарен с Томасом, то мастерски скрывал свои чувства.

— Я поддерживаю Томаса и Ньюта. Пора нам перестать распускать сопли и жалеть себя. — Минхо потер ладони и выпрямился на стуле. — Завтра, прямо с утра, вы, парни, создадите группы, которые станут непрерывно анализировать карты, а бегуны тем временем продолжат исследование Лабиринта. Экипируемся по полной, чтобы можно было остаться там на несколько дней.

— Чего?.. — встрепенулся Алби. В его голосе наконец-то проявились эмоции. — В каком смысле — *дней*?

— Да в прямом. Теперь, когда Ворота не закрываются, ради чего каждый раз торопиться назад? Останемся там и поглядим, откроется ли проход, когда стены переместятся. Если, конечно, они еще перемещаются...

— Ни за что! — возразил Алби. — Тут, в Хомстеде, по крайней мере, можно укрыться, а если он падет, останется вариант с Картохранилищем и Кутузкой! Черт возьми, мы не можем отправить людей в ночной Лабиринт на верную смерть! Какой идиот на такое подпишется?!

— Я, — ответил Минхо. — А еще Томас.

Все взгляды обратились на юношу. Он молча кивнул в знак согласия, хотя и был напуган до смерти. В конце концов, исследование Лабиринта — действительно углубленное исследование — было именно тем, о чем он мечтал с момента, когда впервые о нем услышал.

— Я тоже пойду, — неожиданно отозвался Ньют.

Несмотря на то что Ньют ни разу не заговаривал об этом, его больная нога служила Томасу постоянным напоминанием о том, что с ним в Лабиринте произошло нечто ужасное.

— И я уверен, что все бегуны согласятся присоединиться к нам.

— Ты-то куда со своей ногой? — отозвался Алби, грустно усмехнувшись.

Ньют нахмурился и опустил глаза.

— Блин... Мне, знаешь ли, не очень-то хочется загребать жар чужими руками.

Алби резко откинулся на кровати.

— Короче, делай что хочешь.

— Что я хочу? — повторил Ньют, вставая. — Да что с тобой, чувак? Хочешь сказать, у нас есть выбор? Или ты предлагаешь нам просто торчать тут и дожидаться, пока гриверы всех не перещелкают?

Томасу хотелось встать и высказаться в поддержку Ньюта. Он был уверен, что Алби вот-вот встряхнется и согласится с товарищами, однако их вожак, кажется, абсолютно не устыдился и не собирался оправдываться.

— Все лучше, чем самому бежать к ним в объятия.

Ньют так и сел.

— Алби, пора бы тебе включить мозги и перестать молоть чепуху.

Как ни неприятно Томасу было это признавать, но если они хотят чего-то добиться, помощь Алби им просто необходима. Все глэйдеры беспрекословно слушались своего вожака.

Алби тяжело вздохнул и посмотрел поочередно в глаза каждому.

— Что-то я совсем расклеился, парни. Серьезно. Мне... жаль. Черт, я больше не имею права быть здесь главным.

У Томаса перехватило дыхание. Он не верил своим ушам.

— Какого хрена... — начал Ньют.

— Нет! — выкрикнул Алби. Судя по его обреченному выражению лица, он окончательно сдался. — Ты меня совсем не понял! Я не говорю, что мы должны поменяться местами и все такое. Я лишь имел в виду, что... Думаю, теперь *вы* должны принимать решения. Я просто сам себе не доверяю. В общем... я поступлю так, как вы скажете.

По-видимому, Минхо и Ньют были поражены не меньше Томаса.

— Гм... ну... ладно, — несколько неуверенно протянул Ньют. — Вот увидишь, у нас все получится. Обещаю.

— Ага, — буркнул Алби. Выдержав долгую паузу, он продолжил, но теперь в его голосе отчетливо слышалось странное возбуждение. — Слушайте. Давайте вот что сделаем: вы назначите меня главным по анализу карт, а я, в свою очередь, заставлю глэйдеров изучать эти вонючие карты до потери пульса.

— Недурная мыслишка, — ответил Минхо.

Томас хотел было поддакнуть, но усомнился, стоит ли сейчас влезать со своими комментариями.

Алби снова спустил ноги на пол и сел прямо.

— Знаете, ничего более идиотского, чем засесть тут на ночь, нельзя и придумать. Сидеть бы нам сейчас в Картохранилище да работать.

— Может, и так. — Минхо пожал плечами.

— Короче... Я пойду туда, — сказал Алби, сопроводив слова решительным кивком. — Прямо сейчас.

Ньют замотал головой:

— Лучше забудь, Алби. Уже слышно, как воют гриверы, будь они неладны. Подождем до утра.

Алби наклонился вперед, упершись руками в колени.

— Слушайте, народ, вы только что развели черт знает какую пропаганду, а теперь, когда я повелся на вашу болтовню, начали ныть. Я должен стать таким, как прежде, и если я решил что-то сделать, то сделаю это кровь из носу. Мне просто необходимо поскорее заняться чем-то полезным!

Томас почувствовал облегчение. Все эти препирательства действовали на него угнетающе.

Алби встал.

— Серьезно, мне это просто необходимо.

Он решительно двинулся к выходу.

— Ты что, совсем спятил?! — воскликнул Ньют. — Выходить сейчас наружу — чистой воды безумие!

— Я иду, и точка. — Алби вытащил из кармана связку ключей и потряс ими, словно дразнил. Томас никак не мог понять, с чего это вдруг вожак глэйдеров так расхрабрился. — Увидимся утром, шанки!

С этим он и вышел.

Непривычно было сознавать, что ночь давно наступила, так как темнота, которая в былые времена поглотила бы мир вокруг, упорно не опускалась на землю. Вместо нее за окном царили серые безликие сумерки. Перемена в освещенности действовала Томасу на нервы, а желание поспать, которое с каждой минутой заявляло о себе все настойчивее, воспринималось как нечто противоестественное. Время тянулось мучительно долго, и юноша уже начал сомневаться, что утро вообще когда-нибудь наступит.

Глэйдеры давно улеглись и, закутавшись в одеяла, пытались уснуть, что, впрочем, представлялось совершенно немыслимым. В комнате царила напряженная атмосфера ожидания чего-то ужасного. Никто почти не разговаривал — слышались лишь шорохи да тихие перешептывания.

Томас изо всех сил старался заснуть, понимая, что так время пройдет гораздо быстрее, но два часа подобных попыток так ни к чему и не привели. Он лежал на расстеленном на полу одеяле в одной из комнат на верхнем этаже рядом с еще несколькими глэйдерами. Единственная кровать досталась Ньюту.

Чак оказался в другом помещении. Томас почему-то представил, что мальчик лежит, скорчившись в темном углу, и сжимает одеяло, как какого-нибудь плюшевого медвежонка. Картина действовала на него удручающе, но как он ни пытался ее отогнать, ничего не получалось.

На случай чрезвычайной ситуации почти возле каждого глэйдера находился фонарь. Но до того момента, несмотря на тусклый мертвенный свет, исходивший извне, Ньют в целях светомаскировки запретил ими пользоваться. Они сделали все, что можно было сделать за такое короткое время для отражения атак гриверов: заколотили досками окна, перегородили мебелью дверные проходы, раздали всем ножи в качестве оружия самообороны...

Томас лежал как на иголках. Не давало покоя предчувствие, что вскоре должно произойти что-то страшное; ощущение обреченности и паники сдавило грудь тяжелым гнетом. В какой-то момент ему даже захотелось, чтобы монстры наконец-то нагрянули и положили конец всем мучениям. Ожидание было невыносимым.

Ночь тянулась бесконечно; каждая последующая минута казалась длиннее предыдущей. Тем временем отдаленные завывания гриверов сделались громче.

Прошел еще час. Затем еще один. Наконец Томаса одолел сон, но спал он урывками.

Юноша проснулся, как ему показалось, часа в два ночи. Перевернувшись со спины на живот — вероятно, в миллионный раз за ночь, — он подложил ладони под щеку и уставился на ножку кровати, еле различимую в призрачном свете сумерек.

И внезапно все изменилось.

Снаружи раздался громкий гул моторов, после которого послышалось уже знакомое клацанье перекатывающегося по каменным плитам гривера, словно кто-то пригоршнями рассыпал по Глэйду гвозди. Томас моментально вскочил на ноги, как и большинство остальных глэйдеров.

Всех опередил Ньют. Он жестами приказал всем успокоиться, а затем, приложив палец к губам, дал знак сохранять тишину. Стараясь не наступать на поврежденную ногу, он на цыпочках, прихрамывая, пробрался к единственному в комнате окну, наспех заколоченному тремя досками. Широкие щели между ними позволяли видеть, что творится снаружи. Ньют осторожно посмотрел во двор.

Томас бесшумно подошел к Ньюту. Пригнулся к самой нижней доске и, прижавшись к ней щекой, заглянул в щель; находиться так близко от стены было очень страшно. Однако, кроме пустынной площади Глэйда, он ничего не увидел — угол обзора не позволял посмотреть ни вверх, ни вниз, ни по сторонам, а только прямо перед собой. Спустя примерно минуту юноша оставил попытки что-либо рассмотреть и, усевшись на пол около окна, прислонился спиной к стене. Ньют тоже отошел от окна и сел на кровать.

Прошло несколько томительных минут. Каждые десять — двадцать секунд из-за стен доносилась очередная серия издаваемых гриверами звуков: жужжание небольших моторов, сопровождаемое скрежетанием металла, клацанье металлических шипов о камень, периодические щелчки и лязг клешней. При каждом новом звуке Томас невольно вздрагивал.

Кажется, к Хомстеду приближались по меньшей мере три или четыре гривера.

Томас отчетливо слышал, как уродливые полумашины-полуживотные подбираются ближе и ближе: шум двигателей и металлический грохот делались все громче.

У него пересохло во рту — он уже сталкивался с гриверами нос к носу и слишком хорошо помнил встречу с ними. Ему пришлось заставить себя дышать. Другие подростки также затаились. Никто не издавал ни звука. Страх, казалось, повис в комнате тяжелой черной тучей.

Судя по нарастающему шуму, один из гриверов направился прямо к Хомстеду. Внезапно лязганье шипов по камню сменилось более низкими и глухими звуками. Томас прекрасно понимал, что произошло: существо начало взбираться по стене и теперь приближалось прямо к их комнате. Он представлял картину во всех деталях: металлические шипы чудовища врезаются в деревянную обшивку Хомстеда, после чего, пренебрегая законами тяготения, жуткое существо мощным рывком перекатывает грузное тело вперед. Томас отчетливо слышал, как крошится в щепки древесина каждый раз, когда тварь выдирает из стены один ряд шипов, чтобы, провернувшись, вцепиться в нее следующим и подняться выше. Вся постройка содрогалась.

Ужасающий хруст, скрип и треск ломающихся досок стали для Томаса единственными звуками в мире. Они становились все громче и ближе. Находящиеся в комнате подростки отскочили от окна как можно дальше. Томас последовал их примеру, а сразу за ним отбежал и Ньют. Все вжались в противоположную стену.

Когда звук стал совсем оглушающим, Томас понял, что гривер находится прямо за окном. И тут внезапно все стихло. В наступившей тишине юноша слышал удары собственного сердца.

Снаружи включились фонари, отбрасывая причудливые отблески через щели между деревянными досками. Затем свет пересекла тонкая полоска тени, замаячившая из стороны в сторону, — гривер выставил щупальца, выискивая жертву. Томас живо представил, как жуки-стукачи снаружи помогают монстрам найти дорогу к глэйдерам. Через несколько секунд тень замерла, а свет прожектора застыл, проникая в комнату тремя яркими неподвижными лучами.

Напряжение стало почти осязаемым. Томас даже не слышал, как дышали другие глэйдеры. И не сомневался, что в остальных комнатах происходит то же самое.

Он вдруг вспомнил сидевшую в Кутузке Терезу.

И едва юноша подумал, как было бы здорово сейчас услышать ее голос в мозгу, как дверь комнаты резко распахнулась. От неожиданности все вскрикнули. Они ожидали сюрпризов со стороны окна, но никак не двери. Томас обернулся посмотреть, кто там появился, ожидая увидеть перепуганного Чака или решившего вернуться Алби. Но когда он увидел вошедшего, от ужаса его череп, казалось, уменьшился в размерах и сдавил мозг.

В дверях стоял Галли.

ГЛАВА ТРИДЦАТЬ ДЕВЯТАЯ

Глаза Галли горели злобой и безумием, а его грязная одежда была изодрана в клочья. Он упал на колени, тяжело дыша и хватая ртом воздух, и обвел комнату глазами, словно бешеная собака, выбирающая, кого бы укусить. Никто не издал ни звука, как будто все находящиеся в комнате решили, что Галли — лишь плод их воображения.

— Они убьют вас! — выкрикнул Галли, брызжа слюной. — Гриверы убьют вас всех — по одному каждую ночь, пока все не будет кончено!

Томас оторопело смотрел, как Галли с трудом поднялся и двинулся вперед, сильно хромая и подволакивая правую ногу. Никто в комнате не шелохнулся — всех присутствующих, судя по всему, парализовал страх. Ньют — и тот стоял, как каменное изваяние, разинув рот. Неожиданное появление Галли испугало Томаса, пожалуй, даже больше, чем гривер прямо за окном.

Галли остановился всего в нескольких футах перед Томасом и Ньютом и указал на бегуна окровавленным пальцем.

— Ты, — крикнул он. — Это все из-за тебя!..

Неожиданно он изо всей силы ударил Томаса кулаком в ухо. Вскрикнув — больше от неожиданности, чем от боли, — Томас упал, но, едва коснувшись пола, тут же вскочил на ноги.

Ньют наконец-то вышел из оцепенения и с силой оттолкнул Галли в сторону. Тот отлетел назад и повалился на стол возле окна. Стоявшая на нем лампа грохнулась на пол, рассыпавшись на множество осколков. Томас ожидал, что Галли снова бросится в драку, но тот просто встал и замер, блуждая по комнате безумным взглядом.

— У него нет разгадки, — произнес он тихим зловещим голосом. — Треклятый Лабиринт убьет вас всех, шанки... Гриверы перебьют вас... по одному каждую ночь, пока все не будет кончено... Лу... лучше уж так... — Он опустил глаза. — Они будут убивать вас по одному за ночь... Это все их дебильные Переменные...

Томас изо всех сил пытался задавить в себе страх, чтобы запомнить каждое слово, сказанное этим безумцем.

Ньют шагнул вперед.

— Галли, заткни свой поганый рот! Там, прямо за окном, гривер. Так что лучше сядь и не рыпайся. Будем надеяться, он свалит.

Галли вскинул голову, глаза его сузились.

— Ньют, ты не врубаешься! Ты слишком тупой и всегда был тупым! Выхода нет, и способа победить нет! Они вас перебьют — всех вас — одного за другим!..

Выкрикнув последнюю фразу, Галли бросился к окну и с яростью дикого зверя, который пытается вырваться из клетки, принялся отдирать деревянные доски, закрывающие проем. Прежде чем Томас или кто-либо другой успели среагировать, Галли оторвал одну из досок и швырнул на пол.

— Нет!.. — заорал Ньют, ринувшись вперед.

Не веря в реальность происходящего, Томас бросился на помощь.

Галли отодрал вторую доску как раз в тот момент, когда Ньют оказался прямо возле него. Сумасшедший визитер обеими руками выбросил доску перед собой и ударом по голове отбросил куратора на кровать. Простыня мгновенно окрасилась кровью, брызнувшей из раны на голове Ньюта. Томас резко остановился, готовясь к схватке.

— Галли! — закричал он. — Ты что творишь?!

Безумец сплюнул на пол, тяжело дыша, как загнанная лошадь.

— Заткнись, ублюдок кланкорожий! Заткнись, Томас! Я знаю, кто ты, но теперь мне плевать. Я просто сделаю то, что надо.

Томас будто прирос к полу. Слова Галли его совершенно ошеломили. Он с ужасом увидел, что Галли вернулся к окну и оторвал последнюю доску. И в тот момент, когда доска грохнулась на пол, оконное стекло взорвалось — превратилось в сотни осколков, влетевших в комнату, словно рой хрустальных ос. Томас закрыл лицо и упал на пол, изо всей силы отталкиваясь ногами, чтобы отползти от стены как можно дальше. Уткнувшись спиной в кровать, он открыл глаза, мысленно уже прощаясь с жизнью.

Гривер успел наполовину протиснуть пульсирующее туловище в разбитое окно и теперь вытягивал во все стороны механические конечности, щелкая клешнями. От испуга Томас и не заметил, что все, кто до этого находился в комнате, выбежали в коридор — все, кроме Ньюта, который лежал на кровати без сознания.

Остолбенев, юноша увидел, как длинное стальное щупальце потянулась к бездыханному телу. Только это и вывело его из состояния ступора. Он с трудом поднялся на ноги, огляделся в поисках какого-нибудь оружия, но увидел только нож — сейчас совершенно бесполезный. Его охватило отчаяние.

И тут Галли снова заговорил; гривер немедленно отвел назад одну механическую руку, словно существо использовало ее, чтобы видеть и слышать. При этом он продолжал протискиваться внутрь, дергаясь и извиваясь всем телом.

— Никто так ничего и не понял!.. — заорал Галли, пытаясь перекричать ужасающий грохот, который издавало существо.

Круша оконный проем в щепки, монстр все глубже проникал в комнату. — Никто не понял, *что* я видел во время Метаморфозы, и *что* она со мной сделала! Не возвращайся в настоящий мир, Томас! Воспоминания тебе не понравятся!

Галли бросил на юношу затравленный взгляд, затем повернулся и вскочил на извивающееся тело гривера. Томас испуганно вскрикнул, увидев, как все орудия чудовища немедленно втянулись в туловище, после чего на руках и ногах Галли защелкнулись клешни, делая спасение невозможными. Галли с отвратительным хлюпающим звуком погрузился на несколько дюймов в скользкое тело гривера. А затем с удивительной быстротой гривер подался назад, высвободился из развороченного оконного проема и начал сползать вниз.

Томас подскочил к зияющей дыре на месте окна, края которой обрамляли острые щепки, и посмотрел вниз: гривер плюхнулся на землю и на большой скорости покатился по Глэйду; Галли то появлялся, то снова пропадал из виду с каждым переворотом туловища чудовища. Прожектора монстра ярко светили, шаря желтоватыми лучами по камню Западных Ворот, за которыми гривер мгновенно скрылся в глубинах Лабиринта. Спустя несколько секунд к нему присоединились и другие твари, жужжа и клацая стальными шипами по камням, словно торжествуя победу.

Томасу сделалось так плохо, что его чуть не вырвало. Только он начал пятиться от окна, как что-то вдали привлекло его внимание. Юноша быстро высунулся из пролома и присмотрелся повнимательнее: площадь Глэйда быстро пересекала одинокая тень, направляясь к Воротам, в которые только что утащили Галли.

Несмотря на скудное освещение, Томас мгновенно понял, кого он видит. Юноша ахнул и заорал бегущему, чтобы тот остановился, но было уже слишком поздно.

Минхо, мчась на полной скорости, скрылся в Лабиринте.

ГЛАВА СОРОКОВАЯ

Хомстед осветился многочисленными огнями фонарей. Глэйдеры забегали и загалдели все разом. Два мальчика забились в угол и плакали. Кругом царила полнейшая неразбериха.

Томас ничего этого не замечал.

Он выбежал в коридор и скатился вниз по лестнице, перепрыгивая сразу через три ступеньки. Потом, протиснувшись через толпу в вестибюле, выскочил из Хомстеда и понесся к Западным Воротам, но на самой границе Лабиринта резко остановился — инстинкт предостерег его от опрометчивого поступка. Впрочем, принятие решения пришлось отложить — его окликнул Ньют.

— Минхо побежал туда! — воскликнул Томас, когда куратор подошел к нему.

Ньют прижимал к ране на голове белое полотенце, на котором ярко выделялось кровавое пятно.

— Я видел. — Ньют убрал полотенце, посмотрел на него, поморщился и снова приложил к ране. — Блин, башка трещит. У Минхо, видать, совсем башню сорвало. Не говоря уже о Галли. Всегда знал, что он псих.

Однако сейчас Томас беспокоился только о Минхо.

— Я пойду за ним.

— Что, пришло время снова надеть костюмчик супермена?

Юноша бросил на Ньюта обиженный взгляд.

— Думаешь, я сплю и вижу, как бы произвести на вас, шанков, впечатление? Я тебя умоляю! Все, чего я хочу, — это выбраться отсюда!

— Ну еще бы! Ты обычный бедолага, как и все мы... Как бы там ни было, сейчас у нас есть проблема посерьезнее.

— В смысле?

Томас понимал, что если он хочет догнать Минхо, нельзя тратить времени на разговоры.

— Кто-то... — начал Ньют.

— Вон он! — воскликнул Томас. Минхо только что выскочил из-за поворота в конце коридора и направлялся прямо к ним.

Томас сложил ладони рупором и крикнул:

— Ты куда бегал, идиот?!

Минхо ответил не сразу: он пробежал через Ворота, остановился и, упершись руками в колени, согнулся.

— Я просто... хотел... убедиться, — сказал он, жадно хватая ртом воздух.

— Толку нам от этого, если бы тебя вместе с Галли сцапали, — проворчал Ньют. — Так в чем убедиться?

Минхо выпрямился, все еще тяжело дыша, и подбоченился.

— Расслабьтесь, парни. Я лишь хотел посмотреть, прыгнут ли они с Обрыва. В Нору Гриверов.

— И?.. — спросил Томас.

— Бинго. — Минхо смахнул пот со лба.

— Поверить не могу, — произнес Ньют почти шепотом. — Ну и ночка.

Мысли Томаса невольно устремились к Норе Гриверов, однако он еще не забыл, что перед самым возвращением Минхо Ньют собирался ему что-то сообщить.

— Так о чем ты говорил? — обратился он к Ньюту. — Ты сказал, у нас проблемы...

— А-а, да. — Ньют ткнул пальцем себе за спину. — Еще можешь полюбоваться на дым.

Томас посмотрел в ту сторону. Тяжелая стальная дверь Картохранилища была приоткрыта, и из нее тянулась и растекалась в сером небе тонкая струйка черного дыма.

— Кто-то спалил ящики с картами, — пояснил Ньют. — Все, до последнего.

Томас стоял перед окошком Кутузки. Почему-то утрата карт его не слишком беспокоила — сейчас они ему казались ненужными. Расставаясь с Ньютом и Минхо, которые отправились в Картохранилище расследовать происшествие, юноша заметил, как они загадочно переглянулись, словно обменялись с помощью глаз какой-то секретной информацией. Впрочем, сейчас его волновало совсем другое.

— Тереза, — позвал он.

Протирая глаза, девушка появилась в окошке.

— Никто не погиб? — спросила она очень сонным голосом.

— Ты что, *спала*?! — удивился Томас.

Увидев, что Тереза в порядке, он успокоился.

— Спала, — ответила она. — Пока не услышала, как что-то начало крушить Хомстед. Что произошло?

Томас покачал головой, не веря своим ушам.

— Ума не приложу, как можно спать под скрежет тварей, разгуливающих по Глэйду.

— Тебе бы хоть разок из комы выйти. Посмотрела бы я тогда на тебя, — съехидничала девушка и мысленно добавила: — *На вопрос все-таки ответь.*

Томас, уже успевший отвыкнуть от звучания ее голоса в своей голове, на мгновение оторопел.

— Брось эти шуточки.

— Тогда расскажи, что у вас там произошло.

Юноша вздохнул, не зная, с чего начать. История была такой длинной, а ему совсем не хотелось пересказывать все от начала до конца.

— Ты не знаешь Галли, но это один здешний псих, который сбежал несколько дней назад. Так вот, сегодня он вдруг объявился, а потом вскочил на гривера и снова скрылся в Лабиринте. Чертовщина какая-то.

Томасу до сих пор не верилось, что все это произошло наяву.

— Весьма исчерпывающе, — съязвила Тереза.

— Ну да.

Юноша обернулся, высматривая Алби. Сейчас он наверняка выпустил бы Терезу. Глэйдеры разбрелись по всей территории, но их вожака нигде не было видно.

Томас снова повернулся к девушке.

— Не могу взять в толк, почему гриверы убрались сразу после того, как забрали Галли. Он что-то говорил про то, что гриверы будут убивать нас по одному каждую ночь, пока не перебьют всех. Псих повторил это два раза.

Тереза просунула руки сквозь прутья решетки и положила на бетонный подоконник.

— По одному каждую ночь? Зачем?

— Понятия не имею. Он еще сказал, это как-то связано с... испытаниями или... Переменными. Что-то вроде этого.

У Томаса вновь возникло необъяснимое желание — такое же, как и в прошлую ночь, — прикоснуться к ее руке. Впрочем, он себя быстро осадил.

— Том, я все думала о том, что тебе сказала. Ну, Лабиринт — это код... Знаешь, ночь в одиночестве в камере способна творить чудеса: мозги начинают делать то, ради чего они и предназначены.

— И что эти слова значат?

Сгорая от любопытства, Томас постарался абстрагироваться от криков и споров, доносившихся отовсюду: весть о пожаре в Картохранилище разнеслась по всему Глэйду.

— Смотри. Стены перемещаются каждый день, так?

— Так.

Юноша чувствовал, что Тереза на пути к разгадке.

— И Минхо утверждает, что их конфигурации что-то обозначают, так?

— Ну да.

Мозг Томаса начал лихорадочно работать; показалось даже, что воспоминания из прошлого вдруг начали высвобождаться из плена замутненного разума.

— Я не помню, почему сказала про код. Знаю, что, когда вышла из комы, у меня в голове была настоящая мешанина из мыслей и обрывков воспоминаний. Безумное ощущение, будто мне в буквальном смысле высасывают память или... выскребают мозг. И вот тогда я подумала, что обязана сообщить о коде, прежде чем мне совсем опустошат сознание. Так что все это, наверное, очень важно.

Томас почти не слушал ее — он усиленно размышлял над загадкой.

— Они всегда сравнивали конфигурации стен в секторах по дням — карту сегодняшнего дня сличали со вчерашней, вчерашнюю с позавчерашней и так далее. Причем каждый бегун анализировал только свой сектор. Вот я и думаю: может, надо сравнивать конфигурации *разных* секторов...

Он умолк, чувствуя, что ухватился за что-то важное.

Тереза, видимо, в свою очередь его тоже игнорировала, потому что продолжала размышлять вслух:

— Первое, что мне приходит на ум при слове «код» — буквы. Буквы алфавита. Возможно, в конфигурациях Лабиринта заключено какое-то буквенное сообщение...

И тут Томас все понял: ему даже показалось, что он услышал в мозгу щелчок, с которым отдельные части головоломки сложились в единое целое.

— Ты права! Ты совершенно права! Бегуны все время искали совсем не то, что нужно! Они вообще неправильно анализировали карты!

Тереза приблизила лицо вплотную к решетке и сжала прутья руками с такой силой, что костяшки пальцев побелели.

— О чем ты говоришь?..

Томас схватился за прутья, за которые держалась Тереза, и приблизился к ней так близко, что смог уловить исходящий от нее запах, — на удивление приятная смесь пота и цветочного аромата.

— Минхо говорил, что конфигурации регулярно повторяются, но почему — они так и не поняли. Сектора всегда сравнивали по отдельности, анализируя изменения хронологически. А что, если один день — отдельный элемент кода, и требовалось проанализировать изменения во всех восьми секторах, а потом собрать воедино?

— Думаешь, в суточных изменениях конфигураций зашифрованы какие-то слова? — спросила Тереза. — Лабиринт *говорит* с помощью движения стен?

Томас кивнул.

— Возможно, в картах зашифрованы не слова, а буквы. Кто его знает. Так или иначе, бегуны всегда считали, что изменения в конфигурации стен позволят вычислить прямой выход из Лабиринта. Они рассматривали карты как собственно карты, а не как замаскированные письменные сообщения. То есть мы должны... — Он запнулся, вспомнив, что ему сообщил Ньют. — О нет!..

Глаза Терезы вспыхнули тревогой.

— В чем дело?

— О нет, о нет... Только не это...

Томас выпустил из рук прутья решетки и отшатнулся назад, осознав, что произошло. Он обернулся в сторону Картохранилища. Дым стал не таким густым, хотя все еще струился из двери, скапливаясь в небе темным бесформенным облаком.

— Да в чем дело?! — повторила Тереза.

Из камеры она не могла видеть Картохранилища.

Томас снова повернулся к ней.

— Я не думал, что это имеет такое значение...

— Да говори толком! — требовательно воскликнула девушка.

— Кто-то сжег все карты. Если код и был, теперь он уничтожен.

ГЛАВА СОРОК ПЕРВАЯ

— Я еще вернусь, — сказал Томас. От волнения его начало мутить. — Может, какие-нибудь карты уцелели. Я должен поговорить с Ньютом.

— Стой! — закричала Тереза. — Выпусти меня отсюда!

Томас чувствовал себя ужасно, но помочь девушке сейчас не мог — не было времени.

— Не могу. Но я скоро вернусь, обещаю.

Он свернул за угол, прежде чем она успела начать протестовать, и помчался к окутанному черной дымкой Картохранилищу. Внутри у Томаса все горело. Если Тереза права и они действительно находились в шаге от разгадки, которая в буквальном смысле превратилась в пепел... От подобной мысли на голове зашевелились волосы.

Подбежав к Картохранилищу, Томас увидел глэйдеров, толпившихся возле приоткрытой черной от копоти двери бункера. Подойдя ближе, он понял, что взгляды всех прикованы к чему-то лежащему на земле. В центре толпы Томас заметил Ньюта; тот стоял на коленях, склонившись над распростертым телом.

За спиной Ньюта с убитым видом стоял Минхо.

— Где тебя носило? — спросил он, первым заметив Томаса.

— Ходил поговорить с Терезой. Что тут стряслось?

Томас приготовился к очередной порции дурных новостей.

Минхо недовольно наморщил лоб.

— Кто-то поджег Картохранилище, а ты побежал щебетать со своей чокнутой подружкой? Ты в своем уме?

В иной ситуации упрек задел бы Томаса за живое, однако сейчас его мозг был слишком занят.

— Я решил, что это уже не суть важно. Если за все время вы так и не смогли разгадать карты...

Лицо Минхо перекосило от негодования, а бледный свет неба и пелена дыма придали его выражению и вовсе зловещий вид.

— И ты решил, что самое время все бросить. Какого хрена...

— Ладно, извини. Так что тут произошло?

Томас заглянул через плечо стоящего перед ним худощавого парня и увидел, вокруг кого все столпились.

Это был Алби. Он лежал навзничь, с огромной раной на лбу. Кровь стекала по вискам, попадала в глазницы, сворачиваясь и засыхая в них. Ньют осторожно промокал лицо товарища мокрой тряпкой, одновременно задавая кому-то вопросы, но слишком тихо, чтобы можно было расслышать. Несмотря на недавние вспышки гнева Алби, Томасу стало его жалко. Повернувшись к Минхо, он повторил вопрос.

— Уинстон обнаружил его первым. Он лежал здесь, полуживой, а комната вовсю полыхала. Некоторые шанки бросились тушить огонь, но было слишком поздно. Чертовы ящики к тому времени превратились в пепел. Я поначалу заподозрил самого Алби, но, судя по ране, кто-то хорошенько приложил его лбом об стол. Можешь убедиться сам. Двинули что надо.

— И чьих, по-твоему, рук это дело?

Томасу не терпелось рассказать Минхо о возможном открытии, которое они сделали с Терезой, но теперь, когда карты сгорели, подтвердить их догадку стало невозможно.

— Может, Галли — перед тем как приперся в Хомстед и начал чудить. Или гриверы. Кто знает. Мне вообще наплевать. Это не имеет значения.

Пессимистичный настрой куратора озадачил Томаса.

— Ну и кто из нас решил все бросить?

Минхо так резко вскинул голову, что юноша невольно отступил назад. Глаза куратора вспыхнули гневом, который, впрочем, мгновенно сменился удивлением и даже смущением.

— Я не это имел в виду, шанк.

Томас прищурился.

— А что...

— Сейчас тебе лучше заткнуться. — Минхо прижал к губам палец, стреляя глазами по сторонам, словно боялся, что их кто-нибудь подслушает. — Просто закрой пока рот. Скоро сам все узнаешь.

Томас глубоко вздохнул и задумался. Если он ожидает откровенности от других, то для начала сам должен стать с ними откровенным. Поэтому, несмотря на утрату карт, он решил поделиться догадками по поводу скрытого в Лабиринте кода.

— Послушай, Минхо. Мне надо кое-что рассказать тебе и Ньюту. И еще нужно выпустить Терезу — думаю, она может нам помочь. К тому же она наверняка умирает с голоду.

— Эта дура меня сейчас меньше всего беспокоит.

Томас пропустил оскорбительную реплику мимо ушей.

— У нас возникла идея. Возможно, она сработает, если бегуны смогут воспроизвести карты по памяти. Дай нам хотя бы несколько минут.

Кажется, в Минхо проснулся интерес, однако во взгляде куратора вновь проскользнула какая-то таинственность, словно произошло еще что-то, о чем Томас пока не знает.

— Идея? Какая?

— Тебе и Ньюту придется пойти со мной к Кутузке.

Минхо подумал пару секунд.

— Ньют! — позвал он.

— Чего?

Ньют встал, разворачивая пропитавшуюся кровью тряпку, чтобы найти чистый участок ткани. Томас про себя отметил, что тряпка уже насквозь промокла.

— Дело есть. О нем медаки позаботятся. — Минхо указал на Алби.

Ньют вопросительно посмотрел на него, затем передал тряпку ближайшему глэйдеру.

— Найди Клинта. Скажешь, что у нас тут более серьезная проблема, чем ссадины и синяки.

Когда парнишка убежал выполнять указание, Ньют подошел к бегунам.

— Какое дело?

Минхо без каких-либо объяснений кивнул в сторону Томаса.

— Просто пойдем со мной, — сказал Томас и, не дожидаясь ответа, развернулся и зашагал в сторону Кутузки.

— Освободи ее. — Томас стоял перед дверью тюремной камеры, скрестив руки на груди. — Когда выпустишь Терезу, мы поговорим. Поверь мне, тебе понравится то, что я скажу.

Ньют с ног до головы был покрыт сажей и грязью, а волосы на голове свалялись от пота, так что он явно находился не в самом лучшем настроении.

— Томми, тебе лучше...

— Прошу тебя! Просто открой дверь и выпусти ее. Пожалуйста.

Он решил, что на этот раз так легко не сдастся.

Минхо, подбоченившись, стоял спиной к двери.

— Как мы можем ей доверять? — сказал он. — Стоило девице очнуться, как все начало разваливаться. Тем более она *сама* призналась, что запустила какой-то там процесс.

— Он дело говорит, — поддержал Ньют.

Томас махнул рукой.

— Мы можем ей доверять. Каждый раз, когда мы с ней встречались, то только и обсуждали, как отсюда выбраться. Ее послали сюда, как всех нас! Глупо думать, что Тереза виновата в наших бедах!

Ньют недовольно поморщился.

— Черт! Тогда что, по-твоему, она имела в виду, когда заявила, что активировала какое-то *окончание*?!

Томас пожал плечами, не желая признавать, что в словах Ньюта действительно есть здравый смысл. Всему должно быть какое-то объяснение.

— Не знаю. Когда она только очнулась, у нее в голове была полнейшая неразбериха. Думаю, все мы прошли через то же самое в Ящике, и все мололи всякую чушь, перед тем как окончательно очухаться. Отпусти ее, Ньют.

Ньют и Минхо обменялись долгими взглядами.

— Да ладно вам, — гнул свое Томас. — Или вы считаете, что она начнет носиться по Глэйду с ножом и направо-налево кромсать людей? Выпустите ее.

— Ладно. Выпусти эту дуру, — сдался Минхо.

— Сам ты дурак! — закричала Тереза. Толстые стены заглушали ее голос. — Я слышу каждое слово, вы, слабоумные идиоты!

Ньют посмотрел на Томаса.

— Славную подружку ты себе нашел, Томми.

— Открывай скорей, — поторопил юноша. — До возвращения гриверов ночью нам придется очень многое успеть. Надеюсь, днем они не заявятся.

Ньют что-то проворчал и шагнул вперед к двери, вытаскивая из кармана ключи. Замок несколько раз щелкнул, дверь распахнулась.

— Выходи.

Тереза вышла из тесной тюремной камеры, по пути одарив Ньюта и Минхо презрительным взглядом, стала рядом с Томасом и взяла его за руку. По спине у юноши пробежали мурашки; он был страшно смущен.

— Ладно. Говорите, — сказал Минхо. — Чего вы там надумали?

Томас посмотрел на Терезу.

— Что?.. — воскликнула она. — Вот сам с ними и говори! Они думают, что я серийный убийца.

— Ну да. Выглядишь ты и впрямь угрожающе, — пробормотал Томас, затем повернулся к Ньюту и Минхо. — Короче. Когда Тереза только начала выходить из комы, у нее в голове вертелись какие-то обрывочные воспоминания. И она... гм... — тут он чуть было не сболтнул про голос в мозгу, — она потом сказала мне, что запомнила некую мысль по поводу того, будто Лабиринт — это код. И что, возможно, в картах зашифрован не физический выход наружу, а какое-то послание.

— *Код*? — переспросил Минхо. — Какой еще код?

Томас покачал головой, давая понять, что у него нет ответа.

— Точно сказать не могу. Вы лучше знакомы с картами. Но у меня возникла одна теория. Вот поэтому я и сказал, что рассчитываю на то, что бегуны вспомнят хотя бы некоторые из карт.

Минхо поглядел на Ньюта, вопросительно подняв брови. Тот кивнул.

— В чем дело? — спросил Томас. Ему уже до чертиков надоело, что от него постоянно что-то скрывают. — Вы себя так ведете, парни, будто владеете какой-то жуткой тайной.

Минхо потер глаза руками и глубоко вздохнул.

— Мы перепрятали карты, Томас.

В первое мгновение юноша решил, что ослышался.

— Что?..

Минхо кивнул в сторону Хомстеда.

— Мы спрятали чертовы карты в оружейной, а вместо них набили ящики всякой липой. Из-за предупреждения Алби. И еще из-за так называемого Окончания, которое запустила твоя подружка.

Томас так обрадовался хорошей новости, что на время позабыл, в каком тяжелом положении они находились. Теперь он понял, почему накануне Минхо вел себя как заговорщик и какое особое поручение дал ему Ньют. Юноша посмотрел на Ньюта — тот кивнул.

— Они целы и невредимы, — сказал Минхо. — Все до последнего вонючего листика. Так что, если у тебя и правда возникла теория, выкладывай.

— Покажите мне их, — попросил Томас, сгорая от желания поскорее взглянуть на карты.

— Хорошо, пойдем.

ГЛАВА СОРОК ВТОРАЯ

Минхо зажег лампу. На несколько секунд Томас прищурился, давая глазам привыкнуть к яркому свету.

По ящикам с оружием, расставленным на полу и столе, поползли призрачные тени; ножи, дубины и прочие устрашающие орудия, казалось, только и ждали случая, чтобы ожить и убить любого, у кого хватит глупости к ним приблизиться. Запах плесени и сырости лишь усиливал гнетущее впечатление, которое производила комната.

— Тут есть секретный чулан, — объяснил Минхо, проходя мимо стеллажей в неосвещенный угол. — О нем знают только два человека.

Томас услышал скрип старой деревянной дверцы: Минхо выволок из чулана большую картонную коробку. Скользя по полу, она издавала противный звук, похожий на царапание ножа по кости.

— Я сложил карты из всех восьми ящиков в отдельные коробки. Остальные там.

— А здесь какие? — спросил Томас.

— Открой и сам увидишь. Каждая страница помечена. Забыл?

Томас открыл коробку. Внутри он увидел беспорядочно сваленные карты второго сектора. Юноша извлек одну стопку.

— Итак, — начал он. — Бегуны всегда сравнивали карты по дням, стараясь отыскать какую-то закономерность, которая позволила бы вычислить непосредственный выход из Лабиринта. Ты как-то сказал, что вы сами не знаете, чего искать, но все-таки упорно продолжали изучать карты. Правильно?

Минхо сложил на груди руки и кивнул. Сейчас вид у него был такой, словно ему пообещали раскрыть секрет бессмертия.

— Так вот, — продолжал Томас. — Что, если перемещения стен в секторах вообще не имеют никакого отношения к картам как таковым? Что, если в конфигурациях стен скрываются обычные *слова*? Что-то вроде ключа, который поможет нам выбраться?

Минхо посмотрел на стопку карт, зажатых у Томаса в руке, и обреченно вздохнул.

— Чувак, ты вообще понимаешь, что мы эти проклятые карты изучили вдоль и поперек? Или ты думаешь, что если бы там были какие-то дурацкие буквы или слова, мы бы их не заметили?

— А может, их невозможно заметить, сравнивая несколько карт за последние дни. Вдруг их вообще не надо сравнивать хронологически, а нужно смотреть одновременно все карты за один день.

Ньют ухмыльнулся.

— Знаешь, Томми, я, возможно, и не самый умный в Глэйде, но сдается мне, ты вообще не врубаешься в то, о чем толкуешь.

Томас почти не слушал Ньюта — шестеренки у него в голове крутились с бешеной скоростью. Он не сомневался, что стоит лишь протянуть руку, и он получит ответ, только вот оформить мысль в слова никак не получалось.

— Ну хорошо, тогда так, — сказал юноша, возвращаясь к исходной точке. — У вас всегда было приписано по одному бегуну к каждому сектору, правильно?

— Правильно, — подтвердил Минхо. Казалось, он начинал понимать, к чему клонит Томас.

— И каждый бегун создавал вечером карту своего сектора, а затем сравнивал ее с картами за предыдущие дни. А что, если надо было сравнивать между собой карты всех восьми секторов, относящихся к одному и тому же дню? Один день — отдельная часть кода или ключа. Вы когда-нибудь сравнивали карты разных секторов?

Минхо почесал подбородок и кивнул.

— Ну, вроде того. Клали карты рядом и смотрели. Думали, может, так что-то обнаружится. Так что — да. Сравнивали. Испробовали все, что только можно.

Томас подобрал под себя ноги и, разложив на коленях стопку карт, задумчиво уставился в нее. Он заметил, что сквозь самый верхний лист смутно проглядывала схема, начерченная на карте, лежащей под ним. И тут его осенило. Он вскинул голову и обвел взглядом окружающих.

— Вощеную бумагу!

— Чего? — удивился Минхо. — Ты...

— Доверьтесь мне. Тащите сюда вощеную бумагу и ножницы. И еще все черные маркеры и карандаши, какие сможете найти.

Фрайпан был, мягко говоря, не в восторге от того, что у него конфискуют целую коробку с рулонами вощеной бумаги, особенно теперь, когда поставки на Ящике прекратились. Он долго спорил, напирая на то, что бумага — одна из немногих вещей, которые он заказывал Создателям, и она нужна ему для выпечки. В конце концов Фрайпан все-таки согласился расстаться с бумагой, узнав, для какой цели она потребовалась.

Через десять минут, занятых поисками карандашей и маркеров — большая их часть хранилась в Картохранилище и сгорела при пожаре, — Томас вместе с Минхо, Терезой и Ньютом сидел за столом в оружейном подвале. Им так и не удалось раздобыть ножницы, поэтому Томас вооружился самым острым ножом, какой смог найти.

— Очень надеюсь, это сработает, — сказал Минхо. В его голосе слышалась угроза, в то же время глаза горели любопытством.

Облокотившись на стол, Ньют подался вперед, словно присутствовал на сеансе магии и ожидал какого-то чуда.

— Излагай, Шнурок.

— Итак. — Томасу не терпелось начать, однако он до смерти боялся, что задумка обернется полнейшим крахом. Юноша протянул Минхо нож и ткнул пальцем в лист вощеной бумаги. — Начинай вырезать квадраты размером с карту. Ньют, Тереза, мы достанем из каждой коробки карты за последние десять дней.

— Хочешь провести урок детского творчества? — Минхо взял нож и с отвращением посмотрел на него. — Почему бы тебе сразу не объяснить, на кой черт нам всем этим заниматься?

— Хватит с меня объяснений, — ответил Томас, понимая, что они смогут быстрее понять замысел, увидев все собственными глазами.

Он встал и направился к потайному чулану.

— Проще показать. Если я ошибся, значит — ошибся, в таком случае мы снова сможем продолжать бегать по Лабиринту, как лабораторные мыши.

Минхо раздраженно вздохнул и пробормотал что-то себе под нос. Тереза сидела молча, но заговорила с Томасом мысленно.

— По-моему, я поняла, что ты задумал. Отличная идея. Правда.

Томас от неожиданности вздрогнул, однако постарался вести себя непринужденно, понимая, что если он расскажет о голосах в голове, его просто-напросто сочтут чокнутым.

— *Просто... подойди... и помоги...* — попытался он ответить, произнося каждое слово по отдельности. Затем постарался представить сообщение визуально и мысленно отправил его Терезе. Она не ответила.

— Тереза, — произнес юноша вслух. — Можешь мне помочь?

Он кивнул на чулан.

Они зашли в крохотное пыльное помещение и, распаковав все коробки, извлекли из каждой по небольшой стопке карт за последние числа. Вернувшись к столу, Томас увидел, что Минхо успел нарезать пару десятков квадратов, небрежно свалив их справа от себя в растрепанную стопку.

Томас сел, взял несколько вырезанных квадратов из вощеной бумаги и, подняв их над головой, посмотрел на лампу — свет проникал сквозь листы, как сквозь молоко, расплываясь мутным пятном.

Как раз то, что требовалось.

Он схватил маркер.

— Итак. Теперь каждый копирует изображения карт за последние десять дней на вырезанные квадраты. Сверху обязательно делайте пометку о дате, чтобы мы потом могли разобраться, что к чему относится. Когда закончим, надеюсь, у нас появится первый результат.

— Что... — открыл было рот Минхо.

— Продолжай нарезать чертову бумагу! — приказал Ньют. — Кажется, я начинаю врубаться, куда он клонит.

Томас обрадовался, что кто-то наконец понял его задумку.

Работа закипела. Одну за другой они копировали схемы секторов на листы вощеной бумаги, стараясь выводить линии как можно более точно и аккуратно и в то же время не слишком затягивать процесс. Чтобы прямые линии выходили действительно прямыми, Томас использовал небольшую деревянную дощечку в качестве импровизированной линейки. Таким способом он довольно быстро скопировал пять карт, затем еще пять. Остальные не отставали, работая столь же усердно.

Томас продолжал рисовать не покладая рук, однако в душу начало закрадываться сомнение: а вдруг все, чем они сейчас занимаются, окажется пустой тратой времени. Впрочем, Тереза, с сосредоточенным лицом сидевшая рядом, видимо, была полна уверенности в успехе — она выводила вертикальные и горизонтальные линии так кропотливо и самозабвенно, что даже высунула изо рта кончик языка.

Коробка за коробкой, сектор за сектором они продвигались вперед.

— Давайте сделаем перерыв, — наконец предложил Ньют. — У меня пальцы, черт бы их побрал, совсем задеревенели. Надо поглядеть, получается или нет.

Томас отложил маркер и немного размял пальцы, мысленно молясь, чтобы все получилось.

— Хорошо. Мне нужны последние несколько дней каждого сектора. Сложите их стопками по порядку, с первого по восьмой сектор.

Они молча сделали то, что он попросил, — рассортировали свои скопированные на вощеную бумагу схемы и разложили их на столе восемью тонкими пачками.

Томас дрожал от волнения. Стараясь не перепутать пачки местами, он взял по одному верхнему листу из каждой и удостоверился, что карты на них датированы одним и тем же числом. Затем положил их друг поверх друга так, чтобы карты всех секторов, относящихся к одному и тому же дню, совместились. Теперь он мог смотреть на восемь секторов одновременно. Увидев результат, Томас обомлел. Словно из ниоткуда, почти как по волшебству, проявилось изображение. Тереза тихо ахнула от удивления.

Линии, пересекавшие друг друга по вертикали и горизонтали, слились в единую сетку и выглядели так, словно Томас держал в руках полупрозрачную шахматную доску. Однако линии в центре схемы располагались гораздо плотнее, чем по краям, создавая на общем фоне более темный узор. Рисунок, без сомнения, присутствовал, хоть и был еле различим.

Прямо в центре листа красовалась буква «П».

ГЛАВА СОРОК ТРЕТЬЯ

Томаса охватил целый ураган самых разных чувств — облегчение оттого, что задумка сработала, удивление, восторг и жгучее желание узнать, какие открытия их ждут дальше.

— Ни фига себе! — воскликнул Минхо, одной фразой выразив все эмоции, бушевавшие у Томаса в душе.

— Возможно, совпадение, — отозвалась Тереза. — Ну-ка, возьми карты за другой день.

Томас так и сделал. Он накладывал друг на друга карты всех восьми секторов, датированные одними и теми же, но более поздними числами, и смотрел на просвет. Каждый раз прямо в центре густой паутины горизонтальных и вертикальных черточек безошибочно угадывалась буква. После «П» следовала «Л», после «Л» — «Ы», затем «В» и «И». А потом П... О... Й...

— Смотрите, — сказал Томас, указывая на ряд стопок на столе. Он ликовал оттого, что буквы действительно существовали, хотя и не понимал, в чем их смысл. — Получается ПЛЫВИ и ПОЙ.

— Плыви и пой? — переспросил Ньют. — По мне, так эта галиматья с трудом тянет на спасительный код.

— Просто надо продолжать работу, — ответил Томас.

Совместив схемы секторов еще за два дня, они получили второе слово — ПОЙМАЙ. Теперь у них были слова ПЛЫВИ и ПОЙМАЙ.

— Это точно не совпадение, — сказал Минхо.

— Однозначно, — согласился Томас. Ему не терпелось узнать, какие слова проявятся дальше.

— Нам надо изучить все карты. — Тереза махнула рукой в сторону чулана. — Перелопатим все до последней коробки.

— Ага, — кивнул Томас. — Давайте продолжать.

— Думаю, нам тут делать нечего, — вдруг заявил Минхо. Все трое изумленно уставились на него.

— По крайней мере, мне и Томасу, — добавил он. — Мы должны снарядить бегунов перед походом в Лабиринт.

— Что?! — воскликнул Томас. — Эта работа гораздо важнее!

— Возможно, — спокойно ответил Минхо, — но мы не имеем права терять ни одного дня. Особенно сейчас.

Огорчению Томаса не было предела — носиться по Лабиринту, вместо того чтобы разгадывать код, казалось чистой воды глупостью и пустой тратой времени.

— Послушай, Минхо. Ты сам говорил, что конфигурации повторяются с периодичностью примерно в месяц. Один пропущенный день ничего не изменит!

Куратор хлопнул ладонью по столу.

— Томас, хватит пороть чушь! Возможно, из всех дней именно этот окажется ключевым! А вдруг что-то опять пошло не так — где-то что-то изменилось или открылось? Я думаю, теперь, когда чертовы стены больше не двигаются, пришло время проверить твою теорию в деле — то есть остаться в Лабиринте на ночь и изучить его внимательнее.

В Томасе проснулся живейший интерес — ему действительно было страшно любопытно узнать, что происходит со стенами в Лабиринте по ночам.

— А как быть с кодом? — спросил он, раздираемый противоречивыми желаниями. — Что, если...

— Томми, — поспешил успокоить его Ньют. — Минхо прав. Вы, шанки, дуйте в Лабиринт, а я тут найду парочку неболтливых глэйдеров, и мы продолжим работать над картами.

Сейчас Ньют говорил как настоящий вожак.

— Я останусь и помогу Ньюту, — сказала Тереза.

Томас посмотрел ей в глаза.

— Уверена?

Юноше очень хотелось самому разгадать код, однако пришлось признать, что Ньют и Минхо правы.

Тереза улыбнулась.

— Я думаю, когда надо расшифровать секретный код, спрятанный в нескольких независимых лабиринтах, без женского ума никак не обойтись.

Ее улыбка трансформировалась в ехидную ухмылку.

— Ну, раз ты так считаешь...

Томас тоже улыбнулся. Внезапно он снова ощутил непреодолимое желание остаться с ней.

— Лады. — Минхо кивнул и повернулся, собираясь уйти. — Будем считать, что все в ажуре. Пойдем.

Куратор направился к двери, но остановился, увидев, что Томас не двинулся с места.

— Не волнуйся, Томми, — сказал Ньют. — С твоей девушкой все будет в порядке.

Миллионы мыслей разом пронеслись в голове у Томаса — желание узнать код, смущение от того, *что* о них с Терезой подумал Ньют, и предвкушение новых открытий в Лабиринте.

А еще он почувствовал страх.

Впрочем, юноша отмахнулся от всего этого. Даже не попрощавшись, он последовал за Минхо, и они вдвоем поднялись по лесенке.

Томас и Минхо рассказали бегунам о коде и помогли им собраться в длительный поход в Лабиринт. На удивление, все без исключения согласились, что настало время заняться более углубленным изучением Лабиринта и остаться в нем на ночь. Несмотря на страх и волнение, Томас вызвался исследовать один из секторов в одиночку, но куратор отказал в просьбе, пояснив, что уже отобрал самых опытных бегунов, а Томас пойдет вместе с ним. Получив отказ, юноша так обрадовался, что даже устыдился собственного малодушия.

В этот раз они с Минхо набили рюкзаки провиантом под завязку — невозможно было предсказать, сколько времени предстоит провести в Лабиринте. Томас испытывал и страх, и восторг — как знать, может быть, этот день ознаменуется тем, что они отыщут выход?

Они стояли возле Западных Ворот и разминали ноги, когда к ним подбежал Чак, чтобы попрощаться.

— Я бы пошел вместе с вами, — сказал мальчик каким-то слишком уж веселым голосом, — но не горю желанием умереть мучительной смертью.

Неожиданно для самого себя Томас расхохотался.

— Спасибо за слова поддержки.

— Будьте осторожны, — напутствовал их Чак. Он вдруг стал серьезен, а в голосе послышалась тревога. — Жаль, что не могу вам помочь, ребята.

Томас был тронут. Он не сомневался, что если бы дело приняло совсем дурной оборот и Чака попросили выйти в Лабиринт, мальчик согласился бы без колебаний.

— Спасибо, Чак. Мы будем предельно осторожны.

Минхо фыркнул.

— Мы все время были предельно осторожными, а толку? Теперь все или ничего, малыш.

— Нам пора, — сказал Томас.

От волнения у него в животе все переворачивалось, поэтому захотелось поскорее начать двигаться и больше не думать ни о чем постороннем. В конце концов, теперь, когда Ворота постоянно открыты, в Глэйде ничуть не безопаснее, чем в Лабиринте.

Впрочем, и эта мысль не принесла Томасу утешения.

— Верно, — спокойно отозвался Минхо. — В путь.

— Тогда... удачи, — сказал Чак, глядя себе под ноги. Затем он снова поднял глаза на Томаса. — Если твоей девушке станет одиноко, обещаю ее немного развлечь.

У Томаса глаза на лоб полезли.

— Она не моя девушка, балда ты!

— Ого! — воскликнул Чак. — Ты начал ругаться!

Мальчик изо всех сил пытался сделать вид, будто последние события его нисколько не испугали, но глаза его выдавали.

— А если серьезно, удачи вам.

— Спасибо, куда бы мы без твоего напутствия, — хмыкнул Минхо. — Еще увидимся, шанк.

— Ага, увидимся, — пробормотал Чак и пошел прочь.

Томасу вдруг стало невыносимо тоскливо — подумалось, что он, возможно, больше никогда не увидит ни Чака, ни Терезу, ни всех остальных.

— Помни, что я тебе обещал! — крикнул он, поддавшись внезапному порыву. — Я верну тебя домой!

Чак обернулся и одобрительно поднял большой палец вверх. На глазах мальчика заблестели слезы.

В ответ Томас поднял вверх сразу два больших пальца, после чего они с Минхо взвалили рюкзаки на спины и вошли в Лабиринт.

ГЛАВА СОРОК ЧЕТВЕРТАЯ

Первую остановку на отдых они сделали, лишь когда преодолели половину расстояния до конечного пункта маршрута — последнего тупика в восьмом секторе. Ребята довольно быстро поняли, что расположение стен с предыдущего дня нисколько не изменилось, поэтому продвигались сегодня значительно быстрее — только теперь, когда солнце исчезло, Томас в полной мере оценил полезность наручных часов. Так как необходимость делать пометки в блокноте отпала, единственное, что от них требовалось, — просто обежать все коридоры и возвратиться назад, по пути высматривая что-нибудь необычное. Любые мелочи. Привал длился двадцать минут, после чего ребята продолжили путь.

Бежали они в полном молчании. Минхо учил, что разговоры во время бега — лишь пустая трата энергии, поэтому Томас сосредоточился на том, чтобы держать темп и дышать равномерно и спокойно. Вдох, выдох, вдох, выдох. Наедине со своими мыслями они проникали в Лабиринт все глубже и глубже, сопровождаемые топотом собственных ботинок, барабанящих по каменному полу.

На третьем часу Томас с удивлением услышал в мозгу голос Терезы, а ведь она находилась далеко в Глэйде.

— *У нас наметился явный прогресс — расшифровали еще два слова. Правда, все они кажутся полной бессмыслицей.*

Первым порывом Томаса было игнорировать голос — очень не хотелось признавать, что кто-то может так запросто вторгаться ему в сознание и нарушать личное пространство. Однако желание поболтать с девушкой пересилило.

— *Ты меня слышишь*? — спросил он, мысленно рисуя в сознании слова и пытаясь отправить их ей каким-то неведомым даже ему самому способом. Томас сконцентрировался и повторил вопрос: — *Ты меня слышишь*?..

— *Да!* — ответила она. — *Второй раз прозвучало очень отчетливо*!

Юноша поразился. Поразился настолько, что чуть не застыл на месте. Сработало!

— *Как думаешь, откуда у нас такие способности*? — обратился он к Терезе.

Умственное напряжение от мысленного общения с ней начало вызывать физический дискомфорт — он почувствовал, как в мозгу начал формироваться очаг боли.

— *Может, мы любили друг друга,* — послала ответ Тереза.

Томас споткнулся и с размаху шлепнулся на землю. Смущенно улыбнувшись Минхо, который, не сбавляя темпа, обернулся посмотреть, что произошло, Томас вскочил на ноги и принялся догонять товарища.

— *Что*?.. — спросил он наконец.

Томас почувствовал, как девушка развеселилась, — в мозгу словно возникла картинка, написанная яркими размытыми красками.

— *Все это так странно. Ты как будто мне незнаком, и в то же время я знаю, что это не так.*

Юношу вдруг словно обдало приятной прохладой, хотя он изрядно потел.

— *Жаль тебя разочаровывать, но мы действительно незнакомы. Я совсем недавно тебя встретил, забыла*?

— *Не глупи, Том. Я думаю, нам изменили мозги и наделили способностью общаться телепатически. Еще до того, как сюда отправили. Из этого я делаю вывод, что раньше мы знали друг друга.*

Томасу и самому как-то приходила в голову подобная мысль. Поразмыслив, он решил, что она, вероятно, права. По крайней мере, юноша надеялся на это — Тереза начинала ему нравиться.

— *Изменили мозги*? — переспросил он. — *Как*?

— *Не знаю. Это одна из тех мыслей, за которые я никак не могу уцепиться. Но мне кажется, что мы выполняли какое-то важное задание.*

Томас снова задумался о подсознательном ощущении близости с Терезой, стоило ей только появиться в Глэйде. Он решил копнуть глубже и посмотреть, что она ответит.

— *О чем это ты*?

— *Если бы я знала... Я просто высказываю тебе мысли в надежде, что у тебя самого что-то всколыхнется в памяти.*

Томас вспомнил, что Галли, Бен и Алби говорили о нем — их подозрения по поводу того, что он каким-то образом находился по другую сторону и ему нельзя доверять... Да еще и Тереза заявила в самом начале, что именно он и она каким-то образом поставили глэйдеров в нынешние условия.

— *Код запрятали в Лабиринт не просто так*, — добавила девушка. — *И не просто так я написала у себя на руке — «ПОРОК — это хорошо».*

— *А может, это и не значит ничего*, — ответил он. — *Может быть, мы найдем выход. Кто знает*?

Томас на несколько секунд зажмурился, не переставая бежать, и постарался сконцентрироваться. Каждый раз, когда они мысленно разговаривали, в груди словно раздувался воздушный шарик или какая-то опухоль, которая приводила в трепет и раздражала одновременно. Юноша резко открыл глаза, когда внезапно осознал, что Тереза может прочитать его мысли, даже если он и не пытается сосредоточиться на телепатии.

Томас подождал ее реакции, но Тереза молчала.

— *Ты все еще на связи?* — позвал он.

— *Да, но от мысленного общения у меня начинает болеть голова.*

Услышав, что телепатические разговоры причиняют дискомфорт не только ему, Томас успокоился.

— *И у меня голова разболелась.*

— *Ладно,* — ответила она. — *До скорого тогда.*

— *Нет, подожди!* — Томасу не хотелось прерывать разговор, ведь он так здорово помогал скоротать время. Ему даже бежалось как-то легче.

— *Пока, Том. Я дам знать, когда мы еще что-нибудь расшифруем.*

— *Тереза, а что ты думаешь о том, что написала у себя на руке?*

Прошло несколько секунд. Ответа не последовало.

— *Тереза.*

Она отключилась. Томас почувствовал, что воздушный шарик в груди как будто лопнул и выпустил в тело ядовитый газ. Его внезапно затошнило, а мысль о том, что придется пробегать весь остаток дня, и вовсе привела в полнейшее уныние.

Юношу так и подмывало рассказать Минхо о том, как они с Терезой общаются, поделиться тайной, пока от этого не взорвался мозг. Но он не решился. В их жизни и так хватало странностей, и признаваться в телепатических способностях в нынешней ситуации казалось не самой разумной идеей.

Томас опустил голову и сделал глубокий медленный вдох. Он решил помалкивать и просто бежать.

После двух привалов, когда они оказались в длинном коридоре, заканчивающемся тупиком, Минхо перешел на шаг. Дойдя до конца коридора, он остановился и сел у подножия высоченной неприступной стены; плющ покрывал ее здесь такими густыми зарослями, что сквозь них не проглядывал ни единый каменный блок, и складывалось впечатление, будто бегуны очутились у живой изгороди.

Томас уселся рядом, и оба с жадностью набросились на скромный обед из сэндвичей и нарезанных ломтиками фруктов.

— Вот и все, — сказал Минхо, отправив в рот кусок сэндвича. — Обежали весь сектор. У нас для вас сюрприз — никаких выходов!

Томас и так все понимал, но когда услышал это от своего товарища, у него оборвалось сердце. Он молча закончил обед — Минхо тоже не проронил больше ни слова — и приготовился тщательно обследовать тупик. Попытаться найти неизвестно что...

В течение нескольких часов они с Минхо ползали по земле, ощупывали стены и взбирались на них по плетям из плюща. Они не нашли ничего, и Томас все больше и больше впадал в отчаяние. Единственной примечательной вещью здесь оказалась одна из тех странных табличек с надписью «ЭКСПЕРИМЕНТ «ТЕРРИТОРИЯ ОБРЕЧЕННЫХ». ПРОГРАММА ОПЕРАТИВНОГО РЕАГИРОВАНИЯ. ОБЩЕМИРОВАЯ КАТАСТРОФА». Но Минхо даже внимания на нее не обратил.

Они снова перекусили, затем продолжили поиски, снова ничего не обнаружили, и Томас был готов признать очевидное — искать тут было просто-напросто *нечего*. Когда миновало время закрытия Ворот, он начал прислушиваться, не приближаются ли гриверы. Они чудились ему в каждом углу. И он, и Минхо все время сжимали в руках ножи. Но им ничего не встретилось почти до полуночи.

Первого гривера заметил Минхо; чудовище скрылось за углом впереди них и больше не показалось. Спустя полчаса Томас заметил еще одного, который повел себя аналогичным образом. Еще через час третий гривер прополз мимо них, лязгая железом по камням, но даже не замедлился. От ужаса Томас чуть не упал в обморок.

Они продолжали идти.

— Да над нами просто издеваются, — сказал Минхо через некоторое время.

Томас вдруг поймал себя на мысли, что давно перестал обращать внимание на стены и просто понуро брел в направлении Глэйда. Судя по внешнему виду Минхо, тот, кажется, был не менее подавлен.

— Что ты имеешь в виду? — спросил Томас.

Куратор вздохнул.

— По-моему, Создатели дают нам понять, что выхода нет. Стены — и те перестали двигаться. Нас как будто засунули в какую-то дурацкую игру, и теперь настало время ее завершить. Наверное, они хотят, чтобы мы вернулись и рассказали об этом остальным. Могу спорить, что к тому времени, как мы вернемся в Глэйд, гривер сцапает еще одного, как и в прошлую ночь. Думаю, Галли был прав, когда говорил, что они будут убивать нас по одному.

Томас не ответил. Он чувствовал, что Минхо прав. Последние остатки надежды, которую он лелеял, когда они отправлялись в поход, давно улетучились.

— Давай просто вернемся, — сказал куратор поникшим голосом.

Томасу страшно не хотелось признавать поражение, но он согласно кивнул. Теперь оставалось уповать лишь на код, и он решил сосредоточиться исключительно на нем.

Оставшийся путь до Глэйда бегуны проделали в полном молчании.

Ни один гривер им больше не встретился.

ГЛАВА СОРОК ПЯТАЯ

Когда они пересекли границу Глэйда через Западные Ворота, часы Томаса показывали, что утро давно наступило. Юноша так сильно устал, что готов был упасть прямо на месте и хоть немного поспать. Они пробыли в Лабиринте около двадцати четырех часов.

Несмотря на мертвенный свет неба и тот факт, что все начало разваливаться на части, глэйдеры, казалось, жили привычной жизнью: работали на Плантации и Живодерне, занимались уборкой территории. Довольно скоро бегунов заметили. Ньюта проинформировали об их прибытии, и он немедленно побежал к ним навстречу.

— Вы первые вернулись. Что-нибудь нашли? — спросил он с каким-то детским выражением надежды в глазах. У Томаса защемило сердце. Ньют, видимо, был уверен, что бегуны обнаружат нечто значимое. — Скажите, что у вас для меня хорошие новости.

Минхо с потухшим взглядом уставился куда-то в пустоту.

— Ничего, — ответил он. — Лабиринт оказался большой неудачной шуткой.

Ньют растерянно посмотрел на Томаса.

— Что он несет?

— Он просто расстроен, — сказал юноша, вяло пожав плечами. — Мы не нашли никаких изменений. Стены не двигались, так что никаких выходов не открылось. Вообще ничего. Гриверы приходили ночью?

Ньют помрачнел. Немного помолчав, он кивнул.

— Да. Забрали Адама.

Имя Томасу ни о чем не говорило, и ему стало стыдно, что он не почувствовал жалости к парню.

И снова только один человек, подумал он. Все-таки Галли не ошибался.

Ньют собирался добавить еще что-то, как Минхо внезапно взорвался. От неожиданности Томас даже вздрогнул.

— Меня уже тошнит от всего этого!.. — куратор плюнул на стену, на шее у него вздулись вены. — Достало! Все кончено! Теперь все кончено! — Он сорвал со спины рюкзак и швырнул на землю. — Выходов нет, не было и никогда не будет! Нас всех жестоко поимели!..

Еще раз плюнув, Минхо побрел к Хомстеду.

У Томаса от волнения пересохло во рту: если уж сам Минхо сдался, то положение действительно безнадежное.

Ньют выглядел не менее подавленным. Не произнеся больше ни слова, он зашагал прочь. А Томас продолжал стоять на месте, буквально кожей ощущая витающее над ними отчаяние, такое же едкое и плотное, как дым, недавно валивший из Картохранилища.

Остальные бегуны вернулись в течение часа и, насколько Томас мог судить из их разговоров, также не обнаружили в Лабиринте ничего примечательного. Куда бы Томас ни посмотрел, он везде видел мрачные лица глэйдеров, большинство из них даже забросили выполнение повседневных обязанностей.

Томас понимал, что теперь они могут надеяться только на зашифрованный в Лабиринте код. Все-таки за ним что-то скрывалось. Иначе просто быть не могло. Некоторое время он бесцельно слонялся по Глэйду, подслушивая разговоры других бегунов, затем встряхнулся и решил действовать.

— *Тереза,* — мысленно позвал он девушку, закрыв глаза, как будто это могло помочь. — *Ты где? Вы что-нибудь еще расшифровали*?

Прежде чем она ответила, прошло довольно много времени, и Томас уже отчаялся, решив, что телепатический трюк не сработал.

— *Эй! Том, ты что-нибудь говорил?*

— *Да,* — ответил юноша, в восторге от того, что снова удалось наладить связь. — *Как меня слышишь? Я правильно все делаю?*

— *Временами слышно неразборчиво, но в целом все работает. Непривычно, правда?*

Немного подумав, Томас пришел к выводу, что уже начал привыкать к мысленному общению.

— *На самом деле все не так уж и плохо. А вы еще в подвале? Я видел Ньюта, но он быстро исчез.*

— *Да, мы все тут. Ньют подключил к работе еще трех глэйдеров. Кажется, мы полностью расшифровали код.*

Сердце у Томаса подпрыгнуло к самому горлу.

— *Серьезно?*

— *Давай сюда.*

— *Уже бегу,* — ответил он, направляясь к Хомстеду. Удивительно, но усталость Томаса как рукой сняло.

Его впустил Ньют.

— Минхо так и не появился, — пояснил он, когда они спускались по лесенке в подвал. — Иногда он совсем голову теряет.

Томаса удивило, что Минхо предается отчаянию в то время, когда в запасе остается код. Решив не думать об этом, он вошел в комнату. Несколько незнакомых ему глэйдеров с запавшими от усталости глазами стояли вокруг стола. По всему подвалу были разбросаны кучи карт, они лежали даже на полу. Комната выглядела так, словно по ней пронесся смерч.

Тереза стояла у стены с листом бумаги, прислонившись к стеллажу. Когда Томас вошел, она быстро посмотрела на него и снова уткнулась в листок. В первое мгновение юноша немного огорчился — он надеялся, что она будет рада его увидеть, — но тут же почувствовал себя глупцом. Тереза наверняка была поглощена расшифровкой кода.

Ньют отпустил помощников, и они громко затопали по деревянным ступенькам: двое по пути проворчали нечто в том смысле, что вся работа проделана впустую.

— *Тебе стоит посмотреть на это,* — мысленно сказала Тереза.

Томас вздрогнул. На короткий миг он испугался, что Ньют заподозрит что-то неладное.

— Не говори со мной мысленно, когда рядом Ньют. Не хочу, чтобы он догадался о нашем... даре.

— Глянь, что у нас получилось, — произнесла она вслух с еле уловимой усмешкой на лице.

— Я встану на колени и расцелую тебе пятки, если ты поймешь, что за хрень тут написана, — сказал Ньют.

Томас подошел к Терезе, сгорая от желания увидеть результат. Девушка протянула ему листок.

— Вот что зашифровано в картах. Ошибки быть не может, — сказала она. — Правда, мы не знаем, что все это значит.

Томас взял лист бумаги и быстро скользнул по нему взглядом. В левой части листка было нарисовано шесть пронумерованных кружков, напротив каждого из которых большими жирными буквами выведено по одному слову.

ПЛЫВИ
ПОЙМАЙ
КРОВЬ
СМЕРТЬ
ТУГОЙ
НАЖМИ

И все. Шесть слов.

На Томаса нахлынула волна разочарования: он почему-то думал, что смысл кода станет очевидным сразу после того, как они расшифруют последнее слово. Юноша с отчаянием посмотрел на Терезу.

— И это все? Вы уверены, что они шли в таком порядке?

Она забрала у него лист.

— Лабиринт повторял эти слова на протяжении многих месяцев. Когда мы это поняли, то остановились. Каждый раз после слова *НАЖМИ* проходила неделя, в течение которой Лабиринт не выдавал вообще никаких букв, а потом снова появлялось слово *ПЛЫВИ*. Так что мы решили, что код начинается именно с него.

Томас сложил руки на груди и оперся на стеллаж рядом с Терезой. Без малейших усилий он запомнил шесть слов, намертво впечатав их себе в память. *Плыви. Поймай. Кровь. Смерть. Тугой. Нажми.* Бессмыслица какая-то.

— Очень обнадеживающе, верно? — бросил Ньют, словно угадав мысли Томаса.

— Да уж, — ответил тот со вздохом разочарования. — Надо к этому Минхо привлечь. Может, он знает что-то, чего не знаем мы. Если бы у нас появились еще зацепки...

Внезапно Томас застыл, будто пораженный громом; если бы не стеллаж, к которому он прислонился, юноша наверняка бы свалился на пол. Ему в голову пришла идея. Ужасная, чудовищная, омерзительная идея. Самая худшая из всех ужасных, чудовищных и омерзительных идей.

Однако инстинкт подсказывал, что он прав. Что именно это он и должен сделать.

— Томми?.. — произнес Ньют, подходя к Томасу. Он обеспокоенно наморщил лоб. — Что с тобой? Ты бледный, как привидение.

Юноша помотал головой и постарался взять себя в руки.

— Да... нет, ничего. Глаза что-то разболелись. Думаю, мне надо выспаться.

Он помассировал виски, притворяясь, что очень устал.

— *Все в порядке*? — спросила Тереза мысленно.

Поглядев на нее, он понял, что девушка обеспокоена его состоянием не меньше Ньюта, и от этого на душе стало тепло.

— *Да. Серьезно. Просто устал. Надо немного поспать.*

— Не приходится удивляться, — сказал Ньют, положив руку Томасу на плечо. — Всю ночь проторчал в этом вонючем Лабиринте. Иди поспи.

Томас посмотрел на Терезу, затем перевел взгляд на Ньюта. Его так и подмывало поделиться с ними своим планом, но он сдержался. Вместо этого лишь кивнул и пошел к лесенке.

У него действительно созрел четкий план. Какой-никакой, но все-таки план.

Для понимания смысла кода им требовалось больше информации. Им были нужны *воспоминания*.

Поэтому он решил позволить гриверу ужалить себя, чтобы пройти через Метаморфозу. По доброй воле.

ГЛАВА СОРОК ШЕСТАЯ

Остаток дня Томас провел, стараясь избегать какого бы то ни было общения с окружающими.

Тереза несколько раз пыталась завязать с ним разговор, однако юноша неизменно говорил, что чувствует себя плохо, хочет побыть в одиночестве в своем излюбленном углу за кладбищем, хорошенько выспаться и, быть может, немного подумать. Попытаться отыскать спрятанный глубоко в мозгу секрет, который бы позволил решить, что делать дальше...

По правде говоря, Томас просто хотел психологически подготовиться к тому, что задумал совершить этой ночью, убеждая себя в правильности отчаянного поступка — по сути, единственного, который ему оставался. К тому же он страшно нервничал и не хотел, чтобы остальные это заметили.

Наконец, когда часы возвестили о наступлении вечера, Томас вместе со всеми отправился в Хомстед. Он понял, как сильно проголодался, только когда приступил к ужину из томатного супа и бисквитов, который на скорую руку приготовил Фрайпан.

А затем наступило время очередной бессонной ночи.

Строители уже заделали зияющие дыры в стене, оставленные монстрами в те ночи, когда забрали Галли и Адама. Конечный результат выглядел безобразно, словно работу выполнила бригада горьких пьяниц; хотя в прочности конструкции сомневаться не приходилось. Ньют и Алби — достаточно окрепший, чтобы передвигаться самостоятельно, хоть и с толстой повязкой на голове, — настояли на плане, согласно которому каждую ночь глэйдеры должны меняться комнатами.

В этот раз Томас оказался в большой гостиной на первом этаже вместе с теми же подростками, с которыми ночевал наверху двумя днями ранее. Тишина в комнате воцарилась довольно быстро, хотя он и не знал, было ли это вызвано тем, что глэйдеров действительно сморил сон, или они просто затаились, лелея зыбкую надежду, что гриверы больше не объявятся. В отличие от позапрошлой ночи Терезе позволили остаться в Хомстеде вместе с остальными глэйдерами. Девушка лежала рядом с Томасом, свернувшись на двух одеялах. Каким-то непостижимым образом он ощущал, что она спит. Спит по-настоящему.

Разумеется, он не мог сомкнуть глаз, хоть и чувствовал, что тело отчаянно требует отдыха. Юноша старался заснуть — изо всех сил пытался держать глаза закрытыми и заставить себя расслабиться. Безрезультатно. Ночь тянулась медленно, а предчувствие чего-то недоброго тяжким грузом сдавливало грудь.

А затем, как все они и ожидали, издалека донеслись страшные лязгающие звуки, издаваемые ползущими гриверами. Время монстров настало.

Все разом сгрудились у дальней стены, стараясь не издавать ни малейшего шума. Томас уселся в углу рядом с Терезой, обхватив колени руками, и напряженно глядел на окно. От осознания того, что вот-вот придется претворить в жизнь свое отчаянное намерение, юноша оцепенел — его сердце стиснула ледяная рука страха. Но он понимал, что от его поступка может зависеть многое, если не все.

Напряжение в комнате нарастало все сильнее. Глэйдеры сидели совершенно беззвучно, словно каменные изваяния. Вдруг по Хомстеду откуда-то издали эхом прокатился скрежет металла, после которого раздался треск дерева; Томас решил, что гривер решил взобраться по задней стене дома — противоположной той, которую монстры крушили в прошлые разы. Через несколько секунд шум повторился, но уже гораздо громче, и доносился он сразу со всех сторон — ближайший к ним гривер находился прямо за окном. Воздух в комнате, казалось, застыл, превратившись в твердый колкий лед. Томас прижал кулаки к глазам; томительное ожидание буквально убивало его.

Вдруг где-то наверху раздался оглушительный хруст ломающихся досок и звон битого стекла; весь дом затрясся. Услышав чьи-то истошные вопли, за которыми послышался топот спасающихся бегством, Томас помертвел от ужаса. Грохот и хор испуганных голосов свидетельствовали о том, что все, кто находился наверху, разом ринулись на первый этаж.

— Он схватил Дэйва!.. — заорал кто-то срывающимся от страха голосом.

Никто рядом с Томасом не шелохнулся. Он не сомневался, что все без исключения в комнате почувствовали облегчение и в то же время угрызения совести от радости, что хотя бы в эту ночь им больше ничто не угрожает. Две ночи подряд гриверы забирали только одного человека, поэтому глэйдеры уверовали в то, что сказал Галли.

Томас подскочил как ошпаренный, когда прямо за дверью раздался чудовищный грохот, сопровождаемый воплями и треском дерева, словно монстр начал пожирать целиком всю главную лестницу. Секунду спустя грохот ломающегося дерева повторился — на этот раз гривер разнес в щепки главный вход, — тварь проползла через весь дом и теперь вылезла наружу.

Томаса охватил приступ паники. Сейчас или никогда.

Юноша вскочил на ноги и бросился к двери комнаты, рывком распахнув ее. За спиной услышал крик Ньюта, но проигнорировал его и пулей вылетел в холл, перепрыгивая и лавируя между сотен щепок и обломков, разбросанных по полу. Прямо перед собой — там, где должна была находиться входная дверь, — он увидел огромную дыру, по краям которой безобразной бахромой торчали обломки досок. Пробежав прямо через нее, Томас выскочил в серую ночь во дворе.

— *Том*! — раздался крик Терезы у него в мозгу. — *Что ты делаешь*!

Не обращая на нее внимания, он продолжал бежать.

Гривер, схвативший Дэйва — парня, с которым Томасу ни разу не довелось поговорить, — жужжа и лязгая железными шипами по камню, катился к Западным Воротам. Остальные гриверы поджидали его в центре площади и немедленно устремились следом за своим компаньоном в Лабиринт. Томас понимал, что глэйдеры решат, будто он собрался покончить жизнь самоубийством, но, не колеблясь ни секунды, ринулся в самую гущу монстров. Те, видимо, такого поворота событий не ожидали и на мгновение замерли.

Томас быстро вскочил на того, который удерживал Дэйва, и попытался высвободить парня, надеясь, что тварь ослабит хватку и переключится на него. От пронзительных воплей Терезы череп буквально раскалывался на части.

Три гривера бросились на него как по команде, разом ощетинившись клешнями, иглами и крюками. Томас отчаянно бил ногами и руками, отпихивая ужасные металлические приспособления, заодно умудряясь наносить удары и пинать пульсирующие скользкие туши монстров — разделить судьбу Дэйва в его планы совсем не входило; он хотел, чтобы его только ужалили. Яростный натиск все усиливался, и Томас почувствовал, как буквально на каждом дюйме его тела стали возникать очаги боли — многочисленные уколы игл свидетельствовали о том, что Томас добился своей цели. Крича и продолжая неистово молотить руками и ногами, отбивая атаки, он покатился по земле прочь от чудовищ. В крови бурлил адреналин. Ни на секунду не прекращая борьбы, он, наконец, откатился на относительно свободный пятачок земли, затем вскочил на ноги и что есть мочи бросился наутек.

Как только он оказался вне досягаемости рук гриверов, те сразу отступили и немедленно скрылись в Лабиринте. Завывая от боли, Томас рухнул на землю.

Уже через секунду к нему подбежал Ньют, а за ним Чак, Тереза и еще несколько человек. Ньют схватил Томаса под мышки и приподнял.

— Хватайте за ноги! — скомандовал он.

Юноша почувствовал, будто мир вокруг него завертелся; помутилось в голове и затошнило. Кто-то — он не смог разобрать кто, — бросился выполнять приказ Ньюта. Томаса пронесли через площадь, втащили в Хомстед, затем через изуродованный холл отнесли в какую-то комнату и уложили на кровать. Мир вокруг уже не просто крутился, а начал распадаться на куски.

— Ты что натворил, твою мать!.. — заорал Ньют ему в лицо. — Как можно быть таким идиотом?!

— Нет... Ньют... ты не понимаешь... — Томас должен был сказать это раньше, чем провалится в небытие.

— Молчи! — приказал Ньют. — Не трать силы!

Томас почувствовал, как кто-то ощупывает ему руки и ноги, сдирает с него одежду, пытаясь понять, насколько серьезно он пострадал. Услышал голос Чака, с облегчением отметив, что с его другом все в порядке. Затем медак сказал что-то про несколько десятков уколов на теле.

Тереза стояла у его ног, рукой сжимая его правую лодыжку.

— *Зачем, Том? Зачем ты это сделал?*

— *Потому что...* — У него не осталось сил, чтобы сконцентрироваться.

Ньют крикнул, чтобы принесли противогриверную сыворотку, и через минуту Томас почувствовал укол в руку. Из места инъекции по всему телу распространилось тепло — успокаивающее, уменьшающее боль. Но Томасу по-прежнему казалось, будто мир разваливается, и он понял, что через какие-то несколько секунд потеряет сознание.

Комната вертелась все быстрее и быстрее, цвета слились в одно размазанное пятно. Прежде чем темнота окончательно поглотила Томаса, он собрал последние силы и прошептал, в надежде, что окружающие его услышат:

— Не волнуйтесь... Я сделал это специально...

ГЛАВА СОРОК СЕДЬМАЯ

Когда началась Метаморфоза, Томас полностью потерял чувство времени.

Как и в Ящике в день прибытия в Глэйд, он ощутил темноту и холод. Но на этот раз не чувствовал ни ног, ни тела. Он как будто плыл в пустоте, глядя в черную бездну. Томас ничего не видел, ничего не слышал, не улавливал никаких запахов. Его как будто лишили пяти основных чувств и отправили парить в вакууме.

Время тянулось бесконечно. Оно казалось вечностью. Постепенно страх сменился любопытством, а оно, в свою очередь, — скукой.

Наконец, после периода томительного ожидания, что-то начало меняться.

Будто подул легкий ветерок, неосязаемый, но слышимый. Затем где-то далеко вдали Томас увидел белесый туман, плавно извивающиеся клубы которого постепенно превратились в настоящий торнадо, который протянулся так далеко, что юноша уже не видел ни начала, ни конца его бешено вращающейся воронки. И тут он почувствовал, как чудовищный порыв ветра, словно шторм, застигший утлое суденышко, ударил его в спину, разорвал одежду, растрепал волосы и стал затягивать в бушующую воронку смерча.

Башня из клубящегося тумана начала надвигаться на него — или, может быть, *сам Томас* плыл в ее направлении, — сначала медленно, а затем со все более угрожающей скоростью. Там, где всего несколько секунд назад Томас видел отчетливые очертания туннеля, теперь простиралась бескрайняя белая гладь. И вот она его поглотила.

Томас почувствовал, как белесая мгла окутала мозг, и сразу же в сознание бурным потоком ворвались воспоминания из прошлого.

Все остальное обратилось в боль.

ГЛАВА СОРОК ВОСЬМАЯ

— Томас.

Голос — далекий раскатистый голос — прозвучал словно эхо в длинном туннеле.

— Томас, ты меня слышишь?

Он не хотел отвечать. Однажды его разум отключился, не в силах вынести боль, и теперь Томас боялся, что если позволит себе прийти в сознание, все повторится. Сквозь веки он увидел свет, но открыть глаза не мог, продолжая лежать неподвижно.

— Это Чак. Как ты, Томас? Пожалуйста, только не умирай, чувак.

И тут он все вспомнил: Глэйд, гриверов, их жалящие иглы, Метаморфозу. *Воспоминания*... Лабиринт не имеет разгадки! У них только один путь к свободе — путь ужасный, о котором они даже не предполагали. Томас был раздавлен отчаянием.

Застонав, он усилием воли заставил себя приоткрыть веки и увидел над собой пухлое лицо Чака, испуганно наблюдающего за ним. Впрочем, очень скоро глаза мальчика засветились радостью, и он расплылся в улыбке. Несмотря ни на что, несмотря на весь ужас, который ему пришлось пережить, Чак улыбался.

— Он очнулся! — закричал мальчик, ни к кому конкретно не обращаясь. — Томас очнулся!..

Звонкий крик мальчика заставил Томаса вздрогнуть; он снова закрыл глаза.

— Чак, тебе обязательно орать? Мне так погано.

— Извини. Я правда очень рад, что ты выжил. Скажи спасибо, что я тебя не расцеловал от счастья.

— Лучше не надо, Чак. — Томас снова открыл глаза и попытался принять сидячее положение, вытянув ноги на кровати и откинувшись на стену у изголовья. Все суставы и мышцы страшно ныли. — Как долго я провалялся? — спросил он.

— Три дня, — ответил Чак. — В целях безопасности тебя на ночь прятали в Кутузке, а днем опять переносили сюда. За все время нам раз тридцать казалось, что все — не выкарабкаешься. Но сейчас ты как огурчик!

Томас прекрасно представлял себя со стороны и знал, что выглядит отвратительно.

— Гриверы возвращались?

Восторг Чака угас в мгновение ока; он потупил взор и уставился в пол.

— Да. Схватили Зарта и еще двоих. По одному за ночь. Минхо с остальными бегунами снова прочесывали Лабиринт, пытаясь найти выход или что-то, к чему можно было бы применить тот дурацкий код, который вы обнаружили. Тухлый номер... Как думаешь, почему гриверы каждый раз забирают только одного шанка?

Томас почувствовал приступ дурноты — теперь он знал точный ответ и на этот вопрос, и на некоторые другие. Знал достаточно, чтобы понять, что иногда лучше чего-то и не знать.

— Найди Ньюта и Алби, — наконец сказал он. — Скажи, что надо созвать Совет. Как можно скорее.

— Ты не шутишь?

Томас вздохнул.

— Чак, я только что пережил Метаморфозу. Ты правда думаешь, что мне сейчас охота шутить?

Не говоря ни слова, Чак вскочил, пулей вылетел из комнаты и принялся звать Ньюта. По мере того как мальчик удалялся, его оклики делались все тише и тише.

Томас закрыл глаза и откинул голову назад, на стену. Затем мысленно позвал ее:

— *Тереза.*

Некоторое время она не отвечала, но внезапно у него в мозгу зазвучал ее голос, да так отчетливо, словно девушка сидела рядом.

— *Это было действительно глупо, Том. Очень и очень глупо.*

— *Пришлось на это пойти,* — ответил он.

— *Я страшно злилась на тебя предыдущие два дня. Видел бы ты себя. Кожа, вены...*

— *Ты на меня злилась?* — Томас затрепетал от мысли, что небезразличен девушке.

Она помолчала.

— *Ну, я просто хотела сказать, что убила бы тебя собственными руками, если бы ты умер.*

В груди у Томаса разлилось приятное, почти осязаемое тепло, и неожиданно для себя самого он даже приложил к сердцу руку.

— Ну... Тогда, наверное, спасибо.

— Так что с твоей памятью? Много вспомнил?

Он помедлил.

— Достаточно. Помнишь, ты сказала, что это мы поставили их в такие условия...

— Я была права?

— Знаешь, мы совершали плохие поступки, Тереза...

Он уловил исходящее от девушки чувство досады, как будто у нее назрел целый миллион вопросов, но она не знала, с какого начать.

— Назначение кода вспомнил? — спросила Тереза, словно не хотела узнать, какую роль играла во всем происходящем. — *Ты хоть что-нибудь вспомнил такое, что поможет нам отсюда выбраться?*

Томас молчал. Ему сейчас не хотелось с ней обсуждать этот вопрос. По крайней мере, до того момента, как он все хорошенько обдумает. Их единственный шанс выбраться из Лабиринта был сопряжен со смертельным риском.

— Возможно, — отозвался он. — *Но это не будет легкой прогулкой. Надо созвать Совет. Я попрошу, чтобы тебе разрешили на нем присутствовать. Утомительно рассказывать все по нескольку раз.*

Какое-то время оба молчали, явственно ощущая безрадостное настроение, исходящее друг от друга.

— Тереза.

— Да.

— Лабиринт не имеет разгадки.

Прежде чем ответить, она долго молчала.

— Думаю, теперь это всем очевидно.

Слышать боль в голосе Терезы — а он отчетливо ощущал ее у себя в мозгу — было почти невыносимо.

— Не волнуйся. Как бы то ни было, Создатели рассчитывают, что мы найдем выход. У меня уже созрел план.

Он хотел вселить в нее надежду, пусть и призрачную.

— Да неужели?

— Я серьезно. Правда, задумка ужасная, и часть из нас может погибнуть. Что скажешь? Звучит обнадеживающе?

— Не то слово. Что за план?

— Нам придется...

В комнату вошел Ньют, помешав закончить мысль.

— Потом расскажу, — моментально свернул разговор Томас.

— *Только поскорей*! — попросила она и отключилась.

Ньют подошел к кровати и уселся рядом.

— По тебе и не скажешь, что ты болен, Томми.

Томас кивнул.

— Слабость еще есть, но в целом чувствую себя нормально. Думал, будет гораздо хуже.

Ньют покачал головой, лицо его выражало смесь гнева и восхищения.

— Блин, то, что ты сделал, с одной стороны — смело, с другой — глупо. Кажется, ты здорово преуспел и в том, и в другом. — Он сделал паузу и покачал головой. — Но я понимаю, зачем ты на это пошел. Вспомнил что-нибудь? Что-нибудь полезное для нас?

— Надо созвать Совет, — сказал Томас, принимая более удобное положение на кровати. На удивление, боли он почти не ощущал, лишь головокружение. — Пока все хорошо помню.

— Да. Чак мне сказал. Созовем. Только зачем? Что ты узнал?

— Это тест, Ньют. Один большой тест.

Ньют понимающе кивнул:

— Типа эксперимента?

Томас замотал головой.

— Ты не понял. Создатели занимаются селекцией — отбирают лучших из нас. Подбрасывают нам свои Переменные и ждут, когда мы сдадимся. Тестируют наш запас терпения, волю к победе и способности к борьбе. Отправка сюда Терезы и последующие резкие изменения — всего лишь очередная Переменная. Так сказать, окончательный анализ. И теперь настало время последнего испытания — непосредственно побега.

Ньют удивленно поднял бровь.

— Что ты хочешь сказать? Ты знаешь путь на свободу?

— Да. Созывай Совет. Немедленно.

ГЛАВА СОРОК ДЕВЯТАЯ

Через час Томас, как и пару недель назад, предстал перед Советом кураторов. Терезу на заседание не пустили, чем вызвали у них обоих серьезное недовольство. В отличие от Ньюта и Минхо, остальные члены Совета все еще относились к девушке с недоверием.

— Начинай, Шнурок, — сказал Алби со своего места в центре полукруга из стульев, два из которых оставались незанятыми — горькое напоминание о том, что Зарта и Галли схватили гриверы. Вожак глэйдеров сидел рядом с Ньютом и, кажется, полностью восстановился после недавнего нападения. — И постарайся не ходить вокруг да около.

Томас, который после Метаморфозы все еще ощущал себя неважно, немного помолчал, собираясь с мыслями. Ему предстояло рассказать многое, и он хотел быть уверенным, что его история не прозвучит как бред сумасшедшего.

— Это долгая история, — начал он. — На пересказ всего времени нет, поэтому я постараюсь передать самую суть. Когда я проходил через Метаморфозу, в памяти возникали картинки — сотни картинок, — как будто мне один за другим показывали слайды. Я многие из них запомнил, но обо всех рассказывать нет никакого смысла. Часть образов я забыл почти сразу, некоторые начинают стираться из памяти только сейчас. — Он сделал паузу, снова подбирая слова. — Но вспомнил я достаточно. Создатели нас испытывают, а Лабиринт вообще не имеет разгадки. Все это лишь тест. И для последующих ключевых экспериментов им нужны победители, то есть выжившие здесь.

Он умолк, начиная сомневаться, что выстроил цепочку мыслей правильно.

— Что?.. — воскликнул Ньют.

— Давайте я начну заново, — сказал Томас, потирая глаза. — Всех нас отобрали для испытаний еще в раннем детстве, хотя и не знаю, почему и с какой целью. В памяти остались бессвязные обрывки воспоминаний и ощущение, будто произошло что-то плохое и мир изменился. Что именно произошло — не знаю. Создатели нас похитили, и что-то мне подсказывает, что угрызения совести по этому поводу их не мучают. Они каким-то образом высчитали, что мы обладаем коэффициентом интеллекта выше среднего, и поэтому выбор пал на нас. Все сведения очень обрывочны, так что подробностей не знаю, да они и не имеют значения, по большому счету. Свою семью я не помню, как и ее дальнейшую судьбу. Знаю, после того, как нас украли, следующие несколько лет мы проходили обучение в специальных школах и, в общем, жили нормальной жизнью до того момента, как Создатели смогли наконец профинансировать строительство Лабиринта. Все наши имена — всего лишь дурацкие клички — производные от известных имен. Алби от Альберта Эйнштейна, Ньют от Исаака Ньютона. А меня назвали Томасом в честь Эдисона.

Алби выглядел так, словно ему дали хорошую пощечину.

— Выходит, даже наши имена... ненастоящие?

Томас покачал головой.

— Из того, что я вспомнил, рискну сделать вывод, что мы можем вообще никогда не узнать своих настоящих имен.

— Хочешь сказать, мы все паршивые сироты, воспитанные учеными? — удивился Фрайпан.

— Да, — ответил Томас, надеясь, что выражение его лица не выдает обреченность, которую он сейчас испытывает. — Предположительно, мы очень сообразительные, поэтому они следят за каждым нашим шагом и анализируют поведение. Смотрят, кто сдастся, а кто нет. И вообще, кто выживет. Неудивительно, что весь Лабиринт напичкан жуками-стукачами. Более того, некоторым из нас немного... подкорректировали мозги.

— Я не верю ни единому слову. Все это кланк собачий, — проворчал Уинстон. Выглядел он усталым и равнодушным.

— С какой стати мне врать? — спросил Томас, повышая голос. Он ведь нарочно полез под иглы гриверов, чтобы все это вспомнить! — Думаешь, твое предположение о том, что пришельцы забрали нас на другую планету, лучше?

— Давай дальше, — сказал Алби. — Хотя я и не понимаю, почему другие укушенные не вспоминали ничего подобного. Я вот пережил Метаморфозу, но все, что вспомнил... — Он быстро обернулся на кураторов, как будто сказал то, чего говорить не следовало. — В общем, не вспомнил ничего интересного.

— Через минуту я объясню, почему вспомнил гораздо больше остальных, — ответил Томас, с ужасом думая, *что* начнется, когда он перейдет к этой части повествования. — Могу я продолжать или нет?

— Говори, — бросил Ньют.

Томас набрал в легкие побольше воздуха, прямо как перед спринтерским забегом.

— Итак. Каким-то образом они стерли нам память — не только детские воспоминания, но вообще любые, которые хоть как-то связаны с Лабиринтом. Потом засунули в Ящик и послали сюда. Первый раз они отправили большую группу детей, а затем в течение двух лет подсылали по одному новичку каждый месяц.

— Черт, но зачем? — спросил Ньют. — Какой в этом смысл?

Томас поднял руку, призывая к тишине.

— Сейчас поймете. Потом прислали меня. Как я сказал, они испытывают нас, смотрят, как мы реагируем на то, что они называют «Переменными», и как пытаемся решить проблему, которая не имеет решения. Они смотрят, можем ли мы сотрудничать, создать единое общество. Нам предоставлялось все необходимое, а в качестве неразрешимой проблемы выступил Лабиринт — самая известная головоломка в истории человеческой цивилизации. Все это обставили таким образом, чтобы мы думали, будто разгадка действительно существует, и продолжали упорно над ней биться, при этом испытывая все более сильную обреченность оттого, что не можем ее найти. — Он помедлил и обвел кураторов взглядом, желая убедиться, что они внимательно слушают. — Я хочу сказать, что у Лабиринта нет разгадки.

Комнату наполнил гомон, и один за другим посыпались вопросы.

Томас поморщился. Он бы многое отдал, чтоб просто переслать свои мысли в головы кураторов единым блоком и не мучиться с объяснениями.

— Видите? Ваша реакция доказывает правдивость моих слов! Многие люди давным-давно сдались бы. Но, судя по всему, мы особенные. Мы просто не можем принять постулат, что у проблемы нет решения — особенно когда имеем дело с таким пустяком, как Лабиринт. Вот поэтому мы продолжали биться над загадкой, не останавливаясь перед постоянными неудачами.

Томас внезапно понял, что с каждой минутой его голос звучит все тверже, да и вообще говорит он все более и более эмоционально.

— Как бы то ни было, я уже сыт по горло всем этим дерьмом — гриверами, двигающимися стенами, Обрывом! Это всего лишь элементы проклятого эксперимента. Нас используют, вертят нами, как марионетками! Создатели с самого начала планировали, что мы будем ломать голову над решением, которого в действительности не существует! То же самое и с Терезой. Ее направили к нам якобы для того, чтобы она запустила какое-то Окончание. После этого стены застыли, солнце потухло, небо посерело, и так далее, и тому подобное. На самом деле Создатели просто подкидывают нам все новые и новые нестандартные ситуации, чтобы изучать реакции и испытывать наш запас прочности! Ждут, когда мы начнем грызть друг другу глотки. А выжившие примут участие в какой-то важной миссии.

Фрайпан встал.

— А убийства? Это тоже часть их замечательного плана?

Секунду-другую Томас боролся с охватившим его страхом, опасаясь, как бы кураторы не обратили свой гнев на него из-за того, что он знает так много. А ведь он еще не рассказал им самого главного...

— Да, Фрайпан. Убийства — часть плана. Единственная причина, по которой гриверы начали выбивать нас по одному, заключается в том, что нам предоставляют время отыскать выход. Предполагается, что свободу получат только наиболее жизнеспособные из нас, то есть — лучшие.

Фрайпан в сердцах пнул ногой стул.

— Тогда самое время поведать нам свой волшебный план побега!

— Поведает, — тихо сказал Ньют. — Заткнись и слушай.

Минхо, которого все это время почти не было слышно, кашлянул:

— Что-то мне подсказывает, что я не обрадуюсь тому, что сейчас услышу.

— Не исключено, — ответил Томас. Он на пару секунд закрыл глаза и скрестил руки на груди. Следующие несколько минут станут решающими. — Что бы там ни планировали Создатели, им требуется отобрать лучших. Но это звание мы должны заслужить. — В комнате воцарилась полнейшая тишина. Все глаза были устремлены на Томаса. — Последний этап испытаний связан с кодом.

— С кодом? — переспросил Фрайпан с надеждой в голосе. — А что с ним?

Томас посмотрел ему в лицо, выдерживая театральную паузу.

— Его запрятали в карты секторов с умыслом. Мне это точно известно, потому что код в Лабиринт вместе с Создателями закладывал я.

ГЛАВА ПЯТИДЕСЯТАЯ

Довольно долго все сидели молча, непонимающе уставившись на Томаса. Он чувствовал, что его ладони и лоб покрываются потом. Продолжать разговор становилось все страшнее.

Ньюта, видимо, признание Томаса просто нокаутировало, однако он нарушил тишину первым:

— О чем ты толкуешь?

— Сначала я хотел бы кое-что рассказать. О себе и Терезе. Есть причина, почему Галли обвинял меня во всех смертных грехах и почему меня узнали все пережившие Метаморфозу.

Томас ожидал, что поднимется гвалт и на него градом посыплются вопросы, однако в комнате продолжала висеть гробовая тишина.

— Тереза и я... мы отличаемся, — продолжал он. — Мы с самого начала были частью испытаний Лабиринтом, хотя и не по нашей воле, клянусь.

Теперь настала очередь Минхо задать свой вопрос:

— Томас, о чем ты говоришь?

— Создатели использовали нас с Терезой. Думаю, если бы вы вспомнили прошлое, то наверняка захотели бы нас убить. Но я должен был признаться вам в этом лично, чтобы вы знали, что теперь нам можно доверять. Чтобы поверили, что выход из Лабиринта, о котором я сейчас расскажу, — единственный.

Томас скользнул глазами по лицам кураторов, пытаясь предугадать, правильно ли они воспримут то, о чем он сейчас сообщит. Впрочем, выбора у него не оставалось. Он обязан во всем признаться.

Томас глубоко вздохнул, затем произнес:

— Мы с Терезой помогали проектировать Лабиринт. И вообще — участвовали в подготовке эксперимента.

— И как прикажешь это понимать? — выдавил Ньют. — Черт возьми, тебе лет шестнадцать! Как ты мог создать Лабиринт?

Томас и сам бы в такое не поверил, однако не сомневался, что воспоминания его не подводили, какими бы безумными ни казались. Он знал это точно.

— Просто мы... особо одаренные. И я подозреваю, что это одна из Переменных. Но гораздо важнее то, что мы с Терезой обладаем... даром, который очень пригодился Создателям в процессе проектирования и строительства этого места.

Он умолк, думая, как нелепо, наверное, звучит его речь.

— Говори! — выкрикнул Ньют. — Выкладывай все!

— Мы — телепаты! Можем общаться между собой мысленно!

Как только Томас выложил все начистоту, ему стало почти стыдно, словно он сознался в воровстве.

Потрясенный, Ньют непонимающе заморгал глазами; кто-то кашлянул.

— Послушайте меня, — продолжил Томас, поспешив внести ясность. — Они *заставили* нас помогать им! Не знаю, как и почему, но это чистая правда. — Юноша помолчал. — Возможно, Создатели хотели проверить, способны ли мы заслужить ваше доверие, несмотря на то, что являемся частью проекта. А может, они изначально планировали, что именно мы подскажем путь выхода. Так или иначе, в ваших картах мы обнаружили код, и теперь настала пора его использовать.

Томас посмотрел на кураторов, но те, как ни странно, вовсе не выглядели разгневанными. Одни сидели с непроницаемыми лицами, другие — покачивали головами, то ли от недоверия, то ли от удивления. Лишь Минхо по непонятной причине улыбался.

— Это правда. Мне очень жаль, — снова заговорил Томас. — Но могу сказать следующее: мы все в одной лодке. Нас с Терезой забросили сюда наравне с остальными, поэтому и мы не застрахованы от гибели. Создатели насмотрелись вволю, и теперь настало время финального испытания. Мне требовалось пройти через Метаморфозу, чтобы найти недостающий элемент разгадки. Как бы там ни было, я хотел, чтобы вы знали правду, знали, что у нас есть шанс выбраться отсюда.

Ньют, глядя в пол, закивал, затем вскинул голову и обвел взглядом остальных кураторов.

— Создатели... Не Тереза и не Томми, а Создатели во всем виноваты. И ублюдки еще очень об этом пожалеют.

— Плевать, — отозвался Минхо. — Какая теперь разница, чьих это рук дело? Говори лучше, как смыться.

У Томаса будто ком застрял в горле. Неожиданно он испытал такое облегчение, что не мог выдавить из себя ни слова. Юноша был уверен, что на нем по полной выместят злобу, а то и вовсе сбросят с Обрыва. В общем, сообщить им остальное казалось простым делом.

— Существует компьютер. Он находится там, где мы никогда не искали. На нем нужно набрать код, который откроет выход из Лабиринта и одновременно отключит гриверов, чтобы они не последовали за нами. Правда, до того момента еще нужно дожить...

— Там, где мы никогда не *искали*? — воскликнул Алби. — А что, по-твоему, мы делали целых два года?!

— Можете мне поверить, в этом месте вы точно не искали.

Минхо встал.

— Ну, и где оно?

— Это почти равносильно самоубийству, — уклончиво ответил Томас, не желая ошеломить их так сразу. — Как только мы выдвинемся, на нас немедленно спустят гриверов. Сразу всех. Таково финальное испытание.

Он хотел убедиться, что они понимают, насколько высоки ставки и призрачны шансы на то, что уцелеют все.

— Так где же это место? — спросил Ньют, весь подавшись вперед.

— За Обрывом, — ответил Томас. — Мы должны прыгнуть в Нору Гриверов.

ГЛАВА ПЯТЬДЕСЯТ ПЕРВАЯ

Алби подскочил так резко, что опрокинул стул. На фоне белой повязки на лбу налитые кровью глаза выделялись ярко-красными пятнами. Он сделал пару шагов в направлении Томаса, как будто намеревался обрушиться на него с обвинениями, если не с кулаками, но остановился.

— Ты просто долбанутый идиот, — сказал он, испепеляя Томаса взглядом. — Или предатель! Как мы можем тебе доверять, если ты помогал проектировать Лабиринт и сотрудничал с теми, по чьей милости нас сюда бросили?! Мы и с одним-то гривером справиться не можем на своей территории, а ты предлагаешь сунуться к ним в самое логово? Я никак не пойму, что ты на самом деле замыслил?

Томас начал закипать.

— Что я замыслил? Ничего! Какой мне смысл выдумывать?

Было видно, как у Алби напряглись руки; он сжал кулаки.

— А такой, что с твоим появлением нас начали убивать! С какой стати нам тебе доверять?

Томас недоуменно уставился на него.

— У тебя что, проблемы с кратковременной памятью? Я рисковал собственной жизнью, чтобы спасти тебя в Лабиринте — если бы не я, ты давно был бы мертв!

— А может, это только уловка, чтобы втереться в доверие! Раз ты сотрудничаешь с ублюдками, которые нас сюда послали, то мог и не волноваться по поводу гриверов. Может, все это было подстроено.

Злость в Томасе потихоньку угасла, уступив место жалости. В поведении Алби было нечто странное. Подозрительное.

— Алби. — К облегчению Томаса, в перепалку решил вмешаться Минхо. — Твоя теория — самая дурацкая из всех, какие мне доводилось слышать. Томас в течение трех дней бился в конвульсиях и чуть не умер. Он что, по-твоему, и тут притворялся?

— Очень может быть! — с вызовом сказал Алби.

— Я сделал это, — сказал Томас, вкладывая в голос все раздражение, которое в нем накипело, — с расчетом на то, что ко мне вернутся воспоминания, которые помогут нам выбраться отсюда! Или, может, мне продемонстрировать синяки и ссадины у себя на теле?

Алби ничего не ответил, продолжая стоять с перекошенным гневом лицом. В глазах у него появились слезы, а вены на шее вздулись.

— Мы не можем вернуться! — выкрикнул он, обводя взглядом всех, кто находился в комнате. — Я видел, как мы жили в прошлом. Мы не должны возвращаться!

— Так, значит, все дело в этом?! — воскликнул Ньют. — Ты что, издеваешься?

Алби резко повернулся к нему и замахнулся, но вовремя сдержался и опустил руку. Он побрел к своему месту, сел и, закрыв лицо руками, зарыдал. Томас мог ожидать чего угодно, только не этого — бесстрашный вожак глэйдеров плакал!..

— Алби, поговори с нами, — настойчиво сказал Ньют, желая разобраться в происходящем. — В чем дело?

— Это я сделал, — вздрагивая от рыданий, выдавил из себя Алби. — Я!..

— Сделал что? — спросил Ньют. Как и Томас, он выглядел полностью сбитым с толку.

Алби поднял голову, из глаз у него ручьем текли слезы.

— Я сжег карты. Это я сделал... Я сам стукнулся лбом о стол, чтобы вы подумали на кого-то другого. Я соврал вам. Я сжег все карты! Это моя вина!..

Кураторы переглянулись; в их округлившихся глазах и на изрезанных морщинами лбах читалось потрясение. Впрочем, Томасу теперь все стало ясно. Алби вспомнил, какой ужасной была жизнь до попадания сюда, и теперь всячески противился возвращению.

— Хорошо, что мы сохранили карты. Благодаря твоей же подсказке, которую ты нам дал после Метаморфозы. Большое спасибо, — почти издевательски невозмутимо бросил Минхо.

Томас посмотрел на Алби, ожидая, как тот ответит на саркастическую и отчасти жестокую реплику Минхо, но тот пропустил ее мимо ушей.

Ньют, вместо того чтобы разозлиться, лишь попросил у Алби объяснений. Томас понимал, почему Ньют сохранял спокойствие: карты перепрятали, а код расшифровали. Так что теперь все это, по большому счету, не имело значения.

— Говорю вам! — Голос Алби зазвучал истерично, почти умоляюще. — Мы не можем вернуться назад! Я видел реальный мир, вспомнил страшные — чудовищные! — вещи. Выжженные земли, болезнь — какая-то зараза, называемая Вспышкой. Все просто ужасно — гораздо хуже того, что мы имеем здесь.

— Если мы останемся *здесь*, то гарантированно умрем! — выкрикнул Минхо. — Это лучше, что ли?!

Прежде чем ответить, Алби долго смотрел на куратора бегунов. Томас тем временем гадал о значении слов, которые только что вырвались из уст вожака глэйдеров. *Вспышка*. Название казалось очень знакомым, словно еще чуть-чуть — и он ухватится за воспоминание. С другой стороны, Томас был уверен, что во время Метаморфозы ничего не вспоминал ни о каких болезнях.

— Да, лучше, — ответил Алби. — Лучше сразу умереть, чем возвратиться домой.

Минхо хмыкнул и откинулся на спинку стула.

— Ты прямо пышешь оптимизмом, чувак! Если что, я с Томасом. С Томасом на все сто процентов. Если нам и суждено погибнуть, так давайте сделаем это в сражении, черт возьми!

— Внутри Лабиринта или за его пределами, — добавил Томас, обрадовавшись, что Минхо принял его сторону.

Он повернулся к Алби:

— Но мы все-таки живем в том самом мире, который ты вспомнил.

Алби снова встал; выражение его лица красноречиво говорило о том, что он смирился с поражением.

— Поступайте как знаете. — Он вздохнул. — Мы все равно умрем, так или иначе.

Сказав это, Алби направился к двери и вышел из комнаты.

Ньют с шумом выдохнул и покачал головой.

— Он сам не свой после Метаморфозы. Знать бы, какое дерьмо он там навспоминал... И что это за Вспышка такая, черт возьми?!

— А мне до лампочки, — отозвался Минхо. — Все лучше, чем подыхать тут. К тому же, когда выберемся, у нас появится шанс поквитаться с Создателями. Думаю, сейчас мы должны сделать то, что они от нас ожидают, — пройти через Нору Гриверов и выбраться. А если кто-то и погибнет, так тому и быть.

Фрайпан фыркнул.

— Слушайте, шанки, я просто фигею! Вы предлагаете отправиться прямо в логово гриверов?! Более идиотских предложений я в жизни не слыхивал! Проще сразу себе вены перерезать!

Кураторы разом заспорили, стараясь перекричать друг друга. В конце концов, чтобы они утихомирились, Ньюту пришлось на них прикрикнуть.

Как только все успокоились, Томас снова взял слово:

— Вы как хотите, а я прыгну в Нору или погибну по пути к ней. Кажется, Минхо тоже готов пойти на риск. Уверен, что и

Тереза присоединится. Если нам удастся сдерживать атаки гриверов до того момента, как кто-то успеет набрать код и отключит их, мы сможем пройти через дверь, которой пользуются *они*. На этом тесты закончатся, и у нас появится возможность встретиться с Создателями лицом к лицу.

Ньют недобро осклабился.

— И ты думаешь, мы сможем отбиваться от гриверов? Даже если не погибнем, нас искусают с ног до головы. Возможно, твари заранее будут поджидать нас, как только мы приблизимся к Обрыву. В Лабиринте полным-полно жуков-стукачей, поэтому Создатели сразу просекут, куда мы направляемся.

Томас понимал, что настало время рассказать им ключевую часть плана, хоть и страшно этого боялся.

— Думаю, жалить они нас больше не станут. Метаморфоза — одна из Переменных, которая действует, только пока мы живем *здесь*. Там все изменится. Правда, есть один момент, который может сыграть нам на руку.

— Да неужели?! — насмешливо воскликнул Ньют. — Жду не дождусь, когда услышу!

— Если мы все погибнем, Создателям не будет от нас никакой пользы. Предполагается, что выжить можно, хоть и трудно. Думаю, теперь мы знаем наверняка, что гриверы запрограммированы убивать только одного из нас в сутки. Поэтому один человек заранее может пожертвовать собой, чтобы спасти тех, кто отправится к Норе. Мне кажется, Создатели как раз на такой сценарий и рассчитывают.

Комната погрузилась в совершенное безмолвие, пока, наконец, куратор Живодерни не издал громкий смешок.

— Прошу прощения! — воскликнул он. — Значит, ты предлагаешь бросить несчастного младенца волкам, чтобы стая отвязалась? Это и есть твое гениальное предложение?

Идея, конечно, хуже не придумаешь, но тут Томасу в голову пришла свежая идея.

— Да, Уинстон. Рад, что ты внимательно следишь за ходом моих мыслей. — Томас проигнорировал неприязненный взгляд куратора. — И, по-моему, очевидно, кому суждено стать несчастным младенцем.

— Правда?! — ответил Уинстон. — Интересно, кому же?

Томас скрестил на груди руки.

— Мне.

ГЛАВА ПЯТЬДЕСЯТ ВТОРАЯ

В комнате снова поднялся невообразимый гвалт. Ньют очень тихо встал, подошел к Томасу и, схватив за руку, потащил к выходу.

— Дальше мы без тебя. Свободен.

Такого Томас совсем не ожидал.

— Без меня? Почему?

— Думаю, для одного собрания ты уже достаточно наговорил. Теперь мы все обсудим и решим, что делать. Без твоего присутствия. — Они подошли к двери, и Ньют мягко вытолкнул Томаса в коридор. — Жди меня у Ящика. Когда я освобожусь, поговорим с глазу на глаз.

Не успел он повернуться, как Томас его задержал:

— Ты должен мне верить, Ньют. Это единственный путь к свободе. Клянусь, у нас все получится! Создатели хотят от нас именно *этого*.

Ньют наклонился и негодующе прошипел Томасу прямо в лицо:

— Ага. Мне особенно понравилась та часть плана, где ты добровольно вызвался покончить жизнь самоубийством!

— Я пойду на это без колебаний.

Томас знал, что говорит. Он чувствовал себя виноватым. Виноватым за то, что каким-то образом помогал проектировать Лабиринт. Впрочем, глубоко в душе он надеялся, что сможет отбивать атаки гриверов до того, как кто-нибудь успеет набрать код и отключить чудовищ, и его убить не успеют. Надеялся увидеть заветный выход.

— Да неужели?! — раздраженно воскликнул Ньют. — Прямо Мистер Благородство собственной персоной!

— У меня и личных мотивов хватает. Как ни крути, а часть ответственности за то, что нас тут заточили, лежит на мне. — Томас замолчал и вздохнул, собираясь с мыслями. — В общем, я принял окончательное решение, так что лучше не упустите свой шанс.

Ньют насупился, в его глазах неожиданно проступило сочувствие.

— Если ты на самом деле помогал проектировать Лабиринт, Томми, то твоей вины в этом нет. Ты всего лишь мальчишка, которого заставили плясать под их дудку.

Но Томас для себя все решил, и ни Ньют, ни кто-либо другой не мог на него повлиять. Юноша действительно нес долю ответственности за происходящее, и чем дольше он об этом думал, тем сильнее его терзали угрызения совести.

— Я просто... чувствую, что должен спасти остальных. Искупить вину.

Ньют отступил, медленно покачав головой.

— Знаешь, что самое смешное, Томми?

— Что? — насторожился Томас.

— Я тебе верю. По глазам вижу, что ты ни капли не врешь. А сейчас скажу такое, во что сам бы ни в жизнь не поверил. — Он помолчал. — Я сейчас вернусь на заседание и попытаюсь убедить шанков сделать так, как ты сказал: прыгнуть в Нору Гриверов. Лучше уж открыто принять бой, чем сидеть тут и дожидаться, пока нас всех не перебьют поодиночке. — Он поднял вверх палец. — И еще: я больше не хочу от тебя слышать весь этот геройский кланк и прочую хрень о самопожертвовании. Если мы будем прорываться, то все вместе. Слышишь меня?!

Томас покорно поднял руки. У него словно гора с плеч свалилась.

— Отчетливо. Я лишь хочу сказать, что игра стоит свеч. Раз уж нам и так суждено гибнуть поодиночке каждую ночь, мы могли бы извлечь из ситуации максимальную выгоду.

Ньют нахмурился.

— М-да, умеешь ты подбодрить...

Томас повернулся и зашагал прочь, но Ньют его окликнул:

— Томми!

— Чего? — Томас остановился, но не обернулся.

— Если мне удастся убедить шанков — а это под большим вопросом, — то самое подходящее время для побега — ночью. Вероятно, большинство гриверов в это время будут находиться в Лабиринте, а не в этой своей Норе.

— Лады.

Томас был согласен с Ньютом. Теперь оставалось лишь уповать на то, что тот сможет повлиять на кураторов.

По обеспокоенному лицу Ньюта скользнула тень улыбки.

— Лучше всего прорываться сегодня ночью — пока еще кого-нибудь не убили.

И прежде чем Томас успел произнести хоть слово, Ньют скрылся за дверью.

Томас вышел из Хомстеда и направился к старой скамейке неподалеку от Ящика. В голове вертелся целый круговорот мыслей. Он не переставал думать о том, что сказал Алби про Вспышку, гадая, что скрывается за этим названием. Вожак глэйдеров еще говорил про выжженную землю и болезнь. Томас ничего такого не помнил, однако если все это было правдой — с миром, в который они так стремятся вернуться, действительно что-то не в порядке. С другой стороны, что им еще остается? Не говоря уже о том, что на них каждую ночь нападают гриверы, Глэйд сам по себе становился непригодным для жизни.

Раздосадованный, нервный и уставший от раздумий, он позвал Терезу.

— *Ты меня слышишь?*

— *Да*, — ответила она. — *Где ты?*

— *Около Ящика.*

— *Подойду через минуту.*

— *Хорошо. Хочу рассказать тебе свой план. Кажется, сейчас самое время.*

— *Начинай.*

Томас откинулся на скамье и забросил ногу на ногу, размышляя над тем, как Тереза отреагирует на то, что он сейчас сообщит.

— *Нам придется проникнуть в Нору Гриверов, а затем использовать код, который отключит этих чудищ и откроет выход наружу.*

Пауза.

— *Я почему-то предполагала нечто подобное.*

Томас секунду-другую подумал, затем сказал:

— *Если только у тебя нет идей лучше.*

— *Увы... Но твой план просто ужасен.*

— *У нас получится.*

В подтверждение своих слов он стукнул кулаком правой руки по левой ладони, хотя и знал, что Тереза его не видит.

— *Очень сомневаюсь.*

— *Ничего другого просто не остается.*

Еще одна пауза, на этот раз более продолжительная. Томас уловил исходящую от Терезы решимость.

— *Ты прав.*

— *Скорее всего, мы отправимся сегодня ночью. Когда подойдешь сюда, обсудим все более подробно.*

— *Буду через несколько минут.*

У Томаса засосало под ложечкой. Неотвратимость задуманного им дерзкого плана, который Ньют сейчас отстаивал перед Советом кураторов, постепенно начала доходить до сознания. Томас отлично понимал всю степень риска, и мысль о том, что придется *воевать* с гриверами, вместо того чтобы убегать от них, повергала в ужас. При самом оптимистичном сценарии минимум один глэйдер все равно погибнет, но и на такой расклад рассчитывать не приходилось. Может быть, Создатели вообще перепрограммируют монстров, и тогда шансы выжить резко уменьшатся.

Томас решил не думать об этом.

Тереза нашла его раньше, чем он ожидал. Несмотря на то что места на скамье хватало, девушка села к Томасу вплотную, тесно прижавшись плечом, и взяла за руку. В ответ он с силой сжал ее ладонь.

— Рассказывай, — попросила она.

Томас так и сделал — слово в слово пересказал ей все, что сообщил кураторам. По мере того как Тереза слушала, в глазах у нее все сильнее проявлялось беспокойство, а под конец и ужас.

— Конечно, легко было рассуждать о плане абстрактно, — добавил Томас, после того как завершил рассказ. — Но Ньют считает, что надо действовать сегодня же. Так что теперь мне задумка кажется не такой и хорошей.

Во всем этом деле Томаса особенно беспокоила судьба Чака и Терезы. Он уже имел дело с гриверами и прекрасно осознавал ничтожность шансов на благополучный исход стычки с ними. Ему хотелось бы защитить друзей от риска, однако он понимал, что это невозможно.

— У нас получится, — тихо ответила Тереза.

От этих слов он разволновался еще сильнее.

— Черт возьми, ну и страшно же мне.

— Черт возьми, ты — человек. Тебе *должно* быть страшно.

Томас ничего не ответил. Они еще долго сидели, держась за руки, не говоря друг другу ни слова — ни вслух, ни мысленно. Томас вдруг почувствовал умиротворение, и каким бы зыбким и скоротечным оно ни было, постарался насладиться каждым его мгновением.

ГЛАВА ПЯТЬДЕСЯТ ТРЕТЬЯ

Когда заседание подошло к концу и Ньют вышел из Хомстеда, Томас даже немного расстроился. Стало ясно, что время отдыха закончилось.

Увидев их, куратор, прихрамывая, побежал к ним. Томас поймал себя на мысли, что непроизвольно выпустил руку Терезы.

Ньют остановился перед скамьей и скрестил руки на груди, глядя на Терезу и Томаса сверху вниз.

— Дурдом какой-то.

Выражение его лица понять было невозможно, но, кажется, в глазах сверкал победный блеск.

Томас встал, чувствуя, как все тело начинает дрожать от волнения.

— Так они согласились?

Ньют кивнул.

— Все до одного. Оказалось куда проще, чем я предполагал. Решили, что раз долбаный Лабиринт не имеет разгадки, пора действовать иначе. Наверное, до шанков начало доходить, что их ждет в Глэйде при открытых Воротах. — Он повернулся и посмотрел на кураторов, начавших собирать вокруг себя группы подчиненных им рабочих. — Теперь осталось убедить простых глэйдеров.

Томас был уверен, что эта задача окажется даже более сложной, чем попытка переманить кураторов на свою сторону.

— Думаешь, они согласятся? — спросила Тереза, вставая со скамейки.

— Не все, — ответил Ньют с явной досадой. — Кто-то наверняка останется здесь попытать счастья. Гарантирую.

Томас не сомневался, что от одной только мысли о том, что придется бежать по Лабиринту, у глэйдеров затрясутся поджилки. Предлагать им в открытую сражаться с гриверами — значит просить слишком многого.

— А что с Алби?

— Кто его знает, — ответил Ньют, обводя глазами Глэйд, кураторов и группы их подопечных. — Бедолага боится возвращения домой сильнее, чем встречи с гриверами. Но я уговорю его пойти с нами. Не беспокойся.

Томасу страшно захотелось вспомнить хоть что-нибудь из того, что так сильно напугало Алби, но в памяти зиял провал.

— И как ты собираешься это сделать?

Ньют засмеялся.

— Навешаю какой-нибудь лапши на уши. Скажу, что где-нибудь в другой части света у нас начнется новая жизнь, и проживем мы долго и счастливо.

Томас пожал плечами.

— Возможно, так и будет. Кто знает? Знаете, я пообещал Чаку, что верну его домой. Или как минимум найду ему новый дом.

— Да уж... После этого места что угодно раем покажется, — пробормотала Тереза.

Томас посмотрел на группы горячо спорящих глэйдеров, разбросанные по всему Глэйду, — кураторы изо всех сил пытались убедить людей, что те должны рискнуть и с боем прорываться к Норе Гриверов. Некоторые не вняли уговорам и ушли, но большинство слушали внимательно и, кажется, всерьез задумались.

— И что дальше? — спросила Тереза.

Ньют глубоко вздохнул.

— Выясним, кто идет, а кто остается, и начнем готовиться. Надо подумать о еде, оружии и прочих вещах. Затем двинемся в путь. Томас, я бы назначил тебя главным, раз уж идея принадлежит тебе, но нам и без того будет трудно уломать глэйдеров отправиться к Норе, а уж если они узнают, что лидером станет Шнурок... Без обид. Так что не высовывайся, хорошо? Вы вместе с Терезой займетесь кодом. Будете действовать без лишней огласки.

Томас был вовсе не против не высовываться. Найти компьютер и набрать на нем код казалось более чем ответственным заданием. И все-таки ему пришлось бороться с нарастающей в душе паникой.

— В твоих устах все и правда кажется легким и простым, — проговорил он наконец, стараясь хоть чуточку разрядить напряженную обстановку. А заодно и себя успокоить.

Ньют снова скрестил руки и пристально посмотрел на Томаса.

— Как ты сказал, останемся здесь — и один шанк погибнет. Отправимся к Норе, и кто-то все равно погибнет. Тогда какая разница? — Он ткнул Томаса в грудь. — Если только ты не ошибся.

— Не ошибся.

Томас знал, что прав насчет Норы, кода, секретного выхода и неизбежности стычки с гриверами. Но вот один человек погибнет или несколько, он предугадать не мог. Как бы то ни было, признаваться в сомнениях он не собирался.

— Лады. — Ньют похлопал его по плечу. — А теперь за работу.

Следующие несколько часов в Глэйде кипела бурная деятельность.

Большинство глэйдеров — даже больше, чем предполагал Томас, — все-таки решили присоединиться к беглецам. В том числе и Алби. Хотя никто в этом не признавался, Томас мог биться об заклад: в душе все надеялись на то, что гриверы убьют только одного, и рассматривали свои шансы стать этим несчастным как мизерные. Лишь немногие особенно упрямые приняли решение остаться в Глэйде; впрочем, шума и проблем больше всего доставляли именно они, с мрачным видом слоняясь по площади и всячески пытаясь втолковать остальным, какие те болваны. В конце концов упрямцы осознали тщетность своих попыток и оставили уходящих в покое.

Что до Томаса и остальных, решившихся на побег, то им предстояло успеть сделать массу работы.

Всем раздали рюкзаки, доверху набитые самым необходимым. Фрайпана — по словам Ньюта, из всех кураторов переманить повара на свою сторону оказалось труднее всего — назначили ответственным за обеспечение провизией и распределение ее в равных долях между участниками похода. Не забыли и о шприцах с противогриверной сывороткой, несмотря на сомнения Томаса в том, что монстры станут их жалить. Чаку поручили наполнить и раздать бутылки с питьевой водой. Так как мальчику помогала Тереза, Томас попросил ее по возможности приуменьшить опасность предприятия, пусть даже за счет откровенной лжи. Чак храбрился изо всех сил, однако капельки пота на коже и перепуганный взгляд с головой выдавали истинное состояние мальчика.

Минхо с группой бегунов, вооружившись камнями и сплетенными из плюща веревками, отправился к Обрыву, чтобы в последний раз проверить невидимую Нору Гриверов. Оставалось только надеяться, что твари не нарушат свой привычный распорядок и не вылезут средь бела дня. Томаса посетила шальная мысль сбегать к Обрыву в одиночку, прыгнуть в Нору и быстро набрать код, но он страшился неведомой опасности, которая ждала его по ту сторону. Ньют прав — лучше всего подождать до ночи и надеяться, что большинство гриверов расползутся по Лабиринту и в Норе их не останется.

Минхо вернулся целым и невредимым, и, как показалось Томасу, полным уверенности, что они действительно имеют дело с выходом. Или входом. Смотря с какой стороны на него посмотреть.

Томас помог Минхо раздать глэйдерам оружие, отдельные виды которого специально модифицировали на случай схватки с гриверами. Некоторые деревянные колья остро затесали на концах и превратили в копья, другие — обмотали колючей проволокой; ножи хорошенько заточили и прикрутили к толстым палкам, выструганным из напиленных в лесу веток; а с помощью липкой ленты и осколков битого стекла наделали заточек. Глэйдеры превратились прямо-таки в небольшую армию. На взгляд Томаса, довольно жалкую и плохо подготовленную, но все-таки армию.

Закончив помогать остальным, они с Терезой уединились в секретном месте в Могильнике, чтобы окончательно определиться, что делать по ту сторону Норы Гриверов и как ввести код в компьютер.

— Придется это сделать *нам*, — сказал Томас. Они стояли, прислонившись спинами к шершавым стволам деревьев; зеленые листья уже начали сереть от недостатка искусственного солнечного освещения. — Если мы разделимся, то все равно сможем поддерживать связь и помогать друг другу.

Тереза обдирала кору с подобранной ветки.

— И все-таки кому-то придется нас подстраховать — на всякий случай.

— Разумеется. Минхо и Ньют знают код, поэтому скажем им, чтобы они были готовы его набрать, если мы... ну, ты понимаешь...

Томасу не хотелось думать о плохом.

— Получается, что запасного плана как такового и нет.

Тереза зевнула, словно жизнь протекала в совершенно нормальном русле.

— Все довольно просто: отбиваемся от гриверов, вводим код и выходим через открывшуюся дверь. А затем поквитаемся с Создателями. Чего бы это ни стоило.

— Шесть слов в коде и черт знает сколько гриверов. — Тереза переломила ветку пополам. — Как думаешь, как расшифровывается *ПОРОК*?

Томаса словно огрели дубиной по голове. Почему-то только теперь, когда он услышал слово от постороннего, в мозгу словно что-то щелкнуло. Он вдруг понял смысл, искренне удивляясь, почему не разглядел очевидного раньше.

— Помнишь, я говорил тебе про табличку в Лабиринте? Металлическая, с выбитыми словами!

От волнения у юноши бешено заколотилось сердце.

Тереза озадаченно наморщила лоб, но через секунду в ее глазах сверкнуло понимание.

— Точно! Эксперимент «Территория Обреченных». Программа оперативного реагирования. Общемировая катастрофа. Это ПОРОК. *ПОРОК — это хорошо*. Это я написала у себя на руке! Интересно, что это все-таки значит?

— Ума не приложу. А потому до чертиков боюсь, что все, что мы собираемся сделать, в итоге окажется грандиозной глупостью. Как бы они нам не устроили кровавую баню.

— Все прекрасно понимают, на что идут. — Тереза взяла его за руку. — Нам нечего терять. Помнишь об этом?

Томас помнил отлично, но почему-то слова девушки не возымели должного эффекта — очень уж мало в них было надежды.

— Нечего терять, — медленно повторил он.

ГЛАВА ПЯТЬДЕСЯТ ЧЕТВЕРТАЯ

Примерно в тот час, когда в былые времена закрывались Ворота, Фрайпан подал ужин — последний перед ночным походом. Напряженная атмосфера, царившая за столами, казалось, была насквозь пронизана ощущением обреченности и тревоги. Томас сидел рядом с Чаком, который с отрешенным видом ковырялся в тарелке.

— Послушай, Томас... — произнес мальчик со ртом, набитым картофельным пюре. — А в честь кого меня назвали?

Оторопев, Томас лишь покачал головой — они в шаге от того, чтобы совершить, вероятно, самое опасное предприятие в жизни, а Чак задается вопросом, откуда взялось его прозвище.

— Не знаю. Может, в честь Дарвина? Это тот чувак, который додумался до теории эволюции.

— Могу поспорить, что чуваком его еще никто не называл. — Чак снова отправил в рот большую порцию пюре. Кажется, он действительно считал, что сейчас самое подходящее время для разговоров. И даже полный рот не был ему помехой. — А знаешь, мне почти не страшно. Я хочу сказать, последние несколько дней мы просто отсиживались в Хомстеде и ждали, когда придут гриверы и сцапают одного из нас. Хуже и не придумаешь. А теперь, по крайней мере, сами идем на них, пытаемся что-то сделать. Во всяком случае...

— Что «во всяком случае»? — спросил Томас. Он ни секунды не сомневался, что Чак напуган до смерти.

— Ну... Все только и говорят о том, что гриверы могут убить лишь одного человека. Наверное, я говорю как распоследний ушмарок, но это вселяет в меня надежду. Во всяком случае, большинство из нас прорвется благодаря какому-то несчастному. Лучше уж один, чем все.

От мысли, что глэйдеры цепляются за надежду, что умрет кто-то один из них, но только не они сами, стало противно. И чем больше Томас об этом думал, тем сильнее сомневался, что все произойдет именно так. Создатели наверняка были в курсе их плана, поэтому запросто могли перепрограммировать гриверов. А впрочем, даже ложная надежда лучше, чем ничего.

— Как знать. Если окажем организованное сопротивление, может, вообще все выживем.

Чак застыл с поднесенной ко рту ложкой и пристально посмотрел на Томаса.

— Ты правда так считаешь или просто пытаешься меня подбодрить?

— Думаю, такой вариант возможен.

Томас проглотил последний кусок и запил большим глотком воды. Так врать ему еще никогда не приходилось. Очевидно, что погибнут многие. Но он твердо решил сделать все от него зависящее, чтобы Чак избежал страшной участи.

Как и Тереза.

— Не забывай, что я пообещал. План вернуть тебя домой все еще в силе.

Чак нахмурился.

— Да толку-то. Вокруг только и слышно, что мир превратился в одну большую кучу кланка.

— Ну... может, и так, но мы найдем людей, которые о нас позаботятся. Вот увидишь.

Чак встал из-за стола.

— Ладно, не хочется забивать этим голову, — произнес он. — Ты, главное, выведи меня из Лабиринта — и я стану самым счастливым шанком на свете.

— Лады, — согласился Томас.

Его внимание привлек шум за соседними столами — Ньют и Алби поднимали глэйдеров. Настало время выдвигаться. Внешне Алби выглядел вполне нормально, но Томаса все-таки беспокоило его моральное состояние. Истинным вожаком, по наблюдениям Томаса, сейчас стал Ньют; впрочем, заскоки временами случались и у него.

Ледяной страх и всепоглощающая паника, которые Томасу так часто приходилось испытывать в последние дни, накрыли его с головой. Вот и все. Они отправляются в путь. Старясь не думать о плохом и просто делать то, что должен, он схватил рюкзак. Чак последовал его примеру, и они направились к Западным Воротам — единственным, из которых можно было попасть к Обрыву.

Томас нашел Терезу и Минхо у самых Ворот; те стояли у левой стены прохода и обсуждали наспех составленный план, как ввести код в компьютер после проникновения в Нору Гриверов.

— Ну что, шанки, готовы? — спросил Минхо, когда они с Чаком подошли поближе. — Томас, идея была твоя, так что молись, чтоб все получилось. Если обломаемся, я самолично тебя прикончу еще раньше гриверов.

— Благодарствую, — бросил Томас.

И все равно он никак не мог отделаться от мандража. Что, если он *действительно* ошибается? Что, если все его воспоминания — фальшивка, каким-то образом внедренная ему в мозг? От такого предположения юношу передернуло, и он поспешил отбросить пугающую мысль. Так или иначе, пути назад нет.

Томас глянул на Терезу — та переминалась с ноги на ногу и нервно теребила пальцы.

— Ты как? — спросил он.

— Нормально, — ответила девушка, слегка улыбнувшись, хотя было очевидно, что до нормального состояния ей далеко. — Просто хочется, чтобы все поскорее закончилось.

— Аминь, сестра, — отозвался Минхо.

Он выглядел абсолютно спокойным, уверенным в себе и, кажется, нисколько не испуганным. Томас ему даже позавидовал.

Когда все наконец собрались, Ньют призвал к тишине. Томас повернулся послушать, что он скажет.

— Нас сорок один человек. — Ньют взвалил рюкзак, который держал в руке, на плечи и поднял вверх толстую дубину, конец которой был обмотан колючей проволокой. Штуковина выглядела поистине устрашающе. — Убедитесь, что никто из вас не забыл оружие. Кроме этого, мне почти нечего вам сказать. План вы все знаете. Будем с боем прорываться к Норе Гриверов, после чего Томми в нее проникнет и введет волшебный код. Затем мы сможем поквитаться с Создателями. Проще пареной репы.

Томас почти не слушал Ньюта. Его внимание было приковано к Алби — тот откололся от основной группы глэйдеров и теперь с понурым видом стоял в сторонке и теребил тетиву лука, уставившись в землю. На плече у него висел колчан со стрелами. Томас очень боялся, что Алби, в его теперешнем состоянии, в критической ситуации может всех подвести. Он решил отныне не спускать глаз с вожака глэйдеров.

— Никто не хочет толкнуть какую-нибудь напутственную речь или типа того? — спросил Минхо, отвлекая внимание Томаса от Алби.

— Может, ты? — спросил Ньют.

Минхо кивнул и обратился к толпе.

— Будьте осторожны, — сухо произнес он. — Постарайтесь не умереть.

В другое время Томас бы расхохотался, но сейчас было совсем не до смеха.

— Шикарно. Ободрил так ободрил, блин! — съязвил Ньют и ткнул пальцем себе за спину, в направлении Лабиринта. — План вам всем известен. С нами два года обходились как с лабораторными крысами, но сегодня мы дадим достойный ответ! Сегодня мы отплатим Создателям той же монетой — перенесем войну на их территорию! Чего бы нам это ни стоило! И пусть гриверы трепещут от страха!

Кто-то одобрительно заулюлюкал, затем раздался чей-то боевой клич, к нему присоединились еще несколько голосов, и вскоре воздух уже сотрясал громоподобный воинственный рев глэйдеров. Томас почувствовал прилив храбрости, ухватился за это чувство, вцепился в него изо всех сил и заставил разрастись в душе. Ньют прав. Сегодня они примут бой. Сегодня они восстанут, и сегодня все решится. Раз и навсегда.

Томас был готов. Юноша отлично понимал, что следует соблюдать тишину и постараться не привлекать к себе внимания, но сейчас ему было наплевать, и он заорал со всеми остальными. Игра началась.

Ньют яростно потряс дубиной над головой и завопил:

— Вы это слышите, Создатели?! Мы уже идем!

Он развернулся и побежал, почти не хромая, в Лабиринт — в полный теней и мглы серый сумрак коридоров. Глэйдеры, воинственно крича и потрясая оружием, бросились следом. В их числе был и Алби. Томас бежал между Терезой и Чаком, с длинным копьем наперевес, к концу которого был примотан нож. Внезапно нахлынувшее чувство ответственности за друзей ошеломило его настолько, что ноги едва не подкосились. Но он упорно мчался вперед, исполненный решимости выиграть сражение.

У тебя все получится, — думал он. — *Главное — добраться до Норы*...

ГЛАВА ПЯТЬДЕСЯТ ПЯТАЯ

Томас двигался по каменному коридору к Обрыву вместе с остальными глэйдерами, сохраняя ровный, размеренный темп бега. Он уже успел привыкнуть к Лабиринту, но сейчас ситуация была в корне другой. Топот ног отражался от стен громким эхом, а красные огоньки глаз жуков-стукачей, казалось, сверкали в зарослях плюща еще более угрожающе — Создатели, без сомнения, наблюдали за беглецами и подслушивали их. Так или иначе, без стычки дело не обойдется.

— *Боишься*? — на бегу мысленно обратилась к нему Тереза.

— Что ты! Всегда обожал сочетание слизи и стали. Жду не дождусь встречи с гриверами.

Ему было совсем не до веселья; Томас невольно подумал, наступит ли вообще когда-нибудь такое время, когда он действительно сможет испытать радость.

— *Забавно*, — отозвалась девушка.

Она бежала рядом, но глаза Томаса были устремлены только вперед.

— *С нами все будет в порядке. Ты, главное, держись поближе ко мне и Минхо*.

— *О, мой рыцарь в сияющих доспехах! Неужели ты думаешь, что я не смогу постоять за себя*?

Томас как раз придерживался прямо противоположного мнения — Тереза была далеко не робкого десятка.

— *Нет. Просто стараюсь быть милым*.

Группа растянулась на всю ширину коридора, продолжая бежать в ровном и в то же время быстром темпе. Томас гадал, насколько еще хватит сил у не-бегунов. И тут, словно отвечая на его мысленный вопрос, Ньют замедлился и, поравнявшись с Минхо, хлопнул того по плечу.

— Твоя очередь вести, — донеслось до слуха Томаса.

Минхо кивнул, встал во главе отряда и продолжил направлять глэйдеров по бесконечной путанице проходов, коридоров и поворотов. Теперь каждый шаг отдавался у Томаса болью в теле. Отвага, переполнявшая его совсем недавно, вновь уступила место страху. Сейчас он думал лишь об одном: когда гриверы устроят за ними погоню и в какой момент начнется бой.

Они продолжали бежать, но Томас заметил, что глэйдеры, непривычные к забегам на такие длинные дистанции, стали выбиваться из сил и жадно хватали ртом воздух. Однако никто не сдавался. Они все бежали и бежали, а гриверов не было и в помине. В душе у юноши появился слабый проблеск надежды на то, что они смогут-таки проникнуть в компьютерный центр без приключений.

Наконец, после еще одного часа бега, показавшегося Томасу вечностью, ребята очутились в каменной аллее — коротком ответвлении Т-образного пересечения коридоров. Оставалось сделать один последний поворот направо, после которого они окажутся в том самом длинном коридоре, который оканчивался Обрывом.

Обливаясь потом, с сердцем, колотившимся в груди, словно молот, Томас поравнялся с Минхо. Тереза пристроилась рядом. Перед поворотом куратор сбавил ход, а затем и вовсе остановился, подав сигнал, чтобы все сделали то же самое.

Внезапно он обернулся с лицом, перекошенным от ужаса.

— Вы слышите? — прошептал Минхо.

Томас замотал головой, пытаясь побороть страх, который вселяла испуганная физиономия товарища.

Куратор бегунов на цыпочках прокрался вперед и, заглянув за угол стены, посмотрел в направлении Обрыва — точь-в-точь как в тот раз, когда они преследовали гривера этой дорогой. И, как и тогда, Минхо резко отдернул голову и поглядел Томасу прямо в глаза.

— О нет, — простонал он. — Только не это.

А потом Томас и сам все услышал. Звуки шевелящихся гриверов. Чудовища как будто прятались и поджидали глэйдеров, а теперь начали пробуждаться. Не нужно было даже смотреть за угол, чтобы понять, что сейчас скажет Минхо.

— Их по меньшей мере дюжина. А может, и все пятнадцать. — Он стиснул зубы. — Просто сидят там и дожидаются нас!

Ледяная волна ужаса окатила Томаса. Он повернулся к Терезе, намереваясь что-то сказать, но осекся, увидев выражение ее побелевшего лица — столь сильное проявление страха он еще не видел никогда и ни у кого.

Ньют и Алби устремились к началу колонны, к застывшим у поворота бегунам. Очевидно, слова Минхо донеслись до слуха глэйдеров и пошли дальше по рядам, так как, подойдя, Ньют первым делом сказал:

— Ну... мы предполагали, что придется драться.

Но дрожь в голосе выдавала бушующие в нем эмоции — он старался говорить лишь то, что следовало в сложившейся ситуации.

Томаса обуревали схожие чувства. Одно дело — абстрактно рассуждать о том, что «терять нечего, будем сражаться, скорее всего, один умрет, а остальные благополучно выберутся», и совсем другое, когда — вот оно, буквально за углом. Сердце пронзили сомнения в том, что он сможет выбраться из переделки живым. Томас не понимал только одного: почему гриверы просто сидят и ждут? Ведь наверняка жуки-стукачи предупредили их о приближении глэйдеров. Может быть, Создатели просто решили поиграть с ними в кошки-мышки?

Его вдруг осенило:

— А если они успели побывать в Глэйде и кого-нибудь схватили? В таком случае мы можем спокойно прошмыгнуть мимо них. А иначе зачем им тут торчать...

Его прервал громкий шум за спиной. Обернувшись, Томас увидел гриверов. Поблескивая шипами и выставив во все стороны механические клешни, те ползли по коридору со стороны Глэйда. Томас и пикнуть не успел, как услышал лязганье уже с противоположной стороны длинной каменной аллеи — и оттуда на них надвигалось несколько монстров.

Враг наступал со всех сторон, брал в клещи.

Глэйдеры разом бросились вперед и, сгрудившись тесной группой, вытолкнули Томаса прямо на пересечение коридоров, один из которых вел к Обрыву. Стая гриверов, перегородившая путь к Норе, теперь оказалась у него как на ладони — шипы выпущены, скользкие желеобразные тела пульсируют. Ждут, наблюдают... Две другие группы чудовищ подобрались поближе и остановились всего в дюжине футов от отряда, видимо, также наблюдая и ожидая чего-то.

Томас медленно повернулся на месте, пытаясь побороть леденящий душу страх. Их окружили. Вариантов не осталось — бежать некуда. Он вдруг ощутил острую пульсирующую резь в глазах.

Глэйдеры переместились в самый центр Т-образного перекрестка, сбившись вокруг Томаса в еще более тесную группу; все лица были обращены на окружившего их врага. Томас, оказавшийся зажатым между Ньютом и Терезой, почувствовал, что куратор дрожит. Никто не произнес ни слова. Слышны были только жужжание моторов и заунывный вой гриверов, которые продолжали сидеть на месте, словно наслаждались видом загнанных в ловушку людей. Их отвратительные тела то раздувались, то сжимались в такт механическому свистящему дыханию.

— *Что они делают*? — мысленно спросил он у Терезы. — *Чего ждут*?

Девушка не ответила, чем очень его взволновала. Томас взял ее за руку. Глэйдеры вокруг продолжали стоять, не шелохнувшись, сжимая свое никчемное оружие.

Томас повернулся к Ньюту.

— Есть идеи?

— Нет, — ответил тот чуть дрожащим голосом. — Не пойму, блин, какого хрена они ждут.

— Не стоило нам сюда идти, — сказал вдруг Алби очень-очень тихо со странной интонацией в голосе, которая лишь усилилась гулким эхом, отраженным от стен коридоров.

Но Томас был не намерен предаваться отчаянию — им срочно надо было что-то предпринять.

— В Хомстеде мы были бы в неменьшей опасности. Очень не хочется это говорить, но если один из нас умрет, все остальные спасутся.

Оставалось лишь надеяться, что теория относительно гибели только одного человека в сутки верна. Лишь теперь, когда Томас воочию увидел целую стаю гриверов в нескольких шагах от себя, суровая реальность положения начала доходить до сознания. Да разве они могут одолеть *всех* тварей?!

После долгой паузы Алби произнес:

— Может, я...

Он умолк и двинулся вперед, к Обрыву. Медленно, как будто в трансе. Томас с ужасом наблюдал за ним, не веря своим глазам.

— Алби! — окликнул Ньют. — Вернись немедленно!..

Алби не ответил; вместо этого он перешел на бег и помчался прямо к стае гриверов, которая перегораживала путь к Обрыву.

— Алби!.. — заорал Ньют.

Вожак глэйдеров уже оказался в самой гуще стаи и вскочил одному из монстров на спину. Ньют выбрался из толпы и хотел было броситься на выручку товарищу, но пять или шесть чудовищ уже пришли в движение и, размахивая стальными конечностями, обрушились на Алби всей тяжестью своих рыхлых тел. Томас схватил Ньюта за плечи, остановив на ходу, и рванул назад.

— Пусти! — взревел Ньют, пытаясь высвободиться.

— Ты что, спятил?! — закричал Томас. — Ему уже ничем не поможешь!

Еще два гривера очнулись от спячки и, громоздясь друг поверх друга, навалились на Алби. Чудовища принялись резать и рвать тело парня так яростно, словно хотели продемонстрировать глэйдерам свою изощренную жестокость, чтобы у тех не осталось больше никаких иллюзий. Удивительно, но Алби совсем не кричал. Все еще борясь с Ньютом, Томас, к счастью, на время потерял тело несчастного из виду. В конце концов Ньют бросил сопротивляться, и, повалившись назад, едва не упал. Томас помог ему сохранить равновесие.

У Алби окончательно помутился рассудок, решил Томас, борясь с позывом вывернуть содержимое желудка наружу. Их вожак так боялся возвращаться в мир, который вспомнил, что предпочел принести себя в жертву. И погиб. Исчез окончательно и бесповоротно.

Ньют, как завороженный, глядел на то место, где только что убили его друга.

— Невероятно, — прошептал он. — Не могу поверить, что он пошел на такое.

Томас лишь покачал головой, не в силах что-либо ответить. Видя, какой жуткой смертью погиб Алби, он вдруг испытал совершенно новую, невиданную доселе душевную боль — безумную, чудовищную боль, которая пронзила все его существо. Страшнее любого физического страдания. Вряд ли именно смерть Алби произвела на Томаса такое впечатление — он не питал особых симпатий к нему. Но ведь то, чему он сейчас стал свидетелем, может произойти и с Чаком... Или Терезой...

К ним протиснулся Минхо и, положив руку на плечо Ньюту, слегка его сжал.

— Мы не имеем права не воспользоваться его жертвой. — Он повернулся к Томасу. — Если потребуется, с боями проложим вам с Терезой путь к Обрыву. Проникните в Нору и сделайте, что должны, а мы тем временем будем удерживать гриверов, пока вы не крикнете, чтобы мы следовали за вами.

Томас посмотрел на три стаи гриверов — пока еще ни один из монстров не двинулся в направлении глэйдеров — и кивнул.

— Надеюсь, некоторое время они не будут рыпаться. Нам потребуется примерно минута, чтобы набрать код.

— Как можно быть такими бессердечными, парни? — пробормотал Ньют с отвращением в голосе, удивившим Томаса.

— А ты чего хочешь, Ньют? — воскликнул Минхо. — Чтобы мы вырядились во все черное и устроили поминки?!

Ньют не ответил, продолжая смотреть туда, где гриверы, по-видимому, пожирали тело Алби. Томас не смог себя пересилить и мельком глянул на стаю — на туловище одного из чудовищ ярко выделялось кровавое пятно. Томаса чуть не вывернуло наизнанку, и он поспешил отвести взгляд.

— Алби не хотел возвращаться к прошлой жизни, — продолжал Минхо. — Он пожертвовал собой ради всех нас, черт возьми! Как видишь, они не нападают, так что, возможно, план сработал. Мы будем по-настоящему бессердечными, если не воспользуемся его жертвой.

Ньют лишь пожал плечами и закрыл глаза.

Минхо повернулся к отряду глэйдеров.

— Слушайте! Первостепенная задача — защитить Томаса и Терезу. Обеспечить им проход к Обрыву и Норе, поэтому...

Звуки, издаваемые ожившими гриверами, оборвали его на полуслове. Томас в ужасе обернулся. Мерзкие создания по обе стороны отряда, кажется, снова обратили на глэйдеров внимание. Их тела задрожали, начали пульсировать, из скользкой кожи вылезли металлические шипы. А затем, как по команде, наведя на глэйдеров стальные конечности и щелкая закрепленными на концах клешнями, монстры медленно двинулись вперед. С явным намерением убивать. Гриверы приближались неумолимо, сжимая кольцо окружения все туже, словно удавку.

Жертва Алби оказалась напрасной.

ГЛАВА ПЯТЬДЕСЯТ ШЕСТАЯ

Томас схватил Минхо за руку.

— Я во что бы то ни стало должен прорваться!..

Он кивком указал на накатывающуюся со стороны Обрыва свору гриверов — огромную грохочущую массу тел, ощетинившихся шипами, блестящих от слизи и металла. В приглушенном сером сумраке монстры выглядели еще более устрашающе.

Минхо и Ньют обменялись долгим взглядом. Томас нетерпеливо ждал ответа — предвкушение неизбежной схватки казалось ему даже более мучительным, чем страх перед ней как таковой.

— Они уже рядом! — завизжала Тереза. — Надо что-то делать!..

— Проведи их, — скомандовал Ньют Минхо почти шепотом. — Проложи долбаную дорогу Томми и девчонке! Давай!

Минхо ответил одним коротким кивком — лицо его приняло выражение непреклонной решимости, — и повернулся к глэйдерам.

— Направляемся прямо к Обрыву! Вклиниваемся в самый центр стаи и оттесняем гребаных тварей к стенам! Самое главное — обеспечить Томасу и Терезе проход к Норе Гриверов!

Томас посмотрел в сторону приближающихся чудовищ — теперь их разделяло всего несколько футов — и крепко сжал свое жалкое подобие копья.

— *Мы должны держаться вплотную друг к другу*, — послал он мысль Терезе. — *Пусть они дерутся, а наша задача — проникнуть в Нору*.

Он ощущал себя трусом, но в то же время понимал, что гибель товарищей окажется напрасной, если они не введут код, который откроет дорогу к Создателям.

— *Поняла*! — отозвалась девушка. — *Держимся вместе*!

— Приготовиться! — прокричал прямо над ухом у Томаса Минхо, одной рукой поднимая вверх обмотанную колючей проволокой дубину, другой — длинный серебристый нож.

Затем, нацелив нож на стаю гриверов — на блестящем клинке сверкнуло отражение их тел, — он скомандовал:

— Вперед!

Не дожидаясь ответа, куратор бросился в атаку. За ним, не отставая ни на шаг, — Ньют, а следом в кровавый бой ринулись и остальные глэйдеры — сплоченной группой, с оружием наперевес, сотрясая воздух воинственными криками. Томас вцепился Терезе в руку. Они продолжали стоять на месте, пропуская отряд вперед и поджидая идеальной возможности для собственного молниеносного броска к Норе. Глэйдеры пронеслись мимо них таким плотным потоком, что едва не сбили с ног. Томас отчетливо уловил исходящий от них запах пота, почувствовал страх подростков.

Как раз в тот момент, когда в воздухе раздался грохот, свидетельствующий о том, что первые подростки врезались в стаю гриверов — душераздирающая какофония из человеческих криков, рева моторов чудовищ и ударов деревянных орудий по стальным клешням, — мимо Томаса пробежал Чак. Томас резко выбросил руку и схватил того за плечо.

Чак дернулся назад и глянул на Томаса. В глазах мальчишки плескался такой дикий страх, что у Томаса чуть не разорвалось сердце. И в этот момент он принял решение.

— Чак, ты пойдешь со мной и Терезой, — произнес юноша безапелляционным, не терпящим возражений тоном.

Чак быстро посмотрел на разразившуюся впереди битву.

— Но... — Он запнулся.

Томас понимал, что Чак испытал безумное облегчение, хотя и стыдился в этом признаться.

Он попытался сохранить достоинство мальчика, поэтому немедленно добавил:

— В Норе Гриверов нам потребуется твоя помощь на случай, если там окажется одна из этих тварей.

Чак быстро кивнул. У Томаса снова сжалось сердце. Желание вернуть Чака домой целым и невредимым охватило его еще сильнее, чем прежде.

— Отлично, — сказал он. — Хватай Терезу за другую руку — и вперед.

Чак, изо всех сил пытаясь сохранить внешнее спокойствие, сделал, что было сказано. Томас отметил, что мальчик при этом не произнес ни слова — вероятно, впервые в жизни.

— *Им удалось создать проход*! — закричала Тереза у него в мозгу так пронзительно, что юноше показалось, будто ему в голову вбивают клин.

Рука девушки указывала вперед, на образовавшуюся в центре коридора узкую брешь. Глэйдеры сражались отчаянно, стараясь оттеснить гриверов к стенам.

— Быстро! — крикнул Томас.

Он рванулся вперед, увлекая за собой Терезу и Чака. Выставив перед собой ножи и копья, они со всех ног помчались по наполненному криками коридору в самую гущу кровавой битвы.

К Обрыву.

Вокруг разыгралось настоящее побоище. Подстегиваемые адреналином, глэйдеры бились как львы. Человеческие вопли, лязг металла, рев моторов, протяжные подвывания гриверов, жужжание пил, щелканье клешней и мольбы о помощи — все эти звуки отражались от стен оглушительным эхом, сливаясь в жуткую какофонию. Все смешалось — окровавленные тела людей, серые туши чудовищ, блеск стали. Томас старался не смотреть по сторонам, а лишь вперед — в узкий проход, пробитый глэйдерами.

И даже теперь, пока они бежали, Томас вновь и вновь повторял про себя слова кода — ПЛЫВИ, ПОЙМАЙ, КРОВЬ, СМЕРТЬ, ТУГОЙ, НАЖМИ. Им оставалось преодолеть всего каких-то несколько десятков футов.

— *Меня что-то полоснуло по руке*! — вскрикнула Тереза.

Едва Томас это услышал, как тут же почувствовал, что ему в ногу вонзилось нечто острое. Он даже не оглянулся, чтобы дать отпор. Его охватили сомнения в удачном исходе предприятия; словно бурлящий мутный водоворот, они затапливали сознание, подтачивали волю, тащили на дно, заставляя отказаться от борьбы. Но он переборол себя и продолжил двигаться к цели.

Впереди, футах в двадцати от них, показался Обрыв, за которым зияло пустотой темно-серое небо. Увлекая за собой друзей, юноша бросился вперед.

По обеим сторонам от них кипело сражение, но Томас заставил себя не оглядываться и не обращать внимание на призывы о помощи. Внезапно прямо у них на пути вырос гривер. В клешнях он удерживал какого-то парня — Томас не разглядел его лица, — который, пытаясь высвободиться, яростно колол ножом толстую, похожую на китовую, шкуру чудовища. Томас, не останавливаясь, отпрыгнул влево и снова помчался вперед. Едва миновав гривера, он услышал у себя за спиной истошный душераздирающий вопль, который мог означать лишь одно: глэйдер потерпел поражение и встретил мучительную смерть. Некоторое время крик не утихал, разрывая воздух и заглушая все остальные звуки битвы, потом ослабел и смолк. У Томаса сжалось сердце при мысли, что несчастный мог быть кем-то, кого он хорошо знал.

— *Беги, не останавливайся*! — крикнула Тереза.

— Да знаю! — проорал Томас, на этот раз вслух.

Кто-то промчался мимо него, пихнув в сторону. Справа, вращая дисками пил, приближался гривер, но оттолкнувший Томаса глэйдер атаковал монстра двумя длинными пиками, отвлекая на себя. Раздался звон и лязг металла, и между человеком и монстром завязалась жестокая драка. Удаляясь, Томас слышал, как глэйдер кричит ему вслед одни и те же слова. Что-то о том, что Томас обязан защитить себя. Это кричал Минхо. В его голосе слышалось отчаяние и нечеловеческое напряжение.

Томас несся во весь опор.

— *Один чуть Чака не зацепил*! — завопила Тереза. Ее голос прокатился в голове оглушительным эхом.

За ними устремлялись все новые и новые гриверы, но глэйдеры неизменно спешили на помощь. Уинстон, который подобрал лук и колчан Алби, яростно пускал рои серебристых стрел во все движущееся, что не было человеком, правда, больше промахивался, чем попадал в цель. С Томасом поравнялись несколько не знакомых ему глэйдеров. Они на ходу отбивали тянущиеся металлические конечности своими жалкими деревяшками, запрыгивали на чудовищ и атаковали. Шум битвы — удары, лязганье, крики, предсмертные стоны, жужжание моторов, звон пил, свист клинков, скрежетание шипов по каменному полу, мольбы о помощи — достиг крещендо и стал почти невыносимым.

Вопя от ужаса, Томас продолжал бежать, пока они не оказались у Обрыва. Он остановился у самого края так резко, что Тереза с Чаком налетели на него со спины, и все трое едва не полетели в бездонную пропасть. В долю секунды Томас окинул взглядом Нору. О ее местоположении можно было догадаться только по стеблям плюща, которые тянулись к ней по воздуху и внезапно исчезали в пространстве — Минхо с парой бегунов заранее перебросили туда сплетенные веревки, привязав их концы к лозам плюща, которые оплетали стены. Теперь шесть или семь плетей уходили от каменного края стен к квадратному проходу, невидимо парящему в воздухе, и резко обрывались в пустоте бездны.

Надо было прыгать. Однако Томас колебался. Слыша за спиной жуткие звуки сражения и глядя на иллюзорную дыру внизу, он испытал очередной приступ животного страха, но мгновенно взял себя в руки.

— Тереза, ты первая.

Он решил прыгать последним, чтобы убедиться, что ни ее, ни Чака не схватят гриверы.

Как ни странно, Тереза не медлила ни секунды. Она быстро стиснула руку Томаса и плечо Чака и «солдатиком» прыгнула с Обрыва, в полете выпрямив ноги и прижав руки к телу. Томас, затаив дыхание, наблюдал, как девушка пролетела прямо в участок неба, обозначенный веревками, и мгновенно исчезла. Как по волшебству, словно ее и не существовало.

— Охренеть!.. — воскликнул Чак. Прежняя сущность мальчика, кажется, начала прорываться наружу.

— Лучше и не скажешь, — бросил Томас. — Ты — следующий.

Чак и пикнуть не успел, как Томас крепко схватил его под руки за туловище.

— Оттолкнись ногами, а я тебя подброшу. Готов? Раз, два, *три*! — Он крякнул от усилия и подбросил мальчика в воздух.

Чак с визгом полетел в пропасть, но немного промахнулся мимо цели и ударился животом и руками о невидимые края Норы. Однако его ноги все-таки попали в портал, и он скрылся внутри. Храбрость Чака растрогала Томаса; в его сердце что-то шевельнулось. Он понял, что привязался к мальчишке. Полюбил, как родного брата.

Юноша подтянул лямки рюкзака и покрепче зажал в правой руке самодельное копье. От ужасных звуков позади кровь стыла в жилах. Стало мучительно досадно от невозможности помочь глэйдерам. *Просто сделай, что должен*! — приказал он себе.

Собравшись с духом, Томас уперся копьем в пол, оттолкнулся левой ногой от самого края Обрыва и прыгнул, полетев сначала вперед, а затем вниз, в сумрачную пропасть. Он прижал к себе копье, выставил ноги вперед, целясь носками в невидимое отверстие, напряг тело.

И нырнул в Нору.

ГЛАВА ПЯТЬДЕСЯТ СЕДЬМАЯ

Едва Томас пересек невидимую границу, как кожу ему обожгло волной ледяного холода. Сначала он почувствовал ее пальцами ног, а затем, скрывшись в Норе полностью, — всем телом, словно провалился сквозь тонкую корку льда в замерзающую воду. Мир вокруг потемнел. Томас ударился подошвами об идеально гладкий пол, но, поскользнувшись, не удержался на ногах и повалился назад, прямо в объятия Терезы. Они с Чаком помогли ему удержать равновесие. Только каким-то чудом Томас не выколол никому из них глаз своим копьем.

Если бы не фонарик Терезы, вспарывающий окружающий мрак узким лучом, в Норе Гриверов царила бы кромешная тьма. Томас быстро пришел в себя, осмотрелся и увидел, что они находятся в каменном цилиндре высотой примерно десять футов. Здесь было сыро, стены помещения покрывал слой темной маслянистой жидкости. Помещение уходило как минимум на дюжину ярдов вперед, а дальше все тонуло в темноте. Томас посмотрел вверх, на отверстие, через которое они пролетели — оно казалось квадратным люком, ведущим в глубокое беззвездное пространство.

— Компьютер там, — сказала Тереза, привлекая его внимание.

В нескольких футах дальше по туннелю, куда она направила фонарь, тусклым зеленым светом, пробивающимся через грязное стекло, горел маленький квадратный экран. Прямо под ним из стены выступала клавиатура; установленная под углом, чтобы удобно было печатать стоя, она, казалось, только и ждала момента, когда на ней наберут код. Но Томас не мог отделаться от ощущения, что все прошло слишком уж гладко.

Слишком легко, чтобы быть правдой.

— Введи слова! — закричал Чак, хлопнув Томаса по плечу. — Скорее!

Томас жестом велел Терезе ввести код.

— Мы с Чаком останемся здесь на случай, если гриверы ломанутся за нами в Нору.

Томас очень надеялся, что глэйдеры обратили внимание на то, что обеспечивать проход по коридору больше не требуется и сосредоточились на удержании тварей подальше от Обрыва.

— Хорошо, — ответила Тереза. Томас был уверен, что у девушки хватит ума не тратить времени на споры.

Она подскочила к компьютеру и начала набирать код.

— *Погоди*! — мысленно выкрикнул Томас. — *Ты хорошо помнишь слова*?

Тереза обернулась:

— Я не совсем еще идиотка, Том. И вполне способна запомнить...

Ее прервал громкий шум, раздавшийся где-то наверху и позади них. Томас аж подпрыгнул. Обернувшись, он увидел, что сквозь отверстие Норы протискивается гривер. Чудовище возникло в темном просвете окна, словно по волшебству. Прежде чем влезть в Нору, гривер втянул шипы и вобрал механические руки, но как только он с глухим топким звуком плюхнулся на пол, вновь ощетинился дюжиной острых устрашающего вида приспособлений. Здесь, во мраке, они казались еще более смертоносными.

Томас оттеснил Чака себе за спину и повернулся лицом к монстру, выставив пику. Как будто она могла чем-то помочь...

— Тереза, скорее вводи код! — завопил он.

Из мокрой кожи гривера выскочила тонкая металлическая трубка. Из нее вышли три лезвия, развернулись, как лепестки цветка, и, начав вращаться, стали приближаться прямо к лицу юноши.

Томас крепко сжал обеими руками копье, а его край с примотанным ножом опустил перед собой к самому полу. Когда расстояние до убийственных ножей, готовых изрубить его в лапшу, сократилось до минимума, Томас напряг мускулы и со всей силы рванул копье вверх и вбок. Описав дугу в воздухе, оно нанесло удар по сочлененному орудию гривера, которое, подлетев вверх к потолку, врезалось в туловище самого чудовища. Монстр издал недовольный рев и, вбирая в себя шипы, подался назад на несколько футов.

Томас стоял, тяжело дыша.

— *Возможно, я смогу его задержать*, — крикнул он Терезе. — *Поторопись*!

— *Почти закончила*, — ответила девушка.

Гривер снова выпустил шипы, двинулся вперед и, выбросив другую конечность, вооруженную огромными клацающими когтями, попытался выхватить у юноши копье. Томас размахнулся и, вложив в движение всю силу, обрушился копьем на клешню — на этот раз сверху. Удар пришелся в самое основание орудия. С громким треском и последовавшим за ним хлюпающим звуком механическая «рука» вырвалась из крепления и грохнулась на пол. Почти сразу изо рта существа, которого Томас не увидел, вырвался пронзительный вой. Оно опять подалось назад, как и прежде, моментально втянув шипы.

— Этих тварей можно победить! — торжествующе крикнул Томас.

— *Компьютер не дает ввести последнее слово*! — прозвучал у него в голове голос Терезы.

Томас ее едва расслышал, поэтому не понял, о чем она говорит. Ему было не до этого: торопясь воспользоваться кратковременной беспомощностью гривера, он издал воинственный рев и ринулся вперед. Яростно размахивая копьем, юноша вскочил на рыхлую спину существа и с громким хрустом отбил еще две потянувшиеся к нему механические «руки». Затем напряг ноги, чувствуя, как они с тошнотворным бульканьем погружаются в скользкую кожу твари, занес копье над головой и всадил его в монстра. Из раны брызнул фонтан липкой желтой жижи, заливая Томасу ноги, но он и не думал отступать и старался вонзить оружие в мерзкую тушу как можно глубже. Наконец он выпустил древко из рук и спрыгнул вниз, чтобы снова присоединиться к Терезе и Чаку.

Томас с каким-то извращенным наслаждением наблюдал, как гривер конвульсивно дергался, разбрызгивая по сторонам желтую масляную жидкость. Он то втягивал, то выпускал шипы из кожи, а оставшиеся инструменты беспорядочно молотили во все стороны, то и дело врезаясь в тело хозяина. Вскоре гривер начал затихать, теряя силы с каждой каплей крови — или топлива, — а спустя несколько секунд вообще перестал шевелиться.

Томас глазам своим не верил. У него это просто в голове не укладывалось: он только что одолел гривера — одну из тварей, которая терроризировала глэйдеров на протяжении почти двух лет.

Юноша оглянулся через плечо на Чака. Мальчишка стоял неподалеку с отвисшей челюстью.

— Ты его прикончил, — прошептал Чак и засмеялся, словно теперь все проблемы были позади.

— Не так уж это оказалось и трудно, — пробормотал Томас и посмотрел на Терезу.

Девушка отчаянно молотила пальцами по клавиатуре. Он мгновенно понял: что-то пошло не так.

— В чем проблема?! — бросил он, едва не срываясь на крик.

Подскочив к Терезе, Томас посмотрел ей через плечо и увидел, что она вновь и вновь пытается набрать слово «НАЖМИ», но безуспешно — буквы никак не хотели отображаться на экране.

Девушка ткнула пальцем в замызганное стекло монитора, единственным признаком жизни которого было тусклое зеленоватое свечение. Экран был пуст.

— Я ввела все слова, одно за другим. Каждое отображалось на экране, после чего что-то пикало, и оно исчезало. Но последнее слово набрать не получается. Вообще ничего не происходит!

Услышав это, Томас похолодел от ужаса.

— И... почему?

— Я не знаю!

Она повторила попытку, потом еще раз.

Слово не появлялось.

— Томас!.. — завизжал Чак у них за спиной.

Томас обернулся и увидел, что мальчик показывает на вход в Нору, через которую протискивался еще один гривер. Прямо у них на глазах монстр плюхнулся на труп своего сородича, и сразу вслед за этим в отверстии показалась еще одна тварь.

— Чего вы там тянете?! — истерично завопил Чак. — Вы говорили, они отключатся, как только введете код!

Оба гривера встряхнулись и, ощетинившись шипами, направились к глэйдерам.

— Не получается ввести слово «НАЖМИ», — задумчиво произнес Томас, не столько отвечая мальчику, сколько пытаясь найти решение...

— *Ничего не понимаю*, — раздался голос Терезы.

Гриверы неумолимо приближались и теперь находились почти рядом с ними. Чувствуя, как страх начинает парализовать волю, Томас напрягся и в гневе вскинул вверх кулаки. Это должно было сработать! Код должен был...

— Может, надо просто нажать ту кнопку? — сказал Чак.

Томаса так поразила неожиданная реплика, что он даже отвернулся от гриверов и уставился на мальчика. Тот указывал в какую-то точку почти возле самого пола, прямо под экраном и клавиатурой.

Прежде чем Томас успел шевельнуть хоть пальцем, Тереза уже сидела на корточках. Пожираемый любопытством и исполненный надежды, Томас молниеносно бросился на пол рядом с ней, чтобы рассмотреть кнопку. Вой и рычание гриверов раздались уже непосредственно у него за спиной, и юноша почувствовал, как острый коготь поддел майку и вонзился в плоть. Он не отреагировал — все его внимание было приковано к небольшой красной кнопке, вмонтированной в стену на высоте нескольких дюймов от пола. На ней черным были написаны два слова — настолько броские, что Томасу оставалось только удивляться, почему он не заметил их раньше.

УНИЧТОЖИТЬ ЛАБИРИНТ

Из состояния ступора юношу вывела резкая боль — один из гриверов схватил его двумя клешнями и принялся тащить к себе. Другой успел подползти к Чаку и занес над мальчиком длинный клинок.

Кнопка...

— Жми!!! — закричал Томас так громко, как, наверное, еще не кричал ни один человек.

И Тереза нажала кнопку.

Как только она сделала это, все вдруг смолкло. Наступила зловещая тишина. А затем откуда-то из глубины темного туннеля донесся звук отодвигающейся двери.

ГЛАВА ПЯТЬДЕСЯТ ВОСЬМАЯ

Гриверы отключились почти мгновенно — металлические конечности втянулись в рыхлые тела, прожектора погасли, урчащие механические внутренности заглохли. И эта дверь...

Клешни схватившего его чудовища разжались, и Томас шлепнулся на пол. Несмотря на боль от нескольких глубоких порезов на спине и плечах, юношу охватила такая эйфория, что ее даже выразить толком не получалось. Он начал хватать ртом воздух, потом рассмеялся, затем начал всхлипывать, снова засмеялся...

Чак мигом отскочил от гриверов и налетел прямо на Терезу. Она обняла мальчика и крепко прижала к себе.

— Это твоя заслуга, Чак, — сказала девушка. — Мы так зациклились на дурацком коде, что нам и в голову не пришло осмотреться и поискать что-нибудь, что можно нажать. НАЖМИ — последнее слово. Последний элемент головоломки.

Томас снова рассмеялся, удивляясь, что способен на смех после всего пережитого.

— Она права, дружище! Ты спас нас, чувак! Говорил же я, что потребуется твоя помощь! — Томас встал и, почти не помня себя от счастья, обнял их обоих. — Чак у нас теперь герой!

— А с остальными что? — спросила Тереза, сопроводив слова кивком в сторону входа в Нору. Ликование Томаса поутихло. Он отшагнул и обернулся к отверстию Норы.

Словно отвечая на ее вопрос, сквозь черный квадрат в потолке кто-то пролетел.

Минхо. Ссадины, порезы и уколы покрывали, кажется, процентов девяносто поверхности тела куратора бегунов.

— Минхо! — воскликнул Томас, испытав чудовищное облегчение. — Как ты? И что с остальными?

Минхо, пошатываясь, подошел к изгибающейся стене туннеля и обессиленно прислонился к ней, жадно хватая ртом воздух.

— Мы потеряли целую кучу людей... Там, наверху, сплошное кровавое месиво... А потом они вдруг все разом вырубились. — Он замолк, сделал очень глубокий вдох и с шумом выдохнул. — Все-таки вы это сделали. Поверить не могу, что план сработал.

Вскоре один за другим в отверстие проскочили Ньют, Фрайпан, Уинстон и остальные. В конечном счете к Томасу и его двум друзьям присоединились восемнадцать уцелевших в бою — все как один в изодранной в клочья одежде, с ног до головы перемазанные человеческой кровью и слизью гриверов. Общее число глэйдеров в туннеле достигло двадцати одного человека.

— А остальные? — спросил Томас, страшась услышать ответ.

— Половина полегла, — ответил Ньют упавшим голосом.

Больше никто не произнес ни слова. Воцарилось долгое молчание.

— А знаете что? — произнес Минхо, выпрямляясь. — Да, половина погибла, но другая-то половина выжила, черт возьми. И никого не ужалили. Как Томас и предполагал. Думаю, пора отсюда сваливать.

Слишком много, думал Томас. Слишком много погибло. Прежний восторг угас окончательно и превратился в глубокую скорбь по двум десяткам глэйдеров, сложивших свои головы в неравной схватке. Несмотря на отсутствие выбора, несмотря на уверенность, что если бы они не пошли на прорыв, погибли бы *все*, Томас испытывал горечь утраты. Пусть и не знал погибших очень хорошо. Неужели такое пиршество смерти можно считать победой?

— Верно, давайте убираться, — согласился Ньют. — Немедленно.

— И куда убираться? — спросил Минхо.

Томас махнул рукой в сторону длинного черного туннеля.

— Я слышал, как там, в глубине, открылась дверь.

Он постарался не думать обо всех ужасах сражения, которое они только что выиграли. Обо всех жертвах. Отбросил лишние мысли в сторону, понимая, что до полной безопасности им еще далеко.

— Ну, тогда вперед, — сказал Минхо.

Он повернулся и, не дожидаясь реакции окружающих, побрел в туннель.

Ньют кивнул, приглашая остальных глэйдеров последовать за куратором, и они один за другим скрылись в темном жерле туннеля.

— Я пойду последним, — сказал Томас.

Никто не возражал. Ньют, затем Чак, а за мальчиком Тереза зашагали в черный туннель, непроглядная тьма которого, кажется, поглощала даже свет фонарей. Томас пошел следом, даже не обернувшись напоследок на мертвых гриверов.

Пройдя минуту или около того, он вдруг услышал впереди резкий крик, затем еще один и еще. Все крики постепенно стихали, словно издающие их куда-то проваливались...

По цепочке глэйдеров прокатился шепоток. Тереза обернулась к Томасу:

— Похоже, в конце туннеля спускной желоб, наподобие детской горки.

У Томаса екнуло внутри. Все действительно выглядело как игра — по крайней мере, с точки зрения тех, кто создал это место.

Впереди колонны продолжали раздаваться оханье и все новые и новые крики, плавно стихающие где-то внизу. Наконец, настала очередь Ньюта, а за ним последовал и Чак. Тереза направила под ноги луч фонаря, в свете которого блеснул черным скользкий металлический желоб, круто уходящий вниз.

— *Кажется, выбора у нас нет,* — прозвучал ее голос в голове у Томаса.

— *Пожалуй, верно.*

Томас нутром чуял: на этом кошмар не закончится. Оставалось только надеяться, что в конце спуска их не поджидает очередная свора гриверов.

Тереза скользнула вниз с каким-то восторженным визгом, и Томас, не оставляя себе времени на сомнения, поспешил прыгнуть за ней — все что угодно, только не Лабиринт.

Его тело устремилось вниз по крутому желобу, смазанному какой-то скользкой, отвратительно пахнущей субстанцией — воняло не то паленой пластмассой, не то давно отработанным моторным маслом. Он извернулся в движении, чтобы скользить ногами вперед, затем попытался замедлить падение, выставив в стороны руки. Бесполезно — маслянистая гадость покрывала не только каждый дюйм желоба, но и каменный свод. Ухватиться было невозможно.

Крики скользивших далеко внизу глэйдеров доносились до Томаса гулким эхом. Им овладела паника. Он представил, что всех их проглотило какое-то гигантское существо, и теперь они скользят по его длинному пищеводу и вот-вот окажутся в огромном желудке. И тут, словно мысль юноши материализовалась, он почувствовал, что окружающие запахи изменились; потянуло сыростью и гнилью. Томас зажал нос руками, и ему стоило невероятных усилий сдержать рвоту.

Туннель начал плавно загибаться, затем превратился в спираль, как раз достаточную, чтобы замедлить движение, и вскоре Томас врезался в Терезу, угодив ей прямо в голову. Он моментально подобрал ноги. Они все падали и падали, а время, казалось, растянулось, превратившись в вечность. Юноша был в полном отчаянии.

Они продолжали делать виток за витком по спиралевидному желобу. Томаса едва не выворачивало от вони, нескончаемого вращения и скользкой дряни, которой он перемазался с ног до головы. Он уже собрался-таки расстаться с содержимым желудка, когда Тереза пронзительно взвизгнула — на этот раз эха на последовало, — и спустя секунду Томас вылетел из туннеля, приземлившись прямо на девушку.

Повсюду, громоздясь друг поверх друга, валялись глэйдеры. Кряхтя, они барахтались и извивались на полу, стараясь выбраться из мешанины тел. Перебирая руками и ногами, Томас быстро откатился от Терезы, затем прополз еще несколько футов в сторону и все-таки вывернул содержимое желудка наружу.

Все еще пытаясь очухаться от пережитого, он непроизвольно вытер рот рукой, но лишь сильнее перемазал лицо скользкой гадостью. Томас сел, потер обеими ладонями об пол, и только после этого оглядел место, в котором оказался, попутно отметив, что остальные глэйдеры сбились в кучу и тоже с разинутыми ртами осматривают новую обстановку. Во время Метаморфозы Томас видел это помещение, но тогда воспоминание было очень расплывчатым и быстро стерлось.

Они находились в большом подземном зале, таком просторном, что в нем могли бы уместиться добрых девять-десять Хомстедов. От пола и до потолка все стены зала были уставлены самой разнообразной электроникой и всякими там компьютерами, опутаны проводами и трубами. Вдоль одной из стен, по правую сторону от Томаса, стояло примерно сорок здоровенных белых контейнеров, похожих на огромные гробы. На противоположной стороне располагались большие стеклянные двери, но из-за недостаточного света разглядеть, что скрывалось за ними, было невозможно.

— Глядите!.. — вскрикнул кто-то как раз в тот момент, когда Томас и сам все увидел.

У него перехватило дыхание, по всему телу поползли мурашки, а по позвоночнику, словно мерзкий паук, пробежал холодок страха.

Прямо перед ними тянулся горизонтальный ряд примерно из двадцати сильно затемненных окон. За каждым из них сидели люди — здесь были как мужчины, так и женщины, все бледные и худые, — которые, прищурившись, внимательно наблюдали за глэйдерами. Томас затрясся от ужаса — наблюдающие казались привидениями. Злобными, изголодавшимися мрачными призраками, которые, вероятно, и при жизни были глубоко несчастны, а уж после смерти...

Впрочем, юноша понимал, что перед ними далеко не призраки, а самые настоящие люди. Люди, которые бросили их в Глэйд и лишили прежней жизни.

Создатели.

ГЛАВА ПЯТЬДЕСЯТ ДЕВЯТАЯ

Томас отступил на шаг, попутно отметив, что и другие сделали то же самое. В воздухе повисло гробовое молчание. Внимание глэйдеров было приковано к людям за стеклом. Один из наблюдавших склонился и что-то записал, другой потянулся за очками и нацепил их себе на нос. Создатели были одеты в черные пиджаки поверх белых рубашек, а на правой стороне груди было вышито какое-то слово — Томас не мог рассмотреть надпись. Лица сидящих по ту сторону окон нагоняли тоску — все как один истощенные, болезненные, почти нечеловеческие.

Они продолжали наблюдать за глэйдерами: какой-то мужчина покачал головой, другой — почесал нос, а женщина кивнула; только эти обычные человеческие действия и говорили, что они — живые.

— Кто эти люди? — прошептал Чак, и его голос разнесся по залу скрипучим эхом.

— Создатели, — ответил Минхо и сплюнул на пол. — Я вам всем шеи переломаю, уроды! — прокричал он так громко, что Томасу захотелось зажать уши.

— И что будем делать? — спросил Томас. — Чего они ждут?

— Небось снова активировали гриверов, — отозвался Ньют, — и ждут, когда твари...

Его оборвал громкий прерывистый сигнал, наподобие предупредительного гудка огромного грузовика, сдающего назад, только гораздо более мощный. Звук, казалось, исходил отовсюду, сотрясая зал оглушительным резонирующим эхом.

— Ну что еще? — спросил Чак с нескрываемым волнением.

Все почему-то уставились на Томаса, но тот в ответ лишь пожал плечами — его воспоминания были скудны, и теперь он не больше остальных понимал, что происходит. И, как и остальные, был напуган. Юноша стал оглядываться, пытаясь обнаружить источник сирены, но как ни старался, ничего не нашел. Затем краем глаза он заметил, что глэйдеры вдруг повернулись к дверям. Юноша проследил за их взглядами и увидел, что одна из дверей открывается. У Томаса учащенно заколотилось сердце.

Надсадный «бип» прекратился, и в зале стало тихо, как в межзвездном пространстве. Томас ждал, затаив дыхание и мысленно готовясь к тому, что в дверь вот-вот ворвется какая-нибудь ужасная тварь.

Но вместо этого в зал вошли два человека.

Одна из них — женщина. Выглядела она довольно заурядно — среднего возраста, одетая в черные брюки и белую сорочку на пуговицах. На груди, написанный синими заглавными буквами, значился логотип «ПОРОК». Каштановые волосы женщины доходили до плеч, а на худом лице блестели темные глаза. Без тени улыбки — или, напротив, суровости — на лице она пошла по залу, словно вообще не заметила глэйдеров или ей было просто наплевать на их присутствие.

Я ее знаю, — пронеслось у Томаса в голове. Но воспоминание расплывалось, словно в тумане; он не мог припомнить ни имени женщины, ни того, какое отношение она имела к Лабиринту. Она просто казалась знакомой. И дело тут было не только во внешнем облике, а еще и в походке, и в манерах — женщина держала себя исключительно прямо и, кажется, совсем не умела улыбаться. Она остановилась в нескольких футах от группы глэйдеров и медленно, слева направо, обвела глазами каждого, пристально всматриваясь в лица.

Второй человек рядом с ней оказался подростком. Одет он был в просторную, не по размеру, спортивную куртку с капюшоном, целиком скрывающим лицо.

— С возвращением, — бесстрастно произнесла женщина. — Больше двух лет, а так мало погибло. Поразительно.

Томас разинул рот, чувствуя, что к лицу приливает кровь.

— Я извиняюсь, *что?..* — протянул Ньют.

Дама снова внимательно просканировала глазами толпу глэйдеров, после чего уставилась на Ньюта.

— Все прошло согласно плану, мистер Ньютон. Правда, мы ожидали, что людей по пути погибнет несколько больше.

Женщина повернулась к своему компаньону и стянула с его головы капюшон. Тот поднял голову и посмотрел на них влажными от слез глазами. Глэйдеры как один ахнули от изумления, а у Томаса чуть ноги не подкосились.

Это был Галли.

Томас непонимающе захлопал ресницами и потер глаза, точь-в-точь как какой-нибудь персонаж из мультфильма. В душе у него боролись потрясение и злость.

Перед ними стоял Галли!

— А он-то что здесь делает?! — воскликнул Минхо.

— Теперь вы в безопасности, — отчеканила женщина, как будто совсем не обратила внимания на возглас куратора. — Пожалуйста, чувствуйте себя как дома.

— Как дома?! — рявкнул Минхо. — Кто ты такая, чтобы говорить нам «чувствовать себя как дома»?! Мы требуем вызвать полицию, мэра, президента — кого угодно!

Томас забеспокоился, что куратор может совсем с цепи сорваться. И в то же время он был бы совсем не против, если бы Минхо от души съездил ей по физиономии.

Прищурившись, женщина посмотрела на куратора бегунов.

— Вы понятия не имеете, о чем говорите, юноша. Я ожидала большей зрелости от человека, который смог пройти испытания Лабиринтом.

Ее снисходительный тон начал бесить Томаса.

Минхо хотел было ответить, но Ньют вовремя ткнул его локтем в бок.

— Галли, — произнес Ньют. — Что здесь происходит?

Черноволосый парень сверкнул глазами на Ньюта и слегка затряс головой, но ничего не ответил. *Что-то с ним не так*, — подумал Томас. Таким Галли не был еще никогда.

Женщина кивнула.

— Однажды вы все скажете нам спасибо за то, что мы для вас сделали. Я могу лишь обещать это и надеюсь, вы окажетесь достаточно умными, чтобы признать нашу правоту. А если нет, тогда вся затея оказалась ошибкой. Мрачные времена, мистер Ньютон. Мрачные времена. — Она помолчала. — Ну и напоследок, разумеется, еще одна Переменная.

Она отступила назад.

Томас перевел внимание на Галли. Все тело юноши затряслось, лицо побледнело, а на нем, словно на белом листе бумаги, кроваво-красными кляксами выделялись мокрые заплаканные глаза. Парень сжал губы, и кожа вокруг рта начала подрагивать, как если бы он пытался что-то сказать, но не мог.

— Галли!.. — окликнул его Томас, стараясь превозмочь ненависть, которую испытывал к парню.

Слова вырвались изо рта Галли, словно кашель.

— Они... контролируют... меня... Я не... — Глаза у него выпучились, а одна из рук вцепилась в горло, как будто Галли что-то душило. — Я... должен... — прохрипел он и умолк. Лицо его разгладилось, тело расслабилось.

Ситуация точь-в-точь напоминала ту, в которой оказался Алби, решивший заговорить сразу после Метаморфозы. Тогда он вел себя так же. Что все это...

Томас не успел закончить мысль. Галли сунул руку за спину и вытащил из заднего кармана что-то длинное и блестящее; на серебристой поверхности предмета сверкнул отсвет висящих под потолком ламп — Галли стискивал в руке грозного вида кинжал. С неожиданной быстротой он отклонился назад и метнул оружие в Томаса. И в этот самый момент юноша услышал справа от себя чей-то крик и уловил какое-то движение.

Клинок завертелся в воздухе, словно крылья мельницы. Томас отчетливо видел каждый его оборот, как если бы время издевательски замедлило ход, давая возможность в полной мере прочувствовать весь ужас события. Нож, плавно переворачиваясь, продолжал лететь прямо в Томаса. До его сознания донесся звук собственного сдавленного крика; он хотел отклониться, но не смог сдвинуться с места.

А затем, непонятно откуда, прямо перед ним вдруг вырос Чак. Томас чувствовал, что ноги у него словно приросли к полу. Абсолютно беспомощный, он мог лишь наблюдать за ужасной сценой, разыгрывающейся у него на глазах, будучи не в силах что-либо изменить.

С тошнотворным хлюпающим звуком кинжал вонзился Чаку прямо в грудь по самую рукоятку. Мальчик взвизгнул, упал на пол и забился в конвульсиях. Из раны темно-красным ручьем хлынула кровь. В предсмертной агонии он беспорядочно забил ногами по полу, на губах выступила кровавая пена. Томас почувствовал себя так, словно мир вокруг начал рушиться, сминая его своими обломками.

Он бросился на пол и обхватил содрогающееся тело мальчика.

— Чак! — закричал он. Отчаянный вопль обжег горло, словно кислотой. — Чак!..

Мальчик конвульсивно дергался, а кровь, продолжавшая струиться из раны, рта и носа мальчика, заливала Томасу руки. Глаза Чака закатились, превратившись в две пустые белые сферы.

— Чак... — позвал Томас, на этот раз шепотом.

Ведь можно что-то сделать! Его можно спасти! Они должны...

Внезапно конвульсии прекратились, и мальчик затих. Глаза вернулись в нормальное положение и сфокусировались на Томасе, словно все еще цеплялись за жизнь.

— То... мас... — едва слышно произнес он одно-единственное слово.

— Держись, Чак, — ответил Томас. — Не умирай! Борись! Кто-нибудь, помогите!..

Никто не шелохнулся, и в глубине души Томас понимал, почему: теперь ничем помочь было уже нельзя. Все кончено. Перед глазами у Томаса поплыли темные круги, зал покачнулся и закружился.

Нет, — думал он. — *Не Чак! Только не Чак! Кто угодно, только не он*!

— Томас, — прошептал Чак. — Найди... мою... маму... — Он хрипло закашлялся. Изо рта во все стороны полетели кровавые брызги. — Скажи ей...

Он не договорил. Глаза его закрылись, тело обмякло, и Чак испустил последний вздох.

Томас все смотрел и смотрел на него. На безжизненное тело друга.

И тут с ним что-то произошло. Он чувствовал, как глубоко в груди, словно из маленького зернышка, зарождается ярость, жажда мести, ненависть. Внутри разрасталось что-то мрачное и жуткое, прорастая сквозь легкие, шею, руки и ноги, сквозь мозг, а потом будто взорвалось и вырвалось наружу.

Он выпустил тело Чака из рук, встал, трясясь всем телом, и повернулся лицом к двум визитерам.

А затем в его мозгу будто что-то перемкнуло. Он абсолютно и окончательно обезумел.

Томас ринулся вперед и, вцепившись в глотку Галли пальцами, словно клешнями, повалил его на пол. Затем уселся на него сверху, зажал туловище противника ногами, чтобы тот не смог увернуться, и начал избивать.

Удерживая врага за горло левой рукой, он прижимал Галли к полу, а правым кулаком всаживал удары в лицо. Один за другим. Бил по скулам, по носу. Обрушивал удар за ударом. Слышался хруст костей, текла кровь, зал оглашали дикие вопли, и было не разобрать, чьи громче — Томаса или Галли. Он все бил и бил его, вкладывая в удары всю ярость, которая в нем накипела, страшнее которой он еще не испытывал никогда в жизни.

Когда Минхо и Ньют стали оттаскивать его в сторону, он все еще продолжал неистово молотить руками в воздухе. Кураторы волокли его по полу, а юноша извивался всем телом, яростно сопротивляясь, и орал, требуя, чтобы его отпустили. Томас испепелял Галли взглядом, буквально осязая, как из глаз у него вырывается огненный поток ненависти и устремляется к лежащему навзничь врагу.

Но вдруг — так же быстро, как и возникли — гнев и жажда мести иссякли. Остались только мысли о Чаке.

Томас высвободился из рук Минхо и Ньюта, подбежал к обмякшему безжизненному телу друга и подхватил его на руки, не обращая внимания на кровь и маску смерти, застывшую на лице мальчика.

— Нет! — закричал Томас, пожираемый горем. — Нет!

К нему подошла Тереза и положила на плечо руку, но он стряхнул ее.

— Я пообещал ему! — взревел он и сам понял, что в голосе появились доселе незнакомые нотки. Томас визжал почти как сумасшедший. — Я пообещал ему, что спасу и верну домой! Я *пообещал*!

Тереза молчала и лишь кивала, опустив голову.

Томас крепко, изо всех сил прижал Чака к груди, словно это могло помочь вернуть его к жизни или хотя бы показать, как сильно благодарен он ему за спасение и дружбу, которую мальчишка, в отличие от других, предложил в Глэйде.

Томас плакал навзрыд, рыдал, как никогда раньше, и его громкие всхлипывания разносились по залу, словно стенания несчастного, подвергнутого изуверским пыткам.

ГЛАВА ШЕСТИДЕСЯТАЯ

Наконец Томас взял себя в руки и постарался спрятать боль глубоко в сердце. В Глэйде Чак стал для него некой путеводной звездой, символом того, что рано или поздно они вернутся к нормальной жизни. Будут спать в кроватях, есть яичницу с беконом на завтрак, ходить в школу, а родители будут целовать их перед сном. В общем, будут счастливы.

А теперь Чака не стало. И его обмякшее тело, которое Томас продолжал сжимать, казалось зловещим предзнаменованием того, что всем надеждам на благополучное будущее не только не суждено сбыться, но и сам мир далеко не таков, каким Томас его представлял. Даже после побега из Лабиринта впереди их ожидали суровые дни. Жизнь, полная горя.

В тех обрывочных воспоминаниях, которые и обрывочными-то можно было назвать с натяжкой, Томас не видел ничего, вселяющего надежду.

Он постарался перебороть боль, заточить ее глубоко в душе. Ради Терезы. Ради Ньюта и Минхо. Какие бы невзгоды их ни ожидали, они будут преодолевать их вместе, и сейчас это было самым главным.

Томас отпустил Чака и резко отвернулся, стараясь не смотреть на почерневшую от крови рубашку мальчика. Смахнул со щек слезы, вытер глаза, попутно думая о том, что ему следовало бы стыдиться истерики, а он ее нисколько не стыдится. Наконец он поднял голову и посмотрел на Терезу. Заглянул в большие синие глаза, исполненные грусти — как за Чака, так и за него самого. Томас был в этом уверен.

Она наклонилась и, взяв за руку, помогла встать. И после того как Томас поднялся, они уже не отпускали друг друга, продолжая держаться за руки. Юноша стиснул ладонь Терезы, пытаясь передать, что сейчас испытывает. Никто не промолвил ни слова; большинство глэйдеров просто стояли и смотрели на тело Чака с непроницаемыми лицами, словно они давно перешагнули ту грань, за которой еще могли что-то чувствовать. На Галли, который неподвижно лежал на полу, хотя и дышал, не смотрел никто.

Тишину нарушила женщина из ПОРОКа.

— Все, что происходит, происходит с определенной целью, — сказала она. Теперь в ее голосе не сквозили жесткие нотки. — Вы должны это понять.

Томас посмотрел на нее, вкладывая во взгляд всю заключенную в душе ненависть, но не двинулся с места.

Тереза положила руку ему на плечо и легонько его сжала.

— *И что теперь*? — спросила она мысленно.

— *Не знаю*, — ответил он. — *Я не могу*...

Внезапно раздавшиеся крики и гвалт со стороны входа, которым воспользовалась женщина, оборвали Томаса на полуслове. Очевидно, дама здорово перепугалась, так как от ее лица разом отхлынула вся кровь. Томас проследил за взглядом суровой дамы.

В зал ворвались несколько мужчин и женщин, одетых в грязные джинсы и насквозь промокшие куртки. Они что-то кричали, отдавали друг другу команды и размахивали оружием. Томас не мог разобрать смысл их слов, но заметил, что оружие — винтовки и пистолеты — выглядело как-то... архаично и убого, словно игрушки, оставленные в лесу на несколько лет и найденные следующим поколением детей, которые решили поиграть в войну.

Прямо на глазах Томаса двое ворвавшихся в зал в мгновение ока сбили женщину с ног, после чего один из них чуть отступил назад, вскинул пистолет и прицелился.

Не может этого быть! — пронеслось у него в голове. — *Не*...

Сверкнули вспышки, грянули выстрелы, и тело женщины, превратив его в кровавое месиво, прошило несколько пуль. Томас попятился назад и чуть не упал, обо что-то споткнувшись.

Один из мужчин направился прямо к группе глэйдеров, тогда как остальные нападавшие рассредоточились по всему залу и принялись палить по ряду окон, за которыми сидели наблюдатели. Томас услышал звон бьющегося стекла, вопли людей, увидел кровь и отвернулся, сосредоточив внимание на подошедшем к ним человеке. Тот был темноволос, с довольно молодым лицом, но глубокими морщинами вокруг глаз, словно каждый день своей жизни проводил, думая только о том, как дожить до следующего.

— На объяснения нет времени, — быстро проговорил он. — Просто следуйте за нами, и бегите так быстро, как если бы от этого зависела ваша жизнь. Потому что, по сути, так оно и есть.

Сказав это, незнакомец махнул рукой своим компаньонам, выставил перед собой пистолет и помчался к большим стеклянным дверям. Грохот выстрелов и предсмертные крики Создателей продолжали оглашать зал, но Томас, стараясь не слышать их, бросился делать то, что ему приказали.

— Вперед! — рявкнул за спиной у него один из спасателей — сейчас Томас воспринимал этих людей именно в таком качестве.

После секундного замешательства глэйдеры повиновались и, чуть ли не оттаптывая друг другу ноги, ринулись вон из зала, чтобы убраться от гриверов и Лабиринта как можно дальше и скорее. Томас, все еще рука об руку с Терезой, бежал вместе со всеми, оказавшись где-то в конце группы.

Тело Чака пришлось оставить.

Томас окончательно исчерпал запас эмоций — чувства его словно атрофировались. Сначала он несся по длинному коридору, затем по тускло освещенному туннелю. Взлетел вверх по винтовой лестнице. Вокруг царила непроглядная тьма, пахло электронным оборудованием. Еще один коридор. Снова вверх по ступенькам. Опять коридоры. Томасу хотелось испытывать боль утраты Чака, хотелось радоваться побегу, наслаждаться тем, что с ним находилась Тереза, но слишком уж много выпало на его долю за последнее время. В душе осталась лишь пустота.

Он продолжал бежать.

Половина мужчин и женщин возглавила колонну и вела ее за собой, другая часть — замыкала, крича сзади что-то подбадривающее.

Не останавливаясь, они неслись вперед и вскоре оказались у еще одного ряда стеклянных дверей. Проскочили через них и выбежали на улицу под сильнейший ливень, буквально рушившийся с черного неба. Кроме тускло поблескивающих струек воды, ничего не было видно.

Командир спасателей остановился лишь тогда, когда они подбежали к большому автобусу — его металлические бока были сплошь изуродованы вмятинами и глубокими царапинами, а чуть ли не все окна покрывала густая паутина трещин. Из-за потоков воды, которые омывали автобус, он казался Томасу каким-то невиданным чудищем из глубин океана, показавшим над волнами покатую спину.

— Залезайте! — крикнул мужчина. — Быстрее!

Они стали один за другим энергично протискиваться внутрь. Толкаясь и спотыкаясь, глэйдеры спешили вскарабкаться по трем ступенькам и занять места в салоне. Казалось, конца этой живой цепочке не будет никогда.

Томас оказался в самом хвосте очереди, а Тереза — прямо перед ним. Он задрал голову к небу, чувствуя, как по лицу барабанят капли дождя — теплого, почти горячего и обладающего странной плотностью, которая моментально привлекла его внимание и, как ни удивительно, помогла немного развеять депрессию. А может быть, обманчивое впечатление плотности возникло из-за интенсивности водяного потока. Он постарался сосредоточиться на автобусе, на Терезе и на побеге.

Они уже находились почти у самой двери автобуса, когда кто-то хлопнул Томаса по плечу, схватил за футболку и дернул назад. Он вскрикнул, выпустив руку Терезы, и шлепнулся на землю, разбрызгивая вокруг воду из лужи. Позвоночник пронзила резкая боль, а уже в следующее мгновение, всего в паре дюймов над его лицом, загородив Терезу, возникла женская голова.

Грязные засаленные волосы, обрамляющие скрытое тенью лицо незнакомки, свесились вниз и коснулись кожи Томаса. В нос ударила страшная вонь, что-то среднее между запахом тухлых яиц и перекисшего молока. Женщина чуть отстранилась и в свете чьего-то фонаря Томас смог разглядеть ее черты: бледная, сморщенная кожа, покрытая омерзительными гнойными язвами. Томаса словно льдом сковал животный страх.

— Вы всех нас спасете! — прокаркала страшная женщина, обдав Томаса брызгами вонючей слюны. — Спасете нас от Вспышки!

Она засмеялась, но ее зловещий смех больше напоминал приступ сухого кашля.

Женщина взвизгнула, когда один из спасателей схватил ее обеими руками и отшвырнул в сторону. Быстро придя в себя, Томас поднялся и вернулся к Терезе. Теперь внимание девушки было приковано к мужчине, который отволакивал полусумасшедшую в сторону. Та почти не сопротивлялась, лишь слегка подергивала ногами и неотрывно глядела на Томаса. Вдруг она ткнула в него пальцем и заорала:

— Не верь тому, что они тебе скажут! Вы спасете нас от Вспышки! Вы!..

Оттащив женщину от автобуса на несколько ярдов, мужчина толкнул ее на землю.

— Лежи и не рыпайся, а не то пристрелю! — рявкнул он, затем обернулся к Томасу. — Быстро внутрь!

Перепуганный юноша повернулся и следом за Терезой поднялся по ступенькам в автобус. Они прошли между рядами сидений в конец салона — глэйдеры смотрели на Томаса во все глаза — и плюхнулись на последние места, прижавшись друг к другу. По наружной поверхности стекол черными струйками стекала вода, а по крыше громко барабанили тяжелые капли дождя. Небо над ними сотряс раскат грома.

— *Что это*? — мысленно спросила Тереза.

Томас не знал ответа, поэтому лишь покачал головой — он снова подумал о Чаке, позабыв об обезумевшей женщине, и в сердце кольнуло. Ему было наплевать на гром и все остальное. Мысль о том, что они все-таки выбрались из Лабиринта, совсем не грела. *Чак*...

Через проход от них сидела женщина — одна из команды спасателей. Их главный, тот самый мужчина, который обратился к ним в зале, вскочил в автобус, сел за руль и завел мотор. Автобус покатился вперед.

В этот миг Томас заметил за окном какое-то смутное движение. Покрытая язвами женщина, очевидно, поднялась с земли и теперь бежала к кабине автобуса, неистово размахивая руками и выкрикивая какие-то слова, которые тонули в грохоте бури. Глаза ее сверкали не то ужасом, не то безумием — Томас не мог понять.

Женщина скрылась из поля зрения, и Томас прильнул к стеклу.

— Стойте! — вскрикнул он, но его не услышали. А может быть, услышали, но не обратили внимания.

Водитель вдавил педаль газа в пол, автобус рванулся вперед и сбил женщину. Когда переднее колесо переехало через ее тело, Томаса едва не сбросило с сиденья резким толчком. Еще толчок — и подпрыгнула уже задняя часть автобуса. Томасу чуть не сделалось дурно; он поглядел на Терезу — судя по страдальческому выражению ее лица, девушка чувствовала себя не лучше.

Водитель молча продолжил жать на газ, и автобус, рассекая бурю, помчался дальше в ночную темноту.

ГЛАВА ШЕСТЬДЕСЯТ ПЕРВАЯ

Следующий час пути превратился для Томаса в бесконечную череду неясных картин и звуков.

Водитель гнал автобус на огромной скорости через города и поселки, но из-за сильного ливня разглядеть их было почти невозможно. Все было искажено и размыто струящимися по стеклу потоками воды и напоминало галлюцинации наркомана. В одном из населенных пунктов к автобусу бросилась целая толпа людей — все в изорванном тряпье, с волосами, прилипшими ко лбу, и лицами, изуродованными точно такими ужасающими язвами, как и у той женщины. Несчастные неистово колотили по бортам автобуса, словно хотели, чтобы их забрали с собой и избавили от жалкого существования, которое они вынуждены здесь влачить.

Автобус даже не сбавил скорости.

Тереза все время молчала, а Томас наконец набрался смелости и обратился к женщине, сидящей через проход.

— Что происходит? — просто спросил он, не зная, как сформулировать вопрос.

Женщина повернулась к нему. Мокрые черные волосы обрамляли ее лицо спутанными прядями, а в глазах была целая бездна печали.

— Это очень долгая история.

На удивление, голос женщины звучал гораздо мягче, чем Томас ожидал, и вселял надежду на то, что она действительно друг, как и все остальные люди из группы спасателей.

Несмотря на тот факт, что они, не моргнув глазом, задавили ту полубезумную.

— Пожалуйста, — взмолилась Тереза. — Ну пожалуйста, расскажите нам хоть что-нибудь!

Женщина несколько секунд переводила взгляд то на Томаса, то на Терезу, затем вздохнула:

— Пройдет какое-то время, прежде чем к вам вернется память, если вообще вернется — мы не ученые, так что понятия не имеем, что и как они там с вами сделали.

У Томаса оборвалось сердце при мысли, что память, возможно, утрачена навсегда, но он все-таки продолжил расспросы.

— Кто те люди?

— Все началось со вспышек на Солнце, — ответила женщина, и взгляд ее потемнел.

— Что... — начала было Тереза, но Томас цыкнул на нее.

— *Пусть сама скажет*, — мысленно сказал он девушке. — *Кажется, она не прочь высказаться*.

— *Ладно*.

Женщина говорила, словно находясь в трансе, глаза ее все время были прикованы к какой-то невидимой точке.

— Солнечные вспышки невозможно было предсказать. Вспышки — явление нормальное, но эти выбросы оказались небывалой силы. Они поднимались все выше и выше, а когда, в конце концов, их заметили, было уже поздно — до того момента, как они обожгли Землю, оставались считаные минуты. Сначала сгорели все спутники и погибли тысячи людей, а в течение последующих нескольких дней жертвами выбросов стали многие миллионы. Гигантские территории превратились в выжженные пустыни. А потом разразилась эпидемия.

Она помолчала.

— Так как вся экосистема рухнула, сдерживать болезнь стало невозможно — даже локализовать ее в Южной Америке. Джунгли исчезли, но насекомые-то остались. Сейчас люди называют болезнь Вспышкой. Страшная зараза... Очень и очень страшная. Лечение доступно только самым богатым, но полностью излечиться все равно нельзя. Если только слухи, приходящие из Анд, достоверны.

Томас чуть было не нарушил собственный приказ, данный Терезе. В мозгу роился миллион вопросов, но он молча продолжал слушать рассказ, чувствуя, как в груди разрастается страх.

— Что касается вас — всех вас, — то вы всего лишь немногие из миллионов сирот. Через их тесты прошли тысячи, и в итоге для самого серьезного испытания они выбрали вас. Для финального теста. Все, что с вами происходило, было тщательно спланировано и просчитано. Тесты — это вроде катализатора, который позволяет изучить реакции, мозговые волны и мысли с целью найти людей, способных помочь в борьбе со Вспышкой.

Она снова помолчала, заправила за ухо прядь волос, и продолжила:

— Большинство физических проявлений вызывается какими-то другими причинами. Сначала появляются галлюцинации, потом животные инстинкты начинают доминировать над человеческими, и в конце концов происходит полный распад личности. Все идет от мозга. Вспышка живет в мозгу жертвы. Страшная зараза. Лучше просто умереть, чем ее подхватить. — Женщина посмотрела на Томаса, на Терезу, потом снова на Томаса. — Мы не имеем права позволять им проводить подобные эксперименты на детях. Мы положили собственные жизни на алтарь борьбы с ПОРОКом, так как верим, что человек обязан оставаться человеком независимо от целей и конечного результата.

Она сцепила руки на коленях и опустила глаза.

— Со временем вы узнаете больше. Мы живем далеко на севере. Между нами и Андами простирается огромная территория протяженностью несколько тысяч миль. Люди называют ее Жаровня. Она находится в районе, который раньше именовали экватором. Теперь там только пекло, пыль и толпы обреченных на гибель дикарей, пораженных Вспышкой. Мы планируем пересечь эти земли и попытаться отыскать лекарство. Но сначала мы уничтожим ПОРОК и положим конец бесчеловечным экспериментам. — Женщина пристально поглядела на Томаса, затем перевела взгляд на Терезу. — Мы очень надеемся, что вы к нам присоединитесь.

Она отвернулась и уставилась в окно.

Томас повернулся к Терезе и вопросительно поднял брови. Девушка только покачала головой, затем склонила ее Томасу на плечо и закрыла глаза.

— *Я слишком устала, чтобы думать сейчас об этом*, — телепатически сказала она. — *Пока мы в безопасности, а остальное не важно*.

— *Может, и в безопасности*, — ответил он. — *Может быть...*

Томас услышал посапывание. Тереза заснула. А он знал, что спать не сможет еще очень долго. В душе бушевали настолько противоречивые эмоции, что юноша даже не мог понять, какие именно. И все-таки лучше такие метания, чем тупой вакуум, в котором он пребывал совсем недавно. Томас сидел и всматривался в темноту, в дождь за окном, не переставая прокручивать в голове слова «Вспышка», «эпидемия», «эксперимент», «Жаровня», «ПОРОК»... Оставалось лишь надеяться, что дальше события будут развиваться по более благоприятному сценарию, нежели в Лабиринте.

Томас подпрыгивал и покачивался на сиденье, чувствуя, как голова Терезы подскакивает у него на плече каждый раз, когда колеса попадают в особенно глубокую выбоину, ощущал, как девушка беспокойно ерзала и снова проваливалась в сон, слушал приглушенные перешептывания других глэйдеров, но его мысли невольно возвращались к одному и тому же.

К Чаку.

Часа через два автобус остановился.

Они оказались на скользкой от грязи парковочной площадке, возле неприглядного вида здания с несколькими рядами окон. Женщина с остальными спасателями проводила девушку и девятнадцать парней через главный вход в дом, затем вверх по лестнице и ввела в просторное помещение наподобие казарменного. Вдоль одной из стен комнаты тянулся ряд двухъярусных коек, а на противоположной стороне стояло несколько шкафов и столов. Все окна были завешены шторами.

Томас оглядел помещение с любопытством, но без излишней восторженности — теперь его трудно было хоть чем-нибудь заинтриговать или удивить.

Комната пестрела всеми цветами: выкрашенные ярко-желтой краской стены, красные одеяла, зеленые шторы. После унылой серости Глэйда показалось, будто их отправили прямиком на ожившую радугу. Ощущение «нормальности» при виде всех этих заправленных кроватей, необшарпанных платяных шкафов и прочих вещей было настолько непривычным, что даже угнетало. Все слишком уж хорошо, чтобы быть правдой. Входя в новое пристанище, Минхо выразился, пожалуй, точнее всего: «Я что, на хрен, оказался в раю?»

Томас не испытывал большого желания радоваться: ему казалось, что этим он предаст память Чака. И все-таки глубоко в душе у него что-то зашевелилось. Хоть и очень глубоко.

Водитель автобуса — и по совместительству предводитель спасательного отряда — оставил глэйдеров на попечение нескольких человек — девяти или десяти мужчин и женщин в выглаженных черных брюках и белых рубашках, безукоризненно подстриженных, с чистыми руками и сияющими улыбками на лицах.

Буйство красок. Кровати. Обслуживающий персонал. Томас чувствовал, как в душу проникает ощущение, казалось бы, невозможного счастья. И все-таки в самом центре этого чувства зияла огромная черная дыра, тяжкая скорбь, которая не оставит его никогда, — воспоминания о Чаке и его хладнокровном убийстве. О жертве, которую он принес. И все-таки, несмотря на гибель мальчика, несмотря на то *что* женщина в автобусе рассказала ему о мире, в который они вернулись, несмотря ни на что Томас впервые с тех пор как очнулся в Ящике, ощутил себя в безопасности.

Когда распределили спальные места, выдали чистую одежду и банные принадлежности, глэйдерам подали ужин. Пиццу. Настоящую, испеченную с душой пиццу — пальчики оближешь. Томас смаковал каждый кусочек. Голод заглушил все остальные чувства, и настроение довольства и умиротворения, царящее за столами, казалось, было осязаемо. Большинство глэйдеров в течение всей трапезы старались не шуметь, как будто опасались разговорами спугнуть свалившееся на их головы счастье. Но сияли от радости все. Томас так привык к выражению обреченности и отчаяния на физиономиях подростков, что видеть их открытые улыбки казалось чем-то невероятным. Особенно когда он сам был совсем не расположен к веселью.

Когда вскоре после ужина им сообщили, что настало время ложиться спать, никто не возражал.

Томас тем более. Ему казалось, что он способен проспать целый месяц.

ГЛАВА ШЕСТЬДЕСЯТ ВТОРАЯ

Он разделил спальное место с Минхо, который изъявил желание спать наверху, а Ньют с Фрайпаном улеглись на соседней койке. Персонал отправил Терезу в другое помещение, причем увел настолько быстро, что она даже попрощаться не успела. Не прошло и трех секунд, как Томас начал отчаянно по ней тосковать.

Он как раз устраивался на мягком матрасе на ночь, когда с верхнего яруса его окликнул Минхо.

— Послушай-ка, Томас.

— Чего? — Юноша устал настолько, что едва ворочал языком.

— Как ты думаешь, что случилось с оставшимися в Глэйде?

До сих пор у Томаса не было времени задумываться над этим. Сначала все его мысли вертелись вокруг Чака, а теперь — Терезы.

— Не знаю, но, судя по тому, сколько полегло по пути сюда, думаю, оставшимся пришлось несладко. Там, наверное, все так и кишит гриверами, — ответил Томас и поразился тому, насколько бесстрастно прозвучал его голос.

— А как считаешь, с этими людьми мы в безопасности? — спросил Минхо.

Какое-то время Томас обдумывал, что сказать.

— Да. Думаю, в безопасности.

Ничего другого он ответить просто не мог.

Затем Минхо сказал еще что-то, но Томас его уже не слышал — усталость взяла свое. Он лежал и думал о том коротком периоде, когда исследовал Лабиринт в качестве бегуна, о том, как сильно мечтал им стать — мечтал с самой первой ночи в Глэйде. Теперь все казалось нереальным и таким далеким, словно произошло целую сотню лет назад.

По комнате разносились приглушенные перешептывания, но Томасу они представлялись доносящимися будто из параллельного мира. Он уставился в перекрещенные деревянные планки койки над ним, чувствуя, что погружается в сон. Но ему очень хотелось поговорить с Терезой, и он к ней обратился мысленно.

— *Как там у тебя*? — спросил он. — *Жаль, что ты не с нами*.

— Вот еще! — отозвалась она. — *Спать с этими вонючками?! Ну уж нет.*

— Да. Ты права. Минхо пукнул раза три за последнюю минуту.

Томас понимал, что попытка пошутить была неуклюжей, но ничего остроумнее в голову не пришло.

Наступила томительная пауза.

— Мне очень жаль Чака, правда, — наконец мысленно проговорила Тереза.

У Томаса кольнуло в груди, и он закрыл глаза, прокручивая в памяти события невероятной ночи.

— Он бывал таким надоедливым, — сказал Томас и замолчал. Он вдруг вспомнил вечер, когда Чак напугал Галли до полусмерти в уборной. — *Но мне так больно. Как будто родного брата потерял.*

— Понимаю.

— Я пообещал ему...

— Перестань, Том.

— *Что?* — Он хотел, чтобы Тереза его успокоила, сказала какие-то волшебные слова, которые помогли бы унять душевную боль.

— Перестань корить себя. Половина из нас выжила. Если бы мы остались в Лабиринте, то все были бы мертвы.

— Но Чак все равно погиб, — сказал Томас.

Его терзали муки совести. Он знал наверняка, что без колебания обменял бы на Чака любого из присутствующих здесь глэйдеров.

— Он погиб, спасая тебя, — ответила Тереза. — *Это был его выбор. Теперь постарайся сделать так, чтобы его смерть не была напрасной.*

Глаза Томаса наполнились слезами; одна из них, выкатившись из-под век, скользнула по виску и утонула в волосах. Целая минута прошла в молчании, затем юноша сказал:

— Тереза.

— *Что?*

Делиться самыми сокровенными мыслями было тяжело, но Томас все-таки решил признаться:

— Я хочу вспомнить тебя. Вспомнить нас. Ну, ты понимаешь, до всего этого...

— Я тоже хочу.

— *Кажется, мы...* — Он никак не решался высказать свою мысль.

— *Да, наверное...*

— *Интересно, что будет завтра.*

— *Через несколько часов узнаем.*

— *Точно. Ну, тогда спокойной ночи.* — Он хотел добавить еще кое-что... много чего — но не пересилил себя.

— *Спокойной ночи*, — ответила она как раз в тот момент, как погасили свет.

Томас повернулся на бок. К счастью, было темно, и никто не мог увидеть его лица — на нем застыла не совсем улыбка, не откровенное проявление счастья. Но почти...

Впрочем, и этого «почти» было сейчас вполне достаточно.

ЭПИЛОГ

ПОРОК, Служебная записка, Дата 232.1.27, Время 22:45

Кому: Моим коллегам

От: Ава Пэйдж, Советник

Тема: Размышления об эксперименте «Лабиринт» (группа «А»).

Принимая во внимание полученные результаты, думаю, мы все можем согласиться с тем, что испытания оказались успешными. Двадцать выживших благополучно прошли предварительный отбор для следующего запланированного эксперимента, продемонстрировав удовлетворительные и обнадеживающие реакции на Переменные. Считаю, что убийство мальчика и «спасение» доказали свою полезность на завершающем этапе испытания. Нам необходимо было подвергнуть их дополнительному стрессу и пронаблюдать за реакциями. Честно говоря, я удивлен тем, что в конце эксперимента в нашем распоряжении осталось такое большое количество испытуемых, готовых бороться до конца, несмотря ни на что.

Как ни странно, иногда меня посещали сомнения в обоснованности эксперимента, а наблюдения за испытуемыми причиняли душевную боль. Впрочем, времени на раскаяние нет. Мы обязаны двигаться вперед ради блага всего человечества.

Должен заметить, у меня сложилось четкое мнение о том, кто должен стать лидером группы, но дабы исключить любое влияние на принимаемые вами решения, я воздержусь от его высказывания. Впрочем, для меня выбор очевиден.

Мы все прекрасно понимаем, *что* стоит на кону, и лично я полон оптимизма. Вы помните, что написала девушка у себя на руке, прежде чем потеряла память? Одну единственную фразу: *ПОРОК — это хорошо*.

Рано или поздно к подопытным вернется память, и тогда они поймут, ради какой великой цели мы подвергли их столь суровым испытаниям и планируем подвергнуть в будущем. Назначение миссии «ПОРОК» — спасение человечества и помощь людям, каких бы жертв это ни стоило. Мы действительно «хорошие».

Буду рад выслушать ваше мнение на этот счет. Подопытным будет предоставлена полная ночь для отдыха перед началом второго этапа испытаний. Давайте надеяться, что и он пройдет успешно.

Результаты эксперимента над группой «Б» оказались не менее впечатляющими, но для обобщения полученных сведений мне потребуется некоторое время. Думаю, мы сможем их обсудить уже утром.

Итак, до встречи завтра.

КОНЕЦ ПЕРВОЙ ЧАСТИ

БЛАГОДАРНОСТИ

Редактору и другу Стэйси Уитман, которая помогала мне видеть то, чего я не замечал.

Преданному поклоннику Джейкоби Нильсену за отзывы и постоянную поддержку.

Авторам-единомышленникам за оказанную помощь. Это Брэндон Сандерсон, Априлинн Пайк, Джулия Райт, Джей Скотт Сэвидж, Сара Зарр, Эмили Уинг Смит и Анна Боуэн.

Агенту Майклу Буррету за воплощение моей мечты в реальность.

Также выражаю искреннюю признательность Лорену Абрамо и всем сотрудникам агентства «Dystel & Goderich».

И конечно, Кристе Марино за проделанную редакционную работу, которая не поддается описанию. Ты гений, и твое имя должно значиться на обложке книги рядом с моим.

ОБ АВТОРЕ

Джеймс Дэшнер родился и воспитывался в Джорджии, но сейчас живет и работает в Скалистых горах.

Получил известность благодаря серии книг под названием «Тринадцатая реальность». Если вы хотите узнать больше о жизни и творчестве автора, посетите сайт www.jamesdashner.com.

ИСПЫТАНИЕ ОГНЕМ

Посвящается
Уэсли, Брайсону, Кайле и Даллину,
самым лучшим детям на свете

ГЛАВА ПЕРВАЯ

Зазвучал голос Терезы, и мир распался на части.

«Эй, спишь?»

Томас поерзал в постели. Тьма вокруг царила густая и плотная. Он чуть не поддался панике, решив, будто снова в Ящике — страшном кубе из холодного металла, в котором его доставили в Глэйд. Потом, широко раскрыв глаза, Томас различил тусклый свет и смутные тени в большой комнате: грубые кровати, комоды... Тихо дышали во сне ребята; кто-то смачно храпел.

Слава Богу... Он в безопасности, в бараке. Не надо бояться, здесь нет гриверов. Нет смерти.

«Том?»

Голос девушки звучал прямо в голове, Томас отчетливо его слышал. Хоть и не смог бы никому объяснить, как и почему.

Глубоко выдохнув, он лег. Натянутые нервы успокоились, и Томас ответил: «Тереза? Который час?»

«Без понятия. Мне что-то не спится. Удалось подремать с часок-другой, и все... Подумала, вдруг ты не спишь, поболтали бы...»

Томас сдержал улыбку. Хоть Тереза и не видит его, все равно как-то неловко.

«Ну куда я теперь денусь? Трудно спать, когда в черепушке у тебя чей-то голос».

«Ой, ой... ну и спи себе дальше».

«Да не, все путем».

Томас посмотрел на дно верхней койки над собой (бесформенной в темноте). Там влажно похрипывал Минхо, словно в горле у него скопилось безбожное количество мокроты.

«О чем ты думала?»

«Угадай».

И как ей удается мысленно передавать цинизм?

«Том, мне постоянно снятся гриверы. Скользкие, раздутые, утыканные металлом, шипастые... Из головы такое не выкинешь. Как тут расслабиться!»

Томаса мучили те же образы. Ужас Лабиринта никогда не оставит глэйдеров. Душевные расстройства — если не полное безумие — до конца жизни им обеспечены.

Сильнее других, будто тавро, врезался в память один образ: раненный в грудь Чак умирает у Томаса на руках.

Томас никогда не забудет смерти друга. Терезе он сказал: «Еще чуть-чуть, и убили бы меня».

«Ты это уже сто раз говорил», — ответила Тереза. Глупо, однако Томасу нравилось слышать от нее подобное. Как будто сарказм в ее голосе означал: все будет в порядке.

«Ну и дурень же ты», — ругнул себя Томас, надеясь, что Тереза не слышит его.

«Фигово, что меня от вас отгородили», — послала она Томасу мысль.

Томас, впрочем, понимал, что Терезу убрали от глэйдеров не без причины. Бо́льшая часть из них — подростки, шанки, доверять которым нельзя, а Тереза — девушка.

«Тебя защищают».

«Ага, наверное. Просто... — Тоска, смолистыми каплями приставшая к ее словам, проникла в разум Томаса. — Мы столько пережили вместе, и я теперь одна. Фигово...»

«Так куда тебя забрали?»

В голосе Терезы слышалась такая печаль, что Томас чуть не вскочил и не бросился на поиски девушки.

«На другой конец общей столовой. Я в маленькой комнатушке, здесь всего несколько коек. Дверь наверняка заперли».

«Ну вот, говорю же: тебя хотят защитить. — К сказанному Томас поспешил добавить: — Хотя от кого? Я бы поставил на тебя против половины местных шанков».

«Только половины?»

«Ладно, половины и еще четвертинки. Включая меня».

Повисла долгая пауза. Впрочем, Томас чувствовал присутствие Терезы. Словно подруга лежала всего в нескольких футах над ним, как Минхо (пусть Томас его и не видел).

И дело отнюдь не в храпе и хрипе. Когда кто-то рядом, ты его чувствуешь.

Томас сам удивился, какое спокойствие наступило, едва пришел сон, несмотря на пережитые за последние несколько недель страхи. Тьма окутала мир, однако ощущение близости Терезы осталось. Она рядом... будто держит его за руку.

Время текло незаметно, подчиняясь каким-то особым законам. В полудреме Томас наслаждался мыслью, что их спасли из ужасного места. Теперь они с Терезой в безопасности и могут заново узнать друг друга. Здорово!

Туманный сумрак. Тепло. Сияние...

Мир растворялся. Все замерло, и в уютной, убаюкивающей темноте Томас погрузился в сон.

Ему годика четыре, может, и пять. Он лежит в постельке, подтянув одеяло к самому подбородку. Рядом, положив руки на колени, сидит женщина: длинные каштановые волосы, на лице только-только обозначились морщинки; в глазах видна грусть. Свои чувства она изо всех сил безуспешно пытается скрыть за улыбкой.

Томас хочет заговорить и не может — он не здесь, не в кровати. Он далеко, в ином месте. Женщина открывает рот, и голос ее одновременно сладок и зол. Томасу становится тревожно.

— Не знаю, почему выбрали тебя, но точно знаю другое: ты особенный. Никогда об этом не забывай. И не забывай, как сильно... — Голос ее надламывается, по щекам катятся слезы. — Не забывай, как сильно я тебя люблю.

Мальчик — одновременно и Томас, и не он — отвечает, произносит нечто бессмысленное:

— Ты сойдешь с ума, мамочка? Как говорят по телевизору? Как... как папа?

Женщина запускает пальцы ему в шевелюру. Женщина ли? Нет, его мать. Мамочка.

— Не бойся, родной, — отвечает она. — Ты этого не увидишь.

Улыбка на ее губах тает.

Томас опомниться не успел, как сон растворился в темноте, оставив его в водовороте мыслей: правда ли новое воспоминание выплыло из бездны амнезии? Правда ли Томас увидел мать? Он что-то говорил о безумии отца... Глубоко в душе проснулась острая боль, и Томас поспешил нырнуть обратно в забвение.

Сколько еще прошло времени, он сказать не мог. Позднее Тереза опять связалась с ним: «Том, что-то не так...»

ГЛАВА ВТОРАЯ

С этих слов Терезы все и началось.

Голос девушки прозвучал будто с противоположного конца гулкого туннеля. Томас попробовал пробудиться, но сон — это коварное, густое и вязкое состояние-ловушка — не отпустил. Томас уже осознал себя в мире яви, однако усталость не давала выбраться из него полностью.

«Томас!»

В голове будто скребли острыми когтями. Ощутив крохотный укол страха, Томас решил: все это сон. Да, сон. Они в безопасности, бояться не надо. Терезе ничто не угрожает, и можно спать дальше. Расслабившись, он поддался дремоте.

Послышались иные звуки: удары, металлический звон, грохот, крики друзей... В сознание Томаса они проникали эхом, далеким и приглушенным. Крики стали пронзительней, возвещая о запредельной боли. Томас лежал, словно укутанный в кокон из темного бархата.

Погодите... Так быть не должно. Что говорила Тереза?

Борясь со сном, который мертвым грузом тянул вниз, Томас мысленно прокричал: «Подъем! Просыпайся!»

Чего-то не хватает, как будто из тела похитили важный орган. Тереза! Тереза пропала. Томас ее больше не чувствовал!

«Тереза! Тереза, отзовись!»

Ушло теплое чувство ее присутствия. Подруга не отвечала, и Томас, продолжая бороться со сном, вновь и вновь выкрикивал ее имя.

Тьма рассеялась, уступив место реальности. Объятый ужасом, Томас резко сел на кровати, потом спрыгнул на пол и огляделся.

Вокруг царил хаос.

Глэйдеры с воплями метались по бараку. Звучали дикие, страшные, какие-то нереальные крики, словно на бойне. Фрайпан, бледный, указывал на окно; Ньют и Минхо неслись к двери. Уинстон обхватил прыщавое лицо руками, как будто увидел жрущего живую плоть зомби. Другие глэйдеры, пихаясь и толкаясь, лезли к окнам, держась от них, впрочем, на почтительном расстоянии. А Томас внезапно понял, что не знает по имени практически никого из двадцати выживших в Лабиринте парней. Не самая уместная мысль в разгар хаоса...

Уловив краем глаза движение, Томас обернулся посмотреть — и всякое ощущение покоя и безопасности испарилось. Как вообще оно могло родиться? В таком-то мире!

В трех футах от кровати Томас увидел окно. Разбитое, занавешенное пестрой шторкой. За ним горел ослепительно яркий свет, и за прутья решетки окровавленными руками цеплялся человек: выпученные, налитые кровью глаза, на смуглом лице струпья и язвы; волос нет — только пучки, похожие на зеленоватый мох. На правой щеке отвратительная живая рана, сквозь которую видны зубы. С подбородка свисают нити розоватой слюны.

— Я шиз! — орал ходячий ужас. — Черт, я шиз!

Брызгая слюной, он принялся выкрикивать снова и снова:

— Убейте меня! Убейте! Убейте...

ГЛАВА ТРЕТЬЯ

Томаса хлопнули по плечу. Вскрикнув, он обернулся. Рядом Минхо тоже смотрел на сумасшедшего.

— Зомби повсюду, — мрачно произнес куратор бегунов. Давешние надежды растаяли. — Наших «спасителей» и след простыл.

Томас привык жить в страхе и напряжении, но это уже слишком. Ощутить надежду — и сразу лишиться ее? Томас поскорее прогнал мимолетное желание уткнуться в подушку и расплакаться. Отрешившись от непроходящей боли и тоски по дому, от мыслей о безумии отца, он понял: нужен лидер и план. Иначе кошмар этой ночи не пережить.

— Внутрь еще не проникли? — ощутив странное спокойствие, спросил Томас. — Решетки есть на всех окнах?

Минхо кивнул на длинную стену.

— Ага. Прошлой ночью мы решеток и не заметили, было слишком темно. Да еще эти занавески с рюшечками... Никогда бы не подумал, что обрадуюсь решеткам на окнах.

Одни глэйдеры перебегали от окна к окну, прочие сбивались в кучки. На лицах у всех читалось смешанное выражение неверия и страха.

— Где Ньют?

— Здесь я.

Томас обернулся и увидел старшего. И как сразу не заметил?

— В чем дело?

— Типа я знаю! Пришли какие-то психи и решили слопать нас на завтрак. Надо перебраться в другую комнату и созвать Совет. Ну и шум, будто гвозди в башку вколачивают.

С отсутствующим видом Томас кивнул. Он-то надеялся, что Ньют и Минхо обо всем позаботятся, а сам он тем временем попытается связаться с Терезой. Хоть бы ее предупреждение оказалось частью сна, бредом уставшего разума. Да еще образ матери не дает покоя.

Двое его друзей отправились собирать глэйдеров. Томас робко глянул на окно, в котором видел обезумевшего человека, и тут же отвернулся. Хватит на сегодня крови, растерзанной плоти и безумия в налитых краснотой глазах, истерических призывов: «Убейте меня! Убейте! Убейте!..»

Отойдя к противоположной стене, Томас привалился к ней и мысленно позвал: «Тереза! Тереза, где ты?»

Закрыв глаза, он сосредоточился. Мысленно протянул невидимые руки, желая нащупать хоть какой-нибудь след. Ничего, тщетно. Ни малейшего ощущения, что Тереза попрежнему рядом. Ни намека на ответ с ее стороны.

«Тереза, — настойчивей позвал Томас, стиснув зубы, — где ты? Что с тобой?»

Опять ничего. Сердце замедлило ход и, казалось, вот-вот остановится. Томас будто проглотил большой комок ваты. Тереза в беде.

Глэйдеры тем временем успели собраться у зеленой двери, ведущей в столовую, где накануне они уплетали пиццу. Минхо без толку дергал за медную ручку.

Остальные двери вели в душевую и кладовку — тупиковые комнаты, куда можно было попасть только из спальни. На окнах стояли решетки, и слава Богу, потому что в каждое ломились вопящие безумцы.

Тревога растекалась по венам словно кислота. Томас бросил попытки связаться с Терезой и присоединился к товарищам. Ньют решил сам открыть дверь. Безуспешно.

— Заперто, — сообщил он, безвольно опустив руки.

— Спасибо, кэп, — заметил Минхо, сложив на груди могучие клешни. (На мгновение Томас увидел, как кровь пульсирует во вздувшихся венах.) — Ты просто гений, не зря тебя назвали в честь Исаака Ньютона. Поражаюсь твоей проницательности.

Ньют был не в настроении шутить или же давно привык игнорировать ядовитые колкости Минхо.

— Ломаем ручку на хрен. — Он огляделся, будто ожидал, что ему подадут кувалду.

— Когда эти шизы стебанутые умолкнут?! — проорал Минхо, глядя на ближайшего из сумасшедших, женщину: через все лицо, до самого виска, у нее тянулась жуткая рана.

— Шизы? — переспросил Фрайпан.

До сего момента волосатого повара Томас не замечал. Тот словно таился, напуганный еще больше, чем перед схваткой с гриверами. Неизвестно, что хуже. Засыпая прошлой ночью, ребята надеялись: все, конец, беды завершились. Да-а... страшно вот так резко лишиться покоя.

Минхо указал на окровавленную женщину.

— Они сами себя так зовут.

— Шизы-мызы... — отрезал Ньют. — Найди что-нибудь сломать эту чертову дверь!

— Держи, — произнес невысокий паренек, протягивая Ньюту узкий баллон огнетушителя. Похоже, снял со стены. И вновь Томас пожалел, что не знает по имени практически никого, даже вот этого паренька.

Ньют замахнулся, готовый сбить ручку вместе с замком, и Томас подобрался как можно ближе к нему. Не терпелось увидеть, что за дверью. Скорее всего хорошего там мало.

Ньют ударил. Раздался громкий треск, что-то хрустнуло внутри двери. Ньют саданул по ручке еще раза три и выломал ее вместе с креплением. Зазвенели, падая на пол, металлические детали. Дверь тихонько приоткрылась.

Ньют смотрел на длинную узкую полосу тьмы так, словно из нее вот-вот вылетят демоны. Затем, не глядя, вернул огнетушитель безымянному пареньку.

— Пошли, — скомандовал Ньют слегка дрогнувшим голосом.

— Погодите, — остановил глэйдеров Фрайпан. — Нам точно надо выходить? Может, дверь не зря была заперта?

Логично. Томаса тоже терзали дурные предчувствия.

Минхо встал подле Ньюта и посмотрел на Фрайпана, затем — прямо в глаза Томасу.

— А что еще делать прикажешь? Сидеть и ждать, пока вломятся шизы? Айда.

— Решетки крепкие, — резко ответил Фрайпан. — Есть время подумать.

— Нет, время вышло. — Минхо ногой распахнул дверь, и тьма за ней, казалось, стала гуще. — И вообще, чего ты молчал, пока мы ломали замок? Башка твоя дурья! Теперь уже поздно.

— Лучше б ты ошибался, — вполголоса пробурчал Фрайпан.

Томас едва мог оторвать взгляд от чернильной тьмы в соседнем помещении. Что-то не так, говорило до боли знакомое предчувствие. Иначе «спасители» давно бы пришли. Но Минхо и Ньют правы: нельзя отсиживаться в спальне, надо искать объяснение случившемуся.

— К черту, — сказал Минхо. — Я первым пойду.

Не дожидаясь ответа, он шагнул в темноту и сию же секунду в ней растворился. За ним пошел Ньют — напоследок он нерешительно глянул на Томаса, и тот понял: ему идти третьим.

Шаг за шагом Томас, вытянув перед собой руки, углублялся во тьму общей столовой.

Бьющий в спину свет нисколько не освещал комнату. С тем же успехом можно было идти, крепко зажмурившись.

Как же воняет, просто ужас!

Где-то впереди вскрикнул Минхо.

— Аккуратней! — предупредил он идущих сзади. — С потолка свисает какая-то... фигня.

Раздался звук, похожий на стон — будто Минхо головой задел люстру. Где-то справа захрипел Ньют, и послышался скрежет металла по полу.

— Столы, — подал голос Ньют. — На столы не наткнитесь.

Сразу за Томасом шел Фрайпан.

— Вы помните, где выключатель?

— Как раз к нему иду, — ответил Ньют. — Видел его где-то здесь.

Томас слепо шагал вперед. Глаза чуть привыкли к темноте, и там, где прежде стояла сплошная черная стена, обозначились тени на фоне других теней. И все-таки что-то было не так... Вещи вроде стояли на местах.

— Фу-ху-ху-у! — Минхо впереди плевался, словно наступил в кучу кланка.

Снова что-то скрипнуло.

Не успел Томас спросить, в чем дело, как сам врезался лбом во что-то твердое, бесформенное и обернутое тканью.

— Нашел! — крикнул Ньют.

Несколько раз щелкнуло, и комнату затопил свет флуоресцентных ламп. Ослепнув и протирая глаза, Томас поспешил отойти от одного бесформенного предмета и тут же ударился о другой.

— Ни хрена себе! — проорал Минхо.

Томас через силу открыл глаза и, когда зрение вернулось, увидел ужасную сцену.

По всей комнате висели трупы. В раздутые, побагровевшие шеи впивались скрученные веревки; бледно-розовые языки вывалились из посиневших ртов. Висельники смотрели на глэйдеров невидящими глазами, в которых читалась обреченность. Они провисели здесь самое большее несколько часов.

Узнав кого по лицам, кого по одежде, Томас упал на колени.

Совсем недавно, прошлым вечером эти люди спасли глэйдеров из Лабиринта.

ГЛАВА ЧЕТВЕРТАЯ

Стараясь не смотреть на трупы, Томас на подгибающихся ногах отошел к Ньюту. Тот все еще стоял у ряда выключателей, его полный ужаса взгляд метался от одного висельника к другому.

Ругаясь вполголоса, подошел Минхо.

В столовой собрались остальные глэйдеры. При виде покойников кто-то вскрикнул, кто-то проблевался. Томас и сам ощутил, как подступает к горлу тошнота.

Что случилось? Как быстро все встало с ног на голову! От отчаяния желудок сжался в тугой комок.

Тереза, вспомнил Томас.

«Тереза! Тереза! — звал он, закрыв глаза и стиснув зубы. — Отзовись!»

— Томми, — позвал Ньют, хватая Томаса за плечо. — Какого хрена, что с тобой?

Оказывается, Томас, согнувшись пополам, обхватил себя руками поперек живота. Медленно выпрямившись, он попытался прогнать грызущее изнутри чувство тревоги.

— Сам... как думаешь? Оглядись.

— Ясен пень. Просто я решил, что у тебя приступ какой-нибудь...

— Нет-нет, я в порядке хотел только поговорить с Терезой. — На самом деле Томас чувствовал себя отвратительно, и у него не было желания напоминать всем о телепатической связи с Терезой. Раз спасители мертвы... — Надо срочно выяснить, куда ее дели, — буркнул он, радуясь, что есть чем занять мозг и отвлечься.

Стараясь не присматриваться к висельникам, Томас оглядел столовую в поисках еще одной двери. Где же комната Терезы? Она говорила, что ее заперли напротив общей спальни.

Ага, есть — желтая дверь с медной ручкой.

— Он прав, — согласился Минхо. — Разойтись! Ищите ее!

— Кажется, нашел. — Томас, поражаясь, как быстро удалось вернуть присутствие духа, побежал к желтой двери, лавируя между повешенными и столами. Тереза должна быть в той комнате цела и невредима, как и глэйдеры. Дверь закрыта — добрый знак. Возможно, даже заперта. Сама Тереза скорее всего провалилась в глубокий сон, как и Томас, и потому не отвечала на мысленные призывы.

У самой двери он вдруг вспомнил, что понадобится инструмент — сломать замок и ручку.

— Принесите огнетушитель! — попросил он и чуть не сблевал: от запаха в столовой желудок выворачивало наизнанку.

— Уинстон, сбегай! — скомандовал Минхо за спиной Томаса.

До двери Томас добежал первым. Дернул за ручку — та не шелохнулась, дверь была заперта накрепко. Справа от нее Томас заметил квадратную табличку из прозрачного пластика со стороной дюймов в пять; под ней имелся листок бумаги с печатной надписью: «Тереза Агнес. Группа «А», субъект А-1. Предатель».

Как ни странно, больше всего остального вниманием Томаса завладела фамилия Терезы. То есть фамилия, которую ей присвоили. Агнес. Хотя чего удивляться? Тереза Агнес. Обрывочные познания в истории, амнезия не позволяли вспомнить никого известного с такой же фамилией. Сам Томас получил имя в честь великого изобретателя Томаса Эдисона. А Тереза Агнес?.. Нет, имя совсем незнакомое.

Конечно, имена глэйдеров скорее шутка Создателей, призванная еще больше отдалить подростков от их личностей, от родителей. Томас не мог дождаться дня, когда узнает свое настоящее имя. Имя, навсегда запечатленное в умах его отца и матери, — не важно, кто они и где сейчас.

Обретя во время Метаморфозы клочья памяти, Томас уверился, что у него нет любящих родителей. И кто бы они ни были, ребенок он нежеланный. Его будто спасли из жуткой передряги. Теперь он отказывался верить в подобное, особенно после сна о матери.

— Але! — Минхо пощелкал пальцами перед носом у Томаса. — Кому спишь? Здесь тебе не тут! Кругом мертвецы и воняет, как у Фрайпана под мышками. Проснись!

— Извини, — посмотрел на него Томас. — Я задумался. Странная фамилия у Терезы — Агнес.

Минхо цокнул языком.

— Кого колышет? Странно, что ее назвали Предателем.

— И что за Группа «А» и субъект А-1? — спросил Ньют, передавая Томасу огнетушитель. — Ладно, забудем пока. Ломай эту стебанутую дверь.

Приняв огнетушитель, Томас внезапно разозлился сам на себя. Тереза за дверью, ей нужна помощь, а он теряет бесценные секунды, размышляя над дурацкой надписью! Перехватив красный цилиндр покрепче, Томас саданул по дверной ручке. Лязгнуло, по рукам прошлась волна отдачи, но замо́к уже готов был сдаться. Томас добил его двумя ударами — ручка выпала на пол, и дверь приоткрылась на пару дюймов.

Отбросив огнетушитель, Томас распахнул ее и — со смесью страха и дурного предчувствия в сердце — первым шагнул в освещенную комнату.

Это была уменьшенная копия барака для мальчиков: всего четыре двухъярусные кровати, два комода и дверь в уборную. Все кровати в образцовом порядке за исключением одной: одеяло отброшено, подушка свисает через край, простыня смята. И ни следа Терезы.

— Тереза! — закричал Томас, и горло перехватило от паники.

За дверью кто-то смыл воду в унитазе, и Томас, ощутив громадное облегчение, чуть не упал. Тереза здесь, цела! Томас бросился было к ней, однако Ньют вовремя схватил его за руку.

— Это тебе не комната для мальчиков, — напомнил он. — В дамскую уборную не принято ломиться. Погоди, подружка сама выйдет.

— И еще неплохо бы созвать сюда всех на Совет, — добавил Минхо. — Не воняет, и шизов не слышно.

Томас только сейчас заметил, что окон в спальне для девочек нет. Хотя должен был сразу уловить разницу между этой комнатой и бараком, пребывающем в хаосе. Шизы... Томас и думать о них забыл.

— Что-то она долго, — пробормотал он.

— Пойду приведу остальных, — сказал Минхо, развернулся и вышел в столовую.

Ньют, Фрайпан и еще несколько глэйдеров прошли в глубь комнаты и расселись кто где. Язык тела каждого выдавал сильную тревогу и напряжение: локти на коленях, ладони трутся друг о друга, взгляд устремлен в пустоту.

«Тереза? — неотрывно глядя на дверь уборной, позвал Томас. — Слышишь меня? Мы тут, ждем тебя».

Томас ощутил, как растет внутри его пузырь пустоты, словно Терезы нет и не было.

Замок щелкнул, и дверь начала открываться. Томас, позабыв о присутствующих, пошел навстречу Терезе, готовый обнять ее... но вышла к нему не Тереза. Застыв на полушаге, Томас чуть не упал. Внутри все оборвалось.

Из уборной вышел парень: чистая пижама (рубашка и синие фланелевые штаны), смуглая кожа, странная короткая стрижка и такой невинный взгляд, что Томас сразу передумал хватать шанка за грудки и трясти, добиваясь ответов.

— Ты кто такой? — спросил Томас, не потрудившись смягчить тон.

— Кто я такой? — немного саркастично переспросил парень. — Это ты кто такой?!

Вскочив на ноги, Ньют подошел к нему и встал даже ближе, чем Томас.

— Ты давай не путай зеленое с кислым, — пригрозил он. — Нас больше. Говори: кто таков?

Сложив руки на груди, парень с вызовом посмотрел на Ньюта.

— Ладно, меня зовут Эрис. Что еще?

Ух, врезать бы ему. Строит из себя крутого, а им надо Терезу искать.

— Как ты здесь оказался? В этой комнате ночевала девушка. Где она?

— Девушка? Какая еще девушка? Меня сюда вчера устроили, и я спал один.

Указав на выход в столовую, Томас произнес:

— У двери есть табличка, на ней написано: комната принадлежит Терезе... Агнес. И ни слова про шанка по имени Эрис.

Должно быть, сейчас парень понял, что с ним не в игры играют. Примирительно выставив перед собой руки, он ответил:

— Чувак, я без понятия, о чем ты. Меня заперли, я спал вон на той кровати, — он ткнул пальцем на мятую постель, — а минут пять назад проснулся и пошел отлить. Про Терезу Агнес никогда не слышал. Ты уж извини.

Радости как не бывало. Теперь можно окончательно впадать в отчаяние. Растерянный, Томас обернулся к Ньюту.

Пожав плечами, тот спросил у Эриса:

— Кто тебя здесь устроил?

Парень всплеснул руками.

— Если б я знал, чувак! Какие-то люди с пушками спасли нас и сказали, типа все будет хорошо.

— Спасли откуда? — спросил Томас. Как же это все странно. Очень, очень странно.

Эрис потупил взгляд и опустил плечи. Казалось, он вспоминает о чем-то ужасном. Вздохнув, парень посмотрел на Томаса и ответил:

— Из Лабиринта, чувак. Из Лабиринта.

ГЛАВА ПЯТАЯ

Томас успокоился. Эрис не врет, это видно по тому, с каким ужасом он говорит о Лабиринте. Пережив подобный страх, Томас замечал его во взгляде друзей. И еще, Эрис и правда понятия не имеет, где Тереза.

— Присядь-ка, — сказал Томас. — Есть серьезный разговор.

— О чем? Вы вообще кто такие, парни? Откуда пришли?

— Лабиринт, — усмехнулся Томас. — Гриверы, ПОРОК. Все в ассортименте.

Столько всего произошло, столько забот навалилось. С чего начать? Из-за пропажи Терезы голова идет кругом... Томасу хотелось выбежать на улицу, искать ее.

— Вы врете, — шепотом сказал побледневший Эрис.

— Вовсе нет, — ответил Ньют. — И Томми прав: разговор будет серьезный. По ходу дела, мы из отдельных, но похожих мест.

— А он — кто?

Обернувшись, Томас увидел в дверном проеме Минхо — тот привел остальных глэйдеров. Парни стояли, наморщив носы, явно пораженные и напуганные зрелищем в столовой.

— Минхо, это Эрис, — чуть отступив в сторону, представил новичка Томас. — Эрис, это Минхо.

Минхо буркнул в ответ что-то невнятное.

— Так, — произнес Ньют. — Давайте снимем верхние койки и расставим их вдоль стен, чтобы каждому досталось место, и поговорим. Надо же разобраться, что за хрень такая творится.

— Нет, — покачал головой Томас. — Сначала надо отыскать Терезу. Она должна быть в одной из соседних комнат.

— Фигня, не катит, — возразил Минхо.

— В смысле?

— Я тут все обегал. Есть большая столовка, наша спальня, эта комната и двери наружу — через них мы вчера вошли. Двери заперты на замки и цепи, так что смысла искать Терезу в бараке нет. Больше выходов отсюда ты не найдешь.

Сбитый с толку, Томас тряхнул головой. В мозгу словно сплели паутину миллион пауков.

— Но... как же вчерашний вечер? Откуда еда? Никто не видел других комнат, кухню?

Он огляделся в поисках поддержки — никто не ответил.

— Наверное, здесь есть потайной ход, — предположил Ньют. — В конце концов одновременно мы можем заниматься только одним делом. И прямо сейчас...

— Нет! — вскричал Томас. — С Эрисом после поговорим, никуда он не денется. Табличка у двери сообщает, что в комнате держали Терезу, — и надо ее найти!

Не дожидаясь ответа, он протолкался через толпу глэйдеров и вышел в столовую. Трупный смрад окружил его словно поток канализационных нечистот. Раздувшиеся тела висели под потолком, как туши добытых охотником диких животных. Мертвые глаза слепо смотрели на Томаса.

В животе проснулось знакомое чувство тошноты. Закрыв глаза, Томас усилием воли заставил желудок успокоиться, а после, стараясь не смотреть на висельников, принялся искать следы Терезы.

В голову пришла ужасная мысль: что, если ее...

Томас взглядом пробежался по лицам повешенных — и нигде не нашел Терезы. Волна облегчения смыла родившуюся было панику, и Томас вновь сосредоточился на комнате. Стены покрыты обычной белой штукатуркой: гладкие, никаких украшений, ни единого окна.

Скользя ладонью по стене слева, Томас двинулся по периметру. Миновал дверь в спальню для мальчиков, большой парадный вход. Накануне прошел сильный ливень, но теперь погода стояла сухая — если учесть солнце, светившее в спину тому шизу в окне.

Вход — или выход? — состоял из двух огромных металлических дверей с гладкой поверхностью. Они и впрямь запирались на цепь толщиной в дюйм, продетую через ручки, туго натянутую и закрытую на два больших замка. Томас потрогал холодный металл цепи — та сидела крепко, не поддалась ни на йоту.

Томас ожидал, что в двери ломятся шизы — точно как в окна спальни, — но снаружи стояла тишина. Единственное — долетали приглушенные вопли психов через спальню, да бормотание глэйдеров из комнаты Терезы.

Расстроенный Томас пошел дальше. Стены, оказалось, имели даже не прямоугольную, а овальную форму. В столовой совсем не было углов.

Окончательно сбитый с толку, Томас завершил обход. Он попытался вспомнить, как предыдущим вечером глэйдеры, умирая с голоду, ели здесь пиццу. Где другие двери? Например, в кухню? Чем сильнее Томас старался воссоздать в уме детали, тем более размытыми, туманными они становились. В голову пришла тревожная мысль: если прежде глэйдерам промывали мозги, то и на сей раз воспоминания могли подбросить фальшивые.

И что стало с Терезой?

В отчаянии Томас уже хотел проползти по столовой на брюхе, отыскать потайной люк в полу, однако больше ни минуты не мог находиться в одном помещении с гниющими трупами. Оставалась единственная зацепка — новичок. Томас развернулся в сторону спаленки, где Эрис и обнаружился. Новенький должен знать что-то, что поможет прояснить ситуацию.

По приказу Ньюта глэйдеры разобрали двухъярусные кровати и расставили койки вдоль стен — теперь места хватало на всех. Девятнадцать парней расселись лицом друг к другу.

Увидев Томаса, Минхо указал на свободное место подле себя.

— Говорил же, чувак, сядь, перетрем. Без тебя не начинаем. Только сначала закрой на фиг эту дверь! Воняет хуже, чем ноги Галли.

Молча Томас закрыл за собой дверь и присел на отведенное ему место. Хотелось уронить голову на руки. Томас не знал, в опасности ли Тереза. Объяснений ее исчезновению можно подобрать миллион.

Ньют сидел на кровати справа, на самом краешке, чуть не падая.

— Короче, обсуждаем ситуацию и переходим к настоящей проблеме: где раздобыть хавчик.

При слове «хавчик» желудок Томаса заурчал. О еде-то он и не подумал. Если с водой порядок — в уборной ее предостаточно, — то пищи нет и в помине.

— Точно, — сказал Минхо. — Эрис, говори. Все выкладывай.

Новичок сидел как раз напротив Томаса. Двое глэйдеров по обе стороны от него отодвинулись к краям койки.

— Ну уж нет, — покачал головой Эрис. — Вы первые.

— Серьезно? — ответил Минхо. — Вот как наваляем тебе сейчас. Все, по очереди. А после снова попросим говорить.

— Минхо, — строгим голосом одернул его Ньют, — незачем...

— Да ладно, чувак! — Минхо указал на Эриса: — Он сто пудов один из Создателей. Его ПОРОК прислал следить за нами. Вдруг это он прикончил наших спасителей? Двери заперты, никто посторонний войти не мог! Новенький достал уже понтоваться. Нас двадцать, он один. Пусть первым говорит.

Томас застонал про себя. Эрис ни за что не расколется под угрозами Минхо. Ньют, вздохнув, обратился к новичку:

— Минхо прав. Расскажи, как ты выбрался из чертова Лабиринта. Мы сами через него прошли, но тебя не видели.

Потерев глаза, Эрис посмотрел на Ньюта.

— Ладно, слушайте. Меня закинули в гигантский Лабиринт из каменных стен, а до того я ничего не помню. Память стерли, оставили одно имя. Я жил там с девчонками: их где-то полсотни было — единственный парень. Пару дней назад мы сбежали оттуда, и люди, которые помогли нам, устроили нас в спортзале. Прошлой ночью меня перевели сюда и ничего не объяснили. Вы сами-то как в Лабиринте оказались?

Последние слова Эриса потонули в удивленных возгласах. Эрис рассказал о быте, схожем с их собственным, так легко, словно описал прогулку на пляж. Не может быть, безумие! Но... если это правда, то вещи куда сложнее, чем кажутся, масштабнее. К счастью, Ньют высказал вслух то, что Томас пытался сформулировать:

— Погоди. Вы жили в огромном Лабиринте, на ферме, за стенами, которые каждую ночь закрывались? Ты и несколько десятков девчонок? Ты знаешь о тварях, гриверах? Тебя прислали на ферму последним? И все с ума посходили, так? При тебе была записка с предупреждением, и ты несколько дней провалялся в коме?

— Э-э-э! — произнес Эрис еще до того, как Ньют закончил перечислять предполагаемые события. — Откуда ты знаешь? Как...

— Все это один, бодать его, эксперимент, — заключил Минхо, утратив всякую агрессивность. — Или еще что... У них были девки и один пацан, а у нас пацаны и одна девка. ПОРОК затеял два параллельных теста!

Такого расклада Томас не исключал. Наконец он успокоился и спросил у Эриса:

— Тебя называли провокатором?

Расстроенный не меньше остальных глэйдеров, Эрис кивнул.

— Ты умеешь... — Томас не договорил. Казалось, произнося эти слова, он признается миру в своем безумии. — Ты умеешь мысленно общаться с кем-нибудь из девчонок? Ну, как телепаты?

Эрис впился в Томаса таким взглядом, будто глэйдер только что раскрыл темнейший из секретов, известный лишь двоим.

«Слышишь меня?»

Томас решил, что Эрис говорит вслух, но губы новичка не двигались.

«Слышишь?» — повторил Эрис.

Чуть помедлив, Томас сглотнул и ответил: «Да».

«Ее убили, — продолжил Эрис. — Убили мою подругу».

ГЛАВА ШЕСТАЯ

— В чем дело? — спросил Ньют, переводя взгляд с Томаса на Эриса. — Сидите смотрите друг на друга, как голубки влюбленные.

— Он как я, — ответил Томас, по-прежнему глядя на Эриса. Его последние слова о смерти телепатического партнера ужаснули Томаса.

— В каком смысле? — спросил Фрайпан.

— Сам не видишь? — подал голос Минхо. — Новенький тоже уродец типа Томаса и Терезы. Они без слов общаются.

— Серьезно? — Ньют уставился на Томаса.

Кивнув, тот уже хотел мысленно задать вопрос Эрису, однако в последний момент передумал и произнес вслух:

— Кто ее убил? Как это произошло?

— Кто кого убил? — растерялся Минхо. — При нас давайте без кланка в духе вуду.

Томас, ощутив, как наворачиваются слезы, отвел взгляд от Эриса и посмотрел на Минхо.

— У него, как и у меня, был партнер. В смысле... у меня он еще есть. Эрис говорит, его партнера убили, и я хочу выяснить кто.

Эрис уронил голову и как будто закрыл глаза.

— Я точно не знаю, кто они. Все перепуталось... Я плохих от хороших не отличал. Кто-то заставил Бет... зарезать... мою подругу. Ее звали Рейчел, и она мертва. Мертва!

Эрис спрятал лицо в ладони.

Непонимание сделалось просто невыносимым. Все говорило за то, что Эрис прибыл из иной версии Лабиринта, устроенного примерно как Лабиринт Томаса, только предназначенного для девчонок и одного парня. Эрис у них — как Тереза у глэйдеров, а Бет — за Галли, убившего Чака. Так может, Галли должен был метнуть нож в Терезу?

Тереза... Где она сейчас? Чего ради сюда запихнули Эриса? Головоломка, чуть было не сложившаяся в четкий рисунок, вновь распалась на кусочки.

— Как ты здесь очутился? — спросил Ньют. — Где девчонки, о которых постоянно говоришь? Сколько их сбежало? Тебя к нам одного отправили или вместе с общиной?

Томас невольно пожалел Эриса: такой допрос после всего пережитого. А если бы Тереза и Чак поменялись ролями... Смерть Чака и без того больно ранила.

«Больно ранила? — сам себя спросил Томас. — Или едва не убила?»

Томас чуть не заорал в голос. Так хреново сделалось в этом мире.

Эрис наконец оторвал взгляд от пола и без малейшего стыда утер слезы. Томас проникся к пареньку внезапной симпатией.

— Послушайте, — обратился к глэйдерам Эрис. — Я не меньше вашего запутался. Со мной девчонок спаслось человек тридцать. Потом нас спрятали в спортзале, накормили, отмыли. Меня на ночь заперли в этой комнате. Типа я парень и спать должен отдельно от девочек. А тут вы, шпеньки, нарисовались, вот и все.

— Шпеньки? — переспросил Минхо.

Эрис покачал головой.

— Забей. Я сам не успел понять, что это значит. Просто меня так обозвали девчонки.

Чуть улыбнувшись, Минхо взглянул на Томаса. Видать, оба лагеря изобрели собственный сленг.

— Ну-ка, ну-ка, — произнес один из глэйдеров за спиной у Эриса, — что это у тебя черное на шее? Прямо под воротником?

Эрис попытался заглянуть себе под пижаму, но, ясное дело, не смог.

— А что там?

Когда он завертел головой, стала видна черная линия: жирная надпись, тянущаяся от впадины над ключицей.

— Дайте-ка посмотреть, — сказал Ньют, вставая с места и подходя к Эрису. При этом его хромота (о происхождении которой Томас так и не узнал) проявилась сильнее обычного. Отдернув воротник Эрисовой пижамы, он прищурился, будто не веря собственным глазам. — Татуировка.

— Что она значит? — спросил Минхо, вставая с кровати и подходя ближе.

Ньют не ответил, и Томас, сгорая от любопытства, сам вскочил с места и встал рядом с Минхо. Наклонившись, он разглядел неаккуратные буквы: «Собственность ПОРОКа. Группа «В», субъект В-1. Партнер». Сердце пропустило один удар.

— Как это понимать? — спросил Минхо.

— Что написано-то? — заговорил Эрис, щупая рукой кожу на шее и оттягивая воротник. — Зуб даю, вчера татухи не было!

Ньют прочитал для него надпись.

— Собственность ПОРОКа? Я думал, мы сбежали от них. И вы — тоже. А, ладно...

Явно разочарованный, Ньют вернулся на свое место.

— И почему ты Партнер? — поинтересовался Минхо, все еще глядя на татуировку.

Эрис покачал головой.

— Без понятия. Честно. Вчера татухи не было. Я ведь душ принимал и в зеркало смотрелся. И потом, в Лабиринте все равно бы ее обнаружили.

— Хочешь сказать, татуху тебе набили во сне? — спросил Минхо. — И ты не заметил? Гонишь, чувак!

— Клянусь, ее не было! — вскричал Эрис и отправился в ванную, желая, наверное, собственными глазами увидеть надпись.

— Ни хрена ему не верю, — прошептал Минхо, когда они с Томасом возвращались на место. Опускаясь на кровать, куратор наклонился, и Томас заметил у него на шее черную полосу.

— Ого!

— Что такое? — Минхо посмотрел на Томаса так, словно у того на лбу выросло третье ухо.

— У... у тебя на шее, — совладав с собой, заговорил Томас. — У тебя на шее та же фигня!

— Какого кланка? Что ты несешь? — Минхо отдернул воротник пониже и скривился, пытаясь заглянуть под него.

Томас шлепнул его по руке и сам оттянул ворот пижамы.

— Сра... На том же месте! Все точно так же, только...

Томас про себя прочел надпись: «Собственность ПОРОКа. Группа «А», субъект А-7. Лидер».

— Чувак, да что там?! — не выдержал Минхо.

Бо́льшая часть глэйдеров скучковалась за спиной у Томаса, нетерпеливо толкаясь в попытках разглядеть таинственную татуировку. Томас быстро прочитал для них надпись вслух. Как ни странно, получилось без единой запинки.

— Хватит мне мозги крутить! — Минхо вскочил и, протолкавшись через толпу, направился к Эрису в ванную.

В следующий миг началось настоящее безумие. Ребята принялись оттягивать друг у друга воротники пижам.

— Мы все из группы «А».

— Мы тоже собственность ПОРОКа.

— Ты субъект А-13.

— Субъект А-19.

— А-3.

— А-10.

Томас медленно поворачивался на месте, глядя, как ребята читают татуировки друг у друга на шеях. У многих в тексте было только обозначение собственности ПОРОКа, без дополнительного ярлыка, как у Минхо и Эриса.

Ньют переходил от одного глэйдера к другому. От напряжения лицо у него сделалось каменным, будто парень силился запомнить текст каждой татуировки. Неожиданно Ньют и Томас оказались лицом к лицу.

— Что выбито у меня на шее? — спросил Ньют.

Отдернув воротник его пижамы, Томас прочитал:

— Ты субъект А-5 и зовешься ты Клеем.

— Клеем?!

Отпустив Ньюта, Томас отступил на шаг.

— Ага. Может, ты типа как клей, объединяешь нас? Не знаю... А что у меня? Прочти-ка.

— Уже прочел...

На лице у Ньюта появилось странное выражение. Он как будто хотел утаить страшную новость.

— Ну же, говори.

— Ты субъект А-2. — Ньют потупил взгляд.

— И?.. — надавил Томас.

Помявшись, Ньют закончил, не поднимая глаз:

— Тебя никак не назвали. Только... тебя должна убить Группа «В».

ГЛАВА СЕДЬМАЯ

Томас еще пытался определиться, что испытывать, страх или смущение, как вдруг зазвучала сирена. Инстинктивно зажав уши руками, он огляделся.

Увидев недоумение на лицах товарищей, он вспомнил: тот же сигнал раздался в Глэйде с прибытием Терезы. Здесь, в замкнутом пространстве, он звучал громче, многократно усиленный эхом. Томас уже чувствовал, как голова позади глазных яблок наливается болью.

В поисках источника звука глэйдеры метались по комнате. Кто-то, зажимая уши ладонями, валялся на кровати. Томас не заметил ни динамиков, ни решеток обогревателя или вентилятора — ничего. Звук шел одновременно отовсюду.

Схватив Томаса за плечо, Ньют проорал ему на ухо:

— Стебанутый сигнал! Как будто салагу прислали!

— Догадался уже!

— Зачем его врубили?

Томас пожал плечами, стараясь не выдать раздражения. Откуда ему знать, почему звучит сирена?!

Тем временем Минхо и Эрис возвратились из ванной. Оба рассеянно потирали татуировки на шеях. Вскоре до них дошло: и у остальных имеются те же отметки. Фрайпан отошел к двери и уже протянул пальцы к отсутствующей ручке...

— Стой! — окликнул его Томас и бросился к двери.

Ньют — следом за ним.

— Че такое? — спросил Фрайпан. Его пальцы застыли всего в нескольких дюймах от дыры на месте замка.

— Пока не знаю, — ответил Томас, неуверенный, слышно ли его за звуками сирены. — Все этот сигнал... По ходу дела, беда случилась.

— Ага! — проорал Фрайпан. — И надо выметаться отсюда!

Не дожидаясь ответа, он толкнул дверь — та не поддалась ни на дюйм. Фрайпан снова толкнул — безрезультатно. Тогда повар навалился на дверь всем весом.

Тщетно. Проход будто заложили кирпичами с той стороны.

— Это ты, на хрен, ручку сломал! — взвизгнул Фрайпан и хватил по двери ладонью.

Кричать в ответ не хотелось. Усталость брала свое, и горло саднило. Сложив руки на груди, Томас привалился к стене и посмотрел на глэйдеров. Казалось, парни не меньше его устали от бесплодных поисков ответа и выхода. Опустошенные, они либо сидели на кроватях, либо просто стояли.

Из чистого отчаяния Томас опять позвал Терезу — та не ответила. Он позвал ее снова, еще несколько раз. Может, все дело в ревущей сирене? И из-за нее Томас не способен как следует сосредоточиться? Присутствия подруги он по-прежнему не ощущал. Это было все равно что проснуться однажды утром и не обнаружить во рту ни одного зуба. К зеркалу бежать не надо, и без того ясно: их нет, пропали.

И вдруг сирена умолкла. Тишина повисла гудящим пчелиным роем, и от нестерпимого звона Томас даже прочистил пальцем ухо. Каждый вздох звучал подобно взрыву.

Первым заговорил Ньют:

— Не дай бог нам подкинут нового шнурка.

— Ты Ящик видишь? — с легким сарказмом в голосе спросил Минхо.

Что-то тихонько скрипнуло, и Томас подскочил, обернулся к двери. Та приоткрылась на пару дюймов, в щели виднелась темнота. Кто-то выключил свет в столовой.

— Теперь они хотят, чтобы мы вышли, — заметил Минхо.

— Тогда ты первый, — предложил Фрайпан, пятясь от двери.

— Не вопрос, — сказал Минхо. — Может, там нас ждет еще шанк. Будем его драконить от не фиг делать. — У самой двери он остановился и краем глаза посмотрел на Томаса. — Нам бы пригодился новый Чак, — произнес он неожиданно мягким тоном.

Минхо и не думал поддеть Томаса. Это он так в своей странной манере пытался сказать, что не меньше других тоскует по Чаку. Но как не ко времени Минхо помянул его! Томас разозлился. Чутье предупреждало: остынь, дела и так паршивые. От эмоций пока лучше отстраниться и двигаться вперед. Шаг за шагом. Выяснить, что к чему.

— Ну да, — ответил наконец Томас. — Сам пойдешь или мне вперед выйти?

— Что выбито у тебя на шее? — спросил Минхо, будто не слышал вопроса.

— Да хрень какая-то. Идем.

По-прежнему не глядя на Томаса, Минхо кивнул. Потом вдруг улыбнулся. Проблемы словно исчезли, и к Минхо вернулся привычный пофигистский настрой.

— Отлично. Если мне в ногу вопьется зомби, спаси меня.

— Заметано. — Томасу не терпелось выйти за дверь. Глэйдеры на пороге нового открытия в их бессмысленном путешествии, и ждать больше нет сил.

Минхо толкнул дверь, и ленточка тьмы превратилась в широкую полосу. В столовой царил мрак, как в тот момент, когда глэйдеры только вошли в нее из барака. Минхо шагнул за порог, и Томас двинулся за ним след в след.

— Погоди, децл, — прошептал Минхо. — Беспонтово опять с мертвецами целоваться. Я найду выключатели.

— Зачем было свет вырубать? — вслух подумал Томас. — В смысле кому это надо?

Минхо обернулся. Свет из спаленки выхватил кривую усмешку у него на лице.

— Чувак, тебе не лень вопросы задавать? Все бессмысленно, и вряд ли смысл появится. Лучше не рыпайся.

Практически моментально Минхо растворился во тьме. Слышно было, как он мягко ступает по ковру и ведет пальцами по беленой стене.

— Нашел! — крикнул куратор откуда-то справа.

Несколько раз щелкнуло, и столовую затопил яркий свет. На короткий миг Томас даже не понял, что́ в обстановке переменилось, но заметив отличия, вздрогнул всем телом. Смрад от гниющих трупов исчез.

Висельников словно и не было никогда.

ГЛАВА ВОСЬМАЯ

На несколько секунд Томас перестал дышать. Потом он судорожно и глубоко вдохнул и пораженно огляделся: ни раздувшихся, посиневших мертвецов, ни вони...

Прохромав мимо, Ньют остановился на середине застеленной ковром комнаты.

— Невероятно, — произнес он, медленно поворачиваясь вокруг себя и глядя на потолок, с которого всего несколько минут назад свисали на веревках трупы. — Никто бы не успел снять тела так быстро. В столовую никто не входил. Мы бы услышали!

Томас отступил к стене, давая дорогу Эрису и глэйдерам. Покидая по очереди спаленку, они с тихим благоговением взирали на опустевшую столовую, еще недавно полную мертвецов. Томас же чувствовал пустоту внутри себя, как будто устал удивляться чему-либо.

— Ты прав, — согласился Минхо с Ньютом. — Сколько мы просидели в спальне? Минут двадцать от силы? Никто не успеет снять так быстро столько покойников. К тому же столовка заперта изнутри.

— И от вони так легко не избавишься, — добавил Томас, и Минхо кивнул в подтверждение.

— Вы, шанки, стопудово правы, — отдуваясь, произнес Фрайпан. — Но оглянитесь: трупов нет. По-любому от них как-то да избавились.

Спорить — и просто говорить — о странном исчезновении мертвецов Томас не хотел. И не такое видали.

— Послушайте, — произнес Уинстон. — Психопаты больше не орут.

Томас отлип от стены и прислушался. Тишина.

— Я думал, мы их из комнаты Эриса не слышим, но... шизы реально заткнулись.

Глэйдеры сорвались и побежали в сторону большой спальни. Всем не терпелось выглянуть в окна. Когда к тебе ломятся вопящие сумасшедшие, не больно-то полюбуешься на внешний мир.

— Ни фига себе! — прокричал Минхо и, не говоря больше ни слова, исчез внутри спальни.

У порога глэйдеры останавливались, широко раскрыв глаза. Ждали немного и только потом заходили. Пропустив вперед всех (и Эриса), Томас сам прошел внутрь.

Потрясенный, как и остальные, он заметил один принципиальный момент: комната мало чем отличалась от той, которую парни недавно покинули, лишь окна здесь были заложены кирпичами. Свет исходил от потолочных панелей.

— Допустим, трупы они убрать успели бы, — сказал Ньют. — Зато на кирпичную кладку времени точно не хватило бы. Ни за что! Ни хрена не понимаю...

Просунув руку через решетку, Минхо дотронулся до одной из кладок.

— Прочная, — сказал он.

— Давно сложили, — заметил Томас, проверив швы. — Раствор сухой и холодный. Нас дурят, вот и все.

— Дурят? — переспросил Фрайпан. — Как?

Томас пожал плечами; оцепенение вернулось. Сейчас бы связаться с Терезой.

— Без понятия. Помните Обрыв? Мы спрыгнули в пустоту и прошли сквозь невидимое отверстие. Кто знает, на какие еще хитрости способны Создатели?

Следующие полчаса прошли как в тумане. Томас вместе с глэйдерами бродил по комнате, обследуя кирпичи, выискивая признаки иных изменений — и находя их одно чуднее другого. Постели убраны, не осталось ни предмета грязной одежды, которую глэйдеры накануне сменили на чистые пижамы. Комоды стоят чуток иначе; кое-кто взялся утверждать, будто их и не двигали вовсе, хотя в ящиках обнаружились комплекты одежды, обуви и электронные часы для всех.

Однако самую потрясающую находку совершил Минхо. На стене у спаленки висела табличка, сообщавшая, что комната принадлежит не Терезе Агнес («Группа «А», субъект А-1. Предатель»), а Эрису Джонсу («Группа «В», субъект В-1. Партнер»).

Глэйдеры один за другим ознакомились с новой табличкой и отошли. Томас же стоял перед ней, не в силах оторвать взгляда. Он официально получил подтверждение странной и бессмысленной рокировки: Терезу заменили Эрисом. Плюнув, Томас вернулся в спальню, лег на свою — как он думал — койку и положил под голову подушку, будто надеясь, что его теперь оставят в покое.

Что с Терезой? Что будет с глэйдерами? Где они? И чего от них ждут? Еще эти татуировки...

Повернувшись на бок (сначала головой, а потом и всем телом), Томас принял позу эмбриона. Он решил звать Терезу, пока та наконец не ответит.

«Тереза? — Пауза. — Тереза?»

Еще пауза, уже длиннее.

«Тереза! — мысленно кричал Томас, напрягаясь всем телом. — Тереза! Где ты? Прошу, отзовись! Почему не говоришь со мной? Тер...»

«Вон из моей башки!»

Слова буквально взорвались в мозгу — такие отчетливые и громкие, что позади глаз и в ушах сильно кольнуло. Томас сел, затем встал. Это она, точно она.

«Тереза? — Томас прижал к вискам по два пальца. — Тереза?»

«Ты, кланкоед! Не лезь ко мне в голову!»

Томас аж присел. Он закрыл глаза и снова попробовал сосредоточиться.

«Тереза, что с тобой? Это же я, Томас».

«Кто-о?! Заткнись!»

Это она, Тереза, только ее ментальный голос полон страха и гнева.

«Заткнись, понял! Я тебя не знаю, оставь меня!»

«Но... — совершенно растерялся Томас. — В чем дело, Тереза?»

На некоторое время она замолчала, словно собираясь с мыслями, а когда вновь заговорила, Томас поразился ледяному спокойствию в ее голосе.

«Не доставай меня. Или я найду тебя и перережу глотку. Клянусь».

Собеседница пропала. Забыв об угрозах, Томас снова и снова звал ее. Ответом ему была все та же тишина и ощущение утраты.

Упав на кровать, Томас почувствовал, как по телу разливается отвратительное жжение. Спрятав лицо в подушку, он заплакал — впервые с момента гибели Чака. В памяти против воли всплывала надпись с таблички у спаленки и ярлык «Предатель», но Томас каждый раз гнал их прочь.

Странно, никто не подошел, не спросил, в чем дело. Плач постепенно перешел в сдавленные всхлипы и неровное дыхание. Понемногу Томас затих и заснул.

Ему приснился сон.

На сей раз Томас чуть старше, лет семи-восьми. Над головой у него горит яркий и будто волшебный свет.

Время от времени к нему, загораживая огни, наклоняются люди в нелепых зеленых костюмах и странных очках. Он видит лишь глаза — рты и носы закрыты масками. Томас одновременно и этот мальчик, и сторонний наблюдатель; он чувствует страх малыша.

Люди переговариваются между собой приглушенными, невнятными голосами. Здесь и мужчины, и женщины. Кто из них кто — Томас не разбирает.

Он вообще не может понять, что происходит.

Только взгляды. Обрывки беседы. И все страшно пугает.

— Придется углубиться в его мозг и мозг девочки.

— Они выдержат?

— Вы понимаете, насколько это потрясающее открытие! Вспышка — внутри его.

— Он может умереть.

— Хуже будет, если выживет.

Наконец Томас слышит последнюю фразу, хоть что-то, от чего не бросает в дрожь:

— Или же он и другие спасут нас. Спасут всех.

ГЛАВА ДЕВЯТАЯ

Томас проснулся.

В мозг через уши словно забили сосульки.

Он попробовал встать, и комната завертелась перед глазами; его замутило. Затем пришли мучительные воспоминания: об угрозах Терезы и о сне. Кто были те люди в зеленом? Настоящие ли они? И правду ли говорили о его мозге?

— Рад, что ты еще спать не разучился.

Сквозь полуопущенные веки он увидел Ньюта. Друг стоял у кровати.

— Надолго я вырубился? — спросил Томас, стараясь загнать мысли о Терезе и сне — или же воспоминании? — в самый дальний и темный уголок мозга. Погоревать можно и после.

Глянув на часы, Ньют сказал:

— На пару часов. Народ как увидел, что ты спишь, сразу расслабился. И правильно, делать все равно больше нечего. Остается сидеть и ждать. Выхода мы не нашли.

Сдерживая стон, Томас сел на кровати и прислонился спиной к стенке за изголовьем.

— Пожрать есть чего?

— Нет. Хотя какой смысл проделывать такие махинации? Дурить нас, перетаскивать с места на место, чтобы затем уморить голодом? Скоро что-то переменится. Помню, как первая партия наших прибыла в Глэйд. Я, Алби, Минхо, еще ребята... Изначальные глэйдеры.

Последнюю фразу Ньют произнес далеко не без сарказма.

Заинтригованный Томас удивился себе: ведь он и не задумывался, какой была жизнь в Глэйде вначале.

— И чем мы напоминаем первую группу?

Ньют сосредоточенно уставился на кирпичную кладку за окном.

— Мы проснулись посреди дня, лежа на земле у дверей Ящика. Память стерта. Правда, мы как-то быстро сошлись и перестали паниковать. Тридцать человек, напуганы, растеряны, и все без понятия, как очутились на ферме и что надо делать. Потом решили: раз мы в одной яме, то хорошо бы осмотреться. Вскоре мы обзавелись хозяйством, каждому нашлась работа.

Головная боль постепенно уменьшилась, и Томас с интересом слушал, с чего начиналась община. Кусков головоломки, возвращенных Метаморфозой, было слишком мало, чтобы составить полную картину, сформировать устойчивые воспоминания.

— Создатели все подготовили к вашему прибытию? Ну посевы там, стада?

Не отрывая взгляда от кирпичей, Ньют кивнул.

— Мы вкалывали, чтобы поддерживать хозяйство в порядке. День за днем, метод научного тыка себя оправдал.

— Ну а... почему сейчас ты вспомнил первые дни?

Наконец Ньют посмотрел на Томаса.

— Тогда мы думали, что в происходящем есть смысл. Если нас хотели просто убить, зачем тогда заслали на поляну с домом, амбаром и скотиной? Выбора не оставалось, вот мы и принялись обживаться, исследовать местность.

— Мы осмотрелись. Скотины нет, жратвы нет, и Лабиринта тоже.

— Какая разница! Принцип один — мы здесь зачем-то. И нам предстоит выяснить зачем.

— Если с голоду не передохнем.

Ньют указал на уборную.

— Вода есть, так что несколько дней протянем. Ждем перемен.

В глубине души Томас был согласен с Ньютом, а спорил лишь затем, чтобы избавиться от сомнений.

— Как насчет висельников? Вдруг те люди спасали нас по-настоящему? Их казнили, и мы теперь в жопе? Вдруг мы не оправдали оказанного доверия и остается подохнуть?

Ньют громко рассмеялся.

— Ты депрессующий кусок кланка! Если учесть магическим образом исчезнувшие трупы и кирпичные стены за окнами, это скорее похоже на Лабиринт. Вещи странные, необъяснимые... короче, тайна, покрытая мраком. Может, нам дали очередное задание, проверяют? Фиг проссышь. Однако шанс есть, как и в Лабиринте. Зуб даю.

— Ну да, — согласился Томас, гадая, не рассказать ли о своем сне. В конце концов он решил приберечь исповедь на потом. — Надеюсь, ты прав. Пока не появятся гриверы, с нами ничего не случится.

Не успел Томас договорить, как Ньют покачал головой.

— Чувак, поаккуратней с желаниями. Вдруг чего пришлют?

Перед мысленным взором Томаса встала Тереза, и всякое желание говорить улетучилось.

— Кто теперь за шута? — через силу спросил он.

— Хотя бы я, — ответил Ньют, поднимаясь на ноги. — Пойду прикольну кого-нибудь, пока не начался кипеж. Да и голоден я что-то.

— Аккуратней с желаниями.

— Заметано.

Ньют ушел, и Томас принял лежачее положение, вгляделся в дно верхней койки. Стоило опустить веки, как в темноте разума всплыл образ Терезы. Томас резко открыл глаза. Если он хочет пройти Испытание, то лучше на время позабыть подругу.

Голод. В желудке словно заперли зверя. Спустя три дня без еды зверюга уже рычал и скалил зубы, намереваясь тупыми когтями пробить себе дорогу наружу. Томас чувствовал его каждую секунду каждой минуты каждого часа. Он постоянно пил воду из-под крана в тщетных попытках унять животное. Казалось, питье, напротив, прибавляет врагу сил, делая Томаса все слабее.

Другие, хоть и не жаловались, чувствовали то же. Они ходили кругами по комнате, опустив головы и приоткрыв рты, словно каждый шаг уничтожал тысячу калорий. Бесконечно облизывая губы, ребята держались за животы, как будто пытаясь унять рычащего зверя. Глэйдеры старались как можно меньше двигаться: ходили только в туалет да попить воды. Как и Томас, они лежали на кроватях, бледные, обессиленные; глаза у всех запали.

Глэйдеров будто свалила гнойная болезнь, и, глядя на товарищей, Томас лишний раз убеждался в неотвратимости смерти. Голод служил лишним напоминанием, что нельзя о ней забывать.

Вялый сон. Ванная. Вода. Доплестись до кровати. Вялый сон — уже без снов-воспоминаний.

Порочный круг действий нарушался редкими мыслями о Терезе. Ее последние — грубые — речи пусть и немного, но смягчали перспективу смерти. После Лабиринта и гибели Чака Тереза была единственной соломинкой надежды, за которую хватался Томас. И вот ее не стало. Нет еды, и прошло три долгих дня...

Остались голод, страдание.

Томас перестал смотреть на часы — от этого время тянулось мучительней, а тело лишний раз вспоминало, как давно его не снабжали едой.

В середине третьего дня из столовой донеслось гудение. Томас посмотрел на дверь.

Надо встать, пойти и проверить... Разум погрузился в очередную туманную полудрему. Может, гудение послышалось? Нет, вот оно, раздалось вновь.

Томас приказал себе встать, но сил не хватило и он вновь уснул.

— Томас.

Минхо. Его голос окреп, стал звонче.

— Томас. Проснись, чувак.

Очнувшись, Томас порадовался, что пережил еще одно погружение в сон. Перед глазами все плыло, и поначалу он не поверил в реальность увиденного: красное, круглое, в зеленых прожилках, блестит. Когда зрение окончательно прояснилось, Томас почувствовал, будто заглянул в рай.

Яблоко. Всего в нескольких дюймах от носа.

— Откуда... — Единственное слово забрало силы, и фразу Томас не закончил.

— Просто ешь, — сказал Минхо и смачно захрустел фруктом.

Собрав остатки сил, Томас приподнялся на локте, схватил яблоко и повалился обратно. Поднеся плод ко рту, слегка надкусил.

О, этот сок, его вкус — само блаженство, великолепие!

Мыча от удовольствия, Томас догрыз яблоко до сердцевины быстрее, чем Минхо.

— Полегче, хомяк, — посоветовал куратор. — Будешь так шамать с голодухи — проблюешься, верняк. Вот, держи еще тыблоко. На этот раз ешь медленней.

Даже не сказав спасибо, Томас впился в яблоко зубами. Давиться не стал, отдавая должное каждому кусочку. Мало-помалу силы возвращались.

— Хорошо, — пробормотал Томас. — Кланк мне в глотку, как хорошо!

— Ты по-прежнему коряво говоришь на нашем сленге, — заметил Минхо и надкусил яблоко.

— Откуда фрукты? — спросил Томас, не обратив внимания на придирку.

Минхо чуть помолчал с набитым ртом, затем проглотил кусок и ответил.

— Нашли в столовке. А вместе с едой и... кое-что еще. Шанки, которые обнаружили хавчик, говорят, типа заглядывали в столовку парой минут раньше и ничего не видели. Ну мне-то что? По фигу.

Томас сел на кровати, свесив ноги.

— Так что еще нашлось?

Откусив от яблока, Минхо кивнул в сторону столовой.

— Иди сам посмотри.

Закатив глаза, Томас медленно поднялся. Проклятая слабость еще не покинула тело, и он чувствовал себя так, словно его выпотрошили, оставив кости да сухожилия. Впрочем, на ногах Томас стоял крепче, нежели в последний раз, когда, подобно ожившему трупу, брел до ванной и обратно.

Убедившись наконец, что равновесие не покинет его, Томас отправился в столовую. Всего три дня назад она была полна трупов, а сегодня глэйдеры столпились в ней у горы пищи: фрукты, овощи, какие-то пакетики появились из ниоткуда, словно сами по себе.

Томас их как будто и не заметил. Его внимание приковало нечто на другом конце зала. Чтобы не упасть, Томас оперся рукой о стену.

Напротив двери в спаленку стоял большой деревянный стол. За ним, закинув ноги на крышку, сидел худой мужчина в белом костюме.

Незнакомец читал книгу.

ГЛАВА ДЕСЯТАЯ

Целую минуту Томас пялился на мужчину — тот преспокойно читал. Казалось, для него это привычный ритуал, отработанный в течение жизни. Томас присмотрелся к незнакомцу: редкие черные волосенки, зачесанные поперек лысины, длинный нос, сбитый чуть вправо, резвые глазки бегают туда-сюда по строкам. Неизвестный одновременно выглядел и расслабленным, и нервным.

И этот белый костюм: брюки, сорочка, пиджак. Носки, туфли. Все — белое.

Какого черта?!

Томас посмотрел на глэйдеров, жующих фрукты и мюсли. Сейчас им было не до человека в белом.

— Кто этот тип? — спросил Томас, ни к кому конкретно не обращаясь.

Оторвавшись от еды, один из парней ответил:

— Молчит, не колется. Велел ждать, пока он не будет готов. — Парень пожал плечами, мол, подумаешь, эка невидаль, и принялся доедать надкусанную дольку апельсина.

Томас перевел взгляд на незнакомца в белом — тот никуда не делся. Лишь перевернул с тихим шелестом страницу и продолжил впитывать слова.

Ошеломленный, чувствуя, как желудок урчит, требует еще еды, Томас направился к столу. Надо же, проснуться и застать такое...

— Осторожно, — предупредил его товарищ, но было поздно.

Томас врезался в невидимую стену — чуть не разбив носа о холодное стекло. Отшатнувшись и потирая ушибленное место, он прищурился. И как не заметил барьера?!

Сколько Томас ни вглядывался, он не увидел ни отражений, ни пятнышка. Впереди — чистый воздух. И мужчина в белом даже не шевельнется, будто не замечает никого, ничего.

Вытянув руку, Томас, на этот раз медленнее, пошел вперед, пока наконец не наткнулся на стену невидимого... чего? Вроде бы стекло: гладкое, твердое и холодное. И абсолютно невидимое.

Расстроенный Томас двинулся сначала влево, затем вправо, ощупывая на ходу это невидимое и плотное нечто. Оно тянулось от стены до стены, не давая подступиться к незнакомцу. Постучав по барьеру, Томас услышал глухие отзвуки ударов. Некоторые из глэйдеров — и Эрис в их числе — сказали, что так уже делали.

Тем временем мужчина в белом театрально вздохнул, убрал ноги со стола и, положив палец на строчку, где остановился, раздраженно посмотрел на Томаса.

— Сколько можно повторять? — произнес он гнусавым тоном, отлично подходящим его бледной морде, редким волосам и костлявой фигуре. А еще костюму, идиотскому белому костюму. Как ни странно, барьер ничуть не приглушал слов. — У нас еще сорок семь минут, прежде чем я инициирую вторую фазу испытаний. Прошу проявить терпение и оставить меня в покое. Вам дано время, чтобы подкрепиться. Настоятельно рекомендую воспользоваться им по назначению, юноша. Теперь, если не возражаете...

Не дожидаясь ответа, незнакомец закинул ноги на столешницу и вернулся к чтению.

Томас будто язык проглотил. Отвернувшись, он прижался спиной к невидимой стене. Что происходит? Наверное, Томас еще спит, ему все снится. Почему-то от одной этой мысли голод усилился, и Томас жадно посмотрел на гору продуктов. Обернулся и увидел в дверном проеме Минхо. Опершись на косяк, друг скрестил на груди руки.

Томас ткнул большим пальцем себе за спину.

— Уже познакомился с нашим новым другом? — ухмыльнулся Минхо. — Тот еще типок. Надо бы и мне раздобыть такой же костюм. Прикольный.

— Я что, сплю? — спросил Томас.

— Нет, не спишь. И лучше пошамкай, смотреть на тебя страшно. Ты на Крысуна похож, этого, который читает.

Томас сам поразился, как быстро он перестал удивляться странности происходящего. Вновь пришло знакомое отупение. Первый шок миновал, ничто не казалось необычным. Теперь все было в пределах нормы.

Отбросив лишние мысли, Томас направился к еде. Скушал яблоко, апельсин, пакетик ореховой смеси, батончик мюслей. Тело просило воды, но Томас еще недостаточно восстановил силы.

— Притормози, — посоветовал Минхо. — У нас тут шанки блюют вовсю, слишком много съели. С тебя хватит, чувак.

Томас чувствовал приятную полноту в желудке. Рычащего зверя ни капли не жалко. Минхо прав, еды пока хватит. Кивнув другу, Томас отправился в ванную попить.

Что же приготовил для них человек в белом? «Вторая фаза испытаний...» Что бы это значило?

Через полчаса Томас сел на пол вместе с остальными глэйдерами. Справа от него расположился Минхо, слева — Ньют. Все они смотрели на прозрачный барьер и похожего на ласку мужчину. Тот по-прежнему читал книгу, закинув ноги на столешницу.

Томас радовался, чувствуя, как возвращаются силы.

Когда он зашел в ванную, новичок, Эрис, как-то странно взглянул на него. Словно хотел телепатически передать некую мысль, но побоялся. Не обратив на него внимания, Томас принялся жадно глотать воду из-под крана. Закончив и утерев рот рукавом, он заметил, что Эрис вышел из уборной. Теперь новичок сидел у стены, глядя в пол. Томасу стало жалко Эриса. Если глэйдерам нелегко, то ему в разы хуже. Особенно если они с убитой девочкой были столь же близки, как и Томас с Терезой.

Первым заговорил Минхо:

— По-моему, мы сбрендили, как и те... забыл... шизы? Психи, что ломились к нам в окна. Сидим и ждем, пока Крысун прочтет нам лекцию. Будто это нормально. Будто мы в школе какой. Я че подумал: если бы он хотел сообщить приятные новости, то не стал бы прятаться за невидимой стеной.

— Заткнись и слушай, — попросил его Ньют. — Может, сейчас все закончится.

— А, ну да, — сказал Минхо. — Фрайпан пойдет стругать себе детишек, Уинстон избавится от прыщей, а Томас в кои-то веки улыбнется.

Томас растянул губы в притворной улыбке.

— Ну, вы счастливы?

— Чувак, да ты само уродство!

— Как скажешь.

— Захлопнитесь уже, — прошипел Ньют. — Время пришло.

Крысун — как любезно окрестил незнакомца Минхо — опустил ноги и убрал книгу. Чуть отъехав от стола, он выдвинул один из ящиков, порылся в нем и извлек на свет большую желтую папку, плотно и беспорядочно набитую бумагами.

— Ага, вот оно, — прогнусавил Крысун и положил папку на стол. Открыв ее, оглядел парней. — Благодарю, что так организованно явились на встречу. Теперь я могу выполнить поручение и... сообщить вам новость. Прошу внимания.

— Зачем стена? — прокричал Минхо.

Потянувшись через Томаса, Ньют ударил его в плечо.

— Рот закрой!

Крысун будто не заметил взрыва эмоций.

— Вы здесь благодаря сверхъестественной жажде уцелеть и способности выживать несмотря на мизерные шансы и... прочие трудности. В Глэйд — ваш по крайней мере — было заброшено шестьдесят человек. Еще шестьдесят составили Группу «В».

Стрельнув глазами в сторону Эриса, мужчина медленно обвел взглядом остальных. Может, никто больше и не заметил, но Томасу показалось, будто на новичка Крысун смотрел как на знакомого. К чему бы это?..

— Из начального состава выжила очень небольшая часть. Полагаю, вы уже в курсе: почти все трудности, препятствия нужны лишь для того, чтобы проанализировать ваши реакции. Это даже не эксперимент, это скорее составление... матрицы. Стимуляция инстинктов на территории обреченных и сбор данных. Сложив их вместе, мы совершим величайший прорыв в истории науки и медицины.

Ситуации, в которые мы вас помещали, называются Переменными, и каждая из них тщательно продумана. Скоро я все объясню. В принципе рассказать можно и сейчас, но жизненно необходимо, чтобы вы понимали только одно: все эти проверки служат важной цели. Продолжайте отвечать на Переменные, берегите себя, и наградой вам будет знание, что вы сыграли роль в спасении человеческой расы. Ну и самих себя, разумеется.

Крысун выдержал эффектную паузу, и Томас, вздернув брови, посмотрел на Минхо.

— Чувачок головой стебанулся, — прошептал тот. — Как побег из Лабиринта спасет человечество?

— Я представляю группу под названием «ЭТО ПОРОК», — продолжал Крысун. — Звучит грозно, однако расшифровывается вот как: «Эксперимент «Территория обреченных». Программа оперативного реагирования. Общемировая катастрофа». Никаких угроз, они надуманны. Мы служим одной цели: спасти цивилизацию от катастрофы. Собравшиеся в этой комнате играют ключевую роль в нашем плане. Мы располагаем ресурсами, о которых ни одно правительство в истории общества и помыслить не могло: практически неограниченные денежные запасы, нескончаемый людской капитал и технологии, опережающие самые смелые и хитрые задумки. Доказательства тому вы встретите не единожды, постепенно проходя испытания.

Единственное, что могу сказать: не верьте глазам своим. Или, если на то пошло, разуму. Не зря мы устроили демонстрацию с повешенными и кирпичной кладкой за окнами. Иногда видимое нереально, а невидимое, наоборот, существует. Мы в состоянии манипулировать вашим мозгом и нервными рецепторами. Понимаю, звучит пугающе.

Слабо, очень и очень слабо сказано. «Территория обреченных», вертелось в голове у Томаса, но из-за амнезии он никак не мог припомнить, что значат эти слова. Первый раз Томас увидел надпись «ЭТО ПОРОК» в Лабиринте, на металлической табличке.

Мужчина в белом медленно обвел взглядом глэйдеров. Верхняя губа у него блестела от пота.

— Лабиринт — часть испытаний. Ни одна проверка не проводилась просто так, все Переменные позволяют составлять матрицу ответов на территории обреченных. Побег — часть плана. Битва с гриверами, убийство мальчика по имени Чак, предполагаемое спасение на автобусе... Все — части плана.

Услышав имя Чака, Томас ощутил, как в груди поднимается волна гнева. Ньют успел схватить Томаса и потянуть обратно на пол, не дал вскочить.

Реакция Томаса подстегнула Крысуна. Он вскочил и, упершись руками в стол, подался вперед.

— Вы не покидали пределов Испытаний, а точнее — Первой их фазы. Однако нам по-прежнему не хватает материалов. Приходится повышать ставки. Пришло время Второй фазы, и теперь все усложняется.

ГЛАВА ОДИННАДЦАТАЯ

Комната погрузилась в тишину.

Умом Томас понимал: ему стоит переживать по поводу абсурдного замечания, будто теперь все усложняется. (Типа прежде было легко!) Стоит бояться. Ведь их мозгами манипулируют. И в то же время стало любопытно: что дальше, что скажет человек в белом? Предупреждение Крысуна в одно ухо влетело и в другое вылетело.

Выждав, казалось, целую вечность, мужчина сел.

— Вы можете подумать, будто Испытания всего лишь проверка способности к выживанию. Внешне Лабиринт таковым и представляется, хотя смею заверить: мы тестируем отнюдь не волю к жизни. Тест на живучесть — только часть эксперимента. Картины в целом вам не понять до самого завершения опытов.

Солнечные вспышки уничтожили большую часть Земли. На планете свирепствует эпидемия доселе неизвестной болезни, которую мы называем Вспышка. Впервые за историю общества правительства всех стран — уцелевших держав — объединились. Совместными усилиями они создали ПОРОК, группу по борьбе с новыми напастями. Вы — основная часть нашего эксперимента, и работать придется изо всех сил. Вынужден огорчить: каждый из вас инфицирован.

Крысун поднял руки, предупреждая волнения и шум среди глэйдеров.

— Тихо, тихо! Не надо волноваться. Вирус проявляет себя не сразу, ему требуется время, чтобы обосноваться в организме носителя. Про симптомы я расскажу. Однако в конце Испытаний наградой станет лекарство, и вы не познаете... разрушительного воздействия Вспышки. Прошу учесть: лишь немногие могут позволить себе лечение.

Рука Томаса взметнулась к горлу, словно боль в нем была первым симптомом. Он вспомнил, как женщина в автобусе рассказывала про болезнь: вирус постепенно разрушает твой мозг, сводит с ума, лишает способности испытывать основные человеческие чувства: сострадание, сопереживание. Вспышка превращала людей в животных.

Вспомнив о шизах, которые ломились в окна спальни, Томас чуть не бросился в ванную — начисто вымыть руки и рот. Человек в белом прав: во второй фазе работать придется изо всех сил.

— Довольно уроков истории и пустой траты времени, — продолжил Крысун. — Мы вас знаем как облупленных. Не важно, что я говорю или что стоит за миссией ПОРОКа. Вы будете стараться любой ценой выполнить свою задачу. В этом мы убедились. Подчиняясь нам, вы спасете себя — добудете лекарство, в котором отчаянно нуждаются многие люди.

Минхо застонал, и Томас, испугавшись, как бы друг не выдал очередной остроты, шикнул, прежде чем тот успел открыть рот.

Крысун посмотрел на кучу бумаг в раскрытой папке, взял один листочек и, не читая, перевернул.

— Вторая фаза, — сказал он, откашлявшись, — «Жаровня». Формально начинается завтра утром, в шесть часов. Вы войдете в эту комнату, и в стене позади меня вас будет ждать плоспер. На первый взгляд он представляет собой серую сверкающую стену. Вы все до единого должны пройти через него в течение пяти минут. Подытожу: проход открывается в шесть утра, ровно на пять минут. Всем все ясно?

Томас, словно пригвожденный к месту, наблюдал за Крысуном. Казалось, это не живой человек, а проекция видеозаписи. То же, наверное, чувствовали и прочие глэйдеры — никто не счел нужным отвечать на вопрос мужчины в белом.

А что такое, собственно, этот плоспер?

— Уверен, слуха вы не лишились, — произнес Крысун. — Так. Всем. Все. Ясно?

Томас кивнул; товарищи, сидевшие рядом, пробормотали что-то утвердительное.

— Вот и славно. — Крысун поднял еще листочек и перевернул. — Можем считать, что Испытание «Жаровня» начинается. Правила очень просты: найдите выход наружу и после двигайтесь строго на север, сто миль. Если в течение двух недель достигнете убежища, можете считать Испытание завершенным. Тогда, и только тогда, вы получите лекарство. Времени на Вторую фазу отводится ровно две недели, с момента как вы пройдете через плоспер. Останетесь здесь — в конце концов умрете.

Томас ожидал, что комната взорвется шумом, протестами, но нет, никто не проронил ни слова. У самого Томаса язык как будто высох и превратился в покрытый коростой пенек.

Крысун резко захлопнул папку, еще больше смяв бумаги, убрал ее в стол, поднялся и, задвинув за собой стул, скрестил руки на груди.

— На самом деле все просто, — произнес он обыденным тоном, словно учил ребят пользоваться душем. — Правил нет, никаких инструкций. Дается минимум припасов и никакой сторонней помощи. Минуете плоспер в указанное время, ищете выход на воздух и преодолеваете дорогу длиной в сотню миль. Найдете убежище или умрете.

Последнее слово вывело наконец ребят из ступора, и на Крысуна обрушился град вопросов:

— Что за плоспер?

— Откуда у нас Вспышка?

— Какие симптомы?

— Что искать в конце сотни миль?

— Что стало с повешенными?

Отвечать Крысун и не думал. Он быстро переводил взгляд темных глаз с одного глэйдера на другого. Наконец остановился на Томасе — тот посмотрел на незнакомца в ответ с ненавистью. С ненавистью к нему, к ПОРОКу, ко всему миру.

— Заткнитесь, шанки! — прикрикнул на парней Минхо, и поток вопросов моментально прекратился. — Только время теряете: эта морда все равно не ответит.

Крысун сдержанно кивнул Минхо, то ли благодаря, то ли признавая мудрость парнишки.

— Сотня миль. Строго на север. Надеюсь, вы справитесь. Помните: вы все инфицированы. Мы вас заразили, чтобы дать стимул работать. В убежище вы гарантированно получите лекарство.

Он развернулся и пошел к стене, словно намереваясь пройти сквозь нее, но в последний миг остановился и, обернувшись, произнес:

— Чуть не забыл. «Жаровни» избежать не получится. Те, кто не пройдет плоспер с шести до пяти минут седьмого, будут казнены... не самым приятным способом. Советую попытать счастья во внешнем мире. Удачи всем.

Сказав так, незнакомец пошел прямо на стену. Невидимый барьер заволокло туманом, а когда дымка рассеялась, Томас не увидел ничего — ни мужчины, ни стола, ни стула.

— Стеб твою налево, — прошептал Минхо.

ГЛАВА ДВЕНАДЦАТАЯ

И вновь глэйдеры принялись беспорядочно сыпать вопросами. Томас решил поискать уединения в ванной. Правда, пошел он не в большую спальню, а в маленькую. Там сел и, прислонившись спиной к ванне, уставился в пол. Благо никто за ним следом не отправился.

Желая обдумать ситуацию, Томас не знал, как и с чего начать. Висельники, вонь смерти и разложения — все исчезло в считанные минуты. Потом незнакомец в белом (и мебель!), закрытые непонятным барьером, пропали без следа.

Но это не самое страшное. Побег из Лабиринта подстроили, однако неясно: кто стал марионетками ПОРОКа и, вытащив глэйдеров из комнаты Создателей, посадил в автобус и привез сюда? Сознательно ли отправились на смерть «спасители»? И взаправду ли умерли? Крысун предупредил: нельзя верить своим глазам и разуму. Чему тогда вообще можно верить?

И хуже всего новость об инфекции, Вспышке. О том, что за лекарство предстоит побороться.

Плотно зажмурившись, Томас потер лоб. У него забрали Терезу; оба они лишились семьи. Завтра начинается маразм под названием «Жаровня». Лабиринт по сравнению с ней — цветочки. А снаружи — шизы, психи. Как с ними-то справиться? Что сказал бы Чак, будь он жив?

Что-нибудь банальное типа: «Ну мы попали!»

И не ошибся бы. Глэйдеры и правда попали.

Чака зарезали буквально пару дней назад, умер он на руках у Томаса. И еще легко отделался, как бы ужасно это ни звучало. Впереди, похоже, нечто пострашней смерти от ножа.

Мысли Томаса вернулись к татуировке на шее...

— Чувак, ты посрать пошел и провалился?

Это сказал Минхо от дверного проема уборной.

— Оставаться в столовке нет сил. Все орут, гундят, как дети малые: «Мы хотим то, мы хотим это...»

Минхо подошел к Томасу и прислонился плечом к стене.

— Ты че, типа мистер Удача? Слушай, все эти шанки не ссыкливей тебя. Завтра утром мы пройдем через... через что бы там ни было. И кто угодно, хоть до посинения, может орать, что типа он круче нас.

Томас закатил глаза.

— Я разве называл кого-то ссыклом? Просто тишины хочется. И твой голос ее нарушает.

Минхо хихикнул:

— Кланкорожий ты. Вредничать не умеешь.

— Спасибо. — Томас чуть помолчал. — Плоспер.

— А?

— Та хрень, про которую белый рассказывал и через которую надо пройти завтра утром. Она называется плоспер.

— О да. Сто пудов, какая-нибудь дверь навороченная.

Томас поднял взгляд на Минхо.

— И я так думаю. Это нечто вроде Обрыва. Плоское и переносит куда-нибудь. Плоский переход?

— Гений ты наш стебанутый.

Вошел Ньют.

— Вы чего тут мышитесь?

Минхо хлопнул Томаса по плечу.

— Не мышимся мы. Просто Томас ноет, как все плохо и как он хочет к мамочке.

— Томми, — без намека на веселье спросил Ньют, — ты прошел через Метаморфозу, и к тебе вернулись обрывки памяти. В голове что-нибудь сохранилось?

Бóльшая часть воспоминаний, пришедших после укуса гривера, подернулась туманной пеленой.

— Не знаю. Не могу представить внешний мир или как я помогал проектировать Лабиринт. Что-то стало неясным, что-то снова забылось. Я видел пару странных снов, но от них ни тепло, ни холодно.

Сменив тему, друзья заговорили о новостях, принесенных загадочным гостем, о солнечных вспышках и страшной болезни, о том, как ситуация переменилась теперь, когда стало известно, что глэйдеров проверяют, проводят над ними эксперимент. Говорили о многом, не находя ответов, и голоса ребят полнились страхом перед вирусом, которым их якобы заразили. Наконец парни замолчали.

— Н-да, подумать есть над чем, — произнес Ньют. — Мне понадобится помощь. Проследим, чтобы припасы до завтра никуда не делись. Что-то мне подсказывает: еда ой как пригодится.

Томас об этом даже не подумал.

— Ты прав. Народ еще обжирается?

Ньют покачал головой.

— Нет, я оставил Фрайпана за старшего. Этот шанк поклоняется пище и, похоже, рад найти себе вотчину. Я другого боюсь: парни запаникуют и все равно попытаются сожрать припасы.

— Да ну, забей, — сказал Минхо. — До этого момента дожили достойные. Дураки умерли.

Краем глаза Минхо посмотрел на Томаса, как бы давая понять: Чака с Терезой он в дураки не записывал.

— Может, и так, — согласился Ньют. — Надеюсь, ты прав. Только порядок все равно нужен. Как прежде. Как в сраном Лабиринте. Последние несколько дней группа расклеилась, все стонут, ноют... Никакой собранности, никакого плана. Бесит.

— Чего ты ждал? — спросил Минхо. — Чтобы мы выстроились в шеренги? Ать-два, упал-отжался? Мы заперты в трехкомнатной тюрьме.

Ньют захлопал в ладоши, будто слова Минхо обернулись комарами.

— Хрен с ним. Я лишь говорю, что завтра все переменится и к новому надо быть готовыми.

Сколько болтовни, а Ньют так и не сумел четко высказать мнение.

— К чему ты ведешь? — спросил Томас.

Ньют молча посмотрел на него, затем на Минхо.

— Завтра понадобится бесспорный лидер. Чтобы никаких сомнений, кто командует.

— Стебануться! Такого кланка ты еще не изрекал, — ответил Минхо. — Ты наш лидер, и мы это знаем. Все это знают.

Ньют твердо покачал головой.

— Ты от голода про татухи забыл? Думаешь, они для красоты набиты?

— Ну тебя. Еще скажи, они что-то значат. Нам просто мозги крутят!

Не отвечая, Ньют отогнул ворот пижамы Минхо. Томас не смотрел, поскольку и так знал, что татуировка Минхо назначала куратора бегунов Лидером.

Дернув плечами, Минхо сбросил с себя руку Ньюта и выдал порцию ядовитых замечаний. Томас, впрочем, его не слышал. Он отрешился, чувствуя, как быстро и болезненно колотится в груди сердце. Из головы не шел текст собственной татуировки.

Томаса должны убить.

ГЛАВА ТРИНАДЦАТАЯ

Приближалась ночь. Перед отправлением нужно было выспаться, и остаток вечера группа посвятила сбору: из простыней сделали подобия мешков для припасов и одежды. В пустые пакетики из-под ореховой смеси налили воды и завязали их лоскутами из штор. Никто и не рассчитывал, что такие «бурдюки» продержатся долго, однако ничего лучше глэйдеры не придумали.

Ньют наконец убедил Минхо вести группу. Томас, как и все остальные, прекрасно знал, что без лидера не обойтись, и лишь обрадовался, когда Минхо, не без ворчания, согласился.

Часов в девять Томас лег в постель. Барак погрузился в странную тишину (хотя никто еще не заснул). Понятное дело, ребята боятся. Они прошли Лабиринт, видели его ужасы. Воочию убедились, на что способен ПОРОК. Если Крысун не врал и все испытания — часть большего плана, значит, эти люди заставили Галли убить Чака, почти в упор застрелили женщину из комнаты за норой гриверов, послали несколько человек вывезти глэйдеров, а после казнили «спасителей»... Список грехов ПОРОКа можно было продолжать и продолжать.

Под конец ПОРОК заразил глэйдеров страшной болезнью, оставив лекарство в качестве приманки, чтобы ребята не сдавались и продолжали участвовать в эксперименте. Кто знает, где правда и где ложь? Да еще Томаса, судя по всему, стараются держать одиночкой. Тяжко, как тяжко... Чак погиб. Тереза пропала.

Собственная жизнь казалась Томасу черной дырой. Как завтра взять себя в руки и заставить идти дальше? Навстречу тому, что приготовил ПОРОК? Ничего, Томас справится — и не только ради лекарства. Он не остановится, особенно после того как обошлись с его друзьями. И если единственный способ отомстить — это пройти Испытания, так тому и быть.

Так тому и быть.

Лелея мысли о возмездии, Томас заснул.

Глэйдеры завели будильники на часах ровно на пять утра. Томас пробудился задолго до нужного времени и, сколько ни пытался, уснуть больше не смог. Когда наконец спальню заполнил писк электронных часов, Томас сел на кровати, свесив ноги через край, и потер глаза.

Включили свет, и комнату залило желтым. Щурясь, Томас отправился в душ. Кто знает, скоро ли представится шанс снова помыться.

За десять минут до назначенного срока глэйдеры собрались в столовой; в мучительном ожидании некоторые теребили в руках пакеты с водой. Сбоку каждый поставил по мешку с пищей. Томас тоже решил нести пакет с водой в руках, чтобы быть уверенным, что в нем нет течи.

За ночь невидимый барьер вновь появился, и парни, сидя к нему лицом, покорно ждали, когда откроется плоспер.

Опустившийся рядом с Томасом Эрис заговорил впервые с момента... да черт его знает, когда Эрис говорил в последний раз.

— Ты не посчитал себя шизиком? — спросил новичок. — Когда услышал в голове ее голос?

Томас молча посмотрел на Эриса. До сей минуты он не желал разговаривать с новичком вообще, но неприязнь вдруг пропала. В конце концов Эрис не виноват, что Терезу похитили.

— Было дело. Потом привык и стал беспокоиться о другом: как бы окружающие за психа не приняли. Мы с Терезой долгое время шифровались.

— Я не считал телепатию странной, — признался Эрис. Глядя в пол, он на некоторое время задумался. — Я несколько дней провалялся в коме. Общаться с Рейчел было для меня совершенно естественно, и если бы она не отозвалась, я стопудово утратил бы дар. Остальные девчонки меня ненавидели, кто-то даже убить хотел. Рейчел одна...

Тут Минхо, поднявшись на ноги, приготовился говорить. Эрис не успел закончить рассказ, чему Томас только порадовался. Слушать вывернутую наизнанку версию того, через что прошел он сам... лишний раз вспомнится Тереза, а это больно и ни к чему. Томас предпочел сосредоточиться на выживании.

— У нас еще три минуты, — несвойственным для себя серьезным тоном заговорил Минхо. — Никто не передумал идти?

Томас мотнул головой — то же сделали остальные.

— Точно? — спросил Минхо. — Отказаться не поздно. Если по ту сторону перехода какой-нибудь шанк вдруг зассыт и захочет вернуться, я сам его спроважу в обратный путь. Только сначала сломаю нос и напинаю по яйцам.

Ньют, обхватив голову руками, громко застонал.

— Проблемы? — необычно строгим голосом спросил его Минхо. Томас, пораженный, ждал, что Ньют ответит.

Тот, не менее ошалевший, произнес:

— А... это... у тебя поразительный талант лидера.

Отдернув воротник, Минхо показал всем татуировку на шее.

— Что здесь сказано, кланкорожий?

Зардевшись, Ньют глянул по сторонам.

— Мы в курсе, что ты босс, Минхо. Давай полегче.

— От полегче слышу. — Минхо ткнул в Ньюта пальцем. — Некогда кланк месить. Заткни фонтан.

Оставалось надеяться, что Минхо лишь играет, дабы утвердиться в роли вожака. И если так, то играет хорошо.

— Ровно шесть! — прокричал кто-то.

Словно по команде невидимый барьер заволокло туманом, он сделался грязно-белым и непрозрачным. Прошла секунда, дымка рассеялась, пропала вместе с барьером. Изменения Томас заметил мгновенно: в стене напротив образовался широкий мерцающий участок тускло-серого цвета.

— Вперед! — заорал Минхо, закидывая на плечо мешок. В другой руке он сжимал пакетик с водой. — Не толпитесь, не толкайтесь. У нас пять минут. Я первый. — Он указал на Томаса. — Ты замыкаешь колонну. Убедишься, что никто не остался.

Томас кивнул, стараясь унять гудящие нервы, и утер со лба пот.

У самого плоспера Минхо остановился. Томас никак не мог сосредоточить взгляда на мерцающей, неустойчивой фиговине: по ее поверхности плясали тени различных форм, она пульсировала и, казалось, могла исчезнуть в любую секунду.

Обернувшись к группе, Минхо произнес:

— Жду на той стороне, шанки.

Он шагнул вперед, и серая мгла поглотила его целиком.

ГЛАВА ЧЕТЫРНАДЦАТАЯ

Никто не жаловался. Никто вообще не проронил ни слова. По пути к плосперу парни обменивались взглядами, в которых Томас читал неуверенность, страх. Каждый без исключения глэйдер задерживался перед мерцающим прямоугольником, прежде чем сделать последний шаг и раствориться в сером мраке. Томас провожал товарищей, хлопая их по спине.

Спустя две минуты по эту сторону перехода остались Томас, Ньют да Эрис.

«Сомневаешься?» — мысленно спросил новенький.

Томас чуть не закашлялся, удивленный легкостью, с которой пронеслись в мозгу неслышные и в то же время отчетливые слова. Он рассчитывал, надеялся, что Эрис понял намек и не станет прибегать к телепатии. Мысленный канал — для Терезы и ни для кого другого.

— Торопись, — ответил Томас. — Нельзя медлить.

Обиженный Эрис ступил в серую мглу, за ним — Ньют.

Оставшись один, Томас напоследок оглянулся. Вспомнил распухших висельников, Лабиринт и прочий кланк. Вздохнул как можно громче, надеясь, что кто-нибудь где-нибудь услышит его, подхватил мешок с припасами и вошел в плоспер.

Томас ощутил, будто проходит сквозь вертикальную стену ледяной воды. В последнюю секунду закрыл глаза, а открыв, увидел лишь непроглядную тьму. Раздались голоса.

— Эй! — позвал Томас, даже не пытаясь подавить панику. — Ребята!..

Не успел он закончить, как споткнулся и упал. Прямо на кого-то.

— Ай! — вскрикнуло извивающееся в темноте тело и отпихнуло Томаса.

— Сохраняйте тишину и не рыпайтесь! — Минхо. Услышав его голос, Томас от облегчения чуть не закричал. — Это ты, Томас? С прибытием!

— Да! — Томас повел в темноте рукой, стараясь никого не сбить, однако всюду натыкался на пустоту. — Я прошел последним. Все уже тут?

— Мы построились и начали перекличку, когда ты ввалился сюда, как бычара обдолбанный, и сбил кого-то с ног. Давайте-ка заново! Первый!

Никто не ответил, и Томас крикнул:

— Второй!

За ним рассчитались и остальные, пока Эрис не назвал свой номер:

— Двадцатый!

— Порядок, — подытожил Минхо. — Мы все здесь. И ни хрена не видно.

Томас стоял смирно, слыша рядом дыхание парней и боясь сделать шаг в сторону.

— Жаль, нет фонарика.

— Спасибо, кэп, — ответил Минхо. — Слушаем сюда. Мы типа в каком-то коридоре, я с обеих сторон нащупал стены. Вы почти все от меня справа. Там, откуда пришел Томас, эта плоспердь. Постарайтесь не загреметь через нее обратно. Выход один: идите на мой голос. Будем шагать, пока не найдем хоть что-нибудь.

Договорив, Минхо повел колонну вперед: зашелестели подошвы, зашуршали мешки об одежду. Когда последний глэйдер отдалился на безопасное расстояние, Томас шагнул влево. Рука уперлась в холодную стену, и он пошел вслед за товарищами.

Никто не говорил, а Томас злился, что глаза никак не привыкнут к темноте — в загадочном коридоре было темно, хоть глаз выколи. Пахло старой кожей и пылью. Раз или два Томас натыкался на товарища спереди — на кого именно, он так и не узнал, потому как паренек даже не соизволил пожаловаться.

Ребята шли и шли. Туннель все тянулся, ни разу не свернув ни вправо, ни влево. Только чувствуя камень под пальцами и пол под ногами, Томас не утратил ощущения реальности и движения. Иначе казалось бы, что он плывет в темноте космоса, ни на йоту не продвигаясь вперед.

Шаркали подошвы о бетонный пол, да изредка перешептывались глэйдеры. Ступая по бесконечному коридору, Томас чувствовал каждый удар своего сердца. Атмосфера жутко напоминала Ящик, полный спертого воздуха куб. Зато сейчас у Томаса были хоть какие-то знания и проверенные друзья. Он понимал расклад: нужно лекарство, и ради него придется пройти через многие ужасы.

Внезапно откуда-то сверху раздался шепот. Томас замер: шептались явно не глэйдеры.

Минхо в голове колонны скомандовал стоять, потом спросил:

— Все слышали?

Глэйдеры забубнили в ответ: да, мол, слышали. Последовали вопросы, а Томас тем временем обратил слух к потолку. Прозвучало всего несколько слов, и говорил как будто старый больной человек. Смысла фразы, впрочем, никто не понял.

Минхо наконец велел парням замолчать и слушать.

Вокруг царила кромешная тьма, однако Томас все равно зажмурился и напряг слух. Если шепот раздастся вновь, надо непременно уловить слова.

Не прошло и минуты, как старческий голос вновь заговорил. Эхо пронеслось по туннелю будто из развешанных повсюду крупных динамиков. Впереди ахнули. По-прежнему не в силах разобрать ни слова, Томас зажмурился. Ничего не изменилось: вокруг была все та же темень. Плотная и непроглядная.

— Никто ничего не расслышал? — спросил Ньют.

— Всего пару слов, — отозвался Уинстон. — Типа: «Возвращайтесь назад», — в середине.

— Ага, точно, — подтвердил кто-то.

Томас напряг память. В середине фразы и правда прозвучало: «Возвращайтесь назад».

— Так, всем заткнуться и слушать внимательней, — приказал Минхо, и туннель погрузился в тишину.

Когда голос зашептал в третий раз, Томас разобрал все до единого слога: «Последний шанс. Возвращайтесь назад, и вас не порежут». Судя по реакции впереди идущих, глэйдеры тоже все слышали.

— Не порежут?

— Как это понимать?

— Мы типа можем вернуться!

— Нельзя верить шанку, которого в темноте даже не видишь.

Томас старался не зацикливаться на угрозе. «И вас не порежут...» Дело плохо. Говорящего не видно. Так и с ума сойти недолго.

— Продолжай идти! — крикнул Томас Минхо. — Нельзя тут ждать. Идем!

— Погодите, — раздался голос Фрайпана. — Было сказано, что нам дается последний шанс. Давайте хотя бы обдумаем предложение.

— Точно, — согласился кто-то. — Может, реально стоит вернуться?

Томас, хоть его и не видел никто, покачал головой.

— Ни за что. Забыли, что сказал белый? Если вернемся, то умрем страшной смертью.

Фрайпан не сдавался.

— Он че теперь, главнее этого шептуна? Откуда мы знаем, кого слушать, а кого нет?

Правильный вопрос, однако Томас чувствовал: назад нельзя.

— Голос — это проверка, зуб даю. Надо идти дальше.

— Он дело говорит, — сказал наконец Минхо. — Давайте, идем.

Едва он договорил, как в воздухе пронесся шепот, исполненный какой-то детской ненависти: «Вы покойники. Вас порежут. Убьют и порежут».

Волосы на загривке встали дыбом, и по спине побежали мурашки. Томас боялся, что последуют новые призывы вернуться, однако глэйдеры опять удивили его. Никто и слова не сказал; ребята двинулись вперед.

Минхо прав: ссыкуны давно отсеялись.

Парни все дальше углублялись во тьму. Воздух понемногу теплел и словно сгущался от пыли. Томас несколько раз закашлялся. Смертельно хотелось пить, но он не желал рисковать и развязывать импровизированный бурдюк вслепую. Прольешь воду на пол и не заметишь.

Вперед.

Все теплее.

Хочется пить.

Вокруг тьма.

Идти вперед.

Время еще никогда не тянулось так медленно.

Туннель казался просто невероятным. С момента, когда голос во тьме прошептал последние угрозы, глэйдеры протопали пару миль как минимум. Где они теперь? Под землей? В утробе какого-нибудь массивного здания? Крысун говорил: надо искать выход на воздух. Как...

Где-то впереди, в нескольких десятках шагов, закричал паренек.

Удивленный поначалу крик перешел в полный ужаса визг. Несчастный вопил, срывая горло, захлебываясь, словно поросенок на живодерне. Слышно было, как он извивается на полу.

Томас инстинктивно рванулся мимо товарищей на жуткие, нечеловеческие крики. Он сам не знал, чем сумеет помочь, однако несся вперед, не заботясь о том, куда в темноте ставить ногу. После долгого и безумного перехода тело требовало действия.

Вот, добежал наконец. Парень извивался, борясь непонятно с кем.

Томас опустился на колени, аккуратно отставил пакетик с водой и мешок с припасами в сторону и робко потянулся вперед, намереваясь взять бедолагу за руку или за ногу. За спиной у Томаса столпились и другие глэйдеры. Он попытался отгородиться от их криков и вопросов.

— Эй! — громко обратился Томас к кричащему парню. — Что с тобой?

Он нащупал джинсы, рубашку. Их обладатель дико вертелся и крутился, и крики пронзали тьму с прежней силой.

Томасу надоело ждать, он рывком бросился на вопящего. От падения на извивающееся тело из него чуть не вышибло дух; в ребра врезался локоть, по лицу ударила рука, и в пах чуть не вонзилось колено.

— Прекрати! — прокричал Томас. — В чем дело?!

Крики перешли в бульканье, словно парня окунули в воду. Корчи, правда, ничуть не ослабли.

Упершись локтем и предплечьем в грудь товарищу, Томас потянулся к его голове. Но коснувшись того места, где по идее должны быть лицо или волосы, Томас пришел в недоумение.

Головы не было в принципе: ни волос, ни лица, ни даже шеи.

Вместо черепа Томас нащупал большой, идеально гладкий металлический шар.

ГЛАВА ПЯТНАДЦАТАЯ

Следующие секунды выдались, мягко говоря, странными. Едва Томас дотронулся до шара, как товарищ моментально притих. Руки и ноги безвольно упали на пол, тело расслабилось. В том месте, где полагалось быть шее, сфера покрылась густой липкой жидкостью. Это вытекала кровь, Томас чувствовал ее медный запах.

Шар выскользнул из-под пальцев и с глухим звуком откатился к стене. Глэйдер под Томасом лежал не шевелясь и абсолютно тихо. Прочие что-то кричали, спрашивали, но Томас их не слушал.

В груди поднялась волна страха, стоило представить, что произошло. Бессмыслица какая-то, хотя парень совершенно точно мертв. Ему отрезало башку или... превратило в металлический шар? Какого черта?! Разве такое возможно?

Голова закружилась, и Томас не сразу понял, что на руку ему вытекает кровь. Его передернуло.

Резко подавшись назад и вытирая руки о штанину, он закричал что-то нечленораздельное, оттолкнул руки товарищей и прижался к стене. Кто-то схватил его за рукав и потянул в сторону.

— Томас! — Минхо. — Томас, в чем дело?

Томас попытался успокоиться и мыслить здраво. В груди сдавило, подступила тошнота.

— Я... не знаю. Кто это был? Кто орал-то?

— Фрэнки, — дрожащим голосом ответил Фрайпан. — Кажется. Он шел совсем рядом со мной. Хотел рассказать анекдот, и его дернуло в сторону. Да, точно, это был Фрэнки.

— Так что случилось? — повторил Минхо.

Томас все вытирал и вытирал ладони о штаны.

— Я... — Он глубоко вздохнул. Темнота сводила с ума. — Я услышал, как Фрэнки орет, и бросился на помощь. Пытался успокоить его, потянулся к голове. Хотел ухватить за щеки, сам не знаю почему, но когда прикоснулся... в общем, вместо головы у Фрэнки был...

Договорить Томас не смог. Правда сейчас казалась абсурднее любой выдумки.

— Что? — прокричал Минхо.

Застонав, Томас выдавил:

— Большой... железный шар. Я сам не врубился, чувак, просто мне так показалось. Будто голову Фрэнки откусил... большой железный шар!

— Ты че несешь?! Какой шар?

Как же убедить Минхо и всех остальных, что он, Томас, не лжет?

— Когда Фрэнки перестал орать, ты не слышал? Не слышал, шар откатился в сторону? Понимаю, это...

— Оно здесь! — прокричал Ньют, и Томас вновь услышал глухой звук, с каким металл трется о камень. Кряхтя от натуги, Ньют подкатил шар поближе к толпе. — Я слышал, как оно катилось. Черт, влажное, липкое. В крови, по ходу...

— Какого кланка... — прошептал Минхо.

— Оно большое? — Подошли остальные глэйдеры и наперебой стали задавать вопросы.

— Молчать! — гаркнул Ньют, и когда наступила тишина, ответил: — Не знаю, не видно.

Слышно было, как он на ощупь пытается определить размеры шара.

— Эта хрень стебанутая гораздо больше головы. Идеальная сфера, гладкая.

Томас никак не мог прийти в себя. Его мутило, хотелось одного: скорее покинуть коридор, выбраться на свет.

— Надо бежать, — сказал он. — Уходить отсюда. Скорее.

— А может, все-таки вернемся? — Кто говорил, Томас не понял. — Хрен с ним, с шаром. Старик предупреждал нас, и вот — Фрэнки отсекло башку.

— Хренушки! — злобно возразил Минхо. — Ни за что. Томас прав, хватит фигней страдать. Бежим, дистанция — два шага. Пригнитесь, и если что-то пронесется мимо головы — бейте по нему со всей дури.

Спорить никто не стал.

Быстро отыскав свои припасы, Томас занял место в колонне, уже не в хвосте. Ребята, не сговариваясь, будто единый организм, построились и помчались вперед. Томас предпочел не тратить времени на раздумья, на то, чтобы прийти в себя. Он бежал со всех ног, как не бегал даже в Лабиринте.

Пахло потом и пылью. От крови руки сделались липкими. Вокруг по-прежнему было темно.

Томас продолжал двигаться вперед.

Смертоносный шар убил еще одного, незнакомого Томасу паренька, бежавшего совсем рядом. Чиркнул металл о металл, несколько раз громко щелкнуло, и раздались вопли.

Никто не остановился. Наверняка произошло нечто ужасное, но колонна продолжала бег.

Когда наконец вопли перешли в бульканье, на бетонный пол с громким стуком упала металлическая сфера — и откатилась к стене.

Не замедляясь ни на секунду, Томас бежал дальше.

Он рывками глотал пыльный воздух, сердце у́хало в груди, и легкие уже начали болеть. Сколько времени прошло, как далеко глэйдеры от места первой трагедии? Когда Минхо велел остановиться, облегчение Томас испытал неописуемое. Усталость вытеснила страх перед шарами-убийцами.

Слышалось тяжелое, несвежее дыхание. Фрайпан оклемался первым.

— Почему остановились?

— Я чуть костыли не сломал! — ответил Минхо. — Здесь типа ступеньки.

Томас задавил родившуюся было надежду. Он поклялся ни на что не надеяться до конца Испытаний.

— Так давай подниматься! — слишком уж радостно крикнул Фрайпан.

— Думаешь? — отозвался Минхо. — Что бы мы без тебя делали, Фрайпан? Серьезно.

Послышались тяжелые шаги, металлический звук. Вожак поднимался по железной лестнице. Не прошло и нескольких секунд, как топот умножился — на ступени взошли остальные.

Когда дошла очередь до Томаса, он споткнулся и чуть не разбил колено. Машинально выставив перед собой руку, едва не лишился пакетика с водой. Затем, вернув себе равновесие, начал взбираться по лестнице, то и дело перемахивая через две ступеньки за раз. Кто знает, когда нападет очередной шар-убийца. Безнадега безнадегой, а выбраться из кромешной тьмы не терпелось.

Сверху донесся непонятный шум и все тот же металлический звук.

— Ай! — вскрикнул Минхо.

Столкнувшись друг с другом, охая и ахая, глэйдеры встали.

— Ты как? — спросил Ньют.

— Ты... во что врезался? — тяжело дыша, позвал Томас.

— В потолок, черт его задери, — раздраженно ответил Минхо. — Все, приехали, крыша. Дальше некуда... — Не договорив, он провел руками по потолку и стенам. — Стойте! По ходу, я нашел...

Громкий, отчетливый щелчок заглушил последние слова лидера, и мир потонул в чистом пламени. Сверху лился обжигающий, слепящий свет. Вскрикнув, Томас зажал глаза руками. Выронил пакет с водой. Ах, черт!.. После такой плотной тьмы свет бил по глазам даже через ладони. Сопровождаемый волной жара, он — сквозь пальцы и веки — казался оранжевым.

Тяжело скрипнуло, затем щелкнуло, и вернулась тьма. Томас осторожно опустил руки; перед глазами плясали ярчайшие солнечные зайчики.

— Чтоб меня, — ругнулся Минхо. — Мы нашли выход, но это выход на самое пекло! Снаружи чертовски светло и жарко.

— Давай-ка приоткроем люк самую малость, чтобы глаза привыкли к свету, — предложил Ньют и поднялся ближе к Минхо. — Вот рубашка, просунь ее в щель. Всем закрыть глаза!

Томас послушно зажмурился и прижал руки к лицу. Снова сверху полился поток оранжевого света. Процесс пошел. Спустя минуту Томас, щурясь, приподнял веки — в глазах по-прежнему плясали миллионы «зайчиков», однако выносить их стало легче. Спустя еще пару минут зрение наконец адаптировалось.

Томас стоял примерно на двадцать ступенек ниже Минхо и Ньюта — те сгорбились прямо под дверцей люка в потолке. Три линии света, разорванные лишь тенью рубашки, заткнутой в правый угол, обозначали границы выхода. Все вокруг: стены, ступени и сама крышка люка — было сделано из тускло-серого металла. Внизу лестница уходила в чернильную темень. Глэйдеры поднялись много выше, чем думал Томас.

— Никто не ослеп? — спросил Минхо. — У меня зенки как жареный зефир.

Томас испытывал примерно то же: глаза жгло, они зудели и слезились. Товарищи вокруг терли веки.

— Что снаружи? — спросил кто-то.

Прикрывшись ладонью и выглянув в щель под люком, Минхо пожал плечами.

— Толком не видно. Свет слишком яркий. Мы, по ходу, реально на солнце. Людей поблизости нет. — Он чуть помолчал. — И шизов тоже.

— Так давайте выбираться отсюда, — предложил Уинстон, стоявший на две ступени ниже Томаса. — Я лучше на солнце поджарюсь, чем позволю откусить себе башку какому-то металлическому шару. Айда!

— Ладно, Уинстон, — согласился Минхо. — Только не снимай с башки трусики. Я ждал, пока наши глаза привыкнут к свету. Сейчас распахну люк, приготовьтесь. — Он поднялся к самой крышке и надавил на нее правым плечом. — Раз. Два. Три!

Кряхтя, Минхо выпрямился. Вниз опять полилась волна света и жара. Резко опустив взгляд, Томас прищурился. Всего несколько часов под землей, а свет уже кажется нестерпимым. Вот это яркость!

Услышав сверху звуки возни, Томас поднял голову: Минхо и Ньют уходили через квадрат слепящего солнечного света. Лестничный колодец за это время успел прогреться как печка.

— Ай, черт! — поморщился Минхо. — Тут какая-то подстава, чувак. Кожу жжет!

— И правда, — подтвердил Ньют, потирая шею. — Стоит ли сейчас вылезать? Может, подождем, пока солнце сядет?

Глэйдеры принялись ныть и жаловаться, но их стоны оборвал крик Уинстона:

— Ого! Берегись! Осторожней!

Томас обернулся.

Пятясь, Уинстон указывал на потолок — там, подобно крупной слезе, набухал шарик жидкого серебра. На глазах у глэйдеров он разрастался, сотрясаемый легкой дрожью, потом — никто и пискнуть не успел — сорвался вниз.

Но вместо того чтобы расплескаться о ступени, шар вопреки законам физики поплыл по воздуху. Прямо на Уинстона. Парень дернулся и, оступившись, полетел на дно колодца, кувыркаясь и оглашая туннель отчаянным криком.

ГЛАВА ШЕСТНАДЦАТАЯ

Сдерживая тошноту, Томас бросился вслед за Уинстоном. Зачем? Помочь? Или просто из любопытства? Томас и сам не ответил бы.

Уинстон наконец остановился. Он лежал на одной из ступеней, посреди темной бездны, прижимая руки к лицу. Яркий свет выделил все до последней детали. Капля жидкого серебра уже покрыла Уинстону макушку и, словно очень густой сироп, опускалась все ниже и ниже, к ушам и линии бровей.

Томас перепрыгнул через Уинстона на ступень ниже. Куратор Живодерни пытался оттянуть растекающийся по голове металл. Как ни странно, получалось. Правда, вопил Уинстон на пределе сил и не глядя лягал стену.

— Снимите его с меня! — задушенно проорал Уинстон, и Томас чуть не сдался и не попятился. Если жидкое серебро причиняет такую нестерпимую боль...

Оно походило на очень плотный гель, упрямо и настойчиво стекающий вниз по лицу Уинстона. Стоило парню оттянуть металл от глаз, как он просачивался между пальцами и продолжал течь вниз. Освобожденные участки кожи покрывались краснотой и волдырями.

Выкрикивая нечленораздельные фразы, Уинстон будто матерился на неизвестном языке. Надо было что-то делать. Времени почти не осталось.

Скинув с плеч мешок и высыпав из него содержимое, Томас обмотал простыней руки. Потом, когда Уинстон в очередной раз оттянул серебро от бровей, Томас ухватился за жидкий металл по бокам, там, где уши. Сквозь простыню почувствовался жар, будто руки вот-вот загорятся. Томас уперся ногами в ступени и дернул.

С неприятным сосущим звуком края будущего металлического шара приподнялись на пару дюймов, а после вновь потекли Уинстону на уши. Уинстон — просто невероятно — заорал еще громче. На помощь спустились несколько парней, но Томас велел не подходить, опасаясь, как бы ему не оказали медвежью услугу.

— Давай вместе! — прокричал он Уинстону, хватаясь за края шара, на этот раз крепче. — Уинстон! Давай вместе! Схвати его и оторви от черепа!

Уинстон будто не слышал. Извивался всем телом, и если бы не Томас, давно скатился бы на дно колодца.

— На счет «три», Уинстон! На счет «три»!

Уинстон визжал, брыкался, бил себя по голове.

На глаза навернулись слезы. Или просто пот со лба? Глаза жгло от соленой влаги. Воздух прогрелся градусов, наверное, на миллион. Мышцы болели, и ноги начало сводить судорогой.

— Давай! — прокричал Томас, позабыв о себе. — Раз. Два. Пошел!

Схватившись за края массы, он ощутил ее твердость и податливость, рванул что было мочи. То ли Уинстон все-таки услышал его, то ли им повезло — но парни налегли одновременно. Уинстон уперся в шар основаниями ладоней, словно хотел оторвать себе лоб, и серебристая капля отошла от головы целиком.

Не теряя ни секунды, Томас перебросил ее через себя и обернулся посмотреть.

На лету капля серебра вновь приобрела сферическую форму, ее поверхность коротко вздрогнула и затвердела. Шар повис в воздухе на несколько ступеней ниже глэйдеров, словно глядя на прощание на свою жертву и пытаясь сообразить, что пошло не так, затем пулей унесся вниз, в темноту колодца.

Шар исчез, решив не атаковать повторно.

Судорожно глотая воздух и чувствуя, как из каждой поры обильно сочится пот, Томас привалился к стене. Он боялся взглянуть на Уинстона: тот ныл позади. Ну хотя бы кричать перестал.

Наконец Томас собрался с силами и посмотрел на товарища.

Уинстон лежал, свернувшись калачиком. Его голова превратилась в месиво: волос как не бывало, только одна большая кровоточащая плешь; уши порваны, изрезаны, однако на месте. Уинстон продолжал всхлипывать от боли, а возможно, и от пережитого шока. Прыщавые участки кожи выглядели куда свежее и чище по сравнению с теми, которые зацепила серебряная капля.

— Ты цел? — спросил Томас. Ничего умнее он сейчас придумать не мог.

Дрожа, Уинстон коротко мотнул головой.

Чуть выше на лестнице стояли Минхо, Ньют, Эрис и прочие глэйдеры. Томас не видел оттененных ярким солнцем лиц, но различал выпученные глаза — как у кошек, пораженных внезапной вспышкой света.

— Это че за хренотень была? — спросил Минхо.

Не в силах говорить, Томас лишь устало покачал головой. За него ответил Ньют:

— Магическая капля, которая к чертям откусывает головы.

— Высокотехнологичная фигня, — произнес Эрис. Ну наконец-то, вынес первое суждение в общем разговоре. Новичок оглядел удивленные лица и смущенно пожал плечами. — В голове вертятся обрывки памяти, я знаю, что есть нечто навороченное, крутое. Только про шары из жидкого металла, отъедающие части тела, не помню.

Томас тоже ничего подобного припомнить не мог.

Минхо неопределенно указал куда-то за спину Томасу.

— Такая хреновина капает тебе на голову, обтекает лицо и вгрызается в шею. Перекусывает начисто. Красота-то какая. Просто слов нет.

— А вы заметили? Оно капнуло с потолка! — напомнил Фрайпан. — Лучше убраться отсюда, и поживее.

— Как никогда с тобой согласен, — ответил Ньют.

Минхо с отвращением посмотрел на Уинстона. Парень больше не дрожал и не плакал, только приглушенно всхлипывал. Выглядел он чудовищно и страху натерпелся до конца жизни.

Вряд ли он когда-либо снова обзаведется шевелюрой.

— Фрайпан, Джек! — крикнул Минхо. — Поднимите Уинстона на ноги и помогите идти. Эрис, подбери весь кланк, что он обронил. Пусть еще пара шанков тебе помогут нести припасы. Уходим. Плевать, как жарко наверху. Больше ни одна голова не превратится в шар для боулинга.

Договорив, Минхо развернулся и пошел наверх. Он не стал смотреть, как парни выполняют его распоряжения, и по этому жесту Томас понял: в конце концов из Минхо выйдет отличный предводитель.

— Томас, Ньют! — позвал он через плечо. — Идемте! Мы втроем вылезем первыми.

Глянув в глаза Ньюту, Томас прочел в них слабый страх и любопытство, страстное желание идти дальше. Те же чувства испытывал и он сам. Противно было признаваться, но сейчас ничто не могло напугать сильнее, чем последствия атаки на Уинстона.

— Погнали, — произнес Ньют таким тоном, будто выбора не оставалось. Однако по лицу было видно: он, как и Томас, спешит скорее покинуть беднягу Уинстона.

Кивнув, Томас перешагнул через раненого. Вид ободранной кожи вызывал тошноту, и Томас постарался не смотреть на череп Уинстона. Он подвинулся чуть в сторону, давая пройти Джеку, Фрайпану и Эрису, а после стал подниматься, пропуская по две ступени за раз, вслед за Ньютом и Минхо к солнцу прямо за открытым люком.

ГЛАВА СЕМНАДЦАТАЯ

Глэйдеры уступали дорогу, явно радуясь, что эти трое первыми высунутся наружу. Томас сначала прищурился, а потом и вовсе прикрыл глаза ладонью. С каждой секундой в то, что получится выйти из туннеля и уцелеть на чудовищной жаре, верилось все слабее.

Минхо остановился на последней ступеньке, всего в шаге от прямой линии света. Медленно, подставляясь под нее, вытянул руку. Кожа у Минхо имела смуглый оттенок, но под солнцем засияла белым огнем.

Выдержав несколько секунд, Минхо отдернул руку и потряс ею в воздухе, будто по пальцу ему стукнули молотком.

— Горячо, однако. Очень горячо. — Он обернулся к Томасу и Ньюту. — Надо обернуться во что-нибудь, иначе за пару минут получим солнечные ожоги второй степени.

— Освобождаем мешки, — предложил Ньют, снимая с плеча поклажу. — Сделаем себе мантии, проверим — защитят ли. Если сработает, из половины простыней справим накидки, вторая останется мешками.

Томас успел сбросить еду, пока спасал Уинстона.

— Мы теперь похожи на призраки. Враги, увидев нас, разбегутся в страхе.

Минхо, который не отличался бережливостью, как Ньют, просто перевернул мешок и вытряхнул из него содержимое. Глэйдеры, что стояли ближе всего к вожаку, принялись ловить продукты, пока те не попáдали между ступенями.

— Шутник ты, Томас. Будем надеяться, что шизы нам вообще не попадутся, — сказал он, развязывая узлы на простыне. — На таком солнце вряд ли кто-то выживет. Если повезет, отыщем лесок или какое-нибудь другое укрытие.

— Не уверен, — ответил Ньют. — В укрытии нас могут поджидать те же психи.

Томасу болтать надоело. Он больше не мог строить догадок, ему хотелось выйти наружу и самому разведать местность.

— Хватит гадать, идемте. Пора осмотреться. — Растянув простыню, Томас плотно завернулся в нее, словно старуха — в шаль. — Ну как?

— Как дурак, — ответил Минхо. — То есть как шанкетка, страшней которой я в жизни не видел. Скажи спасибо богам за то, что сотворили тебя парнем.

— Спасибо.

Минхо и Ньют, как и Томас, укутались в простыни и при этом еще спрятали под них руки и сделали нечто вроде козырьков над глазами. Томас решил последовать их примеру.

— Готовы, шанки? — спросил Минхо, глядя по очереди на Ньюта и на Томаса.

— Если честно, — признался Ньют, — я децл на взводе.

Не сказать чтобы Томас рвался наружу, просто ему не терпелось действовать.

— Я тоже. Идемте.

Ступеньки вели к самому краю люка, как в старинном погребе. Последние из них сияли отраженным светом. Перед самым выходом Минхо на секунду замер, а после вышел, исчезнув в ослепительном потоке.

— Пошел, пошел! — Ньют похлопал Томаса по спине.

Адреналин ударил в голову, и Томас, глубоко и резко выдохнув, последовал за Минхо. Ньют не отставал ни на шаг.

Едва Томас оказался на открытом воздухе, то понял, что с равным успехом они могли бы обернуться в прозрачный полиэтилен. Простыни не смягчали ни жара, ни яркости света. Томас хотел было заговорить, но горло ему обожгло сухим, колючим воздухом. Во рту моментально пересохло. Казалось, при дыхании в легких разгорается огонь.

Томас, хоть и не помнил прошлого, и то усомнился в действительности окружающего мира.

Жмурясь, он наткнулся на Минхо и чуть не упал. Восстановив равновесие, опустился на корточки и, полностью накрывшись простыней, попробовал дышать. Наконец удалось вдохнуть чуть-чуть воздуха, который тут же пришлось выпустить обратно. Томас дышал, пытаясь успокоиться, — только вышли из колодца, а он уже ударился в панику. Рядом пыхтели товарищи.

— Вы, парни, как? — спросил наконец Минхо.

Томас промычал в ответ — дескать, живой.

— Черт, — ответил Ньют, — мы точно в аду. Всегда знал, Минхо, что ты сюда отправишься, но чтобы я с тобой за компанию...

— Вот и славно, — сказал Минхо. — Глаза болят, а так вроде начинают привыкать к свету.

Томас самую малость приоткрыл глаза и посмотрел себе под ноги: земля и пыль, несколько серо-бурых камней. Полностью скрывающая его простыня сияла ослепительно белым, как образец некой футуристической световой технологии.

— Ты от кого прячешься? — спросил Минхо. — Вставай, шанк, я никого не вижу.

Томас и не думал ныкаться под простыней, словно малый ребенок под одеялом! Встав, он очень медленно приподнял простыню и огляделся. Вокруг была пустыня.

Сухая и безжизненная поверхность тянулась до самого горизонта: ни деревца, ни кустика, ни холма или впадинки... Сплошное желто-оранжевое море пыли и камня, марево из потоков дрожащего воздуха — будто сама жизнь испарялась, уходя в бледно-голубое небо, пустое и безоблачное.

Томас посмотрел по сторонам и не увидел никакого разнообразия в пейзаже. Лишь за спиной высилась неровная горная гряда. Между ней и глэйдерами — буквально на полпути — грудой пустых ящиков стояло нагромождение домов. Город? Похоже на то. Однако большой ли он, сказать было трудно — горячий воздух мешал рассмотреть все, что находилось у самой земли.

Раскаленное добела солнце клонилось к горизонту по левую руку от Томаса. Значит, слева — запад, и цепочка черно-красных скал — на севере. Туда и надо идти. Томас сам поразился своим способностям быстро ориентироваться на местности, словно они часть восставшего из пепла прошлого.

— Как думаете, далеко до тех построек? — спросил Ньют. После гулких туннелей и лестничного колодца его голос прозвучал глухим шепотом.

— Может, сто миль и есть? — вслух подумал Томас. — Север точно в той стороне. Идем в город?

Минхо покачал головой, не снимая накидки.

— Не, чувак, ты не прав. В смысле направление ты выбрал верно, а вот с расстоянием дал маху. До построек максимум миль тридцать. До гор — где-то шестьдесят — семьдесят.

— Я фигею! — воскликнул Ньют. — Ты на глаз умеешь расстояние определять?

— Я бегун, утырок. В Лабиринте быстро учишься таким вещам, пусть и масштабы в Глэйде были другие.

— Про солнечные вспышки Крысун не врал, — произнес Томас, стараясь не утратить присутствия духа. — Как будто ядерную бомбу взорвали. Интересно, так везде на планете?

— Надеюсь, что нет, — ответил Минхо. — Сейчас бы деревце отыскать на пути. Или даже ручей.

— Я бы на травке повалялся, — вздохнул Ньют.

Чем дольше Томас вглядывался в город, тем ближе он казался. Похоже, до него и тридцати миль не будет. Посмотрев на товарищей, он спросил:

— Интересно, чем это испытание отличается от Лабиринта? В Глэйде нас заперли внутри стен и снабдили всем необходимым для выживания, здесь же ничто не сдерживает, но и припасов почти нет. По-моему, это называется ирония.

— Типа того, — согласился Минхо. — А ты философ.

Он кивнул в сторону люка.

— Айда, выведем этих шанков наружу и двинемся в путь. Не фиг время тратить, не то высохнем на таком-то солнце.

— Или подождем, пока оно сядет? — предложил Ньют.

— Или пока нас шары не захавают? Хренушки!

Томас высказался за то, чтобы уйти.

— Все пучком. До заката осталось всего несколько часов. Пожаримся чуток, отдохнем, а ночью совершим марш-бросок. Под землей я больше не выдержу.

Минхо твердо кивнул.

— Вполне себе план, — признал Ньют. — Для начала ориентир — город. Будем надеяться, что в нем не шастают психи.

При мысли о шизах у Томаса екнуло сердце.

Отойдя к люку, Минхо наклонился и прокричал в дыру:

— Эй, девчонки, шанки никудышные! Хватайте жратву — и наверх!

В ответ не послышалось ни единой жалобы.

На глазах у Томаса глэйдеры проходили те же стадии привыкания: пытались продышаться, щурились, потом взглядами, полными безнадеги, окидывали пустыню. Они до последнего надеялись, что Крысун врет. Что худшее осталось позади, в Лабиринте. Однако после шаров-убийц в пустыне всякая надежда покинет парней.

Перед отправлением пришлось кое-что доработать: еду рассовали по оставшимся мешкам, освободившиеся простыни распределили по парам. Как ни странно, получилось недурно, даже у Джека и бедняги Уинстона. И вскоре группа шагала по каменистой земле. Томас делил накидку с Эрисом. Он сам не понял, как так вышло, хотя скорее всего просто отказывался признаться себе, что парень нужен ему, ведь он единственный шанс выяснить, где Тереза.

Простыню Томас держал левой рукой, а правой подхватил перекинутый через плечо мешок с припасами. Они условились с Эрисом нести мешок по очереди, сменяясь раз в полчаса. Шаг за шагом колонна приближалась к заброшенному городу, отдавая, наверное, коварному солнцу по дню жизни за каждые сто ярдов.

Какое-то время шли молча. Наконец Томас решил заговорить:

— Значит, ты прежде не слышал о Терезе?

Эрис в ответ наградил его резким взглядом. Ну да, спросил-то Томас не особенно вежливо, с ноткой обвинения в голосе. Впрочем, не дело сдаваться.

— Так слышал или нет?

Эрис устремил взгляд вперед. Было в нем что-то такое подозрительное.

— Нет. Не слышал. Не знаю, кто такая Тереза и куда делась. Но она хотя бы не умерла у тебя на глазах.

Словно под дых ударили. Парнишка все больше и больше нравился Томасу.

— Понимаю, извини. — Чуть помедлив, он задал следующий вопрос: — Вы были очень близки? Как, говоришь, звали твою подругу?

— Рейчел. — Эрис умолк, и Томас даже решил, что разговор окончен, однако Эрис продолжил: — Мы с ней были не просто близки. Кое-что случилось: к нам начала возвращаться память. Да мы и сами добавили памятных моментов.

Услышав последнюю фразу, Минхо надорвался бы от смеха. Для Томаса она прозвучала печальнее некуда. Сейчас надо было сказать что-нибудь, предложить...

— Понимаю. И у меня на глазах умер близкий друг. Как вспомню про Чака, так сразу ярость накатывает. Если то же сотворили с Терезой, они меня не остановят. Ничто не остановит. Всех убью.

Томас резко встал, и Эрис — вместе с ним. Неужели это он произнес страшные слова: «Всех убью»?! Томасом словно овладел кто-то другой и заставил их выговорить. Впрочем, озвучил он угрозу осознанно. С чувством. И очень сильным чувством.

— Ты как думаешь...

Договорить Томас не успел — раздались крики Фрайпана. Повар на что-то указывал.

Томас практически сразу заметил то, что так взбудоражило Фрайпана. Далеко впереди, по дороге от города, навстречу глэйдерам неслись две фигуры. В жарком мареве их темные силуэты напоминали призраков, поднимающих за собой пыльный след.

ГЛАВА ВОСЕМНАДЦАТАЯ

Томас встал как вкопанный. То же самое — словно по команде — сделали и остальные. Несмотря на изнуряющий жар, Томас вздрогнул. Он сам не понял, чего испугался. В конце концов глэйдеров раз в десять больше, чем незнакомцев.

— Встать плотнее, — приказал Минхо. — И будьте готовы: чуть что — отмахиваемся от этих шанков.

Марево не давало разглядеть незнакомцев, пока те не приблизились на сотню футов. Рассмотрев их подробнее, Томас напрягся. Он хорошо помнил шизов, которые лезли в зарешеченные окна, однако эти люди напугали Томаса иначе.

Чужаки остановились примерно в дюжине футов от группы. Один — мужчина, второй — судя по изгибам фигуры — женщина, хотя сложение у них было примерно одинаковое: оба высокие и сухопарые. Головы они замотали в бежевые тряпки, оставив небольшие и неровные щелочки для глаз и дыхания. Одежда представляла собой мешанину из заскорузлых тряпок, сшитых вместе и кое-где перемотанных грязной драной джинсой. Ни кусочка плоти не осталось открытым для солнца, кроме кистей рук — покрасневших, покрытых трещинками и струпьями.

Незнакомцы смотрели на глэйдеров, дыша тяжело, как больные псы после пробежки.

— Кто вы такие? — спросил Минхо.

Двое молча стояли перед глэйдерами. Как вообще кто-то может бегать по такой жаре, не опасаясь смертельного теплового удара?

— Кто вы такие? — повторил Минхо.

По-прежнему не отвечая, странные мумии пошли в обход группы. Их глаза неотрывно следили за ребятами сквозь прорези в масках. Чужаки словно примерялись, готовясь к атаке.

Томас напрягся еще сильнее от того, что не мог больше держать обоих в поле зрения. Наконец они замкнули широкий круг позади группы и замерли.

— Нас куда больше, — предупредил Минхо, однако его голос выдал отчаяние. Запугать противника числом не вышло. — Говорите, кто вы такие!

— Шизы, — гортанно и злобно прозвучало из уст женщины. Без видимой на то причины она указала рукой в сторону города.

— Шизы? — переспросил Минхо, проталкиваясь к чужакам. — Как те, что ломились к нам в спальню пару дней назад?

Глупый вопрос. Эти двое вряд ли понимают, о чем толкует Минхо. В конце концов глэйдеры прошли большое расстояние, да еще миновали плоспер.

— Мы шизы. — На сей раз заговорил мужчина. Как ни странно, его голос прозвучал мягче и не так грубо, как у его спутницы. Впрочем, теплоты и в нем не слышалось.

Подобно женщине он указал на город и произнес:

— Пришли проверить, вдруг вы шизы. Вдруг и у вас Вспышка.

Вздернув брови, Минхо посмотрел на Томаса, потом на других глэйдеров. Никто не ответил, и Минхо снова развернулся к психам.

— Один чел сказал, типа мы заразились. Знаете что-нибудь о болезни?

— Поздно рассказывать, — ответил мужчина. (При каждом слове лохмотья у рта вздувались и опадали.) — Если ты болен, скоро сам узнаешь.

— Так какого хрена вам надо? — спросил Ньют, становясь рядом с Минхо. — Какая разница, шизы мы или нет?

— Как вы попали на Жаровню? — задала встречный вопрос женщина. — Откуда вы? Как проникли сюда?

Ее слова прозвучали слишком осмысленно и разумно. Эти психи сильно отличались от тех, которые пытались добраться до глэйдеров пару дней назад. Давешние шизы напоминали животных, а эти — людей. Они понимают, что группа глэйдеров появилась ниоткуда, ведь за городом нет ничего.

Пошептавшись о чем-то с Ньютом, Минхо подошел к Томасу.

— Что ответим?

— Не знаю. — Томас и правда понятия не имел. — Правду? Хуже не станет.

— Правду? — саркастично повторил Минхо. — Классная идея, Томас. Ты, как всегда, сама гениальность. — Он развернулся к шизам: — Нас прислал ПОРОК. Мы вышли в пустыню через туннель, вылезли из люка всего в нескольких милях к югу отсюда. У нас задание пройти сотню миль по Жаровне. Вам это о чем-нибудь говорит?

Шизы и на сей раз как будто не услышали ни слова.

— Не все шизы конченые, — произнес мужчина. — Не все переступили Черту.

Последнее слово он произнес так, будто Черта — реальная, плотная граница чего-то.

— На разных уровнях мы все разные. Лучше разбирайтесь, с кем дружить, от кого прятаться и кого убивать. И лучше вам научиться разбираться быстрее, если идете нашим путем.

— Каким это вашим? — спросил Минхо. — Вы ведь из того города? Там все шизы? Еда и вода у вас есть?

Томасу, как и Минхо, захотелось расспросить чужаков — на языке вертелось, наверное, миллион вопросов. Может, вообще повязать шизов и выпытать нужные ответы? Они, судя по виду, вовсе не настроены помогать.

Шизы вновь пошли в обход скучковавшихся парней, только в обратную сторону.

Завершив круг, они встали так, что далекий город оказался между ними. Женщина произнесла напоследок:

— Если вы не больны, то скоро заразитесь. Как другие. Пришедшие убить вас.

Развернувшись, незнакомцы побежали обратно к скоплению домов. Томас и прочие глэйдеры пораженно смотрели им вслед. Вскоре шизы скрылись за маревом.

— Другая группа? — произнес кто-то. Минхо? Фрайпан? Томас не расслышал, пока смотрел в спины убегающим психам, беспокоясь из-за их предупреждения насчет Вспышки.

— Наверное, мои. — Эрис. Томас наконец заставил себя оторваться от горизонта.

— Группа «В»? — спросил он у новичка. — Они уже в городе?

— Эгей! — резко произнес Минхо. — Кого колышет? Сейчас не о них думать надо. Лекарство важнее.

Томас вспомнил про выбитую у него на шее татуировку и вздрогнул.

— А вдруг убить должны не всех нас? — Он указал себе на шею, где темнела зловещая метка. — Может, она меня одного имела в виду? Ты же не видел, на кого та психичка смотрела.

— Откуда ей знать, кто ты? — ответил Минхо. — И потом, это не важно. Если кто-то попытается убить тебя, меня или еще кого из наших — ему придется иметь дело со всей нашей компанией. Верно я говорю?

— Ты такой милый, — фыркнул Фрайпан. — Иди вперед и прими смерть вместе с Томасом. А я, пожалуй, смоюсь под шумок. Чувство вины как-нибудь переживу.

По взгляду Фрайпана сразу стало видно: это шутка. Хотя... какова в ней доля именно шутки?

— Что делать-то будем? — спросил Джек. Уинстон все еще цеплялся за него, силы к бывшему куратору Живодерни возвращались медленно. Слава Богу, накидка скрывала пострадавшую часть его головы.

— Соображения? — спросил Ньют и кивнул в сторону Минхо.

Тот закатил глаза.

— Соображения... Вперед идем, в город, выбора нет. Останемся здесь — умрем либо от солнечного удара, либо с голоду. В городе нас ждет какое-никакое укрытие и, может, еда. Шизы шизами, но в той стороне — север.

— Как насчет Группы «В»? — спросил Томас и глянул на Эриса. — Или кого имели в виду те двое? Что, если нас и правда ждет засада? Драться придется голыми руками.

Минхо поиграл правым бицепсом.

— Если Группа «В» — это девчонки Эриса, я покажу им свои пушки: испугаются и убегут.

Томас не уступал.

— Что, если девчонки вооружены или сами драться умеют? Что, если ждут вовсе не они, а бегуны семи футов росту, которым в радость пожрать человечины? Или вдруг там окопалась целая тысяча шизов?

— Томас... нет. Хватит. — Минхо устало вздохнул. — Все, заткнитесь, пожалуйста. Молчите и не ноите про стопудовую смерть. Разрешаю открывать рот, если у вас родилась дельная мысль. Воспользуемся единственным имеющимся шансом. Усекли?

Томас невольно улыбнулся. Короткой речью Минхо поднял ему настроение и подарил крохотную надежду. Надо идти, продвигаться вперед.

— Так-то лучше, — удовлетворенно кивнул Минхо. — Еще кто-нибудь хочет обмочить штанишки и позвать мамочку?

Раздались редкие смешки, но ропот прекратился окончательно.

— Лады. Ньют, ты в авангарде — хромай, и все. Томас — замыкаешь строй. Джек, передай кому-нибудь Уинстона, пора тебе отдохнуть. Все, двинулись.

Так и поступили. Томас передал мешок с едой Эрису, и от внезапной легкости будто выросли крылья. Приземляло только чувство усталости в руке, которой приходилось держать над головой простыню. Однако ходу никто не сбавлял; временами глэйдеры шли, временами бежали трусцой.

К счастью, солнце словно отяжелело и теперь клонилось к горизонту гораздо быстрее. Шизы, судя по наручным часам, ушли где-то с час назад. И вот небо окрасилось в оранжевое и пурпурное, нестерпимое сияние стало мягче. Прошло немного времени, и солнце село, ночное небо укрылось звездным покрывалом.

Глэйдеры продолжали идти, ориентируясь на редкие огоньки со стороны города. Томасу почти даже нравилось, что сейчас не его очередь нести мешок с припасами и не надо больше прятаться под накидкой.

Когда же последние отблески заката угасли, на землю черным туманом опустилась тьма.

ГЛАВА ДЕВЯТНАДЦАТАЯ

Вскоре раздался женский плач.

Поначалу Томас даже не понял, что именно слышит. Когда шуршат ноги по каменистой земле, шелестят мешки из простыней, шепчутся и тяжело дышат глэйдеры, трудно сказать — может, плач и вовсе примерещился? Однако вскоре простой звон в ушах перешел в отчетливые крики — где-то в городе или на его окраине.

Когда встревоженные глэйдеры остановились и перевели дух, разобрать крики стало гораздо легче.

Как будто мучили кошку. От неестественных звуков по коже побежали мурашки, захотелось зажать уши ладонями. По внутренностям растекся неприятный холодок. Темнота лишь все усугубляла. Плакали явно где-то неблизко. Эхо криков разносилось по округе множеством призраков, торопящихся врезаться в землю, перед тем как навсегда исчезнуть из этого мира.

— Знаете, кто вспоминается? — с ноткой страха в голосе прошептал Минхо.

Томас сразу понял, о чем он.

— Бен. Алби. И я небось? Так кричат после укуса гривера?

— В яблочко.

— Нет, нет, нет, — простонал Фрайпан. — Только не говорите, что и здесь эти подлюги. Я не выдержу!

Где-то слева от Томаса и Эриса заговорил Ньют:

— Сильно сомневаюсь. Помните, какая у гриверов влажная, слизистая кожа? В такой пустыне они превратились бы в шарики пыли.

— Ну, — произнес Томас, — если ПОРОК сотворил гриверов, кто знает, каких уродов он еще наплодил. Противно вспоминать, но Крысун предупреждал: Испытания усложняются.

— Томас умеет взбодрить народ! — Фрайпан пытался шутить, однако голос его прозвучал злобно и скрипуче.

— Я просто факты констатирую.

— И без тебя, — пропыхтел повар, — знаю, как все хреново.

— Что дальше? — спросил Томас.

— Привал, — ответил Минхо. — Заморим червячка и попьем. Идти будем всю ночь. Перед рассветом, может, вздремнем часок-другой.

— А что крикунья стебанутая? — напомнил Фрайпан.

— Ей, по ходу, не до нас.

Последнее утверждение вожака почему-то напугало Томаса. Остальных, наверное, тоже — никто и слова не обронил, когда группа поскидывала на землю мешки и, присев, начала есть.

— Че она не заткнется? — пятый раз задал риторический вопрос Эрис, пока группа бежала сквозь непроглядную тьму. Девушка орала все ближе и ближе, высоким капризным голосом.

Ужин получился тихим и скромным; все разговоры сводились в конце концов к рассказу Крысуна о Переменных и о том, как важна любая реакция на них. О матрице и территории обреченных. Никаких ответов, лишь пустые догадки, предположения. Странно все это. Глэйдеры вроде знают, что их испытывает ПОРОК, и реагировать на препятствия должны как-то особенно, необычно. Тем не менее парни просто идут вперед, сражаются, выживают — и все ради обещанного лекарства. И ведь они не остановятся.

Когда Минхо снова поднял группу, суставы и мышцы ног Томаса поначалу воспротивились бегу и лишь через некоторое время пришли в норму. Луна висела в небе серебряным диском, давая света не больше, чем звезды. Да и зачем нужен свет, когда бежишь по голой земле? К тому же — если Томасу не почудилось — глэйдеры приближались к огням города. Свет мерцал, а значит, это и правда огни костров или факелов. Логично. Вряд ли в пустыне сохранилось электроснабжение.

Томас не заметил, как город стал вдруг намного ближе. Зданий словно прибавилось, они выросли, обрели порядок. Похоже, когда-то здесь была столица, разрушенная некой катастрофой. Неужели вспышками на солнце? Или тем, что воспоследовало?

Окраины глэйдеры достигли уже за полночь.

Нужда в накидках отпала, однако Эрис держался ближе к Томасу, и тот решил расспросить новичка.

— Расскажи подробнее, как был устроен ваш Лабиринт.

Эрис дышал ровно: похоже, марш-бросок дался ему без проблем, как и Томасу.

— Как был устроен наш Лабиринт? В каком смысле?

— Ты не рассказал нам деталей. Какое у тебя сложилось впечатление о Лабиринте? Сколько ты в нем пробыл? Как выбрался?

Эрис заговорил, и голос его перекрывал мягкое шарканье ног по сухой земле.

— Я успел поболтать с твоими приятелями, и мне кажется, что наши Лабиринты почти ничем не отличались. Просто у нас... жили девушки вместо парней. Кто-то из девчонок провел в Лабиринте два года, прочие прибывали позже, по одной, раз в месяц. Предпоследней прислали Рейчел, после нее — меня, коматозного. Я практически ничего не помню, только несколько сумасшедших деньков, которые застал, придя в себя.

Поразительно, насколько сценарии тестов совпадали. Невероятно. Эрис пришел в себя, сообщил о Конце, потом стены Лабиринта перестали закрываться на ночь, лифт больше не приезжал, девчонки раскрыли код Лабиринта... и так далее, вплоть до побега, который не слишком-то отличался от ужасающего опыта глэйдеров. Разве что девчонок погибло меньше. Ну если они столь же круты, как и Тереза, то ничего удивительного.

В конце концов Эрис и его группа достигли последней камеры, и девушка по имени Бет — несколькими днями ранее, как и Галли, пропавшая — убила Рейчел. Незадолго до того, как «спасители» укрыли беглецов в спортивном зале. После неизвестные благодетели поселили Эриса в комнате, где его и нашли глэйдеры и где накануне спала Тереза. Если, конечно, так все и происходило... Сейчас не разберешься, как устроен механизм Испытаний. Взять те же Обрыв и плоспер. Не говоря уже о заложенных кирпичами стенах и внезапно возникшей табличке с именем Эриса у двери спаленки.

Так и свихнуться недолго.

От раздумий о Группе «В», о том, как Эриса прислали на замену Терезе, мозги выворачивались наизнанку. Единственное, что различалось в параллелях двух историй, — это смерть Чака. Может, подставы должны спровоцировать определенные конфликты в группах для изучения ПОРОКом?

— Ненормальная история, да? — спросил Эрис, дав Томасу немного переварить сказанное ранее.

— Ненормальная? Может быть... То, что две группы прошли параллельные эксперименты, тесты... мне просто выносит мозг. В происходящем есть смысл. Только странный какой-то смысл.

Стоило закрыть рот, как неизвестная девушка закричала громче обычного, и Томас вздрогнул.

— Кажется, я понял, — произнес Эрис очень тихо, так что Томас не сразу разобрал слова.

— А?

— Я понял, для чего нужны две группы.

Томас взглянул на новичка — в темноте едва угадывалось странно спокойное выражение на его лице — и спросил:

— Понял? Ну говори.

Эрис все так же выглядел бодрячком.

— Вообще-то у меня две идеи. Первая: этот самый ПОРОК — или еще кто — из двух групп хочет выбрать лучших, а потом как-нибудь их использовать — например разводить начать.

— Чего?! — Томас поразился настолько, что даже позабыл про крики. Разве есть на свете такие извращенцы? — Разводить нас? Иди ты...

— Сам иди. Ты прошел через Лабиринт и туннель под пустыней и теперь говоришь, что мысль о размножении выживших притянута за уши?

— Лады. — Томас был вынужден признать: идея Эриса не лишена смысла. — Что за вторая догадка?

Давала знать о себе усталость. В горле пересохло, будто в него засыпали стакан песка.

— Идем от обратного, — ответил Эрис. — Они хотят не сохранить выживших из обеих групп, а посмотреть, какая группа окажется более живучей. Так что либо выживших смешают, либо заставят соревноваться. Больше я ни до чего не допетрил.

На какое-то время слова Эриса заставили Томаса призадуматься.

— Тогда как насчет Крысуна? ПОРОК считывает наши реакции, создавая матрицу. Может, эксперимент не подразумевает нашего спасения? Вдруг ему нужны наши мозги, рефлексы, гены и так далее? В конце мы все погибнем, а ученым останется читать длиннющие отчеты.

— Хм-м, — задумчиво протянул Эрис. — Возможно. Правда, мне не дает покоя один вопрос: зачем к пацанам отправили девку, а к девкам — пацана?

— Посмотреть, как мы перегрыземся? Как отреагируем? Ситуация типа уникальная. — Томас чуть не рассмеялся. — Нравится мне, как мы разговариваем на эти темы — словно обсуждаем, когда встать и сбросить кланк.

Эрис рассмеялся — сухо и коротко, — отчего Томасу стало немного легче. Новичок нравился ему все сильней.

— Больше так не говори. Мне уже час как хочется... того самого.

Пришла очередь Томаса хихикать. Потом, словно услышав жалобу Эриса, Минхо скомандовал остановиться.

— Перерыв. Всем сходить до ветру, — сказал он, упершись руками в бедра и восстанавливая дыхание. — Отойдите как можно дальше друг от друга и кланк за собой обязательно заройте. Передохнем минут пятнадцать, затем двинем. Я знаю, шанки, вам нелегко тягаться с бегунами вроде меня и Томаса.

Как пользоваться отхожим местом, Томас знал и без Минхо. Стоило расслабиться и вдохнуть полной грудью, как глаза уловили впереди какую-то тень, примерно в сотне ярдов от стоянки: прямоугольник тьмы, отчетливо выделяющийся на фоне слабых огней города. И как Томас сразу не заметил его!

— Эй! — крикнул он, указывая на темный прямоугольник. — Там вроде здание какое-то, в нескольких минутах ходьбы, чуть вправо. Видите?

— Ага, вижу, — сказал подошедший Минхо. — Интересно, что там?

Не успел Томас ответить, как произошли одновременно два события. Вопли оборвались, будто кто-то закрыл дверь в комнату, из которой они долетали, и из-за темного строения выглянула девушка. Волосы ниспадали с ее укрытой в тени головы черным шелковым платком.

ГЛАВА ДВАДЦАТАЯ

Томас ничего не смог с собой поделать: инстинктивно в нем родилась надежда, что это Тереза, что это она стоит перед ним всего в нескольких сотнях ярдов.

«Тереза?»

Ноль реакции.

«Тереза? Тереза!»

Нет ответа. Пустота, возникшая с исчезновением Терезы, никуда не делась, но... это вполне могла быть она. Наверняка она. Может, Тереза утратила дар телепатии?

Выйдя из дома, девушка продолжала стоять неподвижно. И хотя ее фигуру скрадывала тень, было видно, что она смотрит прямо на глэйдеров, скрестив руки на груди.

— Это не Тереза, случайно? — спросил Ньют. Будто мысли прочел.

Томас машинально кивнул и быстро огляделся. Вроде никто не заметил.

— Без понятия, — сказал он наконец.

— Может, это она орала? — предположил Фрайпан. — Как только она вышла, вопли прекратились.

Минхо фыркнул.

— Скорее всего она кого-то мучает. Увидела, что мы идем, и кокнула бедняжку. — Он зачем-то хлопнул в ладоши. — Ладно, кто хочет выйти навстречу милой барышне?

Томас поражался, каким легкомысленным иногда бывает вожак.

— Я пойду, — вызвался он немного громче, чем хотел. Не хватало еще выдать надежду на то, что незнакомка в тени — Тереза.

— Я же пошутил, утырок, — отрезал Минхо. — Идем всей гурьбой. Вдруг ее прикрывает банда маньячек-ниндзячек.

— Маньячек-ниндзячек? — переспросил Ньют, то ли удивленный, то ли раздраженный шуточками Минхо.

— Ну да. Пошли, — сказал Минхо и зашагал вперед.

Поддавшись внезапному импульсу, Томас крикнул:

— Нет! — Понизив голос, добавил: — Нет, парни, вы оставайтесь тут. Я один пойду. Вдруг нам ловушку приготовили. Как идиоты возьмем и провалимся в нее все разом.

— А ты, значит, не идиот, раз один идешь? — спросил Минхо.

— Надо же кого-нибудь на разведку выслать. Вот я и пойду. Если что — сразу крикну.

Задумавшись на долгое время, Минхо наконец ответил:

— Лады. Ступай, наш бравый шанк. — Он больно хлопнул Томаса по спине.

— На хрен твои глупости, — возразил Ньют и выступил вперед. — Я иду с Томасом.

— Нет! — крикнул тот. — Просто... отпустите меня. Чую, надо быть осторожней. Если заору благим матом — приходите спасать.

Не дожидаясь от товарищей ответа, Томас быстрым шагом направился к девушке.

Дистанция стремительно сокращалась. Тишину нарушало только шарканье подошв Томаса о песчаную землю и камни. Запах пустыни смешивался со слабой вонью чего-то горящего. Томас сам не успел понять, в чем дело: может, в очертаниях головы и фигуры девушки или в позе — в том, как она сдвинула чуть вбок скрещенные руки, выставив для равновесия в другую сторону бедро... Он понял — это она.

Тереза.

Когда до нее оставалось всего несколько футов и Томас приготовился увидеть ее лицо в мерцающем свете огней, девушка развернулась и вошла в открытую дверь небольшого здания — вытянутой прямоугольной постройки, слегка накрененной, под косым навесом: окон вроде бы нет, по углам висят крупные черные кубы — наверное, матюгальники. Вопли — скорее всего искусственные — транслировались через них. Потому их и было слышно так далеко.

Дверь — крупная деревянная пластина — была нараспашку. Внутри оказалось еще темней, чем снаружи.

Томас, впрочем, вошел, сознавая, насколько глупый и необдуманный шаг совершает. Тереза нашлась! И плевать, что случилось и почему пропала. Она ведь не причинит Томасу вреда. Ни за что.

Воздух внутри оказался прохладным и почти влажным. До чего же приятно... Сделав три шага, Томас остановился и прислушался в полной темноте к дыханию девушки.

— Тереза? — спросил он вслух, поборов искушение обратиться к ней мысленно. — Тереза, в чем дело?

Девушка сдавленно всхлипнула, будто не хотела, чтобы Томас заметил, что она плачет.

— Тереза, послушай. Я не знаю, что произошло или что с тобой сотворили, но я пришел за тобой. Безумие какое-то. Просто поговори со...

Вспышка света заставила его умолкнуть. Девушка зажгла свечу на низком столе и тряхнула рукой, гася спичку. Посмотрев наконец на Терезу, Томас убедился: он прав на все сто. Это она. Живая. Впрочем, всепоглощающая радость длилась недолго, сменившись болью и смущением.

Томас ожидал застать Терезу грязной, как и он сам, после марша по пыльной пустыне, однако каждый дюйм ее кожи был чист — ничто не пятнало рук и лица. Тереза показалась Томасу еще прекраснее, чем он запомнил ее, чем видел в туманном киселе воспоминаний, принесенных укусом гривера.

На глазах у Терезы блестели слезы, нижняя губа подрагивала, и руки тряслись. По лицу Томас понял: Тереза его узнала. Она не забыла его, однако взгляд подруги полнился абсолютным ужасом.

— Тереза, — прошептал Томас, еще больше сбитый с толку. — В чем дело?

Она не ответила, только стрельнула глазами в сторону. Слезы скатились по щекам и упали на пол. Нижняя губа задрожала сильнее, а из груди чуть не вырвался сдавленный стон.

Томас сделал шаг навстречу, протягивая к ней руки.

— Нет! — закричала Тереза. — Уйди, прочь от меня!

Томас остановился. Его словно ударили под дых чем-то тяжелым.

— Ладно, ладно, — произнес он, поднимая руки. — Тереза, да что...

Он не знал, что сказать или о чем спросить. Не знал, что делать. Томасу казалось, будто внутри у него что-то рушится, — это страшное чувство набухало, рискуя задушить.

Юноша замер, не в силах отвести взгляда от Терезы, боясь снова ее упустить. Оставалось ждать, когда она поймет и заговорит, скажет хоть что-то. Что угодно.

В молчании прошло много времени. По тому, как дрожит Тереза, словно борется с чем-то внутри себя, Томас понял, вспомнил...

Точно так же вел себя Галли — перед побегом из Глэйда и когда его привела женщина в белой блузке. Перед тем как все встало с ног на голову. Перед тем как погиб Чак.

Томас чувствовал, что молчания больше не выдержит — иначе взорвется.

— Тереза, я думал о тебе каждую секунду с тех пор, как тебя забрали. Ты...

Она не дала договорить. В два широких шага преодолела разделявшее их расстояние и притянула Томаса к себе за плечи. Пораженный, он обнял ее в ответ — так крепко, что испугался: не задушить бы. Руки Терезы нашли его затылок, потом щеки. Тереза развернула Томаса лицом к себе.

В следующий миг они целовались. В груди Томаса что-то взорвалось, выжигая стресс, непонимание, страх. Выжигая боль недавних секунд. На какое-то мгновение Томасу представилось, будто ничто больше в мире его не заботит. И ничто в мире его не побеспокоит уже никогда.

Отстранившись от Тома, Тереза попятилась, пока не уперлась спиной в стену. Во взгляде ее вновь читался ужас, который, будто демон, завладел девушкой.

— Уходи, Том, покинь меня, — тревожным шепотом заговорила Тереза. — Все вы должны... бежать... от меня. И подальше. Не спорь. Просто уходи. Убегай.

Видно было, как она заставляет себя произносить последние слова.

Еще никогда Томас не переживал такой боли. Однако в следующий миг он поразился себе.

Теперь он узнал Терезу, вспомнил. Она говорит правду, и что-то здесь не так. Готовится нечто ужасное. Намного ужаснее, чем можно вообразить. Нельзя оставаться и продолжать спор, иначе нечеловеческое усилие воли, которое потребовалось Терезе, чтобы прогнать Томаса, пропадет втуне. Придется смириться...

— Тереза, — произнес Томас, — я найду тебя.

По щекам потекли слезы; он развернулся и выбежал на улицу.

ГЛАВА ДВАДЦАТЬ ПЕРВАЯ

Щурясь и смахивая слезы, Томас вернулся к глэйдерам. Он не стал отвечать на расспросы. Сказал только, что надо убегать как можно дальше и поскорее. Что позже он все объяснит, а пока надо спасать свои жизни.

Дожидаться он никого не стал, не предложил Эрису понести мешок с едой, просто сорвался и помчался к городу. Потом перешел на умеренный шаг. Томас не хотел никого видеть, не хотел ничего знать. Побег от Терезы стал для него самым тяжелым испытанием. Потеря памяти, Глэйд, Лабиринт, сражения с гриверами, гибель Чака — все это не шло ни в какое сравнение с муками от того, что он добровольно оставил ее.

Тереза здесь. Томас обнимал ее. Они снова встретились и были вместе. Они целовались, и Томас чувствовал нечто такое, что считал невозможным.

А теперь он убегает.

Из груди рвались сдавленные всхлипы. Томас застонал, и голос его надломился. В сердце пылала боль, хотелось упасть на колени и сдаться. Объятый жалостью к себе, Томас чуть не бросился обратно. Удержала вера в Терезу и желание исполнить данное обещание.

Тереза хотя бы жива. Главное — она жива.

Так твердил себе Томас и только так заставлял себя бежать дальше.

Тереза жива.

Часа через два-три Томас остановился. Тело больше не могло выдерживать бешеной гонки. Казалось, сделай он еще шаг — и сердце выпрыгнет из груди. Обернувшись, Томас увидел вдалеке смутные тени: остальные глэйдеры порядком отстали. Бухнувшись на колени, он уперся в них ладонями и стал жадно глотать сухой воздух.

Первым его нагнал Минхо. Рассвет лишь зарождался на востоке, но и при скудном освещении было видно, что вожак недоволен. Минхо трижды обошел вокруг Томаса и выдал:

— Что... какого... какого хрена ты творишь, Томас?

Отвечать не хотелось. Томас вообще не желал ни о чем разговаривать.

Не дождавшись ответа, Минхо опустился рядом на колени.

— Зачем? Вышел из дома и ломанулся как ошпаренный. Ничего не сказал... Мы так не поступаем. Ты, кланкорожий.

Тяжело дыша, Минхо сел на песок и покачал головой.

— Прости, — пробормотал Томас. — Мне больно.

К тому времени подоспели остальные. Кто-то согнулся пополам, пытаясь отдышаться, прочие подошли ближе, чтобы расслышать разговор Томаса и Минхо. Ньют тоже встал рядом, но при этом предпочел не вмешиваться — предоставил Минхо свободу докапываться до причины странного поведения Томаса.

— Больно? — переспросил Минхо. — Кого ты встретил в доме? Что тебе сказали?

Выбора нет, сейчас нельзя скрывать от товарищей правду.

— Там была... Тереза.

Томас ожидал охов и ахов, удивленных выкриков или обвинений во лжи, однако в ответ наступила тишина и можно было даже расслышать, как свистят в пустыне предрассветные ветры.

— Чего?! — спросил наконец Минхо. — Ты серьезно?

Томас в ответ кивнул, тупо глядя на треугольный камешек в песке. За последние несколько минут заметно посветлело.

— И ты бросил ее? Убежал?! — потрясенно спросил Минхо. Что ж, его можно понять. — Слышь, чувак, колись давай. Все расскажи как есть!

Превозмогая боль в душе и сердце, Томас поведал, что случилось в домике на отшибе пустынного города: как он узнал Терезу, как она задрожала и начала вести себя точь-в-точь как Галли перед убийством Чака, о предупреждении держаться от нее подальше. И только о поцелуе Томас умолчал.

— Фига... — устало выдохнул Минхо, подытожив рассказ одним метким словом.

Прошло несколько минут. Ветер шелестел по земле, а на горизонте, обозначая рассвет, подымался оранжевый купол солнца. Все молчали. Кто-то сопел, кто-то покашливал или шумно дышал. Кто-то пил воду из пакетика. За ночь город как будто вырос: ряды домов протянулись к безоблачному сине-пурпурному небу. Еще день или два, и глэйдеры достигнут его пределов.

— Нам приготовили ловушку, — произнес наконец Томас. — Не знаю, что случилось бы и сколько бы наших погибло... Наверное, все. Тереза нарушила план и спасла нас. Ее словно запрограммировали... — Томас судорожно сглотнул. — И она поплатится за проявление воли.

Минхо положил руку ему на плечо.

— Чувак, если бы этот стебанутый ПОРОК хотел прикончить Терезу, она уже гнила бы под грудой камней. Она крутая. Может быть, круче любого из нас. Выживет.

Набрав полную грудь воздуха, Томас выдохнул и почувствовал себя лучше. Невероятно, но ему полегчало. Минхо прав.

— Я знаю. Знаю, и все тут.

Минхо поднялся на ноги.

— Пару часов назад мы должны были сделать привал и поспать. Однако благодаря мистеру Тушканчику, — он слегка хлопнул Томаса по голове, — пробегали, как тузики, до самого рассвета, чтоб его. Тем не менее отдохнуть надо. Под простынями, но поваляемся.

Для Томаса все закончилось благополучно. Восходящее солнце превратило внутреннюю поверхность век в малиновые шторки, испещренные черными крапинками. Заснул он моментально — натянув на голову простыню, чтобы не напекло. И чтобы отгородиться от собственных бед.

ГЛАВА ДВАДЦАТЬ ВТОРАЯ

Минхо позволил им проспать целых четыре часа. Будить никого не пришлось: солнце прожарило землю и лежать на ней стало невыносимо. К тому времени Томас проснулся, позавтракал и уже заново укладывал снедь в мешок. Одежда насквозь пропиталась потом; запах немытых тел висел над бивуаком будто зловонная дымка, и Томас надеялся, что его лепта в «ароматизацию» лагеря не самая большая. Душ в бараке вспоминался как чистая роскошь.

Собираясь в дорогу, глэйдеры хранили мрачное молчание. Радоваться было нечему, однако два обстоятельства не позволяли Томасу сдаваться. (Хорошо, если и другим не позволят.) Во-первых, его переполняло жгучее любопытство — узнать, что же такое в этом треклятом городе, который буквально растет на глазах. И во-вторых, надежда, что Тереза жива и здорова. Вдруг она прошла через какой-нибудь плоспер и давно опередила глэйдеров? Вдруг она в городе!

В душе Томаса расцвела надежда.

— Шагом марш, — скомандовал Минхо, и глэйдеры снялись с места.

Шли по сухой, пыльной земле. Томас без разговоров понимал: ни у кого нет сил бежать под палящим солнцем. А если бы и были — не хватит воды, чтобы напиться после основательной пробежки.

Группа двигалась, прикрываясь простынями. По мере того как таяли запасы еды и питья, их освобождалось больше, и все меньше глэйдеров шли парами. Томас первым оказался один. Наверное, потому, что никто не хотел идти подле него — после истории-то с Терезой. Впрочем, жаловаться Томас и не думал, одиночество он воспринял как подарок.

Ходьба сменялась перерывами на поесть и попить. Жар окутывал плотно, как вода в океане, по которому приходилось плыть. Ветер дул, но не приносил облегчения — хлестал пылью и песком, чуть не рвал из рук простыни. Мучил кашель и зуд в глазах от набившейся в уголки пыли. После каждого глотка пить хотелось еще сильнее, а запасы были так скудны. Если в городе не сыщется источника...

Нет, гнать такие мысли. Гнать прочь.

Каждый шаг был мучительней предыдущего. Никто не разговаривал. Казалось, произнеси пару слов — и сил на них потратишь ого-го. Можно лишь перебирать ногами, медленно, упорно, и смотреть безжизненным взглядом на цель — приближающийся город.

Дома росли как живые. Вскоре Томас уже различал каменные их части, сверкание стекол на солнце — чуть меньше половины их было разбито. Издалека улицы казались пустыми; огни нигде не горели. Деревьев тоже никто не заметил. Да и откуда им взяться, при таком-то климате! И могут ли в подобном месте жить люди? Где им пищу выращивать? Что ждет глэйдеров?

Завтра. Дорога отняла времени больше, чем рассчитывал Томас. Впрочем, завтра группа уж точно достигнет города. Может, его лучше вообще обойти стороной, однако припасы необходимо пополнить. Выбора нет.

Вперед, вперед... Жара не ослабевала.

Когда наконец наступил вечер и солнце безумно медленно стало исчезать за далеким западным горизонтом, ветер усилился и принес слабенькую прохладу. Слава Богу, хоть какое-то облегчение.

К полуночи, когда Минхо велел остановиться, чтобы поспать, ветер набрал больше силы — задувал порывами, хлеща и поднимая пыльные вихри.

Позднее, лежа на спине и завернувшись в подтянутую до самого подбородка простыню, Томас вглядывался в звездное небо. Ветер успокаивал, баюкал. От усталости разум постепенно утратил ясность, сияние звезд поугасло, и пришел сон.

Томас сидит на стуле. Ему десять или двенадцать лет. Тереза — намного моложе, но все та же, знакомая, — сидит напротив. Между ними — стол. Ей примерно столько же лет, сколько и Томасу. Кроме детей, в комнате никого. Свет — бледный и желтый — проникает через квадратное отверстие в потолке, прямо над столом.

— Старайся лучше, — говорит Тереза, скрестив руки на груди. Даже в столь юном возрасте он не удивлен ее жестом, таким знакомым, привычным. Как будто Терезу Том знает очень давно.

— Я стараюсь, — говорит Томас не своим голосом. Бессмыслица какая-то.

— Нас убьют, если не справимся.

— Знаю.

— Ну так старайся!

— Стараюсь!

— Отлично, — сообщает Тереза. — И знаешь что? Я больше с тобой не разговариваю, пока у тебя все не получится.

— Но...

«И мысленно тоже». Ее голос звучит у Томаса в голове. Ему от этого по-прежнему страшно, и он никак не может повторить за Терезой. Ну вот...

— Тереза, дай еще пару дней, я справлюсь.

Она не отвечает.

— Хоть один день.

Тереза молча взирает на Тома. Ее не уговорить. Она смотрит на стол и ноготком скребет пятнышко на деревянной поверхности.

— Нельзя же просто так со мной не разговаривать. — Нет ответа. Бесполезно, Томас слишком хорошо знает Терезу: она та еще упрямица.

— Ладно, — сдается Томас и, закрыв глаза, вспоминает наставления инструктора: представить море чистой черноты и прямо перед собой — лицо Терезы. Последним усилием воли он формирует слова и посылает их ей: «Воняешь, как мешок какашек».

Улыбнувшись, Тереза отвечает: «И ты тоже».

ГЛАВА ДВАДЦАТЬ ТРЕТЬЯ

Томас проснулся. Ветер бил по лицу, словно желая невидимыми руками сорвать с головы скальп, унести прочь одежду. Еще не рассвело; было холодно, и Томас дрожал всем телом. Приподнявшись на локтях, он огляделся и едва рассмотрел скрюченные фигуры товарищей — на ветру простыни туго облепили их тела. Их простыни...

Разочарованно застонав, Томас вскочил на ноги — в какой-то момент ночью с него сорвало накидку, и она улетела. При таком ветре унести ее могло миль на десять.

— Чтоб меня... — шепотом ругнулся Томас и сам себя не услышал из-за воя ветра. Вспомнился сон... да сон ли это? Может, именно воспоминания? Да, скорее всего. Беглый взгляд в прошлое, когда Томас с Терезой совсем еще детьми учились телепатическому общению. От тоски стиснуло сердце, усилилось чувство вины из-за того, что Томас — часть проекта «ЭТО ПОРОК». Он погнал тяжелые мысли прочь, усилием воли запер в дальнем углу подсознания.

Томас посмотрел на черное небо и судорожно вздохнул, вспомнив, как исчезло солнце Глэйда, как начался конец. И кошмар.

Вскоре здравый смысл возобладал над эмоциями. Ветер. Прохлада. Буря. Приближается буря! Облака...

Смущенный Томас лег и свернулся калачиком. Холод не причинял неудобств, просто такая погода сильно отличалась от жары, к которой глэйдеры успели привыкнуть. Томас еще порылся в новообретенных воспоминаниях. Может, они затянувшийся эффект Метаморфозы? Может, память понемногу возвращается?

Томас одновременно и хотел вспомнить все — узнать, кто он и откуда, — и не хотел: боялся сокрытой правды о себе, о своей роли в событиях, из-за которых они все оказались здесь.

Отчаянно хотелось спать. Под непрерывный рев ветра Томас наконец скользнул в забытье. На сей раз без снов.

При сером, унылом свете утренней зари проявился толстый слой туч, а бесконечный пустынный пейзаж приобрел еще более мрачный вид. До города оставалось всего несколько часов ходу. Здания и правда были огромны: верхушка одного из них терялась в низко нависшем тумане. Разбитые окна, словно голодные рты, ощерились зубами — осколками стекол, готовые схватить пищу, носимую по воздуху ветром.

Порывистый ветер не ослабевал; на лице от пыли образовалась корка. Томас провел рукой по голове — волосы слиплись.

Большинство глэйдеров уже поднялись и обсуждали внезапную перемену погоды. Однако голосов Томас не слышал — их перекрывал вой ветра.

Подошел Минхо. На ходу он сильно подался вперед; трепещущая одежда липла к телу.

— Наконец ты проснулся! — проорал вожак в полный голос.

Продрав глаза, Томас поднялся.

— Откуда тучи?! — прокричал он в ответ. — Мы же в центре пустыни!

Глянув на кучевые облака, Минхо снова посмотрел на Томаса и, присев рядом, произнес в сонное ухо:

— Ну надо же и пустыню поливать. Давай перекуси побыстрому. Пора топать. Если повезет, успеем укрыться в городе и не промокнем.

— А если на нас нападет куча шизов?

— Будем сражаться! — нахмурился Минхо, словно раздосадованный глупым вопросом. — Что еще делать прикажешь? Еда и питье почти закончились.

Минхо прав. К тому же если глэйдеры сумели отбиться от десятков гриверов, то кучка полусбрендивших голодных утырков совсем не помеха.

— Ладно, заметано. Выдвигаемся. На ходу погрызу мюсли.

Через несколько минут глэйдеры вновь шагали в сторону города, а небо над ними темнело, готовое в любой момент лопнуть и истечь водой.

Всего в паре миль от ближайших зданий глэйдеры наткнулись на старика: завернутый в несколько полотен ткани, он лежал на спине. Первым его заметил Джек; вскоре — и остальные, включая Томаса.

Старику на вид было лет сто: темная-претемная морщинистая продубленная кожа, язвы и струпья на черепе, волос совсем нет... Должно быть, все из-за солнца. От одного его вида мутило, но Томас не мог отвести взгляда.

Старик еще не умер. Он дышал глубоко, однако его глаза взирали на небо безо всякого выражения. Этот человек словно ждал, что спустится некий бог и заберет его, лишив ничтожной жизненки. Глэйдеров он как будто не заметил.

— Эй! Старче! — прокричал Минхо, сама тактичность. — Ты что здесь делаешь?

При таком сильном ветре трудно было расслышать и здорового юношу. Вряд ли старик выдаст что-либо внятное. А может, он еще и слепой? Вполне вероятно.

Потеснив Минхо, Томас опустился на колени. От тоски в глазах старика разрывалось сердце. Томас помахал рукой у него перед носом: ноль реакции — ни моргнул, ни шевельнулся. Лишь когда Томас убрал руку, веки старика медленно опустились и снова приподнялись. Всего один раз.

— Сэр? — позвал Томас. — Мистер?

Собственные слова прозвучали очень странно, словно выдернутые из туманного прошлого. Едва попав в Глэйд и Лабиринт, Томас ни разу их не использовал.

— Вы меня слышите? Говорить можете?

Старик снова медленно моргнул.

Рядом с Томасом опустился на колени Ньют и, стараясь перекричать шум ветра, он произнес:

— Старик — настоящая золотая жила. Надо разговорить его. Пусть расскажет о городе. С виду он безвредный и должен знать, чего нам ожидать.

Томас вздохнул.

— Ага, только он, по ходу, нас даже не слышит. Какое уж там разговаривать!

— Не сдавайся, — произнес из-за спины Минхо. — Назначаю тебя нашим послом, Томас. Коли чувака, пусть расскажет все, что знает.

Почему-то захотелось отшутиться, однако Томас не сумел придумать ничего смешного. Если и был он хохмачом в прежней жизни, то чувство юмора пропало вместе с памятью.

— Лады, — сухо ответил Томас.

Перебравшись поближе к голове старика, он наклонился и посмотрел прямо в пустые глаза.

— Сэр! Нам очень нужна ваша помощь! — Кричать, конечно, не дело, и старик мог не так понять Томаса, но выбора не оставалось. Ветер крепчал с каждой секундой. — Скажите, в городе безопасно? Мы можем отнести вас туда, если вы не в силах идти. Сэр? Сэр!

Глаза, смотревшие до того мимо Томаса, в небо, медленно обратились на юношу. Неспешно, будто растекающаяся по стеклу черная жидкость, проявилась во взгляде осознанность. Старик разлепил губы и тихо кашлянул.

Томас оживился.

— Меня зовут Томас, это мои друзья. Мы шли через пустыню несколько дней, и нам нужна еда, вода. Что вы...

Он умолк, заметив, как беспокойно мечется взгляд старика.

— Все хорошо, мы вас не обидим, — поспешил заверить его Томас. — Мы... мы добрые. Просто нам очень нужна ваша...

Левая рука старика вдруг метнулась из-под покрывала и схватила Томаса за запястье с нечеловеческой силой. Томас вскрикнул и машинально подался назад. Железная хватка старика не давала даже чуточку пошевелить рукой.

— Эй! — закричал Томас, пораженный силой незнакомца. — Отпустите!

Старик покачал головой. В глазах его было больше страха, нежели угрозы. Он вновь разлепил губы и прошептал нечто совсем неразборчивое. Хватка его ничуть не ослабла.

Перестав бороться, Томас наклонился и, приникнув ухом к самому рту незнакомца, прокричал:

— Что вы сказали?

Старик опять заговорил сухим, зловещим, скрипучим голосом. Томас разобрал слова: «ветер», «буря», «кошмар» и «дурные люди». Н-да, настроения не прибавилось.

— Еще раз! — попросил Томас, не поднимая головы.

Теперь он разобрал почти все, пропустив всего несколько слов:

— Надвигается буря... несет кошмар... уходите... дурные люди.

Старик резко сел и, широко раскрыв глаза, принялся повторять:

— Буря! Буря! Буря!

Он повторял и повторял одно-единственное слово; с нижней губы протянулась и стала раскачиваться, словно маятник гипнотизера, тягучая струнка слюны.

Старик наконец отпустил Томаса, и тот, бухнувшись на ягодицы, отполз назад. За это время ветер успел набрать ураганную силу, готовый обрушить на головы глэйдеров кошмар, точно как твердил незнакомец. Мир потонул в рычании бури — казалось, вот-вот сорвет волосы и одежду. Почти все глэйдеры лишились накидок: хлопая на лету, простыни уносились прочь над землей, словно армия призраков. Их припасы разметало во всех направлениях.

Преодолев сопротивление ветра, Томас кое-как поднялся на ноги, прошел несколько шагов и откинулся на спину, как будто ложась на невидимые ладони.

Рядом Минхо размахивал руками, отчаянно пытаясь привлечь внимание группы. Почти все заметили вожака и подошли к нему, включая Томаса, который наконец поборол растущую внутри панику. Это просто буря. Куда лучше, чем гриверы или психи с ножами. Или веревками.

Лишившись лохмотьев, старик скрючился на земле в позе эмбриона, подтянув к груди костлявые ноги, и зажмурился. Мимоходом Томас подумал: надо отнести его в какое-нибудь укрытие, отблагодарив за попытку предупредить о буре. Хотя чутье подсказало: старик станет кусаться, брыкаться и царапаться, но не даст унести себя прочь с этого места.

Наконец глэйдеры собрались, и Минхо указал на ближайшее здание. Бежать до него оставалось примерно с полчаса. При том, с какой силой дул ветер, как клубились тучи, густея и приобретая насыщенный, близкий к черному, фиолетовый оттенок, как носило по воздуху пыль с мусором, укрыться в здании казалось единственным разумным решением.

Минхо стартовал, и группа потянулась за ним. Томас сорвался на бег последним (как велел бы Минхо), радуясь, что не приходится идти против ветра. И только сейчас в памяти всплыли слова старика: «...уходите... дурные люди...» Томаса бросило в пот, но испарина быстро высохла, оставив на коже сухие соленые следы.

ГЛАВА ДВАДЦАТЬ ЧЕТВЕРТАЯ

Чем ближе становился город, тем труднее было его разглядеть — такая густая висела в воздухе пыльная завеса, похожая теперь на бурый туман. Песчинки набивались в нос и в рот, в глаза, которые постоянно слезились. Приходилось смахивать с век и ресниц загустевшую слизь. Здания за пеленой песка нависали над парнями как зловещие тени, растущие с каждой секундой подобно гигантам.

Песчинки больно секли кожу. Время от времени, до смерти пугая Томаса, мимо пролетало что-то еще, покрупнее: ветка, нечто похожее на мышонка, кусок черепицы, бесчисленные обрывки бумаги, — и все это кружилось, вертелось в воздухе словно снежинки.

Глэйдеры покрыли половину — если не больше — расстояния до самого крайнего из домов, когда сверкнула молния и мир взорвался светом и громовыми раскатами.

Молнии зазубренными линиями били в землю, вырывая из нее фонтаны опаленных комьев. От грохота поначалу закладывало уши, потом Томас просто-напросто оглох и шум стал казаться отдаленным гулом.

Томас продолжал бег, почти слепой, ничего не слыша и не видя зданий впереди. Ребята вокруг падали и снова поднимались. Вот и сам Томас споткнулся, но ему удалось не потерять равновесия. Он помог встать с земли Ньюту, затем Фрайпану. Подтолкнул их, приободрил.

Томас боялся, что молния ударит в живую плоть, и вот искривленный кинжал света спалил кого-то из глэйдеров, обратив несчастного в пепел. Несмотря на ветер, волосы у всех стояли дыбом; скопившееся в воздухе статическое электричество нещадно жалило будто миллионы летающих игл.

Хотелось закричать — просто чтобы услышать собственный голос, слабые вибрации внутри черепа. Но Томас знал: стоит раскрыть рот, и пыль набьется в гортань. Даже отрывистое дыхание через нос давалось с трудом. Еще бы, чуть ли не ежесекундно в землю бьют молнии, опаляя сам воздух, вокруг пахнет медью и пеплом.

Небо продолжало темнеть, пыльный туман все густел. Томас уже не видел всех товарищей — только тех, кто бежал перед ним. На короткие мгновения во время проблесков молний становились видны их спины в сиянии белого, от которого Томас слеп еще больше. Если вовремя не добраться до города, долго глэйдеры не протянут...

Где же дождь? Почему не прольется вода с небес? Что это за буря такая?

Изогнутый столб ослепительно белого света ударил в песчаную землю прямо перед Томасом. Он закричал и не услышал себя, а в следующий миг то ли выброс энергии, то ли поток воздуха сбил его с ног. Томас повалился на спину; из него вышибло дух, сверху посыпался град камней и комьев земли. Отплевываясь и размазывая по лицу грязь, Томас кое-как поднялся на четвереньки, потом встал на ноги и вздохнул наконец полной грудью.

В ушах звенело, и звон этот буравил барабанные перепонки. Ветер срывал одежду, грязь секла кожу, тьма окутывала все вокруг словно ночь, освещаемая лишь вспышками молний. Томас застал страшное зрелище — страшнее, чем постоянное мелькание смертоносного источника света.

Джек. Он лежал на дне неглубокого кратера, схватившись за колено, ниже которого ничего не осталось. Голень, лодыжку, ступню — все отхватило взрывом чистого небесного электричества. Из ужасной раны темной смолой вытекала кровь, образуя тошнотворную смесь с грязью. Одежду сожгло, и Джек остался совершенно нагим; все тело изранено, волосы сгорели. Глазные яблоки как будто...

Развернувшись, Томас упал, его стошнило. Джеку не помочь. Никак. Для него все кончено. Пусть он и жив еще... Устыдившись, Томас порадовался, что не слышит его воплей. Даже взглянуть на него еще раз не было сил.

Кто-то вздернул Томаса на ноги. Минхо. Он что-то сказал, и Томас прочел по губам: «Надо идти, Джеку не помочь».

Господи, Джек, бедолага...

Мышцы живота болели, в ушах стоял нестерпимый звон. Томас, спотыкаясь и превозмогая дурноту, побежал вслед за Минхо. Справа и слева мелькали смутные тени — оставшиеся глэйдеры, как же их мало осталось. В темноте много не увидишь, молнии сверкают и гаснут чересчур быстро. Вокруг только пыль, мусор да тень здания впереди. Глэйдеры утратили всякую организованность и сплоченность, каждый был сам за себя. Оставалось надеяться, что все доберутся до укрытия.

Ветер. Взрывы света. Ветер. Удушающая пыль. Ветер. Звон в ушах, боль. Ветер.

Томас продолжал двигаться, не отрывая взгляда от Минхо — тот бежал всего в нескольких шагах впереди. Томас перестал что-либо чувствовать: он больше не жалел Джека и не боялся, что навсегда может оглохнуть. Его не волновала судьба друзей. Царящий вокруг хаос словно вымыл из него все человеческое, оставив звериные инстинкты. Уцелеть — вот единственная задача. Добраться до здания, войти внутрь. Пережить этот день и дождаться следующего.

Прямо перед лицом взорвалась вспышка белого света, и Томаса вновь отбросило назад. На лету он кричал, пытаясь сгруппироваться. Молния ударила в то место, где находился Минхо. Минхо! От удара о землю будто разошлось и снова встало на место каждое сочленение в теле. Невзирая на боль, Томас вскочил на ноги и побежал; в глазах тьма мешалась с отпечатавшимися на сетчатке кляксами пурпурного света. И тут он увидел огни.

Томас не сразу понял, что перед ним: в воздухе, словно волшебные, плясали против ветра объятые пламенем прутья. Потом они обрушились на землю огненной кучкой, и Томас метнулся к ним.

Это был Минхо. Одежда на нем горела.

С криком, отдавшимся в черепе острой болью, Томас упал на землю рядом с другом. Благо, удар молнии сделал почву рыхлой, и Томас, зачерпнув полные пригоршни, принялся засыпать Минхо, стараясь попасть в самые яркие очажки пламени. Получилось! Минхо и сам помогал, катаясь по земле и гася пламя на торсе хлопками ладоней.

Несколько секунд — и огонь погас, оставив лишь обугленную местами одежду и сильные ожоги. Томас лишний раз порадовался глухоте: иначе не стерпеть бы ему криков боли вожака — и рывком поднял Минхо на ноги.

Нельзя терять времени.

— Идем! — проорал Томас, и слово отдалось в мозгу беззвучным ударом.

Закашлявшись, Минхо поморщился, но все же кивнул и обхватил одной рукой плечо Томаса. Дальше они пошли вместе; правда, Томас почти тащил вожака на себе.

Вокруг продолжали вспарывать воздух и землю белые стрелы молний. Томас не слышал взрывов, но чувствовал вибрации телом, каждой косточкой. Сверкали вспышки, совсем рядом со зданием, к которому, спотыкаясь, плелись глэйдеры. Загорелось еще больше огней; два-три раза Томас видел, как молнии бьют в верхушку строения, высекают осколки кирпичей и стекол.

Тьма приобрела новый оттенок: больше серых тонов, нежели бурых. Значит, тучи сгустились, опускаясь ниже к земле и разгоняя пыльную бурю. Ветер чуть ослаб, однако молнии били с удвоенной силой.

Справа и слева — все в одну сторону — двигались глэйдеры. Их как будто стало меньше, хотя Томас не мог сказать наверняка, ибо толком ничего не видел. Он лишь заметил Ньюта, Фрайпана и Эриса — все, как и сам Томас, были напуганы и бежали, обратив взоры к цели, к близкому финишу.

Минхо споткнулся. И рука его соскользнула с плеча Томаса. Пришлось подбирать лидера. Обхватив его за пояс обеими руками, Томас полунес-полуволок Минхо. Прямо над головой прошла дуга молнии, подняв фонтан земли. Томас даже не обернулся. Слева упал один паренек — Томас не видел, кто это, и не слышал его криков. Справа упал еще один глэйдер и снова поднялся. Вспышка молнии спереди и справа. Еще одна — слева. Третья — опять впереди. Томас ненадолго остановился, чтобы проморгаться, затем поволок Минхо дальше.

И вот они достигли крайнего здания в городе.

В непроглядной тьме бури оно казалось серым: массивные каменные блоки, кирпичная арка, полуразбитые окна. Подойдя к двери, Эрис даже не подумал открыть ее — стеклянная, она была практически полностью разворочена. Ударами локтя Эрис снес последние осколки и жестом показал глэйдерам: проходите, мол, — затем проследовал внутрь сам, растворившись в царящей за порогом темноте.

Когда Ньют оказался в вестибюле, Томас жестом попросил помощи. Ньют и несколько парней приняли Минхо и головой вперед втащили в здание.

Только потом Томас, все еще не оправившийся от яростного проявления чистой природной стихии, переступил порог, вошел во мрак дома.

В последний момент обернулся и увидел, как начался дождь, словно буря наконец решила всплакать от стыда за совершенные злодеяния.

ГЛАВА ДВАДЦАТЬ ПЯТАЯ

С неба лились потоки воды, будто Господь выпил целый океан и в ярости сплюнул его на головы глэйдерам.

Глядя на ливень, Томас просидел на одном месте как минимум два часа: съежившись у стены, усталый и весь больной, желая скорее обрести утерянный слух. Он понемногу восстанавливался: давление тишины на перепонки ослабло, ушел звон. Собственный кашель уже не казался просто вибрацией воздуха. Пробилась далекая, словно с той стороны сна, дробь дождевых капель. Похоже, глухим Томас навсегда не останется.

Блеклый серый свет, проникающий в окна, ничуть не справлялся с холодной тьмой внутри стен. Глэйдеры разбрелись по всей комнате: кто сидел сгорбившись, кто лежал на боку. Минхо лежал, свернувшись калачиком у ног Томаса, и не шевелился. Казалось, от малейшего движения по всему телу вожака пробегают волны обжигающей боли. Рядом были и Ньют, и Фрайпан. Никто не говорил, не пытался организовать группу. Никто не считал пропавших и уцелевших. Парни либо сидели, либо валялись на полу без сил, гадая, наверное, как и Томас: что за мир мог породить такую бурю?

Мягкий стук дождевых капель постепенно становился отчетливей, пока Томас окончательно не уверился, что слышит шум ливня. И шум этот, несмотря ни на что, успокаивал. Вскоре Томас заснул.

Проснувшись, он ощутил в теле такую скованность, словно в жилах застыл суперклей. Зато полностью вернулся слух. Тяжело дышали спящие глэйдеры, стонал Минхо и шумела, изливаясь на мостовую, дождевая вода.

Вокруг было темно, хоть глаз коли. Заснув, ребята пропустили наступление ночи.

Успокоив себя и позволив усталости овладеть телом, Томас лег поудобнее на спину — при этом голову устроил на чьей-то ноге — и снова погрузился в сон.

Окончательно его разбудили свет утренней зари и внезапно наступившая тишина. Буря миновала, и вместе с ней ночь. Однако еще прежде, чем ощутить скованность в теле и боль в перетруженных мышцах, Томас почувствовал иное — гораздо более сильное. Голод.

Солнце заглядывало в окна, отбрасывая на пол пятна света. Томас поднял голову. Полуразрушенное здание просматривалось насквозь: каждый из многих десятков этажей, до самой крыши, — и только металлический каркас удерживал дом от падения. Томас ясно видел вверху клочки синего неба (картина, казалось бы, невозможная, если вспомнить вчерашнее). Сколь ни ужасная выдалась буря и какие бы причуды климата ни породили ее, сейчас она успокоилась.

Желудок ревел, требуя пищи, изнутри его словно кололо острыми иглами. Осмотревшись, Томас увидел, что большинство глэйдеров спят. Один лишь Ньют, привалившись спиной к стене, глядел на темное пятно в центре комнаты.

— Ты как там, живой? — спросил Томас, едва шевеля челюстью.

Ньют медленно повернул голову в его сторону. Судя по взгляду, он пребывал где-то в своих мыслях, пока не вынырнул из них и не сосредоточился на Томасе.

— Живой? Да вроде цел. Группа цела — вот что, черт подери, главное.

Слова Ньюта звучали горше некуда.

— Иногда я начинаю сомневаться, — пробормотал Томас.

— В чем?

— Типа главное — это выжить. Порой кажется, что умереть гораздо проще.

— Да ну тебя. Ни на секунду не поверю, что ты и правда так думаешь.

Высказывая грустную мысль, Томас опустил было взгляд, но получив резкий ответ Ньюта, улыбнулся и почувствовал себя лучше.

— Ты прав. Я лишь хотел проникнуться твоим отчаянием. — Томас почти убедил себя в правоте Ньюта: смерть не самый легкий выход.

Ньют вяло указал в сторону Минхо.

— Какого хрена с ним случилось?

— Ударила молния, и одежда на нем загорелась. Удивительно, как еще мозги не поджарились. Мы успели потушить огонь. И вроде вовремя.

— Вовремя? Не хотелось бы увидеть то, что ты называешь «не вовремя».

Закрыв глаза ненадолго, Томас прислонился головой к стене.

— Минхо жив — и ладно, сам же говоришь. Одежда не вся сгорела, — значит, ожогов не так уж и много. Поправится.

— Да, поправится, — ответил Ньют, саркастично хихикнув. — В ближайшее время не предлагай мне свои медицинские услуги, лады?

— О-о-ох, — простонал Минхо. Затем открыл глаза и прищурился, поймав на себе взгляд Томаса. — Ну дела... стебанулся я по полной.

— Как себя чувствуешь? — спросил Ньют.

Не отвечая, Минхо очень медленно, кряхтя и морщась, приподнялся и сел по-турецки. Одежда на нем почернела. В прорехи виднелись волдыри, словно выпученные глаза инопланетных тварей. И хотя Томас не был врачом и в ожогах не разбирался, чутье подсказывало: довольно скоро Минхо придет в норму, поправится. Лицо его почти не пострадало, и даже волосы — грязные, спекшиеся — сохранились.

— Сам сел — значит, порядок, — заметил Томас, хитро улыбаясь.

— Утырок ты стебанутый, — ответил Минхо. — Я кремень. Хоть два раза меня так сожги, все равно еще напинаю тебе по булкам.

Томас пожал плечами.

— М-м, булки... Сейчас бы съел их целую гору. — В желудке рычало и бурлило.

— Ты шутишь? — произнес Минхо. — Вечный зануда Томас шутит!

— Похоже на то, — ответил Ньют.

— Да я вообще хохмач, — снова пожал плечами Томас.

— Заметно. — Минхо, утратив интерес к болтовне, оглядел глэйдеров — спящих или просто лежащих, — уперев пустой взгляд в никуда. — Сколько?

Томас подсчитал парней: одиннадцать. После всех злоключений осталось всего одиннадцать глэйдеров (включая Эриса, новичка). Когда Томас появился в Глэйде, там обитало человек сорок или пятьдесят. Прошло всего несколько недель, и ребят осталось одиннадцать. Одиннадцать.

Осознав масштаб потери, Томас не нашел подходящих слов... Недавний момент веселья показался кощунством. С омерзением Томас подумал: как может он быть частью ПОРОКа? Как может он быть деталью их замысла? Надо поведать Ньюту и Минхо о своих снах-воспоминаниях, но... Томас не мог заставить себя открыться.

— Нас теперь одиннадцать, — сказал наконец Ньют. Вот так. Подвел итог.

— Ага, значит в бурю погибло... Шестеро? Семеро? — Говорил Минхо свершено отстраненно, словно подсчитывая, сколько яблок они потеряли из-за урагана.

— Семь, — резко ответил Ньют. Пренебрежительное отношение Минхо к потерям его явно задело. Потом, правда, он уже мягче добавил: — Семеро погибло. Если только никто не укрылся в соседнем здании.

— Чувак, — сказал Минхо, — мы ж не пройдем город! Против нас могут выйти сотни шизов. Если не тысячи. Мы даже не знаем, чего от них ожидать!

Ньют медленно выдохнул.

— Ты только об этой фигне и можешь думать? Как насчет павших, Минхо? Джек исчез. И Уинстон тоже, он один не добежал бы сюда. И, — он огляделся, — Стэна с Тимом я не вижу. Что с ними делать будем?

— Э, э, э! — Минхо вскинул руки ладонями вперед. — Братан, угомонись. Я не просился на пост лидера. Если хочешь проныть остаток дня, милости прошу, но это не занятие для главного. Главный просчитывает, что делать и куда идти.

— Ну тогда мы правильно выбрали босса, — сказал Ньют и виновато добавил: — Проехали. Извини, правда. Мне...

— Да, да, мне тоже очень жаль, — ответил Минхо, закатив глаза, чего Ньют не заметил, потому что опустил взгляд в пол.

К счастью, подошел Эрис. Томасу не терпелось сменить тему.

— Вы когда-нибудь такую грозу видели? — спросил новенький.

Томас покачал головой — просто потому, что Эрис в этот момент смотрел на него.

— Неестественная какая-то гроза. Память у меня, конечно, в кланк подтерта, но ничего подобного я не припомню. Необычное явление.

— Вспомни, что говорил Крысун и та тетка в автобусе, — посоветовал Минхо. — Про солнечные вспышки и то, как мир горит, словно преисподняя. Цивилизация загадила планету — вот тебе и грозы вроде вчерашней. Нам еще повезло, могло быть хуже.

— «Повезло» не самое правильное слово, — заметил Эрис.

— А, ну ладно...

Ньют указал на разбитую стеклянную дверь: за ней разливалось ослепительно белое сияние, к которому глэйдеры привыкли с первого дня на Жаровне.

— Хотя бы буря закончилась. Надо подумать, что дальше делать.

— Вот видишь, — подловил Ньюта Минхо, — ты такой же бессердечный, как и я. И ты прав.

Томас вспомнил шизов: они ломились в окна спальни как живые кошмары, которым до официального статуса зомби не хватает свидетельства о смерти.

— Ага, план продумать надо раньше, чем припрутся шизы. Но прежде всего — еда. И ее нет.

От упоминания о еде голод стал еще сильнее.

— Еда? — раздалось откуда-то сверху.

От удивления Томас ахнул. Глэйдеры подняли головы: в прореху пола третьего этажа на них слегка безумным взглядом смотрел незнакомый латинос. У Томаса внутри от напряжения словно затянулась петля.

— Ты кто? — крикнул Минхо.

Томас глазам не поверил, когда латинос спрыгнул прямо в дырку. Пролетев все три этажа и смягчив падение кувырком, он вскочил на ноги.

— Меня зовут Хорхе, — представился он, раскинув руки и словно ожидая аплодисментов в награду за эффектный трюк. — Я тут главный шиз.

ГЛАВА ДВАДЦАТЬ ШЕСТАЯ

Секунду Томас не мог прийти в себя. Хорхе в буквальном смысле свалился им на головы и так нелепо представился, что в его появление просто не верилось. Но вот он, стоит перед глэйдерами. И хотя на вид Хорхе куда разумнее встреченных ранее шизов, он сам признался в своем безумии.

— Вы, народ, ходить разучились? — с совершенно неуместной улыбкой спросил Хорхе. — Или шизов боитесь? Думаете, они валят людей на землю и выедают у них глаза? М-м, глаза... Обожаю их, когда хавчик кончается. На вкус — как яйца всмятку.

Минхо взял на себя труд ответить Хорхе и заговорил, старательно — и с огромными усилиями — скрывая боль.

— Ты признался, что шиз. Значит, башни у тебя нет?

— Ему нравятся глазные яблоки, — подал голос Фрайпан. — Точно башни нет.

Хорхе рассмеялся с отчетливой ноткой угрозы в голосе.

— Да будет вам, мои новые друзья. Я бы съел ваши зенки, только будь вы трупаками. Нет, если придется, я помогу вам перейти в такое состояние. Сечете?

Веселого Хорхе как не бывало, и смотрел он на глэйдеров предупреждающе, строго, словно бросая вызов.

Повисла долгая пауза, после которой Ньют спросил:

— Сколько вас здесь?

Хорхе резко перевел на него взгляд.

— Сколько нас? Шизов-то? Тут все шизы, hermano*.

— Я не то имел в виду, и ты меня понимаешь, — невыразительно ответил Ньют.

---

*Братан (*исп.*).

Хорхе принялся расхаживать по комнате, то обходя глэйдеров, то переступая через них. Приглядываясь к каждому.

— Вам, народ, еще многое предстоит узнать и понять об устройстве города. О шизах, о ПОРОКе, о правительстве и о том, зачем нас бросили здесь и гноят в безумии, чтобы мы резали друг друга, лишаясь остатков разума. О том, что бывают разные уровни Вспышки. О том, что для вас уже все кончено... Если вы еще не заразились, то скоро подцепите инфекцию.

Говоря о столь ужасных вещах, загадочный латинос медленно кружил по комнате. Томас думал, что свыкся со страхом инфекции, но этот псих заставил испугаться еще сильнее. Почувствовать себя беспомощным.

Остановившись перед Томасом, почти наступая на ноги Минхо, Хорхе продолжил:

— Однако все по порядку, comprende*? Те, кто в менее выгодной позиции, рассказывают первыми. Я хочу знать о вас все: откуда вы, зачем сюда пришли и за каким дьяволом вообще сюда сунулись? Говорите.

Минхо рассмеялся низким и угрожающим смехом.

— Это мы-то в менее выгодной позиции? — Он насмешливо покачал головой. — Если только молния не выжгла мне сетчатку, я вижу, что нас одиннадцать, а ты один. Ты первый, говори.

Зря он так: глупо, заносчиво и легко может спровоцировать местных на убийство. Хорхе явно пришел не один. Где-нибудь среди останков этого же здания, на других этажах сидят, наверное, сотни шизов и ждут, чтобы накинуться на глэйдеров с оружием, какое и представить-то страшно... Или хуже — пустят в ход собственные руки, зубы, безумие.

Хорхе долго и невыразительно смотрел на Минхо, затем спросил:

— Ты ведь это не мне? Умоляю, скажи, что ты не ко мне обратился словно к дворняге. У тебя десять секунд, чтобы извиниться.

Ухмыляясь, Минхо посмотрел на Томаса.

— Раз, — начал отсчет Хорхе. — Два. Три. Четыре.

Томас взглядом попытался предупредить Минхо. Кивнул ему: извинись, мол.

---

* Сечете? (*исп.*)

— Пять. Шесть.

— Извинись, — вслух произнес Томас.

— Семь. Восемь.

Голос Хорхе с каждым словом повышался. Где-то наверху промелькнула размытая тень. Заметил ее, похоже, и Минхо — выражение заносчивости полностью сошло с его лица.

— Девять.

— Мне жаль, — безразлично буркнул Минхо.

— Нет, не жаль, — возразил Хорхе и пнул Минхо по ноге.

Куратор бегунов вскрикнул от боли, и руки Томаса непроизвольно сжались в кулаки. Должно быть, шиз ударил Минхо по обожженному месту.

— Извинись с чувством, hermano.

Томас с ненавистью посмотрел на психа. В мозгу одна за другой стали рождаться безумные мысли. Хотелось вскочить и напасть на Хорхе, забить его, как и Галли после побега из Лабиринта.

Хорхе снова пнул Минхо — по тому же месту, в два раза сильнее.

— Извинись с чувством! — Последнее слово он прокричал с поистине безумной грубостью.

Взвыв, Минхо обнял руками больную ногу.

— Мне... жаль, — простонал он, судорожно хватая ртом воздух. Но как только Хорхе, довольный унижением обидчика, чуть отошел, Минхо врезал ему кулаком по голени. Отскочив на одной ноге, Хорхе грохнулся на пол и вскрикнул — отчасти от удивления, отчасти от боли.

Изрыгая поток матерщины, какой Томас прежде от своего друга не слышал, Минхо обрушился на Хорхе, прижал к полу бедрами и принялся молотить кулаками.

— Минхо! — заорал Томас. — Остановись!

Невзирая на скованность в суставах и мышцах, Томас поднялся и, быстро глянув наверх, поспешил к Минхо — утихомирить друга. При этом в нескольких местах он заметил резкое движение, а после — людей, которые заглядывали вниз, готовые спрыгнуть. Через прорехи в потолке свесились веревки.

Томас врезался в Минхо, и когда они упали, извернулся и крепко ухватил того поперек груди.

— Их целая толпа наверху! — заорал Томас в самое ухо Минхо. — Остановись! Тебя убьют! И нас тоже! Всех!

Шатаясь, Хорхе поднялся, медленно вытер кровь из разбитой губы и посмотрел на Минхо так, что в сердце Томаса вонзилось копье страха. Что же он задумал?

— Подожди! — закричал Томас. — Прошу, подожди!

Хорхе посмотрел на Томаса, и в ту же секунду у него за спиной приземлилось человек пятнадцать шизов: кто-то спрыгнул, как и вожак, кто-то соскользнул по веревке. Никто не посмел выйти вперед Хорхе: мужчины, женщины, даже дети, все в грязных лохмотьях, костлявые, хилые на вид.

Минхо наконец перестал бороться, и Томас ослабил хватку. Еще несколько секунд — и начнется бойня. Прижав Минхо к полу одной рукой, вторую Томас вытянул в сторону Хорхе.

— Прошу, дай минуту, — сказал Томас, стараясь, чтобы голос звучал как можно ровнее. — Твоим людям не будет пользы, если они... навредят нам.

— Не будет пользы? — переспросил шиз и сплюнул на пол густую красную слюну. — Мне польза точно будет, и немалая. Не сомневайся, hermano.

Хорхе сжал кулаки и едва заметно кивнул. Шизы тут же достали из складок заскорузлой одежды оружие: ножи, ржавые мачете, черные шпальные гвозди, треугольные осколки стекла, покрытые запекшейся кровью. Одна девочка — не старше тринадцати — сжимала в руках лопатку, зазубренный штык которой напоминал ножовочное полотно.

Внезапно и очень ясно Томас осознал: предстоит торговаться за каждого члена группы. Схватки глэйдеры не выдержат, проиграют. Шизы не гриверы, их не отключить никаким кодом.

— Послушай, — обратился Томас к Хорхе, медленно поднимаясь на ноги и от души надеясь, что Минхо не станет больше совершать глупостей, — мы не обычные. Не просто шанки и к вам на порог зашли не случайно. Живые, мы очень ценны.

Гнев Хорхе самую малость смягчился. И во взгляде шиза мелькнул проблеск любопытства, однако спросил он о другом:

— Кто такие шанки?

Очень правильный вопрос. Томас едва не рассмеялся.

— Мы с тобой. Десять минут. Один на один. Большего я не прошу. Бери с собой любое оружие, какое сочтешь подходящим.

Хорхе издал смешок, больше напоминающий влажный хрип.

— Прости, что оскорбляю твою гордость, но оружие мне не понадобится.

Он умолк, и следующие несколько секунд растянулись, казалось, на целый час.

— Десять минут, — произнес наконец шиз. — Остальные будьте здесь, присматривайте за этими отморозками. Если дам знак — начинайте смертельные игры.

Он указал на темный коридор в стене напротив разбитых дверей.

— Десять минут, — повторил Хорхе.

Томас кивнул. Латинос не сдвинулся с места, и пришлось ему первым идти к месту переговоров — наверное, самых важных в его жизни.

Если не самых последних.

ГЛАВА ДВАДЦАТЬ СЕДЬМАЯ

Томас затылком чувствовал взгляд Хорхе. В коридоре пахло плесенью и гниением; вода текла с потолка, и звук капели отдавался жутким эхом, напоминая почему-то о крови.

— Иди, не останавливайся, — произнес Хорхе. — В конце коридора есть комната со стульями. Рыпнись только — все умрут.

Хотелось развернуться и заорать на шиза, но Томас спокойно ответил:

— Я не кретин. Можешь не разыгрывать из себя крутого мачо.

Шиз в ответ хихикнул.

В молчании прошло несколько минут. Наконец Томас уперся в деревянную дверь и без колебаний повернул круглую серебряную ручку, желая показать Хорхе, что достоинства не утратил. Войдя же в комнату, он растерялся — внутри царила совершенная темень.

Судя по звукам, Хорхе прошел вперед. Потом в воздухе заколыхалась ткань и в глаза ударил горячий, слепящий свет. Томас сощурился, прикрыв лицо руками, а когда зрение адаптировалось, опустил ладони. Оказывается, псих сдернул брезент с окна. Целого, неразбитого окна, за которым не было видно ничего, кроме солнца и голого бетона.

— Присаживайся, — предложил Хорхе, причем гораздо приветливее, чем Томас мог ожидать.

Наверное, шиз понял, что пришелец собирается вести себя разумно и спокойно. И что в переговорах есть смысл, так как обитателям полуразрушенного здания может кое-что обломиться. Впрочем, Хорхе — шиз, и потому Томас терялся, не знал, как местный князек будет реагировать.

Из мебели в комнате имелось всего два низких деревянных стула да столик между ними. Томас притянул ближайший к себе стул и сел. Хорхе, устроившись напротив, опустил локти на столешницу, сложил ладони и, скорчив совершенно непроницаемую мину, вперил в Томаса пристальный взгляд.

— Начинай.

Вот бы секунду на размышление: перебрать пришедшие в голову еще там, в вестибюле, мысли, но секунды не было.

— Ладно, — нерешительно произнес Томас. Всего одно слово, да и то не по делу. — В большой комнате ты упомянул ПОРОК. Мы про них знаем почти все, и мне крайне интересно услышать, что известно тебе.

Хорхе не шевельнулся, ни один мускул не дрогнул у него на лице.

— Сейчас не моя очередь говорить.

— Да, точно. — Томас придвинул стул ближе к столу и закинул ногу на ногу. Надо расслабиться, и слова потекут сами собой. — Трудно начать: я не знаю, что известно тебе. Давай так: я притворюсь, будто ты совсем тупой и вообще не в курсе происходящего.

— Настоятельно рекомендую не называть меня тупым.

Томас через силу заставил себя сглотнуть слюну — горло перехватило от волнения.

— Это я образно.

— Продолжай.

Глубоко вдохнув, Томас начал:

— Вначале нас было пятьдесят парней... и одна девушка. — На последнем слове Томас ощутил укол боли. — Теперь нас всего одиннадцать. Детали мне неизвестны, однако ПОРОК — это такая организация, которая творит с нами совершенный беспредел. Причина мне тоже неизвестна. Началось все с места под названием Глэйд, которое находилось посреди каменного Лабиринта, где обитали гриверы.

Томас подождал, как отреагирует Хорхе на поток странной информации. Псих остался непоколебим: на его лице не отразилось ни смущения, ни узнавания.

Тогда Томас выложил все: о том, на что похож Лабиринт, как глэйдеры бежали из него и как побег обернулся новым этапом эксперимента. Томас рассказал о Крысуне и возложенной на глэйдеров задаче: преодолеть сотню миль по пути на север и целыми достичь места, которое Крысун обозначил как «убежище». Не забыл Томас и про подземный туннель, летающие капли живого серебра и первый отрезок дистанции в пустыне.

Чем дальше Томас рассказывал, тем безумнее представлялась ситуация: он сидит здесь и откровенничает с шизом, — но замолчать не мог, поскольку не знал, что еще делать. И кроме того, надеялся, что ПОРОК такой же враг шизам, как и глэйдерам.

Единственное, о чем Томас говорить не стал, — это о Терезе.

— Получается, есть в нас нечто особенное, — подытожил рассказ Томас. — ПОРОК не может издеваться над нами просто забавы ради. Смысла нет.

— Кстати, о смысле, — произнес первые за десять минут слова Хорхе. Отведенное для переговоров время истекло. — Что ты можешь предложить?

Томас не ответил. Вот он, момент истины. Единственный шанс.

— Ну? — поторопил Хорхе.

— Если ты, — решился Томас, — поможешь нам... ну, ты или кое-кто из твоего племени поможете нам добраться до убежища...

— Ага?..

— То вы и сами спасетесь... — К этому Томас и вел: поставил все на протянутую Крысуном соломинку надежды. — Крысун говорил, что у нас Вспышка и что в убежище дадут лекарство. Нас обещали вылечить. Помоги нам — и может быть, тоже получишь лекарство.

Томас с нетерпением посмотрел на Хорхе, ожидая ответа.

Что-то едва уловимо изменилось во взгляде шиза. Томас понял: переговоры удались. На долю секунды в глазах Хорхе промелькнула надежда. На долю секунду, но Томас ее заметил.

— Лекарство, — повторил шиз.

— Лекарство, — подтвердил Томас, с этого момента вознамерившись говорить как можно меньше. Самое главное он уже сделал.

Хорхе откинулся на спинку стула — дерево угрожающе заскрипело — и нахмурился, размышляя.

— Тебя как звать?

Странный вопрос... Томас вроде называл свое имя Хорхе. Должен был по крайней мере представиться. Однако если вспомнить обстоятельства встречи... не трудно и забыть про учтивость.

— Как твое имя? — повторил Хорхе. — Уверен, hermano, оно у тебя есть.

— А, да, прости. Меня зовут Томас.

И вновь выражение на лице Хорхе переменилось. На миг Томас уловил в нем... узнавание, смешанное с удивлением.

— Томас, значит? Погоняют тебя Томми? Или Том?

«Том...» С болью Томас вспомнил последний сон о Терезе.

— Нет, — поспешил он возразить. — Просто... Томас.

— Ладно, просто Томас. Позволь спросить: ты своим размягченным мозгом способен хотя бы отдаленно представить, что Вспышка творит с человеком? По-твоему, я болен чем-то страшным?

На подобный вопрос невозможно ответить, не получив по морде. Однако Томас выбрал, как ему казалось, безопасный вариант.

— Нет.

— Нет? Ты ответил на оба вопроса?

— Да. То есть нет. В смысле я... да, на оба вопроса я отвечаю: нет.

Хорхе улыбнулся, всего лишь дернув правым уголком рта, и Томас понял: шиз упивается каждым мгновением игры.

— Вспышка действует поэтапно, muchacho*. У всех в городе она есть, и я нисколько не удивлен, что Вспышкой больны и твои ссыкливые дружки. У меня вот болячка в начальной стадии, и шиз я только на словах. Заразился пару недель назад. Анализы на карантинном блокпосту дали положительный результат. Правительство из кожи вон лезет, стараясь держать больных и здоровых порознь. И все зря. Мой мир у меня на

---

* Парень (*исп.*).

глазах скатился в выгребную яму. Меня отправили сюда. Здание я отбил у кучки других новичков.

При упоминании новичков у Томаса сперло дыхание, словно в горле встал здоровенный ком пыли. Слишком многое сразу вспомнилось о Глэйде.

— Мои вооруженные кореша со мной в одной лодке. Прогуляйтесь по городу, и увидите, что происходит со временем. Вам откроются стадии болезни, вы узнаете, каково это — перешагнуть Черту. Впрочем, вы, наверное, и не успеете насладиться новообретенным знанием. Анальгетиков, кстати, у нас нет. Нет кайфа.

— Кто тебя сюда отправил? — спросил Томас, смирив любопытство и решив поинтересоваться об анальгетиках позже.

— Как и вас — ПОРОК. Правда, мы не особенные, каким ты считаешь себя. ПОРОК составили выжившие члены мирового правительства, чтобы бороться с заразой. Они говорят, этот город — часть их плана. Больше я ничего толком не знаю.

Удивленный и растерянный Томас углядел шанс выпытать новую информацию.

— Что такое ПОРОК?

Хорхе удивился не меньше Томаса.

— Я рассказал все, что знаю. И почему, кстати, ты спрашиваешь? Сам же уболтал меня на переговоры, типа вы такие особенные и ценные для ПОРОКа. Мол, они только вами и занимаются.

— Я рассказал чистую правду. Нам многое обещали, и при этом мы о ПОРОКе мало что знаем. Детали они держат в секрете. Сказали, мол, проверяют, сумеем ли мы преодолеть этот кланк, и не объяснили сути происходящего.

— С чего ты взял, что у них есть лекарство?

Вспомнив обещания Крысуна и стараясь, чтобы голос звучал ровно, Томас ответил:

— Был тип в белом костюме, я говорил тебе о нем. Он и обещал лекарство, если мы доберемся до убежища.

— Угу, — промычал Хорхе. Ответ вроде и утвердительный, а подразумевает совершенно противоположное. — И нам позволят въехать на коне в это самое убежище с вами и получить лекарство?

Томасу с трудом удавалось сохранять хладнокровие.

— Я ни в чем не уверен. Но почему не попробовать? Поможете нам — и у вас будет маленький шанс на спасение. Убьете нас — и никакого шанса не получите. Только шиз в последней стадии болезни выберет второй вариант.

Хорхе вновь улыбнулся краешком рта и издал лающий смех.

— В тебе что-то есть, Томас. Совсем недавно я хотел выколоть глаза твоему дружку, да и всей вашей компашке... Провалиться мне на этом месте, если ты меня наполовину не задобрил!

Пытаясь не выдать эмоций, Томас пожал плечами.

— Я забочусь о том, чтобы дожить до следующего дня. И хочу лишь пройти через город. После буду волноваться о другом. И знаешь, что еще?

Томас изо всех сил постарался придать себе крутизны.

— Что? — выгнул брови Хорхе.

— Если б, выколов тебе глаза, я гарантированно дожил до завтра, то я лишил бы тебя зрения прямо сейчас. Однако ты мне нужен. Нужен всем нам.

Даже обещая лишить человека зрения, Томас усомнился в собственных силах. Впрочем, уловка сработала.

Пристально посмотрев на Томаса, шиз протянул ему через стол руку.

— Считаю, мы с тобой договорились, hermano. По многим причинам.

Томас ответил рукопожатием. И хотя его переполняло облегчение, он постарался не показать этого.

В следующий миг Хорхе похоронил все его надежды.

— Одно условие. Тот крысеныш, что повалил меня... ты вроде назвал его Минхо?

— Да... — слабым голосом ответил Томас, чувствуя, как начинает бешено колотиться сердце.

— Он умрет.

ГЛАВА ДВАДЦАТЬ ВОСЬМАЯ

— Нет, — ответил Томас, постаравшись вложить в одно слово всю решимость и твердость, на какие был способен.

— Нет? — удивленно повторил Хорхе. — Я даю шанс спокойно пройти через город, кишащий психами. Они жаждут слопать вас живьем, а ты говоришь «нет»? Так ты отвечаешь на мою малюсенькую просьбу? Расклад мне не по душе.

— Неумно получится, — сказал Томас. Откуда в нем эти смелость и хладнокровие? Впрочем, по-другому с шизом разговаривать и нельзя.

Хорхе подался вперед, снова положив локти на столешницу, но на сей раз не сложил ладони домиком, а сжал в кулаки, хрустнув костяшками.

— Ты что, задался целью выбесить меня? Я перережу тебе артерии, одну за другой.

— Помнишь, как Минхо дрался? И ты в курсе, каким смельчаком надо быть, чтобы напасть на тебя. Убьешь Минхо — потеряем его способности. Он наш лучший боец, ничего не боится. Сумасшедший чуток, но он нам нужен.

Томас старался говорить как можно практичнее, чтобы показаться прагматиком. Если и есть у него во всем мире иной друг, кроме Терезы, — это Минхо. Если и он уйдет, Томас сломается.

— Он разозлил меня, — не разжимая кулаков, жестко произнес Хорхе. — Выставил меня девчонкой перед моими людьми. Так... так нельзя.

Томас безразлично пожал плечами: мол, кого стебет чужое горе?

— Накажи его. Выстави девчонкой, только не убивай. Чем больше на нашей стороне здоровых рук и ног, тем больше шансы. Да кому я это говорю, ты же местный!

И тогда — лишь тогда — Хорхе расслабил кулаки, на которых побелели костяшки, и выдохнул. Оказывается, шиз от напряжения забыл дышать.

— Ладно, ладно. Я пощажу Минхо, но не обольщайся. Это не ты меня уболтал, это я сам передумал. Нашел две причины сохранить Минхо жизнь. И одну причину ты открыл мне сам.

— Какую? — Томас больше не скрывал облегчения. Он до жути запарился прятать эмоции. К тому же Хорхе заинтриговал его.

— Во-первых, ты не знаешь всех деталей теста, эксперимента или через что еще там прогоняет вас ПОРОК. Может, чем больше вас доберется до конца, до убежища, тем больше шансов получить лекарство? Вдруг Группа «В» конкурирует с вами? Я теперь кровно заинтересован в том, чтобы до финиша вы дошли в полном составе.

Томас молча кивнул. Он не хотел испытывать судьбу и ненароком лишиться с трудом добытой победы: Хорхе поверил в историю о Крысуне и лекарстве.

— Далее, причина номер два, — продолжал псих. — Еще повод сохранить Минхо жизнь.

— Какой же?

— Я ничего не скажу шизам, которые дожидаются меня снаружи. То есть нас.

— А... почему? Разве твоя банда не станет помогать нам пройти через город?

Твердо покачав головой, Хорхе откинулся на спинку стула и скрестил руки на груди. Так он выглядел намного менее устрашающим.

— Нет. Нам помогут не мускулы, а скрытность. Мы с самых первых дней излазили эту дырень вдоль и поперек, так что шансы выбраться отсюда и получить припасы намного больше, если мы пойдем привычной тропой. Двинемся на цыпочках мимо съехавших с катушек шизов, вместо того чтобы прорубаться через их ряды как типа воины.

— Темная же ты лошадка, — заметил Томас. — Не в обиду будь сказано, но твои ребята именно что типа воины. Ну разодеты в рванье, да при оружии.

Повисла долгая пауза, и Томас успел подумать, что совершил ошибку, однако Хорхе вдруг разразился хохотом.

— О, *muchacho*! Нравишься ты мне, сопляк везучий. Не знаю почему, но нравишься. Иначе кокнул бы тебя раза три.

— Ты так можешь?

— А?

— Убить кого-нибудь три раза.

— Могу придумать как.

— Тогда напомни мне тебя не злить.

Хлопнув по столу ладонью, Хорхе встал.

— Лады. Значит, по рукам. Мы постараемся провести вас, доходяг, в полном составе до убежища. С собой беру одного помощника — Бренду, она гений. Ее мозги пригодятся. Пожалуй, не стану говорить, какие последствия ожидают вашу компашку, если в итоге лекарство нам не светит.

— Да ладно тебе, — саркастично произнес Томас. — Мы же вроде корефаны?

— Ну-ка! Мы не кореша, hermano. Мы партнеры. Я провожу тебя до ПОРОКа, ты обеспечишь мне лекарство. Вот и вся сделка. Не выгорит — прольется кровь.

Томас поднялся, отодвинув скрипнувший ножками по полу стул.

— Мы договорились?

— Ага. Договорились. Теперь слушай: когда выйдем к остальным, ты молчишь. От лишних надо отделаться, а это... будет трудно.

— Есть план?

С минуту, не отрывая глаз от Томаса, Хорхе думал, затем произнес:

— Ты, главное, помалкивай, пока я свое дело делаю. — Он пошел к выходу и у самой двери остановился. — О, кстати, нашему compadre* Минхо мой план вряд ли понравится.

Уже в коридоре Томас осознал, насколько голоден. Корчи из желудка перекинулись на все тело, как будто органы принялись пожирать друг друга.

— Так, все, слушаем меня, — объявил Хорхе, когда они с Томасом вернулись в большую комнату. — Мы с этим соловьем пришли к соглашению.

— Соловьем? — переспросил Томас.

Психи, крепко сжимая оружие в руках, внимательно слушали вожака и при этом поглядывали на глэйдеров: ребята рассредоточились по периметру комнаты и сидели, привалившись спинами к стенам. Сквозь разбитые окна и провалы в потолке сверху лился солнечный свет.

Встав в центре, Хорхе заговорил, обращаясь одновременно ко всем и поворачиваясь вокруг. Выглядел он слишком помпезно и глупо.

— Во-первых, надо накормить этих незнакомцев. Знаю, звучит безумно: делиться с чужаками едой, которую мы для себя добыли с таким великим трудом. Однако нам может пригодиться их помощь. Выдайте им свинину с бобами — мне так и так это хрючило поперек горла. — Один их шизов, костлявый низкорослый мальчишка с юркими глазками, хихикнул. — Во-вторых, будучи благородным господином и просто святым, я решил не убивать отморозка, который на меня напал.

---

* Приятель (*исп.*).

Кое-кто недовольно замычал — наверное, те, кому Вспышка основательно подъела мозг. Из толпы, однако, выделилась девушка-подросток: симпатичная, с удивительно чистыми длинными волосами. Возведя очи горе, она устало покачала головой. Скорее всего это та самая Бренда.

Хорхе тем временем указал на Минхо. Тот — как всегда в своем репертуаре — улыбнулся и помахал толпе рукой.

— Смотрю, ты счастлив? — фыркнул Хорхе. — Отрадно. Значит, новости воспримешь достойно.

— Какие новости? — резко спросил Минхо.

Томас посмотрел на Хорхе, ожидая решения. Латинос заговорил обыденным тоном:

— Как только мы вас, доходяг, накормим, чтобы вы не умерли с голодухи у нас на руках, ты понесешь заслуженную кару — за покушение на меня.

— Да ты что! — Если Минхо и испугался, то никак не проявил страха. — И какое наказание ты мне приготовил?

Хорхе посмотрел на Минхо с жутким безразличием на лице.

— Ты бил меня обеими руками, и посему отрежем тебе по пальцу с каждой.

ГЛАВА ДВАДЦАТЬ ДЕВЯТАЯ

Интересно, как Хорхе собирался отвлечь толпу отрезанием пальцев у Минхо?

Томас был достаточно умен, чтобы не доверять шизу после одной короткой беседы, и потому запаниковал: вдруг ситуация примет иной, ужасающий оборот. Но когда толпа загигикала и заулюлюкала, Хорхе посмотрел на Томаса, и что-то в его взгляде успокоило глэйдера.

Минхо, напротив, завелся. Едва Хорхе огласил приговор, вожак глэйдеров встал на ноги и, наверное, снова бросился бы в атаку, если бы симпатичная девушка не преградила ему путь, поднеся к горлу клинок. В ярком свете, бьющем через развороченные двери, блеснула алая капля крови. Теперь Минхо даже заговорить не мог без того, чтобы не причинить себе вреда.

— Вот мой план, — спокойно произнес Хорхе. — Мы с Брендой отведем этих дармоедов к кладовой и накормим. Потом встречаемся в Башне, скажем, через час. — Он посмотрел на часы. — Ровно в полдень. Принесем еды для остальных.

— Почему ты и Бренда? — спросил кто-то. Томас не сразу разглядел мужчину — пожалуй, самого старшего из шизов. — Вдруг они убегут? Их одиннадцать, вас двое.

Латинос ехидно прищурился, глядя на вопрошавшего.

— Спасибо за урок арифметики, Беркли. Когда забуду, сколько у меня больших пальцев, непременно позову тебя — вместе посчитаем. А пока завали хлебало и веди всех к Башне. Если эти дурни начнут рыпаться, Бренда порежет мистера Минхо на мелкие кусочки, пока я фигачу остальных. Они же на ногах еле держатся. Идите, ну!

Слава Богу... Томас понял: расставшись с бандой, Хорхе побежит. И уж конечно, не станет резать пальцы Минхо.

Старый с виду, Беркли был плечист и силен. В одной руке он сжимал грозный нож, в другой — большой молоток.

— Отлично, — сказал Беркли, выдержав долгий буравящий взгляд вожака. — Но если они смоются, перерезав тебе горло, знай: мы и без тебя прекрасно управимся.

— Спасибо на добром слове, hermano. Идите, или в Башне нас будет ждать двойное веселье.

Желая сохранить достоинство, Беркли хохотнул и, жестом подозвав дружков, выбежал в коридор — тот самый, по которому Хорхе недавно водил Томаса. Наконец последний шиз покинул большую комнату, и в ней остались глэйдеры, Хорхе и девушка с длинными каштановыми волосами. Бренда все еще не убрала ножа от горла Минхо, однако по поводу ее Томас не переживал.

Едва основная группа пораженных Вспышкой покинула вестибюль, Хорхе посмотрел на Томаса почти что с облегчением и тут же едва заметно покачал головой, будто опасался, что ушедшие все еще могут услышать их.

Внимание Томаса привлекло движение со стороны Бренды: убрав нож, девушка отошла от Минхо и не глядя стала оттирать со штанов пятнышко крови.

— Знаешь, я б тебя реально пришила, — сказала она грубоватым, хриплым голосом. — Тронь еще раз Хорхе — артерию перебью.

Коснувшись раны на шее большим пальцем, Минхо посмотрел на ярко-красный след.

— Острый у тебя ножик. С ним ты мне еще сильней нравишься.

Ньют и Фрайпан одновременно застонали.

— Да у нас тут новые шизы! — ответила Бренда. — Ты еще больше двинутый, чем я.

— Мы пока не сбрендили, — сказал Хорхе, становясь рядом с ней. — Но это ненадолго. Идемте. Надо быстрее добраться до склада и накормить вас, парни. Выглядите как стая голодных зомби.

Минхо идея не понравилась.

— Так я и побежал за стол с вами, шизами, чтобы вы потом отхерачили мне пальцы!

— Хоть раз помолчи, а? — отрезал Томас, взглядом пытаясь передать Минхо информацию иного толка. — Пошли пожрем. Что случится после с твоими белыми ручками, мне плевать.

Минхо прищурился, не понимая, однако в следующий миг до него дошло.

— Ладно, забей. Идемте.

Бренда неожиданно встала перед Томасом — почти вплотную. Глаза у нее были такие темные, что белки, казалось, сияли.

— Ты вожак?

Томас покачал головой:

— Нет. Главный — парень, которого ты чуть не проткнула ножом.

Бренда глянула на Минхо, затем снова на Томаса. И ухмыльнулась.

— Плохой выбор. Я, конечно, скоро съеду с катушек, но вожаком выбрала бы тебя. Ты и ведешь себя как главный.

— М-да, спасибо. — Томас жутко смутился, а потом вспомнил татуировку Минхо. Вспомнил свою, которая приговорила его к смерти. Чтобы скрыть внезапную перемену настроения, он наскоро придумал ответ. — Я... э... тоже поставил бы тебя главной вместо Хорхе.

Девушка поцеловала Томаса в щеку.

— Ты милый. Я и правда надеюсь, что убивать вас не придется.

— Пошли. — Хорхе жестом велел всем идти к разбитым дверям. — Бренда, хорош сюсюкаться. После склада нам предстоит долгий путь. Давайте, давайте, шевелитесь.

Бренда не сводила с Томаса глаз. От поцелуя по телу словно пробежал электрический разряд.

— Ты мне нравишься, — призналась девушка.

Томас судорожно сглотнул, не в силах подобрать ответ. Бренда тем временем облизнула уголок рта и, ухмыльнувшись, пошла к дверям. На ходу она засунула нож в карман штанов и крикнула, не оборачиваясь:

— Идем!

В этот момент на Томаса, наверное, пялились все до единого глэйдеры. Он натянул на голову рубашку и, не сдерживая легкой улыбки, вышел на разбитый тротуар улицы. Вскоре и остальные глэйдеры двинулись за ним навстречу испепеляющему жару солнца.

Бренда вела группу, а Хорхе замыкал строй. Шли, держась скудной тени под стеной дома, однако глаза с трудом привыкали к слепящему свету. Казалось, здания вокруг построены из магического камня и сами излучают неестественное сияние.

Бренда вывела глэйдеров к подобию заднего двора, и Томас увидел нечто напомнившее ему о прошлой жизни: ступени, уводящие под землю — наверное, к системе железнодорожного сообщения.

Не мешкая ни секунды и не дожидаясь идущих позади, Бренда спустилась по ступеням. Нож из кармана девушка вытащила и крепко сжала в руке, у бедра: приготовилась к атаке или к обороне — в любой момент.

Томас последовал за Брендой, торопясь уйти с солнца и, что важнее, добраться до пищи. Желудок просил еды, отзываясь болью на каждый шаг. И как еще Томас ноги передвигает?! Слабость разрасталась в теле подобно опухоли, заменяя органы ядовитыми метастазами.

В кромешной — и оттого не менее прохладной и приветливой — темноте Томас ориентировался на звук шагов провожатой. Наконец они достигли дверного проема, из которого шло оранжевое сияние. Бренда спокойно шагнула в него, а Томас задержался на пороге небольшой комнаты: сырой воздух, ящики, консервные банки, с потолка свисает однаединственная лампочка. И слишком мало пространства, чтобы вместить всю группу.

Бренда словно прочла мысли Томаса.

— Ты с приятелями подожди снаружи. Найдите где присесть, а я через секунду вынесу вкусняшек.

Томас кивнул, хотя Бренда и стояла к нему спиной. Вернувшись в коридор, он рухнул на пол подальше от товарищей, в глубине туннеля, твердо решив: не поев, наружу не выйдет.

«Вкусняшками» оказались консервированные бобы и нечто вроде сосисок (этикетки были на испанском, но Бренда перевела). Даже холодную пищу Томас умял до крошки, как вкуснейший деликатес. Пусть и наученный опытом не есть много после голодовки, Томас не смог обуздать себя. Если желудок отвергнет проглоченное, можно съесть еще. Желательно свежую порцию.

Раздав паек оголодавшим глэйдерам, Бренда отошла к Томасу и присела рядом. На тонких кончиках ее длинных прядей отражалось оранжевое сияние лампочки. Подле себя девушка поставила на пол пару рюкзаков, набитых припасами.

— Один для тебя.

— Спасибо. — Поглощая ложку за ложкой, Томас добрался до дна банки. Никто в туннеле не разговаривал; слышалось только мерное чавканье и глотание.

— Вкусно? — спросила Бренда, принимаясь за свою порцию.

— Я тебя умоляю! Мать родную столкнул бы с лестницы за эту жрачку. Если у меня еще есть мать.

Томас изо всех сил старался не вспоминать сон, в котором мельком видел маму. Мысли о ней причиняли боль, вызывая тоску.

— Быстро приедается. — Замечание Бренды выдернуло Томаса из раздумий. Правым коленом девушка касалось его голени. И скорее всего не случайно. — Выбор у нас из четырех-пяти блюд.

Томас постарался очистить разум, сосредоточившись на настоящем:

— Откуда еда? И сколько еще осталось?

— До того как этот город спалило солнце, в нем работало несколько пищевых заводов, а готовая продукция хранилась на больших складах. Иногда кажется, что из-за них-то ПОРОК и скидывает шизов сюда. И пока правительство твердит себе, дескать, больные хотя бы не умрут с голоду, мы медленно сходим с ума и режем друг друга.

Зачерпнув остатки соуса со дна банки, Томас облизнул ложку.

— Если еды запасено навалом, то почему выбор состоит всего из пяти продуктов? — Он вдруг испугался, что поспешил довериться Бренде и что она могла запросто накормить глэйдеров ядом. Впрочем, она ест те же консервы и подозрения скорее всего безосновательны.

Бренда ткнула в потолок туннеля большим пальцем.

— Мы обчистили ближайшие склады какой-то продуктовой компании. Разнообразием хранимое добро не отличалось. Я бы убила твою мать за свежие овощи с грядки. Салату бы...

— Если бы моя мама защищала овощную лавку от тебя, шансов у нее было бы не много.

— Я тоже так думаю.

Бренда улыбнулась, и даже в темноте Томас сумел различить ее улыбку. Девушка нравилась ему, хотя и пустила кровь его другу. А может, именно поэтому — в небольшой степени — Бренда Томасу и глянулась.

— В мире еще сохранились овощные лавки? — спросил он. — В смысле на что похож мир теперь, когда свирепствует Вспышка? Везде такая жарень и шастают спятившие?

— Нет. То есть я не знаю. Некоторые сумели вовремя бежать на Крайний Север или Юг. Бо́льшая часть людей погибла от солнечных вспышек. Я с севера Канады, и мои родители одними из первых добрались до поселений, организованных коалицией правительств — людьми, которые в конце концов сформировали «ЭТО ПОРОК».

У Томаса отвисла челюсть. В нескольких фразах Бренда описала мир куда подробнее любого, кого Томас, утративший память, встречал до сих пор.

— Попогоди, — пролепетал он. — Я должен все знать, расскажи про катастрофу. С самого начала.

Бренда пожала плечами.

— Что рассказывать-то? Трагедия случилась много лет назад. Вспышки на солнце начались неожиданно и протекали непредсказуемо, ученые не сообразили вовремя предупредить людей. Половина планеты сгорела, и в районе экватора умерло все живое. Климат теперь иной. Выжившие объединились, остатки правительства образовали новый союз. Вскоре обнаружилась утечка страшного вируса из одной лаборатории. Болезнь назвали Вспышкой, в честь причины наших бедствий.

— Ни фига себе... — выдохнул Томас и посмотрел на товарищей — может, кто слышал рассказ Бренды. Нет, глэйдеры, похоже, слишком увлеклись едой. Да и сидели Томас с девушкой далековато от основной группы. — Что же...

Бренда подняла руку, велев ему замолчать.

— Постой. Что-то не так. У нас, похоже, гости...

Ни Томас, ни глэйдеры ничего не заметили, однако Хорхе, вскочив на ноги, что-то прошептал Бренде на ухо. Вдруг со стороны лестницы раздался жуткий грохот, с каким крошится бетон и гнется металл. По туннелю туманом расползлось облако пыли, заглушившее скудный свет из комнаты с припасами.

Томас сидел, парализованный страхом, и смотрел, как бегут к разрушенным ступеням и сворачивают в боковой проход Ньют, Минхо и остальные глэйдеры. Тут его схватила за рубашку и вздернула на ноги Бренда.

— Бежим! — прокричала она, увлекая Томаса за собой дальше в глубь земли.

Очнувшись, Томас попытался вырваться, но девушка не пускала.

— Нет! Нам надо за остальными...

Не успел он договорить, как прямо перед ним обрушилась часть потолка — бетонные блоки с грохотом посыпались на пол, образуя завал. Путь к друзьям был отрезан; сверху послышался треск камня, и Томас понял: ни выбора, ни времени не осталось.

Он неохотно развернулся и последовал за Брендой, которая так и не выпустила его рубашки. Вместе парень и девушка помчались во тьму.

ГЛАВА ТРИДЦАТАЯ

Томас бежал. Бешено колотилось в груди сердце; некогда было даже мельком задуматься, из-за чего случился взрыв. Ничего не видя в темноте, Томас сдался, всецело доверившись бегущей впереди Бренде.

— Сюда! — крикнула девушка и так резко свернула направо, что Томас чуть не упал — Бренда помогла устоять. Как только он восстановил темп, она отпустила его. — Держись поближе ко мне.

Чем глубже они уходили в туннель, тем глуше становились звуки разрушения. Томас начал паниковать.

— А как же мои друзья? Что, если...

— Просто беги! Даже лучше, что мы разделились.

Воздух постепенно становился холоднее, тьма сгущалась. Силы вернулись к Томасу, и дыхание выровнялось. За спиной грохот практически смолк. Томас забеспокоился о товарищах, но чутье подсказало: с Брендой он в безопасности, глэйдеры сами о себе позаботятся, когда найдут выход. Однако что, если их пленили те, кто взорвал туннель? Вдруг глэйдеры мертвы? Кто тогда покушался на них? От тревоги сердце обливалось кровью...

Бренда сделала еще три поворота. Томас только диву давался, как девушка угадывает направление. Он уже хотел спросить, но тут она остановилась, оттолкнув Томаса чуть назад.

— Ничего не слышишь? — тяжело дыша, спросила Бренда.

Ничего, кроме их дыхания, Томас не расслышал. Вокруг — одна тишина, темнота.

— Нет. Мы где?

— Дома на окраине связаны сеткой туннелей. Они, может, и в город ведут, мы так далеко не заходили... Эти коридоры называются Подвалами.

Лица Бренды Томас не видел, зато слышал ее дыхание. Удивительно — если учесть местные условия жизни, — однако изо рта у девушки не пахло. Ее дыхание вообще не имело запаха и казалось даже приятным.

— Подвалы? — переспросил Томас. — Банальное название.

— Ну не я придумала.

— Насколько вы их исследовали? — Бегать вслепую по неизведанным коридорам? Нет уж, увольте.

— Не особенно хорошо. Постоянно натыкаемся на шизов, совсем плохих. Конченых.

Томас обернулся вокруг себя, пытаясь высмотреть в темноте сам не зная что. От страха тело напряглось, будто он нырнул в ледяную воду.

— Ну а... нам ничто не угрожает? Из-за чего взрыв-то случился? Надо вернуться и поискать моих друзей.

— Как насчет Хорхе?

— А?

— Его искать не надо?

Томас не хотел обидеть Бренду.

— Ну да, конечно, Хорхе, моих друзей, этих шанков... Нельзя их бросать.

— Что значит «шанк»?

— Забей. Просто... не пойму, из-за чего взорвалась лестница.

Вздохнув, Бренда подступила еще ближе к Томасу, прижалась грудью и зашептала, касаясь губами его уха:

— Пообещай мне кое-что.

Говорила она очень тихо, едва слышно. По всему телу пробежали мурашки.

— А... что же?

Бренда не отодвинулась.

— Несмотря ни на что, даже если весь путь нам придется проделать вдвоем, возьми меня с собой. До самого ПОРОКа, к лекарству, которое ты обещал Хорхе. Он все рассказал мне в кладовке. Я не останусь здесь, не хочу сойти с ума... лучше погибнуть.

Ухватив Томаса за обе руки и сжав их, Бренда положила голову ему на плечо. Девушка, должно быть, встала на цыпочки; кончиком носа она уткнулась Томасу в шею, и от каждого выдоха по телу вновь пробегали мурашки.

Приятно было чувствовать близость Бренды, и в то же время ситуация показалась Томасу странной и неуместной. Он вспомнил Терезу и моментально ощутил приступ вины. Умно, ничего не скажешь. Борьба за жизнь в самом разгаре: их группа посреди пустыни, собственная жизнь под ударом, товарищи, вполне возможно, мертвы, вместе с ними Тереза, а Томас обжимается с малознакомой девицей. Абсурднее не придумаешь.

— Эй... — Томас перехватил Бренду за плечи и слегка оттолкнул ее. Он не видел лица девушки, зато мог вообразить, как она на него смотрит. — Давай обдумаем дальнейшие действия?

— Сначала пообещай, — напомнила Бренда.

Ну и замашки! Томасу аж кричать захотелось.

— Ладно, обещаю. Хорхе тебе все рассказал?

— Наверное, почти все. Хотя, как только Хорхе велел группе идти без нас к Башне, я обо всем догадалась.

— О чем это — обо всем?

— Мы поможем вам пройти через город, а вы вернете нас к цивилизации.

Томасу стало не по себе.

— Если ты догадалась о сделке так быстро, то, может, и ваши друзья прочухали об измене?

— Точно.

— Что значит — точно? У тебя есть догадка?

Бренда положила руки Томасу на грудь.

— Скорее всего взрыв устроил Беркли. Я сначала подумала на конченых психов, но за нами никто не погнался. Выходит, наши собственные приятели попытались убить Хорхе. Они знают о других складах с едой и спусках в Подвалы.

«Странно: чего она так льнет-то?..»

— Зачем нас убивать? Какой смысл? Разумнее пойти с нами.

— Нет, нет, нет. Беркли и остальные здесь счастливы. Они чуть более сумасшедшие, чем я и Хорхе. Теряют рассудок. Вряд ли идея вернуться к людям пришла им в голову. Испугались, наверное, что Хорхе наберет банду из твоих дружков и... порешит старых подельников. Беркли думал, будто мы ушли в Подвалы составлять план убийства.

Отстранившись, Томас отошел к стене. Бренда не отставала — приблизилась и обхватила Томаса за талию.

— А... Бренда? — Что-то с этой девчонкой не так.

— Да? — отозвалась она, прижимаясь лицом к его груди.

— Что ты делаешь?

— В каком смысле?

— Ты как-то странно себя ведешь. Тебе самой не кажется?

Бренда рассмеялась — до того неожиданно, будто мозг ее окончательно сдался перед натиском Вспышки. Не переставая хохотать, девушка отошла.

— В чем дело? — спросил Томас.

— Ни в чем, — ответила Бренда, хихикая словно школьница. — Просто мы с тобой из разных мест. Извини.

— Как это — из разных? — Томасу вдруг снова захотелось объятий.

— Не переживай. — Веселье девушки постепенно утихло. — Прости, что я такая быстрая. Там, откуда я родом, это в порядке вещей.

— Нет... я не обижаюсь. Просто... забей, — пробормотал Томас, довольный, что Бренда не видит его лица. Оно сейчас, наверное, такое красное... Бренда умерла бы со смеху.

Вспомнилась Тереза. Вспомнился Минхо и все остальные. Надо взять себя в руки. Немедленно.

— Слушай, ты говорила, что за нами никто не гонится, — напомнил Томас, стараясь придать голосу как можно больше уверенности. — Идем назад?

— Уверен? — подозрительным тоном спросила Бренда.

— В каком смысле?

— Я могла бы провести тебя через город. Запасемся едой и бросим отставших. Сами достигнем убежища?

Нет, такой вариант Томас даже обсуждать не станет.

— Не хочешь возвращаться со мной — ладно, твое дело. Я пошел.

Положив ладонь на стену, Томас направился в обратную сторону.

— Подожди!

Догнав Томаса, Бренда взяла его за руку. Их пальцы переплелись, и парень с девушкой пошли рядом, как давние любовники.

— Прости. Мне правда жаль. Просто... я решила: малой группой легче пройти через город. Я ведь не особенно дружила с Беркли и другими. Не то что ты с... глэйдерами.

Томас не упоминал, как себя называют парни. Или кто-то другой ненароком обронил диковинное слово?

— По-моему, чем больше наших дойдет до убежища, тем лучше. Ну минуем мы город, а дальше? Количество может сыграть нам на руку.

Томас задумался над сказанным. Он и правда заботится о количестве только как о тактическом преимуществе? Когда он стал таким расчетливым?

— Понятно, — произнесла Бренда. Что-то в ней изменилось. Она уже не была такой уверенной. Пропал задор.

Освободив руку, Томас покашлял в кулак для отмазки. Искать руку Бренды он после не стал.

Следующие несколько минут они не разговаривали. Томас по-прежнему не видел Бренду, но чувствовал ее присутствие, а спустя энное количество поворотов впереди забрезжил свет и они быстро пошли ему навстречу.

Оказалось, это солнечные лучи проходят сквозь дыры в потолке на месте взрыва. Там, где прежде стояла лестница, теперь громоздилась гора бетонных осколков, гнутой арматуры и обломков труб. Взбираться по ней наверх нечего было и думать — слишком опасно. Из-за танцующих в воздухе, словно гигантские комары, пылинок свет принял форму плотных, почти осязаемых столбов. Пахло штукатуркой и чем-то горелым.

Обвал загородил дорогу и в кладовку, однако Бренда быстро отыскала заготовленные недавно рюкзаки.

— Вроде никого, — сказала она. — Сюда никто не возвращался. Хорхе, наверное, уже вывел твоих друзей через другой выход.

Томас понятия не имел, что ищет Бренда. Впрочем, один положительный момент заметил сам.

— Тел не видно. Взрывом никого не убило.

Бренда пожала плечами.

— Тела могли достаться шизам. Хотя сомневаюсь... Забей.

Томас кивнул, цепляясь за слова Бренды. Но что делать дальше? Идти по туннелям — Подвалам — и искать глэйдеров? Выйти на улицу? Вернуться к зданию, где Хорхе кинул Беркли и бывших союзников? Каждый вариант по-своему ужасен.

Томас огляделся, словно ответ мог чудесным образом появиться из воздуха.

— Идем через Подвалы, — прервала долгое молчание Бренда. Похоже, все это время она, как и Томас, обдумывала варианты действий. — Если наши наверху, они покойники. К тому же отвлекли внимание от нас на себя.

— А если они все еще под землей, мы их встретим? Туннели в конце концов сходятся?

— Да, верно. Хорхе поведет твоих друзей к горам. Пересечемся с ним и продолжим путь.

Томас посмотрел на Бренду и задумался. Точнее, сделал вид, что думает. Иного выхода, кроме как держаться новой знакомой, не оставалось. Бренда пока лучшая (если не единственная) возможность выполнить задание, избежав скорой и мучительной смерти от рук конченых шизов.

— Ладно, — согласился Томас. — Пошли.

Под слоем грязи на лице Бренды сверкнула улыбка. Вернуть бы момент близости в темноте...

Мысль исчезла так же быстро, как и родилась. Бренда, передав Томасу один рюкзак, порылась во втором и достала фонарик. Щелкнула выключателем, и пыльную завесу пронзил яркий луч. Бренда поводила им из стороны в сторону, выбирая направление, и наконец остановилась на длинном туннеле, где они успели побывать дважды.

— Погнали?

— Погнали, — пробормотал в ответ Томас. Идти ли за Брендой? Он все еще переживал за пропавших друзей. Однако стоило девушке стартануть, как он последовал за ней без вопросов.

ГЛАВА ТРИДЦАТЬ ПЕРВАЯ

Глядя на сырость и убогость, Томас пожалел, что вокруг не кромешная темень. Пол и стены — бетон, крашенный в тускло-серый цвет; тут и там подтеки воды. Через каждые несколько десятков шагов в стенах попадались двери, большей частью запертые. Светильники на потолке — почти все разбитые — покрывал толстый слой пыли.

В целом местечко производило впечатление населенного призраками склепа, и название «Подвалы» казалось очень даже подходящим. Для чего же построили их изначально? В качестве подземных переходов между зданиями на случай дождя? Или аварийных выходов? Или путей отступления при катастрофической солнечной активности и нападении сумасшедших?

Коридор сменялся коридором. Томас и Бренда почти не разговаривали, на развилках или перекрестках сворачивая то налево, то направо. Энергию, полученную от недавнего завтрака, организм Томаса истратил быстро. Через несколько часов удалось уговорить девушку остановиться и перекусить.

— Я так понимаю, дорога тебе известна, — сказал Томас, когда они вновь отправились в путь. Для него все коридоры выглядели одинаково: грязные, темные и если не сырые, то пыльные. В них царила тишина, нарушаемая только отдаленной капелью и шелестом одежды при ходьбе. Подошвы ботинок глухо ударялись о голый бетон.

Бренда вдруг резко обернулась и, посветив Томасу в лицо фонарем, прошептала:

— Страшно?

Подскочив на месте, Томас оттолкнул девушку.

— Хорош придуриваться, — прикрикнул он. Себя же Томас почувствовал донельзя глупо. Сердце от страха чуть не разорвалось. — Ты выглядишь как...

Бренда опустила фонарик, но взгляд ее был устремлен Томасу прямо в глаза.

— Как кто?

— Забей.

— Как шиз?

Томаса будто полоснули ножом по сердцу. Он и не думал о Бренде подобного.

— В общем... да, — буркнул он. — Прости.

Развернувшись, Бренда пошла дальше.

— Я и есть шиз, Томас. У меня Вспышка — значит, я шиз. И ты тоже.

Томас нагнал ее.

— Ты еще не конченый шиз. И... я пока не перешел Черту. Сбрендить мы не успеем, нас вылечат.

Лучше бы Крысуну не врать.

— Жду не дождусь. И кстати, я точно знаю, куда идти. Спасибо, что веришь мне.

Они продолжили путь, минуя поворот за поворотом, один длинный коридор за другим. Неспешное упражнение, мерная работа ног помогла Томасу не думать о Бренде, и он чувствовал себя намного лучше, чем в последние несколько дней. Разум словно погрузился в полудрему, подкидывая воспоминания о Лабиринте и Терезе. (В основном о ней.)

Наконец Бренда привела его в просторную комнату, из которой в разные стороны тянулось множество коридоров. Здесь, наверное, сходились туннели от разных зданий.

— Центр города? — спросил Томас.

Бренда присела возле стены, и он к ней присоединился.

— Типа того, — ответила девушка. — Видишь, полпути к границе проделали.

Хорошая новость. Правда, Томас не мог избавиться от ощущения, что подвел остальных. Где сейчас Минхо, Ньют да и все глэйдеры? Надо было поискать их, проверить, не в беде ли... Вот же он гад. А может, они давно покинули город?

От резкого звука — будто лопнула лампочка — Томас очнулся.

Бренда стрельнула лучом фонарика назад. Туннель, из которого они с Томасом вышли, полнился тьмой — разве что чернели на сером фоне потеки воды.

— Что это за звук? — прошептал Томас.

— Старая лампочка, — совершенно равнодушно ответила Бренда и отложила фонарик на пол, лучом в сторону стены напротив.

— С чего это старой лампочке лопаться? Вот так, на ровном месте?

— Понятия не имею. Крыса раздавила?

— Ни одной крысы тут не видел. Тем более они по потолку не бегают.

Бренда насмешливо глянула на Томаса.

— Да, ты прав, это была летучая крыса. Рвем когти.

Томас нервно хихикнул.

— Оборжаться.

Раздался еще хлопок, а за ним иной звук — как будто стекло рассыпалось по полу. Последние сомнения пропали: кто-то точно идет за Брендой и Томасом. И вряд ли это глэйдеры. Больше похоже на людей, стремящихся напугать беглецов. До дрожи в коленях.

Даже Бренда не смогла скрыть эмоций. Когда их с Томасом взгляды пересеклись, юноша прочел в ее глазах беспокойство.

— Вставай, — шепотом велела она.

Они поднялись на ноги одновременно. Тихо и быстро застегнув рюкзаки, Бренда еще раз стрельнула фонариком назад, в коридор. Ничего, пусто.

— Проверим, что там? — В тишине туннелей ее голос прозвучал очень громко. Любой, кто притаился в коридоре, мог расслышать их разговор.

— Проверим? — Давно такой дурацкой идеи Томасу не предлагали. — Нет, сама сказала: рвем когти.

— Чего-о? И позволить вот так нас преследовать?! Или дать им дружков собрать, чтобы засаду нам устроили?! Лучше сразу обо всем позаботиться.

Схватив Бренду за руку, Томас заставил ее направить луч фонарика в пол и, наклонившись, зашептал на ухо:

— Вдруг нас заманивают в тот коридор? На полу в нем нет ни единой стекляшки. Значит, кто-то бьет лампочки на потолке.

— Если у них достаточно людей для атаки, — возразила Бренда, — чего ради заманивать нас в коридор? Глупо. Проще выйти сюда и убить нас.

А что, логично.

— Тогда еще глупее сидеть здесь и лясы точить. Что будем делать?

— Давай просто... — Начав говорить, Бренда нацелила фонарик на проход в коридор и тут же умолкла. Глаза ее расширились от ужаса.

На самой границе светового пятачка Томас увидел мужчину, похожего на призрак. Слегка подавшись вправо, чужак судорожно подергивал левой ногой. Пальцы левой руки то и дело нервно сжимались. Мужчина был одет в темный костюм — некогда опрятный и элегантный, но теперь грязный и в потеках воды или иной, мерзкой, жидкости на коленях брюк.

Детали Томас заметил мельком. Больше всего внимания приковала к себе голова. Томас смотрел на нее словно зачарованный: лысый череп, как будто волосы выдрали, оставив на их месте кровоточащие струпья; влажное, мертвенно-бледное лицо в язвах; кровавое месиво на месте одного глаза; носа нет — лишь две щелочки под лохмотьями кожи.

Губы разошлись в стороны, обнажив стиснутые, по-звериному оскаленные зубы. Переводя взгляд с Бренды на Томаса, мужчина злобно посверкивал уцелевшим глазом.

Потом он, булькая — от чего Томас вздрогнул, — произнес всего несколько слов, настолько неуместных, что от этого стало только страшнее:

— Сунул нос в чужой вопрос. Отхватили — как не рос.

ГЛАВА ТРИДЦАТЬ ВТОРАЯ

Из груди Томаса вырвался тихий крик. Он даже не слышал его, просто почувствовал. Бренда стояла рядом, пригвожденная к месту, не сводя луча фонарика со страшного незнакомца.

Тот тяжело шагнул им навстречу, размахивая для равновесия правой рукой.

— Сунул нос в чужой вопрос. — В горле у него с отвратительным звуком лопнул пузырь слизи. — Отхватили — как не рос.

Затаив дыхание, Томас ждал, что предпримет Бренда.

— Ясно вам? — спросило страшилище, пытаясь вылепить из оскала широкую ухмылку. Сейчас оно напоминало животное, готовое броситься на добычу. — Как не рос. Отхватили. Сунул нос в чужой вопрос.

Он разразился влажным смехом, и Томас испугался, что больше никогда не сможет спать спокойно.

— Да, все ясно, — ответила Бренда. — Смешно.

Она ловко вытащила из рюкзака консервную банку и, прежде чем Томас успел подумать, хорошо это или надо остановить Бренду, запустила ею шизу в морду.

Шиз завопил, и у Томаса кровь застыла в жилах.

В комнату потянулись другие — сначала двое, потом трое, четверо. Мужчины и женщины, они выползали из тьмы и становились позади первого шиза. Все как один, давно перешедшие Черту. Отвратительные, пожранные Вспышкой, в язвах с ног до головы, жаждущие крови. И безносые.

— Не так уж и больно, — похвалился главный шиз. — У тебя милый носик. Мне ой как хочется новый нос.

Облизнув губы, псих снова оскалился. Язык его представлял собой омерзительную, покрытую шрамами пурпурную мочалку, словно шиз от нечего делать жевал его.

— И моим друзьям — тоже.

В груди, будто исторгнутый желудком ядовитый газ, растекся страх. Теперь понятно, во что под конец превращается инфицированный Вспышкой. Томас видел больных в финальной стадии из окна спальни, но там ребят защищали решетки; здесь — ничего. Ужас подобрался вплотную. Лица шизов казались примитивными, лишенными последней капли человеческого. Главный псих сделал шаг навстречу Томасу и Бренде, потом еще.

Пора бежать.

Бренда не сказала ни слова — да и не надо было. Едва она зашвырнула в морду шизу второй банкой, Томас развернулся и побежал вместе с девушкой. Позади раздались вопли, словно боевой клич армии демонов.

Луч фонаря скакал по полу и стенам, высвечивая тут и там повороты. У Томаса и Бренды имелось преимущество: шизы медлительны, их тела изъедены болячкой. Однако вдруг где-нибудь в глубине туннелей беглецов поджидают другие психи?

Бренда остановилась, потом резко свернула направо, потянув за собой Томаса. Тот слегка пошатнулся, но быстро восстановил равновесие и набрал нужный темп. Злобные крики и свист поутихли.

Бренда взяла влево, затем вправо и погасила фонарик. Ходу, впрочем, не убавила.

— Ты что задумала? — спросил Томас; боясь врезаться в стену, он вытянул перед собой руку.

Бренда в ответ шикнула. Надежна ли она? Томас доверил ей свою жизнь, но тогда просто выбора не оставалось. Да и сейчас его нет.

Бренда вновь остановилась, на сей раз надолго. В темноте они с Томасом тяжело дышали, восстанавливая пульс. Шизы вопили где-то позади, сокращая разрыв.

— Так, — прошептала Бренда. — Где-то... здесь...

— Что?

— Надежная комната. Убежище. Нашла его, когда лазила по Подвалам. Шизы о нем не допетрят. Идем.

Бренда за руку протащила его через узкую дверь, затем потянула на пол:

— Тут старый стол. Нащупал?

Она положила ладонь Томаса на гладкую деревянную поверхность.

— Ага, есть.

— Береги голову. Проползем под столом и через небольшой желоб в стене — в убежище. Для чего оно здесь — не знаю. Шизы его не отыщут, даже с фонариком... хотя вряд ли он у них есть.

Томас уже хотел спросить: как же они сами обойдутся без фонарика, — однако решил не терять времени. Бренда уже ползла вперед. Опустившись на четвереньки, Томас стал пробираться следом; пальцы его при этом то и дело задевали подошвы ботинок Бренды.

Через квадратный желоб вползли в узкую вытянутую комнату. Томас на ощупь попытался определить ее размеры; потолок был всего два фута высотой, и дальше пришлось тоже ползти.

К тому времени как Томас добрался до Бренды, девушка устроилась на боку, спиной к торцу. Он кое-как улегся в той же позиции: лицом к выходу, спиной к Бренде, чувствуя затылком дыхание девушки.

— Очень удобно, скажу я тебе.

— Молчи.

Томас прополз чуть в сторону, пока не уперся головой в стену. Притих и стал дышать глубоко и медленно, прислушиваясь: не идут ли шизы.

Поначалу от тишины, такой глубокой, звенело в ушах. Потом раздались первые звуки: кашель, случайные выкрики, дурашливые смешки — это психи с каждой секундой подходили все ближе и ближе. Томас чуть не запаниковал: как они могли загнать себя в ловушку?! — но потом, успокоившись, прикинул: шансов, что шизы отыщут комнатку в темноте, практически нет. Они пойдут дальше. Может, даже забудут о Томасе и Бренде. Лучше бы так: исчезнуть для шизов совсем, чем постоянно бегать от них.

В худшем случае Томас и Бренда отобьются, в узком-то проходе. Наверное...

Шизы подошли совсем близко. Томас старался сдерживать дыхание. Не дай Бог, выдать себя внезапным жадным вдохом. Несмотря на кромешную тьму, он закрыл глаза и напряг слух.

Шелест подошв по бетону. Хрипы, тяжелое дыхание. Кто-то постучал по стене — глухо и безжизненно. Послышались споры, безумные и невнятные. Томас разобрал только: «Сюда!» и «Нет, туда!» Потом еще кашель. Один шиз сплюнул на пол с такой силой, будто хотел избавиться от органа или двух. Разразилась полным безумия смехом женщина, и Томас вздрогнул.

Бренда стиснула его руку, и юноша в который раз ощутил укол вины, будто изменяет Терезе. Бренда такая чувственная и раскрепощенная. И как же глупо думать, когда есть...

В комнату вошел и остановился прямо перед лазом шиз. За ним — второй. Послышалось свистящее дыхание, шорох ног. Появился, подволакивая больную ногу и топая здоровой, третий урод. Не тот ли, что заговорил с Брендой и Томасом? Псих, чьи дрожащие рука и нога отягощают тело мертвым, бесполезным грузом?

— Ма-альчи-ииик, — ядовито позвал шиз. Точно, тот самый, его голос не забудешь. — Де-воч-ка-аааа. Покажитесь-покажитесь, хоть немного поскребитесь. Хочу ваши носики.

— Пусто, — сплюнула женщина. — Один только старый стол.

Скрип дерева по полу пронзил воздух и резко оборвался.

— Может, они под ним и прячут свои носики? — ответил главный шиз. — Носики, которые еще не расстались с милыми мордашками?

Томас прижался к Терезе, когда у самого лаза шаркнула нога или рука. В каком-то футе от прохода.

— Нет здесь ничего! — снова сказала женщина. Затем встала и пошла прочь.

Тело Томаса подобралось, напряглось, как пучок туго натянутых проводов. Не забывая контролировать дыхание, он постарался отпустить напряжение.

Шорох, перешептывание. Шизы словно собрались обговорить стратегию погони. Неужто их мозги на такое способны? Томас напряг слух, однако толком расслышать ничего не смог.

— Нет! — закричал один шиз. Вожак? — Нет! Нет-нет-нет-нет-нет-нет-нет.

Слова слились в тихое неразборчивое бормотание, прерванное женским:

— Да-да-да-да-да-да-да-да.

— Заткнись! — приказал вожак. Определенно вожак. — Заткнись-заткнись-заткнись!

Внутри у Томаса все похолодело, но кожа покрылась обильной испариной. Непонятно было, имеет ли спор шизов хоть какой-то смысл или это такое проявление безумия.

— Я ухожу! — заявила женщина, всхлипнув словно ребенок, которого оставили вне игры.

— И я, и я, — вторил ей другой шиз.

— Заткнись-заткнись-заткнись-заткнись! — на сей раз громче проорал вожак. — Пошли прочь, пошли прочь, пошли прочь!

Бесконечное повторение слов и фраз перепугало Томаса. Как будто в мозгу у шизов отключилась функция контроля над речью.

Бренда еще крепче стиснула его руку, и от ее дыхания на вспотевшей коже ощущался легкий холодок.

Зашаркали по бетонке ноги, зашелестела одежда.

Ушли?

Звуки резко стихли. Психи удалились в коридор (туннель или как оно там называется?) вслед за дружками. Вновь воцарилась тишина, и Томас слышал только дыхание — свое и Бренды.

Лежа на твердом полу, прижимаясь друг к другу, лицом к маленькому проходу, истекая потом, парень и девушка ждали. Тишина затянулась, в ушах опять зазвенело, но Томас продолжал вслушиваться. Как бы ни хотелось покинуть тесную комнатушку, он должен был убедиться, что опасность окончательно миновала.

Прошло несколько минут. Потом еще немного. Ничто не тревожило тишины Подвалов.

— Ушли, — прошептала Бренда и включила фонарик.

— Привет, носики! — завопил отвратительный голос. В лаз метнулась окровавленная рука и схватила Томаса за рубашку.

ГЛАВА ТРИДЦАТЬ ТРЕТЬЯ

Томас заорал, отбиваясь от покрытой струпьями и язвами руки. Глаза еще не привыкли к яркому свету фонарика. Прищурившись, он посмотрел на пальцы шиза. Тот рванул Томаса на себя, и парень ударился лицом о бетон. Вокруг носа полыхнула жуткая боль. Потекла кровь.

Шиз чуть ослабил хватку и снова рванул Томаса на себя. Ослабил — рванул, ослабил — рванул. И так снова и снова. Томас бился лицом о бетонную стенку. Невероятно, откуда у шиза столько силы?! В его-то прогнившем теле!

Бренда, достав нож, пыталась переползти через Томаса и выбрать позицию для удара.

— Аккуратней! — крикнул парень, увидев нож в опасной близости от себя, поймал шиза за запястье и попробовал выкрутить его, ослабить железную хватку. Куда там! Сумасшедший продолжал дергать парня на себя.

Закричав, Бренда наконец перебралась через Томаса и вонзила сверкнувшее лезвие шизу в предплечье. Тот издал демонический вопль и отдернул руку, оставляя на полу дорожку из капель крови. Выбежал в коридор, по которому разнеслось эхо криков боли.

— Нельзя его отпускать! — сказала Бренда. — Быстрей, вылезаем!

Все тело ныло, но Томас понимал: шиза точно нельзя упустить. Он извернулся, готовясь выскользнуть из лаза. Если вожак доберется до своих, Томасу и Бренде несдобровать. Психи наверняка услышали звуки возни и крики главного.

Самое трудное было просунуть плечи и голову, дальше легче — Томас использовал стену для рывка. Он вылез, не отрывая взгляда от психа, ожидая атаки. Шиз валялся всего в нескольких шагах от лаза, прижимая раненую руку к груди. Как только взгляды Томаса и шиза пересеклись, последний оскалился и, совсем как дикий зверь, зарычал.

Томас хотел было встать, но ударился головой о днище стола.

— Флять! — ругнулся он, выбираясь из-под старой деревянной конструкции.

Через мгновение и Бренда присоединилась к нему. Вместе они встали над шизом, который скрючился в позе эмбриона и подвывал. Из раны натекла порядочная лужица крови.

Держа в одной руке фонарик, Бренда нацелила на психа острие ножа.

— Лучше б ты смылся со своими дружками-уродами, старик. Зря с нами связался.

Извернувшись, мужчина с невероятной силой ударил Бренду ногой. Девушка врезалась в Томаса, и вместе они повалились на пол. Чиркнули по бетонке нож и фонарик; на стенах заплясали тени.

Поднявшись на ноги, шиз похромал к ножу. Томас нырнул вперед, перехватывая урода поперек колен. Падая, тот заехал Томасу локтем в челюсть.

Подскочила Бренда и дважды ударила шиза в лицо. Оглушенный, он не сопротивлялся, когда девушка рывком уложила его на живот и стала выкручивать руки. Псих дернулся было, но Бренда крепко прижала его коленями к полу. Противник издал пронзительный, полный чистого ужаса крик.

— Надо убить его! — сказала Бренда.

Стоя на коленях, Томас обреченно взирал на происходящее.

— Что? — В полнейшем ступоре, истощенный, парень не понимал, чего от него требуют.

— Бери нож! Психа надо убить!

Шиз орал неестественным, нечеловеческим голосом. Хотелось бежать отсюда, зажав уши.

— Ну же, Томас!

Томас подполз к ножу, взял его и, посмотрев на лезвие в карминовой смоле, обернулся к Бренде.

— Быстрей! — поторопила она, взбешенная его медлительностью.

Хватит ли духу? Сумеет ли он убить? Пусть и сумасшедшего, который желал ему смерти? Который хотел оторвать ему нос?

Еле передвигая ногами, Томас приблизился к Бренде. Нож он держал так, будто лезвие было смазано ядом. Или будто коснуться его значило подхватить сотню болезней, гарантирующих долгую смерть в агонии.

Прижатый к полу, шиз продолжал вопить.

Заметив, каким взглядом Томас смотрит на психа, Бренда решительно произнесла:

— Я переверну его. Коли прямо в сердце!

Томас чуть было не замотал головой, но сдержался. Выбора нет. Убить шиза надо.

Вскрикнув от натуги, Бренда повалилась на правый бок. Невероятно, но, перекатываясь вслед за ней, псих заорал еще громче. Он выгнулся, буквально подставляя грудь под удар.

— Бей! — скомандовала Бренда.

Томас перехватил нож покрепче. Затем для надежности взялся за рукоятку второй рукой. Надо, надо...

— Бей же!

Шиз вопил.

Пот в три ручья стекал по лицу Томаса.

Сердце колотилось, громыхало в груди.

Глаза жгло от соли. Тело ныло. Нечеловеческие крики разносились по подземелью.

— Бе-ей!

Вложив в удар всю силу, Томас вогнал нож психу в грудь.

ГЛАВА ТРИДЦАТЬ ЧЕТВЕРТАЯ

Следующие полминуты стали поистине ужасными.

Шиз бился в конвульсиях, задыхаясь и плюясь. Бренда держала его, пока Томас вворачивал нож, вгонял лезвие глубже и глубже. Псих не спешил умирать: свет безумия долго горел в его здоровом глазу, — силы, желание жить покинули его далеко не сразу.

Наконец пораженный Вспышкой человек умер, и Томас подался назад. Все его тело напряглось, будто моток ржавой проволоки. Парень судорожно хватал ртом воздух и боролся с приступом дурноты.

Ведь он убил человека. Забрал чужую жизнь.

Внутренности словно переполнились ядом.

— Пора уходить, — сказала Бренда, вскочив на ноги. — Остальные стопудово слышали шум. Пошли.

Как же быстро она забыла о содеянном, как скоро оправилась! С другой стороны, выбора не было. Первые крики, звуки погони разнеслись по коридору, словно смех гиен по каньону.

Томас заставил себя подняться на ноги, задавить чувство вины, которое грозило пожрать его.

— Ладно. Только не надо больше...

Сначала серебряные шары-головоеды. Теперь бой с шизами во тьме.

— Ты о чем?

Томас набегался по темным туннелям. На целую жизнь вперед.

— Хочу на свет. Плевать, что снаружи. Хочу на свет. Немедленно.

Спорить Бренда не стала. Просто повела Томаса дальше.

Миновав несколько поворотов, они вышли к длинной металлической лестнице — та уводила прямо на поверхность, к чистому небу. За спиной раздались крики шизов: смех, вопли, гогот, редкие взвизги.

Пришлось попотеть, чтобы открыть люк, но вот он сдвинулся с места и беглецы вылезли наружу, в серые сумерки, оказавшись в окружении невероятно высоких зданий: дома тянулись во всех направлениях. Кругом лежал мусор, кое-где — трупы. В воздухе витал запах разложения, пыли. Стояла жара.

И нигде ни души. Ни одного живого человека. На мгновение Томас испугался, что трупы — это глэйдеры, однако порченные тленом тела принадлежали взрослым мужчинам и женщинам.

Бренда медленно обернулась вокруг, пытаясь сориентироваться.

— Так, горы, похоже, в той стороне, — указала она в направлении одной из улиц.

— Уверена? — спросил Томас. Сам он среди огромных, скрывающих солнце зданий затруднялся определить, где север.

— Уверена. Пошли.

Шагая по пустой длинной улице, Томас оглядывался на каждое разбитое окно, на каждый дверной проем в надежде увидеть Минхо и глэйдеров. И в надежде не повстречать шизов.

Шли до наступления темноты, стараясь не попадаться никому на глаза. Томас услышал чей-то крик, из домов то и дело раздавался грохот. Однажды дорогу перебежала группа людей, но они были так далеко, что вряд ли заметили Томаса и Бренду.

Перед самым закатом молодые люди свернули за угол и увидели примерно в миле от себя край города. Здания резко заканчивались, и дальше во всем своем величии высились горы. Отсюда они смотрелись заметно крупнее. Голые каменистые склоны, и никаких снежных шапок на пиках, которые Томас вдруг смутно припомнил.

— Идем до конца? — спросил он.

Бренда в это время искала убежище.

— Хотелось бы... Во-первых, ночью по городу шататься опасно. Во-вторых, если идти, то до самых гор, что нам вряд ли удастся. Только в горах можно будет отыскать укромное местечко.

Как ни боялся Томас ночевать в городе, но вынужден был согласиться. Тревога за Минхо и остальных выедала его изнутри.

— Ладно, — произнес он вяло. — Куда идем?

— Не отставай.

Бренда завела его в тупик, к высокой кирпичной стене. Томасу показалось сумасшествием спать в месте с одним-единственным выходом. Бренда же убедила его в обратном: шизы не станут искать жертву в тупиковом переулке. К тому же здесь стояло несколько больших ржавых грузовиков, и в них можно было спрятаться.

Для ночлега выбрали машину, с которой сняли все, что могло пригодиться в хозяйстве. Томас забрался в просторную кабину и сел со стороны водителя на порванное мягкое кресло, отодвинув его как можно дальше от приборной панели, — оказалось неожиданно удобно. Бренда устроилась справа, на пассажирском сиденье.

Как только стемнело, снаружи через выбитые окна донеслись крики выходящих на охоту шизов.

Изможденный, Томас чувствовал боль во всем теле. Чуть ранее он попытался смыть с рук кровь убитого, но Бренда, взбесившись, заорала, что нечего попусту расходовать воду. Томасу невыносимо было видеть кровь у себя на ладонях. Сердце опускалось каждый раз, как он вспоминал об убийстве. И теперь нельзя отрицать страшной правды: если прежде у Томаса не было Вспышки — на что он в глубине души надеялся, — то сейчас он абсолютно точно заразился.

Сидя в темноте, прислонившись головой к дверце кабины, Томас целиком, с неотвратимой ясностью осознал содеянное.

— Я убил человека, — прошептал он.

— Ну да, убил, — тихо ответила Бренда. — Либо ты его, либо он тебя. Ты правильно поступил, не сомневайся.

Хотелось верить ее словам. Тот шиз окончательно спятил и вскоре умер бы от болезни. К тому же он всеми силами пытался навредить Томасу и Бренде. Убить их. Томас оборонялся, хотя понимание собственной правоты не притупило чувства вины. Убить человека... с таким нелегко смириться.

— Знаю, — сказал наконец Томас. — Просто это... так жестоко. Бесчеловечно. Было бы проще застрелить его.

— Ага. Жаль, что вышло так, как вышло.

— А вдруг я буду видеть его харю во сне? Постоянно? — Он разозлился на Бренду. Пока Томас решал, так ли убийство необходимо, она заставила его пырнуть шиза.

Бренда повернулась к нему, и в лунном свете стали видны ее темные глаза и чумазое личико.

Странно: однако, глядя на Бренду, Томас захотел вернуть Терезу.

Бренда сжала его руку. Томас не сопротивлялся, но и не ответил на ее пожатие.

— Томас? — позвала девушка, заметив его отсутствующий вид.

— А?

— Ты спас не только свою шкуру. Ты и меня спас. Вряд ли я справилась бы в одиночку.

Томас кивнул. Сердце разрывалось от боли: все друзья пропали. Скорее всего мертвы. Чак точно мертв. Тереза потеряна. Сам Томас на полпути к убежищу, спит в кабине грузовика с девушкой, которая в конце концов спятит, а грузовик — посреди города, наводненного кровожадными психами.

— Ты с открытыми глазами спишь? — спросила Бренда.

Томас попробовал выдавить улыбку.

— Нет. Задумался, как все хреново.

— Не у тебя одного все хреново. И у меня хреновее некуда. Но я рада, что встретила тебя.

Такое простое и милое предложение... Томас зажмурился, и боль преобразилась в некое чувство к Бренде. Почти такое же, какое он испытывал по отношению к Чаку. Томас возненавидел людей, из-за которых Бренда здесь, в этом городе. Возненавидел болезнь, Вспышку. Захотел все исправить.

Открыв глаза, он тоже посмотрел на Бренду.

— И я рад. В одиночку было бы еще хуже.

— Они убили моего папу.

Ошарашенный внезапной сменой темы, Томас поднял голову.

— Что?

Бренда медленно кивнула.

— ПОРОК. Папа не хотел отдавать им меня. Кричал как сумасшедший, набросился на них... вроде со скалкой. — Бренда тихонько хихикнула. — Ему прострелили голову.

В бледном свете луны у нее на глазах блеснули слезы.

— Ты серьезно?

— Ага. Я все видела. Папа умер еще в падении.

— Господи... — Томас не знал, что сказать. — Мне очень... жаль. У меня самого убили лучшего друга. Он у меня на руках умер. — Помолчав, он спросил: — А твоя мама?

— Пропала и долго не появлялась. — Бренда умолкла, и Томас решил не давить. Да ему и знать-то больше ничего не хотелось.

— Я так боюсь сойти с ума, — после долгой паузы произнесла Бренда. — Уже схожу. Многое кажется странным, непонятным. Ни с того ни с сего я начинаю думать о какой-то ерунде. Воздух иногда такой... жесткий. Не знаю, к чему это, и боюсь. Вспышка забирает меня. В самый ад.

Не выдержав взгляда Бренды, Томас опустил глаза.

— Не сдавайся. Доберемся до убежища, и нас вылечат.

— Пустая надежда. Но лучше такая, чем никакой.

Она сильнее сжала руку Томаса, и на этот раз он ответил ей тем же. А потом — невероятно! — они заснули.

ГЛАВА ТРИДЦАТЬ ПЯТАЯ

Томас пробудился от кошмара. Снилось, будто Минхо и Ньюта зажали в угол конченые шизы. Психи с ножами. Злые психи. Пролилась кровь...

Открыв глаза, он огляделся.

Кабину по-прежнему окутывала тьма, парень едва смог разглядеть Бренду. Он даже подумал, что все еще спит.

— Кошмары мучают? — спросила вдруг девушка.

Опустившись на спинку сиденья, Томас закрыл глаза.

— Да. Никак не забуду друзей. Фигово мне от того, что мы разделились.

— Мне жаль, правда. Очень жаль. — Она поерзала в кресле. — Не беспокойся. Твои приятели глэйдеры с виду крепкие, умные. А если не так, то Хорхе поможет, он воробей стреляный. Проведет через город на раз. Не переживай зря, лучше о нас волнуйся.

— Ну спасибо, успокоила.

Бренда рассмеялась:

— Прости... Я шутила. Ты моей улыбки не видел.

Включив подсветку на часах, Томас проверил время.

— До рассвета еще несколько часов.

Помолчав немного, он снова заговорил:

— Расскажи еще о мире. Нам здорово подтерли память. Кое-что вспомнилось, но это так, обрывки. Не знаю, настоящие ли они. К тому же в них о внешнем мире почти ничего нет.

— Внешний мир, говоришь? — глубоко вздохнула Бренда. — Ну, хреново сейчас во внешнем мире. Температура начала понижаться, однако уровень морей восстановится ой как не скоро. Со времени последней вспышки утекло много воды, Томас, и людей умерло предостаточно. Просто невероятно, как мы быстро оправились и приспособились. Если бы не уродская Вспышка, цивилизация выдержала бы марафон на выживание... Эх, если бы да кабы... дальше не помню. Эту фразу любил повторять папа.

Томас едва мог сдержать любопытство.

— Что произошло? Образовались новые страны или просто объединенное правительство? Как с ним связан ПОРОК? Может, он и есть правительство?

— Прежние страны сохранились, но... границы стираются. Как только начала свирепствовать Вспышка, главы государств объединили силы, ресурсы, технологии — все ради создания ПОРОКа. Он учредил зверскую программу тестов, карантин. Распространение болезни замедлилось, но не остановилось. По-моему, единственный шанс побороть Вспышку — найти лекарство. Надеюсь, тебе не солгали и оно существует. Правда, его почему-то не дают нуждающимся.

— Ну а мы где? — спросил Томас. — Географически?

— В машине. — Томас не засмеялся, и Бренда продолжила: — Прости, не время для шуток. Судя по этикеткам на консервах, мы в Мексике. Или, точнее, на ее месте. Теперь здесь Жаровня. В основном территории между двумя тропиками — Раком и Козерогом — полностью превратились в пустыню. Центральная и Южная Америка, почти вся Африка, Ближний Восток, юг Азии. Повсюду мертвые земли, трупы... Милости прошу на Жаровню. По-моему, со стороны правительства мило ссылать сюда нас, шибздиков.

— Господи... — В голове у Томаса бушевал ураган мыслей. Откуда он знает о своей принадлежности — самой прямой — к ПОРОКу? О принадлежности к нему Групп «А» и «В», Лабиринта и всякой прочей ерундени, через которую надо пройти? Томас еще не мог составить осмысленной картины происходящего.

— Господи? — переспросила Бренда. — И все? Лучше ничего сказать не можешь?

— Слишком много вопросов. Не знаю, с какого начать.

— Знаешь что-нибудь об анальгетиках?

Томас посмотрел на девушку, жалея, что не видит ее лица.

— Кажется, Хорхе говорил о них. Что это такое?

— Сам знаешь, как устроен мир. Новые болезни — новые лекарства. Если нельзя убить саму болезнь, борются против симптомов.

— А что делает это лекарство? У тебя оно есть?

— Ха! — презрительно вскрикнула Бренда. — Как будто нам выдают его! Такую круть могут себе позволить только шишки. Они называют лекарство кайфом. Оно притупляет эмоции, процессы в мозгу, вводит в ступор. Ты словно пьяный, практически не чувствуешь ничего. Лекарство сдерживает Вспышку, потому что болезнь гнездится в голове. Пожирает мозг, губит его. Если он не работает, то и вирус слабеет.

Томас скрестил руки на груди. Он упускал нечто важное, не мог ухватить сути.

— Выходит... это не лекарство? Пусть оно и замедляет действие вируса?

— Даже близко не лекарство. Анальгетик отсрочивает неизбежное. Вспышка все равно побеждает, и ты теряешь способность размышлять здраво, рационально, перестаешь сострадать... и ты уже не человек.

Томас молчал. Сейчас он еще сильнее, чем прежде, чувствовал, как некая — очень важная — часть памяти пытается просочиться сквозь щель в стене, ограждающей его от прошлого. Вспышка. Мозг. Сумасшествие. Анальгетик, кайф. «ЭТО ПОРОК». Испытания. Речи Крысуна о том, что весь сыр-бор — из-за реакций глэйдеров на Переменные.

— Спишь? — спросила Бренда спустя несколько минут.

— Нет. Просто информации слишком много. — Рассказ Бренды вызвал смутную тревогу, однако Томас все никак не мог сложить части головоломки. — Надо все обмозговать...

— Тогда молчу. — Девушка отвернулась и положила голову на дверцу. — И ты перестань думать. Все равно пользы не будет. Лучше отдыхай.

— Ага, — промямлил Томас, расстроенный, что, получив столько намеков, не может решить загадки. Впрочем, Бренда права: ночь больше годится для отдыха. Устроившись поудобнее, Томас постарался заснуть, однако скоро забыться не вышло.

Наконец приснился сон.

Томас опять старше. Ему около четырнадцати. Они с Терезой стоят на коленках у двери, подслушивают. Через щель отчетливо доносятся голоса мужчины и женщины.

Мужчина говорит первым:

— Ты получила дополнения к списку Переменных?

— Еще вчера вечером. Мне понравилось окончание Лабиринта, предложенное Трентом. Жестоко, но необходимо. Можем получить в итоге интересную матрицу.

— Абсолютно согласен. То же думаю и о сценарии предательства. Надеюсь, его отработают.

Женщина издает звук, похожий на смех, только напряженный и безрадостный.

— Да, у меня те же мысли. То есть, Боже правый, сколько ребята смогут выдержать, пока сами не свихнутся?

— Не в том дело. Опыт рискованный. Вдруг он погибнет? Мы все согласны, что к нужному моменту он достигнет уровня первейшего Кандидата.

— Не погибнет. Мы не допустим.

— И все же... мы не Господь Бог. Всякое может случиться.

Повисает долгая пауза, затем мужчина говорит:

— Надеюсь, до крайности не дойдет. Мозгачи считают, что в итоге мы получим множество необходимых реакций.

— Ну, подобное стимулирует сильные эмоции и сложнейшие реакции, если верить Тренту. Переменные — это, по-моему, единственный способ добиться желаемого.

— Ты действительно считаешь, что Испытания оправдают себя? — спрашивает мужчина. — Логически шансы оставляют желать лучшего. Подумай, сколько всего может выйти из-под контроля.

— Ты прав, многое непредсказуемо. Но какова альтернатива? Надо попробовать, и если ничего не получится, мы окажемся в точке отсчета. Как будто и не начинали опытов.

— Может быть.

Тереза дергает Томаса за рубашку и тычет пальцем в сторону коридора. Пора уходить. Кивнув, Томас приникает к двери — вдруг да удастся услышать напоследок что-нибудь эдакое. И — есть!

— Жаль, что окончания тестов мы не застанем, — говорит женщина.

— Да. Зато потомки будут нам благодарны.

Томаса разбудил жемчужный свет утренней зари. После полуночного разговора с Брендой и даже после сна он вроде бы ни разу не пошевелился за ночь.

Кстати, сон... Самый странный за последнее время. Столько всего было сказано, и слова уже начинают ускользать из памяти — никак не ухватиться за них, не втиснуть эти отрывки в картину прошлого, которая, казалось бы, только-только начала проясняться. Томас позволил себе немного надежды, что он не так уж и сильно связан с проектированием Испытаний. И хотя сон оставался малопонятным, Томас заключил: то, что они с Терезой подслушивали под дверью за взрослыми, означало их неполную причастность к разработке тестов.

Но какова цель Создателей? И почему потомки должны быть им благодарны?

Томас протер глаза и, потянувшись, посмотрел на Бренду. Девушка спала, чуть приоткрыв рот; грудь ее мерно вздымалась и опадала. Тело словно еще больше занемело со вчерашнего дня, однако здоровый сон принес отдохновение разуму. Томас ощутил свежесть, силы. Пусть подавленный и сбитый с толку из-за непонятного сна и прочего рассказанного Брендой, Томас был готов продолжать путь.

Он еще раз потянулся и хотел от души зевнуть, как вдруг заметил на стене нечто знакомое — металлическую пластинку, прибитую прямо к кирпичной поверхности.

Выбравшись из кабины, Томас на негнущихся ногах приблизился к ней. Практически один в один как та в Лабиринте со словами: **«ЭКСПЕРИМЕНТ «ТЕРРИТОРИЯ ОБРЕЧЕННЫХ». ПРОГРАММА ОПЕРАТИВНОГО РЕАГИРОВАНИЯ. ОБЩЕМИРОВАЯ КАТАСТРОФА».**

Та же тусклая поверхность, тот же шрифт. Только слова иные; Томас пялился на них минут пять, пока наконец не сообразил, о чем они сообщают:

«ТОМАС, ИСТИННЫЙ ЛИДЕР — ТЫ».

ГЛАВА ТРИДЦАТЬ ШЕСТАЯ

Если бы не Бренда, Томас так и проторчал бы перед табличкой остаток дня.

— Я все ждала подходящего момента, чтобы рассказать о ней, — заговорила девушка, окончательно выдергивая Томаса из задумчивости.

Вздрогнув, он повернулся к ней.

— Что? Ты о чем?

Бренда смотрела на табличку, не на Томаса.

— Как только узнала твое имя... Хорхе тоже. Услышав, как тебя зовут, он, наверное, сразу решил испытать удачу и проводить тебя через город до этого твоего убежища.

— Бренда, о чем ты?

Наконец она оторвалась от созерцания таблички и посмотрела Томасу в глаза.

— Такие знаки — по всему городу, и надпись на них одна и та же.

Колени у Томаса подогнулись, и он, опустившись на землю, привалился спиной к стене.

— Как... как такое вообще возможно? Табличка-то уже давно висит...

Он не знал, что еще сказать.

— Без понятия, — ответила Бренда, присаживаясь рядом. — Нам эти знаки ни о чем не говорили. Зато когда прибыла твоя компания и ты назвался... В общем, мы сразу поняли: совпадения быть не может.

Томас одарил ее тяжелым взглядом, чувствуя, как внутри закипает гнев.

— Почему сразу не сказала? Хватаешь меня за руки, рассказываешь, как убили твоего отца, а про это — молчок?!

— Я боялась твоей реакции. Думала, сорвешься и побежишь искать эти таблички по всему городу. И меня позабудешь.

Томас вздохнул. Как же ему это все надоело... Он с силой выдохнул, отпуская гнев.

— Еще одна часть бессмысленного кошмара.

Выгнув шею, Бренда посмотрела на табличку.

— Как ты мог не знать, о чем здесь говорится? Проще ведь не бывает. Быть тебе лидером, захватить власть. Я помогу и заслужу свое место. Место в убежище.

Томас рассмеялся:

— Я посреди города, заполненного шизами, у которых мозги давно прогнили. Меня хочет убить команда девчонок, и мне, значит, стоит беспокоиться о том, кто настоящий лидер моей группы? Бред.

Бренда поморщилась.

— Девчонки хотят убить тебя? О чем ты?

Томас не ответил. Стоит ли рассказывать всю историю от начала и до конца? Стоит ли вообще рассказывать что-либо Бренде?

— Ну? — надавила девушка.

Наконец решив, что неплохо бы излить душу и что Бренда заслужила доверие, Томас сдался и начал рассказ. Если до того он кормил Бренду намеками и недомолвками, то теперь со смаком излагал детали. О Лабиринте, о спасении, о том, как глэйдеры проснулись и поняли: никто их не спас. Об Эрисе и Группе «В». Про Терезу Томас особенно не распространялся, однако Бренда явно о чем-то догадалась. Наверное, поняла по глазам.

— У вас с этой Терезой что-то есть? — спросила Бренда, когда Томас закончил.

Он не знал, как ответить. Есть ли у них с Терезой «что-то»? Они близки, они друзья... и всё? Томас еще не вспомнил прошлого и потому не мог судить, насколько близки они были с Терезой до Лабиринта, когда помогали создавать эту чудовищную махину.

А совсем недавно они целовались...

— Том? — позвала Бренда.

Томас резко обернулся к ней.

— Не называй меня так.

— Гм? — удивилась (и, похоже, обиделась) Бренда. — Почему?

— Просто... не называй, и все. — Как ни погано чувствовал себя Томас, сказанного вернуть он не мог. Томом звала его Тереза.

— Ясно. И как мне тебя звать? «Мистер Томас»? Или «царь Томас»? Или еще проще, «ваше величество»?

— Прости, — вздохнул он. — Называй как хочешь.

Бренда издала саркастичный смешок, и оба погрузились в молчание.

Несколько минут они просидели в мирной тишине, которую вдруг прервали приглушенные удары. Томас насторожился.

— Слышишь? — спросил он, обратив все внимание на странный звук.

Чуть склонив голову набок, Бренда застыла, прислушалась.

— Ага. Будто кто-то в барабан бьет.

— Похоже, игры закончились. — Томас поднялся и помог встать Бренде. — Как по-твоему, что это?

— Что-то очень плохое.

— А может, друзья наши?

Низкое бум-бум-бум доносилось отовсюду, его эхо витало в переулке, отражаясь от стен. Однако через несколько секунд Томас понял: исходит оно из угла. И невзирая на риск, парень кинулся в конец тупика.

— Что ты делаешь? — попыталась остановить его Бренда.

Томас остановился у стены из колотых кирпичей. Тут же спускались под землю, к старой деревянной двери, четыре ступеньки. Над дверью имелось крохотное прямоугольное окошко: сверху, словно последний зуб, торчал единственный осколок стекла.

Изнутри доносилась музыка — жесткая, быстрая, с мощными басами и визжащими гитарами. К общей какофонии примешивались смех и нестройное пение. Томасу стало очень не по себе.

Подобное веселье отнюдь не в духе друзей Томаса. Видно, шизы не только за чужими носами охотятся.

— Уходим отсюда, — сказал Томас.

— Думаешь? — ответила Бренда из-за плеча.

— Да пошли же.

Они развернулись, готовые подняться, и застыли на месте. Всего в нескольких футах от них стояли трое: мужчины и женщина. Они подошли незаметно, когда Томас и Бренда отвлеклись.

При взгляде на этих троих сердце Томаса ушло в пятки: грязные лохмотья, спутанные волосы, чумазые лица... правда, на теле нет ран и в глазах еще теплится искра разума. Это психи, только не конченые.

— Эй вы, — позвала женщина: длинные рыжие волосы собраны в хвост, рубашка расстегнута так сильно, что Томас с трудом заставил себя смотреть женщине в лицо. — Идемте с нами, потусим. Танцы-шманцы-обниманцы. Бухла — залейся.

Уловив в ее голосе подозрительный оттенок, Томас забеспокоился. Дамочка не пыталась быть милой, она глумилась.

— Э нет, спасибо, — ответил Томас. — Мы... это... просто...

— Друзей ищем, — вмешалась Бренда. — Мы новенькие, осваиваемся.

— Добро пожаловать в Шизоленд а-ля ПОРОК, — произнес один из мужчин, страшный дылда с сальными волосами. — Не бойтесь: там, внизу, — он кивнул в сторону двери с окошком, — спятили максимум наполовину. Подумаешь, локтем в рожу съездят или пнут по кукаям. Зато не слопают.

— По кукаям? — переспросила Бренда. — Это как?

Мужчина указал на Томаса.

— Я к парню обращался. Тебе трудней придется, если ты не с нами. Ты девчонка, все такое...

Томаса начало мутить.

— Заманчивое предложение, но нам пора. Друзей надо искать. Может, вернемся еще.

Вперед выступил второй мужчина. Низкорослый, приятной наружности, блондин, стриженный под «ежик».

— Вы дети. Пора вам научиться жизни. Познать радость. Официально приглашаем вас на праздник.

Каждое слово последней фразы он чеканил без намека на вежливость.

— Еще раз спасибо, но мы вынуждены отказаться, — ответила Бренда.

Из кармана длиннополой куртки Блондин достал пистолет. Серебристый корпус оружия потускнел и порядком засалился, однако ужаса наводил ничуть не меньше.

— Вы не поняли. От нашего приглашения не отказываются.

Страшный Дылда вынул нож, Хвост достала отвертку, кончик которой покрывали черные пятна (скорее всего крови).

— Ну, что скажете? — спросил Блондин. — Идете с нами на праздник?

Томас глянул на Бренду. Девушка смотрела на Блондина так, будто готовилась совершить какую-нибудь глупость.

— Понял, — быстро ответил Томас. — Мы идем. Ведите.

— Что?! — резко обернулась к нему Бренда.

— У них пистолет, нож и отвертка. Еще глаза нам на уши натянут.

— Умный у тебя парень, — заметил Блондин. — Ну идемте же, повеселимся. — Он стволом пистолета указал на дверь. — Гости — вперед.

Бренда явно злилась, однако в глазах ее читалось смирение. Девушка поняла: выбора нет.

— Отлично.

Блондин улыбнулся и в этот момент здорово напомнил змею.

— Вот это дух. Все тип-топ, не бойтесь.

— Никто вас пальцем не тронет, — пообещал Страшный Дылда. — Если, конечно, будете вести себя как следует. Не как тряпки. К концу праздника сами к нам попроситесь. Гарантирую.

Томас изо всех сил старался не поддаться панике.

— Идемте уже, — сказал он Блондину.

Тот указал пистолетом на ступени.

— Тебя ждем.

Схватив за руку, Томас притянул девушку поближе к себе.

— Идем повеселимся, дорогая, — произнес он как можно саркастичнее. — Праздник ждет!

— Милашки, — сказала Хвост. — Как увижу влюбленную парочку, так плакать хочется.

Она смахнула со щек воображаемые слезы.

Ни на секунду не забывая о нацеленном в спину пистолете, Томас повел Бренду вниз, к старой двери. Места в узком коридорчике хватало как раз на двоих, пройти плечом к плечу. Не заметив ручки, Томас вопросительно посмотрел на Блондина, стоявшего на две ступеньки выше, и тот сказал:

— Нужен условный стук. Три раза медленно и три раза быстро кулаком и два раза — костяшками.

Томас возненавидел этих людей. Возненавидел за то, как спокойно, издевательски-вежливо они разговаривают. В каком-то смысле эти шизы намного хуже безносого пугала, зарезанного Томасом накануне в Подвалах. Там хотя бы понятно было, чего ждать.

— Стучись, — прошептала Бренда.

Сжав пальцы в кулак, Томас три раза медленно ударил по двери, затем три раза быстро и, наконец, дважды постучал костяшками пальцев. Дверь открылась тотчас же, выпустив на улицу шквал оглушительной музыки.

Привратником служил здоровый детина: пирсинг в ушах и в носу, татуировки по всему телу, длинные, намного ниже плеч, белые волосы. Томас не успел толком разглядеть амбала, как тот поприветствовал его:

— Здорово, Томас. Заждались мы тебя.

ГЛАВА ТРИДЦАТЬ СЕДЬМАЯ

В следующую минуту Томас решил, что сходит с ума, — настолько перегружены были все пять чувств.

Приветствие ошеломило, но не успел Томас ответить, как здоровяк втянул их с Брендой в плотно набитый людьми зал и принялся проталкиваться через толпу танцующих, крутящихся, скачущих и обжимающихся тел. Музыка оглушала, от грохота барабанов, казалось, череп трещит по швам. С потолка свисало несколько фонариков; люди задевали их, и фонари, качаясь из стороны в сторону, пронзали толпу лучами света.

Длинноволосый наклонился и заговорил с Томасом. Детину едва было слышно, хотя он практически орал Томасу в ухо.

— Слава Богу, пока есть батареи! Хреново, когда они разряжаются!

— Откуда ты знаешь мое имя? — проорал в ответ Томас. — Зачем меня ждали?

Детина рассмеялся.

— Всю ночь за тобой следили! Утром через окошко увидели, как ты отреагировал на табличку! Тогда и поняли, что ты тот самый знаменитый Томас!

Бренда обеими руками обхватила Томаса за талию. Так, наверное, надеялась не отстать от него в тесной толпе. Услышав о слежке, обняла еще крепче.

Обернувшись, он заметил, что Блондин и его приятели следуют за ними по пятам. Пистолет шиз убрал, однако, понятное дело, достать мог в любой момент.

Музыка ревела, басы сотрясали стены. Люди вокруг дергались в танце; клинки света пронзали воздух. Тела шизов влажно блестели от пота, и жар, исходивший от них, неприятно разогревал комнату.

Где-то посередине зала Длинноволосый развернулся к Томасу и Бренде, хлестнув их по щекам странной белой гривой.

— Ты нам очень нужен! Ты особенный! Мы защитим тебя от злых шизов!

Хорошо, что они не знают всего. Может, дела не так уж и плохи? Стоит подыграть этим тусовщикам: притвориться особенным шизом, — а после улучить момент и ускользнуть вместе с Брендой.

— Пойду принесу вам попить! — предложил Длинноволосый. — Веселитесь!

Он растворился в плотной массе извивающихся тел, но Блондин с приятелями никуда не исчез. Втроем они стояли, неотрывно глядя на Томаса. Хвост махнула ему рукой.

— Потанцуем? — крикнула она, хотя сама пускаться в пляс не спешила.

Томас не без труда развернулся лицом к Бренде. Надо было поговорить.

Бренда словно прочла его мысли и, обхватив руками за шею, приникла губами к уху. От горячего дыхания девушки покалывало покрытую испариной кожу.

— Как же мы вляпались в это дерьмо? — спросила Бренда.

Не зная, что делать, Томас обнял ее за талию, ощутил тепло тела сквозь пропитанную потом одежду. И в то же время его мучило чувство вины и тоска по Терезе.

— Еще час назад я о таком и помыслить не мог, — произнес он на ухо Бренде, зарывшись лицом в волосы. Ничего умнее придумать не сумел.

Зазвучала новая мелодия — нечто пронзительное и тоскливое. Ритм замедлился, бой барабана как будто стал глубже. Слов разобрать не получалось, однако солист пел о чем-то ужасно трагичном, печально завывая и беря высокие ноты.

— Может, останемся на какое-то время? — предложила Бренда.

Томас сам не заметил, как они начали танцевать. Плотно прижавшись друг к другу, парень и девушка медленно двигались в такт музыке.

— Зачем? — удивился Томас. — Ты что, сдаешься?

— Нет. Но я устала, а здесь может быть безопаснее, чем снаружи.

Хотелось верить ей. Вроде не было причин подозревать Бренду в обмане, однако Томас чувствовал смутное беспокойство. Может, она заманила его сюда? Нет, не надо придумывать.

— Бренда, не подводи меня. У нас один шанс спастись — дойти до убежища. Там ждет лекарство.

Бренда слегка покачала головой.

— В спасение так трудно поверить. Трудно надеяться на что-то.

— Не говори так. — Томас не хотел думать, как она. Не хотел слышать подобных речей.

— Если есть лекарство, зачем ссылать шизов сюда? Бессмыслица получается.

Испугавшись внезапной перемены в ее настроении, Томас чуть отстранился и посмотрел ей в лицо. Глаза Бренды блестели от слез.

— Это ты говоришь бессмысленные вещи, — ответил Томас и замолчал. Он не хотел, чтобы его сомнения передались Бренде. — Лекарство есть. Надо...

Он не договорил. Обернулся и посмотрел на Блондина. Вряд ли псих слышит их, но береженого Бог бережет.

Томас снова зашептал Бренде на ухо:

— Говорю тебе, надо уходить. Или хочешь остаться с людьми, которые угрожают тебе пистолетами и отвертками?

Не успела Бренда ответить, как вернулся Длинноволосый. В каждой руке он нес по кружке, из которых выплескивалась буроватая жидкость, когда амбала задевали танцующие.

— Пейте! До дна!

Томас словно пробудился. Принять напиток от этого детины? Нет, ни за что. Притон вдруг показался парню еще мрачнее и гаже.

Бренда, напротив, уже потянулась за кружкой.

— Нет! — выкрикнул Томас и, осознав промах, поспешил исправиться. — В смысле, нельзя это пить сейчас. Мы так долго мотались без воды, лучше начать с нее. И... потанцуем пока.

Говорить Томас старался как ни в чем не бывало, однако внутренне сжался, осознав, что выглядит по-идиотски. Особенно когда Бренда как-то странно на него посмотрела.

В спину уперлось нечто маленькое и твердое. Не оборачиваясь, Томас понял: это пистолет Блондина.

— Я предложил выпить, — напомнил Длинноволосый. Всякое выражение любезности исчезло с его татуированного лица. — Довольно грубо отказываться от угощения.

И он снова протянул кружки.

Томас начал паниковать. С напитками явно что-то не так.

Блондин еще сильнее вжал дуло пистолета Томасу в спину.

— Считаю до одного, — произнес он парню на ухо. — До одного.

Отбросив все мысли, Томас схватил кружку и залпом осушил. Коричневая бурда огненным потоком полилась по пищеводу, и Томаса скрутило от кашля.

— Твоя очередь, — сказал Длинноволосый, протягивая пойло Бренде.

Глянув на Томаса, девушка приняла напиток и влила в себя, даже не поморщившись, только слегка прищурившись.

Забрав кружки, Длинноволосый осклабился.

— Вот это я понимаю! Теперь идите плясать!

Что-то странное начало твориться в животе у Томаса. По телу разлилось приятное, успокаивающее тепло. Крепко обняв Бренду, он вернулся с ней в толпу. Каждый раз, когда губы девушки касались его шеи, Томас ощущал прилив удовольствия.

— Что нам дали? — спросил он заплетающимся языком.

— Какую-то гадость, — ответила Бренда. Томас почти не услышал ее. — Да еще подмешали что-то. Я себя странно чувствую...

Да, странно... Комната вдруг начала вертеться, гораздо быстрее, чем кружились в танце Томас и Бренда. Лица смеющихся людей вытягивались, рты превращались в черные дыры. Музыка замедлилась, звук и голос певца стали глубже и гуще.

Отстранившись от Томаса, Бренда обхватила его лицо ладонями и окосевшим взглядом посмотрела ему в глаза. Как она прекрасна. Прекраснее Томас никого и ничего на свете не видел. Вокруг начала смыкаться тьма, разум гас.

— Может, так даже лучше? — произнесла Бренда, и слова противоречили мимике. Голова девушки двигалась по кругу словно отделенная от шеи. — Может, получится прибиться к ним? Будем счастливы, пока не перейдем Черту. — Она улыбнулась неестественной, отвратительной улыбкой. — И тогда убей меня.

— Нет, Бренда, — ответил Томас и услышал собственные слова как будто со стороны, словно они звучали из недр бесконечного туннеля. — Не говори...

— Поцелуй меня. Том, поцелуй меня. — Плотнее обхватив щеки Томаса, она потянула его к себе.

— Нет, — воспротивился Томас.

Бренда, лицо которой начало расплываться, обиженно посмотрела на него.

— Почему?

Мир уже почти полностью потонул во тьме.

— Ты не... ты не она. — Собственный голос — такой далекий, слышно лишь эхо. — И никогда ею не станешь.

Отпустив Томаса, Бренда покинула его — покинуло парня и сознание.

ГЛАВА ТРИДЦАТЬ ВОСЬМАЯ

Очнувшись в темноте, Томас почувствовал, будто его запихнули в средневековую пыточную машину и в череп со всех сторон впиваются острые шипы.

От собственного хриплого, страшного стона боль усилилась. Томас заставил себя умолкнуть. Хотел помассировать голову... и не смог пошевелить руками. Что-то липкое держало запястья. Клейкая лента. Томас попробовал пошевелить ногами — бесполезно. Их тоже связали. Движение лишь добавило боли, и Томас обмяк, застонал тихо-тихо. Сколько же он провалялся в отключке?

— Бренда? — прошептал он.

Нет ответа.

Зажегся свет.

Слишком яркий, он причинял боль. Зажмурившись, Томас приоткрыл один глаз — перед ним стояли трое. Свет бил им в спину, и потому лиц Томас не видел.

— Подъем, подъем, — произнес сиплый голос, и кто-то хихикнул.

— Налить еще огнесоку? — предложила женщина, и вновь раздался тот же смешок.

Глаза наконец привыкли к свету, и Томас огляделся. Его посадили в деревянное кресло, привязав широким скотчем руки к подлокотникам, а голени — к ножкам. Прямо перед Томасом стояли двое мужчин и женщина: Блондин, Страшный Дылда и Хвост.

— Почему просто не мочканули меня в переулке?

— Мочкануть тебя? — переспросил Блондин. Прежде его голос звучал не так сипло. Наверное, последние несколько часов он проорал на танцполе. — Мы кто, по-твоему, мафиози из двадцатого века? Если б мы тебя хотели прибить, ты бы давно валялся в луже крови.

— Мертвый ты нам не нужен, — вмешалась Хвост. — Мертвое мясо невкусное. Нам нравится поедать наших жертв, пока они дышат. И пока они не истекли кровью, мы спешим оторвать мясца побольше. Ты не поверишь, какое оно сочное и... сладкое.

Страшный Дылда и Блондин засмеялись. Правду говорит Хвост или издевается? Не важно, главное — Томас перепугался.

— Она прикалывается, — заверил его Блондин. — Людей мы едим только от безнадеги. Человечина на вкус как поросячье говно.

Страшный Дылда заржал. Не засмеялся, не захихикал — заржал. Нет, эти трое говорят неправду. Гораздо больше Томаса беспокоило, насколько они... съехали с катушек.

Блондин улыбнулся — первый раз с момента встречи.

— Снова шутим. Мы не настолько конченые шизы. Однако готов поспорить, что человечина на вкус омерзительна.

Страшный Дылда и Хвост кивнули. Господи, да они уже начали скатываться в безумие... Слева кто-то застонал, и Томас обернулся. В углу, точно так же связанная скотчем, сидела

Бренда. Правда, ей и рот залепили. Наверное, пыталась отбиться, перед тем как потерять сознание. Очнувшись и увидев троих шизов, девушка замычала и принялась яростно извиваться в кресле. В глазах ее горел огонь.

Блондин ткнул в ее сторону стволом пистолета, который возник в руке шиза словно по волшебству.

— Молчать! Молчать, или твои мозги украсят стенку!

Бренда притихла. Томас думал, что она разноется или захнычет, но нет. Вообще глупо было ожидать от нее подобного поведения. Она доказала, насколько крута.

Опустив пистолет, Блондин произнес:

— Отлично. Боже, надо было эту девку пристрелить еще там, наверху, как только она заорала и начала кусаться. — Он глянул на красный дугообразный шрам у себя на предплечье.

— Она с парнем, — напомнила Хвост. — Ее тоже пока нельзя убивать.

Притащив от дальней стены стул, Блондин сел. Его примеру последовали остальные шизы — с явным облегчением, словно дожидались разрешения много часов. Руку с пистолетом Блондин положил на бедро, дулом в сторону Томаса.

— Так-с, — произнес он. — Нам с тобой предстоит о многом поговорить. Не жди обычной трепотни. Напортачишь или откажешься отвечать — прострелю тебе ногу. Затем вторую. После третьего косяка выстрелю в лицо твоей подружке. Постараюсь попасть между бровок. Что будет, если выбесишь меня в четвертый раз, ты, наверное, понял?

Томас кивнул. Он-то считал себя крутым, надеялся, что психам не сломить его, но... здравый смысл утверждал обратное. Томас один, без оружия, без союзников, привязан к креслу. Хотя, если по правде, ему скрывать нечего. Он ответит на все вопросы. Чем бы ни грозила откровенность, пулю в ногу не хочется. Блондин вряд ли блефует.

— Первый вопрос. Кто ты и почему твое имя на табличках, развешанных по всему сраному городу?

— Меня зовут Томас. — Едва услышав его имя, Блондин скривился от злости, и Томас тут же осознал ошибку. — Ладно, ладно, как меня зовут, вы и так знаете. А как я сюда попал — история жуткая, и вряд ли вы в нее поверите. Хотя, клянусь, это чистая правда.

— Разве ты прибыл сюда не на берге, как и все мы? — спросила Хвост.

— На берге? — Что это, Томас не знал, поэтому просто мотнул головой. — Нет. Мы пришли через подземный туннель где-то в тридцати милях к югу. В него мы попали через плоспер, а до того...

— Стоп, стоп, стоп, — поднял руку Блондин. — Плоспер? Я б тебя грохнул прямо сейчас, но вижу, что ты не придумываешь.

Томас выгнул бровь, как бы говоря: «Откуда знаешь?»

— Глупо лгать столь очевидно. Вы, значит, прошли через плоспер?

Блондин не пытался скрыть удивления. Двое его приятелей смотрели на Томаса точно так же, пораженно.

— Ну да. В это так трудно поверить?

— Ты хоть представляешь, как дорого обходится плоспер! До вспышек такую роскошь могли позволить себе лишь члены правительства да богатеи.

Томас пожал плечами.

— У них куча бабок, они могут позволить себе плоспер. Это такая серая стена, и когда сквозь нее проходишь, тебя словно льдом растирают.

— У кого это — у них? — спросила Хвост.

Томас только-только начал, а мозги уже закипели. Как можно запросто рассказать подобную историю?

— У ПОРОКа. Мы материал для их опытов или экспериментов. Я сам толком ничего не знаю. Всем нам... стерли память, и ко мне она вернулась лишь частично.

Секунду Блондин смотрел будто сквозь Томаса на стену.

— Я работал юристом еще до вспышек и пандемии и вижу врунов, потому что в своем деле был очень, очень хорош.

Как ни странно, Томас расслабился.

— Значит, понимаешь, что я не...

— Да-да, понимаю. И теперь жду всей истории. Выкладывай.

И Томас заговорил. Чутье подсказывало, что этим шизам открыться можно, — они точно, как и все в пустынном городе, сосланы сюда доживать последние годы, отмеренные страшной болезнью. Как и другие, они лишь пытаются добиться преимущества, отыскать выход. А поимка человека, о котором говорят знаки по городу, — неплохой первый шаг. На их месте

Томас поступил бы точно так же. Только обошелся бы по возможности без пистолетов и пут.

Большую часть истории Томас рассказал накануне Бренде — то же решил поведать и шизам. О Лабиринте, побеге, бараке и задании преодолеть Жаровню. Особенно он выделил часть про лекарство в конце пути. Раз не вышло пересечь город с помощью Хорхе, так может, подсобят эти шизы? Стоило же спросить о других глэйдерах — и о группе девушек, — как психи ответили: нет, таких не встречали.

И снова Томас постарался не распространяться о Терезе. Не хотел подвергать ее опасности. Хотя как рассказ о ней мог навредить? Еще он соврал о Бренде, то есть не соврал даже, а слукавил: вышло так, будто она была спутницей Томаса с самого начала.

Закончив и остановившись на встрече в переулке, Томас глубоко выдохнул и поерзал.

— Развяжете меня?

В руке у Страшного Дылды что-то сверкнуло. Оказалось, это очень острый с виду нож.

— Что скажешь? — спросил Страшный Дылда у Блондина.

— Почему бы и не развязать? — Все время, пока Томас говорил, Блондин сохранял невыразительное лицо. Невозможно было определить, верит он рассказу или нет.

Страшный Дылда уже встал и наклонился над Томасом, выставив перед собой нож, как вдруг сверху раздался шум: удары, крики, топот сотен пар ног, безумная беготня, прыжки, опять удары и крики.

— Нас нашли, — внезапно побледнев, сказал Блондин и, вскочив со стула и знаком велев дружкам следовать за ним, бросился к лестнице в тени. Хлопнула дверь, и Томас с Брендой остались одни. Хаос наверху продолжался.

До смерти перепуганный, Томас посмотрел на Бренду. Та сидела смирно и прислушивалась к звукам с первого этажа. Кляп у нее изо рта не вынули, и, встретившись взглядом с Томасом, девушка смогла только выгнуть брови.

Томас прикинул шансы, и расклад ему не понравился: они с Брендой одни, привязаны к креслам, а шизы с дискотеки не чета конченым психам вроде мистера Носа.

— Что, если это конченые шизы? — проговорил Томас.

Бренда пробормотала что-то сквозь ленту скотча.

Напрягая все мускулы, Томас начал маленькими рывками передвигать свое кресло поближе к Бренде. Он преодолел фута три, когда возня наверху внезапно утихла. Томас замер и посмотрел на потолок.

Тишина длилась несколько секунд. Потом наверху зашаркали шаги. Раздался громкий удар, еще один, третий, как будто кто-то швырял тела на землю.

Открылась дверь у верха лестницы, и по ступенькам громко и тяжело затопали. Томас с замиранием сердца ждал, кто появится из темноты.

Наконец фигура вышла на свет.

Минхо. Грязный, весь в крови, с обожженным лицом. В обеих руках по ножу.

— А вы недурно устроились!

ГЛАВА ТРИДЦАТЬ ДЕВЯТАЯ

Томас не мог вспомнить, когда последний раз лишался дара речи.

— Что... как...

Минхо улыбнулся. Добрый знак, особенно если учесть, как ужасно друг выглядит.

— Мы только что нашли вас. Или вы думали, мы позволим этим кланкорожим навредить вам? За тобой должок. Большоой должок.

Подойдя, он принялся перерезать путы.

— Что значит — вы только что нашли нас? — От счастья хотелось смеяться как последнему дураку. Томас не просто уцелел, еще и друзья оказались живы-здоровы. Они живы!

Не переставая резать полоски скотча, Минхо ответил:

— Хорхе вел нас по городу, избегая шизов и находя тайники с едой. — Освободив Томаса, он перешел к Бренде и продолжил говорить уже через плечо: — Вчера утром мы распределились и стали искать вас. Фрайпан забрел в этот переулок и увидел, как шизы угрожают тебе пистолетом. Потом вернулся, доложил обо всем, и мы взбеленились. Составили план. Когда мы напали, тусовщики дрыхли или просто не могли двигаться от усталости.

Сорвав с себя остатки пут, Бренда вскочила на ноги и, не обращая на Минхо внимания, направилась прямиком к Томасу. Что с ней? Взбесилась или здорово беспокоится за него? На полпути она замерла в нерешительности, а после, избавившись от кляпа, подошла вплотную.

Томас встал, но тут же вновь закружилась голова, перед глазами поплыло, накатила дурнота, и он шлепнулся обратно в кресло.

— Боже... у кого-нибудь есть аспирин?

Минхо в ответ рассмеялся. Бренда удалилась к подножию лестницы и встала там, скрестив на груди руки. Сразу видно: злится. И Томас вспомнил последние адресованные ей слова. Ч-черт! Он сказал, что Бренда не Тереза и никогда ею не станет.

— Бренда? — робко позвал Томас. — Все хорошо?

Про жуткий танец и откровенные разговоры при Минхо — ни слова.

Бренда кивнула не оборачиваясь.

— Ладно. Идем, хочу увидеть Хорхе. — Говорила девушка рублеными фразами, без эмоций.

Томас застонал, довольный, что, если спросят, сослаться можно на головную боль. Бренда бесится, еще как. Хотя «бесится» не совсем верное слово: ей больно.

Или Томас придумывает и Бренде на самом деле плевать?

Минхо предложил ему руку.

— Давай, чувак. Головка бо-бо, ага, но я не знаю, сколько еще получится сдерживать пленников.

— Пленников?

— Как ни зови их, а рисковать нельзя. Мы не отпустим шизов, пока сами не скроемся. Наверху десяток наших держат двадцать человек. И психи, скажу я тебе, ни разу не счастливы. Скоро им в голову взбредет, что можно подняться с пола. Как только с бодуна оправятся.

Томас встал, на этот раз чуть медленнее. Боль в голове пульсировала барабанным боем, с каждым ударом так и норовя выдавить глазные яблоки. Смежив веки, Томас подождал, пока комната перестанет кружиться, потом втянул полные легкие воздуха и произнес:

— Сейчас пройдет.

Улыбнувшись, Минхо заметил:

— Вот это мужик! Пошли.

Вслед за другом Томас подошел к лестнице и посмотрел на Бренду. Оглянувшись, Минхо глазами как бы спросил: «Что это с ней?» В ответ Томас мотнул головой.

Пожав плечами, Минхо стал подниматься, а Томас чуть задержался с Брендой. Снова посмотрел на нее. Девушка молчала и не спешила покидать помещение.

— Прости, — извинился Томас, сожалея о грубых словах. — Резковато вышло...

Она подняла на него взгляд.

— Да мне плевать на тебя и твою подружку. Я просто танцевала, ловила кайф, пока не началась заваруха. Ты что, решил, будто я втюрилась в тебя? Смерть как хочу получить предложение руки и сердца? Очнись!

Слова ее, полные чистого гнева, ранили так сильно, что Томас попятился, будто его ударили по лицу. Не успел он ответить, а Бренда уже заспешила по лестнице наверх, тяжело вздыхая и гремя подошвами ботинок о ступени. Никогда еще тоска по Терезе не казалась столь невыносимой. Томас мысленно позвал подругу, но ответа не получил.

Запах ударил в ноздри еще на подходе к танцполу.

Воняло потом и блевотой.

Всюду лежали тела: шизы спящие, шизы, свернувшиеся калачиком и дрожащие, и даже, похоже, мертвые. Хорхе, Ньют и Эрис ходили вокруг них с ножами на изготовку.

Тут же были Фрайпан и прочие глэйдеры. Позабыв о пульсирующей головной боли, Томас ощутил облегчение и радостный подъем.

— Ребята, вы куда пропали? Что с вами было?

— Эй, Томас нашелся! — проревел Фрайпан. — Живой и все такой же страшный!

Ньют подошел и искренне улыбнулся.

— Рад, что тебя не уконтрапупили. Серьезно, очень рад.

— И ты цел. — С какой-то неожиданной отстраненностью Томас понял, что такова теперь его жизнь, так люди приветствуют друг друга после одного-двух дней разлуки. — Вы тут все? Куда направляетесь? Как сюда попали?

Ньют кивнул.

— Все, все одиннадцать. Плюс Хорхе.

Томас задавал вопросы быстрее, чем на них успевали отвечать.

— Есть следы Беркли и его подельников? Это они взорвали спуск в подземелье?

Ответил Хорхе. Он стоял ближе всех к двери, поднеся грозный с виду меч к шее Страшного Дылды. Высокий шиз скорчился на полу, и рядом с ним — в той же позе — валялась Хвост.

— Беркли не видели. Мы бежали подальше от кладовой, а он боится ходить в глубь города.

При виде Страшного Дылды Томас обеспокоился. Блондин. Где он? Как не подстрелил никого из глэйдеров? Осмотревшись, он нигде не увидел светловолосого шиза.

— Минхо, — шепотом окликнул Томас друга и подозвал его жестом. Когда Минхо подошел вместе с Ньютом, Томас наклонился к ним и спросил: — Не видали типа с короткими светлыми волосами? Он тут главный.

Минхо пожал плечами и взглядом попросил Ньюта ответить.

— Скорее всего ушел. Если честно, горстка шизов сбежала, всех поймать не удалось.

— Почему спрашиваешь? — поинтересовался Минхо. — Он опасен?

Оглядевшись, Томас совсем понизил голос:

— У него пушка. Блондин единственный, кто вооружен штуковиной поопасней ножа. И характер у него далеко не из приятных.

— Кланк с ним, — отмахнулся Минхо. — Пройдет час, и мы покинем этот вшивый городишко. Кстати, пора бы делать ноги. Идемте.

Лучшего предложения Томас не слышал уже несколько дней.

— Правильно. Хочу смыться отсюда, пока Блондин не вернулся.

— Все слушаем сюда! — позвал Минхо, покидая круг и пробираясь через толпу. — Уходим прямо сейчас. Кто не с нами — лучше оставайтесь и не вздумайте преследовать нас. Целее будете. Если увяжетесь за нашей компанией — умрете. Выбор, как по мне, довольно простой.

Когда, интересно, Минхо перехватил руководство у Хорхе? Поискав взглядом последнего, Томас заметил Бренду. Девушка стояла у стены, потупив взгляд. Томас вновь ощутил укол вины за свои слова. Ведь он и правда хотел поцеловать Бренду, и в то же время его накрыла сильная дурнота. Кто знает: может, из-за наркотика? Может, из-за его чувств к Терезе? А может...

— Эй, Томас! — проорал Минхо. — Чувак, проснись! Уходим!

Некоторые глэйдеры уже вышли наружу, на солнечный свет. Сколько Томас провалялся в отрубе? Сутки? Пару часов? Он пошел на выход, остановившись подле Бренды и слегка подтолкнув ее в сторону лестницы. Томас уже сомневался, что девушка пойдет с глэйдерами и дальше, однако та колебалась недолго.

Минхо, Ньют и Хорхе прикрывали отступление. Дождавшись, пока все — кроме Бренды и Томаса — выйдут на улицу, они сами попятились к лестнице, поводя из стороны в сторону клинками. Драки, правда, никто затевать не собирался. Ребята радовались уже тому, что уходят без потерь.

Собрались в переулке подальше от спуска. Томас, однако, не спешил отходить от него, тогда как Бренда подалась в голову группы. Томас поклялся себе: добравшись до убежища, обязательно поговорит с девушкой. Она ему нравится, и он будет ей по крайней мере другом. Бренда ему теперь так же близка, как когда-то был Чак. Томас внезапно понял, что всецело отвечает за Бренду.

— ...бежать.

Томас тряхнул головой. Оказывается, Минхо говорил о чем-то. Череп пронзили кинжалы боли, но парень постарался сосредоточиться.

— Осталась где-то миля. С шизами драться не больно трудно. Так что...

— Эй!

Голос раздался сзади. Громкий, скрипучий и полный безумия. Обернувшись, Томас увидел на нижней ступеньке Блондина. В вытянутой руке он с удивительной твердостью сжимал пистолет, даже костяшки пальцев побелели от напряжения. Целился Блондин прямо в Томаса.

Никто и дернуться не успел, как переулок огласился громоподобным взрывом. Пистолет выстрелил, и сквозь плечо Томаса прокатилась волна чистой боли.

ГЛАВА СОРОКОВАЯ

Томаса отбросило назад, развернуло, и швырнуло лицом вниз. Сквозь боль и приглушенный звон в ушах он расслышал второй выстрел, потом кто-то хрюкнул, кого-то ударили, скрежетнул металл об асфальт.

Перекатившись на спину, Томас зажал рукой рану и набрался мужества взглянуть на нее. Звон в ушах только усилился. Блондина тем временем повалили на землю — Минхо мутузил его со всей дури.

От вида раны пульс участился вдвое.

Сквозь маленькую дырочку в рубашке, чуть выше подмышки, выступил красный пузырь. Потекла кровь. И если головная боль казалась Томасу жестокой, то эту боль словно спрессовали из трех-четырех точно таких же, вонзили в плечо, и она теперь растекалась по всему телу.

Ньют, опустившись рядом на колени, принялся оглядывать Томаса.

— Подстрелил. — Фраза родилась сама собой, дополнив список глупейших высказываний Томаса. Боль живыми металлическими скобами расползалась по внутренностям. Второй раз за день он готов был потерять сознание.

Кто-то передал Ньюту рубашку, и он, сложив ее, крепко прижал к ране. Новая волна боли захлестнула Томаса, и он вскрикнул, совершенно не стесняясь, что ведет себя по-девчачьи. Боль он испытывал небывалую. Мир опять начал меркнуть, и Томас взмолился, скорей бы потерять сознание, скорей бы...

Послышались голоса — такие же далекие, как его собственный тогда, на танцполе.

— Могу вынуть пулю. — Хорхе, его ни с кем не спутаешь. — Только огонь разведите.

— Здесь не место для операции. — Ньют?

— Уходим из этой дыры стебанутой. — Определенно Минхо.

— Так, ладно. Помогите нести его. — Это еще кто?

Томаса подхватили за руки и за ноги.

Как больно. Кто-то говорит: «На счет «три».

— Боль, боль... жуткая боль. Раз. Больно же. Два. А-ай! Три!

Томас воспарил навстречу небу, ощутив новый взрыв ничем не сдерживаемой боли.

Потом — ну наконец! — тьма сомкнулась вокруг, унося прочь заботы и неприятности.

Когда Томас очнулся, разум словно застлало туманом. В глаза бил слепящий свет. Парня трясло и кидало из стороны в сторону; снизу по-прежнему держали руки товарищей. Слышалось быстрое, тяжелое дыхание; топот ног по мостовой; крики (слов не разобрать); чуть в отдалении — безумные визги шизов. (Похоже, преследуют, ненормальные.)

Жарко. Воздух горячий, аж обжигает. Плечо в огне.

Боль отозвалась чередой химических взрывов, и яд, растекшись по телу, вновь погрузил Томаса в забытье.

Он самую малость приоткрыл глаза.

Свет уже не такой резкий. Видны золотистые отблески вечерней зари.

Томас лежал на твердой поверхности, в поясницу упирался камень. Впрочем, эта боль ни в какое сравнение не шла с той, что угнездилась в плече. Вокруг, коротко перешептываясь, столпились глэйдеры.

Гоготанье психов звучало теперь совсем далеко. Над собой Томас видел лишь чистое небо и никаких зданий.

Плечо болело непередаваемо.

Рядом танцевали, плюясь искрами, языки пламени. Сквозь горячий воздух плыли, обдавая тело жаром, волны тепла.

Кто-то произнес:

— Держите его крепче. За руки и за ноги.

И хотя разум пребывал в тумане, Томас понял: за этой фразой ничего хорошего не последует.

Свет гаснущего солнца отразился вспышкой на серебристой поверхности... ножа? Раскаленного докрасна ножа?

— Больно будет просто пипец.

Томас так и не понял, кто это сказал. Зашипело, и в следующий миг в плече разорвался мегатонный заряд динамита.

Разум в третий раз помахал ручкой телу.

Времени, похоже, прошло много. Открыв глаза, Томас увидел над собой темное небо в крапинках света. Кто-то держал его за руку. Он попробовал обернуться и посмотреть, но в позвоночнике стрельнуло так сильно, что парень счел за благо не двигаться. Да он и так понял, кто рядом. Бренда.

Кто же еще? Плюс рука — маленькая и мягкая. Точно, Бренда.

Сильная боль ушла, сменившись чем-то похуже. В теле как будто зарождалась болезнь. Она прокладывала себе дорогу через плоть зубами, словно ползущие по венам и полостям костей могильные черви, пожирающие все на своем пути.

Боль стала тупой, тянущей. В желудке нехорошо бурлило, по венам тек жидкий огонь.

Томас не догадывался, откуда пришло знание, однако дела явно были плохи.

В мозгу всплыло и заколыхалось на поверхности слово «инфекция». Томас вновь потерял сознание.

Он проснулся с рассветом и первым делом заметил, что Бренда больше не держит его за руку. Кожу обдувал прохладный ветерок, даруя краткие секунды наслаждения.

Проснулась и боль. Пульсируя, она отдавалась в каждой молекуле тела. И причиной было вовсе не плечо, не пулевая рана. С организмом случилось нечто иное, более страшное. Инфекция... Опять это слово.

Как выдержать следующие пять минут? Следующий час? Весь день? И как заснуть, чтобы пробудиться и начать все заново? Томас не знал. Он погружался в бездну отчаяния. К панике примешалось безумие, и поверх всего наложилась боль.

А в следующий миг начали твориться странные вещи.

Томас ничего не слышал, но глэйдеры вместе с Минхо засуетились, потом стали высматривать что-то в небе. В небе? При чем здесь оно?

Вдруг кто-то — наверное, Хорхе — прокричал: «Берг!»

И вот Томас расслышал мерную дробь, состоящую из тяжелых ударов. Не успел он ничего сообразить, как дробь усилилась, проникая в череп, просачиваясь в позвоночник; зубы и барабанные перепонки немилосердно вибрировали. Как будто били в самый большой барабан и гудел некий тяжелый механизм. Поднялся ветер, и Томас испугался нового шторма. Хотя нет, небо над головой было чистое, голубое, ни единого облачка.

От вибрации самочувствие ухудшилось, и Томас чуть не потерял сознания. Он боролся — хотелось застать источник странного звука. Прокричав что-то, Минхо указал на север. Обернуться и посмотреть не дала боль.

Ветер крепчал, грозя сорвать с тела одежду, поднимая тучи пыли. Рядом вдруг возникла Бренда и снова взяла Томаса за руку.

Девушка низко наклонилась к нему; ветер беспорядочно играл с ее волосами.

— Мне жаль, — сказала Бренда. Томас не расслышал ее. — Я не хотела... то есть я знаю, что ты...

Пытаясь подобрать нужное слово, она отвернулась.

О чем она вообще? Пусть скажет, откуда эта невыносимая дробь! Как же больно...

На лице девушки отразилась смесь любопытства и ужаса. Открыв рот, она широко распахнула глаза, и в следующий миг ее схватили двое...

Томаса обуяла паника. Появились люди в невиданной форме: мешковатая и словно пошитая из единого куска темно-зеленой ткани; на груди какая-то надпись, на глазах — большие очки. Нет, не очки даже, противогазы. В них люди походили на страшных пришельцев. Гигантских, злых и безумных муравьев-людоедов, завернутых в полиэтилен.

Один из них схватил Томаса за лодыжки, второй — под руки, и вместе они рывком его подняли. Он заорал от боли. Он почти привык к ней, но сейчас не было сил бороться, и Томас обмяк.

Его понесли, и тогда он сумел разобрать надпись на груди у державшего его за ноги человека:

«ЭТО ПОРОК».

Томас поддался накрывающей его тьме, и вместе с сознанием ушла боль.

ГЛАВА СОРОК ПЕРВАЯ

Когда Томас очнулся вновь, то увидел яркий свет. Не солнечный. Этот свет бил прямо в глаза, с короткого расстояния. Томас зажмурился, но это не помогло: на фоне закрытых век все еще видел отпечатавшийся на сетчатке след ламп.

Рядом — впрочем, недостаточно близко — шептались. Очень тихо, он не понял ни слова.

Тонко позвякивал металл о металл. Томас первым делом подумал о хирургических инструментах: скальпелях и таких тонких стерженьках с зеркальцами на кончиках. Образы этих вещей всплыли из тумана стертой памяти, и Томас, связав их с ярким светом, понял: он в больнице.

В больнице. Последнее, что он ожидал увидеть в пустыне. Или его забрали с Жаровни? Унесли далеко, через плоспер?

Свет загородила смутная тень, и Томас открыл глаза. Сверху на него смотрела фигура все в том же идиотском прикиде: противогаз (или что это?), очки, а за ними — темные глаза.

«Женщина», — определил Томас, сам не понимая как.

— Слышишь меня? — спросила она. Точно, женщина, пусть голос и приглушен защитной маской.

Томас кивнул. Точнее, попробовал, а получилось ли, он не знал.

— Ситуация непредвиденная. — Женщина посмотрела в сторону. Обращается к кому-то другому. — Откуда в городе пистолет? Вы понимаете, сколько на пуле ржавчины и грязи! Не говоря уже о бактериях!

На ее гневный вопрос ответил мужской голос:

— Продолжайте работать. Надо отослать его обратно. И как можно быстрее.

Томас едва понимал, о чем они говорят. В плече расцвел новый бутон непереносимой боли, и парень в который раз потерял сознание.

Очнувшись, он заметил едва уловимые перемены. Сверху лился тот же свет; на сей раз Томас не стал закрывать глаза и повернул голову вбок. Видел он лучше, и взгляд удалось сфокусировать: серебристая потолочная плитка, стальная конструкция со всевозможными реле, переключателями и мониторами. Бессмыслица какая-то...

Потом до него дошло. Озарение ошеломило Томаса настолько, что он едва мог поверить...

Боль ушла. Ее не осталось. Ни капли.

Вокруг никого, ни души. Ни темно-зеленых костюмов чужаков, ни здоровенных очков, ни скальпелей в плече... Оставшись наедине с собой, Томас переживал отсутствие боли как чистейший экстаз. Неужели человеку бывает так хорошо?

Нет. Скорее всего Томасу вкололи лекарство.

Он задремал.

Сквозь пелену забытья Томас расслышал тихие голоса и пошевелился. Глаза открывать не стал.

Он надеялся узнать, о чем говорят захватившие его люди. Люди, которые заодно подлечили его, избавив от заражения.

— Вы уверены, что ход опыта не сорвется? — спросил мужской голос.

— Уверена. — Женский голос. — Абсолютно. В любом случае нам достанется новый образец реакции с территории обреченных. Этакий бонус. Вряд ли Томас со товарищи отклонятся от курса и не дадут ожидаемых реакций.

— Боже, надеюсь, вы правы.

Заговорила другая женщина — высоким, звенящим голосом:

— Скольких из оставшихся можно считать жизнеспособными Кандидатами? — Последнее слово она произнесла будто с большой буквы.

Сбитый с толку, Томас постарался не выдать, что он в сознании.

— Четверых-пятерых, — ответила первая женщина. — Томас по-прежнему наша основная надежда. Он по-настоящему живо реагирует на Переменные. Постойте, у него глаза дернулись...

Замерев, Томас постарался смотреть прямо перед собой, в темноту опущенных век. Непростое занятие. Заставил себя дышать ровно, как будто во сне. Он понятия не имел, о чем толкуют эти люди; отчаянно хотелось услышать продолжение разговора. Он просто обязан был разузнать побольше.

— Если он и слышит нас, — произнес мужчина, — это никак не изменит его реакций на Переменные. Пусть знает, что мы ради него сделали огромное исключение, избавили от инфекции. Что ПОРОК своих не бросает.

Женщина с высоким голосом рассмеялась. Противнее звука Томас в жизни не слышал.

— Если подслушиваешь, Томас, не обольщайся. Мы скоро вернем тебя туда, откуда забрали.

Лекарство, текущее по венам, наконец подействовало, и Томас начал засыпать. Он попытался открыть глаза и не смог; напоследок первая женщина произнесла очень странную фразу:

— Мы только выполняем твою просьбу.

ГЛАВА СОРОК ВТОРАЯ

Загадочные люди сдержали слово.

Открыв глаза, Томас обнаружил себя на матерчатых носилках. Те, словно люлька, опускались, подвешенные на толстой веревке за кольцо из синего металла. Трос уходил в недра чего-то гигантского, издающего знакомый гул и дробный звук. В страхе Томас ухватился за края носилок.

Наконец он спиной ощутил мягкий толчок, и вокруг тут же возникло множество лиц: Минхо, Ньют, Хорхе, Бренда, Фрайпан, Эрис, прочие глэйдеры. Веревка отцепилась от кольца, и почти в ту же секунду транспортное средство пошло круто вверх, навстречу висящему над головой ослепительному солнцу. Шум двигателей постепенно затих и наконец пропал вовсе.

Все заговорили разом.

— Что это такое?

— Ты как?

— Что они с тобой сделали?

— Кто они?

— Прокатился на берге?

— Как плечо?

Не обращая внимания на расспросы, Томас попытался встать, но крепление носилок не пустило. Поискав взглядом Минхо, Томас позвал:

— Подсоби, что ли.

Пока Минхо с двумя парнями освобождал Томаса, он вдруг подумал: если ПОРОК появился так быстро и неожиданно, значит, они следят за группой. Следят и готовы помочь при необходимости, раз уж взялись вне плана лечить Томаса от инфекции.

Тогда почему последние несколько дней ПОРОК оставался в стороне и спокойно наблюдал за гибелью стольких глэйдеров? Почему сделал исключение для Томаса? Из-за ранения какой-то там ржавой пулей?

Слишком много нестыковок.

Освобожденный, Томас поднялся и, не обращая внимания на шквал вопросов, согнул и разогнул руку. Никакой боли, лишь слабое покалывание в плече. День выдался жаркий. Осмотрев себя, Томас заметил, что его переодели в свежее, наложили повязку.

— Чего стоим на открытом месте, парни? — Мысли резко приняли иное направление. — Кожа сгорит!

Минхо ткнул пальцем Томасу за спину, в сторону ветхой лачуги. Казалось, она того и гляди рассыплется в труху. Однако места в ней должно было хватить на всю компанию глэйдеров.

— Давайте-ка вернемся под крышу, — предложил Минхо. Значит, они выбежали посмотреть, как Томаса привезли на... Как Хорхе назвал ту штуковину? Берг?

Ребята направились к деревянной развалине, и Томасу пришлось раз десять успокаивать их: дескать, успеет он им поведать все — от начала и до конца, — только пусть они устроятся под навесом. Бренда шла рядом, не предлагая, впрочем, руки. Она не сказала ни слова — молчал и Томас, чувствуя одновременно неловкость и облегчение.

Вдали, в нескольких милях к югу, виднелся город: нагромождение зданий, от которых веяло грязью и безумием. Психов поблизости Томас не заметил. На севере, всего в дне пути, высились горы. Скалистые, безжизненные, они вздымались к небу, оканчиваясь острыми бурыми вершинами. При взгляде на изрезанную линию пиков Томасу представился великан с топором, несколько дней подряд вымещавший на горах свою великанскую злобу.

Наконец дошли до навеса, сухого, как гнилая кость. Его будто построили сотню лет назад, до катастрофы. (Какой-нибудь фермер, во дни благоденствия мира.) Просто чудо, что навес сохранился, но чиркни спичкой — и он сгорит в три секунды.

— Ладно, — сказал Минхо, указывая в дальний угол. — Садись там, устраивайся поудобнее и начинай лекцию.

Томас все еще не мог привыкнуть к хорошему самочувствию; осталась слабая тупая боль в плече. Действие лекарства полностью прекратилось. Что бы ни сотворили с пациентом врачи ПОРОКа, сработали они блестяще.

Присев, Томас подождал, пока напротив него рассядутся остальные — по-турецки, прямо на сухой горячей земле. Себя Томас ощутил учителем, который готовится преподать ученикам новый урок. (Возникло такое смутное воспоминание из прошлого...)

Последним присел рядом с Брендой Минхо.

— Ну что, рассказывай, как зеленые человечки катали тебя на большой и страшной тарелке.

— Точно хочешь знать? — спросил Томас. — Сколько нам осталось дней, чтобы перевалить через горы и добраться до убежища?

— Пять дней, чувак. Но ты же понимаешь, под солнцем мы не станем шататься без защиты. Рассказывай, потом соснем и вперед — ночь будем шагать, надрываться. Начинай.

— Лады, — ответил Томас. Интересно, чем глэйдеры занимались в его отсутствие? Впрочем, не важно. — Погодите с вопросами, дети мои, дайте сначала все рассказать. — Никто не засмеялся, не улыбнулся, и он, прочистив горло, торопливо начал: — Меня забрал ПОРОК. Очнулся я у врачей, они меня полностью вылечили. Я слышал разговоры, типа ранения не должно было случиться, типа пистолет — непредвиденный фактор. Пуля занесла нехилую инфекцию, и ПОРОК, видно, испугался. Рановато мне помирать.

Глэйдеры смотрели на него без выражения.

Да, им тяжело принимать такое. Пусть Томас и поведал все без утайки.

— За что купил, за то и продаю.

Томас продолжил, упоминая все до последней детали, даже разговор врачей у его койки. Дословно передал беседу о сборе реакций с территории обреченных, о Кандидатах. Поделился новой информацией о Переменных. Им это ни о чем не говорило прежде, не сказало и теперь. Глэйдеры, включая Хорхе и Бренду, были разочарованы не меньше Томаса.

— М-да, теперь все ясно, — подытожил его речь Минхо. — Знаки с твоим именем в городе из той же оперы.

Томас пожал плечами.

— Я так счастлив, что ты радуешься моему спасению.

— Эй, если хочешь командовать — на здоровье. Я и правда рад, что ты жив.

— Нет уж, спасибо. Оставайся ты главным.

Минхо не ответил.

Знаки давили. Что хотел ими сказать ПОРОК? Что лучше и правда Томасу командовать глэйдерами?

Хмурый и сосредоточенный, Ньют поднялся на ноги.

— Значит, мы все потенциальные кандидаты на что-то. И кланк, через который нас прогоняют, призван отсеять негодных. Случай с пистолетом и ржавой пулей нарушил... нормальное течение опыта. Или как ее там... Переменной? Если Томасу и суждено склеить ласты, то не от пули, не от инфекции.

Поджав губы, Томас кивнул. Он и сам бы лучше не резюмировал свой рассказ.

— Выходит, ПОРОК за нами следит, — сказал Минхо. — Как и в Лабиринте. Помните жуков-стукачей? Они повсюду носились.

Несколько глэйдеров кивнули.

— Что еще за жуки такие? — спросил Хорхе.

Ответил Томас:

— Мелкие твари наподобие ящериц. Они следили за нами в Лабиринте, при помощи камер.

Хорхе закатил глаза.

— А, ну конечно. Прости, что спрашиваю.

— Лабиринт они построили в каком-нибудь ангаре, — сказал Эрис. — Но вот пустыню и горы в ангар не впихнешь. Может, у ПОРОКа есть спутники и камеры с антеннами дальнего действия.

— Что такого особенного в Томасе? — откашлявшись, спросил Хорхе. — По городу развешаны знаки, с неба падают врачи и спасают его, когда он вдруг, весь такой больной, свалился. — Латинос глянул на Томаса. — Я не стебусь, muchacho, просто мне любопытно. Чем ты лучше остальных?

— Я не особенный, — возразил Томас, отлично понимая, что лукавит. Он только не знал, в чем именно. — Я слово в слово передаю разговоры врачей: умереть мы можем любым способом, просто пистолет в городе не был предусмотрен. Ранило бы кого другого — и его бы спасли. Дело не во мне, дело в пуле. Она чуть карты не спутала.

— И все же, — усмехнулся Хорхе, — стоит держаться поближе к тебе.

Минхо погасил разгоревшийся было спор, велев всем ложиться спать (если глэйдеры хотят без устали идти всю ночь). Томас спорить не стал. Каждая секунда сидения на горячем воздухе, на горячей земле отбирала все больше сил. Может, это и правда от жары, а может, процесс выздоровления требовал энергии. Как бы там ни было, спать хотелось.

Без подушки, без простыни Томас свернулся калачиком, не сходя с места и подложив под голову руки. Рядом, не сказав ни слова и даже не коснувшись его, улеглась Бренда. Похоже, ему никогда ее не понять.

Глубоко вздохнув и прикрыв глаза, Томас отдался дремоте, которая потащила его за собой в темные глубины. Звуки вокруг стали тише, воздух словно сгустился. Покой снизошел на него, и навалился сон.

Солнце еще висело над горизонтом, когда в голове раздался голос. И этот голос велел просыпаться.

Звала девушка.

Тереза.

После стольких дней молчания она обрушила на Томаса целый поток телепатических слов.

«Том, не вздумай заговаривать со мной, молчи. Завтра тебя ждет нечто ужасное. Будет больно и жутко. Верь мне. Что бы ни случилось, что бы ты ни увидел, ни услышал и ни подумал — верь мне. Общаться с тобой у меня не получится».

Ошеломленный, Томас пытался понять, о чем толкует Тереза, и запомнить ее речь, однако не успел и слова вставить, как она заговорила вновь.

«Мне пора. Исчезаю».

Еще пауза.

«До тех пор пока не встретимся».

Не успел Томас подобрать слова для ответа, как телепатическая связь прервалась.

ГЛАВА СОРОК ТРЕТЬЯ

Томас еще долго не мог заснуть.

С ним точно говорила Тереза. Без малейших сомнений. Как и прежде, он ощутил ее присутствие, эмоции. Пусть и на короткое время, но Тереза пришла, а после внутри у Томаса вновь образовался вакуум. Пока она была с ним, он словно медленно заполнялся тягучей смолой лишь затем, чтобы уход Терезы заново очистил колодец.

Так о чем же она говорила? Завтра Томаса ждет нечто ужасное, и он должен верить Терезе. Смысл сказанного не желал проясняться. И как бы грозно ни звучало предупреждение, мысли постоянно возвращались к последней фразе о том, что они с Терезой встретятся. Ниточка ложной надежды? Или она хочет, чтобы Томас прошел завтрашний тест и все закончилось благополучно? Чтобы Томас нашел ее? Варианты ответов проносились в мозгу один за другим и натыкались на стену уныния в конце тупика.

Воздух разогрелся. Томас ворочался, не в силах отделаться от мыслей и заснуть. Он ведь почти свыкся с разлукой, от которой было так тошно. И что хуже, теперь он будто предал Терезу, подпустив к себе Бренду и позволив ей стать другом.

По иронии судьбы он чуть не разбудил Бренду, чтобы излить ей душу. Потом задумался: стоит ли? От расстройства и смятения хотелось кричать.

Ну прямо рай для того, кто любит поспать на адской жаре. Лишь когда солнце преодолело полпути к горизонту, Томасу наконец удалось заснуть.

Минхо разбудил его ранним вечером. Томас чувствовал себя немного получше. Визит Терезы он вспоминал как сон, будто и не было никакого разговора.

— Выспался, Томми? — спросил Ньют. — Как плечо?

Сев, Томас потер глаза. Он проспал каких-то три-четыре часа, но сон был глубокий и спокойный. Помассировав плечо, парень вновь удивился отсутствию боли.

— Здорово, просто здорово. Болит, правда, немного, а так — полный порядок. Поверить не могу. Чуть не умер...

Ньют оглядел глэйдеров, собирающихся в дорогу.

— С тех пор как нас вытурили из барака, поговорить толком не удавалось. Что-то не выдается свободной минутки присесть и чайку попить.

— Базаришь! — Вспомнился Чак, и боль утраты вернулась с новой силой. И с удвоенной силой возвратилась ненависть к авторам эксперимента. На ум пришла надпись на руке у Терезы. — Разве ПОРОК — это хорошо?

— А?

— Помнишь слова у Терезы на плече? Она сама написала их, когда вышла из комы. Или ты не видел? Надпись гласила: «ПОРОК — это хорошо». Вот я и спрашиваю себя: разве ПОРОК — это хорошо?

Томас и не думал скрыть сарказма в голосе.

Ньют как-то странно улыбнулся.

— Так они же спасли тебя, стебанутого.

— Да, святые, ничего не скажешь. — Томас признался себе: он сбит с толку. Они спасли его, а он когда-то работал на них... В чем смысл?!

Поворочавшись, Бренда открыла глаза, села и громко зевнула.

— Доброе утро. Или вечер.

— Еще день прожит, — ответил Томас и только сейчас понял: Ньют, наверное, не знает, кто такая Бренда. — Вы, ребята, полагаю, успели познакомиться, пока меня не было? Если нет, то, Бренда, это Ньют. Ньют, это Бренда.

— Да мы вообще-то перезнакомились, — сказал Ньют и шутливо пожал Бренде руку. — Еще раз спасибо, что не дала этому слюнтяю пропасть. А то бросили нас, понимаешь, и загуляли.

На губах Бренды мелькнула бледнейшая тень улыбки.

— Загуляли, ага. Особенно понравилась та часть, где нам едва не оторвали носы. — На лице ее мельком отразилась смесь отчаяния и смущения. — Мне самой уже недолго, скоро окончательно поеду крышей.

И что на это ответить?!

— Ты не дольше нас больна. Помни...

Бренда не дала закончить.

— Знаю-знаю. Вы достанете лекарство. Помню.

Она поднялась на ноги, давая понять: разговор окончен.

Томас глянул на Ньюта — тот пожал плечами. Опустившись на колени, он наклонился к Томасу и прошептал:

— Твоя новая подружка? Все Терезе расскажу.

Хихикнув, Ньют встал и отошел в сторонку.

Переполняемый эмоциями, Томас посидел еще с минуту. Тереза, Бренда, друзья... Предупреждение. Вспышка. Всего несколько дней на переход через горы. ПОРОК. И что бы ни ждало глэйдеров в убежище и в будущем...

Сколько всего навалилось! Выдержать бы.

Надо перестать думать.

Голод. Вот с ним можно справиться. Поднявшись, Томас отправился за едой, и Фрайпан не подкачал.

В путь отправились сразу, как солнце село и грязно-рыжая земля окрасилась в пурпурное. Томас устал без движения, кровь закисла в жилах, и ему не терпелось спустить в ходьбе пар, размять мускулы.

Горы медленно росли, превращаясь в зазубренные теневые пики. И никаких тебе предгорий, только плоская долина, простирающаяся до того места, где земля вздымается к небу в виде голого камня и крутых склонов. Бурых, некрасивых, безжизненных. Томас надеялся вблизи них отыскать тропу.

Никто почти не разговаривал. Бренда держалась близко к Томасу, но шла молча. Даже с Хорхе не говорила. Как-то неожиданно возникла связь между нею и Томасом. Он теперь считал Бренду близким себе человеком. Правда, не ближе Ньюта, Минхо и, конечно, Терезы.

Когда наступила темнота и в небе появились единственные проводники — луна и звезды, — Ньют подошел к Томасу.

Света хватало, да его и требуется-то не много, если идешь по плоской равнине к стене гор. Мерно хрустел под ногами песок.

— Я тут подумал, — начал Ньют.

— О чем? — Собственно, мысли Ньюта были Томасу неинтересны. Он лишь обрадовался, что есть с кем поболтать и отвлечься.

— ПОРОК ради тебя нарушил собственные хреновы правила.

— Как так?

— Они говорили: правил нет. Дали кучу времени, чтобы доплестись до чертова убежища, и все. Никаких правил. Люди мрут направо и налево, а они вдруг спускаются с небес на летучем кошмарище и спасают твою задницу. Бред какой-то. — Ньют помолчал. — Я не жалуюсь. Хорошо, что ты жив и все такое.

— Н-да, спасибки тебе. — Ньют рассуждал правильно, но Томас слишком утомился и не хотел думать о странностях в ходе эксперимента.

— Еще эти знаки по городу. Есть над чем покумекать.

Томас посмотрел на Ньюта — в темноте его лица было почти не разглядеть.

— Ревнуешь, что ли? — попытался он отшутиться. Забыть бы и не думать о знаках, да куда там...

Ньют рассмеялся.

— Нет, шанк. Просто страсть как знать хотца, в чем дело. Что с нами происходит?

— Ты прав. — Томас кивнул, на все сто согласный с другом. — Врачиха говорила, типа только немногие из нас — достойные Кандидаты. Типа я лучший, и мне нельзя погибать от чего-то, чего они не предвидели. Сам в непонятках. Стопудово, дело в реакциях, получаемых с территории обреченных.

С минуту они прошагали молча.

— А, хватит мозги сушить, — сдался Ньют. — Чему быть, того не миновать.

Томас чуть не рассказал о предупреждении Терезы, но почему-то решил не раскрываться. Подумал: так правильней.

Он продолжал молчать, и Ньют наконец ушел в сторону, оставив Томаса одного.

Через пару часов состоялся иной разговор — с Минхо. Слова текли потоком с обеих сторон, однако в итоге ничего важного сказано не было. Друзья убивали время, мусоля вопросы, что вертелись у них в головах.

Ноги побаливали; Томас терпел. Горы становились все ближе. Воздух заметно похолодал, даруя долгожданный отдых от дневного зноя. Бренда так и не заговорила.

Глэйдеры продолжали идти.

Когда на востоке забрезжили первые лучики рассвета, окрасив небо в темно-синее, и звезды начали понемногу гаснуть, Томас наконец набрался храбрости подойти к Бренде и заговорить с ней. На склонах гор уже виднелись сухие деревца и россыпь битого камня. У подножия гряды глэйдеры окажутся, когда солнце взойдет над горизонтом.

— Эй, — сказал Томас. — Как ноги? Не устали?

— Нет, — сдержанно произнесла Бренда, после чего поспешила добавить, компенсируя сухость предыдущего ответа: — Сам как? Плечо зажило?

— Сам не верю, почти не болит.

— Это хорошо.

— Ага. — Томас подумал, что бы еще такого сказать. — Ну, я, это... мне жаль, столько всего произошло непонятного. И... прости за то, что я наговорил. В голове каша, бардак полный.

Взгляд Бренды смягчился.

— Ладно тебе, Томас. Уж извиняться ты совсем не обязан. — Она посмотрела вперед. — Просто мы разные, и у тебя есть девушка. А я к тебе с поцелуями, дура, полезла.

— Ну не то чтобы у меня есть девушка... — Томас моментально пожалел о сказанном. Он сам не понял, откуда взялись эти слова.

Бренда раздраженно фыркнула.

— Не тупи. И не оскорбляй меня. Если отказываешься от этого, — с издевательской улыбкой она окинула себя жестом с головы до пят, — то придумай уважительную причину.

Томас рассмеялся. Напряжение и неловкость как рукой сняло.

— Понял. Да ты все равно, поди, фигово целуешься.

Бренда ударила его кулачком по здоровой руке.

— Вот тут ты ошибаешься. Ой как ошибаешься, уж поверь.

Томас собрался ответить какой-нибудь безобидной глупостью и не успел — встал как вкопанный. Сзади на него налетел один из глэйдеров и чуть не сбил, однако Томас не шевельнулся. Он смотрел прямо перед собой, и сердце почти перестало биться.

Небо посветлело; до передней кромки гор оставалось всего несколько сот футов, а на полпути к ним, словно из ниоткуда, возникла девушка. Поднявшись с земли, она быстрым шагом направилась к глэйдерам.

В руках она несла нечто вроде копья: жуткий клинок на длинном древке.

Тереза.

ГЛАВА СОРОК ЧЕТВЕРТАЯ

Томас не испытывал ни радости, ни удивления. Просто не знал, как реагировать. Да, он говорил с Терезой вчера и, увидев ее, слегка воспрял духом. Потом вспомнил предупреждение и обратил внимание на копье.

Вот глэйдеры заметили девушку и остановились поглазеть. Тереза шла с каменным лицом, готовая колоть и рубить всякого — пусть только дернется.

Томас шагнул ей навстречу, не совсем понимая, что собирается предпринять. Вдруг по обеим сторонам от Терезы возникли другие девушки. Еще двадцать их товарок зашли парням за спины.

У всех было оружие: ножи, ржавые мечи и зазубренные мачете. Кое у кого даже имелись луки, и в сторону глэйдеров уже смотрели наконечники стрел. Томас ощутил неприятный укол страха. Что бы там Тереза ни говорила об опасности, она ведь не даст причинить ему вреда?

Группа «В». Та, что должна убить Томаса, если верить татуировке. Вот и встретились.

Ход мыслей прервался, когда Тереза резко остановилась футах в тридцати от глэйдеров. Остановились, взяв юношей в кольцо, и ее компаньонки. Томас еще раз огляделся. Девушки были настроены решительно: смотрели на глэйдеров прищурившись, выставив оружие перед собой. Больше всего пугали луки — стоит лишь пикнуть, и одна из стрел вонзится самому дерзкому в грудь.

Тереза смотрела прямо на Томаса.

— Что за фигня, Тереза? — заговорил первым Минхо. — Тепло же ты встречаешь пропавших товарищей.

Услышав это имя, Бренда резко обернулась и посмотрела на Томаса — тот лишь коротко кивнул в ответ. При виде ее удивленного лица ему отчего-то стало грустно.

Над обеими группами сгустилась зловещая тишина. Солнце дюйм за дюймом ползло по небосводу к точке, откуда вскоре обрушит на их головы поток невыносимого жара.

Тереза приблизилась к Минхо и Ньюту на расстояние в десять футов.

— Тереза? — позвал Ньют. — Какого хрена...

— Тихо, — отрезала она. Не резко и не окриком. Спокойно и уверенно, отчего Томас испугался еще больше. — Это всех касается: начнете шуметь — полетят стрелы.

Перехватив поудобнее копье и поведя им из стороны в сторону, Тереза прошла мимо Ньюта и Минхо. Углубилась в толпу глэйдеров, будто разыскивая что-то. Встала перед Брендой. Ни одна из двух девушек не проронила ни слова, хотя воздух между ними словно наэлектризовался. Потом, все такая же грозная и холодная, Тереза пошла дальше.

Остановилась перед Томасом. Парень изо всех сил пытался убедить себя, что его Тереза никогда не ударит, однако верилось в это — при виде копья-то — с огромным трудом.

— Тереза, — не в силах сдержаться, прошептал Томас. Позабыв о копье, о жестком взгляде, он захотел прикоснуться к ней. Тут же вспомнился их поцелуй. И чувства, которые он разжег.

Тереза не шевельнулась, уставив на Томаса непроницаемый взгляд, в котором читался лишь гнев.

— Тереза, что...

— Тихо. — Тот же спокойный приказной тон. Совсем на нее не похоже.

— Но что...

Чуть отступив, Тереза врезала ему по щеке тупым концом копья. В черепе и в шее полыхнула боль; схватившись за лицо, Томас бухнулся на колени.

— Сказано тебе: тихо. — Взяв Томаса за грудки, Тереза вздернула его на ноги и вновь нацелила на него копье. — Твое имя Томас?

Томас уставился на Терезу широко раскрытыми глазами. Мир рушился. Пусть Тереза и предупреждала, пусть убедила, что ей можно верить.

— Сама знаешь, кто я...

На этот раз она вмазала еще круче, по уху. Схватившись за голову, Томас вскрикнул, но не упал.

— Сама знаешь, кто я! — завопил он.

— Знала, — одновременно мягким и полным отвращения голосом поправила его Тереза. — Спрашиваю последний раз: твое имя Томас?

— Да! Томас!

Кивнув и не опуская копья, метя Томасу в грудь, Тереза попятилась. Глэйдеры расступались, давая дорогу. Наконец девушка присоединилась к товаркам.

— Пойдешь с нами, — велела она. — Томас. Двигай. Остальные запомните: только шевельнитесь — и полетят стрелы.

— Разбежалась! — выступил Минхо. — Никуда он не пойдет!

Тереза, будто не слыша его, продолжала смотреть на Томаса.

— Я не шучу. Начинаю отсчет. Каждый раз, как буду доходить до числа, кратного пяти, мы стреляем в одного из ваших. До тех пор пока не останется один Томас, и тогда мы его заберем. Решать вам.

Только сейчас Томас заметил, как странно ведет себя Эрис: новенький медленно поворачивался вокруг, глядя на девушек как на старых приятельниц. Ну конечно, если это Группа «B», то Эрис — из их числа. Потому и знает девчонок.

— Один! — выкрикнула Тереза.

Искушать судьбу Томас не стал. Протолкавшись через своих, он вышел на открытое место и направился прямиком к Терезе — не слушая Минхо, не обращая внимания ни на что. Глядя только на Терезу и стараясь не выдать эмоций, он подошел к ней почти вплотную.

В конце концов этого он и добивался — хотел быть с Терезой. Не важно, что ее восстановили против него. Пусть даже ею, как Алби и Галли, манипулирует ПОРОК. Терезе, похоже, вновь стерли память. Плевать. Настроена она была серьезно, и рисковать жизнями глэйдеров Томас не желал.

— Вот он я. Забирайте.

— Я только до одного досчитала.

— Ну да, такой я храбрый.

Она ударила его древком копья, да так сильно, что Томас упал. Боль в челюсти и голове вспыхнула словно огонь в тлеющих углях. Он сплюнул кровь.

— Мешок сюда, — приказала Тереза.

Краем глаза Томас заметил приближение двух невооруженных девчонок. (Оружие, наверное, спрятали.) Одна из них — темнокожая, стриженная почти наголо — несла потертый джутовый мешок. Обе девушки остановились футах в двух от Томаса, а он тем временем поднялся на четвереньки, боясь сделать лишнее движение.

— Мы забираем его! — громко объявила Тереза. — Будете нас преследовать — ударю его еще раз, а остальных расстреляем из луков. Целиться не будем, пустим стрелы — полетят как придется.

— Тереза! — Минхо. — Тебя так быстро одолела Вспышка? Мозги спеклись?

Тупой конец копья ударил в затылок, и Томас упал на живот. В пыли перед лицом поплыли черные звезды. За что она так с ним?!

— Хочешь еще что-то сказать? — спросила Тереза и после паузы произнесла: — Я так и думала. Наденьте на него мешок.

Томаса грубым рывком перевернули на спину. Пальцы девчонки сдавили раненое плечо, и впервые, с тех пор как парня залатали, его пронзила жгучая боль.

Томас застонал. Он увидел над собой лица — совсем не злые — девушек с мешком.

— Не дергайся, — посоветовала темнокожая, чье лицо блестело от пота. — Хуже будет.

Томас опешил. Глаза и голос ее выдавали искреннее сочувствие, однако с ним никак не вязалось сказанное в следующий момент:

— Просто иди с нами и дай себя убить. Нет смысла терпеть боль и мучиться.

На голову надели мешок, и дальше Томас видел только мутно-бурый свет.

ГЛАВА СОРОК ПЯТАЯ

Томаса целиком спрятали в мешок и обмотали веревкой — начав с лодыжек (вместе с горловиной) и завязав последний узел над макушкой.

Путы натянулись — девчонки приподняли его со стороны головы. Значит, взялись за один конец невозможно длинной веревки и сейчас потащат пленника по земле. Больше Томас терпеть не собирался, хотя и понимал, что его ждет.

— Тереза! Не поступай со мной так!

На сей раз ударили кулаком в живот, и Томас взвыл. Он машинально чуть не согнулся пополам — хотелось скорчиться и отползти прочь. К горлу подступил комок тошноты, и лишь усилием воли он удержал обед в желудке.

— Раз уж тебе на себя плевать, — сказала Тереза, — то заговори еще раз — и мы начнем расстреливать твоих друзей. Такой вариант тебя устраивает?

В ответ Томас всхлипнул от боли. А ведь вчера он видел мир в радужной перспективе: инфекции нет, рана залечена, город, кишащий шизами, остался далеко позади, и надо лишь перевалить через горы, чтобы достичь убежища. Жизнь его так ничему и не научила.

— Я не шучу! — прикрикнула Тереза на глэйдеров. — Стреляем без предупреждения. Не ходите за нами!

Девушка присела рядом с Томасом: мелькнул ее силуэт, зашуршал песок у нее под коленями. Тереза схватила Томаса за голову прямо через мешок и приникла губами почти к самому уху. Томас изо всех сил напряг слух, чтобы уловить сквозь шелест ветра едва слышный шепот.

— Мне не дают говорить с тобой мысленно. Но ты должен мне доверять.

Пораженный, Томас едва удержался от вскрика.

— Что ты ему сказала? — спросила одна из девушек, тащивших мешок за веревку.

— Сказала, как меня забавляет его положение. И моя месть. Ты не против, надеюсь?

Так заносчиво Тереза никогда не разговаривала. Она либо очень хорошая актриса, либо мозг ее поражен безумием и у Терезы раздвоение личности. Если не растроение.

— Рада за тебя, — ответила девушка. — Только не увлекайся. Надо спешить.

— Помню, — сказала Тереза, затем еще сильнее стиснула голову Томаса и прижалась губами к его уху. Когда она заговорила, он ощутил жар ее дыхания даже сквозь волокна джута. — Держись. Недолго осталось.

Томас впал в ступор. Что тут можно подумать? Над ним издеваются?

Отпустив его, Тереза встала.

— Ладно, идемте. И хорошенько протащите его по камням.

Плененного Томаса поволокли по земле, и джутовый мешок нисколько не смягчал трения и ударов о колотый камень. Чтобы избавиться от боли, Томас выгнул спину, перенеся вес на ноги. Впрочем, надолго его так не хватит.

Сквозь просветы в мешке он видел силуэт шагающей рядом Терезы.

Потом заорал Минхо, но Томас почти ничего не расслышал. Только нелестные эпитеты и обрывки фраз типа «мы вас найдем», «время пришло» и «оружие».

Желая заткнуть Минхо, Тереза ударила Томаса в живот.

И девчонки пошли дальше по пустыне, волоча его будто мешок с ветошью.

Его посещали мысли одна ужаснее другой. Ноги слабели с каждой секундой. Понимая, что скоро придется расслабить спину, Томас представил себе кровоточащие раны и несходящие рубцы.

Хотя какая разница? Все равно его убьют.

Тереза сказала, что он должен довериться ей. Трудно, конечно, однако Томас попытался выполнить просьбу. Вдруг Тереза притворяется перед Группой «В»? А если нет, зачем шептать о доверии?

Томас вертел в голове эту мысль, пока она не утратила смысла. И тогда он предпочел сосредоточиться на другом: придумать, как уберечь спину. Не то с нее слезет кожа, до самого мяса.

Спасли горы.

Втаскивать Томаса на крутой склон оказалось не такой уж простой задачей, не то что волочить по земле. Девчонки пробовали поднимать его короткими рывками — лишь затем, чтобы позволить соскользнуть вниз на несколько футов. Наконец Тереза предложила взять Томаса за руки и за ноги и нести по очереди.

Почти сразу в голову пришла идея, предельно простая. И как они сами не догадались!

— Может, я своими ногами пойду? — спросил Томас сухим и надломившимся от жажды голосом. — У вас оружие, я не сбегу.

Тереза пнула его в бок.

— Молчи, Томас. Мы не дуры. Погоди, пока скроемся с глаз твоих приятелей.

Томас едва сдержал стон, как вдруг нога Терезы вновь ударила его по ребрам.

— Ай! Зачем?

— Так нам велено. А теперь — умолкни!

— Зачем ему говорить об этом? — резко прошептала одна из девчонок.

— Какая разница? — ответила Тереза, не пытаясь скрыть раздражения. — Скажем, не скажем... все равно ему хана.

«Велено», — подумал Томас. ПОРОК приказал убить его.

— Я их уже почти не вижу, — сказала одна из девчонок. — От той расселины нас точно видно не будет. Парни нас не догонят, даже если попытаются.

— Отлично, — ответила Тереза. — Несем его к расселине.

Томаса подхватили еще несколько пар рук и подняли над землей. Тереза и три ее новые подружки несли его через валуны, мимо высохших деревьев, выше и выше. Он слышал тяжелое дыхание, чувствовал запах пота и ненавидел своих пленительниц все сильнее с каждым толчком при подъеме. Даже Терезу. Томас последний раз попытался дотянуться до ее разума и тем спасти остатки доверия к ней, но подруга не отвечала.

Трудное восхождение длилось около часа — с остановками, во время которых девушки сменялись, — и вдвое больше прошло с момента, когда Томаса забрали от глэйдеров. Солнце почти достигло опасной точки зенита, жара сделалась невыносимой. Но тут девушки обогнули массивную стену; поверхность немного выровнялась, и они вошли в тень. Как хорошо было вновь скрыться от солнца.

— Ну все, — объявила Тереза. — Бросайте его.

Девчонки не церемонясь отпустили Томаса, и он, громко ахнув, упал на твердый камень. И пока его развязывали, парень судорожно хватал ртом воздух. Не успел он отдышаться, как мешок уже сняли.

Моргая, Томас посмотрел на Терезу и ее товарок — те окружили его, с оружием наготове. Нет, как глупо-то...

Собрав остатки мужества, Томас произнес:

— Вам не мешало бы крепко подумать. Вас двадцать — с ножами, мечами и мачете — против меня одного, безоружного. Я, наверное, точно особенный.

Перехватив копье поудобнее, Тереза начала пятиться.

— Постой! — вскрикнул Томас, и Тереза остановилась. Прикрываясь руками, Томас встал на ноги. — Я спокоен, не рыпаюсь. Просто ведите меня куда надо, и я покорно дам себя хлопнуть. Все равно жить больше незачем.

Говоря так и стараясь вложить в слова как можно больше злобы, он смотрел прямо на Терезу. Томас все еще надеялся воззвать к их разуму, однако после побоев утратил настоящий запал.

— Хватит уже, — сказала Тереза. — Надоел. Идем к перевалу, отоспимся и после заката начнем переход.

Следующей заговорила темнокожая девушка:

— А с этим что? Столько часов его протаскали. Зря надрывались?

— Убьем его, не бойся, — ответила Тереза. — Убьем именно так, как нам сказали. Это будет карой за то, как он обошелся со мной.

ГЛАВА СОРОК ШЕСТАЯ

О чем она? Что такого сделал ей Томас?!

Он не мог понять, да мозг и не желал работать, пока девчонки волокли его к лагерю. Дорога постоянно шла в гору, и ноги уже начали гореть. Голая скала по левую руку надежно укрывала от жары, но и в тени все оставалось сухим и горячим. Кругом была одна бурая пыль. Девчонки дали ему немного воды — она до капли испарилась, еще не достигнув желудка.

Они дошли до большого углубления в восточной стене как раз тогда, когда солнце — этот испепеляющий шар золотого огня — повисло в зените. Сразу видно, девушки разбили лагерь и просидели день или два в пещере, уходящей в недра скалы футов на сорок. Среди палаток Томас заметил кострища и кучку мусора возле выхода. Отряд дожидались всего три девчонки — значит, ловить Томаса Группа «В» отправилась почти целиком.

С мечами, ножами и мачете? И правда глупо. Хватило бы нескольких человек.

По пути Томас узнал кое-что: темнокожую звали Гарриет, а ту, что постоянно терлась рядом с ней, светло-русую, с белоснежной кожей, — Соня. И судя по всему, до прибытия Терезы они были за главных. Вели себя по-командирски, однако решение принимали с оглядкой на Терезу.

— Так, давайте привяжем его вон к тому страшному дереву, — указала Тереза на белый, как кость, дуб, давно уже мертвый, но все еще цепляющийся корнями за каменистую почву. — И надо бы его покормить, не то будет ныть и не даст нам поспать.

Ну это она маху дала... Не важно, что Тереза задумала, — приказы ее становятся все глупее. И плевать, что она говорила вначале. Томас ее ненавидел.

Он не сопротивлялся, когда его привязывали к дереву поперек торса, оставив руки свободными. Потом вручили несколько батончиков мюслей и бутылку воды. Никто не разговаривал с ним, не смотрел ему в глаза. Девчонок вроде даже одолевало чувство вины. Уминая мюсли, Томас внимательно оглядывал лагерь: его обитатели укладывались спать. Что-то здесь было не так.

Тереза, похоже, совсем не притворяется. И не притворялась. Заставила верить ей, а сама... хочет в точности исполнить приказ от...

Внезапно Томас вспомнил надпись на табличке у спальни Терезы: «Предатель». До сего момента Томас о ней и не думал. Теперь-то почти все ясно!

ПОРОК — вот кто главный. Он последняя надежда обеих групп на выживание. Согласилась ли Тереза на условия Создателей? Готова ли спастись вот таким способом? И что Томас сделал ей дурного? Может, ПОРОК промыл ей мозги? Заставил возненавидеть друга?

Да еще татуировка на шее и знаки в городе. Татуировка предупреждала о смерти, знаки говорили, что Томас — истинный лидер. Табличка у спаленки возвещала об иной опасности.

И вот Томас беспомощен, привязан к дереву, а девчонки вооружены до зубов. Хорошенькое дельце.

Вздохнув, Томас закончил есть и почувствовал себя немного лучше. И хотя он не видел картины в целом, но знал, что близок к разгадке и что бежать из лагеря не получится.

Гарриет и Соня, не спуская с Томаса глаз, устроили себе постели неподалеку. И вновь в их взглядах Томас заметил то же самое виноватое выражение. Значит, можно побороться за жизнь...

— Вы ведь не хотите убивать меня? — спросил он таким тоном, будто поймал девчонок на горячем. — Вы прежде кого-нибудь убивали?

Гарриет как раз готовилась положить голову на валик из скатанных простыней. Услышав его вопрос, она приподнялась на локте.

— Если верить Терезе, то мы из своего Лабиринта смотались на три дня раньше, потеряли меньше людей и прикончили куда больше гриверов. Думаю, убить одного никудышного пацана не намного сложнее.

— А как же совесть? — Ну хоть это-то должно на них подействовать.

— Переживем. — Гарриет показала Томасу язык — реально показала язык! — и, опустившись на убогое ложе, закрыла глаза.

Соня села по-турецки. Кажется, спать ей совсем не хотелось.

— Выбора нам не дали. ПОРОК сказал, что это наше единственное задание. И если его не выполнить, в убежище нас не пропустят. Мы умрем в пустыне.

Томас пожал плечами.

— А, понятно. Жертвуете мною ради собственного спасения. О-очень благородно.

Соня вперила в Томаса долгий взгляд, и парню стоило огромного труда не отвести глаз. Наконец девушка легла и повернулась к нему спиной.

Подошла Тереза — с перекошенным от злости лицом.

— Вы о чем треплетесь?

— Ни о чем, — буркнула Гарриет. — Скажи ему: пусть заткнется.

— Молчать, — велела Томасу Тереза.

Томас саркастично фыркнул.

— А если не замолчу — тогда что? Прикончишь меня?

Не отвечая, Тереза невыразительно посмотрела на него.

— Откуда такая ненависть? — спросил Томас. — Что я тебе сделал?

Соня и Гарриет разом обернулись, глядя поочередно на Терезу и на Томаса.

— Сам знаешь, — ответила наконец Тереза. — И девочки знают, я им рассказала. Будь дело только в тебе, я не опустилась бы так низко, чтобы убивать. Мы выполним приказ, иначе нельзя. Прости. Жизнь — коварная штука. — В глазах ее как будто что-то мелькнуло. На что она намекает?

— В каком смысле — не опустилась бы так низко? Мне и в голову бы не пришло убивать друга, спасая свою шкуру. Ни за что.

— И мне. Потому и рада, что мы не друзья. — Она отвернулась.

— Нет, что я сделал-то? — быстро спросил Томас. — Прости, амнезия замучила... сама понимаешь, у нас она часто случается.

Тереза окинула его пылающим взглядом.

— Не зли меня. Не смей прикидываться, будто ничего не случилось. Молчи, или твою симпатичную мордашку украсит еще один синяк.

Она зашагала прочь, а Томас поерзал, устраиваясь поудобнее. Наконец он откинул голову, прислонившись затылком к мертвому дереву. В паршивую ситуацию он вляпался, однако надо обязательно выяснить, в чем дело. Иначе не выжить.

Томас заснул.

ГЛАВА СОРОК СЕДЬМАЯ

Несколько часов он ерзал, то и дело просыпался, чтобы сменить положение и устроиться на твердом камне, потом пришла дремота, а за ней сон.

Томасу пятнадцать. Как он угадал возраст, не знает и сам. Сработал некий механизм в памяти. Но память ли это?

Томас и Тереза стоят перед массивной стеной из экранов, на каждом — изображение из разных точек Глэйда и Лабиринта. Кое-где картинка движется, и ясно почему: это передача с камеры жука-стукача, который через определенное время меняет позицию. И тогда кажется, будто Томас смотрит на мир глазами крысы.

— Не может быть, — говорит Тереза, — все мертвы.

Томас теряется, не знает, что происходит. Он перенесся в тело мальчика, который вроде бы и есть он. Однако он не понимает, о чем говорит Тереза. Впрочем, говорит она отнюдь не о глэйдерах. Томас видит на экранах: Минхо и Ньют идут в сторону леса; Галли сидит на лавке; Алби орет на незнакомого Томасу парня.

— Мы знали, что так и будет, — отвечает Томас. Зачем?

— И все равно тяжело. — Они не смотрят друг на друга. Взгляды их устремлены на экраны. — Наш черед. И людей в бараках.

— Это хорошо, — говорит Томас.

— Мне их почти так же жаль, как и глэйдеров. Почти.

Пока Томас обдумывает ее слова, его помолодевшее воплощение откашливается.

— Думаешь, мы достаточно подготовились? Думаешь, победим, даже если истинные Создатели мертвы?

— Должны победить, Том. — Тереза берет его за руку. Он смотрит на подругу и не может прочесть выражения у нее на лице. — Все готово. У нас год, чтобы обучить замену и самим подготовиться.

— Неправильно. Как можно просить их...

Закатив глаза, Тереза до боли стискивает его руку.

— Хватит. Они знают, на что идут.

— Да. — Откуда-то Томасу известно, что эта его версия из сна ничего не чувствует и слова ничего не значат. — Сейчас главное — образцы реакций, территория обреченных. Остальное — не важно.

Тереза кивает.

— Не важно, сколько человек пострадает. Если Переменные не сработают, всех ждет один конец.

— Реакции, — говорит Томас.

Тереза вновь стискивает ему руку.

— Реакции.

Когда Томас пробудился, солнце уже тонуло за горизонтом в тускло-серых сумерках. Гарриет и Соня сидели напротив и как-то странно смотрели на него.

— Добрый вечер, — с наигранной бодростью поздоровался он: тревожный сон был еще свеж в памяти. — Чем могу служить, дамы?

— Расскажи все, что знаешь, — быстро потребовала Гарриет.

Сонную муть как рукой сняло.

— Прямо так и рассказал. — Томас хотел посидеть и обдумать свой сон, однако заметив во взгляде Гарриет какие-то перемены, смекнул: вот шанс спастись.

— Выбора у тебя нет, — напомнила темнокожая. — Поделись знаниями, и мы попробуем тебе помочь.

Оглядевшись, Томас не увидел Терезы.

— А где...

— Пошла проверить, не гонятся ли за нами твои дружки, — не дала закончить вопрос Соня. — Час назад.

Томас вызвал в уме образ Терезы из сна: как она смотрит на экраны и рассуждает о мертвых Создателях, территории обреченных и реакциях. Как бы это все сопоставить?

— Говорить разучился?

Томас перевел взгляд на Соню.

— Нет, я... хочу спросить: вы передумали убивать меня? — Вот идиот! Интересно, сколько людей за всю историю задавало такой глупый вопрос?

Гарриет усмехнулась:

— Не спеши с выводами, святости у нас не прибавилось. Просто возникли сомнения и надо поговорить. Шансы, впрочем, у тебя все еще мизерные.

В разговор вступила Соня:

— Самое разумное сейчас — выполнить приказ ПОРОКа. Нас больше, да и как бы ты поступил на нашем месте?

— Ну себя я точно убивать не стал бы.

— Хватит кривляться, смешного мало. Между нами: будь у тебя выбор, чью смерть ты предпочел бы? Нашу или свою?

Томаса словно ударили под дых. Говорила Соня очень серьезно. В чем-то она права: если, оставив Томаса в живых, девушки сами погибнут, то как им не избавиться от него?

— Готов ответить? — спросила Соня.

— Еще думаю. — Помолчав, он смахнул со лба пот. Сон, настоящее наваждение, не шел из головы, как Томас ни старался на время позабыть о нем. — Ладно, буду честен. Обещаю. Будь я на вашем месте, не стал бы меня убивать.

Гарриет закатила глаза.

— Тебе легко говорить. Твоя жизнь на кону.

— Дело не в этом. По-моему, вас проверяют, и убийство не вариант. — Сердце Томаса забилось быстрее. Он не юлил, говоря то, что думает, но вряд ли девчонки станут дожидаться объяснений. — Может, поделимся информацией? Найдем выход вместе?

Гарриет и Соня переглянулись.

Потом Соня кивнула, и Гарриет произнесла:

— Мы сразу засомневались, не хотели принимать условия на веру. Так что да, лучше тебе высказаться. Только погоди, мы всех соберем.

— Поторопись, — посоветовал Томас, не веря своему счастью. Неужели появился шанс выйти из этой передряги живым? — Надо успеть, пока Тереза не вернулась.

ГЛАВА СОРОК ВОСЬМАЯ

Долго уговаривать девчонок не пришлось. Заинтригованные, они спешили послушать ходячего мертвеца. Впрочем, встав перед Томасом плотной стенкой, они и не подумали отвязать его от дерева.

— Ну вот, — объявила Гарриет. — Ты начинай, а мы продолжим.

Кивнув, Томас откашлялся и заговорил, хотя не имел даже смутного представления, с чего начинать.

— О вашей группе я знаю исключительно по рассказам Эриса. Похоже, на старте наши условия совпадали, однако после побега из Лабиринта мы пошли разными дорогами. Я не в курсе, сколько всего вы успели выведать о Создателях.

— Не особенно много, — вклинилась Соня.

Значит, у Томаса преимущество. Это хорошо, а вот Соня сглупила, признавшись.

— Тогда слушайте. Я успел довольно много узнать о них. Все мы в некотором смысле особенные, и на нас имеются планы.

Томас остановился и оглядел девчонок — те никак не отреагировали на его слова.

— Большая часть того, что с нами делают, имеет смысл. Препятствия — это элементы Испытаний, или Переменных. ПОРОК наблюдает за нашей реакцией на различные ситуации. Я, конечно, понимаю не все, но, кажется, мое убийство — еще один тест. Или обманка. От вас требуют реакции на очередную Переменную.

— То есть, — заключила Гарриет, — ты хочешь пожертвовать нами, чтобы проверить свои блестящие выводы?

— Пойми же, моя смерть бессмысленна. Может быть, вас проверяют... только может быть. Зато живой я точно смогу помочь вам.

— Или, — ответила Гарриет, — ПОРОК смотрит, хватит ли у нас смелости убить лидера конкурирующей группы. Есть смысл проверить, кто преуспеет. Отсеять слабых и оставить в живых сильных.

— Я-то не лидер. Главный — Минхо. — Томас решительно покачал головой. — Нет, сами подумайте. Какой смысл в том, что вы меня убьете? Я один, вас вон сколько, да еще при оружии. Каким образом вы докажете свою силу?

— Тогда в чем замут? — спросила девчонка из задних рядов.

Томас помолчал, тщательно подбирая слова.

— ПОРОК ждет, что вы начнете думать за себя, меняя планы и принимая рациональные решения. Чем больше нас выживет, тем выше шансы вместе добраться до убежища. Убивать меня бессмысленно и бесполезно. Захватив меня, вы уже проявили силу. Теперь докажите, что умеете думать, а не слепо следовать приказам.

Расслабившись, Томас откинулся на ствол дерева. Больше он ничего придумать не мог. Слово за девчонками, Томас выложил карты на стол.

— Интересно рассуждаешь, — сказала Соня. — Совсем как человек, отчаянно спасающий свою жизнь.

Томас пожал плечами.

— Так я и спасаю. Я и правда думаю, что, убив меня, вы завалите настоящий тест.

— Думать-то думаешь, — ответила Гарриет поднимаясь. — Если честно, мы и сами пришли к таким выводам. Потом решили подождать и послушать, что ты скажешь. Солнце скоро сядет, и Тереза вернется в любую минуту. Вот с ней все и обговорим.

Отнюдь не уверенный, что Терезу удастся переубедить, Томас быстро произнес:

— Нет! Она хочет меня убить, по-настоящему. — В собственном голосе Томас услышал убежденность, которой не чувствовал. В глубине души он до сих пор надеялся, что Тереза не желает ему смерти, как бы дурно с ним ни обращалась. — Лучше сами примите решение.

— Не боись, — с полуулыбкой ответила Гарриет. — Если захотим оставить тебя в живых, Тереза никак на нас не повлияет. Однако если... — Темнокожая как-то странно посмотрела на Томаса. Осеклась? Сболтнула лишнего? — Короче, разберемся.

Томас постарался не показать облегчения. Можно, конечно, воззвать к гордости девчонок... нет, раскатал губу.

Девушки тем временем принялись упаковывать вещи в рюкзаки. Кстати, откуда у них рюкзаки?

Томас приготовился к ночному переходу, куда бы его ни повели. Поглядывая на парня, девушки перешептывались. Сто пудов, обсуждают его слова.

Темнота сгущалась, и наконец вернулась Тереза, по той же тропе, по которой в лагерь привели Томаса. Она поняла: что-то переменилось в настроении группы — по тому, как девчонки переводили взгляд с нее на Томаса и обратно.

— В чем дело? — спросила Тереза уже знакомым жестким голосом.

Ответила Гарриет:

— Надо поговорить.

Сбитая с толку, Тереза тем не менее прошла в дальний конец пещеры, к остальным девушкам. Воздух наполнился яростными шепотками, но Томас не разобрал ни слова. Желудок свело в ожидании приговора.

Температура в лагере накалялась, разговор становился все более напряженным. Тереза завелась не меньше остальных девушек. Доказывая что-то, она целиком настроила их против себя. Нехорошо, ой нехорошо...

Наконец, с наступлением ночи, Тереза ушла на север. На одно плечо она накинула лямку рюкзака, на второе положила копье. Томас смотрел ей вслед, пока она не скрылась меж узких стен Перевала.

Девушки словно вздохнули с облегчением. Подошла Гарриет и, не говоря ни слова, перерезала веревку.

— Ну и как? — спросил Томас. — Решили что-нибудь?

Гарриет молча освободила Томаса от остатков пут и, сев на корточки, внимательно посмотрела на него. В ее темных глазах отражался слабый свет звезд и луны.

— Сегодня твой счастливый день. Живи, красавчик. Так уж вышло, что коренной мотив у нас один, а в совпадения я не верю.

Как ни странно, волны облегчения не нахлынуло. Томас знал, что девчонки так и решат.

— И вот еще что, — добавила Гарриет, поднимаясь и протягивая Томасу руку. — Терезе ты сильно не нравишься. Я бы на твоем месте следила за тылом.

Томас принял ее руку, чувствуя, как его переполняют смятение и боль.

Тереза и правда хотела его смерти.

ГЛАВА СОРОК ДЕВЯТАЯ

Молча поев, Томас отправился в составе Группы «В» на север, через перевал — к убежищу. Странно было присоединиться к девушкам, после такого «теплого» приема. Зато теперь они вели себя совершенно спокойно и Томаса воспринимали как... как одну из своих.

Впрочем, он еще не до конца доверял им и шел, слегка отстав, ближе к хвосту группы. Что делать? Искать Минхо, Ньюта и остальных, если Гарриет позволит уйти? Отчаянно хотелось вернуться к друзьям, к Бренде. Однако время на исходе, еды и воды нет, и в одиночку ему не справиться. Остается надеяться, что ребята сами найдут убежище.

Так и шел Томас: с Группой «В» — но чуть на расстоянии.

Минула пара часов. Томас ничего не замечал, кроме голых гор и хруста песка с камнем под ногами, довольный, что снова может идти. Скоро время истечет, и кто знает, какое препятствие еще впереди, или что девушки приготовили для него. Он все думал о снах, но никак не мог сопоставить отдельные кусочки головоломки.

Гарриет чуть пропустила колонну вперед, пока не поравнялась с Томасом.

— Прости за мешок и за то, что волокли тебя по земле, — извинилась она. Лица девушки Томас в темноте не видел, зато представил усмешку на губах.

— А, какие проблемы. Приятно расслабиться хоть ненадолго. — Надо подыграть, проявить чувство юмора. Ничего другого пока не остается, даже если нельзя доверять девушкам полностью.

Гарриет рассмеялась, и Томас позволил себе немного расслабиться.

— Ну в общем, убить тебя велел чувак из ПОРОКа. Тереза помешалась на этой идее, будто сама придумала лишить тебя жизни.

Как ни тошно было, Томас не собирался упускать шанс узнать побольше о происходящем.

— Чувак типа крысы в белом костюме?

— Точно, — без колебаний ответила Гарриет. — Он и к вам заявился?

Томас кивнул.

— А что... что конкретно он велел делать?

— Мы шли по туннелям, потому в пустыне вы нас и не видели. Первый приказ был странный: устроить вам с Терезой встречу. Ну, там, на южной окраине города. Помнишь?

Сердце Томаса ушло в пятки. Тереза и тогда работала с Группой «В»?

— Да, помню...

— Ты, поди, и сам обо всем догадался? Встреча — подставная. Чтобы дать тебе ложную гарантию. Тереза рассказала: типа ее... зомбировали и заставили поцеловать тебя. Это правда?

Остановившись, Томас упер руки в колени. Стало трудно дышать. Вот оно, больше нет сомнений. Тереза обернулась против него... если вообще когда-нибудь была за него.

— Понимаю, фигово тебе, — тихо произнесла Гарриет. — Вы были близки.

Разогнувшись, Томас медленно и глубоко вздохнул.

— Я... просто... думал, все иначе. Думал, Терезу заставляют идти против нас, но что она сумела вырваться из-под контроля ПОРОКа... поцеловать меня.

Гарриет положила руку ему на плечо.

— Тереза вернулась и давай трещать, какое ты чудовище и как дурно с ней обошелся. Правда, как именно — молчала. Если честно, ее описаниям ты нисколько не соответствуешь. Ты другой, потому, наверное, мы и сохранили тебе жизнь.

Закрыв глаза, Томас попробовал унять сердцебиение. Затем отмахнулся от печальных мыслей и пошел дальше.

— Давай расскажи остальное.

Гарриет снова поравнялась с Томасом.

— Было велено перехватить тебя в пустыне и унести от Группы «А» в мешке. Так мы и поступили. Потом... короче, большой день, когда тебя надлежало убить, назначен на послезавтра. На северном склоне есть комната, прямо в скале. Она особая, там тебя и велено казнить.

Томас чуть вновь не остановился.

— Особая комната? Как она выглядит?

— Понятия не имею. Чувак в белом сказал: увидите — сразу узнаете. — Помолчав, Гарриет щелкнула пальцами. Догадалась о чем-то. — Туда и ходила Тереза.

— Зачем? Далеко еще идти?

— Если честно, не знаю.

Оба замолчали и продолжили путь в тишине.

Времени миновало больше, чем Томас рассчитывал. В середине второй ночи в голове колонны раздались крики, возвещающие о конце Перевала, и Томас подбежал к краю скальной гряды. Нестерпимо хотелось увидеть, что лежит по ту сторону. Так или иначе там решится его судьба.

Девушки сгрудились на широкой косе битого камня, веером отходящей от узкого Перевала и круто сбегающей вниз. Луна в третьей четверти висела над плоской долиной, зловещей в темно-пурпурном свете. На многие мили вперед простиралась мертвая земля.

На ней не росло ничего.

Ну и где убежище, до которого, по всем прикидкам, осталось несколько миль?

— Может, его просто незаметно отсюда? — Томас не видел, кто это сказал, но чувствовал, как и вся группа, то же самое. Они цеплялись за надежду.

— Может быть, — оптимистично ответила Гарриет. — Поищем вход в туннель?

— Сколько еще топать, как думаешь? — спросила Соня.

— Не больше десяти миль. Если учесть, откуда мы начали и сколько сказал пройти тот чувак... миль семь-восемь. Хотя я думала: придем сюда и упремся в большой красивый дом со смайликом на стене.

Томас без устали вглядывался в темноту, но видел лишь черное поле, простирающееся до самого горизонта под звездным пологом. И нигде ни следа Терезы.

— Короче, — объявила Соня, — выбор не ахти. Идем дальше на север. Могли бы и догадаться, что легкого пути не будет. К рассвету, наверное, спустимся с гор и отоспимся у подножия.

Остальные, согласные с ней, уже направились к едва заметной козьей тропке, когда Томас спросил:

— Где Тереза?

Гарриет посмотрела на него, омываемая бледным светом луны.

— Сейчас меня это мало волнует. Раз она такая взрослая девочка, что убегает, не получив желаемого, то значит, перебесится и нас догонит. Пошли.

И они начали спуск по крутому, усыпанному каменным крошевом склону. Томас то и дело невольно озирался. Даже будучи в сильном смятении, он все еще хотел увидеть Терезу.

Не заметив ничего, кроме смутных теней да отблесков лунного света, Томас — чуть ли не с облегчением — шел вниз.

Группа смещалась то вправо, то влево по тропке, а Томас вновь подивился, как пуст и спокоен его разум. Парень не думал, где его друзья и какие опасности ждут впереди.

Час спустя, когда ноги уже начали гореть от непривычного способа ходьбы, группа наткнулась на рощу мертвых древесных стволов, торчащих из камня. Похоже, некогда на них извергался сильный водопад, последняя капля которого давно высохла.

Томас, шедший последним, как раз достиг края рощицы, когда кто-то позвал его по имени. От испуга он чуть не споткнулся. Из-за туго переплетенных белых стволов вышла Тереза: в правой руке копье, лицо скрыто тенью. Другие девушки, должно быть, ничего не услышали, поскольку продолжали спускаться не оборачиваясь.

— Тереза, — прошептал Томас. — Как...

Он запнулся, не находя слов.

— Том, надо поговорить, — произнесла она тоном той девушки, которую, как казалось, он знал. — О них не беспокойся. Просто иди за мной.

Она кивнула на рощу.

Обернувшись в сторону Группы «В», Томас снова посмотрел на Терезу.

— Может, сто́ит...

— Иди за мной. Притворство окончено.

Не говоря больше ни слова, она развернулась и вошла в безжизненный лесок.

Целых две секунды Томас не мог решиться, разум его выворачивался наизнанку, а чутье предупреждало об опасности. И все же он последовал за ней.

ГЛАВА ПЯТИДЕСЯТАЯ

Деревья, может, и умерли, но их ветви довольно живо цеплялись за одежду и царапали кожу. Стволы светились белым, лужицы и ручейки теней на земле придавали им особенно зловещий вид. Тереза молча шла вперед, поднимаясь вверх по склону будто привидение.

— Куда мы? — спросил Томас. — Думаешь, я поверю, будто ты притворялась? Почему не оставила игру, когда меня решили не убивать?

Ответ показался очень странным. Едва обернувшись и не сбавляя темпа, она произнесла:

— Вы прихватили с собой Эриса?

Томас, ошеломленный, остановился.

— Эрис? Как ты про него узнала? Он здесь при чем? — Снедаемый любопытством и в то же время охваченный страхом услышать ответ, Томас поспешил нагнать Терезу.

Ответила девушка не сразу. Продираясь сквозь особенно густые заросли, она отпустила тугую ветку, так что та пружинисто врезала ему по физиономии, и только потом остановилась точно под столбиком лунного света. Грустно посмотрев на Томаса, с напряжением в голосе Тереза проговорила:

— Я, представь себе, очень хорошо знаю Эриса. Куда лучше, чем тебе хотелось бы. Он не только занимал важное место в моей жизни до Лабиринта. У нас с ним — как и с тобой — телепатическая связь. Даже из Глэйда я постоянно общалась с ним. Рано или поздно нас с Эрисом опять свели бы.

Томас не знал, что и сказать. Тереза, наверное, шутит. Так неожиданно ее заявление... ПОРОК сделал еще один финт.

Сложив руки на груди, Тереза смотрела на Томаса, казалось, очень довольная произведенным впечатлением.

— Ты лжешь, — произнес он наконец. — Постоянно лжешь. Я не понимаю зачем и что должно произойти, но...

— О, брось, Том. Как можно быть таким глупым? Ты столько всего пережил, но продолжаешь удивляться. Наши с тобой отношения — часть теста, и вот он завершен. Мы с Эрисом выполним возложенную на нас задачу, и жизнь пойдет своим чередом. Главное — ПОРОК. Пойми.

— О чем ты? — У Томаса внутри образовалась жуткая пустота.

Позади треснула ветка, и Тереза глянула Томасу за спину. Собрав волю в кулак, он заставил себя не оборачиваться и не смотреть, кто крадется сквозь рощу.

— Том, у тебя за спиной Эрис, с очень большим ножом. Дернешься — перережет глотку. Ты отправишься с нами и сделаешь все, что скажем. Усек?

Томас посмотрел на Терезу в надежде, что по выражению лица она поймет, насколько он зол. Еще никогда в жизни — сколько себя помнил — Томас не испытывал столь праведного гнева.

— Эрис, поздоровайся, — сказала Тереза и — о ужас! — улыбнулась.

— Привет, Томми, — произнес новенький. Точно, Эрис, только голос стал жестче. — Так волнительно снова встретить тебя.

Острие ножа уперлось в спину.

Томас молчал.

— Ну, — заметила Тереза, — хотя бы сейчас ты ведешь себя по-взрослому. Иди за мной, мы почти на месте.

— Куда? — с ноткой стали в голосе спросил Томас.

— Скоро узнаешь. — Развернувшись и опираясь на копье, как на посох, Тереза пошла через заросли.

Томас поспешил следом, не дожидаясь удара в спину. Лунный свет едва проникал сквозь густеющие кроны, тьма давила, высасывая жизнь из души.

Вот и дошли до пещеры. Мертвая роща, этот своеобразный барьер, закончилась неожиданно. Раз — и Томас уже в окружении высоких стен узкого прохода. В конце сиял тускло-зеленым прямоугольный проем. Тереза, похожая на зомби, отступила чуть в сторону, давая пройти им с Эрисом.

Эрис вышел вперед, направив, словно пистолет, нож Томасу в грудь, и встал напротив Терезы, спиной к стене. Таким образом, Томас оказался между ними — людьми, которым он, полагаясь на чутье, всегда верил. До сего момента.

— Ну вот мы и пришли, — объявила Тереза, глядя на Эриса, но тот не сводил глаз с Томаса.

— Да, пришли. А он и правда уболтал остальных пощадить его? Типа суперпсихолог?

— Угу, договорился с девками. Нам же проще. — Снисходительно посмотрев на Томаса, Тереза приблизилась к Эрису, привстав на носочки, чмокнула в щеку и улыбнулась. — Наконец-то мы снова вместе. Я так рада.

Эрис улыбнулся и, взглядом предупредив Томаса, чтобы не рыпался, поцеловал Терезу в губы.

Отвернувшись, Томас закрыл глаза. Мольбы о доверии, горячий шепот с просьбой держаться — и все ради того, чтобы заманить в эту пещеру, без лишних трудов подвести к решающему моменту.

Исполнить зловещий план ПОРОКа.

— Кончайте уже, — сказал наконец Томас, не поднимая век. Он не хотел видеть, чем занимаются Тереза и Эрис, не хотел знать, почему стало так тихо. Лишь бы они поскорее закончили. — Хватит.

Не услышав ответа, Томас открыл глаза: парочка шепталась, перемежая слова поцелуями — и в желудке будто разлилась горящая нефть.

Он снова отвернулся и посмотрел на источник странного свечения: в стене пещеры пульсировал прямоугольник бледно-зеленого света, высотой в рост человека, фута четыре в ширину. По матовой поверхности этой мрачной двери в бездну, полную чего-то светящегося, опасного — может, даже радиоактивного, — скользили тени.

Заметив краем глаза, что парочка закончила миловаться и Тереза отошла от Эриса, Томас обернулся, понадеявшись, что она видит по глазам, какую боль причинила.

— Том, если тебе станет легче, мне и правда очень жаль, что я сделала тебе больно. В Лабиринте я действовала по необходимости. Дружба с вами казалась лучшим способом добыть воспоминания и код для побега. В пустыне выбора тоже не много. От нас требовалось привести тебя в эту пещеру, и все — тест пройден! Либо ты, либо мы!

Когда Тереза замолчала, Томас уловил странный блеск в ее глазах.

— Эрис — мой лучший друг, Том, — спокойно, обыденно сообщила Тереза.

И тут Томас не выдержал.

— Мне! Все! Равно! — прокричал он, прекрасно сознавая, что лжет.

— Кстати, если тебе не плевать на меня, то поймешь, почему я делаю все возможное, чтобы спасти Эриса. Ты бы сделал для меня то же самое?

Невероятно, какой далекой стала девушка, которую он считал некогда ближайшим другом. Ведь в воспоминаниях Томас всегда видел себя и ее вдвоем, вместе.

— В чем дело? Ты пробуешь все доступные способы, чтобы причинить мне боль? Лучше захлопни свою пасть и делай то, зачем пришла сюда!

Выплеснув ярость, Томас с трудом отдышался. Сердце так бухало в груди, что, казалось, вот-вот остановится.

— Отлично, Эрис, открываем дверь: Томасу пора.

ГЛАВА ПЯТЬДЕСЯТ ПЕРВАЯ

Томас больше не хотел говорить ни с Терезой, ни с Эрисом, однако без боя сдаваться не собирался. Решил подождать удобного момента.

Пока Эрис присматривал за пленником, Тереза направилась к светящемуся прямоугольнику, на который Томас невольно засмотрелся.

На фоне двери ее фигура казалась размытым силуэтом, словно того и гляди растворится в воздухе. Наконец она покинула освещенную зону и в тени стала нажимать на какие-то кнопки. Похоже, прямо в стене у двери имелась консоль.

Закончив, Тереза обернулась.

— Посмотрим, работает ли, — сказал Эрис.

— Работает, работает.

Раздался громкий хлопок, зашипело. Правый край стеклянной двери пришел в движение. Из постепенно растущего проема вырвались клочья белесой дымки, почти сразу же растворившись в горячем воздухе ночи, словно кто-то приоткрыл дверцу давно забытого холодильника. Стеклянный прямоугольник по-прежнему излучал бледное сияние, однако тьму внутри колодца за ним разогнать был не в силах.

Светилась сама дверь, за ней не было никаких радиоактивных отходов. (По крайней мере Томас надеялся на это.) Наконец она с льдистым скрежетом стукнулась о стену неровного камня и остановилась. Дымка растаяла, и Томас ощутил, как под ним разверзлась бездна страха.

— Фонарик есть? — спросил Эрис у Терезы.

Положив копье, девушка сняла со спины рюкзак и порылась в его недрах. Достала фонарик и включила его.

Эрис кивнул в сторону темной комнаты.

— Глянь, что там. Я пока за этим присмотрю. А ты не рыпайся, понял? Почти уверен, внутри тебя ждет смерть полегче, чем от удара ножом.

Дав себе зарок хранить молчание в присутствии этих двоих, Томас не ответил, подумав удастся ли обезоружить противника.

Подойдя к самому порогу зияющей черноты, Тереза направила лучик фонаря внутрь и повела им вверх-вниз, вправо-влево. Сквозь тонкую пелену дымки удалось разглядеть интерьер: маленькая комнатка, всего несколько футов в глубину, стены из серебристого металла, покрытые выступами в пару дюймов с темными отверстиями на концах; эти выступы отстояли друг от друга на пять дюймов, образуя квадратную решетку.

Выключив фонарик, Тереза обернулась к Эрису.

— Кажется, она.

Эрис быстро глянул на Томаса, который так увлекся созерцанием странной комнаты, что пропустил второй шанс обезоружить его.

— Точно такая, какой ее описывали.

— Значит... все? — спросила Тереза.

Кивнув, Эрис перехватил нож другой рукой.

— Да, все. Томас, будь паинькой, заходи в комнату. Кто знает, вдруг это проверка, и только ты войдешь, как тебя отпустят. И мы снова будем счастливы вместе.

— Заткнись, Эрис. — Первый раз за последнее время Тереза произнесла фразу, за которую не хотелось ее ударить. Девушка обернулась к Томасу, стараясь не смотреть в глаза. — Пора, хватит тянуть.

Эрис повел ножом, как бы говоря Томасу: двигай в комнату.

— Пошел. Не заставляй тащить тебя.

Томас, пытаясь придать лицу выражение безразличия, посмотрел на него. Разум тем временем лихорадочно просчитывал варианты. Сейчас или никогда. Сражаться или подохнуть.

Посмотрев на дверь, Томас двинулся к ней. Три шага — и половина расстояния пройдена. Тереза подтянулась, выпрямилась, сжала кулаки — на случай если Томас выкинет напоследок номер. Эрис целился ножом ему в шею.

Еще шажок. Второй. Вот Эрис стоит слева, всего в нескольких футах; Тереза за спиной, вне поля зрения; комната с серебристыми стенами и отверстиями в них — прямо впереди.

Остановившись, Томас посмотрел на Эриса.

— Ты помнишь, как умирала Рейчел? — Он сделал свой ход, рискнул.

Ошеломленный, Эрис на секунду расслабился. Томас только того и ждал: кинулся на парня и левой рукой выбил нож, а правой врезал под дых, так что Эрис свалился на пол, отчаянно хватая ртом воздух.

Скрежетнул металл о камень, Томас не стал оборачиваться и не успел добить Эриса ногами. Тереза подобрала копье.

Мгновение Томас и Тереза смотрели друг другу в глаза, и девушка бросилась в атаку. Томас не успел прикрыться, и древко копья врезалось ему в висок, так что из глаз посыпались искры. Томас повалился на пол и, стараясь не потерять сознания, отполз на четвереньках в сторону.

С воплем Тереза обрушила копье ему на макушку. Парень снова упал; по волосам на виски потекло что-то теплое. Голова разрывалась от боли, словно прямо в мозг вогнали лезвие топора. Боль разошлась по всему телу, вызывая тошноту. Томас кое-как перевернулся на спину и увидел, что Тереза вновь замахнулась копьем.

— Иди в комнату, — тяжело дыша, велела она. — Иди, или я снова огрею тебя и буду бить, пока не вырубишься и не истечешь кровью.

Эрис к тому времени оправился и, встав на ноги, подошел к Терезе.

Томас лягнул их по коленям, и они, закричав, повалились друг на друга. От усилий по всему телу прошла волна жуткой боли, в глазах полыхнули белые вспышки, мир закружился. Перевернувшись на живот, Томас подсунул под себя руки, но не успел приподняться и на несколько дюймов, как на него упал Эрис и начал душить.

— Ты войдешь в эту комнату, Томас, — прохрипел новичок ему в ухо. — Тереза, помоги!

Сил сопротивляться не было. Из-за ударов по голове мышцы как будто обмякли, у мозга не осталось энергии приказывать им. Тереза подхватила его под мышки и потащила к открытой двери, а Эрис подталкивал, не давая возможности лягаться. В кожу впивались острые камни.

— Не надо, — прошептал Томас, впадая в отчаяние. От каждого слова нервы вспыхивали болью. — Прошу...

Он видел лишь вспышки белого на черном фоне. Сотрясение. Томас заработал чудовищное сотрясение мозга.

Он почти не чувствовал, как его перенесли через порог. Как Тереза сложила ему руки, перешагнула через него и помогла Эрису устроить ноги так, чтобы Томас лежал лицом к стене. У него не было сил даже взглянуть на противников.

— Нет, — выдавил он еле слышно. Перед мысленным взором возникла картина Изгнания — когда больного Бена вытолкнули в Лабиринт. Казалось бы, неподходящее время вспоминать о казни, зато теперь Томас на собственной шкуре ощутил, каково было Бену в те последние секунды перед закрытием Врат.

— Нет, — повторил Томас так тихо, что его никто не услышал. Все тело — от макушки до кончиков пальцев на ногах — болело.

— Упрямец! — воскликнула Тереза. — Сам себе жизнь усложняешь и заодно всем нам!

— Тереза, — прошептал Томас и, переборов боль, попытался связаться с ней телепатически, хотя уже долгое время ему это не удавалось.

«Тереза».

«Прости, Том, — раздался в голове ее голос. — Спасибо, что ради нас пожертвовал собой».

Томас не заметил, как закрывается дверь. Она захлопнулась в тот момент, когда в темноте гаснущего разума пронеслось последнее — страшное — слово Терезы.

ГЛАВА ПЯТЬДЕСЯТ ВТОРАЯ

Внутренняя сторона двери так же светилась зеленым, превращая маленькую комнату в мрачную тюрьму. Томас закричал бы, заныл, пуская сопли и ревя как ребенок, если бы не боль. Она сверлила череп, а глаза будто плавали в кипящей лаве.

Затем пришла по-настоящему сильная боль — в сердце, от окончательной утраты Терезы. Томас просто не мог позволить себе плакать.

Он совершенно потерял счет времени, словно Создатели так и хотели, чтобы Томас в ожидании конца подумал о произошедшем. О том, как просьба Терезы доверять ей во что бы то ни стало обернулась очередным грязным трюком. Лишним доказательством двуличности.

Прошел час. Или два, а может, и три. Или всего тридцать минут. Кто знает...

Зашипело.

В слабом свете было видно, как отверстия в стене напротив испускают тонкие струйки дыма. Повернувшись и пробудив в голове боль, Томас оглядел другие стены. Из всех отверстий струился непонятный туман.

Шипение стояло как в разворошенном гадючьем гнезде.

Значит, это конец? После всех пройденных тестов, разгаданных тайн и сражений, наполненных мимолетным чувством надежды, Томаса убьют каким-то там ядовитым газом? Банально. И глупо. Он дрался с гриверами и шизами, пережил огнестрельное ранение и инфекцию. ПОРОК... Они спасли его, а теперь они же его и отравят?

Томас сел, вскрикнув от боли, и огляделся в поисках хоть чего-нибудь, что могло бы...

Устал. Как же он устал.

Какое странное ощущение в груди. Газ.

Томас устал. Он искалечен. Лишен сил. Газ наполнял легкие, ему уже не помочь. Он... так... устал. Противно. В груди.

Тереза... Почему странствие должно так закончиться? Устал...

Сознание гасло. Томас почувствовал, как голова стукнулась об пол. Предали. А он... так... устал...

ГЛАВА ПЯТЬДЕСЯТ ТРЕТЬЯ

Томас не понял, жив или мертв.

Он ощущал себя как будто в полудреме: вроде и в сознании, но взираешь на мир словно сквозь дымку. И вот Томас скользнул в очередной сон-воспоминание.

Ему шестнадцать. Перед ним Тереза и какая-то незнакомая девушка.

И еще Эрис.

Эрис?

Все трое мрачно смотрят на Томаса. Тереза в слезах.

— Пора идти, — говорит Томас.

Эрис кивает.

— Сперва на Стерку, потом в Лабиринт.

Тереза молча смахивает слезы.

Томас пожимает руку Эрису, затем неизвестной девушке.

Тереза, не переставая всхлипывать, кидается ему на шею. Томас тоже плачет — от его слез волосы Терезы становятся мокрыми — и крепче прижимает ее к себе.

— Ну все, пора, идем, — торопит Эрис.

Томас смотрит на него в ответ и медлит: хочет насладиться последним мигом объятий с Терезой, последним мигом обладания памятью. Прежним юноша станет еще очень не скоро.

Тереза смотрит на Томаса снизу вверх.

— У нас все получится. Обязательно.

— Знаю, — говорит Томас. От тоски каждая частичка души наполняется болью.

Открыв дверь, Эрис жестом приглашает Томаса следовать за ним. Томас идет и напоследок оборачивается, смотрит на Терезу. Смотрит с надеждой.

— До завтра, — говорит он.

Говорит правду, и от этого чувствует боль.

Видение ушло, и Томас провалился в темнейшее забытье своей жизни.

ГЛАВА ПЯТЬДЕСЯТ ЧЕТВЕРТАЯ

Тьма, шепот.

Приходя в сознание, Томас слышал шепот: низкий, но резкий, словно наждачкой по барабанным перепонкам, — и ни единого слова не понял. Было очень темно, и он не сразу заметил, что глаза его открыты.

Щека упиралась во что-то твердое и холодное. Пол комнаты. Томас не шевельнулся, не сдвинулся ни на дюйм, с тех пор как газ его вырубил. Как ни странно, голова не болела. Напротив, Томас чувствовал себя свежим и отдохнувшим. Эйфория разлилась по всему телу, голова закружилась. Или Томас просто обрадовался, что еще жив?

Он принял сидячее положение и огляделся: тщетно, в кромешной тьме не мелькнет даже слабый лучик света. Что же стало с зеленоватым сиянием от двери?

Тереза.

Восторга как не бывало, стоило вспомнить, что она сотворила. Хотя... Он ведь не умер. Если только загробная жизнь не начинается с дурацкой темной комнаты.

Подождав, пока разум окончательно проснется и заработает, Томас поднялся на ноги и принялся ощупывать стены: металлические, покрытые направленными вверх отверстиями. Еще стена, четвертая, гладкая как пластик. Томас никуда не перенесся, по-прежнему оставаясь в той же самой небольшой комнате.

— Эй! — забарабанил он в дверь. — Есть там кто-нибудь?

Мысли закружились в бешеном хороводе. Воспоминания-сны... Теперь их несколько, их много, сразу все не обдумаешь. И столько вопросов...

Разум постепенно сосредоточился на том, что первым вспомнилось во время Метаморфозы. Томас — часть ПОРОКа, часть проекта. Они с Терезой были близки, были лучшими друзьями. И проект считали благом. Благом для всех, для будущего.

Правда, теперь Томас видел его не в таком уж и радужном свете. В душе бушевали гнев и стыд. ПОРОКу нет оправдания. Что они делают?! Себя он считал взрослым, но остальные... остальные-то дети. Всего лишь дети! Томас сам себе стал противен. Он незаметно достиг переломного момента, и что-то в нем умерло.

И потом, Тереза... Как мог он питать к ней какие-то чувства?!

Что-то щелкнуло, зашипело, обрывая нить размышлений.

Дверь начала медленно открываться. За ней, в бледных лучах рассветного солнца, стояла Тереза. Заплаканная, она кинулась на шею Томасу, прижалась лицом.

— Мне так жаль, Том, — произнесла она, размазывая слезы. — Прости, прости, прости. Они пригрозили убить тебя, если мы не выполним указаний. Даже самых страшных. Прости, Том!

Томас не отвечал, не мог заставить себя обнять Терезу в ответ. Предатель. Табличка у спальни, разговоры людей из снов... Кусочки головоломки постепенно вставали на место. Похоже, Тереза снова пытается обмануть его. Табличка предупреждала: Терезе нельзя верить ни в чем. То же говорило и сердце, говорило: нет ей прощения.

Некой частью разума Томас понимал, что в конце концов Тереза сдержала изначальное обещание. И зло против Томаса творила против собственной воли. И в хижине на окраине города она не солгала, однако Томас уже никогда, никогда не сможет относиться к ней по-прежнему.

Оттолкнув ее наконец, он посмотрел девушке в лицо. Искренность в ее синих глазах нисколько не притупила сомнений.

— Ты... расскажи хоть, что случилось.

— Я же просила довериться мне. Предупреждала об опасности. Эта опасность — просто спектакль. — Тереза улыбнулась, да так мило, что Томас чуть не простил ей все.

— Ага... Ты что-то не особенно притворялась, выбивая из меня кланк. Пришибла копьем и кинула в газовую камеру.

Томаса так и распирало, голос звенел. Он глянул на Эриса: новичок смутился, будто подслушал чужой, очень личный разговор.

— Прости, — произнес Эрис.

— Почему ты не сказал, что мы с тобой знакомы? Как... — Томас не нашел слов.

— Том, это все игра, — сказала Тереза. — Поверь. Нам с самого начала пообещали, что ты не умрешь. Что эта комната обработает тебя, и все.

Томас обернулся к раскрытой двери.

— Мне нужно подумать.

Тереза умоляла простить — за все и сразу, — инстинкт подсказывал унять горькие чувства. Но как это тяжело!

— Так что с тобой было? — поинтересовалась Тереза.

Томас посмотрел ей в глаза.

— Сначала говори ты. Окажи честь, я это заслужил.

Тереза хотела взять его за руку, но Томас не дал — притворился, будто хочет почесать шею. Заметив боль на ее лице, он испытал легкую радость отмщения.

— Ты прав, мы должны объясниться. Теперь можно рассказать. Не то чтобы мы знали абсолютно все до мелочей...

Эрис откашлялся.

— Лучше поговорить на ходу. Или на бегу. Осталось всего несколько часов. Сегодня решающий день.

Последняя фраза выдернула Томаса из ступора. Глянув на часы, он увидел: осталось всего пять с половиной часов. Если Эрис прав, они достигли конца двухнедельного Испытания. (Томас утратил счет времени и не знал, сколько провалялся в газовой камере.) И если не поспеть к убежищу, остальное уже не будет иметь никакого значения. Оставалось надеяться, что Минхо и глэйдеры добрались до финиша.

— Ладно, оставим разборки, — согласился Томас. — Снаружи что-нибудь изменилось? В смысле ночью я ничего не заметил...

— Мы поняли, — перебила его Тереза. — Никакого здания нет. Ни следа. Днем вид даже хуже: кругом пустошь, которой конца и края нет. Ни деревца, ни холма — какое там убежище!

Томас перевел взгляд на Эриса, потом снова на Терезу.

— Тогда что нам делать? Куда идти? — Он подумал о Минхо, Ньюте, глэйдерах, Бренде и Хорхе. — Вы остальных видели?

Ответил Эрис:

— Девчонки из Группы «В» внизу, следуют на север, как и положено. Мы отстаем от них на пару миль. Твоих приятелей мы заметили к западу отсюда, где-то в миле-двух. Точно не скажу, но никто вроде не пропал. Они идут тем же курсом, что и девчонки.

Слава Богу, друзья целы и движутся в верном направлении.

— Нам тоже пора, — напомнила Тереза. — То, что на горизонте ничего не видно, дела не меняет. Может, ПОРОК приготовил сюрприз? Надо выполнять условия. Идемте.

Томас чуть было не плюнул на все и не поддался желанию сесть и забыть о цели: пусть все течет само по себе, — однако момент слабости тут же прошел.

— Хорошо, идемте. И лучше вам рассказать все, что знаете.

— Расскажу, — пообещала Тереза. — Вы, парни, как, готовы бежать? Сразу, как выйдем из рощи?

Эрис кивнул, а Томас закатил глаза.

— Я тебя умоляю. Ты бегуна спрашиваешь?

Тереза выгнула брови.

— Ну вот и посмотрим, кто первый выдохнется.

Томас вышел из пещерки в заросли мертвых деревьев, приказав себе не поддаваться буре чувств и воспоминаний, от которых так и гнуло к земле.

Небо нисколько не прояснилось: густые жирные тучи по-прежнему не позволяли определить время. Хорошо еще, остались часы.

Тучи. В прошлый раз, когда Томас их видел...

Даст Бог, нынешняя буря окажется полегче предыдущей. Даст Бог...

Выйдя из рощи, трое как припустили бегом, так больше уже не останавливались. Четкий след вел вниз, в плоскую долину, извиваясь словно уродливый шрам на лице скалы. Томас прикинул, что на спуск по крутому сыпучему склону уйдет часа два. Запросто можно подвернуть лодыжку, а то и ногу сломать — и тогда прости-прощай убежище.

Договорились спускаться не спеша, аккуратно, упущенное время наверстать на ровной поверхности. Первым побежал Эрис, за ним Томас, и последней Тереза. В небе над ними клубились черные облака, ветер дул, казалось, одновременно во всех направлениях. С высоты Томас и правда заметил две группы: глэйдеров недалеко от подножия горы и девушек, обогнавших парней мили на две.

Слава Богу, слава Богу. Даже бежать стало легче.

После третьего поворота Тереза прокричала:

— Думаю, теперь можно продолжить историю.

Томас молча кивнул. Физически он чувствовал себя превосходно: в желудке не урчит, боль от побоев ушла, а свежий воздух и ветер чудесным образом оживляют. Непонятно, как именно воздействовал на него газ, но уж точно не отравил. Терезе Томас по-прежнему не особенно верил, так что не хотелось рассыпаться в любезностях.

— Все началось после побега из Лабиринта. Я почти уснула, как вдруг пришли неизвестные люди в идиотских костюмах, будто страшилки какие: в комбинезонах и огромных очках.

— Правда? — спросил Томас обернувшись. По описанию он узнал людей, спасших его от инфекции.

— Я до смерти перепугалась. Звала тебя, хоть связь и пропала. Телепатическая связь. С того момента она возвращалась ненадолго, урывками.

Дальше Тереза заговорила мысленно: «Теперь ты меня слышишь?»

«Слышу. Вы с Эрисом и правда разговаривали, пока нас держали в Лабиринте?»

«Как тебе сказать...»

Томас обернулся: вид у девушки был встревоженный.

«В чем дело?» — спросил он и быстро взглянул себе под ноги. Иначе лететь бы ему, кувыркаясь, вниз по склону горы.

«Я пока не готова говорить об этом».

— О чем... — Томас чуть не задал вопрос вслух и продолжил мысленно: «О чем ты не хочешь говорить?»

Тереза не ответила.

Томас повторил как можно настойчивей: «О чем?!»

Какое-то время Тереза еще помолчала.

«Да, да, мы с Эрисом переговаривались. Большей частью пока я лежала в коме».

ГЛАВА ПЯТЬДЕСЯТ ПЯТАЯ

Только нечеловеческим усилием воли Томас заставил себя продолжать спуск.

«Что?! Почему ты сразу не рассказала об Эрисе?»

Ну вот, мало ему причин ненавидеть этих двоих!

— Вы чего замолчали? — спросил вдруг Эрис. — Про меня судачите? Мысленно?

Поразительно: куда только делась его кровожадность. Будто кошмарная ночь в мертвой роще Томасу привиделась.

Томас выдохнул со злобой:

— Не могу поверить. Вы двое... — Он не договорил, поняв, что не особенно удивлен. В конце концов он видел этого паренька в недавнем сне-воспоминании. Эрис тоже участвует в проекте, они на одной стороне. По крайней мере были в прошлом. — Забейте, — произнес наконец Томас. — Тереза, продолжай.

— Ладно. Объяснить предстоит многое, так что молчи и слушай, понял?

От долгого спуска ноги начали побаливать.

— Понял. Только... как ты определяешь, когда говоришь со мной и когда — с ним? Как связь работает?

— Просто работает, и все. Представь, я спрошу, как тебе удается шагать то левой, то правой ногой. Это... естественно. Мозг действует автоматически.

— Мы с тобой тоже общались, чувак, забыл? — напомнил Эрис.

— Нет, не забыл, — пробормотал Томас, донельзя раздраженный и расстроенный. Если бы сейчас он вернулся в прошлое, в самое начало Испытаний, то каждый участник смотрелся бы на своем месте просто идеально. Вот только зачем ПОРОК стирает память? И чего ради допускать случайные (случайные ли?) воспоминания? Может, они продолжающийся эффект Метаморфозы?

Столько вопросов. Столько сраных вопросов — и ни единого ответа!

— Хорошо, — сказал Томас, — молчу. Мысленно тоже. Продолжай.

— Обо мне и Эрисе поговорим после. Я практически ничего не помню, все забыла проснувшись. Кома — часть Переменных, и телепатическое общение сохранилось, чтобы мы не сбрендили. Я так думаю. Ведь мы помогали Создателям.

— Помогали Создателям? — переспросил Томас. — Я не...

Догнав Томаса, Тереза стукнула его по спине.

— Ты обещал молчать.

— Обещал, — буркнул Томас.

— В общем, пришли люди в скафандрах, и связь с тобой исчезла. Я испугалась, решила, что мне снится кошмар. К лицу прижали вонючую тряпку, и я потеряла сознание. Очнулась в незнакомой комнате, на кровати. Напротив сидели несколько человек, за какой-то стеклянной стеной... я и не заметила ее, пока не дотронулась. Это даже не стекло было, а... что-то типа силового поля.

— Да-да, — ответил Томас. — Видали такое.

— Неизвестные изложили план, по которому мы с Эрисом должны тебя убить. Велели передать замысел Эрису телепатически, ведь он уже присоединился к твоей группе. То есть к нашей, Группе «А». Я отправилась в Группу «В», и нам всем рассказали о миссии: добраться до убежища — и о болезни, Вспышке. Мы испугались, смутились, потом поняли: выбора нет. Пустыню пересекли через подземные туннели, город получилось миновать. Наша встреча в лачуге на его окраине и все, что было после: засада в долине, оружие, избиение, — спланировано ПОРОКом.

Что-то подсказывало Томасу: до отправки в Глэйд он знал о подобном сценарии. Тут же возникла сотня вопросов, однако Томас решил пока их попридержать.

После очередного поворота Тереза продолжила:

— Наверняка я знала только две вещи. Во-первых, меня предупредили: если отойду от плана, тебя убьют. У ПОРОКа типа есть «иные варианты». Во-вторых, тебе нужно было ощутить абсолютную, стопроцентную горечь предательства. Именно поэтому мы и поступали с тобой так, а не иначе.

Во сне и Тереза, и Томас говорили о каких-то реакциях. Что бы это значило?

— Ну? — спросила Тереза после некоторой паузы.

— Что — ну? — ответил Томас.

— Что думаешь?

— И все? Объяснения закончились? По-твоему, я должен прыгать от радости?

— Том, я не могла рисковать. Я же верила, что тебя убьют. Тебя любым способом надо было заставить пережить предательство. Я старалась ради нас. Но в чем цель и важность спектакля — не знаю.

У Томаса вдруг разболелась голова.

— Надо сказать, играешь ты замечательно. Как насчет поцелуя на окраине города? И... зачем привлекли Эриса?

Схватив Томаса за руку, Тереза развернула его к себе.

— Создатели все рассчитали. Все — ради Переменных. Я не знаю, что получится в итоге.

Томас медленно покачал головой.

— Я тем более смысла не вижу. Прости, что я чуток с катушек слетел.

— Но ведь план сработал!

— В каком смысле?

— Тебе нужно было пережить предательство, и ты пережил. Верно?

Томас пристально вгляделся в ее синие глаза.

— Да, пережил.

— Мне жаль, что пришлось так с тобой обойтись. Зато ты жив. И Эрис тоже.

— Да, — повторил Томас. Больше с Терезой говорить не хотелось.

— ПОРОК получил желаемое, и я тоже. — Тереза посмотрела на Эриса. Тот ненамного обогнал их, и теперь стоял, дожидаясь, на следующем участке пути. — Эрис, отвернись. Лицом к долине.

— Чего? — смутился тот. — Зачем?

— Отвернись, и все. — Из голоса ее совершенно пропали коварные нотки. Пропали с того момента, как Томас вышел из газовой камеры. Правда, сейчас он сделался подозрительней. Что еще задумала Тереза?

Вздохнув и закатив глаза, Эрис все же отвернулся.

Тереза без малейших колебаний обхватила руками Томаса за шею и притянула к себе. У Томаса не было сил сопротивляться.

Они целовались, однако в душе у него ничто не шевельнулось. Он совсем ничего не почувствовал.

ГЛАВА ПЯТЬДЕСЯТ ШЕСТАЯ

Ветер крепчал, хлеща и закручиваясь в спирали.

В небе прогремел гром, давая повод отстраниться от Терезы. Томас вновь смирил свои чувства. Времени почти не осталось, путь впереди лежал неблизкий.

Улыбнувшись как можно искреннее, Томас произнес:

— Я понимаю. Ты не по своей воле творила зло. И главное — я живой. Верно?

— Да, верно.

— Тогда хватит разговоров. Надо догнать остальных.

Если единственный способ добраться до убежища — работать с Терезой и Эрисом, то так тому и быть. А о предательстве можно и после подумать.

— Как скажешь, — ответила Тереза, выдавив улыбку. Она как будто заподозрила неладное. Или представила, какую встречу ей устроят глэйдеры, после ее-то «спектакля».

— Ну вы все, нет? — не оборачиваясь, прокричал Эрис.

— Все! — крикнула в ответ Тереза. — И не жди новых поцелуев в щечку. У меня, похоже, грибок на губах завелся.

Томас чуть не поперхнулся. Не успела Тереза взять его за руку, как он стартанул вниз.

* * *

На спуск ушел час. Ближе к подножию склон стал более пологим, и ребята прибавили ходу. Наконец повороты закончились, и остаток пути до бесконечной ровной пустыни они проделали бегом. Воздух был горячий, однако тучи и ветер позволяли дышать свободно.

Теперь, когда Томас лишился преимущества высоты, да и пыль затуманивала обзор, Групп «А» и «В» было не видно. Впрочем, Томас знал: и парни, и девушки упорно бегут тесными кучками на север, пригибаясь под порывами ветра.

От пыли щипало и резало глаза, и Томас тер их, чем делал только хуже: веки опухли и покраснели. Тучи продолжали сгущаться, и над равниной становилось темнее.

После быстрого перекуса — припасы, кстати, таяли на глазах — трое спешно осмотрелись.

— Они перешли на шаг, — прикрывая глаза ладонью, указала вперед Тереза. — Почему не бегут?

— До конца срока еще три часа, — глянув на часы, ответил Эрис. — Если мы правильно рассчитали, убежище всего в нескольких милях отсюда. Вот только впереди нет ничего.

А Томас так надеялся, что не заметил убежища из-за большого расстояния.

— Они еле тащатся. Да и куда бежать, кругом пустыня. Может, убежище совсем не здесь?

Эрис посмотрел на черно-серое небо.

— Кошмар. Не дай Бог, застанем вторую бурю. То-то весело будет.

— Тогда нужно отойти подальше от гор, — сказал Томас. И правда, не лучше ли окончить свои мучения, обратившись в горстку пепла во время поисков несуществующего убежища?

— Давайте нагоним наших, — предложила Тереза. — Там и определимся, что делать. — Повернувшись к парням и прикрыв губы ладонью, она спросила: — Готовы?

— Готов, — ответил Томас, стараясь не дать бездне страха и паники утянуть его вниз. Выход есть. Его не может не быть.

Эрис в ответ пожал плечами.

— Тогда бежим, — сказала Тереза, и не успел Томас ответить, как она сорвалась с места.

Эрис не отставал от нее.

Томас сделал глубокий вдох. Предстоящий забег странным образом напомнил первую вылазку в Лабиринт вместе с Минхо. И от этого стало не по себе. Выдохнув, Томас припустил следом за Терезой и Эрисом.

Минут двадцать спустя ветер набрал такую силу, что выкладываться приходилось вдвое усердней, чем когда-либо в Лабиринте.

«Ко мне возвращается память, — мысленно обратился Томас к Терезе. — Во сне, по чуть-чуть».

Томас хотел поговорить, но не в присутствии Эриса. Проверить, как Тереза отреагирует на воспоминания Томаса. Может, выдаст истинные намерения?

«Правда?» — поразилась Тереза.

«Да. Непонятные сцены. Из детства. И... там была... ты. Я видел, как ПОРОК нас учит перед отправкой в Глэйд».

Тереза ответила не сразу — видимо, побоялась задавать вопросы, которыми мучился и сам Томас.

«От воспоминаний есть польза? Ты много видел из обучения?»

«Бо́льшую часть. Но и она не дает полной картины».

«Что именно ты вспомнил?»

Томас в подробностях пересказал воспоминания или сны, виденные за последнюю пару недель. О матери, о подслушанном разговоре хирургов, о том, как сам шпионил за членами ПОРОКа... О том, как они с Терезой упражнялись в телепатическом общении. И наконец, о прощании перед отправкой в Глэйд.

«Значит, Эрис был с нами? — спросила Тереза. Не успел Томас ответить, как она продолжила: — Нет, я знаю: мы трое — часть проекта. Странно слышать, будто все умерли, и о замене. Что это значит?»

«Без понятия. Правда, если сесть, спокойно подумать и поговорить, то, наверное, мы сможем вспомнить больше».

«Я тоже так считаю. Том, мне и правда жаль. Понимаю, тебе тяжело простить меня».

«Ты могла ослушаться или повести себя иначе?»

«Нет, спасти тебя было важнее. Пусть даже мы с тобой навсегда изменились».

Томас не нашелся с ответом.

Да и условия к разговорам не располагали: ветер выл и сбивал с ног, кругом метались песчинки и мусор, тучи в небе клубились, становясь все черней и черней. К тому же дистанция...

Говорить было попросту некогда.

Оставалось лишь бежать.

Две группы в конце концов пересеклись. Причем, как видел издалека Томас, встреча состоялась не случайно. Достигнув определенной точки, девушки остановились. Минхо — Томас моментально узнал его и порадовался, что друг жив и здоров, — с глэйдерами свернул на восток, в их сторону.

И вот примерно в полумиле от Томаса и его компании, Группы «А» и «В» тесным кругом обступили некий предмет.

«Что у них там?» — мысленно спросила Тереза.

«Не вижу».

Все трое прибавили ходу и через несколько минут бега по пыльной и ветреной пустыне догнали обе группы.

Минхо отделился от общей толпы и вышел им навстречу: руки скрещены на груди, одежда грязная, волосы сальные, лицо по-прежнему в ожогах, зато на губах, к несказанному облегчению Томаса, как будто играет ухмылка.

— Вовремя вы, тормоза, догнали нас! — прокричал вожак глэйдеров.

Подбежав к нему, Томас согнулся пополам и, восстановив дыхание, выпрямился.

— А вы чего не деретесь и глотки не грызете друг другу? После того что с нами сделали? Ну со мной по крайней мере?

Глянув на перемешавшуюся теперь группу парней и девушек, Минхо снова посмотрел на Томаса.

— Вообще-то у девок страшное оружие, про луки и стрелы я молчу. И потом, одна цыпочка по имени Гарриет все объяснила. Наша очередь удивляться: почему ты до сих пор с ними?! — Он недобро посмотрел на Терезу с Эрисом. — Никогда им не верил. Пр-редатели стебанутые.

Стараясь не выдать смешанных чувств, Томас успокоил друга:

— Они за нас, не сомневайся. — Он вдруг и сам поверил собственным словам, отчего ему сделалось тошно.

Минхо горько рассмеялся.

— Так и думал, что ты ляпнешь нечто подобное. Еще скажи, долго объяснять, да?

— Просто пипец как долго, — ответил Томас и сменил тему. — Почему встали? На что смотрите?

Отступив в сторону, Минхо сделал приглашающий жест рукой.

— Ну иди, полюбуйся. — И прокричал обеим группам: — Расступись!

Парни и девушки медленно разошлись в стороны, образуя узкий проход, и Томас сразу же увидел: из безводной земли торчала простая палка с трепещущей на ветру оранжевой лентой.

Переглянувшись с Терезой, Томас пошел по живому коридору и, не доходя до шеста, прочел надпись на полоске ткани:

«УБЕЖИЩЕ».

ГЛАВА ПЯТЬДЕСЯТ СЕДЬМАЯ

Несмотря на вой ветра и гомон голосов, мир вокруг словно притих, как будто уши Томасу заложило ватой. Упав на колени, он тупо потянулся к оранжевой ленте с черными буквами.

Так вот оно, убежище? Не здание, не укрытие, не что-то еще?..

Звук вернулся столь же неожиданно, как и исчез, выдернув Томаса в реальность. Снова зашумел ветер, загомонили ребята.

Тереза с Минхо стояли бок о бок. Из-за их спин выглядывал Эрис.

Посмотрев на часы, Томас произнес:

— Еще час. Так что, убежище всего лишь палка в земле?

Смущенный и сбитый с толку, он не знал, что думать, что сказать.

— Все не так уж и плохо, — ответил Минхо. — Нас выжило больше половины. Девчонок и того больше.

— Ты что, от Вспышки вообще крышей поехал? — еле сдерживая гнев, сказал Томас. — Ну да, вот они мы, живые-здоровые, добрались до палки.

Минхо нахмурился:

— Чувак, нас сюда не стали бы засылать без причины. Мы управились вовремя. Ждем, пока срок не истечет, и смотрим, что будет дальше.

— Это-то меня и беспокоит.

— Как ни обидно признавать, но я с Томасом согласна, — высказалась Тереза. — После всех злоключений не верится, что можно просто прийти и встать у финишной отметки, дождаться спасательного вертолета... Нужно быть готовыми ко всему.

— Кто заговорил! Предатель! — произнес Минхо, даже не пытаясь скрыть презрения. — Чтоб больше я тебя не слышал.

И, злой как черт, он отошел в сторону.

Томас взглянул на ошеломленную Терезу.

— Чему ты удивляешься?

Тереза пожала плечами.

— Заколебалась уже извиняться. Долг есть долг.

Она что, серьезно?!

— Ладно, фиг с ним. Мне нужен Ньют. Хочу...

Не успел Томас договорить, как из толпы появилась Бренда. Глядя попеременно то на Томаса, то на Терезу, она убирала за уши длинные пряди, которые ветер тут же спешил вновь разметать.

— Бренда, — отчего-то виноватым голосом произнес Томас.

— Привет, привет, — ответила девушка, становясь перед Томасом и Терезой. — Это про нее ты рассказывал, пока мы ютились в грузовике?

— Да. — Томас не сразу понял, что ляпнул. — Нет. То есть... да, про нее.

Тереза протянула Бренде руку — и та ответила пожатием.

— Меня зовут Тереза.

— Приятно познакомиться. Я шиз. Медленно схожу с ума. Бывает, грызу себе пальцы или убиваю людей. Томас пообещал спасти меня.

Шутила Бренда с каменным лицом. Томас чуть не вздрогнул.

— Очень смешно, Бренда.

— Здорово, что у тебя еще сохранилось чувство юмора. — Говоря это, Тереза взглядом могла бы обратить воду в лед.

Томас посмотрел на часы. Оставалось пятьдесят пять минут.

— Мне... это, надо поговорить с Ньютом.

Развернувшись, он зашагал прочь так быстро, что девушки не успели среагировать. Ни одну из них видеть пока не хотелось.

Ньют с таким видом, будто вот-вот начнется светопреставление, сидел на земле подле Фрайпана и Минхо.

Воздух стал влажным, клубящиеся в небе тучи снижались как черный туман, стремящийся поглотить землю. То и дело сверкали вспышки, расцвечивая серость оранжевым и пурпурным. Самих молний не было видно, но к их появлению Томас уже приготовился. Слишком хорошо он помнил предыдущую бурю.

— Привет, Томми, — сказал Ньют, когда Томас присел рядом и обнял колени. Всего два слова, таких простых и ничего не значащих. Как будто Томас с прогулки вернулся, а не из плена, где его чуть не убили.

— Рад, что вы добрались, — сказал Томас.

Фрайпан разразился обычным для него лающим смехом.

— И тебе тем же концом по тому же месту. Ты, смотрю, погулять успел со своей богиней любви. Целовашки, обнимашки — было дело?

— Не совсем, — ответил Томас. — Веселого мало.

— Так что случилось-то? — спросил Минхо. — Как ты можешь ей доверять? Теперь-то?

Помявшись немного, Томас решил открыться. Сейчас — самое походящее время. Набрав полные легкие воздуху, он начал рассказывать: о плане ПОРОКа насчет него, о «прогулках» с Группой «В», о газовой камере... Бессмыслица получалась исключительная, однако, излив душу, Томас почувствовал себя лучше.

— Значит, ты эту ведьму прощаешь? — спросил Минхо, когда Томас закончил рассказ. — Я бы не смог. Что бы ни удумали сволочи из ПОРОКа — хрен с ними. Что бы ты ни придумал — и с тобой хрен. Но Терезе я не доверяю, не верю и Эрису. Они мне оба не нравятся.

Ньют, похоже, пытался понять происходящее.

— Обман и спектакль устроили затем, чтобы ты пережил предательство? Ни хрена смысла не вижу.

— Кому ты это говоришь, — пробормотал Томас. — И кстати, Терезу я не прощал. Просто пока мы с ней в одной лодке. — Томас оглянулся на обе группы. Парни и девушки сидели, глядя в пустоту, не больно-то настроенные на разговоры и объединение. — А вы как сюда добрались?

— Отыскали расселину между скалами, — ответил Минхо. — Отмахались от банды пещерных шизов. Еда-вода почти закончились, да и ноги болят. Уверен, скоро еще одна молния саданет, и буду выглядеть как бекон со сковородки Фрайпана.

— Ну-ну, — произнес Томас, оборачиваясь и глядя на горы. По его прикидке, от подножия пробежать пришлось мили четыре. — Может, забить пока на убежище и поискать реальное укрытие?

Сказав это, Томас и сам сразу понял, что сморозил чушь. От отметки лучше не отходить, во всяком случае, пока время не истечет.

— Ну нет, — сказал Ньют. — Не для того мы сюда топали, чтобы снова пятиться. Давайте просто надеяться, что буря немного обождет.

Глянув на практически черные облака, он поморщился.

Остальные замолчали: все равно при усилившемся ветре было трудно докричаться до соседа. Томас посмотрел на часы.

Еще двадцать пять минут. Нет, буря ждать не станет...

— Что это там?! — прокричал Минхо, вскочив и ткнув пальцем куда-то за спину Томасу.

Прочтя откровенный ужас в глазах друга, Томас обернулся и посмотрел в указанном направлении. В сердце вспыхнула искра тревоги.

Футах в тридцати от группы добрый кусок пустынной земли... открывался, образуя идеально квадратное отверстие. Присыпанная песком пластина отходила прочь по диагонали, а снизу ей на замену поднималось что-то другое. Даже вой ветра был не в силах перекрыть скрежет и стон пришедшей в движение стали. Вскоре квадратная панель полностью скрылась; на ее месте теперь стояла плита из черного материала и поверх нее — странный предмет: белый, овальный, со скругленными концами.

Нечто подобное Томас видел и прежде. Бежав из Лабиринта и оказавшись в норе гриверов, глэйдеры нашли несколько таких гробоподобных контейнеров. Тогда Томас не догадался об их назначении, однако сейчас возникла мысль: в «гробах» прятались — спали? — гриверы в свободное от охоты на людей время.

Томас не успел и глазом моргнуть, как вокруг обеих групп стали, подобно ртам, открываться участки, являя новые черные квадраты. Десятки квадратов, несущих белые «гробы».

ГЛАВА ПЯТЬДЕСЯТ ВОСЬМАЯ

Металлический скрежет оглушал, и Томас невольно прикрыл уши ладонями. Так же поступили и остальные. Участки песчаной земли продолжали исчезать, образуя ровную окружность из больших черных квадратов. И каждый раз громкий щелчок возвещал о том, что очередной квадрат вынес на поверхность белый контейнер и остановился.

Всего Томас насчитал их около тридцати.

Наконец скрежет стих. Ребята молчали. Ветер дул над землей, осыпая «гробы» потоками пыли, от чего вокруг разносилось шуршание. По спине побежали мурашки. Томас щурился, чтобы пыль не попадала в глаза. Контейнеры, похожие на образчики внеземной технологии, прибыли, и больше ничего не происходило. Только задувал холодный ветер, несущий песчинки.

«Том?» — позвала Тереза.

«Что?»

«Узнаешь эти штуки?»

«Да».

«Думаешь, внутри — гриверы?»

Да, именно так Томас и думал, однако привык к тому, что ожидания не оправдываются. К тому, что ничего нельзя ждать.

«Не знаю. В смысле тела гриверов покрыты слизью, в пустыне им тяжко придется».

Глупо, конечно, на такое надеяться, но утопающий за соломинку хватается.

«А может, нам надо... надо залезть в эти «гробы»? — высказала мысль Тереза. — Вдруг это и есть наше убежище — в них нас отвезут куда-нибудь?»

Томасу идея показалась дурацкой, хотя чем черт не шутит. Оторвавшись от созерцания белых контейнеров, он посмотрел на Терезу — девушка направилась в сторону одного из черных квадратов. Слава Богу, без компании. С Терезой и Брендой одновременно Томас не совладал бы.

— Эй! — окликнул он Терезу, но ветер унес его окрик прочь, едва он сорвался с губ. Томас протянул было руку ей вслед, но одернул себя, вспомнив о положении вещей.

Тереза даже не заметила этого мертворожденного жеста. Подойдя к Минхо и Ньюту, она в знак приветствия слегка ткнула их локтем в бок. Парни посмотрели на девушку, и Томас поспешил к ним на совет.

— Ну, что делать будем? — поинтересовался Минхо. На Терезу он посмотрел раздраженно, давая понять, что не желает ничего с ней обсуждать.

Ньют ответил:

— Если в этих «гробах» гриверы, то следует приготовиться к махачу.

— О чем толкуете?

Обернувшись, Томас увидел Гарриет и Соню. Вопрос задала темнокожая. За спиной у девчонок стояли Бренда и Хорхе.

— Зашибись, — пробурчал Минхо. — Королевы славной Группы «В».

Гарриет пропустила колкость мимо ушей.

— Вы тоже видели эти фиговины в норе гриверов? Внутри, я так понимаю, сидят монстры. Заряжаются или типа того.

— Угу, — промычал Ньют. — Типа того.

В небе над головами ребят прогремел гром; вспышки молний сделались ярче. Ветер выл и трепал волосы, одежду и все, что только мог сорвать. В воздухе странно пахло: одновременно сыростью и пылью. Томас снова взглянул на часы.

— У нас двадцать пять минут. Предстоит либо драться с гриверами, либо прятаться в «гробах», когда время придет. Это, наверное...

Со всех сторон вдруг раздался свист, и Томас невольно зажал уши. Уловив краем глаза движение по периметру круга, он присмотрелся к большим белым капсулам.

На боку у каждого контейнера появилась полоса синего света, которая стала шириться, по мере того как открывалась крышка — поднималась на петлях, совсем как у настоящего гроба, — причем не издавая ни звука, по крайней мере при оглушительном громе и воющем ветре. Девушки и парни начали сходиться, образуя более плотную группу: всем хотелось отойти подальше от белых капсул, — и вскоре группы напоминали туго свитый моток ленты.

Наконец, когда крышки открылись окончательно и упали на землю, внутри каждой капсулы показалось нечто объемное. Со своего места Томас почти ничего разглядеть не мог, однако и жутких конечностей гриверов не заметил. Впрочем, он не спешил радоваться.

«Тереза?» — мысленно позвал Томас. Вслух говорить он не решался, но и молчать не мог. Иначе с ума сойти недолго.

«Что?»

«Надо посмотреть на «гробы» поближе. Заглянуть внутрь».

Внеся предложение, Томас, однако, не торопился вызываться добровольцем.

«Айда вместе», — запросто предложила Тереза, поразив Томаса храбростью.

«Как ляпнешь иногда что-нибудь». Томас хотел преподнести ответ как шутку, хотя и знал, что говорит чистую правду: ему страшно.

— Томас! — позвал Минхо. Шум притихшего ветра заглушили раскаты грома, ослепительно сверкнули молнии над головой и на горизонте, — буря готова была вот-вот разразиться в полную силу.

— Что? — прокричал в ответ Томас.

— Ты, я и Ньют! Идем проверим, что внутри капсул!

Томас уже сделал первый шаг по направлению к капсулам, когда из одной вдруг что-то выпало. Друзья рядом ахнули, и он обернулся посмотреть: масса во всех «гробах» пришла в движение. Что бы это ни было, оно собиралось выбраться наружу. Томас напряг зрение и присмотрелся к ближайшей капсуле.

Из контейнера свешивалась бесформенная рука; ее пальцы — все разной длины — болтались в нескольких дюймах над землей, слепо шаря в поисках чего-то, за что создание могло бы ухватиться и вылезти наружу. Плоть болезненно-бежевого цвета покрывали морщинки и наросты. Там, где надлежало быть локтю, торчала идеально круглая шишка дюйма четыре в диаметре, излучающая ярко-оранжевый свет. В руку созданию словно вкрутили лампочку.

Оно продолжало вылезать. Перебросило через край контейнера ногу. Из стопы — мясистой массы — торчали все те же обрубки вместо пальцев и, как на руке, шевелились. В колене, словно выросшая прямо из кожи, горела вторая оранжевая лампа.

— Это что за хрень?! — спросил Минхо, силясь перекричать шум надвигающейся бури.

Никто ему не ответил. Томас взирал на существо, не в силах оторваться — одновременно завороженный и напуганный. Вот он наконец перевел взгляд на другие «гробы»: из них с той же скоростью лезли точно такие же твари, — а после снова посмотрел на ближайшего монстра.

Тот нашарил опору и теперь рукой и ногой медленно, но верно, вытаскивал себя из контейнера. Отвратительная тварь дрожала, как желе. Лишь отдаленно напоминающая формами человека, она наконец выпала на землю, плотная и на пару футов выше самого высокого из членов обеих групп. Кожу монстра покрывали морщины и ямочки. Страшнее всего смотрелись лампообразные наросты. Общим числом с дюжину и рассеянные по всему телу: на спине, на груди, по одной на локтях и коленях, — они испускали яркий оранжевый свет. Лампа на правом колене взорвалась облаком искр, стоило чудищу выпасть из ящика. Несколько пузырей торчало на огромном куске плоти, служившем... головой. Головой без глаз, носа, рта, ушных раковин, волос.

Чудище встало на ноги, слегка покачнулось и, обретя равновесие, посмотрело в сторону людей. Быстро оглядевшись, Томас заметил, что из каждого «гроба» вылезло по такой твари и они обступили глэйдеров и девчонок.

Монстры одновременно воздели руки к небу, и из пальцев у них вылезли тонкие лезвия. Еще лезвия, отражающие серебристые вспышки молний, показались из пальцев ног и из плеч. И хотя существа не имели ртов, Томас скорее почувствовал, нежели услышал, их замогильный стон, довольно громкий, раз перекрыл грохот бури.

«Лучше бы прислали гриверов», — мысленно сказала Тереза.

«Эти твари из того же теста леплены», — ответил Томас, стараясь сохранять хладнокровие.

Минхо посмотрел на ребят вокруг. Те все еще глазели на чудовищ.

— По одному на нос! Хватайте что есть из оружия!

Твари будто услышали в его словах вызов и пошли в атаку. Поначалу неуклюже, но с каждым шагом их поступь обретала твердость и живость, упругость.

ГЛАВА ПЯТЬДЕСЯТ ДЕВЯТАЯ

Тереза вручила Томасу здоровенный длинный нож, практически меч (где только прятала до этого?), а сама в дополнение к копью вооружилась коротким кинжалом.

Светящиеся гиганты приближались; Минхо и Гарриет обходили свои группы, раздавая приказы. Ветер уносил слова прочь, и Томас не успевал ничего расслышать. Наконец он осмелился оторвать взгляд от наступающих монстров и посмотреть в небо на низкие, висящие, казалось, в нескольких десятках футах над землей тучи, пронзаемые зигзагами и дугами молний. Воздух полнился резким запахом электричества.

Томас вновь сосредоточил взгляд на ближайшем чудовище. Минхо и Гарриет тем временем сумели построить группы практически идеальным кругом. Тереза стояла рядом с Томасом. Он и сказал бы ей что-нибудь перед боем, но дар речи покинул его.

Новые твари ПОРОКа подошли на тридцать футов.

Вот Тереза ткнула Томаса локтем в ребра и, указав на одного из великанов, дала понять, что выбрала себе противника. Кивнув, он обозначил того, с кем собирался биться сам.

Осталось двадцать пять футов.

Внезапно в голову пришла мысль: нельзя стоять и дожидаться монстров. Надо расширить круг. Похоже, Минхо додумался до того же.

— А теперь, — заорал он едва слышно из-за грома и ветра, — в атаку!

В голове пронесся вихрь мыслей: тревога за Терезу (несмотря на их размолвку), беспокойство за Бренду, мужественно стоящую через несколько человек от Томаса (и прошедшую такое расстояние только затем, чтобы погибнуть в схватке с рукотворным чудовищем). Томас вспомнил о гриверах, о том, как он с Терезой и Чаком прорывался к Обрыву, к норе, как остальные глэйдеры сражались и гибли, давая им троим шанс ввести код и остановить бойню.

Чего стоило дойти до этой точки и встретить очередную биотехническую армию ПОРОКа! Так надо ли воевать, пытаясь выжить?

Перед мысленным взором возник образ Чака, принявшего на себя удар Галли. И Томас моментально вынырнул из омута страха и сомнений: подняв нож на самурайский манер, помчался на противника.

Ребята справа и слева тоже побежали в атаку, но Томас заставил себя забыть о них. Если не выполнить своей задачи, тревога за близких ничем не поможет.

Томас и великан сближались. Пятнадцать футов. Десять. Пять. Тварь остановилась, заняв боевую позицию — выставив руки вперед. Лампы на ее теле начали мерцать, пульсируя, словно где-то в студенистом нутре существа билось сердце. Отсутствие лица немного пугало, и в то же время о безликом гиганте легче было думать как о машине, ходячем оружии, жаждущем твоей смерти.

Перед самым столкновением Томас выкинул финт: упав на колени, полоснул чудище наотмашь по левой ноге. Врубившись на дюйм в кожу твари, сталь уперлась в нечто твердое. По рукам прошла дрожь отдачи.

Тварь даже не вздрогнула, не издала ни звука — человеческого или нечеловеческого, — лишь резко подалась вперед, метя клинками в Томаса. Тот, выдернув нож из ноги монстра, упал назад, и лезвия чудища скрежетнули, едва не пронзив ему голову. Монстр сделал два шага вперед, норовя проткнуть Томаса ножными клинками, и парень едва успел уйти от удара.

Чудовище взревело, почти так же как гриверы, и упало, намереваясь пригвоздить Томаса к земле. Он откатился в сторону. Сталь чиркнула о песок и камни. Рискнув, Томас отскочил в подъеме на несколько футов, встал на ноги и обернулся, не опуская ножа. Чудовище только поднималось.

Судорожно втягивая воздух, Томас краем глаза оглядел поле боя. Минхо колол монстра ножами, и тот, как ни странно, пятился. Ньют отползал от противника, который шел за ним, хромая (видимо, раненый) и постепенно замедляясь. Тереза, ближе всех находившаяся к Томасу, скакала, уворачивалась и тыкала в великана тупым концом копья. Но зачем? Ее монстр тоже был сильно ранен.

Томас заставил себя сосредоточиться на своем противнике. Заметив серебристый блеск, пригнулся — рука монстра прошла над самой макушкой. Припав к земле, Томас с разворота ударил наугад.

Монстр промахивался на какие-то дюймы. Вот клинок Томаса задел мерцающую сферу, и та рассыпалась искрами. Оранжевый свет моментально погас. Решив больше не испытывать удачи, Томас нырнул рыбкой и, откатившись на несколько ярдов, встал на ноги.

Тварь замедлилась, правда, ненадолго. Томас едва успел отступить — и вот уже снова пошла в атаку. В мозгу тут же возникла мысль, которая стала яснее, стоило посмотреть на бой Терезы с монстром. Тупым концом копья девушка успела разбить около трех четвертей оранжевых лампочек на теле противника, и тот двигался рывками, неровно.

Лампы. Надо перебить лампы. Они каким-то образом связаны с запасом жизненной силы чудовища. Неужели так просто?

До той же тактики боя додумались еще не все: ребята остервенело продолжали рубить и колоть студенистую плоть, совершенно не обращая внимания на лампы. Двое — парень и девушка — валялись на песке, покрытые ранами, бездыханные.

Изменив стратегию, Томас прыгнул на противника и ударил, целясь в горящую сферу на груди монстра. Промазал — нож полоснул по сморщенной желтоватой коже — и отскочил. Вовремя. Чудовище отмахнулось, распоров на груди Томаса рубашку. Парень ударил еще, метя в ту же шишку, и на сей раз попал. Мерцающий нарост взорвался фонтанчиком искр. Чудовище на целую секунду застыло, но сразу же перешло в боевой режим.

Томас стал ходить кругами, нападая и отскакивая, ударяя по шишкам, коля. Хлоп, хлоп, хлоп — взрывались наросты.

Одно из лезвий прошлось по предплечью, оставив за собой длинную полосу красного. Томас атаковал. И еще, и еще. Хлоп, хлоп, хлоп. Летели искры, чудовище содрогалось и дергалось.

С каждым попаданием паузы удлинялись. Противник нанес Томасу еще несколько легких ран, но тот, будто не чувствуя их, колол, метя в оранжевые наросты. Хлоп, хлоп, хлоп.

Каждая маленькая победа Томаса делала монстра слабее, не лишая, впрочем, стремления искромсать человека. А юноша продолжал нападать, коля безостановочно — лампа гасла за лампой, и каждая сфера давалась легче предыдущей. Вот бы покончить с противником побыстрее, убить его и помочь остальным. Уничтожить эту тварь раз и...

Позади вдруг полыхнула ослепительная вспышка, раздался грохот, словно взорвалась Вселенная, и краткий миг надежды, воодушевления миновал. Томаса сбила с ног и повалила на землю волна чудовищной силы. Нож отлетел в сторону. Монстра тоже опрокинуло навзничь. В воздухе запахло паленым, и Томас перекатился на бок, желая оглядеться. В земле дымилась черная воронка, на краю которой лежала оснащенная лезвиями рука монстра и стопа. Остальных частей тела Томас нигде не заметил.

Молния ударила в землю прямо за спиной Томаса. Буря началась.

С черного неба падали изломанные линии белого жара.

ГЛАВА ШЕСТИДЕСЯТАЯ

Молнии взрывались повсюду, оглушительно грянул гром; в воздух полетели комья земли. Несколько человек закричали, и один вопль (девушки) резко затих. Снова — и на сей раз сильнее — запахло горелым. Треск электричества прервался неожиданно, однако в тучах молнии сверкали безостановочно. Полил дождь: вода падала с небес сплошной стеной.

Томас лежал не шевелясь. Сейчас безопаснее было оставаться на месте. Но когда шквал молний утих, он встал и осмотрелся: кому помочь? куда бежать, пока молнии не ударили снова?

Противник Томаса погиб: половина его тела обуглилась, вторая напрочь отсутствовала. Тереза тем временем добивала своего монстра: взорвалась последняя лампа, и с шипением, в фонтане искр, ее свет погас.

Минхо с трудом поднимался с земли. Ньют стоял рядом, тяжело дыша. Фрайпан блевал, согнувшись пополам. Остальные кто валялся на земле, кто — например Бренда и Хорхе — до сих пор сражались. Повсюду гремел гром, сверкали молнии, лил дождь.

Надо было что-то делать. Тереза стояла всего в паре шагов от Томаса, упершись руками в колени, над трупом врага.

«Надо найти укрытие», — мысленно сказал ей Томас.

«Сколько осталось?»

Томас, прищурившись, поднес часы чуть ли не к самому носу.

«Десять минут».

«Надо спрятаться в «гробы». Тереза указала на ближайшую белую капсулу. Ее дно и крышка, похожие на половинки идеально вскрытой яичной скорлупы, наполнялись водой.

Ничего так идея.

«А что, если закрыться в них не получится?» — спросил Томас.

«Есть мысли получше?»

«Нет», — признался Томас и, схватив Терезу за руку, побежал к капсуле.

«Надо другим подсказать!» — опомнилась Тереза, едва оказавшись возле «гроба».

«Сами додумаются», — ответил Томас. Нельзя было ждать. Молния могла ударить по ним в любую секунду. Друзья поджарятся еще прежде, чем Томас и Тереза донесут до них светлую идею. Так что надо им сейчас довериться, пусть сами найдут путь к спасению, и Томас знал: они смогут.

Когда они с Терезой подбежали к капсуле, с неба на землю обрушилось несколько белых зигзагов; полетели комья земли вперемешку с дождевой водой. В ушах зазвенело. Заглянув в левую половинку контейнера, Томас увидел в ней лужицу грязной воды. Ну и воняло же оттуда!

— Быстрее! — поторопил он Терезу.

Они забрались в днище капсулы и, не сговариваясь, ухватились за вторую ее половину. Крышка имела резиновую подкладку, и держаться за нее было легко. Томас лег животом на кромку «гроба», напряг пресс и потянул, вкладывая в рывок всю силу.

Он уже приготовился закрыть крышку, и тут подбежали Бренда и Хорхе. Слава Богу, живые.

— Для нас место есть? — спросил Хорхе, пытаясь перекричать шум бури.

— Залезайте! — ответила Тереза.

Двое шизов упали внутрь, расплескав лужу мутной воды. Для четверых места оказалось маловато. Ничего, в тесноте да не в обиде. Томас, держа крышку слегка приоткрытой, отодвинулся к торцу капсулы. Как только все устроились с максимально возможным комфортом, Томас и Тереза пригнули головы и опустили крышку. Звуки практически полностью пропали; слышно было только, как гулко ударяют по «гробу» капли дождя, гремит гром, взрываются молнии и дышат друзья под боком. Да еще этот звон в ушах...

Оставалось надеяться, что и другие догадались, где искать укрытия.

— Спасибо, что впустил, muchacho, — сказал Хорхе, отдышавшись.

— Не за что, — ответил Томас. Тьма внутри была хоть глаз коли, но он запомнил, что Бренда рядом, за ней Хорхе, а Тереза в противоположном конце капсулы.

— Я уж боялась, ты передумаешь, — подала голос Бренда. — Расхочешь спасать нас. Воспользуешься шансом и избавишься от груза.

— Да ну тебя, — отмахнулся Томас, слишком уставший, чтобы беспокоиться о тактичности. Все были вымотаны, и беды вряд ли закончились.

— Так это наше убежище? — спросила Тереза.

Включив подсветку на часах, Томас проверил время: еще семь минут.

— Очень надеюсь. Может, сейчас эти черные квадраты снова придут в движение и спустят нас в уютное, безопасное местечко, и мы все будем жить долго и счастливо. Или нет.

ТР-РАХ!!!

Томас вскрикнул. В крышку «гроба» что-то ударило с оглушительным треском, какого он ни разу не слышал. В потолке образовалась маленькая щелочка — совсем узкая и короткая, едва пропускающая серый свет и крохотные бусины воды.

— По ходу, молния, — сказала Тереза.

Томас потер уши; звон стал просто невыносимым.

— Еще пару раз жахнет, и придется искать новое укрытие, — глухим голосом заметил он.

Снова взглянул на часы. Пять минут. Вода продолжала затекать в «гроб», вонь никуда не делась, зато колокола в ушах звенели уже не так громко.

— Не такого я ожидал, hermano, — признался Хорхе. — Думал, ты приведешь нас в это место и уговоришь больших боссов принять нас. Вылечить. А тут вона как: запертые в вонючем корыте, ждем, когда нас поджарит молния.

— Сколько еще ждать? — спросила Тереза.

Томас взглянул на часы.

— Три минуты.

Снаружи бушевал шторм, воздух взрезали молнии, бьющие в землю, барабанил по крышке дождь.

В капсулу снова ударило, и трещина в потолке увеличилась настолько, что вода полилась сплошным потоком прямо на головы Бренде и Хорхе. Зашипело, и вслед за водой в капсулу повалил пар — так сильно разогрелась обшивка контейнера.

— Мы больше не протянем! — прокричала Бренда. — Сидеть и ждать — еще хуже!

— Две минуты! — ответил Томас. — Крепись!

Снаружи донесся новый звук. Сперва еле слышный, почти неуловимый за шумом бури. Постепенно набирая силу, он стал походить на гул — низкий и глубокий. Тело Томаса завибрировало.

— Что это? — спросила Тереза.

— Понятия не имею, — ответил Томас. — Вряд ли что-то хорошее, если вспомнить приключения за день. Осталось продержаться минуту.

Звук стал еще громче и глубже, перекрыв собой гром и шум дождя. Стенки капсулы задрожали. Снаружи донесся гул ветра — не естественного, не того, что дул сегодня весь день.

— Полминуты, — объявил Томас и вдруг передумал. — А может, вы и правы. Что, если мы упустили важную деталь? Надо... надо осмотреться.

— Чего?! — переспросил Хорхе.

— Надо вылезти и поглядеть, откуда этот звук. Помогите поднять крышку.

— Ага, сейчас откроем, и мне в зад шарахнет здоровенная молния!

Томас нажал на крышку.

— Рискнем. Толкайте!

— Он прав, — согласилась Тереза и потянулась помочь Томасу. К ней присоединилась Бренда, затем и Хорхе.

— Еще чуть-чуть, — сказал Томас. — Готовы?

Друзья положительно хмыкнули, и он отсчитал:

— Раз... два... три!

Толкнули с такой силой, что крышка отлетела и упала на землю. Дождь теперь хлестал горизонтально, подхваченный искусственным потоком воздуха.

Перегнувшись через край капсулы, Томас уставился на предмет, парящий в тридцати футах над землей и быстро снижающийся. Большой, круглый, окруженный огнями, извергающий снопы голубого пламени. Томас узнал берг, на котором его увезли после ранения и доставили обратно в пустыню.

Взглянув на часы, Томас застал момент, когда истекли последние секунды отведенного ПОРОКом времени. Посмотрел вверх.

Берг приземлился на когтеподобные опоры, и в металлическом днище его начал открываться грузовой люк.

ГЛАВА ШЕСТЬДЕСЯТ ПЕРВАЯ

Все, времени больше тратить нельзя. Никаких вопросов, боязни, споров. Пришла пора действовать.

— Идем! — заорал Томас и, схватив Бренду за руку, выпрыгнул из «гроба», но поскользнулся и упал в лужу. Сплевывая слизистую влагу и утирая лицо, поднялся на ноги. Дождь не переставал, гром гремел отовсюду, молнии зловеще сверкали.

Бренда помогла вылезти из ящика Хорхе и Терезе. Томас же неотрывно смотрел на берг футах в пятидесяти от них. Грузовой люк полностью открылся, словно рот, и будто приглашал войти в теплый и уютный свет. Внутри виднелись силуэты вооруженных людей. Сразу стало понятно: они не собираются выходить наружу и помогать выжившим пройти в убежище. В настоящее убежище.

— Скорей! — закричал Томас и помчался вперед, выставив перед собой нож — на случай если кто-то из монстров уцелел и жаждет продолжения боя.

Тереза и остальные не отставали.

Томас раза два поскользнулся на размякшей земле и упал, но Тереза помогла встать, потянув за рубашку. Бежали к летающему кораблю и другие ребята. В темноте бури, за завесой дождя и в ослепительных вспышках молний нельзя было разглядеть где кто. Ладно, не время тревожиться о том, кто спасся, кто — нет.

Справа, огибая летательный аппарат и отрезая путь к открытому люку, выбежало с десяток големов. Их клинки блестели от влаги, перемазанные кровью. Монстры утратили половину оранжевых сфер и двигались неровно, однако при этом оставались все такими же опасными. Экипаж берга даже пальцем не пошевелил, чтобы помочь детям.

— Пробиваемся! — закричал Томас. Тут же рядом возникли Минхо и Ньют и еще несколько глэйдеров. Вместе с ними Гарриет и другие девушки. Нехитрый план добить великанов и убраться из пустыни поняли все.

Впервые за последние недели, с тех пор как оказался в Глэйде, Томас позабыл страх. (И вряд ли когда-нибудь вновь его ощутит.) Томас сам не понимал, в чем дело, однако что-то переменилось. Сверкнула молния, раздался чей-то крик; дождь усилился. Ветер швырял в лицо мелкие камушки и капли воды, бившие с одинаковой силой. Монстры с ревом пронзали воздух клинками. Томас бежал на них, подняв нож над головой.

Без страха.

За три фута от центрального монстра Томас прыгнул ногами вперед и ударил в лампу у него на груди. Лопнув, сфера зашипела, и чудовище, взвыв, повалилось на спину.

Откатившись, Томас вскочил на ноги и принялся танцевать вокруг врага, коля и рубя, уничтожая наросты. Хлоп, хлоп, хлоп.

Подныривая и отпрыгивая, уворачиваясь от вялых ударов, Томас рубил и колол. Хлоп, хлоп, хлоп. Осталось всего три сферы, тварь едва шевелилась. Не испытывая никаких сомнений, Томас встал над ней, широко расставив ноги, и быстрыми движениями разбил светящиеся наросты. Зашипев, шишки погасли, и чудовище умерло.

Томас огляделся: вдруг кому нужна помощь. Тереза своего прикончила, Минхо и Хорхе — тоже. Ньют схватился за больную ногу, и Бренда помогала добить голема.

Прошла еще пара секунд, и все монстры погибли. Ни одна тварь не шевельнулась, не горели больше оранжевые сферы.

Тяжело дыша, Томас посмотрел на берг футах в двадцати от себя. В этот момент из сопл вырвалось голубое пламя, и корабль начал подъем.

— Улетает! — крикнул Томас как можно громче, указывая на единственное средство спасения. — Быстрее!

И только последнее слово сорвалось с его губ, как Тереза схватила его за руку и потащила за собой к кораблю. Поскользнувшись в луже, Томас быстро восстановил равновесие и помчался. Позади грянул гром, сверкнула молния, озаряя все небо. Раздался еще крик. Другие ребята бежали рядом слева и справа, впереди, сзади. Минхо страховал Ньюта, который хромал.

Берг уже оторвался от земли на три фута. Поднимаясь, он одновременно кренился на бок, готовый в любой момент развернуть сопла и устремиться вперед. Пара глэйдеров и три девушки забрались на платформу люка; берг продолжал взлет. Подоспели другие ребята и стали взбираться на пандус.

Когда к нему подбежали Томас и Тереза, кромка пандуса поднялась на высоту груди. Упершись в гладкую поверхность ладонями, Томас подскочил и, закинув на борт правую ногу, затем левую, перебросил тело на изнанку люка.

Корабль взлетал. Ребята все еще забирались на борт, помогая залезть в берг отставшим. Тереза никак не могла уцепиться за край платформы, и Томас нагнулся, ухватил ее за руки и втянул на пандус.

Девушка посмотрела на Томаса: во взгляде ее читались торжество и облегчение, — встала и вместе с Томасом перегнулась через край пандуса проверить, не отстал ли еще кто-нибудь.

Берг, поднявшись на шесть футов, увеличил крен. С края пандуса свисали трое; Гарриет и Ньют втаскивали незнакомую девушку, Минхо помогал Эрису, и только Бренда беспомощно раскачивалась, пытаясь подтянуться.

Упав на живот, Томас подполз к ней и вцепился в ее правую руку, Тереза — в левую. Из-за дождя платформа сделалась скользкой, и Томас под весом Бренды начал было съезжать вниз, к краю, но вдруг остановился. Глянув назад, он увидел, что их с Терезой держит за ноги Хорхе, усевшись за задницу и упершись в пол пятками.

Томас потянул Бренду за руку, и с помощью Терезы ее удалось втащить наполовину. Дальше — легче. Бренда получила опору, и, пока забиралась на борт, Томас еще раз посмотрел на землю под кораблем. Та уходила вниз, унося с собой трупы ужасных големов, безжизненных и мокрых, покрытых кожистыми карманами, в которых некогда сияли яркие полусферы. А рядом с ними остались тела ребят: полегло их немного, и все незнакомые Томасу.

Он отодвинулся подальше от края. Слава Богу. Слава Богу, прорвались. Прошли шизов, бурю и големов. Справились. Столкнувшись с Терезой, Томас обнял ее — крепко и позабыв на секунду о предательстве. Они победили.

— Кто эти люди?

Томас обернулся на окрик. Коротко стриженый рыжий мужчина направил черный пистолет на Бренду и Хорхе. Эти двое сидели рядышком, все в синяках, насквозь промокшие и дрожащие.

— Отвечайте! Кто-нибудь! — прокричал рыжий.

Томас, будто на автомате, произнес:

— Они помогли нам пройти через город. Без них мы бы не добрались до убежища.

Мужчина резко обернулся к Томасу.

— Вы... подобрали их по пути?

Не понимая, к чему клонит рыжий, Томас кивнул.

— Мы заключили сделку. Обещали, что они тоже получат лекарство. Все равно наших убавилось.

— Не имеет значения. Вам не было велено подбирать ссыльных.

Берг набирал высоту, однако крышка люка не спешила закрываться, так что ветер свободно влетал в грузовой отсек. Если судно угодит в зону турбулентности, кто угодно может выпасть, полететь на землю и разбиться.

Томас поднялся на ноги, намеренный отстоять договор.

— Вы сказали прийти сюда, и вот мы здесь!

Рыжий на некоторое время задумался.

— Я порой забываю, как мало вы понимаете суть происходящего. Так и быть, оставим одного, второй уйдет.

— В каком смысле? — Томас был потрясен, но старался не показать этого. — Как это — второй уйдет?

Щелкнув предохранителем, мужчина прицелился Бренде в голову.

— Времени нет! Даю пять секунд: выбирай, кто останется. Если не выберешь, умрут оба. Раз.

— Постойте! — Томас глянул на Хорхе и Бренду, но те смотрели в пол, бледные от страха.

— Два!

Чувствуя, как растет паника, Томас закрыл глаза. Ничего нового, все повторяется. И Томас знает, что делать.

— Три.

Страху больше не место в его сердце. Не будет удивления, вопросов. Томас примет игру, ее правила. Станет проходить тесты. Проходить Испытания.

— Четыре! — Рыжий покраснел. — Выбирай быстрее, или оба умрут!

Открыв глаза, Томас шагнул вперед и, указав на Бренду, произнес два самых отвратительных в своей жизни слова:

— Кончайте ее.

Поставленное условие, думал Томас, не собьет его с толку. Он понял принцип игры. Принцип очередной Переменной: кого бы он ни выбрал, избавятся все равно от другого. И ошибся.

Спрятав пистолет в кобуру, мужчина схватил Бренду и поволок к раскрытому люку.

ГЛАВА ШЕСТЬДЕСЯТ ВТОРАЯ

Бренда посмотрела на Томаса глазами, полными паники. Рыжий молча волок ее к краю бездны.

На полпути Томас перехватил его: прыгнул, ударил в подколенный сгиб; черный пистолет отлетел в сторону. Бренда упала и покатилась к краю платформы. Тереза была тут как тут — поймала девушку и оттащила в сторону. Схватив противника за горло левой рукой, Томас правой нашарил пистолет, вскочил и прицелился.

— Больше никто не умрет, — тяжело дыша и поражаясь себе самому, заявил Томас. — Если бы мы не постарались и не прошли ваши дебильные тесты, вот тогда и считали бы нас проигравшими. Но мы прошли их, Испытания закончились.

«Ой ли?» — спросил себя Томас. Впрочем, обращаясь к рыжему, он не шутил. Хватит бессмысленных убийств и смертей.

Лицо того немного смягчилось, и на нем даже обозначилось подобие улыбки. Незнакомец отполз к стене, а крышка люка пошла вверх, закрываясь. При этом петли визжали, как свинья под ножом. Никто не проронил ни слова, пока не раздался финальный щелчок, с которым крышка встала на место, и не утих последний порыв ветра.

— Меня зовут Дэвид, — представился рыжий. В тишине, нарушаемой только гудением двигателей и ревом сопл, его голос прозвучал неожиданно громко. — Не волнуйтесь вы так. Вы правы, Испытания закончились. Все закончилось.

Томас насмешливо кивнул.

— Где-то я это уже слышал. Мы опытные, и больше не позволим обходиться с нами как с лабораторными крысами. Хватит.

Дэвид обвел грузовой отсек взглядом, словно проверяя, согласны ли остальные с тем, что говорит Томас. Сам же Томас не рискнул выпустить его из поля зрения. Пришлось поверить, будто за спиной у него стоят люди.

Наконец Дэвид снова посмотрел на Томаса и, примирительно подняв ладонь, начал медленно подниматься, а встав, спрятал руки в карманы.

— Ты никак не поймешь, что все шло и будет идти по сценарию. Однако да, Испытания завершились. Мы везем вас в безопасное место. По-настоящему безопасное. Больше никаких тестов, никакой лжи, никаких подстав. Никакого притворства. — Помолчав, он продолжил: — Когда узнаете, чего ради проходили Испытания и почему так важно число выживших, то все поймете. Обещаю.

Минхо фыркнул:

— Такой откровенный кланк мне еще никто впарить не пробовал.

Как же здорово, что Минхо не утратил запала.

— А что лекарство? Нам его обещали. Дайте лекарство нам и нашим проводникам, иначе о доверии и речи быть не может.

— Подумайте, чего хотите прямо сейчас, — посоветовал Дэвид. — Отныне все будет по-другому. Лекарство получите, как и было обещано. Вот только вернемся в штаб. Пистолет можешь оставить себе. Кстати, если хотите, выдадим вам оружие. Сражаться, правда, не с кем и не с чем. Не осталось больше тестов. Берг приземлится в заданной точке, вы — здоровые — окажетесь на свободе и в безопасности. Единственное, мы попросим выслушать нас. Просто выслушать. Уверен, вы сгораете от любопытства, жаждете узнать, что стоит за Испытаниями.

Хотелось закричать на рыжего, но Томас знал: пользы это не принесет, а поэтому лишь ответил как можно спокойнее:

— Больше никаких игр.

— Чуть что, — добавил Минхо, — и мы поднимем кипеж. Если умрем, так тому и быть.

Дэвид улыбнулся во весь рот:

— Именно такого поведения мы от вас и ожидали. — Указав на дверцу в противоположном конце отсека, он предложил: — Пройдемте?

На сей раз заговорил Ньют:

— Что еще вы нам приготовили?

— Вам же, наверное, хочется поесть, помыться? Поспать? — Дэвид двинулся в обход глэйдеров и девушек. — Полет предстоит долгий.

Томас и остальные некоторое время переглядывались, но в конце концов молча согласились: выбора нет — и последовали за Дэвидом.

ГЛАВА ШЕСТЬДЕСЯТ ТРЕТЬЯ

Следующие пару часов Томас старался ни о чем не думать.

Он выдержал Испытание, однако напряжение, адреналин и чувство триумфа ушли. Группа принялась за обычные дела: все наелись горячего, напились холодного, прошли осмотр у медиков и, вдоволь наплескавшись в душе, переоделись в свежее.

Томаса не оставляло ощущение, что ситуация повторяется. Ребят успокаивают, перед тем как устроить им новое потрясение. Как тогда, в бараках, после спасения из Лабиринта. Но делать нечего. Ни Дэвид, ни его подчиненные не угрожали, не пытались поднять тревогу.

Сытый и чистый, Томас присел на диван в узком переходном отсеке берга (перед просторной комнатой, полной разномастной мебели грязноватого цвета). Как он ни старался избегать Терезы, она все же нашла его. Все еще трудно было находиться рядом, говорить с ней или с кем-то еще. Томас пребывал в смятении.

Пришлось смирить себя, потому что ничего изменить Томас не мог. Берг не захватить, а если и взять экипаж в заложники, то как управиться с этой махиной? Куда лететь? Томас и остальные подчинятся ПОРОКу и выслушают их вердикт.

— О чем думаешь? — спросила Тереза. Хорошо, что вслух. Томасу как-то не хотелось общаться с ней телепатически.

— О чем думаю? Да я вообще стараюсь не думать.

— Ага, наверное, стоит насладиться миром и покоем, пока есть возможность.

Томас посмотрел на Терезу. Девушка сидела подле него как ни в чем не бывало. Как будто они все еще лучшие друзья. Нет, всякому терпению есть предел.

— Ведешь себя, будто ничего не случилось. Бесит.

Тереза опустила взгляд.

— Я многое стараюсь забыть, как и ты. Не думай, я вовсе не глупая. Прекрасно понимаю, что прежними мы уже не будем. Если бы был шанс поступить иначе, я не воспользовалась бы им. План сработал. Ты жив, и это главное. Может, однажды ты меня и простишь.

Как рационально она рассуждает... прямо тошно становится.

— Меня волнует одно: как остановить ПОРОК. То, что они делают с нами, неправильно. И не важно, насколько крепко я с ними связан. Так нельзя.

Тереза вытянулась, положив голову на подлокотник.

— Забей, Том. Нам стерли память, но мозги-то оставили. И когда ПОРОК напомнит, чего ради мы участвуем в эксперименте, расскажет все, то с ними придется сотрудничать дальше. Выполнять все их требования.

Томас подумал секунду. Нет, он не согласен с Терезой. Никак не согласен. Может, когда-нибудь он и проникнется идеями ПОРОКа, только не сейчас. И с Терезой этого обсуждать не станет.

— Наверное, ты права, — пробормотал он.

— Когда мы последний раз спали? — подумала вслух девушка. — Уже и не вспомню, хоть тресни.

И снова она ведет себя как ни в чем не бывало.

— Зато я помню. Последний раз я спал в газовой камере, куда ты меня запихнула, оглушив перед этим здоровенным копьем.

Тереза потянулась.

— Тут я могу лишь извиниться в очередной раз. Ты хотя бы отоспался — я же глаз не сомкнула, пока ты не вышел. Два дня на ногах.

— Бедняжечка, — зевнул Томас, не удержавшись — усталость брала свое.

— М-ммм?

Тереза лежала с закрытыми глазами и дышала мерно и глубоко. Заснула. Томас огляделся: глэйдеры и девчонки из Группы «В» тоже спали. Бодрствовал один Минхо: пытался завязать разговор с симпатичной девушкой, но глаза у той были закрыты. Бренды и Хорхе Томас нигде не заметил. Странно, если не сказать тревожно.

Томас вдруг ощутил острую тоску по Бренде. Правда, веки уже налились свинцом, усталость сковала члены, и Томас, съезжая по спинке дивана, решил поискать девушку позже, а сейчас отдался во власть сладкой дремоты.

ГЛАВА ШЕСТЬДЕСЯТ ЧЕТВЕРТАЯ

Проснувшись, Томас поморгал, протер глаза. Вокруг царила сплошная белизна: ни силуэтов, ни теней, ни оттенков прочих цветов. Лишь белый.

Ощутив укол страха, Томас сказал себе: это сон. Такой вот странный сон. Он чувствовал тело, чувствовал кожей прикосновение пальцев, а слышал в полной пустоте только собственное дыхание.

«Том».

Голос. Голос Терезы. Проник в его сон? Прежде такое случалось? Да.

«Привет», — ответил Томас.

«Ты... ты как?» — встревоженно спросила Тереза.

«Порядок, а что?»

«Ты не удивлен?»

«В каком смысле?» — смутился Томас.

«Скоро ты многое узнаешь. Очень скоро».

Только сейчас Томас заметил, что с голосом у Терезы что-то не так.

«Том?»

Он не ответил, чувствуя, как в кишках зашевелился червь страха — ужасного, тошнотворного, ядовитого страха.

«Том?»

«К-кто ты?» — спросил наконец Томас, боясь услышать ответ. И после паузы получил его:

«Это я, Том. Бренда. Тебя ждут неприятности».

Рефлекторно Томас закричал, и все кричал и кричал, пока не проснулся.

ГЛАВА ШЕСТЬДЕСЯТ ПЯТАЯ

Покрытый испариной, он сел. Еще не успев ничего осознать, прежде чем информация об окружающем мире прошла по проводам нервной системы в соответствующую зону мозга, Томас понял: все изменилось, и все не так. У него снова все отняли.

Он лежал на полу комнаты: стены, потолок — все вокруг белого цвета; пол пружинит, плотный, гладкий, и в то же время не причиняет неудобств; стены обиты подушками, через каждые четыре фута шляпки гвоздей; свет идет от прямоугольника в потолке — слишком высоко, не достать; пахнет чистотой: нашатырем и мылом. Даже одежда на Томасе: футболка, хэбэшные штаны и носки — не имела цвета.

Единственной темной вещью в этой комнате был стол. Коричневый стол примерно в дюжине футов от Томаса, в центре помещения, старый, потрепанный и поцарапанный, а рядом с ним — деревянный стул. За столом — такая же, как и стены, обитая подушками дверь.

Томас ощущал странное спокойствие. Казалось бы, надо вскочить и с криками о помощи броситься на дверь, но он знал: не откроется, и никто его не услышит.

Томас вновь в Ящике. Ничему его жизнь не научила... Рано, дурак, радовался.

«Паники от меня не дождетесь», — сказал себе Томас. Наступил очередной этап Испытаний, и на сей раз он с боем потребует изменить условия, прекратить тесты. И вот, решившись во что бы то ни стало завоевать свободу, Томас не испытывал ни малейшей тревоги.

«Тереза? — позвал он. Тереза и Эрис — единственные, с кем он связан извне. — Ты меня слышишь? Эрис, а ты?»

Никто не ответил: ни Тереза, ни Эрис, ни... Бренда.

Бренда... Нет, то был сон. Определенно лишь сон. Бренда не работает на ПОРОК, не умеет общаться телепатически.

«Тереза? — напрягая все силы, позвал Томас. — Эрис?»

Нет ответа.

Встав, Томас пошел к столу, однако в двух шагах от него наткнулся на невидимую стену. Прямо как в бараках.

Томас не позволил панике овладеть им, не дал страху набрать силу, а лишь отошел в угол, сел там и, закрыв глаза, расслабился.

Пока ждал, заснул.

«Том? Том!»

Она, должно быть, зовет его целую вечность.

«Тереза? — Томас очнулся словно от толчка и, осмотрев белую комнату, тут же вспомнил, где находится. — Ты где?»

«Нас отправили в другой барак. Как только берг приземлился. Мы здесь уже несколько дней кукуем. Том, с тобой-то что случилось?»

Спрашивала Тереза обеспокоенно, испуганно. Уж это Томас угадал точно. Сам же он смутился.

«Несколько дней? Что...»

«Нас забрали, едва мы сели. Они постоянно говорили: типа уже поздно и Вспышка слишком глубоко проникла в твой мозг. Типа ты съехал с катушек».

Томас постарался собраться с мыслями и не думать, как ПОРОК сумел стереть ему память.

«Тереза... это еще одно Испытание. Меня заперли в белой комнате. А вы... сколько дней вы просидели в бараке?»

«Почти неделю».

Томас не ответил, притворившись, будто не услышал последней фразы. Страх понемногу начал просачиваться в грудь. Можно ли верить Терезе? Она уже столько врала. И вдруг это говорит совсем не она? Пора порвать с ней.

«Том? Что происходит? Я растеряна...»

В груди у Томаса жгло, так что слезы наворачивались на глаза. Однажды он принял Терезу как лучшего друга. Больше такого не повторится. Теперь, думая о Терезе, Томас ощущал исключительно гнев.

«Том! Ты чего...»

«Тереза, слушай меня».

«Але! А я что, по-твоему, делаю?»

«Ты просто... слушай. Молчи и слушай, не перебивай».

Помолчав, Тереза ответила, тихо и напуганно:

«Хорошо».

Гнев кипел и пульсировал, Томас больше не мог его сдерживать. К счастью, слова не приходилось высказывать, достаточно было «думать».

«Тереза, уходи».

«Том...»

«Молчи. Не говори больше. Оставь... оставь меня. Передай ПОРОКу, что я устал от игр. Передай: с меня хватит!»

Несколько секунд Тереза молчала.

«Ясно, — ответила она наконец. — Ясно. Скажу тебе одну вещь напоследок».

Томас вздохнул: «Жду не дождусь».

Заговорила Тереза не сразу. И если бы не ощущение ее присутствия, Томас решил бы, что она прервала связь.

«Том?» — позвала наконец девушка.

«Чего?»

«ПОРОК — это хорошо».

И вот тогда она действительно ушла.

ЭПИЛОГ

Меморандум «ЭТО ПОРОК». Дата: 232.2.13. Время: 21:13.
Кому: Моим коллегам.
От: Ава Пейдж, Советник.
Тема: «ЖАРОВНЯ», Группы «А» и «В».

Не время давать волю эмоциям, нам предстоит новое задание. Да, определенные события приняли неожиданный оборот. Не все идеально — были промахи, — однако наметился грандиозный прогресс. Мы получили огромное количество необходимых реакций. Надежда есть, и очень серьезная.

Ожидаю от вас и впредь профессионального поведения, помните о нашей цели. Жизни очень многих сейчас в руках столь малой группы людей. Наступил момент, когда необходимо проявить особую бдительность и сосредоточенность.

Предстоящие дни фундаментальны для нашего исследования, и я абсолютно уверена: когда мы вернем субъектам память, они с готовностью примутся выполнять поручения. Нужные Кандидаты все еще живы. Скоро мы получим оставшиеся куски головоломки.

Будущее человеческой расы превыше всего. Каждая смерть и каждая жертва стоит конечного итога. Приближается финал нашей титанической работы, которая, я уверена, принесет плоды. Мы создадим матрицу. Изготовим лекарство.

Мозгачи пока размышляют, готовятся, и когда дадут добро, мы снимем Блокаду и сообщим оставшимся субъектам, есть ли у них иммунитет ко Вспышке.

На этом все.

КОНЕЦ ВТОРОЙ ЧАСТИ

ЛЕКАРСТВО ОТ СМЕРТИ

Посвящается моей маме,
самому лучшему человеку на Земле

ГЛАВА ПЕРВАЯ

Сводить с ума начал запах.

Не одиночество, длившееся неделями, не белые стены вокруг, не отсутствие окон и постоянно горящие лампы. Ничто из этого больше не волновало. У Томаса забрали часы и кормили каждый раз одним и тем же блюдом: ломтик ветчины, картофельное пюре, свежая морковь и кусок хлеба. С Томасом не разговаривали, в комнату никто не входил. Ему не оставили ни книг, ни телевизора, ни видеоигр.

Изоляция длилась уже недели три — если, конечно, Томас правильно рассчитал время. Полагаться приходилось исключительно на инстинкт, чтобы верно определять, когда наступает ночь, и высыпаться по-человечески. Томас ориентировался по часам кормежки, хотя ему казалось, что паек приносят нерегулярно. Словно пленника намеренно стараются сбить с ритма.

В комнате с мягкими стенами, полностью лишенной красок, единственным исключением был почти неприметный унитаз из нержавейки (в углу) да старинный деревянный стол. На кой он Томасу? Непонятно. Сиди один в невыносимой тишине, времени — вагон, размышляй, как развивается у тебя в организме зараза. Вспышка, вирус, постепенно уничтожающий все человеческое.

И ничто из этого не изводило Томаса так, как вонь от собственного немытого тела. Из-за нее нервы звенели перетянутыми струнами, крошились кирпичики здравомыслия. С момента, как Томас очнулся, ему не позволяли мыться, не давали смены белья, вообще ничего для соблюдения гигиены. Хватило бы тряпки — обмакнуть в стакан с водой и обтереть хотя бы лицо. Но у Томаса была только пижама. Даже спальное место не обустроили: он дремал, пристроив зад в углу и спрятав руки под мышки, пытаясь сохранить хоть немного тепла — что удавалось лишь изредка.

Томас и сам не мог понять, отчего его так пугает вонь собственного тела. Возможно, запах — первый признак того, что тело он уже начал терять? Вопреки рассудку разум подкидывал картины — одна ужасней другой — о том, как гниют члены и внутренние органы превращаются в тухлое месиво.

Глупо, и тем не менее Томас боялся. Его досыта кормили, он не испытывал жажды, спал вволю и частенько упражнялся до изнурения, часами бегал на месте. Логика подсказывала, что если он и гниет заживо, то дело вовсе не в вялом сердце и легких, однако он почти убедил себя: в организме поселилась смерть, и вскоре она поглотит его целиком.

И когда эти темные мысли завладевали Томасом, он размышлял: не соврала ли Тереза, сказав, что он внезапно слетел с катушек, взбесился, а значит, поражен Вспышкой? Что, попав в эту страшную комнату, он уже был болен? Бренда и та предупредила о грозящих переменах к худшему. Так, может, они обе правы?

И еще мучил страх за друзей. Что с ними? Где они?

Что с их разумом творит сейчас Вспышка? Неужели после всего пройденного им уготован такой вот бесславный конец?

В сердце закрался гнев. Как крыса, трясущаяся на холоде, в поисках тепла и крохи хлеба. С каждым днем это чувство крепло и постепенно набрало такую мощь, что Томас порой дрожал от ярости. Лишь усилием воли получалось загнать ее обратно, в глубь себя, успокоиться. Томас не хотел совсем избавляться от гнева, отнюдь — он его пестовал и берег, чтобы в нужный момент, в нужном месте отпустить на волю. ПОРОК — они во всем виноваты, они забрали у Томаса жизнь и друзей. Теперь используют бедных подростков ради якобы благих целей и плюют на последствия.

Они за все заплатят. Томас клялся в этом себе по тысяче раз на дню.

В свой двадцать шестой — наверное — день, проведенный в плену, ближе к обеду, Томас сидел, привалившись спиной к стене и глядя на дверь, на убогий стол. Он каждый раз принимал эту позу, позавтракав и поупражнявшись. Глядел и невольно надеялся, что вот сейчас дверь откроется — полностью, а не только щель в ней, через которую просовывают тарелку с едой.

Томас бесчисленное количество раз пытался отпереть дверь и постоянно обыскивал ящики стола. Неизменно пустые, они пахли кедром и плесенью, но Томас раз за разом — по утрам — проверял их. Оставить какой-нибудь сюрприз спящему — вполне в духе ПОРОКа.

Так и сидел Томас, глядя перед собой. Наедине с белыми стенами, тишиной, запахом немытого тела и мыслями о друзьях: Минхо, Ньюте, Фрайпане, прочих глэйдерах, переживших Жаровню. О Бренде и Хорхе, пропавших сразу после спасения на летающем берге. О Гарриет и Соне, об остальных девчонках из Группы «В». Об Эрисе. О том, как Бренда предупредила Томаса, едва он проснулся в белой комнате. Откуда у нее дар телепатии? И за кого эта девушка — за Томаса или же за ПОРОК?

Но чаще всего он вспоминал о Терезе. От мыслей о ней он не мог отделаться никак, пусть даже с каждым проведенным взаперти моментом ненавидел ее все сильнее. Напоследок она успела сказать, что ПОРОК — это хорошо. К добру ли, к худу ли, однако, думая о Терезе, Томас представлял все самое дурное из произошедшего за последнее время. Внутри его закипал гнев.

Если бы не злость, не ярость, он свихнулся бы от бесконечного ожидания.

Он ел, спал, упражнялся, лелеял мечту об отмщении. Так прошло еще три дня в одиночестве.

А на двадцать шестой день дверь открылась.

ГЛАВА ВТОРАЯ

Томас сотни раз представлял себе этот момент: что сделает, что скажет, как бросится к выходу, свалит первого, кто войдет, и вырвется на свободу. Впрочем, подобными мыслями он скорее тешил себя, ибо ПОРОК не так прост и не даст убежать. Нет, каждый шаг надо продумывать очень тщательно.

Когда же наступил долгожданный день, дверь с легким хлопком воздуха отворилась. Томаса поразила собственная реакция на происходящее: он даже не шевельнулся. Внутренний голос подсказал: между ним и столом сейчас воздвигли невидимый барьер, как тогда, в столовой барака. Время действовать не пришло. Пока не пришло.

Вошедшему Томас удивился самую малость — это был Крысун. Посланник, сообщивший глэйдерам о «последнем» испытании, переходе через Жаровню. Крысун не изменился: все тот же длинный нос, юркие зенки, сальные патлы, зачесанные поперек крупной залысины. Тот же нелепый белый костюм... Только лицо его стало чуть бледнее. На сгибе локтя Крысун нес неизменную папку, беспорядочно набитую мятыми бумажками, и тащил за собой стул с прямой спинкой.

— Доброе утро, Томас, — сдержанно кивнул он.

Не дожидаясь ответа, запер за собой дверь и сел перед столом. Затем раскрыл папку и принялся рыться в содержимом, а когда отыскал нужную страницу, сложил поверх нее руки, вылепил на лице жалкое подобие улыбки и вперил в Томаса пристальный взгляд.

— Добрым это утро станет, когда меня выпустят, — ответил Томас. Он не говорил так долго, что с непривычки голос прозвучал хрипло, надтреснуто.

На лице Крысуна не дрогнул ни единый мускул.

— Да-да, понимаю. Ты не волнуйся, я принес целую кучу хороших вестей. Уж поверь.

Томас на секунду испытал радостный подъем и тут же устыдился собственной невольной реакции. Ничему-то его жизнь не учит.

— Хороших вестей, как же... Забываешь, что не дураков набирали.

Выдержав небольшую паузу, Крысун ответил:

— Не дураков — правда, однако интеллект не единственный критерий, по которому составлялись группы. — Он помолчал, глядя на Томаса. — Думаешь, нам это нравится? Думаешь, нравится мучить вас? Все наши действия подчинены одной-единственной цели, и вскоре эта цель тебе откроется.

Последние слова покрасневший Крысун практически выкрикнул.

— Ну-ну, притормози, — сказал Томас, осмелев на мгновение. — Остынь и расслабься, приятель. Сердце-то не железное. Какой кайф сказать подобное в лицо этому уроду.

Крысун аж привстал, подавшись вперед. Вены у него на шее взбухли и пульсировали. Потом он присел и сделал несколько глубоких вдохов-выдохов.

— Продержи обычного мальчишку в белом ящике с месяц — и он присмиреет. Но не ты, Томас. Ты еще больше обнаглел.

— И сейчас ты объявишь, что я не шиз? Что у меня нет Вспышки? Нет и не было? — Томас не удержался. Гнев кипел в нем; Томас чуть не лопался и едва мог говорить спокойно. — Только так я не утратил рассудок. В глубине души знал, что вы обманули Терезу, прогнали меня через новый тест. Ну и куда мне дальше? Пошлете на Луну? Или в одних трусах заставите переплыть океан?

Для пущего эффекта Томас улыбнулся.

Крысун все это время следил за ним невыразительным взглядом.

— Ты закончил? — спросил вестник.

— Нет, не закончил. — Томас долго ждал возможности выговориться, однако момент пришел... а в мозгу пустота. Вылетели из головы заготовленные и отрепетированные речи. — Я... хочу знать. Все. Прямо сейчас.

— О, Томас, — тихо произнес Крысун, словно собираясь сообщить печальные известия маленькому ребенку. — Мы тебе не лгали. Вспышка есть, и ты носишь ее в себе.

Сквозь накал гнева Томас ощутил, как по сердцу резануло холодным лезвием. Ошеломленный, он не мог понять, врет ли Крысун сейчас. Не желая подавать виду, Томас пожал плечами, как будто страшной новости он ждал давно.

— Ну, крыша у меня пока не едет.

В какой-то момент — пройдя Жаровню, побыв рядом с Брендой и среди шизов, — Томас смирился с мыслью о заражении. И при этом не уставал напоминать себе: разум еще цел, безумие не пришло. Пока здравый ум — самое главное.

Крысун тяжело вздохнул.

— Ты не понял. Ты не понимаешь, чего ради я пришел к тебе.

— С какой стати я должен тебе верить? Чего ты ждешь? Я не стану больше сидеть развесив уши.

Томас сам не заметил, как вскочил на ноги. В груди глухо колотилось сердце. Надо взять себя в руки.

Крысун взирал на юношу холодными черными глазами. Какую бы ложь ни заготовил посланник, выслушать его придется. Иначе из белой комнаты не выйти. Томас ждал, стараясь дышать как можно ровнее.

Выдержав короткую паузу, гость в белом заговорил:

— Да, мы лгали вам. Очень часто. Мы поступали несправедливо по отношению к тебе и твоим друзьям, Томас, однако работали в соответствии с планом, на который ты не просто согласился, а помог нам привести этот механизм в действие. Вынужден признать, мы не рассчитывали зайти так далеко... Впрочем, все идет по схеме Создателей. Ты довел ее до ума, после того как сами Создатели подверглись... Чистке.

Томас медленно покачал головой. Он знал, что неким образом связан с Создателями. Но неужели он сам отправил людей на подобные испытания? Быть этого не может!

— Ты не ответил. Почему я должен тебе верить?

Томас и не думал признаваться, что к нему возвращается память. Сквозь покрытое густым слоем копоти окно в прошлое он частенько видел сполохи, отражения забытой жизни. Он знал, что прежде работал на ПОРОК, и Тереза — тоже, вместе они помогали создавать Лабиринт.

— Нам невыгодно держать тебя в неведении, Томас, — ответил наконец Крысун. — Больше невыгодно.

Внезапно накатила усталость, как будто силы покинули Томаса. Он осел на пол и, тяжело вздохнув, покачал головой.

— Я даже не знаю, о чем ты...

Какой смысл в разговоре, когда не веришь словам собеседника?

Крысун продолжил, и его голос звучал уже не столь отстраненно и холодно — скорее профессионально:

— Я так понимаю, ты в курсе, что по планете бродит зараза. Вирус, пожирающий рассудок. Испытания, которым мы вас подвергли, придуманы только для того, чтобы проанализировать работу мозга и составить матрицу. Окончательная цель — использовать полученную матрицу для создания лекарства. Смерть, боль и страдания... ты знал, каковы ставки, еще в самом начале. Все мы знали. Главное — спасти человечество, и мы близки к желаемому результату. Очень, очень близки.

Память возвращалась частями. Во время Метаморфозы, в снах обрывки ее мелькали в голове словно сполохи, как удары молнии. И прямо сейчас, пока Томас слушал человека в белом костюме, возникло ощущение, будто он стоит у края пропасти, а внизу, готовые воспарить и открыться во всей полноте, кружат ответы на вопросы. Томас едва мог устоять перед искушением броситься им навстречу.

Нельзя терять бдительность. Томас — часть игры, он помогал проектировать Лабиринт, не позволил программе заглохнуть после гибели изначальных Создателей.

— Я помню достаточно, и мне за себя стыдно, — признал он. — Но пережить этот садизм не то же, что его спланировать. Это совсем другое дело. Это несправедливо.

Крысун почесал кончик носа и поерзал на стуле. Должно быть, что-то сказанное Томасом задело его.

— Вечером посмотрим, как ты запоешь, Томас. Подожди. А пока позволь спросить: ты считаешь, что несколько жизней — не оправданная жертва ради спасения всего мира? — Страсть вернулась в голос Крысуна, и он подался вперед. — Это древняя аксиома, однако веришь ли ты, что цель оправдывает средства? Когда выбора не осталось?

Томас тупо уставился на Крысуна. Подходящего ответа найти он не мог.

Крысун изобразил улыбку, больше похожую на злобную усмешку.

— Напомню: когда-то ты верил. — Он принялся собирать бумажки, словно намереваясь покинуть белую комнату. С места, впрочем, не встал. — Я пришел сообщить, что приготовления закончены и данные практически полностью собраны. Мы на грани великого открытия. Вот получим матрицу — и все, можешь ныть сколько душе угодно. Хоть обревитесь с дружками, хоть прокляните ПОРОК.

Заткнуть бы его, урезонить... Томас сдержал рвущиеся с языка оскорбления.

— Какую матрицу можно получить, пытая подростков? Вы посылали нас в ужасные места, многие гибли... Какая тут связь с лекарством от смертельной болезни?

— Самая прямая и непосредственная, — тяжело вздохнув, ответил Крысун. — Скоро ты все вспомнишь, парень, и, чувствую, о многом пожалеешь. А пока тебе следует кое-что знать, и это кое-что, возможно, тебя отрезвит.

— Что же? — Действительно, что?

Посетитель встал из-за стола, разгладил складки на брюках, оправил пиджак, заложил руки за спину и произнес:

— Вирус живет в каждой клеточке твоего тела и тем не менее не причиняет тебе вреда. И не причинит. Ты представитель группы чрезвычайно редких людей, у которых есть к ней иммунитет.

Утратив дар речи, Томас тяжело сглотнул.

— Снаружи, по улицам бродят инфицированные. Подобных тебе они зовут иммунями, — продолжил Крысун. — Они вас ненавидят. Ненавидят до мозга костей.

ГЛАВА ТРЕТЬЯ

Слова не шли на язык. Сколько лжи было сказано прежде, однако сейчас Томас чувствовал: ему говорят правду. Эксперименты обретают смысл. У него, Томаса, и, наверное, у остальных глэйдеров и девчонок из Группы «В» иммунитет к Вспышке. Потому-то их и выбрали для испытаний. Каждая Переменная, каждый обман, каждая ловушка и монстр на их пути — все это части одного большого и сложного эксперимента. Эксперимента, который даст ПОРОКу лекарство.

Все встало на свои места. Даже больше: откровение пробудило память. Томас знал, о чем говорит Крысун.

— Вижу, ты мне веришь, — произнес вестник, решив нарушить молчание. — Когда мы обнаружили людей, в мозгу которых угнездился вирус, но никак себя не проявляет, из вас отобрали самых лучших. Так и родился ПОРОК. Разумеется, не все в ваших группах имеют иммунитет, и эти по-настоящему больные — контрольные испытуемые. Всякий эксперимент, Томас, требует наличия контрольной группы, для чистоты эксперимента.

У Томаса упало сердце.

— А кто не... — Договорить он не решился: побоялся услышать ответ.

— Кто не обладает защитой? — выгнул брови Крысун. — О, думаю, они и без тебя успеют выяснить. Впрочем, по порядку: ты пахнешь как труп недельной давности. Сейчас отведем тебя в душ и выдадим свежую одежду.

С этими словами Крысун подхватил со стола папку и направился к двери. Он уже собирался переступить порог, когда Томас вспомнил:

— Постой!

Посетитель обернулся.

— Слушаю!

— Тогда, перед Жаровней... почему ты соврал о лекарстве? Ты говорил, что в убежище нас будет ждать вакцина.

Крысун пожал плечами.

— Я вовсе не считаю это ложью. Пройдя испытание и прибыв в убежище, вы помогли нам собрать нужные данные. Они-то и позволят приготовить лекарство. В конечном итоге. Лекарство для всех.

— Зачем ты мне все рассказал? Почему только сейчас? Чего ради было пихать меня в комнату на месяц? — Томас обвел рукой мягкие стены и потолок, убогий туалет в углу. Обрывочных воспоминаний не хватало, чтобы вычленить смысл из происходящих странностей. — Зачем ты соврал Терезе, будто я слетел с катушек? Зачем держал меня здесь? В чем подвох?

— Переменные, — ответил Крысун. — Что бы мы с тобой ни делали, все тщательно спланировано и просчитано нашими врачами и мозгоправами. Испытания стимулируют зону поражения, в которой гнездится Вспышка. Мы исследовали паттерны эмоций и реакций, мыслей. Смотрели, как они развиваются у пораженной вирусом личности. Пытались выяснить, почему в вас они не ослабевают. Все дело в паттернах зоны поражения, Томас. Нам нужна матрица когнитивных и психологических ответов, нужна для создания лекарства. Оно — конечная цель.

— Что такое «зона поражения»? — Сам Томас этого вспомнить не мог. — Скажи, что это, и я пойду с тобой.

— Эх, Томас, Томас, — произнес Крысун. — Странно, что ты сам не вспомнил после укуса гривера. Зона поражения — это твой мозг. Его поражает вирус Вспышки, и чем сильнее отравлена зона поражения, тем более параноийяльным и жестоким становится поведение человека. ПОРОК использует твой мозг и мозг тех немногих, кто не одарен иммунитетом, дабы решить задачу. — Довольный, если не сказать счастливый, Крысун позвал: — Идем же, отмоем тебя. И кстати, на всякий случай предупреждаю: за нами следят. Попытаешься выкинуть фокус — не оберешься неприятностей.

Томас присел, пытаясь осмыслить услышанное. Ему точно говорят правду, новости совпадают с тем, что приходило в кратких воспоминаниях. До конца поверить словам Крысуна мешала укоренившаяся в сердце ненависть к ПОРОКу. Сколько они уже обманывали...

Наконец Томас поднялся, позволяя разуму самостоятельно рассортировать поступившую информацию. Сознательным анализом можно заняться и позже. Не говоря ни слова, Томас последовал за Крысуном, покинул наконец свое белое узилище.

Они шли по коридору. Коридор как коридор — длинный, пол выложен плиткой, стены бежевые и увешаны картинами в рамках: волны бьются о берег, колибри зависла у красного цветка, дождь над утопающим в тумане лесом. Над головой гудели флуоресцентные лампы.

Миновали несколько поворотов, и наконец Крысун остановился у двери. За ней обнаружилась большая уборная с рядами душевых кабинок и шкафчиков. Один из них был открыт, внутри лежали свежая одежда и обувка. Даже про часы не забыли.

— У тебя ровно тридцать минут, — предупредил Крысун. — Как помоешься и переоденешься, просто сядь и жди — я приду за тобой, и ты вновь увидишь своих друзей.

Непонятно почему, но при слове «друзья» Томас сразу вспомнил о Терезе. Попытался вызвать ее мысленно и в ответ услышал только тишину. И хоть с каждым днем Томас ненавидел ее все сильнее, пустота раздражала — как полый пузырь внутри. Тереза — ниточка, связь с прошлым. Когда-то она была ему лучшим другом, и с этим твердым знанием Томас не спешил расставаться.

Крысун кивнул:

— Увидимся через полчаса. — Он вышел и закрыл дверь, вновь оставив Томаса наедине с собой.

Томас так и не решил, что делать. Найти друзей — вот пока самое главное. И на шажок к цели он приблизился. Он не знал, чего ожидать, зато хотя бы выбрался из белой комнаты. Наконец! Заодно и помоется в горячей воде, отскоблит себя. Что может быть лучше!

Решив оставить на время заботы, Томас скинул засаленную одежду и стал приводить себя в божеский вид.

ГЛАВА ЧЕТВЕРТАЯ

Футболка и джинсы. Кроссовки — точно такие, в каких Томас рассекал по Лабиринту. Чистые мягкие носки. Помывшись раз пять как минимум, Томас будто заново родился. Волей-неволей захотелось верить в лучшее. В то, что отныне он сам себе хозяин. Если б только зеркало не отражало татуировку на шее, набитую перед Жаровней. Эта метка пожизненно будет напоминать ему, через что он прошел. О чем хотел бы забыть.

Выйдя из уборной, Томас привалился спиной к стене и, скрестив на груди руки, принялся ждать: придет ли Крысун? Или оставил побродить по зданию, осмотреться? Может, началось новое испытание? И только он об этом подумал, как из-за угла раздались шаги — вернулся Крысун, как всегда, в белом, заметив:

— Ну вот, на человека стал похож.

Края губ Крысуна поползли вверх, образуя неприятную улыбочку.

В уме родилось с сотню ядовитых реплик, но Томас решил не паясничать. Надо собрать как можно больше информации и встретиться с друзьями.

— В принципе чувствую себя хорошо. Так что... спасибо. — Он вылепил небрежную улыбку. — Когда я увижу остальных глэйдеров?

— Прямо сейчас. — Крысун — сама деловитость — кивнул в сторону, откуда явился, и жестом велел Томасу следовать за ним. — Каждый из вас прошел разные тесты перед началом Третьей фазы испытаний. Мы планировали собрать матрицу уже в конце Второй фазы, однако надо двигаться дальше. Импровизируем. И тем не менее к цели мы подобрались очень близко. Теперь все вы партнеры и поможете нам в более глубоких исследованиях и тонких настройках. Надо решить задачу.

Томас прищурился. Он-то думал, что Третья фаза — это его белая комната. Как тогда поступили с прочими ребятами? Свое испытание Томас успел возненавидеть, однако мог лишь догадываться, какие кошмары выпали на долю товарищей. Лучше, пожалуй, не знать о них.

Наконец Крысун подвел Томаса к двери. Открыл ее и, не теряя времени, ступил внутрь комнаты.

Оказавшись в небольшом зале, Томас ощутил огромное облегчение: разбросанные по рядам, сидели друзья, живые, здоровые и довольные. Глэйдеры, девчонки из Группы «В», Минхо, Фрайпан, Ньют, Эрис, Соня, Гарриет... Казалось, все они счастливы — болтают, улыбаются, смеются... хотя, может, и неискренне. Им, должно быть, тоже сказали, будто дело идет к концу. И вряд ли кто-то из ребят поверил. Он, Томас, точно не поверил. До конца еще далеко.

Томас поискал взглядом Хорхе и Бренду. Он хотел видеть ее, очень, и боялся, что ПОРОК исполнит угрозу и отошлет ее назад, в пустыню. Однако здесь, в зале, ни Хорхе, ни Бренды Томас не заметил. Он хотел уже спросить о них у Крысуна, и тут сквозь общий гам раздался голос — и Томас, заслышав его, не смог сдержать улыбку.

— Стеб меня задери. Это же Томас! — провозгласил Минхо.

Зазвучали радостные крики, аплодисменты и свист. Все возрастающее облегчение смешалось с тревогой, и Томас продолжал рассматривать лица в зале. Не желая говорить и отвечать, он просто улыбался... пока не заметил Терезу.

Развернувшись на стуле в дальнем конце ряда, она встала. Все те же черные волосы — чистые, ухоженные, блестящие — обрамляют бледное лицо. Алые губы разошлись в широкой улыбке, синие глаза озарились светом. Томас шагнул было ей навстречу и сразу одернул себя. Слишком свежи в памяти образы того, как она с ним поступила. Слишком ясно помнит Томас, как Тереза твердила: «ПОРОК — это хорошо». После всего того, что ПОРОК с ними сделал!

«Слышишь меня?» — мысленно позвал Томас, просто желая проверить, не вернули ли им телепатический дар.

Ответ не пришел, не возвратилось и внутреннее ощущение присутствия телепатического партнера. Томас и Тереза стояли, глядя друг другу в глаза, наверное, с минуту. А может, всего несколько секунд. Потом к Томасу подбежали Минхо и Ньют и принялись пожимать ему руку, хлопать по спине. Друзья отвели его в глубь зала.

— Ты хоть не лежишь лапками кверху, Томми, — сказал Ньют, крепко стискивая ему руку.

Ну вот, разворчался. Сколько Ньют не видел Томаса? Радоваться надо, а он... У Минхо на губах играла все та же ухмылочка, однако в глазах читалась жесткость. Немудрено, ему тоже досталось. Еще не до конца оправившись, Минхо, впрочем, старался вести себя по-обычному.

— Могучие глэйдеры снова в сборе. Рад видеть тебя, кланкорожий... Я уж напредставлял ужасов, как тебя убивают сотней различных способов. Да и ты, поди, ревел без меня по ночам? Соскучился?

— Есть немного, — пробормотал Томас. Все еще возбужденный от радостной встречи, он не знал, что сказать.

Отделившись от основной группы, он пошел в сторону Терезы. Не терпелось поближе взглянуть на нее и спокойно подумать, как быть дальше.

— Привет, — сказал Томас.

— Привет, — ответила Тереза. — Как ты?

— Вроде неплохо. Выдалась парочка тяжелых недель. Не мог... — Тут он одернул себя. Чуть не спросил, дошли ли до нее мысленные призывы. Ну уж нет, такого удовольствия он ей не доставит.

— Я пыталась, Том. Каждый день пыталась связаться с тобой. Нас отрезали друг от друга. Думаю, на то есть своя причина. — Она взяла его за руку, и глэйдеры тут же разразились хором насмешек.

Томас отдернул руку и густо покраснел — не от стыда, от гнева. Слова Терезы разозлили его, а глэйдеры приняли румянец за признак смущения.

— Ой-о-ой, — произнес Минхо. — Милее была только сцена, когда тебя стебанули копьем по роже.

— Вот она, истинная любовь. — Сказав так, Фрайпан заржал густым басом. — Не хотелось бы увидеть, как эти двое дерутся по-настоящему.

Плевать, что друзья думают, надо показать Терезе, что ничего ей так просто с рук не сойдет. Как бы ни доверял ей Томас до испытаний, кем бы они друг другу ни приходились — все это в прошлом. И если можно как-то помириться с Терезой, работать с ней, то доверять — полностью и безоговорочно — стоит лишь Минхо и Ньюту. Никому больше.

Томас как раз открыл рот и собрался сообщить об этом Терезе, но тут Крысун прошел между рядами, на ходу громко хлопая в ладоши.

— Так, все расселись по местам. Нам надо уладить несколько дел, а после мы деактивируем Стерку.

Произнес он это как ни в чем не бывало, и Томас почти не услышал слов, однако «деактивируем Стерку» отозвалось в памяти. Томас замер.

Ребята притихли, и Крысун взошел на подиум, встал за кафедру. Вцепившись в ее края, вестник в белом натянул привычную искусственную улыбку и произнес:

— Все верно, дамы и господа. Мы возвращаем вам память. Всю, до последней мелочи.

ГЛАВА ПЯТАЯ

Голова закружилась, и Томас поспешил сесть подле Минхо.

Он так хотел этого, так боролся за то, чтобы вспомнить прошлую жизнь, семью, детство — даже день перед тем, как попал в Лабиринт, — но сейчас сама мысль о возвращении памяти показалась невероятной. Осознав же новость, Томас понял: что-то переменилось. Он уже не так сильно желает возвращения памяти.

Он нутром — с того момента, как Крысун объявил о конце испытаний, — чуял, что слишком все просто.

Крысун тем временем откашлялся и продолжил:

— Всем вам в личных беседах сообщили, что испытания завершились. Надеюсь, обретя память, вы мне поверите и станете помогать в работе. Вам уже кратко рассказали о Вспышке и о назначении Переменных. Мы чрезвычайно близки к созданию матрицы. Теперь для усовершенствования наработанного материала требуются ваша поддержка и твердая уверенность. Итак, поздравляю.

— Подняться бы к тебе и дать в грызло, — пугающе спокойно произнес Минхо. — Говоришь, будто все на мази... достал уже. Половина наших погибли.

— Крысе — в грызло! — выкрикнул Ньют.

Поразительно, какой гнев! Через что такое прошел Ньют в течение Третьей фазы?

Крысун закатил глаза и театрально вздохнул.

— Во-первых, каждого из вас предупредили: нападете на меня — вам же хуже. Будьте уверены, за нами все еще следят. Во-вторых, мне искренне жаль тех, кого вы потеряли... однако все до единой жертвы оправданны. И меня сильно, очень сильно беспокоит вот что: никакие мои слова, похоже, не заставят вас понять истинную значимость происходящего. Ведь мы говорим о спасении человеческой расы.

Минхо резко втянул воздух через зубы. Того и гляди бросится на Крысуна, но нет, сдержался. Закрыл рот.

Плевать на то, искренне или нет говорит Крысун. Это очередной трюк. Наверняка. Кругом сплошная ложь, и тем не менее бесполезно сейчас бороться с Крысуном — что на словах, что врукопашную. Сейчас важнее терпение.

— Присохнем на время, — спокойно произнес Томас. — Послушаем, что он еще скажет.

Не успел Крысун и рта раскрыть, как Фрайпан заговорил:

— С какой стати нам верить тебе? Типа вы... это, как его... деактивируете Стерку? Вы так обошлись с нами, с нашими друзьями, а теперь хотите эту Стерку деактивировать? Подозрительно. Благодарю покорно, я лучше тупым останусь и не буду вспоминать ничего.

— ПОРОК — это хорошо, — неожиданно и едва слышно пробормотала Тереза.

— Чего? — не понял Фрайпан.

Все обернулись к Терезе.

— ПОРОК — это хорошо, — уже громче повторила она и обратилась к остальным: — Выйдя из комы, я могла написать у себя на руке что угодно, а выбрала эти три слова. Я постоянно вспоминаю их, не зря же они пришли мне на ум. Поэтому сейчас все заткнулись и слушаем. Понять происходящее можно, только если вновь обретем память.

— Согласен! — проорал Эрис, хотя его и так прекрасно было слышно.

Аудитория моментально погрузилась в хаос. Мнения разделились: глэйдеры встали на сторону Фрайпана, Группа «В» — на сторону Терезы, и все они спорили, стараясь перекричать друг друга.

— Молча-ать! — Крысун хватил кулаком по кафедре. Дождавшись, когда воцарится тишина, он продолжил: — Послушайте, никто не винит вас за недоверие. Вы работали на пределе сил, у вас на глазах гибли близкие люди, и вы познали страх в чистейшем виде. Но я обещаю: когда разговоры и дела закончатся, никто из вас и не взглянет назад...

— Что, если мы не хотим? — спросил Фрайпан. — Не хотим возвращать память?

Томас с облегчением обернулся и посмотрел на друга. Фрайпан выразил его собственные мысли и чувства.

Крысун тяжело вздохнул.

— Вы правда не хотите вспоминать свое прошлое или просто не доверяете нам?

— С какой стати нам тебе верить?!

— Да будь у нас желание навредить вам, мы бы давно его осуществили. Это ты понимаешь? — Крысун на мгновение опустил взгляд. — Не хочешь вспоминать — не надо. Уйди и не мешай другим.

Блеф? Или выбор предоставили на самом деле? По тону голоса не поймешь, однако предложение удивительно.

Аудитория вновь погрузилась в молчание. Крысун, не дожидаясь вопросов, сошел со сцены и направился к двери в дальнем конце зала. Перед самым выходом обернулся и произнес:

— Вы и правда до конца жизни хотите остаться без памяти? О родителях? Семьях? Друзьях? Неужто вы не желаете обрести хотя бы крохи света из прошлого? Ладно, нам же меньше мороки. Второго шанса вам не представится.

Томас еще раз обдумал свое решение. Да, он хочет вспомнить семью — так часто он мечтал об этом. Только... ПОРОК, его хитрости со счетов так просто не сбросишь. В новую ловушку Томас себя заманить не позволит. Он станет биться, умрет, но не впустит инженеров ПОРОКа в свой мозг. Еще неизвестно, какие такие воспоминания они ему возвратят.

Есть и еще кое-что: стоило Крысуну упомянуть Стерку, как в голове у Томаса мелькнула вспышка. ПОРОКу нельзя верить, нельзя так запросто принимать у них «воспоминания». Томас это знал, однако боялся иного. Если они говорят правду — действительно правду, — он не хотел встречаться лицом к лицу со своим прошлым. Ему не понять того человека, каким, по словам Крысуна, он был раньше. Прежний Томас ему просто не нравился.

Вот наконец Крысун покинул комнату, и Томас наклонился к Минхо и Ньюту, чтобы никто больше не услышал их разговора:

— Нам нельзя соглашаться. Ни за что.

Минхо стиснул плечо Томаса.

— Аминь. Если довериться этим шанкам я могу, то вспоминать ничего не желаю. Вон что память сделала с Беном и Алби.

Ньют кивнул:

— Надо решаться. А когда решимся, я, черт возьми, настучу кое-кому по головам. Отведу душу.

Томас хотел поддержать друга, но горячиться — пока не выход.

— Не так скоро, — сказал он. — Нельзя облажаться. Поторопимся — упустим шанс.

Томас так давно не чувствовал близость друзей, что и забыл, какая они вместе сила. Пришел конец пыткам, теперь-то уж точно. Так или иначе, они перестанут выполнять указания ПОРОКа.

Вместе они встали и пошли к двери. Томас взялся за ручку и замер — за спиной он все еще слышал голоса. Остальные ребята продолжали обсуждать предложение Крысуна, и большая часть хотела вернуть себе память.

Дожидавшийся снаружи Крысун проводил ребят по длинному коридору без окон. Остановился у тяжелой и, казалось, герметично запечатанной стальной двери.

Одетый в белоснежное, провожатый приставил пластиковую карту к квадратной консоли. Раздалось несколько щелчков, и массивный металлический прямоугольник отъехал в сторону, да с таким скрежетом, что Томас сразу вспомнил о Вратах Лабиринта.

Дальше группу ждала небольшая приемная, и за ней — вторая дверь. Крысун открыл ее той же карточкой, предварительно заперев первую. Ребята оказались в просторной и ничем не примечательной комнате: те же плиточные полы, бежевые стены. Кругом шкафчики и стойки; у дальней стены — ряд коек, над изголовьем которых висят непонятные и даже пугающие с виду устройства в виде масок из блестящего металла с пластиковыми трубками. Ну нет, Томас на себя такое надеть не позволит.

Крысун жестом указал на койки:

— Вот здесь мы и выключим Стерки у вас в мозгах. Не переживайте, деактиваторы хоть и выглядят устрашающе, процедура не так болезненна.

— Не так болезненна? — переспросил Фрайпан. — Не нравится мне это. Значит, боль мы все же почувствуем?

— Совсем чуть-чуть. В конце-то концов, на операционном столе лежать — не на солнышке греться. — Крысун прошел к большому аппарату слева от коек, оснащенному экранами, кнопками и светящимися лампами. — Мы удалим крохотное устройство из той части вашего мозга, которая отвечает за долговременную память. Не волнуйтесь, все не так плохо, честное слово.

Он нажал несколько кнопок, и комнату наполнило гудение.

— Секундочку, — сказала Тереза. — Получается, вы удалите из мозга некий прибор, который также позволяет вам управлять нашим поведением?

Сразу вспомнилось, как Тереза целовала Томаса в развалюхе посреди пустыни, как Алби извивался на кровати в Хомстеде, Галли убил Чака... Их поступками управлял ПОРОК. На мгновение Томас усомнился в правильности принятого решения. Может, пустить этих людей в свою голову? Отдаться им в руки? Но сомнение тут же исчезло, верить ПОРОКу нельзя. Томас не уступит.

— И как насчет... — продолжила было Тереза, но умолкла и взглянула на Томаса.

Он понял, о чем она не решилась спросить: о способности общаться телепатически. Не говоря уже о странном чувстве — будто Томас и Тереза обладают одним на двоих разумом.

А и хорошо бы утратить их: и телепатию, и чувство присутствия Терезы у себя в голове.

Тереза тем временем продолжила:

— Вы все удалите? Без остатка?

Крысун кивнул:

— Абсолютно все, кроме крохотных датчиков, фиксирующих паттерны ваших реакций. И кстати, нет нужды озвучивать свои мысли. Я по глазам вижу, о чем ты хотела спросить. Отвечаю: да, вы с Томасом и Эрисом больше не сможете проделывать свои маленькие фокусы. Мы отключили вашу способность на время, а теперь забираем ее насовсем — в обмен на память. Плюс не сможем больше контролировать ваш разум. Боюсь, одно без другого невозможно. Не нравится — не соглашайтесь.

Группа зашушукалась. В головах ребят роился миллион мыслей: столько всего свалилось, столько надо решить, — и все вопросы сложные. У группы есть полное право ненавидеть ПОРОК, однако злоба оставила ребят. Сейчас они стремились как можно скорее пройти процедуру.

— Бред! — заявил Фрайпан. — Понимаете? Полный бред.

Кто-то тихо застонал.

— Хорошо. Значит, мы готовы приступить к операции, — сказал Крысун. — Осталась последняя деталь. Перед тем как отключить Стерку, я должен кое-что сообщить. Лучше вам самим услышать, чем... вспомнить анализы.

— О чем это ты? — спросила Гарриет.

Внезапно помрачнев, Крысун убрал руки за спину.

— Почти все вы обладаете иммунитетом к Вспышке. Однако есть среди вас и те... кто перед ней беззащитен. Сейчас я перечислю последних, и, пожалуйста, постарайтесь принять известия мужественно.

ГЛАВА ШЕСТАЯ

Комната погрузилась в тишину, нарушаемую механическим гулом и приглушенным попискиванием. У Томаса иммунитет, и он знает об этом (Крысун сам сказал), зато о других — о других он попросту забыл. Вернулось ощущение отвратительного страха, испытанного первый раз, когда Томас еще только узнал, что иммунитет против Вспышки есть не у всех.

— Для чистоты эксперимента и получения максимально точных данных, — вновь заговорил Крысун, — всегда нужна контрольная группа. Мы как можно дольше старались оградить вас от вируса, однако он передается по воздуху и крайне заразен.

Он помолчал, заглядывая ребятам в лица.

— Давай не тяни, — сказал Ньют. — Сильно ты нас не расстроишь, болячка так и так есть у всех.

— Точно, — поддакнула Соня. — Хватит сопли разводить, оглашай список.

Рядом беспокойно переминалась с ноги на ногу Тереза. Интересно, обладает ли она иммунитетом? Известно ли ей об этом? Наверняка. Да не будь у нее иммунитета, вряд ли ПОРОК отвел бы ей особую роль наряду с Томасом.

Крысун тем временем откашлялся.

— Что ж, хорошо. Большая часть из вас наделена иммунитетом, вы помогли нам собрать бесценные данные. Двое из вас рассматриваются как Кандидаты, но об этом позже. Итак, список. Следующие ребята беззащитны перед заразой: Ньют...

Томаса словно ударили в грудь. Он согнулся пополам и уставился в пол. Крысун назвал еще несколько незнакомых имен. Томас почти не слышал его — из-за шума в голове. Просто поразительно: Томас прежде и не думал, как много для него значит Ньют. Ну конечно же, чуть ранее Крысун объяснял, что обделенные иммунитетом люди дают необходимые паттерны, помогающие понять реакцию избранных, составить данные в логически верный рисунок. Склеить их, надежно скрепить.

Склеить... Клей! Татуировка на шее Ньюта! Слово «Клей» чернеет у него на коже подобно шраму.

— Томми, давай полегче, ага?

Рядом стоял Ньют — скрестив руки на груди и вылепив на лице улыбку. Томас выпрямился.

— Полегче, значит? Этот шанк говорит, что у тебя нет защиты от Вспышки, а ты...

— Клал я на эту Вспышку, чувак. Я ведь даже не думал, что доживу до этого момента. Впрочем, времечко выдалось так себе.

Это он серьезно говорит или строит из себя крутого, храбрится? Улыбочка с лица Ньюта сходить не желала, и Томас тоже заставил себя ухмыльнуться. Пустым голосом он произнес:

— Если тебе в кайф медленно сходить с ума, а потом бросаться на младенцев с криком: «Мозги!», то горевать мы по тебе не будем.

— Вот и ладушки, — ответил Ньют. Уже без улыбки.

Томас наконец обратил внимание на остальных. Голова от обилия мыслей попросту лопалась.

Один из глэйдеров — паренек по имени Джексон, с которым Томас так толком и не познакомился, — тупо таращился в пустоту. Еще один изо всех сил сдерживал слезы. Девчонки из Группы «В» окружили свою товарку — девушку с опухшими зареванными глазами, — пытаясь утешить.

— Я огласил список для ясности, — произнес Крысун. — Главным образом для того, чтобы вы помнили: суть операции — в поисках лекарства. Те, кто не обладает иммунитетом, еще на ранней стадии болезни, и пока процесс не зашел далеко, их можно спасти. Просто испытания требовали их участия.

— Что, если вы не решите задачу? — спросил Минхо.

Крысун будто не слышал его. Он подошел к ближайшей койке и потянулся к странному металлическому прибору, свисающему с потолка.

— Мы гордимся этим устройством, шедевром медицинских технологий. Оно называется Извлекатель, с его помощью мы отключим Стерку. Извлекатель накладывается вам на лицо — не бойтесь, уродами от этого не становятся — и запускает в ушные каналы тонкие проводки. Ими он, собственно, извлекает имплантаты из мозга. Наши врачи и сестры дадут вам успокоительное, чтобы приглушить неприятные ощущения. — Помолчав, он оглядел ребят. — Вы погрузитесь в подобие транса, через который прошли некоторые из вас еще в Лабиринте. Тогда это называлось Метаморфоза, на сей раз вы испытаете абсолютно другие ощущения. Боль во время Метаморфозы вызывало особое вещество, стимулятор мозговой активности. Здесь несколько таких палат, где вас всех ожидает целая команда специалистов. — Крысун снова сделал паузу. — Погодите минутку, я только предупрежу их. За оставшееся время предлагаю окончательно определиться с решением.

Он развернулся и, шелестя штанинами в полной тишине, направился к первой металлической двери. Когда же Крысун покинул комнату, ребята загомонили хором.

К Томасу подошла Тереза, прямо за ней — Минхо. Он наклонился, чтобы перекричать поднявшийся безумный гул:

— Вы, два шанка, знаете и помните больше остальных. Тереза, ты мне не нравишься и никогда не нравилась, это не секрет, однако я хочу знать, что ты думаешь.

Томасу тоже стало любопытно выслушать ее соображения. Он кивнул бывшей подруге, призывая поделиться мыслями. Какая-то малая часть его все еще надеялась, что Тереза выскажется против ПОРОКа.

— Мы должны согласиться, — произнесла Тереза, и Томас нисколько не удивился. Надежда в сердце умерла окончательно. — Чутье подсказывает, что надо вернуть себе память, иначе так и останемся в неведении. Нужно действовать как можно быстрее и решительнее. Вернув память, определимся, как быть дальше.

Голова закружилась.

— Тереза, — произнес Томас, пытаясь соображать на ходу. — Я знаю: ты не дура, — но без ума от ПОРОКа. Поступай как знаешь, а я на их уловки больше не куплюсь.

— Я тоже, — вставил Минхо. — Чуваки, они манипулируют нами, играют нашим мозгом. Разве можно верить им и надеяться, что нам вернут память? Нашу, а не поддельную?

Тереза тяжело вздохнула.

— Парни, вы сами себе противоречите! Если ПОРОК манипулирует нами, играет, как ему заблагорассудится, то какого черта они тогда устроили этот спектакль? Зачем дают выбор? Тем более что они собираются вынуть имплантат контроля. По мне, так все в ажуре.

— Все ясно. Правильно я тебе не доверял, — ответил Минхо и медленно покачал головой. — И ПОРОКу никогда не верил. Я с Томасом.

— Как насчет Эриса? — Все это время Ньют молчал и слушал их спор. Томас не заметил, как он и Фрайпан тихонько подошли и встали сзади. — Вы вроде говорили, что он был с вами заодно, еще до Лабиринта? Что он думает об этом?

Томас взглядом поискал Эриса — тот переговаривался с товарками из Группы «В». С тех пор как Томас вернулся, Эрис от девчонок не отходит. Правильно, они же вместе прошли собственный Лабиринт. Однако Томас все равно его не простит — за пещеру в горах, за то, как Эрис силой затащил его в газовую камеру.

— Пойду спрошу, — вызвалась Тереза.

Она отошла к девчонкам и Эрису и о чем-то с ними яростно зашепталась.

— Терпеть не могу эту девку, — сказал наконец Минхо.

— Да брось, не так уж она и плоха, — ответил Фрайпан.

Минхо закатил глаза.

— Если она согласится на возврат памяти, я точно пас.

— И я, — присоединился к нему Ньют. — Я болен и скоро надую кеды. Мне есть что терять, но все равно за ПОРОКом больше не пойду.

Томас тем временем произнес:

— Давайте сначала выслушаем, что сама Тереза скажет. Вон идет уже.

С Эрисом Тереза говорила недолго.

— Он настроен даже решительнее нас. Вся Группа «В» за возврат памяти.

— Значит, и для меня выбор ясен, — ответил Минхо. — Если Тереза и Эрис — за, то я — против.

Томас и сам не сказал бы лучше. Все инстинкты твердили: Минхо прав. Томас не стал высказываться вслух — следил за реакцией Терезы. Девушка вдруг обернулась к нему и посмотрела таким знакомым взглядом — полным надежды, что Томас ее поддержит. Однако Томас изменился, теперь его обуревали сомнения. Подозрительно, зачем Тереза так хочет переманить его на свою сторону?

Он посмотрел на нее, стараясь не выдать своих мыслей. Разочарованная, Тереза покачала головой.

— Как хотите, — сказала она, развернулась и пошла прочь.

Гнев гневом, а сердце в груди у Томаса сжалось.

— Эх, чувак, чувак... — Голос Фрайпана выдернул Томаса из задумчивости. — Мы же не дадим надеть на себя эти железяки, верно? Вернуться бы сейчас на свою кухоньку в Хомстеде.

— По гриверам соскучился? — напомнил Ньют.

Чуть подумав, Фрайпан выдал:

— Они хотя бы на кухне мне не мешали.

— Ладно, ладно, пристроим тебя куда-нибудь поваром. — Схватив Томаса и Минхо за руки, Ньют отвел их в сторону от основной группы. — С меня довольно лапши, которую вешали нам на уши. На койку не лягу.

Минхо сжал его плечо.

— Я тоже.

— Поддерживаю, — сказал Томас и поделился накипевшим за последние недели: — Побудем здесь, притворимся послушными, а когда представится удобный случай — дадим бой и вырвемся на волю.

ГЛАВА СЕДЬМАЯ

Не успели друзья ответить, как вернулся Крысун, однако по выражению на лицах Минхо и Ньюта Томас понял: он не один.

Вслед за Крысуном в палату вошли еще несколько человек: в просторных комбинезонах зеленого цвета, с надписью «ЭТО ПОРОК» на груди. Все же как тщательно продумана игра, каждая деталь испытаний. Так, может, и название — грозное имя, за которым якобы стоит организация с благими намерениями, — очередная шарада, с самого начала призванная стимулировать мозговые реакции, чувства, эмоции?

Переменные — сплошные загадки и никогда ими быть не перестанут.

Каждый врач — если и правда врач, — занял место у отдельной койки и принялся настраивать свисающую с потолка маску, регулируя положение трубок и невидимых Томасу рычажков.

— За каждым из вас закреплена отдельная койка, — сказал Крысун, глядя на планшет со списками. — В первой палате остаются... — Он перечислил несколько имен, среди них — Соню, Эриса, но никого из глэйдеров. — Если вас не назвали, прошу следовать за мной.

События приняли странный оборот, непринужденный, обыденный — для такого-то серьезного дела. Казалось, не судьба мира решается, а гангстеры проводят перекличку, перед тем как утопить стукачей.

Томасу ничего не оставалось, кроме как следовать за Крысуном и ждать подходящего момента.

Крысун вывел оставшуюся группу из палаты и по длинному коридору без окон проводил до второй двери. Зачитал список — на сей раз в шестерку попали Фрайпан и Ньют.

— Я отказываюсь, — произнес Ньют. — Ты говорил, что можно выбирать, — так подавись моим решением.

Он злобно посмотрел на Томаса, как бы говоря взглядом: пора что-то делать, иначе и свихнуться недолго.

— Отлично, — ответил Крысун. — Довольно скоро ты передумаешь. Пока распределение не окончено, держись рядом.

— Что скажешь, Фрайпан? — спросил Томас, стараясь не выдать удивления — уж больно легко Крысун принял ответ Ньюта.

Бывший повар внезапно сдулся. Затравленно оглядев друзей, он произнес:

— Я... пожалуй, соглашусь.

Томас ушам своим не поверил.

— Фрайпан, ты спятил?! — воскликнул Минхо.

Фрайпан покачал головой и, оправдываясь, пояснил:

— Я хочу вспомнить прошлое. Вы как знаете, а я свой выбор сделал.

— Идем дальше, — позвал Крысун.

Фрайпан поспешил скрыться в палате — видимо, не хотел больше споров. Томас принял его выбор. Сейчас надо позаботиться о себе и отыскать выход, а после и других спасти можно будет.

Имен Минхо, Терезы и Томаса Крысун не называл до самой последней палаты. Вместе с ними остались Гарриет и еще несколько девчонок из Группы «В». До сих пор от операции отказался один только Ньют.

— Нет уж, увольте, — сказал Минхо, когда Крысун жестом пригласил в палату. — Спасибо за предложение, всем остальным — хорошо повеселиться.

Он издевательски помахал ручкой.

— Я тоже не согласен, — присоединился к нему Томас. Чутье подсказывало: вот-вот представится возможность действовать.

Крысун, сделав непроницаемое лицо, долго смотрел на Томаса.

— Поплохело, мистер Крыс? — позвал Минхо.

— Я заместитель директора Дженсон, — низким натянутым голосом ответил Крысун, словно ему стоило огромных усилий не сорваться на крик. Взгляд его по-прежнему был прикован к Томасу. — Учитесь уважать старших.

— Сначала перестаньте обращаться с людьми как с животными, тогда и подумаем, — парировал Минхо. — И чего это ты вылупился на Томаса?

Наконец Крысун — Дженсон — обернулся к Минхо.

— Есть над чем поразмыслить. — Он выпрямился. — Но будет. Мы обещали выбор — получайте. Сейчас все заходят в палату, и мы проведем через процедуру тех, кто все же на нее отважился.

И вновь Томас ощутил дрожь во всем теле. Момент близок. Минхо — судя по его лицу — тоже готовится действовать. Друзья мельком кивнули друг другу и проследовали за Крысуном в палату.

Выглядело последнее помещение в точности как и первое: шесть коек, маски над ними; гудит и пощелкивает механизм, приводящий Извлекатель в действие. У каждой койки — по человеку в зеленом комбинезоне.

Томас огляделся и судорожно вздохнул: у дальней койки, одетая в зеленый комбинезон, стояла Бренда. (Самая молодая из присутствующих; каштановые волосы чистые, пышные, личико не чумазое.)

Коротко кивнув Томасу, Бренда посмотрела на Крысуна. Томас понять ничего не успел, как девушка метнулась через всю палату к нему. Обняла крепко-крепко. Томас невольно отстранился, однако Бренду из объятий не выпустил.

— Бренда, что ты делаешь?! — заорал Дженсон. — Вернись на место!

Бренда прижалась губами к уху Томаса и едва слышно прошептала:

— Не доверяй им. Верь только мне и Советнику Пейдж, Томас. Только нам, больше никому.

— Бренда! — не унимался Крысун.

Девушка наконец отпустила Томаса и отошла от него.

— Простите, — пробормотала она. — Я так обрадовалась, что он прошел Третью фазу. Вот и забылась...

Вернувшись на место, Бренда — уже невыразительно — посмотрела на остальных ребят.

— У нас нет времени на телячьи нежности! — прорычал Дженсон.

Томас не мог оторвать от нее взгляд. Он не знал, что думать, что чувствовать. ПОРОКу Томас не верит, значит, он и

Бренда — на одной стороне. Тогда почему она здесь? Почему работает на ПОРОК? Разве она не больна? И кто это — Советник Пейдж?

Что, новый тест? Новая Переменная?

Когда Бренда обнимала Томаса, по его телу прошла мощная волна непонятного чувства. Томас вспомнил, как Бренда говорила с ним, мысленно предупреждая о грозящей беде. Откуда у нее дар телепатии? Правда ли Бренда и Томас заодно?

Тут подошла молчавшая до сих пор Тереза и нарушила ход его мыслей.

— Что Бренда здесь делает? — недобро прошептала она. Впрочем, что бы она ни говорила, ни делала, Томасу все покажется недобрым. — Она вроде шиз?

— Сам не знаю, — пробормотал Томас. В голове закружились воспоминания о времени, проведенном с Брендой в сердце разрушенного города. Он вдруг соскучился по зачумленной дыре. По минутам наедине с Брендой. — Может, она... просто часть очередной Переменной?

— Думаешь, ее специально послали в Жаровню? Помочь нам пройти испытание?

— Не исключено. — Томасу стало больно. Бренда и впрямь может быть частью ПОРОКа, но тогда выходит, что она врала ему всю дорогу. Вот и с ее стороны ложь, а так не хочется видеть предателя в Бренде.

— Она мне не нравится, — призналась Тереза. — Какая-то она... скользкая.

Томас едва сдержался, чтобы не заорать на Терезу, не рассмеяться ей в лицо. Вместо этого он спокойно ответил:

— Иди уже, пусть поиграют с твоим мозгом. — Тереза Бренде не доверяет. Это ли не явный признак, что Бренда заодно с Томасом?

Резко взглянув на Томаса, Тереза сказала:

— Думай обо мне что хочешь. Я просто действую, как велит сердце. — С этим она отошла в сторону дожидаться указаний от Крысуна.

Томас, Ньют и Минхо смотрели, как Дженсон распределяет остальных по койкам.

Обернувшись к двери, Томас подумал: не воспользоваться ли моментом? Он как раз хотел толкнуть Минхо локтем, как вдруг Крысун — словно прочтя его мысли — произнес:

— Вы, трое бунтарей, даже не думайте дергаться. Мы все еще под наблюдением, и пока болтаем, сюда спешит вооруженная охрана.

Уж не читают ли мысли Томаса? Может, ПОРОК умеет расшифровывать паттерны мозговых волн, за которыми так жадно охотится?

— Он нас кланком кормит, — прошептал Минхо, стоило Дженсону отвернуться. — По-моему, надо использовать шанс, а дальше будь что будет.

Томас не ответил, внимательно наблюдая за Брендой, — та стояла молча, глядя в пол, как будто задумалась. Томас к ней привязался и очень сильно. Его влекло к Бренде. Хотелось поговорить с ней один на один. И не только о страшных предупреждениях.

В коридоре послышались торопливые шаги, и в следующий миг в палату ворвались трое мужчин и две женщины, все в черном, на спинах — какое-то снаряжение: веревки, инструменты и боеприпасы. Каждый сжимал в руках увесистое оружие. Томас вроде и видел-то такое впервые, но оно вызывало смутные, едва уловимые воспоминания. Оружие светилось голубоватым огнем: прозрачную трубку в середине корпуса наполняли потрескивающие током металлические шары. И целились охранники в Томаса и двоих его друзей.

— Вот так вот резину тянуть, — низким, хриплым шепотом произнес Ньют.

Нет, шанс еще представится.

— Нас бы все равно в коридоре перехватили, — едва шевеля губами, ответил Томас. — Терпение, терпение.

Подойдя к наемникам, Дженсон указал на необычное оружие.

— Эти устройства мы называем просто и незатейливо: пушки. Охрана не задумываясь откроет по вам огонь — только дайте повод. Выстрел не смертелен, зато, поверьте, если в вас попадут, вы переживете самые болезненные пять минут в своей жизни.

— В чем дело-то? — спросил Томас, поражаясь собственной наглости. — Ты же сам позволил выбирать. Так зачем сюда армию пригнали?

— Так спокойнее. — Дженсон помолчал, видимо, тщательно подбирая слова. — Мы надеялись, что, вернув себе память, вы станете сотрудничать с нами добровольно. Так проще, да. Однако я не говорил, что вы нам больше не пригодитесь.

— Надо же, — проворчал Минхо. — Ты опять соврал!

— Я не произнес ни слова лжи. Вы сделали выбор, теперь извольте принять последствия. — Дженсон указал на дверь. — Охрана, проводите Томаса и остальных в камеру. Пусть поразмыслят до испытаний, которые начнутся завтра утром. Если понадобится, примените силу.

ГЛАВА ВОСЬМАЯ

Наемницы подняли оружие, нацелив широкие жерла стволов на троих парней.

— Не заставляйте нас стрелять, — предупредила одна. — Право на ошибку у вас нулевое. Малейшее неверное движение — и спускаем курок.

Мужчины, забросив пушки за плечо, взялись за непослушных глэйдеров. Томас и сейчас ощущал странное спокойствие: отчасти из-за намерения сражаться до последнего и отчасти — из удовольствия. За тремя подростками прислали аж пятерых солдат!

Охранник, что схватил и вытащил Томаса в коридор, был вдвое больше своего пленника. Минхо буквально волокли по полу, а Ньют пытался вырваться (впрочем, безуспешно).

Миновали несколько коридоров. Слышно было только, как пыхтит и кроет охрану последними словами Минхо. Томас хотел успокоить его, говорил, что Минхо вредит всем троим, но тот не слушал: продолжал брыкаться, пока группа не остановилась у двери.

Одна из наемниц пластиковой карточкой открыла замок и толкнула дверь — за ней оказалась небольшая комната с кухонькой в дальнем углу и двумя комплектами двухъярусных кроватей. Томас определенно не этого ожидал — думал, их бросят в некое подобие Кутузки с грязными полами и колченогим табуретом.

— Входите, — велела женщина. — Скоро принесут поесть. Скажите спасибо, что за такое поведение вас не морят голодом. Завтра предстоят тесты, поэтому советую отоспаться.

Трое мужчин втолкнули глэйдеров внутрь и закрыли дверь. Щелкнул замок. Значит, ребят заперли.

Сию же секунду Томаса переполнило чувство безысходности, пережитое в белой комнате. Он снова в плену. Томас подергал за ручку, навалился на дверь всем весом, а после заколотил в нее кулаками — крича и требуя выпустить.

— Спокуха, — произнес за спиной Ньют. — Никто не придет подоткнуть тебе одеялку.

Томас вихрем развернулся, но при виде друга успокоился. Хотел уже что-то сказать, однако Минхо опередил его:

— Шанс, надо думать, мы упустили. — Он плюхнулся на нижний ярус одной из кроватей. — Мы от старости помрем, пока случится чудо и возможность бежать возникнет сама по себе, Томас. Никто из местных не придет и не объявит в матюгальник: «Мы сейчас отвернемся минут на десять, а вы пока уходите, мальчики!» Надо было сразу рвать когти.

Друзья правы, как ни противно это признавать. Надо было сразу пробиваться, пока не вызвали наемников.

— Простите, — извинился Томас. — Мне показалось, что момент неудачный. А уж когда нам в морды ткнули оружием, то и вовсе стало бессмысленно трепыхаться.

— Да уж, что и говорить, — произнес Минхо и добавил: — Зато вы с Брендой свиделись.

Томас глубоко вдохнул.

— Она мне кое-что передала.

Минхо резко сел на кровати.

— Что значит — она тебе передала кое-что?

— Просила не доверять здесь никому. Только ей самой и какому-то Советнику Пейдж.

— Правильно, что еще ей делать? — сказал Ньют. — Она же пашет на ПОРОК. Актриска, так ее перетак. Устроила спектакль в Жаровне.

— Во-во, — поддакнул Минхо. — Чем она лучше хозяев?

Соглашаться Томас отказывался. Почему — он и себе объяснить не мог, не то что друзьям.

— Слушайте, я ведь тоже работал на ПОРОК, но вы мне доверяете, да? Вот и Бренда на них работает — может, не по доброй воле? Может, она изменилась? Не угадаешь.

Минхо задумчиво прищурился. Ньют просто сидел на полу — скрестив на груди руки и надувшись, как малое дитя.

Томас покачал головой. Смертельно устав от загадок, он открыл холодильник — желудок вовсю рычал от голода. Найденные сырные палочки и виноград они разделили поровну на троих. Томас свою долю буквально проглотил, запив бутылкой сока. Друзья тоже махом съели свои порции и не сказали ни слова.

Вскоре наемница принесла обед: ветчину с картошкой, — который парни тут же умяли. Судя по часам, был ранний вечер, однако спать совсем не хотелось. Томас присел на стул лицом к друзьям. Что делать? Как быть? Он все еще злился на себя: есть воля действовать, зато нет плана.

Первым после обеда заговорил Минхо.

— Может, сдадимся этим кланкорожим? Выполним требования? Потом как-нибудь в один прекрасный день, сытые и толстые, сядем вместе и посмеемся?

Прикалывается, чертяка.

— Ага, и ты найдешь себе клевую телку, остепенишься, заведешь детей. И вместе вы станете смотреть, как мир утонет в море шизов.

Минхо подхватил:

— Потом ПОРОК найдет-таки лекарство, создаст матрицу, и все мы будем жить долго и счастливо.

— Ни фига не смешно, — пробурчал Ньют. — Даже если матрицу найдут... Вы сами видели, что творится в Жаровне. Заколебемся ждать, пока мир станет прежним.

Томас, ни о чем не думая, тупо пялился в пол.

— После всего, что с нами сделали, я ПОРОКу не верю. — Он все еще не мог оправиться от известия, что Ньют болен Вспышкой. Ньют — человек, который на все пойдет ради друзей. А ему вынесли смертный приговор, обрекли на медленную и мучительную гибель от неизлечимой болезни. — Этот Дженсон считает, что у него все схвачено, что все жертвы — во имя общего блага. Неужели так необходимо выбирать меньшее зло для спасения планеты? Даже те, у кого есть иммунитет, долго не продержатся. Девяносто девять целых и девять десятых процента населения постепенно превращаются в безумных чудовищ.

— Это ты к чему? — спросил Минхо.

— Это я к тому, что до того, как мне стерли память, я еще верил в бредни ПОРОКа. С меня хватит.

Сейчас Томас боялся лишь одного: если он вернет память, то откажется от своих слов.

— Значит, постараемся не прощелкать еще один шанс, Томми, — сказал Ньют.

— Завтра, — добавил Минхо. — Завтра мы как-нибудь да выкрутимся.

Пристально посмотрев на каждого из друзей, Томас согласился:

— Да, завтра. Как-нибудь да выкрутимся.

Ньют зевнул, и тут же — как это водится — зевнули остальные.

— Заканчиваем терки и спим.

ГЛАВА ДЕВЯТАЯ

Целый час Томас таращился в темноту и только потом сумел заснуть. И тогда же пришли сновидения — много обрывочных картинок из прошлого.

Перед ним за столом сидит женщина. Улыбаясь, она смотрит Томасу прямо в глаза. Осторожно отпивает из горячей кружки, вновь улыбается.

— Давай ешь свои хлопья, — говорит она. Это мама; доброта и любовь видны в каждой черточке ее лица, когда она улыбается. Она ждет, пока Томас доест завтрак, и только потом, потрепав сына по голове, уносит пиалку в мойку.

Томас сидит на ковре посреди комнаты, строит замок из серебристых кирпичиков, которые тут же срастаются. Мама — в кресле в углу, плачет. Почему — Томас понимает мгновенно: папа болен, уже проявились симптомы. Значит, и мама тоже скоро заболеет. Вирус найдут и у маленького Томаса; врачи узнают, что у него иммунитет — уже есть тест, выявляющий редких счастливчиков.

Стоит жара, Томас катит на велосипеде. От мостовой поднимается марево, по обеим сторонам — где прежде был газон, — торчат лишь стойкие сорняки. Томасу душно, он потеет и в то же время счастлив. Мама ждет неподалеку и наслаждается каждым мгновением. Потом они вместе отправляются на пруд — вода в нем стоячая, дурно пахнет. Мама находит для Томаса камешки, и он бросает их: сначала просто вдаль, затем «лягушкой», как учил отец прошлым летом. Не получается... Усталые, они наконец возвращаются домой.

События во сне — воспоминания — становятся все мрачнее.

Томас опять дома. В гостиной на диване сидит угрюмый мужчина в темном костюме. Он сжимает в руках какие-то документы. Томас держит за руку маму. Создан ПОРОК, новое мировое правительство, состоящее из переживших катастрофу чиновников, уцелевших во время небывалых солнечных вспышек, когда Томас еще даже не родился. Цель ПОРОКа — изучить зону поражения, место, в которое Вспышка наносит удар.

Мозг.

Гость в черном сообщает: у Томаса иммунитет, как и у некоторых других счастливчиков. Таких на планете меньше одного процента, и почти всем нет еще двадцати. Мир для них очень опасен, их ненавидят, называют из зависти иммунияками. Инфицированные к ним беспощадны, а ПОРОК защитит Томаса, Томас поможет им разработать лекарство. Он умен, один из умнейших среди протестированных. Маме ничего не остается, только отпустить сына. Мама не позволит ему смотреть, как она медленно теряет рассудок.

Позже мама говорит Томасу, что любит его. Она счастлива, что сын избежит того, что произошло с его отцом: у них на глазах он утратил последние капли рассудка, перестал быть человеком.

Досмотрев этот сон, Томас провалился в темную бездну.

Утром его разбудил громкий стук. Томас едва успел приподняться на локтях, как в комнату ступили все те же пятеро наемников с пушками на изготовку. Последним вошел Дженсон.

— Проснись и пой, — сказал Крысун. — Мы посовещались, и я решил вернуть вам память. Нравится вам это или нет.

ГЛАВА ДЕСЯТАЯ

Спросонья Томас соображал туго. Дрема, воспоминания о детстве по-прежнему застили разум. Юноша даже не понял, что сказал Дженсон.

— Хрен тебе, — ответил Ньют. Он уже вскочил с кровати и яростно смотрел на Дженсона, сжав кулаки.

Томас прежде не замечал за другом такой ярости. До него вдруг дошел смысл сказанного Крысуном — и сна как не бывало.

Сев на кровати, Томас произнес:

— Ты же говорил, что это необязательно.

— Боюсь, выбора не осталось, — ответил Дженсон. — Время лжи прошло. Если вы и дальше будете тыркаться в потемках, ничего не выйдет. Извините, вернуть вам память придется. А ты, Ньют, выиграешь больше остальных. Ты, как никто другой, должен быть заинтересован в успехе эксперимента.

— Мне плевать на себя! — глухо прорычал Ньют.

Заработали инстинкты, чутье, и Томас понял — вот он, шанс. Соломинка, за которую надо хвататься без лишних раздумий.

Томас пристально следил за Дженсоном. Выражение лица у того смягчилось; Крысун глубоко вдохнул, словно предчувствуя опасность и желая пресечь ее в зародыше.

— Ньют, Минхо, Томас, послушайте. Я представляю, через что вы прошли, каких ужасов навидались, но самое худшее позади. Минувшего не изменить, не исправить, друзей не вернуть. Однако все будет напрасно, если мы не завершим матрицу.

— Минувшего не изменить? — переспросил Ньют. — Это все, что ты можешь сказать?

— Аккуратней, — предупредил один из наемников, целясь Ньюту прямо в грудь.

В комнате повисла тишина. Томас прежде не видел Ньюта таким озлобленным. Друг всегда был спокойным и рассудительным.

Дженсон продолжил:

— Времени мало. Идемте уже, или вам предстоит повторение вчерашнего опыта. Охранников только попроси.

Минхо спрыгнул с койки над Ньютом и беззаботно сказал:

— Чувак прав: если можно спасти тебя, Ньют, и бог еще знает сколько жизней — дураком надо быть, чтобы терять время попусту.

Метнув взгляд в сторону Томаса и кивнув на дверь, он позвал:

— Айда. — И вышел в коридор, миновав Дженсона и охранников.

Крысун посмотрел на Томаса и выжидающе вскинул брови.

Томас изо всех сил постарался скрыть удивление. Минхо либо сбрендил, либо у него есть план: сдавшись на волю хозяев, непокорные глэйдеры могут выиграть время. Томас отвернулся от охранников и Дженсона и незаметно подмигнул Ньюту.

— Ладно, сдаемся. Пусть делают с нами что хотят. — Говорить буднично и искренне оказалось на удивление трудно. —

Я же на них раньше работал, перед тем как загреметь в Лабиринт. Вдруг я ошибаюсь и нам желают добра?

— А-а, чтоб вас... — Ньют закатил глаза и потопал в сторону двери. Томас про себя улыбнулся, празднуя микроскопическую победу.

— Когда все закончится, вы станете героями, — пообещал Дженсон.

— Заткнись, а? — ответил Томас.

Вновь Томас с друзьями отправился по лабиринту коридоров вслед за Крысуном, который — словно заправский гид — пояснял на ходу: окон в здании нет по той причине, что снаружи климат не слишком благоприятный да и банды инфицированных совершают набеги. Еще он рассказал о мощной буре в ту ночь, когда глэйдеров забрали из Лабиринта, и о том, как кучка шизов, прорвав внешний периметр, гналась за автобусом.

Томас, конечно, и без рассказов помнил ту роковую ночь. До сих пор не мог забыть, как под колеса угодила женщина — с ней он пересекся у самых подножек автобуса. Водитель даже не замедлил хода. Неужели это случилось всего несколько недель назад? А кажется, будто прошли годы.

— Слушай, и без тебя тошно, — оборвал Крысуна Ньют.

Крысун замолчал, однако улыбочка с его губ не сошла.

Уже в палате Дженсон встал и обратился к глэйдерам:

— Надеюсь на ваше добровольное сотрудничество, меньшего не жду.

— Где остальные? — спросил Томас.

— Все субъекты проходили реабилитацию...

Не успел он договорить, как Ньют схватил его за лацканы пиджака и швырнул на ближайшую дверь.

— Еще раз назовешь их субъектами, и я те башку отверну, понял?!

Наемники ждать себя не заставили — оттащили Ньюта от Дженсона и бросили на пол, прицелившись в него из пушек.

— Стоять! — заорал Дженсон. — Стоять... — Оправив пиджак и сорочку, он велел охранникам: — Он пока нужен в рабочем состоянии, не стреляйте.

Медленно встав на ноги, Ньют поднял руки над головой.

— Не называй нас субъектами. Мы тебе не мышки в лабиринте. И вели своим шестеркам убрать оружие. Я бы все равно тебя не побил. До смерти.

Тут он вопросительно посмотрел на Томаса.

«ПОРОК — это хорошо».

Постулат сам собой всплыл в памяти, словно прежняя сущность Томаса — та, что верила в непогрешимость и оправданность ужасных методов, — пыталась убедить его в справедливости этого утверждения, в необходимости любой ценой отыскать лекарство от Вспышки.

Теперь же нечто изменилось, перестало быть прежним. Как вообще можно верить ПОРОКу, их методам? Доверчивому и легковерному Томасу предстоит уйти, однако надо напоследок себя проявить.

— Ньют, Минхо, — тихо проговорил Томас, предупреждая следующие слова Крысуна. — Похоже, он прав. Пришло время подчиниться. Как мы вчера и договаривались.

Минхо нервно улыбнулся. Ньют сжал кулаки.

Сейчас или никогда.

ГЛАВА ОДИННАДЦАТАЯ

Не колеблясь ни мгновения, Томас ударил: локтем по носу стоявшему сзади наемнику, ногой — по колену стоявшему спереди. Оба упали, но быстро оправились. Краем глаза Томас заметил, как Ньют валит на пол третьего охранника, а Минхо бьет четвертого. Оставалась еще пятая — женщина. И сейчас она невозмутимо поднимала пушку.

Томас бросился к ней, поднырнув под ствол и подбив его снизу. Однако женщина не растерялась и с разворота ударила прикладом Томаса по щеке. Челюсть взорвалась болью, Томас рухнул на твердые плитки пола. Попытался встать, и его тут же — выбив дух — придавили коленом. В затылок уперлось дуло.

— Я жду! — прокричала наемница. — Заместитель Дженсон, я жду приказа. Только скажите, и я поджарю ему мозги!

Друзей Томас не видел, не слышал и звуков борьбы. Значит, короткий мятеж подавлен. И минуты не продержались. Сердце стиснуло болью и отчаянием.

— О чем вы думали?! — проорал над Томасом Дженсон. Ох и перекосило, наверное, его крысиную морду. — Вы, трое мальчишек, думали перебороть пятерых вооруженных солдат? Вам, ребята, полагается проявлять гениальность, а не тупое... и безумное бунтарство. Похоже, Вспышка все же разъела ваши мозги.

— Заткнись! — крикнул Ньют. — Завали хле...

Остальное прозвучало сдавленно, неразборчиво, и Томас задрожал от ярости. Его друга скрутили и мучают... Наемница еще плотнее прижала ствол к затылку Томаса.

— Даже... думать об этом... не смей, — прошептала она Томасу на ухо.

— Поднять их! — пролаял Дженсон. — На ноги всех!

Не убирая пушки, женщина подняла Томаса за шкирку. Минхо и Ньюта тоже держали под прицелом. Не опускали стволов и двое свободных охранников.

Дженсон покраснел как помидор.

— Идиоты! Подобного впредь не случится, это я вам гарантирую. — Он развернулся к Томасу.

— Я был совсем ребенок, — неожиданно для себя произнес тот.

— Что-что? — не понял Крысун.

Томас пристально взглянул на него и пояснил:

— Я был совсем ребенок, мне промыли мозги. Заставили помогать.

Вот оно! Подспудное чувство, что не давало покоя с тех самых пор, как начали возвращаться воспоминания. С тех пор, как Томас принялся сводить воедино кусочки головоломки.

— Я не стоял у истоков нашей организации, — спокойно проговорил Дженсон, — но когда Создатели подверглись Чистке, именно ты пригласил меня на работу. Да будет тебе известно: прежде я не встречал никого — будь то ребенок или же взрослый — столь одержимого целью.

Он улыбнулся. Порвать бы ему физиономию.

— Плевать, что ты там...

— Хватит! — рявкнул Дженсон. — Пойдешь первым.

Он ткнул пальцем в сторону одного из охранников и приказал:

— Приведите сестру. Бренда уже пришла, напросилась в ассистенты. Может, в ее присутствии ты наконец угомонишься? Остальных — в зал ожидания, разберемся с каждым по отдельности, по одному за раз. Мне надо отлучиться по важному делу, встретимся на месте.

Весь в расстройстве, Томас даже не услышал имени Бренды. Двое охранников тем временем подхватили его под руки и повели.

— Я не сдамся! — бился в истерике Томас. Снова стать прежним? Ни за что! — Не дам надеть себе на голову эту хрень!

Дженсон, не слушая его, обратился к наемникам:

— Проследите, чтобы его усыпили.

Крысун вышел, а солдаты потащили Томаса к Извлекателю. Какое-то время он еще сопротивлялся, но потом решил поберечь силы, осознав, что бой проигран, и тут наконец заметил Бренду. Последняя надежда — на нее. Тем более что пальцы охранников сжимают руки подобно стальным тискам.

Бренда с каменным лицом стояла у койки. В глазах ее Томас не сумел прочесть ничего. Зачем, зачем она помогает ПОРОКу?

— Как ты здесь оказалась? Почему работаешь на них? — слабым голосом спросил Томас.

Охранники развернули его.

— Лучше помалкивай, — ответила Бренда. — Доверься мне, как доверился тогда, в пустыне. Для твоего же блага.

Саму девушку Томас не видел, но слышал, и голос — несмотря на слова — прозвучал довольно тепло.

Так, может, Бренда все еще на его стороне?

Охранники подтащили Томаса к последней в ряду койке. Мужчина прижал его к краю матраса, а женщина, прицелившись из пушки, приказала:

— Ложись!

— Не лягу! — прорычал в ответ Томас.

Женщина с размаху ударила его по лицу.

— А ну лег! Живо!

— Нет.

Охранник-мужчина силой уложил Томаса на койку и сказал:

— Дерись, не дерись, все равно мы свое дело сделаем.

Металлическая маска — вся в проводах и трубках — нависла над Томасом словно гигантский паук, готовый наброситься на него и задушить.

— Я не дам надеть на себя эту хрень, — проговорил Томас. Сердце заколотилось с угрожающей скоростью, и страх, который прежде еще как-то получалось сдерживать, вырвался на свободу, смыв остатки хладнокровия, способности соображать.

Охранник прижал руки Томаса к койке, навалился всем весом — чтобы уж наверняка.

— Давайте снотворное, — велел он.

Томас заставил себя успокоиться, приберечь силы для последнего рывка. Как же больно видеть Бренду здесь — все же

Томас успел к ней прикипеть. Если сейчас девушка усыпит его, значит, и она враг. Предатель. Невыносимо думать об этом...

— Бренда, не надо, — произнес Томас. — Не отдавай меня им, умоляю.

Бренда нежно погладила его по плечу.

— Все будет хорошо. Есть те, кто хочет помочь тебе и не желает зла. Ты мне еще спасибо скажешь. А теперь хватит ныть и расслабься.

Томас так и не смог прочесть ничего по ее лицу.

— Вот так, да? После всего, что мы пережили в Жаровне? Мы столько раз были на волосок от гибели, такое прошли вместе, и ты меня предаешь?

— Томас, — не скрывая раздражения, произнесла Бренда, — я просто выполняю свою работу.

— Я слышал твой голос у себя в голове. Ты предупреждала меня, предупреждала о грядущей опасности. Умоляю, скажи, что ты не за них.

— Когда мы добрались до штаба ПОРОКа, я нашла пульт контроля телепатической связи, хотела предупредить. Подготовить тебя. В пустынном аду я и не думала заводить с тобой дружбу, просто так получилось.

Выслушав признание, Томас ощутил легкость. Теперь будет проще. Уже не в силах молчать, он спросил:

— Так ты больна или нет?

— Я притворялась, — резко сказала Бренда. — И Хорхе тоже. У нас иммунитет, и мы давно это знаем. Именно поэтому нас решено было послать в Жаровню. Все, молчи.

Она стрельнула глазами в сторону наемников.

— Коли снотворное! — неожиданно гаркнул охранник.

Бренда ответила ему упрямым взглядом. Потом посмотрела на Томаса и — не может быть! — слегка подмигнула.

— Сейчас я вколю тебе снотворное, и через пару секунд ты уснешь. Понял? — Она сделала ударение на последнем слове и вновь подмигнула. К счастью, охранники во все глаза смотрели на Томаса и потому жестов Бренды просто не замечали.

Сбитый с толку Томас тем не менее почувствовал, как возвращается надежда. Бренда явно что-то задумала.

Она отошла к стойке и занялась приготовлениями. Наемник так и прижимал Томаса к койке; руки начали затекать и неметь. От натуги наемник аж вспотел, но было ясно: пока Томас не вырубится, с него не слезут. Наемница стояла рядом, целясь Томасу в голову.

Бренда обернулась. В левой руке она сжимала пистолет-инжектор: игла смотрит вверх, в маленьком окошке на корпусе видна ампула с желтоватой жидкостью.

— Итак, Томас, колоть буду очень быстро. Готов?

Неуверенный — и тем не менее полный решимости — Томас кивнул.

— Хорошо, — ответила Бренда. — Молодец.

ГЛАВА ДВЕНАДЦАТАЯ

Улыбнувшись, она пошла к Томасу, но у самой койки «вдруг» споткнулась и упала вперед, так что игла инжектора вонзилась в руку охраннику. Пшикнул поршень, и наемник запоздало отдернул руку.

— Какого черта? — только и успел выговорить он. Через секунду, закатив глаза, наемник рухнул на пол.

Томас среагировал моментально: упершись руками в матрас, ногами ударил наемницу. (Та еще не успела отойти от шока.) Одной ногой угодил в пушку, второй — в плечо женщине; вскрикнув, она упала и ударилась головой об пол.

Томас поспешил поднять оружие. Наемница сидела, обхватив голову руками. Бренда подобрала оружие ее напарника.

Томас часто судорожно хватал ртом воздух. В крови гудел адреналин. Как же здорово, как хорошо — давно такого кайфа не было.

— Я знал, что ты...

Не успел он договорить, как Бренда выстрелила.

По ушам резануло тонким писком, когда из дула вырвался заряд. Отдачей Бренду чуть не швырнуло на пол, а в грудь наемнице ударил и взорвался серебристый шарик. Окутанная молниями, она безудержно забилась в конвульсиях.

Томас пораженно взирал на то, что сотворил с человеком выстрел из пушки. Хотел доказательств, что Бренда отнюдь не работает на ПОРОК? Ну вот, получай.

Томас посмотрел на девушку.

Она взглянула на него в ответ и очень слабо улыбнулась:

— Давно хотела пострелять. Хорошо, что Дженсон согласился сделать меня ассистентом врача на время процедуры. — Забрав у неподвижного охранника ключ-карту, она сунула ее в карман. — Без этого нам не уйти.

Томас едва удержался, чтобы не обнять Бренду.

— Идем, — сказал он. — Поможем Минхо и Ньюту. Потом остальным.

И они понеслись по коридорам. Бренда вела — как и прежде, в туннелях под городом в Жаровне. Томас поторапливал ее — в любую секунду могли появиться еще наемники.

У одной из дверей остановились. Бренда ключом открыла ее — раздалось шипение, и металлическая пластина отошла в сторону. Томас ворвался внутрь комнаты — Бренда сразу за ним.

Сидевший в кресле Крысун моментально вскочил на ноги. Его перекосило от ужаса.

— Бога ради, что вы творите?!

Бренда тем временем пальнула в двоих наемников — те свалились, объятые дымком и зигзагами молний. Третьего наемника обезоружили Минхо и Ньют, и Минхо забрал пушку себе.

Томас прицелился в Дженсона и положил палец на спусковой крючок.

— Гони сюда ключ-карту, потом ляг на пол, руки за голову. — Сердце грохотало в груди, но говорил Томас ровным тоном.

— Вы совсем обезумели, — поразительно спокойно сказал Дженсон, отдавая карту. — Шансов выбраться из комплекса — ноль. Вас перехватят, наемники уже бегут за вами.

Да, шансы минимальные, но иных попросту нет.

— Мы и не через такое прошли. Нашел чем пугать. — А ведь и правда. Томас даже улыбнулся. — Спасибо за уроки выживания. Теперь оброни еще хоть полслова — и лично переживешь... как ты сказал? «Самые болезненные пять минут в своей жизни»?

— Да как ты...

Томас спустил курок. Запищало, и в грудь Дженсону ударил серебристый снаряд. Заверещав, замдиректора повалился на пол. От его волос и костюма пошел дым. Пахло как в пустыне — когда в Минхо угодила молния.

— Фигово ему, наверное, — сказал Томас, обращаясь к друзьям. Как он может говорить так спокойно?! На полу извивается и корчится их мучитель... Томас почти устыдился, что не чувствует вины. Почти.

— Не бойся, жить будет, — сказала Бренда.

— Какая жалость, — ответил Минхо. Связав охранника ремнем, парень выпрямился. — Без него мир стал бы лучше.

Томас оторвался от созерцания бьющегося в конвульсиях Крысуна.

— Уходим. Немедленно.

— Я бы выпил за это, — заметил Ньют.

— И я о том же подумал, — добавил Минхо.

Все посмотрели на Бренду — та, взяв пушку наперевес, кивнула: мол, к бою готова.

— Я в игре. Этих уродов не меньше вашего ненавижу.

Второй раз за последние несколько дней Томас почувствовал себя счастливым. Бренда снова с ними. Дженсон тем временем перестал дергаться, его больше не било током; закрыв глаза, он лежал без сознания.

— Скоро он очнется, — заметила Бренда, — и явно в дурном настроении. Пора двигать отсюда.

— План есть? — спросил Ньют.

Вот об этом Томас и не подумал.

— По пути составим, — сказал он.

— Хорхе — пилот, — сообщила Бренда. — Если удастся пробиться к ангару и захватить берг...

В эту секунду из коридора донеслись крики и топот множества ног.

— Дождались, — сказал Томас.

На что он надеялся? Никто ведь не даст мятежным глэйдерам просто так, за здорово живешь, покинуть здание. Сколько вооруженных наемников ждет их на пути?

Минхо метнулся к двери и занял позицию возле нее.

— Вход один, и он здесь. Иначе в комнату никому не попасть.

Шаги в коридоре сделались громче. Охрана приближалась.

— Ньют, — начал командовать Томас, — встаешь с другой стороны от двери. Бренда, я подстрелю одного-двух, кто первым войдет в комнату. Вы, парни, снимаете остальных и сразу выходите в коридор. Мы за вами.

И они приготовились.

ГЛАВА ТРИНАДЦАТАЯ

Рядом — с выражением злобного азарта на лице — застыла Бренда. Томас сжимал в руках пушку, гадая: можно ли доверять Бренде? Игра против ПОРОКа — это как лотерея, до сих пор из его сотрудников Томаса не обманул только ленивый. Нельзя расслабляться, однако именно благодаря Бренде удалось зайти так далеко. Если действовать с ней в команде, о сомнениях придется забыть.

Вот в дверях появился первый наемник — в неизменной черной форме, — только в руках сжимал не пушку, иное оружие: корпус поменьше и поизящнее. Томас выстрелил, заряд ударил наемника в грудь, и тот, окутанный сеточкой змеящихся молний, отлетел назад в коридор.

Показались еще двое — мужчина и женщина, — вооруженные пушками. Минхо среагировал первым: схватил женщину за грудки и перекинул через себя. Ударившись о стену, наемница выстрелила, однако искрящийся заряд угодил в плитку пола, не причинив никому вреда.

Второго — мужчину — обезвредила Бренда: выстрелила по ногам, и молнии тут же окутали все тело. Закричав, наемник рухнул в коридор, а его оружие упало на пол.

Разоружив женщину, Минхо заставил ее встать на колени и прицелился.

Вбежал четвертый. Ньют выбил у него оружие из рук, затем врезал по лицу. Упав на колени и зажав ладонью окровавленный рот, наемник взглянул на юношу. Хотел сказать что-то, но Ньют успел выстрелить ему в грудь. С такого близкого расстояния удар получился неслабый: с громким хлопком серебристый шарик взорвался, и наемник, извиваясь в пучках молний, повалился на бок.

— Здесь жук-стукач, он следит за каждым нашим шагом! — Ньют кивнул на заднюю стенку комнаты. — Надо уходить, охрана все прибывает.

Томас обернулся и увидел на стене ящероподобного робота, глаза которого светились красными огоньками. Проход в коридор оставался спокойным, единственная неоглушенная охранница по-прежнему стояла на коленях, под прицелом у Минхо.

— Сколько вас? — спросил у нее Томас. — Еще кто-то придет?

Женщина не ответила, и тогда Минхо прижал ствол к ее щеке.

— На дежурстве как минимум пятьдесят человек, — быстро проговорила наемница.

— И где же они? — спросил Минхо.

— Не знаю.

— Не смей лгать!

— Нас... отправили по другому делу. В здании что-то происходит. Что — не знаю, честно.

Присмотревшись к женщине, Томас прочел у нее на лице не только страх. Было еще... разочарование? Наемница, похоже, не врет.

— Что за другое дело? — спросил Томас.

Она покачала головой.

— Часть отделения просто отправили в другую секцию комплекса. Вот и все, больше я ничего не знаю.

— В смысле — не знаешь? — как можно недоверчивее переспросил Томас. — Сдается мне, ты чего-то недоговариваешь.

— Клянусь, я не лгу.

Минхо за шкирку поднял ее на ноги и сказал:

— Ну, значит, сударыня пойдет с нами в качестве заложницы. Двигай!

Томас загородил ему путь.

— Поведет Бренда. Ей известно, что где находится в этом здании. Потом я, дальше ты со своей новой подружкой. Замыкает Ньют.

Подошла Бренда.

— В коридоре никого не слышно. Идемте, времени мало.

Выглянув в коридор, она осмотрелась и юркнула за дверь. Томас вытер вспотевшие ладони о штанины, сжал покрепче пушку и вышел следом. Поворачивая за Брендой направо, оглянулся: остальные бежали за ним; заложница отнюдь не выглядела довольной. Ну еще бы, трудно радоваться, когда тебе угрожает удар током немалой мощности!

За поворотом тянулись все те же светлые стены. Футов через пятьдесят было несколько двойных дверей, и Томасу отчего-то вспомнился последний отрезок пути в Лабиринте: когда глэйдеры сражались с гриверами, прикрывая Томаса, Чака и Терезу на краю Обрыва.

У самых дверей Томас вынул из кармана ключ-карту Крысуна.

В этот момент заложница громко предупредила:

— На вашем месте я бы туда не совалась! По ту сторону ждет стволов двадцать. Выйдете — и вас живьем зажарят.

В ее голосе послышались нотки отчаяния. Неужели ПОРОК настолько убежден в собственной безопасности, что расслабился и оставил в гарнизоне всего двадцать — тридцать (если верить заложнице) наемников — по одному на каждого из уцелевших подростков?

Томасу предстояло отыскать Хорхе и захватить берг, а еще спасти товарищей. Фрайпана и Терезу — лишь потому, что они предпочли вспомнить все, — Томас здесь не оставит.

Притормозив у двери, он обернулся к Минхо и Ньюту.

— Имеем всего четыре ствола, и по ту сторону нас вполне могут ждать. Ну что, рискнем?

Минхо подвел наемницу к консоли электронного замка.

— Сейчас ты откроешь двери, а мы сосредоточимся на твоих дружках. Стой на месте и не рыпайся. Без нашей команды даже не шевелись. Вздумаешь хитрить — пожалеешь. — Он обернулся к Томасу: — Как только двери начнут открываться — пали.

Томас кивнул.

— Я припаду на колено, ты встанешь за мной. Бренда — слева, Ньют — справа.

Они заняли позиции, и Томас навел прицел точно на линию соединения дверей.

— Открывай на счет «три», — велел Минхо. — Повторяю, о наемница: вздумаешь хитрить — пожалеешь. Если побежишь — мы тебя все равно подстрелим. Томас, начинай отсчет.

Женщина молча приготовила ключ-карту.

— Раз, — начал Томас. — Два.

Он сделал глубокий вдох... и не успел сказать «три», как зазвучала сирена. Огни в коридоре погасли.

ГЛАВА ЧЕТЫРНАДЦАТАЯ

Томас часто-часто заморгал, пытаясь хоть что-нибудь разглядеть во тьме. Вой сирены бил по ушам. Минхо метнулся куда-то в сторону и тут же выкрикнул:

— Наемница сбежала! Ее тут нет!

Едва он произнес последнюю фразу, как раздались хлопки — это, заполняя треском статики промежутки между завываниями сирены, летели заряды из пушек. Синеватые сполохи освещали коридор, и Томас успел заметить, как мимо проносится смутная фигура, постепенно растворяясь в темноте.

— Ну я и лох, — едва слышно пробормотал Минхо.

— Возвращайся на место, — велел Томас. Страшно подумать, что последует за сиреной. — Дождись, пока двери начнут открываться, проверь их на ощупь. Я воспользуюсь картой Крысуна. Приготовиться!

Томас отыскал консоль на стене, и, когда провел по ней картой, раздался щелчок. Одна из дверей стала открываться внутрь.

— Огонь! — крикнул Минхо.

Ньют, Бренда и Минхо одновременно открыли пальбу. Томас присоединился к друзьям, и в дверь полетело четыре рваных потока искрящихся шариков. Между взрывами проходило по нескольку секунд, однако в озаряющих комнату ослепительных вспышках стало видно: никого в ней нет. Никто не отстреливается.

Опустив пушку, Томас скомандовал:

— Прекратить огонь! Не тратьте заряды!

Минхо выстрелил в последний раз. Ребята подождали, пока затихнут сполохи, чтобы можно было безопасно войти в комнату.

Стараясь перекричать вой сирены, Томас спросил у Бренды:

— У нас беда с памятью. Может, ты знаешь что-нибудь полезное? Где все? Откуда тревога?

Девушка покачала головой.

— Прости. Если честно, я сама не понимаю. Что-то не так.

— Спорим, эти падлы опять нас тестируют! — крикнул Ньют. — Все заранее продумано и предсказано. От нас хотят действий, реакций.

Сирена мешала думать, да и Ньют не предложил ничего дельного.

Выставив перед собой пушку, Томас вошел в комнату. Он торопился занять более надежную позицию, пока свет от выпущенных впустую зарядов не угас окончательно. Скромные обрывки воспоминаний подсказывали, что Томас вырос в этом комплексе, — сейчас бы вспомнить его схему, расположение секций. Бренда оказалась незаменимым помощником при побеге. Только бы Хорхе согласился вывезти глэйдеров из штаба ПОРОКа.

Внезапно вой сирены затих.

— И что... — по привычке выкрикнул Томас и тут же, тоном ниже, повторил попытку: — Что дальше?

— У них самих, поди, уши полопались, — предположил Минхо. — То, что сирену вырубили, ничего не значит.

Наконец мерцание разрядов погасло, и комната погрузилась в красноватое свечение аварийных огней. Бренда и глэйдеры заняли нечто вроде просторной приемной: пара стоек, диванчики, кресла. И ни одной живой души.

Внезапно помещение показалось Томасу знакомым.

— Я здесь никогда людей не видел. Всюду пусто, аж жуть.

— Уверена, в эту приемную уже давно никто не заходит, — подсказала Бренда.

— Что дальше, Томми? — спросил Ньют. — Не стоять же здесь целый день?

Томас ненадолго задумался. Надо отыскать друзей, но прежде — убедиться, что есть пути к отступлению.

— Так, — сказал он. — Бренда, без тебя нам не обойтись. Нужно пробиться к ангару и найти Хорхе. Он должен будет подготовить берг к отлету. Ньют, Минхо, вы, наверное, останетесь его прикрывать, а мы с Брендой поищем остальных. Бренда, не знаешь, где тут можно разжиться оружием?

— По пути к ангару есть арсенал, — ответила девушка. — Только он наверняка охраняется.

— Подумаешь, — сказал Минхо. — Будем стрелять, и — кто первый свалится.

— Всех положим! — чуть не рыча, добавил Ньют. — Всех ушлепков до единого.

Бренда указала на один из двух коридоров, ведущих из приемной.

— Нам туда.

И при свете красных аварийных ламп она повела Томаса и его друзей, сворачивая то направо, то налево. По пути им никто не встретился; правда, довольно часто под ногами, клацая механическими конечностями, шмыгали жуки-стукачи. Раз Минхо даже попытался выстрелить в одного, но промазал и при этом едва не угодил в Ньюта. Вскрикнув, тот чуть не пальнул со злости в ответ.

Минут пятнадцать бега — и они достигли арсенала. Странно: двери открыты, никто не охраняет полные оружия стеллажи.

— Ну это уж слишком, — произнес Минхо. — Я больше не поведусь.

Томас понял его безошибочно — слишком много успел повидать.

— Западня, — пробормотал он. — Подстава.

— Сто пудов, — согласился Минхо. — Все куда-то разом запропастились, двери оставили открытыми, и оружие прямо-таки нас дожидается. За нами точно следят через этих стебанутых жуков.

— Висит груша — нельзя скушать, — сказала Бренда, глядя на арсенал.

Услышав ее, Минхо обернулся.

— Откуда нам знать: может, и ты с ними заодно?

— Клянусь, я на вашей стороне. Больше мне сказать нечего, — устало ответила Бренда. — Понятия не имею, что происходит.

Жаль признавать, но, похоже, Ньют прав: очередной побег — всего лишь Переменная, спланированная, подготовленная и управляемая. Глэйдеров опять низвели до роли мышей, правда, уже в другом лабиринте. А так все хорошо начиналось...

Ньют тем временем вошел в арсенал.

— Взгляните-ка на это.

Когда Томас и остальные вошли, Ньют указал на пустую секцию стеллажа.

— Видите свежие следы в пыли? Тут похозяйничали совсем недавно. Примерно с час назад.

Томас огляделся. Пыли в арсенале скопилось столько, что, если начать бегать-прыгать, обчихаешься вусмерть. Однако Ньют указывал на чистые полки. Да у него глаз — алмаз!

— Ну и что с того? — спросил из-за спины Минхо.

Ньют обернулся.

— Хоть раз мозгами пораскинь, башка твоя кланковая!

Минхо поморщился — скорее ошеломленно, нежели злобно.

— Эй-эй, Ньют, — произнес Томас. — Дела у нас хреновые, никто не спорит, но нельзя же так срываться. Что с тобой?

— Я тебе объясню что. Ты типа такой крутой, водишь нас по Лабиринту вслепую, без плана. Мы бегаем, как цыплята в поисках кормушки, а Минхо, мать его так, постоянно задает тупые вопросы.

Минхо тем временем оправился и буквально вскипел от негодования:

— Слышь, ты, кланкорожий! Думаешь, нашел следы пыли — так все, ты гений? И без тебя понятно: кто-то притырил оружие — ну и?.. Вижу я твою драную пыль. Подумаешь, открытие! Скоро начну загибать пальцы всякий раз, как ты врубаешь Капитана Очевидность.

Ньют переменился в лице; пораженный и вместе с тем усталый, он пробормотал:

— Извините. — Затем развернулся и вышел.

— Какого хрена? — прошептал Минхо.

Видно, Ньют начинает терять рассудок. Говорить об этом вслух Томас не хотел, да и не пришлось. К счастью, Бренда кое-что заметила:

— Он, кстати, не зря на вас наорал.

— Почему это? — не понял Минхо.

— Опустела только одна секция стеллажа, не хватает двух-трех стволов. Ньют верно заметил: взяли их с час назад.

— И?.. — потребовал продолжения Минхо.

Томасу тоже не терпелось услышать объяснения.

Девушка заговорила, жестикулируя так, словно ответ очевиден:

— Охранники приходят сюда, когда им нужна замена оружия или что-нибудь еще, кроме пушек. С какой стати приходить всем гарнизоном? Именно сегодня? К тому же пушка — штука тяжелая, из нее не постреляешь, если в руках у тебя другой ствол. Так где оружие, которое пришли заменить?

ГЛАВА ПЯТНАДЦАТАЯ

Первым мнение высказал Минхо:

— Думаю, они были готовы к нашему побегу и просто не хотели нас кокать. Если в голову не стрелять, то из пушки человека можно только оглушить на время. Вот наемники прибежали и в дополнение к обычным пистолетам затарились пушками.

Еще до того как он произнес последнее слово, Бренда замотала головой:

— Нет. Охрана по уставу носит пушки, поэтому нет смысла всем сразу заваливаться в арсенал и хватать дополнительное оружие. Что бы вы там ни думали, ПОРОК не ставит себе целью убить как можно больше народу. Даже шизов, которые сюда прорываются.

— Так шизы прорывались сюда прежде? — спросил Томас.

Бренда кивнула:

— Чем дольше они болеют, тем отчаяннее становятся. Сомневаюсь, что охрана...

— Вдруг именно это и случилось? — перебил ее Минхо. — Звучала тревога — так, может, в здание ворвались шизы, похватали пушки, оглушили охрану и схавали всех? Может, наемников потому так мало, что почти все они мертвы?

Томаса по-прежнему не отпускали воспоминания о конченых шизах: те, кто сумел прожить со Вспышкой достаточно долго, становятся зверями в человеческом теле.

Вздохнув, Бренда сказала:

— Черт, а вдруг ты прав... — Она подумала немного. — Нет, серьезно: что, если кто-то проник в здание и захватил часть арсенала?

По спине побежали мурашки.

— Коли так, то влипли мы куда сильнее, чем думали.

— Значит, иммунитет не лишил вас способности думать. Вот и славненько.

Это произнес Ньют, стоявший в дверях.

— Ты бы лучше нормально все объяснил, а не психовал почем зря, — без капли сострадания ответил Минхо. — Не думал, что сорвешься так быстро. Но ты снова с нами, и это хорошо. Нам пригодится шиз — выслеживать других больных, если они и правда проникли в штаб.

Томаса такая прямота покоробила, и он перевел взгляд на Ньюта — что тот ответит.

Старший глэйдер явно расстроился.

— Ты, Минхо, не умеешь вовремя захлопнуть варежку. Оставляешь за собой последнее слово, да?

— Завали хлебало, — очень спокойно ответил Минхо. Того и гляди сам сорвется. Воздух в комнате чуть не гудел от напряжения.

Ньют медленно подошел к Минхо, постоял немного и резко — как атакующая кобра — ударил друга по лицу. Минхо приложился о пустую оружейную стойку, но вернул равновесие и, бросившись на Ньюта, повалил его на пол.

Томас не успел ничего сообразить — так быстро все произошло. Очнувшись наконец, ринулся разнимать дерущихся.

— Хватит! Стойте! — кричал он, оттаскивая Минхо за шкирку — впрочем, безуспешно. Двое глэйдеров сцепились всерьез, мутузя друг друга; руки и ноги мелькали размытыми пятнами.

Наконец вмешалась Бренда, и вместе с Томасом они сумели оттащить Минхо. Тот продолжал размахивать кулаками и случайно заехал Томасу локтем в челюсть. Томас рассвирепел.

— Да сколько можно тупить?! — закричал он, заламывая Минхо руки за спину. — У нас общий враг, если не два! А вы драться вздумали!

— Он первый начал! — воскликнул Минхо, брызжа слюной прямо на Бренду.

Утершись, та сказала:

— Как дети малые, ей-богу.

Минхо, оставив тщетные попытки вырваться, не ответил. До чего же противно. Неизвестно, что хуже: то, что Ньют начинает сходить с ума, или что Минхо — тот, кому полагается сохранять здравый рассудок, — ведет себя не лучше безмозглого зверя.

Ньют встал с пола и осторожно коснулся ссадины на щеке.

— Я сам виноват. Меня все начинает вымораживать. Давайте, ребята, думайте, как нам быть. Мне надо передохнуть.

Сказав это, он снова вышел из арсенала.

Томас разочарованно выдохнул и отпустил Минхо. Оправил футболку. Нет времени ссориться по пустякам. Если уж решили выбираться из штаба ПОРОКа, то надо действовать сообща.

— Минхо, прихвати для нас еще несколько пушек и заодно парочку пистолетов. Бренда, ты пока затарься боеприпасами, а я пойду приведу Ньюта.

— Неплохо придумано, — ответила девушка и огляделась.

Минхо не сказал ни слова, просто пошел рыться на полках. Ньют, привалившись к стене, сидел в коридоре, футах в двадцати от арсенала.

— Только молчи, — предупредил он, когда Томас присел рядом.

Н-да, отличное начало.

— Послушай, — все-таки заговорил Томас, — творится нечто странное. Либо ПОРОК снова проверяет нас, либо в здание и правда ворвались шизы. И тогда они носятся по всем этажам, убивая людей направо и налево. Нам же надо отсюда выбираться всем составом.

— Без сопливых солнце светит. — Вот и все, ни слова больше.

— Ну так оторви зад от пола и пошли с нами. Ты же говорил, что нет времени на ссоры. Сам учил держаться вместе. Нельзя сейчас распускать нюни.

— Без сопливых. — Ну вот опять.

Томас никогда прежде не видел друга в столь глубоком отчаянии. Глядя на Ньюта, такого беспомощного, он чувствовал дикую боль.

— Мы все потихоньку шизе... — Томас осекся. Хуже слов не придумаешь. — В смысле...

— Да замолчи ты, — оборвал его Ньют. — У меня в башке начинается бардак, я чувствую. Только ты не ссы в компот. Вот сейчас оклемаюсь и пойдем спасать вас. Потом как-нибудь займусь собой.

— Что значит — пойдем спасать вас?

— Ну... нас. Да какая разница? Просто дай отдышаться.

Мир Лабиринта остался в невообразимо далеком прошлом. Тогда Ньют был хладнокровен и собран, теперь же он разваливает группу, разобщает. Похоже, ему наплевать на друзей, а на себя — и подавно.

— Вот и отлично, — сказал Томас. Пока главное — относиться к Ньюту как прежде. — Однако времени у нас в обрез. Бренда как раз собирает боеприпасы, ты должен ей помочь — надо оружие дотащить до ангара.

— Прорвемся. — Ньют поднялся на ноги. — Правда, мне надо закончить одно дельце. Я быстро.

И он отправился назад, в комнату рецепции.

— Ньют! — окликнул Томас друга. Что он задумал? — Не глупи! Нам пора двигаться дальше. Надо держаться вместе.

Ньют, не оборачиваясь, ответил:

— Мародерствуйте пока! Я всего на пару минут!

Томас покачал головой. Того рационального и вдумчивого Ньюта, каким он был когда-то, уже не вернуть. Парень вздохнул и направился в арсенал.

Они с Брендой и Минхо взяли сколько могли унести и разделили награбленное на троих: Томас и Минхо в передние карманы джинсов сунули по заряженному пистолету, в задние — по несколько обойм. Бренда держала в руках картонную коробку с синеватыми шоковыми снарядами и патронами для пистолетов, положив поверх крышки свою пушку.

— Тяжело, наверное? — указал на коробку Томас. — Давай я...

— Переживу, пока Ньют не вернется, — отрезала Бренда.

— Мало ли что ему в башку втемяшилось, — заметил Минхо. — Ньют себя так прежде не вел. Вспышка разъедает ему мозг.

— Он обещал скоро вернуться. — Минхо достал уже все портить. — И давай следи за базаром при Ньюте. Не хватало, чтобы ты опять его выбесил.

— Помнишь, что я говорила, когда мы ночевали в грузовике посреди города? — сказала Бренда.

Ничего себе смена темы! Чего это Бренда о пустыне толкует? Томас только-только забыл о ее притворстве.

— Что? — переспросил он. — Хочешь сказать, ты не во всем меня обманывала?

Ну, пожалуйста, пожалуйста, пусть она скажет «да».

— Прости, Томас, я наврала о том, почему меня забросили в Жаровню. И я не ощущала, как Вспышка пожирает мой разум. Остальное же — правда. Клянусь. — Она умоляюще посмотрела ему в глаза. — В общем, я рассказывала, что мозговая активность только усиливает поражение, когнитивную деструкцию. Поэтому анальгетики так популярны среди тех, кто может их себе позволить. Они замедляют мозговую деятельность и тем самым оттягивают конец. Лекарство очень, очень дорогое.

Не может быть. И здесь есть люди, не причастные к опытам, живущие в заброшенных домах — как там, в Жаровне.

— Эти... кто принимает лекарство, они еще способны вести нормальную жизнь? Работать?

— Они делают все, что от них требуется, но... уже безразлично: например, пожарный по-прежнему может вынести из горящего здания десятка три детей, зато, если уронит когонибудь в огонь — плакать не станет.

Ужас какой-то...

— Это... дурдом настоящий.

— Я бы закинулся такой пилюлькой, — пробормотал Минхо.

— Ты не понял, — сказала Бренда. — Вспомни, через какой ад прошел Ньют, сколько нелегких решений принимал. Неудивительно, что Вспышка прогрессирует у него в мозгу так быстро. Ньют слишком много думает и переживает — куда больше среднего человека.

Томас тяжело вздохнул. Вновь накатившая тоска сдавила сердце.

— Ладно, сначала выберемся в безопасное место, потом решим, как быть...

— Как быть с чем? — Это сказал Ньют, который вернулся и теперь стоял в дверях арсенала.

Томас зажмурился на мгновение, взял себя в руки и ответил:

— Забей, это мы так просто... Куда ты ходил?

— Надо поговорить, Томми. С глазу на глаз. Недолго.

Ну что еще такое? Томас внутренне застонал.

— Какого банана? — спросил Минхо.

— Потерпи чутка. Мне с Томми надо кое-чем поделиться. Только с ним и ни с кем больше.

— Да ладно, мне-то что. Не жалко. — Минхо поправил ремни пушек на плече. — Только нам пора уходить.

Томас вышел вслед за Ньютом в коридор, заранее напуганный тем, что может сообщить ему друг. Время шло, секунды утекали. Ньют, отойдя от двери на несколько шагов, обернулся и протянул Томасу небольшой запечатанный конверт.

— Спрячь в карман.

— Что в нем? — Томас повертел в руках конверт без пометок.

— Суй в карман и слушай.

Томас выполнил просьбу.

— На меня смотри. — Ньют щелкнул пальцами.

Сердце Томаса ухнуло в желудок при виде боли в глазах друга.

— В чем дело?

— Пока тебе знать незачем. Да и просто нельзя. Пообещай, что не вскроешь конверт до срока. Я не шучу, Томми.

— Чего?

— Поклянись, что не вскроешь этот стебанутый конверт раньше срока!

Ждать? Как долго?! Ну нет, терпения не хватит... Томас уже потянулся за конвертом, однако Ньют поймал его за руку.

— И когда же срок придет? — спросил Томас. — Как мне...

— Черт, да ты сразу поймешь! — перебил его Ньют. — Теперь клянись. Клянись, говорю!

При каждом слове Ньют вздрагивал всем телом.

— Ладно, ладно! — Томас не на шутку встревожился. — Клянусь не вскрывать конверт, пока срок не придет. Клянусь. Но зачем...

— Вот и ладно, — снова перебил его Ньют. — Нарушишь клятву, и я тебя ни за что не прощу.

Встряхнуть бы Ньюта как следует. Ударить бы по стене в отчаянии... Однако Томас стоял неподвижно и смотрел на друга. Тот развернулся и пошел назад в оружейную.

ГЛАВА ШЕСТНАДЦАТАЯ

Выбора нет, другу надо поверить, уважить его, но любопытство жгло огнем.

Впрочем, время уходит. Надо поскорее выбираться из лаборатории, а с Ньютом можно поговорить и в пути. На борту берга... если, конечно, получится переманить на свою сторону Хорхе.

Ньют вынес из арсенала коробку с боеприпасами, следом вышли Минхо и Бренда. Девушка несла еще пару пушек и пистолеты в карманах.

— Пошли искать наших, — сказал Томас и двинулся в обратную сторону, к рецепции. Остальные — следом за ним.

В поисках прошло около часа. Друзей и след простыл. Крысуна и оглушенных наемников также не оказалось на месте; в опустевших коридорах, столовой и спальнях ребятам не встретилось ни души. Шизы, впрочем, тоже не попадались. Томас боялся, что случилось что-то страшное и им еще предстоит расхлебывать последствия...

И вот когда вроде обыскали каждый закоулок, Томас коечто вспомнил.

— Ребята, послушайте: пока я сидел в белой комнате, вас держали на месте? Гулять по штабу не позволяли? Мы ничего не упускаем?

— Не то чтобы я стопудово уверен, — ответил Минхо, — но в здании наверняка есть потайные комнаты.

В принципе верно, да только на новые поиски времени почти не осталось. Надо двигаться дальше. Кивнув, Томас сказал:

— Ладно, ищем ангар. Высматривать секреты будем по пути.

Прошло некоторое время, и Минхо вдруг замер на месте, указав на ухо, — Томас едва-едва разглядел этот жест при тусклом свете красных ламп.

Ребята остановились и прислушались. Задержав дыхание, Томас почти сразу расслышал утробный стон и вздрогнул. Чуть дальше по коридору в стене имелось окошко — оно смотрело в комнату, где царил кромешный мрак. Стекло в окошке было выбито изнутри, на полу под ним валялись осколки.

Стон повторился.

Прижав палец к губам, Минхо опустил на пол запасные пушки, Томас и Бренда последовали его примеру, а Ньют отложил коробку с боеприпасами. Потом все четверо взялись за оружие и гуськом приблизились к окошку. Внутри стонали так, будто кто-то пытался пробудиться от жуткого кошмара, и Томас чувствовал, что их ждет кошмар наяву.

Минхо вжался в стену слева от окошка; дверь в комнату — запертая — была справа.

— На старт, внимание... — прошептал Минхо. — Марш.

Сам он развернулся и направил ствол пушки в зияющий провал окна. Томас встал слева, Бренда справа, а Ньют прикрывал тылы.

Готовый стрелять в любую секунду, Томас положил указательный палец на спусковой крючок. Что же там такое в комнате? Красноватого свечения аварийных огней едва хватало, чтобы разглядеть шевелящиеся темные пятна на полу. Постепенно глаза привыкли и различили силуэты человеческих тел в темных одеждах. И мотки веревок.

— Наемники! — в полной тишине вскрикнула Бренда.

Снова раздалось приглушенное оханье, и вот Томас разглядел лица: рты заткнуты кляпами, в глазах — паника. Наемники лежали, связанные по рукам и ногам собственными же веревками, бок о бок. Кто-то не шевелился, прочие извивались в путах.

Разум силился найти объяснение увиденному.

— Вот и нашлись братцы-кролики, — заметил Минхо.

Ньют заглянул внутрь.

— Этих хотя бы к потолку за шею не подвесили. Как в прошлый раз...

Нельзя не согласиться. Томас все еще живо помнил висельников в столовой. Не важно, были ли они настоящие, или их образ глэйдерам только внушили.

— Надо их допросить, узнать, что творится, — сказала Бренда и направилась к двери.

Томас перехватил ее.

— Нет.

— Почему это — нет? С какой стати? Тебе что, информация не нужна?! — Она высвободила руку и осталась на месте ждать объяснений.

— Вдруг это ловушка? Или тот, кто повязал наемников, скоро вернется? Нам надо бежать отсюда.

— Точно, — согласился Минхо. — Спорить тут не о чем. Мне по фигу, кто носится по зданию: шизы, повстанцы или гориллы. Охранники — не наша забота.

Бренда пожала плечами:

— Как хотите. Просто неплохо бы узнать, что происходит. — Указав направление, она добавила: — Ангар в той стороне.

Подобрав оружие и боеприпасы, ребята побежали дальше. По пути в коридорах они постоянно оглядывались: вдруг да попадется тот, кто сумел обезвредить охрану? Наконец Бренда остановилась у двойных дверей. Одна створка была приоткрыта, и в коридор задувал ветерок, шевеля края медицинской формы на девушке.

Уже по привычке Минхо и Ньют с оружием на изготовку встали слева и справа от двери. Бренда — с пистолетом — взялась за ручку и прицелилась в щель. Изнутри не доносилось ни звука.

Томас покрепче сжал в руках пушку, вдавив приклад в плечо и нацелив ствол прямо перед собой.

— Открывай, — сказал он. Сердце бешено колотилось.

Бренда распахнула дверь, и Томас устремился вперед — повел оружием влево, вправо, обернулся кругом и побежал дальше.

В гигантский ангар влезли бы все три берга, однако на месте было только два корабля. Словно лягушки-великаны, готовые к прыжку, они возвышались над глэйдерами, опаленные и потрепанные, побывавшие не в одном бою. Кроме них, нескольких деревянных ящиков да верстаков, здесь больше не было ничего.

В полной тишине четверо ребят рассредоточились и принялись обыскивать ангар.

— Эй! — воскликнул вдруг Минхо. — Все сюда. Тут кое-кто есть...

Фразу он не закончил, только зашел за большой ящик и прицелился в кого-то на полу.

Первым подбежал Томас... и с удивлением обнаружил мужчину. Постанывая и потирая голову, тот пытался подняться. Крови на темных волосах видно не было, однако, судя по всему, досталось ему крепко.

— Не спеши, приятель, помедленней, — предупредил Минхо. — Сейчас спокойно поднимись и сядь. Дернешься — и даже глазом моргнуть не успеешь, как я сделаю из тебя шашлык.

Приподнявшись на локте, мужчина убрал руку от лица, и тут же Бренда — коротко вскрикнув — кинулась к нему обниматься.

Хорхе. Ну слава Богу, нашелся пилот. Цел и невредим... относительно.

Бренда же, не удовлетворившись увиденным, уже осматривала Хорхе на предмет наличия ран и засыпала друга вопросами:

— Что стряслось? Кто тебя так? Где третий берг? Куда все подевались?

Застонав, Хорхе осторожно отстранился.

— Тише, тише, hermana*. У меня на башке как будто шизы плясали. Дай секунду, очухаться надо.

Бренда, раскрасневшаяся, встревоженная, чуть отодвинулась от него. У Томаса у самого на языке вертелся миллион вопросов, которые, впрочем, могут и подождать. Томас прекрасно знал, каково это — когда тебя вырубают ударом по голове.

Хорхе постепенно приходил в себя. А ведь не так уж и давно этот латинос напугал Томаса до дрожи в коленках. Век не забыть, как Хорхе дрался с Минхо в развалинах посреди пустыни. Хорошо хоть позже латинос понял: он и глэйдеры на одной стороне.

Хорхе несколько раз крепко зажмурился и начал говорить:

— Не знаю, как у них получилось, но они захватили здание, избавились от охраны и вместе с другим пилотом улетели на берге. Я, как дурак, попытался их задержать, выяснить, что происходит... И чуть башкой не поплатился.

— Кто это — они? — спросила Бренда. — Кто захватил берг?

Хорхе посмотрел на Томаса и ответил:

— Тереза. Эта девка и остальные субъекты. Ну, кроме вас, muchachos**.

ГЛАВА СЕМНАДЦАТАЯ

Томас пошатнулся и чуть не упал — хорошо, успел схватиться за крупный контейнер. Он-то думал, что в здание ворвались шизы или другая, враждебная, организация, которая пленила Терезу и остальных, может быть, даже спасла...

---

* Сеструха (*исп.*).

** Парни (*исп.*).

И вот, пожалуйста, Тереза бежала. С боем вывела группу, повязала охранников и улетела на берге.

Бросила Томаса и еще двоих... Да-а, многого он мог ожидать, но только не такого.

— Эй, захлопни пасть! — взмолился Хорхе, перебивая Минхо и Ньюта и выдергивая Томаса из задумчивости. — Когда вы говорите, мне в черепушку словно гвозди заколачивают. Просто... помолчите немного. И помогите встать.

Ньют протянул латиносу руку, помогая подняться на ноги.

— Лучше уж объясни, что за хрень тут творится. Давай рассказывай с самого начала.

— И поскорее, — добавил Минхо.

По-прежнему морщась от боли, Хорхе сложил руки на груди и оперся о ящик.

— Ты чем слушал, hermano*? Говорю же: я сам толком ничего не понимаю, а что понимаю — о том уже рассказал. Башка у меня...

— Знаем, знаем! — отрезал Минхо. — Бо-бо твоя головка. Говори дальше. Как закончишь — найду тебе, кланкорожему, аспирин.

— Какой смелый мальчик, — усмехнулся Хорхе. — Не забывай, в Жаровне это ты просил у меня пощады, умолял сохранить тебе жизнь.

Минхо поморщился и залился краской.

— Ха, легко быть крутым, когда тебя защищает толпа с ножиками. Ситуация изменилась, знаешь ли.

— А ну хватит! — прикрикнула на них Бренда. — Мы все в одной лодке.

— Продолжай, Хорхе, — сказал Ньют. — Говори, и, может, мы поймем, что делать дальше.

Томас все еще не оправился от потрясения. Он слушал Минхо и Ньюта, наблюдая за происходящим как бы со стороны, на экране. Словно его самого здесь не было. Казалось бы, сюрпризов у Терезы больше не осталось, и вот нате вам...

— Так, — продолжил Хорхе, — я почти все время торчал здесь, в ангаре. Потом услышал крики, по рации пришло предупреждение. Включилась тихая тревога, замигали лампы. Я пошел выяснить, в чем дело, и тут уж получил по репе.

— Ну, больней уже не будет, — пробормотал Минхо.

---

* Братан (*исп.*).

Хорхе его либо не слышал, либо просто внимания не обратил.

— Когда огни погасли, я вернулся сюда за пистолетом, и в этот момент в ангар ворвалась Тереза. За ней бежала банда ваших отморозков, да так, словно за ними черти гнались. Схватили старика Тони и заставили вести берг. В меня уперли семь — если не восемь — пушек, и я свою пукалку отбросил. Стоило попросить объяснений, как одна блондинка врезала мне по лбу прикладом. Я упал, а когда очнулся, то увидел ваши рожи. Один берг угнали. Вот, собственно, и весь сказ.

Томас слушал, но не слышал. Лишь один момент полностью занимал мысли, вызывая не то чтобы замешательство — боль.

— Нас кинули, — прошептал он. — Поверить не могу.

— Э? — не понял Минхо.

— Говори громче, Томми, — попросил Ньют.

Томас пристально посмотрел на каждого из них.

— Они бросили нас. Мы хотя бы пытались их найти, а они оставили нас тут на милость ПОРОКа.

Судя по взглядам, друзья подумали о том же.

— Может, они все же искали вас? — предположила Бренда. — Просто не нашли. Или их вынудили отступить и покинуть комплекс?

Минхо только усмехнулся:

— Охрана лежит связанная в караулке! Времени у Терезы было до фига и больше! Так что бросила она нас, и точка.

— Намеренно, — очень тихо добавил Ньют.

Нет, что-то здесь не так, что-то не клеится.

— Нелогично, — сказал Томас. — Тереза просто фанатела от ПОРОКа, так зачем ей бежать? Это какая-то уловка. Бренда, ты предупреждала, что никому нельзя верить. Что еще ты знаешь?

Бренда покачала головой:

— О побеге мне ничего не известно. И ты ошибаешься: очень даже логично, что, кроме нас, бежали и остальные субъекты. Просто у них получилось лучше и быстрее.

Минхо чуть не зарычал по-волчьи.

— Не советую нас оскорблять. Еще раз скажешь «субъект», и я тебя по стенке размажу — не посмотрю, что девка.

— Рискни здоровьем, — предупредил Хорхе. — Пальцем ее тронешь — без башки останешься.

— Да хватит уже письками мериться! — Бренда закатила глаза. — Нам надо план действий составить.

Вот так взять и отмахнуться от предательства? Как же! Тереза и прочие — даже Фрайпан! — бросили их — Томаса, Минхо и Ньюта. Сумели же повязать наемников, так почему друзей не нашли?! И с какой стати Терезе бежать от ПОРОКа? Неужели во время процедуры она вспомнила нечто, о чем и не подозревала?

— Чего составлять-то? — сказал Ньют. — Уходим, и все тут.

Он указал на берг.

Верно, чего рассусоливать? Томас обратился к Хорхе:

— Ты и правда пилот?

Латинос широко улыбнулся:

— В яблочко, *muchacho*. Один из лучших.

— Тогда зачем тебя в Жаровню заслали? Разве ты не ценный сотрудник?

Хорхе взглянул на Бренду.

— Куда Бренда — туда и я. Жаль признавать, но перспектива отправиться к шизам показалась мне лучше, чем торчать здесь. Я воспринял эту миссию как отпуск. Вышло немного жестче, чем я...

Завопила сирена, и Томас аж подпрыгнул от неожиданности. В просторном ангаре, эхом отражаясь от высокого потолка и стен, она ревела даже громче, чем в тесном коридоре.

Бренда посмотрела на входные двери, и Томас обернулся в том же направлении: в ангар вбежали по меньшей мере десять наемников. Черные тут же принялись палить из оружия.

ГЛАВА ВОСЕМНАДЦАТАЯ

Томаса дернули за шкирку влево, и он, не устояв на ногах, упал за ящик. В то же мгновение ангар наполнился звоном битого стекла и треском статики. В контейнер, опаляя воздух, ударило несколько молний. Не успели они погаснуть, как дерево затрещало под градом пуль.

— Кто их освободил? — прокричал Минхо.

— Сейчас какая, на хрен, разница! — ответил Ньют.

Группа мятежников сгрудилась в укрытии. Позиция им досталась явно не лучшая, из такой отбиваться неудобно.

— Нас вот-вот окружат! — сказал Хорхе. — Надо отстреливаться!

Позабыв на мгновение про атаку наемников, Томас воззрился на Хорхе.

— Так ты с нами?

Пилот взглянул на Бренду и пожал плечами:

— Раз уж она вам помогает, то и я в деле. И если ты не заметил, меня тоже хотят убить!

Страх сменился облегчением. Теперь осталось добраться до одного из двух бергов.

Стрельба вдруг прекратилась. Наемники, перебрасываясь рублеными фразами, стали окружать бунтовщиков. Медлить нельзя, передышка будет короткой.

— Как поступим? — спросил Томас у Минхо. — Назначаю тебя главным — решай.

Одарив друга пронзительным взглядом, Минхо все же коротко кивнул и ответил:

— Значит, так: я беру на себя правый фланг, Ньют — левый, Томас и Бренда стреляют поверх контейнера. Хорхе, ты — к бергу. Жди нас и гаси все, что движется или носит черное.

Томас привстал на колено, лицом к ящику, готовый вскочить на ноги по команде. Бренда — справа от него — отложила пушки и взяла пистолеты. В глазах ее пылал яростный огонь.

— Хочешь замочить кого-нибудь? — спросил Томас.

— Не-а, буду стрелять по ногам. Хотя кто знает — может, и завалю одного-двух. Чисто случайно.

Бренда улыбнулась. Вот это девушка!

— Приготовились! — сказал Минхо. — Айда!

И понеслось. Томас выстрелил наугад. Хлопнула первая электрограната, и Томас рискнул прицелиться. Заметил, как осторожно пробирается в их сторону наемник, и пальнул ему в грудь. Объятый зигзагами молний, извиваясь, мужчина в черном отлетел назад.

Ангар огласили крики; грохотали выстрелы, трещали разряды. Один за другим наемники падали, хватаясь за простреленные ноги — Бренда не подвела, справилась. Уцелевшие охранники бросились врассыпную.

— Они убегают! — крикнул Минхо. — Не ожидали, что мы вооружены. Скоро опомнятся... Хорхе, который берг — твой?

— Вон тот. — Латинос указал в дальний левый угол ангара. — Там моя крошка. Приготовить ее к полету — минутное дело.

Томас взглянул в указанном направлении: гигантский пандус корабля — запомнившийся по побегу из Жаровни — был опущен, словно в ожидании пассажиров. Еще никуда Томас не хотел попасть так сильно, как на борт этого берга.

Минхо сделал выстрел.

— Так, всем перезарядиться. Сейчас вы бегите к бергу, мы с Ньютом сидим здесь и отстреливаемся. Хорхе, ты прогреваешь машину, а Томас и Бренда прикроют уже наше с Ньютом отступление. Ну как план?

— Электрограната может повредить бергу? — спросил Томас, пока все заряжали оружие и рассовывали запасные обоймы по карманам.

Хорхе покачал головой.

— Шкура у них грубее, чем у верблюда из Жаровни. Лучше пусть стреляют в берг, чем в нас. Погнали, *muchachos*!

— Пошел-пошел-пошел! — без предупреждения скомандовал Минхо. Сам он на пару с Ньютом принялся поливать огнем из пушки всю открытую зону перед бергами.

Адреналин ударил в голову. Томас и Бренда встали по обеим сторонам от Хорхе и вылетели из-за ящика. Они стреляли на бегу, хотя из-за дыма и постоянных вспышек целиться почти не удавалось. Но Томас старался, и Бренда — тоже. Мимо, в каких-то дюймах, свистели пули.

Вокруг сыпалось стекло, рвались электрогранаты.

— Ходу, ходу! — кричал Хорхе.

Томас побежал быстрее. Мышцы горели. Под ногами мелькали изломанные клинки молний; в металлические стены ангара бились и рикошетили пули; дым клубился и извивался подобно туману. Однако Томас почти ничего не видел, не замечал — перед ним, всего в нескольких десятках футов, маячил пандус берга.

Они уже почти добежали, когда в спину Бренде ударил серебристый шарик. Девушка вскрикнула и, окутанная паутинками молний, рухнула на пол лицом вниз.

Окликнув ее, Томас остановился и лег на пол — чтобы не подстрелили. Змейки разрядов, оставив дымные струйки, ушли с тела Бренды в пол. Томасу пришлось ползти до нее осторожно — дабы и самому не схлопотать удар током.

Увидев, что обстоятельства изменились, Минхо и Ньют нарушили план и побежали. Хорхе тем временем смотался внутрь корабля за другой пушкой — ее снаряды от удара о тело взрывались языками бушующего пламени. Подожженные наемники с криками падали на пол, прочие при виде новой угрозы отступили.

Томас так и лежал неподалеку от Бренды, взбешенный собственным бессилием. Пока разряды не погаснут, он и притронуться-то к ней не сможет. Надо ждать, а времени, похоже, не осталось. Бренда жутко побледнела, из носа текла кровь, изо рта — струйка слюны. Тело дергалось и извивалось в страшных конвульсиях, в широко раскрытых глазах застыли удивление и ужас.

Подбежали Минхо и Ньют, легли рядом.

— Нет! — вскрикнул Томас. — Бегите к бергу, укройтесь за пандусом. Ждите, пока я не смогу забрать Бренду, — и тогда палите во всю мощь. Прикроете меня.

— Да пошли, чего телишься! — ответил Минхо и взял Бренду за плечи. Дыхание у Томаса перехватило, когда Минхо скривился от боли. Вверх по его рукам стрельнуло несколько разрядов, но, лишенные первичной силы, они не причинили вреда. Минхо остался стоять на ногах — значит, можно отнести Бренду на борт.

Томас подхватил ее под руки, Ньют взял за ноги, и вместе они начали отступать к бергу. Ангар превратился в царство грохота, дыма и молний. По ноге Томаса чиркнула пуля — вскользь, ободрав кожу и причинив жгучую боль; один дюйм в сторону — и Томас если бы и не истек кровью, то остался бы хромым до конца жизни. Он завопил от ярости, в эту минуту ненавидя наемников, всех до единого.

Минхо морщился от натуги — ему пришлось одному волочить Бренду по полу.

Гнев придал Томасу сил. Одной рукой он поднял пушку и, не останавливаясь, снова подхватив подстреленную девушку, принялся палить наугад.

Когда они достигли края пандуса, Хорхе отбросил огнемет и кинулся на помощь, подхватил Бренду под руку. Томас, отойдя в сторону, позволил ему и Минхо перетащить Бренду через невысокий бортик.

Ньют открыл огонь, выпуская снаряды направо и налево, пока те не закончились.

У Томаса обоймы хватило еще на один выстрел.

Наемники поняли: пришло их время — и всем скопом покинули укрытие. Побежали, паля на ходу, к бергу.

— Не перезаряжай! — крикнул Томас Ньюту. — Уходим!

Ньют развернулся и похромал вверх по пандусу. Томас шел следом за ним, и, как только переступил бортик, в спину что-то ударило. Затрещало, и в тело будто вонзилась одномоментно тысяча молний. Томас упал и покатился вниз, дергаясь в конвульсиях, а остановился лишь на полу самого ангара, за пределами пандуса.

Все вокруг потемнело.

ГЛАВА ДЕВЯТНАДЦАТАЯ

Глаза оставались открытыми, но Томас ничего не видел. Впрочем, нет, он видел дуги слепящего света. Ни моргнуть, ни зажмуриться. Все болит; кожа как будто плавится и стекает с мускулов и костей. Даже крикнуть не получается — тело словно живет само по себе. Руки-ноги дергаются — не остановишь.

В ушах трещало и щелкало от разрядов, однако постепенно Томас сумел расслышать другой звук: низкий, дробный гул, от которого чуть не раскалывался череп. Томас, балансируя на краю обморока, догадался: это разогревается берг. Из сопл уже, наверное, бьют снопы голубоватого пламени.

И эти кинули. Сначала Тереза и Фрайпан, теперь — ближайшие друзья и Хорхе. Очередного предательства Томас не переживет. Он хотел закричать — несмотря на пронзающие тело иглы боли, на запах паленого. Нет, не бросят его, он уверен...

Постепенно зрение стало проясняться. Белые сполохи перед глазами стали слабее, уменьшились.

Томас моргнул. Над ним стояли двое или трое людей в черном и целились ему прямо в голову. Наемники.

Убьют? Или доставят обратно к Крысуну для опытов? Один из черных заговорил, но разобрать слова — из-за треска статики в ушах — Томас не смог.

И вдруг наемников смели пронесшиеся мимо две размытые фигуры. Друзья, это точно его друзья. Сквозь дым Томас видел лишь высокий потолок. Боль почти прошла, осталось онемение. Может, попробовать пошевелиться? Томас качнулся вправо, перекатился влево и — перебарывая слабость и головокружение — приподнялся на локте. Последние крохотные змейки молний скользнули с него в цементный пол. Видимо, худшее позади.

Сместившись еще немного в сторону, Томас оглянулся: Минхо и Ньют повалили двух наемников и пинают их, бьют почем зря, вышибая кланк. Хорхе — между ними, палит во все стороны из огнемета.

Остальные наемники или спрятались, или повержены, иначе не добиться бы глэйдерам такого успеха. Или же наемники притворились, что отступают, — перешли в иную фазу игры, каких ПОРОК припас, наверное, немало.

Черт с ними. Сейчас Томасу хотелось одного — бежать из лаборатории как можно скорее. А средство побега совсем рядом, ждет.

Застонав, Томас перекатился на живот, приподнялся на четвереньки. Звенело стекло, трещали разряды, грохотало оружие, и визжали, рикошетя, пули. Томас был совершенно беззащитен, беспомощен — его могли вновь подстрелить. Ну ладно! Отстранившись от всего, он пополз к пандусу берга.

Сопла корабля извергали ревущее пламя, само судно вибрировало, заставляя дрожать пол. Вот он, край пандуса, еще несколько футов...

Надо всем отступать. Томас хотел окликнуть друзей, но из горла вырвался слабенький хрип. Раненым псом, превозмогая себя, Томас переполз через порог и стал подниматься по наклонной. Мышцы болели, накатывала тошнота. В ушах стоял грохот перестрелки, звенели натянутые нервы — в любой момент в Томаса мог угодить электрозаряд или пуля.

На полпути вверх Томас обернулся: все трое друзей отступали за ним.

Минхо остановился перезарядиться. Нет, нельзя стоять — подстрелят! Однако вот Минхо закончил, вогнал обойму в пушку и снова открыл огонь. Друзья достигли края пандуса.

Томас заскулил по-собачьи, пытаясь заговорить.

— Все! — выкрикнул Хорхе. — Хватайте его и тащите на палубу!

Латинос пронесся мимо в глубь корабля. Что-то громко щелкнуло, и привод, зарыдав, стал поднимать пандус. Томас сам не заметил, как упал лицом прямо на рубчатую поверхность. Кто-то подхватил его, перенес на палубу. Наконец люк закрылся и замки заперли его наглухо.

— Прости, Томми, — пробормотал на ухо Ньют. — Можно было и понежнее, да, но...

Теряя сознание, Томас тем не менее испытывал дикую радость — наконец, наконец они покидают ПОРОК. В попытке издать счастливый вопль Томас едва слышно хрюкнул, закрыл глаза и провалился во тьму.

ГЛАВА ДВАДЦАТАЯ

Очнувшись, Томас увидел над собой Бренду: встревоженную, бледную, со следами запекшейся крови; на лбу — сажа, на щеке — синяк. И только при виде чужих ран Томас вспомнил, что и его подстрелили. Тело налилось болью. Интересно, как эти электрогранаты сказываются на здоровье? Хорошо еще, всего одну схлопотал.

— Я сама только что очнулась, — сказала Бренда. — Как себя чувствуешь?

Томас попытался приподняться на локте, и тут же в раненой ноге стрельнула острая боль.

— Как мешок с кланком.

Кто-то уложил его на низкую койку в грузовом отсеке, среди разномастной мебели. Минхо и Ньют наслаждались заслуженным отдыхом, прикорнув на уродливых диванах и закутавшись в пледы до подбородка. Как дети, которые прячутся под одеялками. Скорее всего это Бренда их укрыла.

Бренда поднялась с колен и присела в ветхое кресло неподалеку.

— Мы часов десять проспали.

— Серьезно? — Не может быть, Томас ведь только что заснул... то есть вырубился. Однако Бренда утвердительно кивнула, и он спросил: — Мы летим так долго? И куда же? На Луну?

Томас сел на койке.

— Нет, — ответила девушка. — Просто Хорхе отлетел миль на сто и приземлился где-то в поле. Он и сам сейчас спит. Пилотам отдых нужнее, чем остальным.

— Черт, ну мы с тобой и подставились... Признаться, мне больше по нраву самому спускать курок.

Томас потер лицо и от души зевнул, а заметив на руках ожоги, спросил:

— Шрамы останутся?

— Нашел о чем беспокоиться! — рассмеялась Бренда.

Томас невольно улыбнулся. А ведь она права.

— Итак, — сказал Томас и продолжил чуть медленнее: — Там, в штабе ПОРОКа, мне не терпелось бежать. Зато теперь не знаю, что делать. Каков внешний мир? Ведь не вся же планета превратилась в Жаровню?

— Нет, — ответила Бренда. — Только тропические страны. Правда, в остальных регионах климат тоже не подарок. Выжить удалось лишь нескольким городам. Выбор у нас небольшой, но благодаря иммунитету, может, и работу сумеем найти.

— Работу, — эхом повторил Томас, будто прежде не слышал такого слова. — Ты уже об устройстве жизни подумываешь?

— Еду-то покупать надо.

Томас не ответил. Осознание реальности обрушилось на него всей тяжестью: если уж бежать и прятаться в реальном мире, то и вести себя надо соответственно. Но разве возможен нормальный жизненный уклад в мире, где свирепствует Вспышка? Вспомнились друзья.

— Тереза, — сказал он.

Бренда от неожиданности слегка вздрогнула.

— Она-то здесь при чем?

— Можно узнать, куда она увела остальных?

— Хорхе уже выяснил — пробил через следящую систему берга. Они рванули в город под названием Денвер.

Томас насторожился.

— Значит, и ПОРОК сумеет нас отыскать?

— Ты не знаешь Хорхе. — Бренда проказливо улыбнулась. — Он так управляется с системой слежения — залюбуешься. По крайней мере какое-то время будем опережать ПОРОК на шаг или два.

— Денвер, — немного погодя произнес Томас, будто пробуя странное слово на вкус. — Где это?

— Высоко в Скалистых горах. Хорошее место для убежища, ничем не хуже других. Климат после солнечных вспышек восстановился там довольно быстро.

Да плевать на местность, главное — отыскать Терезу, восстановить группу целиком. Зачем — Томас пока и сам не знал и не был готов обсуждать это с Брендой.

— На что похож Денвер?

— Да на любой другой крупный город. Вход зараженным туда заказан, а население наугад и очень часто проверяют на вирус. Для зараженных даже построили отдельный городок по другую сторону долины. Тем, у кого иммунитет, платят огромные деньжищи, если они соглашаются присматривать за шизами. Работка опасная. И город, и приют хорошо охраняются.

Несмотря на постепенно возвращающуюся память, Томас почти ничего не знал о тех, кто наделен иммунитетом. Помнил только, что Крысун говорил о них.

— Дженсон сказал, что люди ненавидят иммунных. Будто их называют иммуняками. Что он имел в виду?

— Подцепив болячку, ты понимаешь, что умрешь — рано или поздно, это лишь вопрос времени. Как бы мы ни старались, какие карантины ни устанавливали, вирус все равно проникает в общество. Вообрази себя на месте больного и представь ситуацию... представь, что иммунным ничего не сделается. Вспышка на них никак не влияет, они даже не переносят вирус. Как можно относиться к таким людям спокойно? Не испытывая ненависти?

— Наверное, ты права, — ответил Томас, радуясь про себя, что наделен иммунитетом. Лучше быть ненавидимым, чем больным. — Разве нельзя сделать нас привилегированными членами общества? Нам ведь болезнь не страшна? Это ценное свойство, его можно использовать.

Бренда пожала плечами.

— Так нас и используют, особенно в правительстве и в охране. И все равно большая часть людей нас ненавидит. Потому-то иммунным и платят так много за работу, иначе они не согласились бы на службу. Многие даже пытаются скрыть свой иммунитет или поступают на работу в ПОРОК, как мы с Хорхе.

— Когда вы с ним познакомились? На работе или до нее?

— Встретились мы на Аляске, в тайном лагере, где собирались иммунные. Хорхе стал мне как дядя и поклялся всегда и везде оберегать. Папу моего тогда уже убили, а мама выгнала меня из дому, едва узнав, что сама подцепила вирус.

Томас уперся локтями в колени.

— Ты же говорила, что твоего папу застрелили наемники ПОРОКа. И ты все равно пошла работать на них? Добровольно?

— Вопрос выживания, Томас. — Взгляд ее потемнел. — Ты даже не представляешь, как хорошо устроился под опекой ПОРОКа. Снаружи, в реальном мире, люди на все готовы, лишь бы протянуть еще денек. У шизов и иммунных проблемы разные, да, но жить хотят все. И те и другие.

Растерянный Томас ничего не ответил. Он и знал-то о жизни лишь по опыту в Лабиринте и Жаровне да из обрывочных воспоминаний о детстве. Внутри сейчас образовалась пустота, Томас чувствовал себя лишним в этом мире, никому не нужным.

Сердце вдруг сдавила боль.

— Интересно, что стало с моей мамой? — произнес он и сам поразился вопросу.

— С твоей мамой? Ты ее помнишь?

— Мне иногда снятся сны про нее. Кажется, это возвращается память.

— И что ты вспомнил? Какой была твоя мама?

— Ну... мама как мама. Любила меня, заботилась, волновалась. — Голос надломился. — Ко мне так никто не относится. Больно даже представить, как она сходит с ума, думать о том, чем для нее все закончилось. В какого кровожадного шиза...

— Хватит, Томас. Не надо. — Бренда взяла его за руку. Помогло. — Лучше подумай, как она обрадовалась бы, что ты все еще жив и борешься. Она умерла, зная, что у тебя есть иммунитет, есть шанс вырасти, повзрослеть. Не важно, насколько ужасен мир вокруг. И потом, ты очень и очень не прав.

Все это время Томас смотрел в пол, но на последних словах Бренды поднял голову и произнес:

— Ч-что?

— Минхо, Ньют, Фрайпан — они твои друзья и заботятся о тебе. Даже Тереза. Она совершала тогда в Жаровне ужасные вещи лишь потому, что верила: иного пути нет. — Помолчав немного, Бренда тихим голосом добавила: — И Чак тоже.

Боль в сердце только усилилась.

— Чак. Он... он же... — Томас замолчал, собираясь с духом. Убийство Чака — вот за что поистине стоит ненавидеть ПОРОК. Какое же благо в смерти безобидного паренька?!

Наконец Томас успокоился и продолжил:

— Чак умер у меня на руках. У него на лице застыл дикий ужас... Нельзя так. Нельзя так с людьми поступать. Мне все равно, кто что говорит. Плевать, сколько людей спятит и подохнет. Пусть даже вся наша раса вымрет. Если бы смерть Чака стала единственной ценой за вакцину, я бы и тогда отказался ее уплатить.

— Успокойся, Томас. Ты себе сейчас пальцы переломаешь.

Парень и сам не заметил, как выпустил руку Бренды. Взглянул на занемевшие сцепленные пальцы и разжал.

Бренда печально кивнула:

— В городе посреди Жаровни я изменилась бесповоротно. Прости, за все прости.

Томас покачал головой:

— У тебя причин извиняться не больше, чем у меня. Все мы по уши вляпались. — Застонав, он улегся назад на койку и стал смотреть в решетчатый потолок.

После долгой паузы Бренда заговорила вновь:

— Знаешь, может, нам и стоит поискать Терезу. Присоединиться к основной группе. Они бежали — значит, на нашей стороне. Не стоит их судить слишком строго. Вдруг им пришлось бросить нас? Я нисколько не удивляюсь ни тому, как они поступили, ни тому, куда отправились.

Томас посмотрел на Бренду. Кто знает, вдруг она права?

— Значит, и нам стоит рвануть в этот...

— Денвер.

Томас кивнул. Откуда-то пришла уверенность, и мысль стала казаться ему вполне удачной.

— Ага, в Денвер.

— Учти, мы летим туда не только из-за твоих друзей, — улыбнулась Бренда. — В Денвере нас ждет кое-что поважнее.

ГЛАВА ДВАДЦАТЬ ПЕРВАЯ

Что может быть важнее? Томас в нетерпении уставился на Бренду.

— Ты ведь знаешь, что у тебя в голове, — продолжила девушка. — Поэтому... что нас должно заботить больше всего?

Томас подумал немного.

— ПОРОК следит за нами и может манипулировать нашим мозгом.

— В точку.

— И поэтому?.. — От нетерпения Томас чуть локти не кусал.

Бренда снова села на стул и подалась вперед, возбужденно потирая ладони.

— В Девере живет один человек по имени Ганс. Как и мы, он иммунен. По профессии врач. Когда-то он работал на

ПОРОК, но потом начались терки с начальством из-за протоколов, связанных с мозговыми имплантатами. Ганс считал, что вживлять в мозг подобные устройства бесчеловечно, что руководство переходит границы дозволенного и очень рискует. ПОРОК не отпускал Ганса, однако бежать ему все же удалось.

— Охрана у них фиговая, — пробормотал Томас.

— Нам же лучше, — ухмыльнулась Бренда. — В общем, Ганс — гений. Он знает все об имплантатах, до последней мелочи, и сейчас находится в Денвере. Успел прислать весточку оттуда по Сети, как раз перед тем как меня отправили в Жаровню. Доберемся до Ганса, и он вытащит эти штуковины из ваших голов. Ну или хотя бы обезвредит их. Не знаю, как они устроены, но если кто и может справиться с имплантатами, так это Ганс. ПОРОК он ненавидит не меньше нашего и помочь согласится с радостью.

Подумав немного, Томас произнес:

— Если нашими мозгами манипулируют, то мы в заднице. Я раза три видел, что имплантаты делают с людьми.

Алби в Хомстеде, борющийся с невидимой силой; Галли, мечущий нож в Чака; Тереза в лачуге посреди пустыни, пытающаяся заговорить с Томасом. Одни из самых горьких воспоминаний.

— Точно, ПОРОК умеет манипулировать людьми, принуждать к действиям. Они не видят твоими глазами и не слышат то, что слышишь ты, но обезвредить имплантат необходимо. Если ПОРОК подберется достаточно близко и решит, что игра стоит свеч, они возьмут тебя в оборот. Нам этого совсем не нужно.

Да, подумать есть над чем.

— Причин лететь в Денвер достаточно. Посмотрим, что скажут Минхо и Ньют, когда проснутся.

Бренда кивнула:

— Хорошо, ждем. — Она подошла к Томасу и поцеловала в щеку. Кожа тут же покрылась мурашками. — Знаешь, в туннелях под городом я не всегда притворялась. — Бренда помолчала, глядя на Томаса, затем добавила: — Пойду разбужу Хорхе. Он устроился на мостике.

Она вышла из кладовой, а Томас остался сидеть, надеясь, что не залился краской. Он вспомнил, как прижималась к нему Бренда тогда, в Подвалах. Заложив руки за голову, Томас лег на койку и попытался переварить все услышанное. Наконец появилась цель, есть куда двигаться. На губах заиграла легкая улыбочка — и не от одного только поцелуя.

* * *

Совещание Минхо назвал по старинке советом. Под конец голова у Томаса раскалывалась от пульсирующей боли, глаза лезли из орбит. Минхо выступил за адвоката дьявола: меча в Бренду злобные взгляды, критиковал ее план по каждому пункту. Понятное дело, надо учесть все недостатки и слабые стороны задумки, но ведь можно было дать девушке передышку.

В ожесточенных спорах и бесконечных прогонах плана по кругу прошел час. В конце концов единогласно решили: в Денвер лететь надо. Берг предстояло посадить на частном аэродроме и там представиться группой иммунных, которые ищут работу в правительственном транспортном управлении. Повезло, что ПОРОК не больно-то афиширует свои действия и корабль беглецам достался немаркированный. Ребята сдадут анализы на вирус, и после их впустят в город. Ньюту предстояло остаться на борту и ждать, чего остальные добьются в Денвере.

После нехитрой трапезы Хорхе отправился в кабину пилота. Сказал, что отлично выспался, зато остальным велел спать дальше — до города еще несколько часов лету, да и кто знает, когда в следующий раз получится найти место для отдыха.

Под предлогом, что болит голова, Томас отошел в дальний угол и устроился в кресле с откидной спинкой. Хотелось побыть в одиночестве. Свернувшись калачиком, спиной к остальным, укрылся пледом. Так уютно он себя давно не чувствовал. Томас боялся будущего и в то же время испытывал умиротворение, ведь скоро ему помогут развязаться с ПОРОКом. Навсегда.

Он вспоминал побег, раз за разом прокручивая события в голове и все больше убеждаясь, что бежать удалось без «помощи» ПОРОКа. Слишком уж много решений принимали ребята в последнюю долю секунды, слишком много было импровизации. И наемники бились яростно, всерьез намереваясь удержать подопытных и их сообщников.

Наконец сон освободил Томаса от мыслей.

Ему всего двенадцать, он сидит в кресле напротив грустного мужчины. В комнате одно-единственное смотровое окошко.

— Томас, — заговаривает мужчина. — В последнее время ты часто отвлекаешься. Давай сосредоточимся на важном. Телепатическое общение вам с Терезой дается отлично, и в остальном прогресс налицо, по всем статьям. Нельзя раскисать, соберись.

Томасу становится стыдно, а после — стыдно за этот самый стыд. Сейчас бы убежать и запереться в спальне. Мужчина все видит и понимает.

— Мы не выйдем из этой комнаты, пока ты не докажешь готовность и решимость. — Слова звучат словно смертный приговор из уст бессердечного судьи. — Отвечай на мои вопросы как можно искренне. Прочувствуй ответ всем сердцем, понял?

Томас кивает.

— Зачем мы здесь? — спрашивает мужчина.

— Из-за Вспышки.

— Этого мало. Поясни.

Томас не торопится. Недавно он проявил характер, недоверие к руководству, но если сейчас ответить так, как того хочет печальный мужчина, Томасу все простят и он вернется к работе.

— Не молчи, — торопит мужчина.

И Томас выдает на автомате давно заученный текст:

— Солнечные вспышки испепелили большую часть нашей планеты. В результате ослабла защита многих правительственных учреждений. В одной из лабораторий военного Центра контроля заболеваний произошла утечка: на волю вырвался искусственно выведенный боевой вирус. Началась пандемия, пострадали все густонаселенные районы Земли. Болезнь стала известна как Вспышка. Члены правительств, пережившие катастрофу, объединили силы и ресурсы, создав ПОРОК. Они собрали самых одаренных из обладающих иммунитетом людей. Затем началась разработка особой матрицы: схемы функционирования мозга, пораженного вирусом, но не поддающегося болезни. Результаты работы приведут...

Томас говорит и говорит, без остановки и с ненавистью к каждому слову.

Томас — тот, что спит, — разворачивается и бежит прочь, в темноту.

ГЛАВА ДВАДЦАТЬ ВТОРАЯ

Томас решил рассказать друзьям о своих снах. Поделиться подозрениями, что это частички памяти, которая понемногу просачивается через барьер.

Когда все расселись по стульям и креслам на второй за день совет — поближе к кабине пилота, чтобы Хорхе слышал, — Томас заставил друзей пообещать хранить молчание, пока он не закончит. И только потом поведал о снах: начав с детства, как его забрал у матери ПОРОК, как выяснилось, что у Томаса иммунитет, рассказал об уроках телепатии с Терезой. Рассказал все, что вспомнил.

— Ну и как нам это поможет? — спросил Минхо. — Я только возненавидел ПОРОК еще сильнее. Хорошо, что мы сбежали. Надеюсь, Терезу больше никогда не увижу, не то... ух!

Заговорил Ньют, ставший в последнее время раздражительным и отстраненным:

— Бренда просто принцесса по сравнению с этой всезнайкой, так ее разэтак.

— Хм... и что я должна сказать? Спасибо? — закатила глаза Бренда.

— А у тебя когда настроение переменилось? — сказал что сплюнул Минхо.

— Чего? — не поняла Бренда.

— Когда это ты так люто возненавидела ПОРОК? Ты же работала на них и помогала дурить нас в Жаровне. Потом даже хотела надеть на нас маску-вспоминалку... и вот ты снова с нами. С какой стати перебежала на нашу сторону?

Устало вздохнув, Бренда заговорила, и голос ее дрожал от гнева:

— Я не перебегала на вашу сторону просто потому, что никогда не была на их стороне. Никогда. Мне не нравились их методы, да только я в одиночку — или даже с Хорхе — ничего не смогла бы поделать. Затем я повстречала вас, мы вместе прошли через Жаровню, и... стало ясно: смысл бороться есть.

Так, пора менять тему.

— Бренда, как думаешь: ПОРОК попробует нами манипулировать? — спросил Томас. — Они вмешаются в наши дела?

— Вот потому я и предлагаю идти к Гансу. — Она пожала плечами. — Сама могу лишь гадать, на что пойдет ПОРОК. До сих пор они решались манипулировать людьми в поле зрения операторов. Вы, парни, в бегах, вас не видно, неизвестно, где вы, что вы делаете. Управлять вами на таком расстоянии, вслепую — большой риск.

— Почему же? — сказал Ньют. — Можно заставить нас подрезать себе ноги или приковать себя к стулу, пока нас не найдут наемники.

— Говорю же, вы слишком далеко. И вы нужны ПОРОКу целыми и невредимыми. Спорю, что за вами выслали в погоню кого только можно. Вот попадемся на глаза агентам, и ПОРОК начнет вами манипулировать. Сто процентов. Потому-то нам и надо в Денвер.

Томас для себя все давно решил.

— Летим в Денвер, и точка, — сказал он. — Это больше не обсуждается. Разве что в другой жизни.

— Отлично, — сказал Минхо. — Я с тобой.

Двое из трех. Все посмотрели на Ньюта.

— Я шиз, — ответил тот. — На мое мнение можно смело забить.

— В город мы тебя не возьмем, — игнорируя его слова, предупредила Бренда. — Подождешь хотя бы, пока Ганс не прооперирует Томаса и Минхо. Уж мы позаботимся, чтобы ты не по...

Договорить она не успела. Ньют резко встал и врезал кулаком по стене.

— Да мне плевать на эту хрень в башке. Я все равно скоро слечу с катушек. Но нельзя же перед смертью носиться по городу, распространяя заразу.

Томас внезапно вспомнил о конверте в кармане. Пальцы сами собой дернулись к заветному посланию.

Все молчали.

Ньют сильно помрачнел.

— В общем, не надорвитесь, уговаривая меня! — прорычал он наконец. — И так понятно, что чудесное лекарство ПОРОКа не сработает. Да и на фиг надо, все равно жить больше незачем. Планета превратилась в одну здоровенную кучу кланка. Вы идите в город, а я отсижусь на берге.

И он удалился в другую часть судна.

— Гладко прошло, ничего не скажешь, — заметил Минхо. — Совет, надо думать, закончен?

Встав со стула, он последовал за старшим другом.

Бренда хмуро посмотрела на Томаса.

— Ты… то есть мы правильно поступаем.

— Правильно, неправильно — таких понятий уже нет, — пустым голосом ответил Томас. Отчаянно хотелось спать. — Выбираем между бо́льшим и меньшим злом.

Он встал и отправился к друзьям-глэйдерам, теребя на ходу уголок конверта. Что такого написал Ньют? И когда придет нужный момент?

ГЛАВА ДВАДЦАТЬ ТРЕТЬЯ

Томас никогда особенно не задумывался, как выглядит мир за пределами ПОРОКа. Прежде не было времени, зато сейчас нервы гудели от возбуждения, в животе порхали бабочки. Вот-вот предстояло ступить на неизведанную, свободную территорию.

— Ну что, парни, готовы? — спросила Бренда, когда они покинули берг, всего в сотне футов от бетонной стены с большими металлическими дверьми.

Хорхе громко фыркнул.

— Я уж и забыл, как у них тут мило и приветливо.

— Ты точно все рассчитал? — спросил Томас.

— Помалкивай, *hermano*, и делай как я. Имена берем себе настоящие, фамилии сообщаем вымышленные. В конце концов, главное, что мы обладаем иммунитетом. Нам в городе будут рады: пройдет день или два, и на нас объявят охоту. Очень уж мы для правительства ценные. Кстати, Томас, просто архиважно лишний раз не раскрывать варежку.

— Тебя это тоже касается, Минхо, — добавила Бренда. — Усек? Хорхе состряпал для нас документы, а уж врет он как король воров.

— Без балды, — ответил Минхо.

Хорхе и Бренда первыми направились к дверям, Минхо — за ними. Томас же, увидев высокую бетонную стену, сразу вспомнил Лабиринт и все ужасы, связанные с ним. Особенно ту ночь, когда он прятал Алби от гриверов в плотных зарослях плюща. Хорошо хоть эти стены — голые.

Несчастные сто футов тянулись неимоверно долго, стена и двери росли, по мере того как беглецы приближались к ним.

Когда же наконец они остановились у входа, зажужжал электронный зуммер и женский голос произнес:

— Назовите имена и цель визита.

Хорхе очень громко ответил:

— Я Хорхе Галларага. Это мои помощники: Бренда Деспейн, Томас Мерфи и Минхо Парк. Наша цель — сбор информации и полевые испытания. Я лицензированный пилот берга, все документы у меня при себе, можете проверить.

Из заднего кармана штанов он вытащил несколько карточек и поднес их к объективу камеры в стене.

— Держите, пожалуйста, не убирайте, — попросил женский голос.

Томас вспотел: он был уверен, что дамочка по ту сторону стены вот-вот включит сигнал тревоги, наружу вырвется отряд наемников, которые скрутят всех и отправят назад, в штаб ПОРОКа. И Томаса, разумеется, вновь запрут в белой комнате (в лучшем случае).

Прошло, как ему показалось, несколько минут, и внутри стены защелкало, потом громко стукнуло. Одна из металлических створок открылась, скрипя петлями, наружу. Томас заглянул в щель и увидел пустой коридор, на другом конце которого располагались еще двери — гораздо новее, чем внешние; справа от них, прямо в бетонной стене, размещались непонятные экраны и панели.

— Идем, — позвал Хорхе и уверенно вошел в дверь, словно каждый день прилетал в Денвер как на работу.

Томас, Минхо и Бренда последовали за ним по узкому проходу и остановились у мудреного набора экранов и панелей. Хорхе на самой большой из консолей ввел псевдонимы и идентификационные номера, а закончив, вставил в широкий паз карточки с личными данными.

Ждать пришлось несколько минут. Страх усиливался с каждой секундой, и Томас уже начал жалеть, что они прилетели сюда. Надо было отправиться в другое, не столь защищенное место. Или проникнуть в город иным способом. Охрана видит их насквозь...

ПОРОК наверняка уже разослал по дежурным постам ориентировку на беглецов.

«Спокойно, остынь!» — велел себе Томас и тут же испугался: не сказал ли это вслух.

Женский голос тем временем известил их:

— Документы в порядке. Проследуйте, пожалуйста, к аппарату для проверки на вирус.

Хорхе подошел к стене, и перед ним открылась новая панель — наружу вылез металлический кронштейн с окулярами. Стоило Хорхе заглянуть в них, как сбоку из манипулятора вытянулся проводок и кольнул его в шею. Аппарат зашипел, защелкал; проводок втянулся обратно, и Хорхе отошел в сторону.

Панель целиком развернулась и исчезла в стене, уступив место новой, точно такой же.

— Следующий, — произнес голос.

Бренда тревожно посмотрела на Томаса, затем приблизилась к прибору и заглянула в окуляры. Ее тоже кольнуло в шею; аппарат снова защелкал, зашипел, и Бренда, облегченно вздохнув, отошла.

— Давненько я не проверялась, — шепотом объяснила она Томасу. — Каждый раз нервничаю, как будто иммунитет может исчезнуть.

Голос опять произнес:

— Следующий.

Сначала через процедуру прошел Минхо, затем наступила очередь Томаса.

Как только появился новый проверочный аппарат, Томас приник к окулярам. Приготовился к боли, однако проводок кольнул в шею едва заметно. В окулярах же полыхнули белые и цветные вспышки. В лицо ударил поток воздуха, и Томас зажмурился; когда открыл глаза, увидел сплошную черноту.

Спустя несколько секунд беглецы вновь стояли тесной группкой в ожидании результатов.

Наконец раздался женский голос:

— Вы успешно прошли тест и исключены из группы ОВЗ. В городе вас ждут большие возможности. Впрочем, не торопитесь заявлять кому попало о том, что у вас иммунитет. Население Денвера здорово, однако многие по-прежнему не слишком хорошо относятся к иммунным.

— У нас простенькое дельце, — сообщил Хорхе. — Задержимся на пару недель, не больше. Надеемся, что удастся сохранить наш маленький секрет... в секрете.

— Что еще за ОВЗ? — шепотом спросил Томас у Минхо.

— Типа я знаю, — ответил тот.

Томас хотел уже спросить у Бренды, но она опередила его:

— Опасность вирусного заражения. Хватит глупых вопросов: любой, кто не знает подобной мелочи, выглядит подозрительно.

Томас открыл было рот, намереваясь парировать, однако тут раздался громкий гудок. Двери отворились, и за ними Томас увидел следующий коридор: стены металлические, а в конце — еще одни двойные двери. Да сколько ж можно-то?

— Сейчас, пожалуйста, по одному войдите в проверочную зону, — попросила невидимая женщина. Ее голос как будто сопровождал их по всем шлюзам. — Первый — мистер Галларага.

Хорхе вошел в небольшую комнатку, и двери позади него закрылись.

— Для чего эта проверочная зона? — спросил Томас.

— Для проверки, — просто ответила Бренда.

Томас скорчил рожицу. Тут раздался сигнал, и снова открылись двери. Хорхе за ними уже не было.

— Далее — мисс Деспейн, — усталым голосом попросила женщина-оператор.

Бренда кивнула Томасу и вошла в проверочную зону. Спустя минуту наступила очередь Минхо — тот взглянул на Томаса и очень серьезным тоном произнес:

— Если по ту сторону не увидимся, помни: я тебя люблю.

Томас закатил глаза, а Минхо исчез за дверьми.

Вскоре дама пригласила Томаса. Он шагнул вперед, двери затворились, и его омыло сильным потоком воздуха; несколько раз громко бибикнуло. Потом открылись последние двери, и Томас вышел наружу.

Сердце принялось бешено колотиться. Мимо шли люди, целыми толпами.

Успокоился Томас лишь тогда, когда заметил товарищей. Суета вокруг поражала: мужчины и женщины спешили куда-то, прижимая к лицам тряпки. Томас с друзьями оказался в обширном атриуме, прозрачный купол которого пропускал много света. За углом высились небоскребы — не чета тем, что стоят в Жаровне, — и в лучах солнца сверкали подобно бриллиантам. Пораженный Томас даже забыл о страхе.

— Не так уж все и плохо, а, *muchacho*? — спросил Хорхе.

— Мне даже понравилось, — сказал Минхо.

Томас невольно продолжал озираться по сторонам, восхищенно оглядывать здание, в которое они вошли.

— Где мы? — наконец спросил он. — Кто все эти люди?

Он посмотрел на троих друзей — те глядели на него, явно стыдясь такого попутчика. Наконец Бренда сменила гнев на милость и грустно пробормотала:

— Да-да, ты же у нас потерял память. — Широко раскинув руки, она произнесла: — Это место называется «молл»; он тянется вдоль всей защитной стены. Здесь в основном магазины и деловые офисы.

— Я еще никогда не видел столько... — Он умолк, заметив мужчину в темно-синей куртке. Незнакомец приближался, неотрывно глядя на Томаса. Глядя не особенно весело.

— Осторожно, — предупредил Томас друзей и кивнул в сторону незнакомца.

Мужчина подошел раньше, чем они успели среагировать. Коротко кивнув в знак приветствия, он сказал:

— Прошел слух о беглецах из штаба ПОРОКа. Речь скорее всего о вас, если судить по бергу, на котором вы прилетели. Настоятельно рекомендую принять совет, а именно: ничего не бойтесь, нам нужна только ваша помощь. Приходите, безопасность гарантируем.

Он вручил Томасу записку и ушел, не дожидаясь ответа.

— Я не понял: это что было? — произнес Минхо. — О чем он?

Томас прочел послание:

— Тут сказано: «Срочно приходите на встречу, я работаю на организацию «Правая рука». Жду вас в доме на углу Кенвуд и Брукшир, квартира 2792».

А когда Томас увидел, чьей рукой подписано письмо, у него в горле встал ком. Побледнев, Томас взглянул на Минхо и произнес:

— Это от Галли.

ГЛАВА ДВАДЦАТЬ ЧЕТВЕРТАЯ

Оказалось, Бренде и Хорхе даже не надо объяснять, кто такой Галли. Они работали на ПОРОК довольно давно и были в курсе, как Галли стал в Глэйде отщепенцем, как, обретя память во время Метаморфозы, сделался врагом Томаса. Сам же Томас помнил лишь злобного паренька, метнувшего нож в Чака. Когда Чак истек кровью, Томас набросился на Галли с кулаками и чуть не забил того насмерть. Слава Богу, он жив — если, конечно, записка действительно от него. Томас и правда ненавидит Галли, однако убийцей из-за него становиться не хочется.

— Не мог он тебе записку прислать, — убежденно заявила Бренда.

— Почему это? — спросил Томас. Волна облегчения постепенно сходила на нет. — Что стало с Галли, после того как мы ушли? Он...

— Умер? Нет. Ему неделю в лазарете сломанную скулу восстанавливали. Только это еще пустяки — куда сильнее он пострадал душевно. Его же использовали как инструмент для убийства. Мозгоправы решили, что эмоциональный опыт Галли-убийцы очень полезен. Они все заранее спланировали, даже то, что Чак загородит тебя собой.

Злость на Галли утихла, но до конца не исчезла. Распалив огонь ярости, Томас направил его на ПОРОК, возненавидев эту организацию еще больше. Галли — ушлепок, да, но если Бренда говорит правду, он стал бессознательным инструментом. И еще выходит, что Чак погиб не случайно. Совсем не случайно...

Бренда продолжила рассказ:

— Говорят, мозгоправ, который придумал ситуацию с ножом, сделал из нее очередную Переменную. Считывались не только твои мозговые волны, но и волны свидетелей убийства. Чак тоже внес свою лепту: его мозг сканировали до последнего.

Томаса охватил такой гнев, что юноша испугался, как бы не выместить его на первом попавшемся прохожем. Вдохнув через сжатые зубы, Томас дрожащей рукой провел по волосам.

— Я уже ничему не удивляюсь, — процедил он, не разжимая челюстей.

— Разум Галли не справился с перегрузкой, — сказала Бренда. — Парня отослали подальше, решив, наверное, что никто не поверит свихнувшемуся ребенку.

— Так почему он не мог прислать мне записку? — переспросил Томас. — Вдруг он выздоровел? Нашел дорогу сюда?

Бренда покачала головой.

— Слушай, возможно все, но я видела Галли перед ссылкой. Он вел себя как больной Вспышкой: грыз стулья, плевался, кричал во всю глотку и рвал на себе волосы.

— И я его таким видел, — добавил Хорхе. — Как-то Галли проскользнул мимо охраны и побежал нагишом по коридорам. Все вопил, будто у него по венам жуки ползают.

Томас попробовал рассуждать логически.

— Что за «Правая рука», о которой он написал?

Ответил Хорхе:

— Ходят слухи о некой тайной организации, которая вознамерилась свергнуть ПОРОК.

— Тем более надо следовать указаниям в записке.

— Сначала отыщем Ганса, — возразила Бренда.

Томас потряс у нее перед носом клочком бумаги.

— Мы идем к Галли. Нам нужен проводник по городу.

Чутье подсказывало, что направление выбрано правильное.

— Что, если нас заманивают в ловушку? — предположила Бренда.

— Во-во, — откликнулся Минхо. — Об этом ты и не подумал.

— Нет. — Томас покачал головой. — Не надо больше пытаться их перехитрить. ПОРОК иногда вынуждает меня действовать обратно тому, как я хотел бы поступить, по их мнению.

— Чего-о? — хором переспросили все трое и в непонятках уставились на Томаса.

— Отныне я поступаю так, как мне подсказывает интуиция, — растолковал свою речь Томас. — И сейчас она говорит мне пойти на встречу с Галли... или хотя бы выяснить, от него ли записка. Он глэйдер, и у него есть все основания быть на нашей стороне.

Друзья не нашлись что возразить.

— Вот и отлично, — подытожил Томас. — Молчание — знак согласия. Рад, что вы со мной. А теперь — как нам побыстрее добраться по адресу?

Бренда картинно вздохнула.

— Ты про такси не слышал?

Наскоро пообедав в кафе, беглецы поймали такси. Когда Хорхе протянул водителю карточку для оплаты, Томас вновь испугался: ПОРОК может отследить перевод денег. Шепотом — чтобы водитель не услышал — он спросил об этом у Хорхе. Латинос ответил обеспокоенным взглядом.

— Тебя страшит осведомленность Галли? — догадался Томас. — То, как он узнал о нашем прилете?

Хорхе кивнул:

— Есть такое. Впрочем, если верить тому парню в синем, была утечка информации. Новость о нашем побеге дошла до «Правой руки», вот они нас и ждут. Я слышал, у них база в Денвере.

— Или все из-за Терезы, группа которой прибыла в Денвер раньше нас, — добавила Бренда.

— Твоей карточкой точно можно расплачиваться? — все еще неуверенно спросил Томас.

— Не бойся, muchacho, прорвемся. Здесь ПОРОКу за нами придется побегать. В городе довольно просто смешаться с толпой. Расслабься.

Расслабиться, говорите? Томас откинулся на спинку сиденья и стал глядеть в окно.

От потрясающего вида перехватило дыхание. Из воспоминаний о детстве Томас знал о летающих коп-машинах — автоматических вооруженных беспилотниках. Однако подобное великолепие он видел впервые: небоскребы, светящиеся рекламные голограммы, бесконечный поток людей... как можно было такое забыть?! Или же ПОРОК неким образом манипулирует сейчас зрительным нервом Томаса, заставляя видеть несуществующее?

Так, может, мир вовсе не так плох? Вон сколько народу спешит по делам, поддерживая привычный быт и жизнь в обществе. Однако чем дальше они ехали, тем больше Томас подмечал деталей. И тем больше усиливалась тревога: люди насторожены, старательно избегают друг друга — и не просто из вежливости. Почти каждый прижимает к лицу тряпку.

Стены зданий были обклеены плакатами: где-то порванными, где-то закрашенными из баллончиков, — которые предупреждали о Вспышке, сообщали меры предосторожности, напоминая о том, как опасно покидать город. Разъясняли, как вести себя при встрече с инфицированным. На некоторых изображались портреты конченых шизов, на других — некой женщины: лицо напряженное, волосы убраны назад, — а внизу девиз: «СОВЕТНИК ПЕЙДЖ ЛЮБИТ ВАС».

Советник Пейдж... Имя Томас вспомнил моментально. Бренда говорила: ей можно доверять. Томас уже повернулся к Бренде и хотел спросить, но промолчал. Лучше подождать, когда рядом не будет лишних ушей. Дальше шли те же плакаты с изображением Советника, только покрытые слоем граффити: с рогами и усиками ее было совсем не узнать.

По тротуарам чуть ли не толпами ходили патрульные: красные рубашки, на лицах металлические респираторы, в руках — пистолеты и миниатюрные приборы для проверки на вирус. Чем дальше такси уезжало от внешней стены, тем грязнее становились улицы: всюду мусор, почти на каждой стене граффити, окна выбиты, — и хотя солнце отражалось от стекол на верхних этажах, место все равно выглядело до жути темным.

Машина свернула в переулок, и Томас поразился царившей здесь пустоте. Наконец таксист притормозил у панельной двадцатиэтажки и возвратил Хорхе карточку. Приехали, пора выходить.

Едва вся компания выбралась наружу, такси умчалось прочь. Хорхе указал на ближайшее крыльцо.

— Нам туда, квартира 2792 на втором этаже.

Минхо, присвистнув, заметил:

— Тут мило.

И правда: глядя на сложенные из тускло-серого кирпича, покрытые граффити дома, Томас начал нервничать. Подниматься по лестнице совсем не хотелось. И уж тем более не хотелось заглядывать внутрь.

Бренда подтолкнула его в спину.

— Ты привел нас сюда, шагай.

Тяжело сглотнув, Томас зашел в подъезд, поднялся на второй этаж и замер перед дверью квартиры номер 2792: исцарапанная, покореженная, она словно провисела здесь на петлях тысячу лет. От выцветшей зеленой краски осталось лишь несколько хлопьев.

— Безумие, — прошептал Хорхе. — Мы спятили.

— Томас однажды выбил из Галли кланк, — фыркнул Минхо. — Выбьет и на сей раз.

— Если только Галли не притаился там с пушками.

— Может, заткнетесь? — одернул их Томас. Нервы начинали пошаливать. Не говоря больше ни слова, он постучался, и через несколько мучительно долгих секунд дверь открыли.

Перед ними стоял Галли собственной персоной. Однако перемены с его лицом произошли поразительные: жуткие шрамы, похожие на тонких белых слизней, правый глаз почти не открывается, нос — и без того крупный и неровный — заметно смещен в сторону.

— Рад видеть, — дребезжащим голосом произнес Галли. — Вы как раз к концу света.

ГЛАВА ДВАДЦАТЬ ПЯТАЯ

Отступив назад, Галли приоткрыл дверь пошире.

— Проходите.

При виде его изувеченного лица Томас ощутил вину. Он не знал, что сказать или сделать, и потому заставил себя просто кивнуть и войти.

В темной комнате было чисто и пахло беконом. Мебели Томас не заметил; на широком окне висела желтая простыня, отчего создавался причудливый и страшноватый световой эффект.

— Присаживайтесь, — сказал Галли.

Томасу не терпелось узнать, как «Правая рука» проведала об их побеге и что им нужно, однако чутье подсказывало, что лучше проявить выдержку: пока придется играть по правилам хозяев.

Беглецы уселись в ряд на голом полу, и Галли — перед ними, словно судья; страшный в приглушенном свете, он смотрел на них налитым кровью, опухшим глазом.

— Минхо ты помнишь, — неловко начал Томас. Минхо и Галли коротко кивнули друг другу. — А это Бренда и Хорхе. Они работали на ПОРОК, но сейчас...

— Я знаю, кто они такие, — перебил его Галли. Голос его звучал отнюдь не безумно — скорее безжизненно. — Утырки из ПОРОКа вернули мне прошлое. Без спросу, смею добавить. — Он вперил взгляд в Минхо и полным сарказма тоном напомнил: — Ты был очень мил со мной во время последнего совета. Спасибо за все.

Томас поморщился, сжался, когда перед мысленным взором всплыла картина: Минхо хватает Галли и, швырнув на пол, сыплет угрозами.

— Тяжелый день выдался, — ответил Минхо.

Он серьезно?! По лицу не скажешь. И Минхо, похоже, вовсе не жалеет о содеянном.

— А, ну да, — произнес Галли. — Кто прошлое помянет — тому глаз вон, так?

Затем хихикнул, как бы подсказывая, что забывшему прошлое — так и оба глаза положено выколоть. Минхо, впрочем, вины явно не ощущал. В отличие от Томаса.

— Прости, Галли, за то, что я с тобой так, — глядя пареньку в глаза, произнес Томас. Лишь бы тот поверил, понял, что ПОРОК — их общий враг.

— Ах, простить тебя? Я убил Чака. Он мертв. По моей вине.

Никакого облегчения Томас не испытал, лишь грусть.

— Это не твоя вина, — успокаивающе произнесла Бренда.

— Кланк собачий, — отозвался Галли. — Будь у меня воля, я бы сумел воспротивиться контролю. Мне казалось, что цель — Томас, не Чак. Того бедолагу я бы в жизни не тронул.

— Как великодушно, — заметил Минхо.

— То есть моей смерти ты хотел? — уточнил Томас, удивленный искренностью Галли.

Тот поморщился.

— Вот только не надо ныть. Тебя я ненавидел больше, чем кого бы то ни было. Хотя прошлое пусть останется в прошлом. Пора поговорить о будущем, потому что конец света на носу.

— Э, э, секунду, *muchacho*, — остановил его Хорхе. — Сначала ты расскажешь все, что приключилось с тобой с момента ссылки и до сих пор, до этой самой минуты.

— Как вы узнали о нашем приезде? — добавил Минхо. — И когда? Что за странный чувак доставил нам записку?

Галли снова хихикнул, и его лицо сделалось еще страшнее.

— Вот так поработаешь на ПОРОК и совсем перестанешь людям верить. Точно я говорю?

— Они правы, — произнес Томас. — Рассказывай, что с тобой случилось. Тебе ведь нужна наша помощь?

— Ваша помощь? — переспросил Галли. — Я бы не сказал. Просто у нас общие цели.

— Послушай, мы не можем просто так взять и поверить тебе. Так что давай колись.

Выдержав порядочную паузу, Галли начал:

— Того, кто доставил вам записку, зовут Ричард, он член группы под названием «Правая рука». У них агенты в каждом городе, что остался на нашей обожженной планетенке. Главная цель «Правых» — уничтожить наших старых друзей, «ЭТО ПОРОК», пустить деньги и влияние ПОРОКа на действительно важные дела. Но борьба с такой огромной и могущественной организацией требует больших ресурсов. «Правые» жаждут действия, однако им не хватает кое-какой информации.

— О «Правых» мы слышали, — призналась Бренда. — Как ты к ним попал?

— У них в штабе ПОРОКа есть свои люди. Они добрались до меня и намекнули: дескать, если притвориться психом, меня отошлют. Я бы на все пошел, лишь бы смотаться из лаборатории. Так случилось, что «Правым» нужен был информатор, которому известно строение лабораторного комплекса, охранные системы и тому подобное. В общем, они напали на конвой и освободили меня. Привезли в Денвер. О вашем побеге мы узнали из анонимного сообщения в Сети. Я-то думал, оно от вас, ребята.

Томас взглянул на Бренду, ожидая от нее объяснений. Девушка в ответ лишь пожала плечами.

— Значит, письмо не от вас, — заключил Галли. — Тогда, может быть, ПОРОК разослал ориентировку? Для охотников за головами или еще кого? Короче, как только мы узнали о побеге, то сразу хакнули базы данных аэродромов. Так и стало ясно, где приземлится ваш берг.

— Ты пригласил нас поговорить о свержении ПОРОКа? — спросил Томас. Даже слабая перспектива войны и победы вселяла надежду.

Галли очень медленно кивнул.

— Тебя послушать, так все легко и просто, но в общем-то да, поговорить надо о войне с ПОРОКом. Насущных проблем у нас, впрочем, целых две.

— Какие же? — в нетерпении спросила Бренда. — Излагай.

— Полегче, барышня.

— Что за проблемы? — вмешался Томас.

Метнув на Бренду злобный взгляд, Галли посмотрел на Томаса.

— Во-первых, поговаривают, будто в городе, несмотря на все меры предосторожности, свирепствует Вспышка. Правительство всячески замалчивает этот факт, потому что в верхах администрации как раз и засели инфицированные. Шишки жрут анальгетики. Они запросто общаются со здоровыми и тем самым распространяют вирус дальше. Думаю, то же творится во всем мире. Такого зверя взаперти не удержишь.

Желудок свело от страха, едва Томас вообразил, как шизы заполоняют планету. Он и представить не мог, насколько все запущенно. Если Вспышка окончательно вырвется из-под контроля, иммунитет не спасет.

— Так есть еще и вторая проблема? — спросил Минхо. — Первой мало, что ли?

— Вторая беда — люди вроде нас.

— Люди вроде нас? — смущенно переспросила Бренда. — Иммунные?

— Ну да, — подался вперед Галли. — Их крадут, они исчезают. Куда — неизвестно. Сорока на хвосте принесла новость, будто иммунных продают в лабораторию ПОРОКа как материал для Переменных, на случай если придется начать эксперимент заново. Правда это или нет, но за последние полгода число иммунных сократилось вдвое во всех городах. И по большей части люди пропали без следа. Народу они нужны и даже очень, просто никто этого не осознает. Недостаток иммунных уже начинает отрицательно сказываться.

Страх усилился.

— Нас ненавидят. Люди терпеть не могут иммунных, разве нет? Вдруг нас убивают поодиночке? — Альтернатива показалась Томасу еще страшнее: ПОРОК крадет иммунных и заставляет проходить те же испытания, что и глэйдеров.

— Вряд ли, — ответил Галли. — Моя сорока — источник надежный, и от похищений за версту несет ПОРОКом. Обе проблемы создают опасное сочетание: по городу гуляет зараза, хотя правительство вовсю отрицает этот факт. И нас становится все меньше и меньше. Что бы на самом деле ни творилось, в конце концов Денвер вымрет. Что станет с другими городами — я не знаю.

— Ну а мы здесь при чем? — спросил Хорхе.

— Тебе что, плевать на гибель цивилизации?! — поразился Галли. — Города разваливаются. Скоро кругом станут бродить одни психопаты, мечтающие сожрать тебя на ужин.

— Конечно, нам не плевать, — ответил за Хорхе Томас. — Но что от нас требуется?

— Эй, я знаю только то, что у ПОРОКа одна цель — найти лекарство. Опыты обречены на провал, это и так ясно. Будь у нас деньги и власть ПОРОКа, мы обратили бы ресурсы на действительно благое дело: уберегли здоровых от заразы. Я думал, ты в этом тоже заинтересован.

Конечно. Конечно, Томас хочет спасти выживших. Отчаянно хочет.

Не дождавшись ответа, Галли пожал плечами.

— Терять нам особенно нечего. Можем и попытаться.

— Галли, — заговорил Томас, — ты знаешь что-нибудь о Терезе и тех, кто бежал с ней?

Галли кивнул:

— Да, их мы тоже отыскали. Проинформировали, как и вас. Кто, по-твоему, моя сорока?

— Тереза, — прошептал Томас. В душе зажглась искорка надежды: вдруг Тереза, обретя память, вспомнила о мерзких делишках ПОРОКа? Вдруг после операции она приняла сторону Томаса? И заявления вроде «ПОРОК — это хорошо» останутся наконец в прошлом?

— Верно. Она призналась, что не желает повторения экспериментов. И вроде как надеется отыскать тебя. Кстати, есть еще кое-что...

— Новые проблемы? — простонал Томас.

Галли пожал плечами:

— Куда без них сегодня? Один из наших, пока искал вас, подслушал тревожные сплетни — о беглецах из лаборатории. Вряд ли тебя отследили, но о том, что ты направился в Денвер, ПОРОК, похоже, догадался.

— И что? — спросил Томас. — О чем сплетни?

— За голову некоего Ганса дают крупную награду. Он работал на ПОРОК, и теперь его хотят убить. Ты же к нему прилетел?

ГЛАВА ДВАДЦАТЬ ШЕСТАЯ

Бренда поднялась с места.

— Мы уходим. Прямо сейчас. Пошли.

Хорхе и Минхо вскочили первыми. Надо было сразу послушаться Бренду. Главное все же отыскать Ганса и обезвредить маячок в голове. Если нейрохирурга и правда ищут, то следует поторопиться.

— Галли, поклянись, что ты рассказал нам правду.

— Клянусь, все до последнего слова — правда. — Изувеченный глэйдер даже не шевельнулся, не встал. — «Правая рука» жаждет действия, они прямо сейчас — пока мы лясы точим — планируют одну операцию. Но им не хватает сведений о внутреннем устройстве ПОРОКа. Кто лучше тебя может рассказать о нем? Если удастся привлечь на нашу сторону Терезу — так вообще здорово будет. У нас теперь каждый живой глэйдер на счету.

Ладно, Галли верить можно. Они с Томасом раньше ненавидели друг друга, зато сейчас у них общий враг. Пора объединяться в команду.

— Если захотим примкнуть к «Правым», что от нас потребуется? — спросил Томас. — Нам вернуться сюда? Или искать другую точку?

Галли улыбнулся:

— Возвращайтесь сюда. Принимаю гостей всю следующую неделю. Каждый день, до девяти утра. Буду ждать. Вряд ли за эти семь дней мы что-либо предпримем.

— А потом? — нетерпеливо спросил Томас.

— То, что вам нужно знать, я уже рассказал. Хотите большего — возвращайтесь, жду.

Томас и Галли пожали друг другу руки.

— Я тебя ни в чем не виню, — признался Томас. — Во время Метаморфозы ты видел, чем меня заставлял заниматься ПОРОК. Так что я бы и сам себе не доверился. Знаю, Чака ты убивать не хотел, но на дружеские объятия не рассчитывай.

— Взаимно.

Бренда ждала у двери, однако у самого порога Галли перехватил Томаса за локоть.

— Мир еще можно попытаться спасти.

— Дождись нас, — ответил Томас и вышел вслед за друзьями. Вернулась надежда, и больше он не страшился неизвестности.

Ганса нашли только на следующий день.

Хорхе подыскал дешевый мотель, где ребята и устроились на ночь, предварительно купив новую одежду и продукты. Пока Томас с Минхо ковырялись в Сети, Бренда и Хорхе обзванивали каких-то знакомых. Наконец, спустя несколько часов напряженных поисков, через десятые руки удалось добыть адрес Ганса. Было уже поздно, и беглецы завалились спать: Минхо с Томасом на полу, остальные двое — на кроватях.

Наутро они умылись, позавтракали и, переодевшись в новое, пошли ловить такси. Водитель отвез их по адресу — к многоквартирному дому чуть лучше того, в котором обитал Галли.

Поднявшись на четвертый этаж, они постучали в серую металлическую дверь. Женщина, открывшая им, упорно твердила, что никаких Гансов не знает. Хорхе не сдавался, и наконец из-за плеча женщины выглянул седой мужчина с массивной челюстью.

— Впусти их, — мрачным голосом велел он хозяйке.

Минуту спустя Томас и трое его компаньонов уже сидели за шатким кухонным столиком. Ганс не слишком-то гостеприимно присел в сторонке.

— Рад видеть тебя живой и здоровой, Бренда, — сказал он наконец. — И тебя, Хорхе. Правда, я не в настроении беседовать за жизнь. Выкладывайте, зачем пришли.

— Полагаю, основная причина тебе и так ясна, — ответила Бренда, кивая в сторону Томаса и Минхо. — Еще мы узнали, что ПОРОК назначил награду за твою голову. Надо спешить: проведи операцию и сразу беги отсюда.

Последний пункт, казалось, никак не взволновал Ганса. Пожав плечами, седой взглянул на двух потенциальных клиентов.

— Хотите избавиться от имплантатов, так?

Томас кивнул. Он нервничал и притом торопился покончить с делом.

— Я только хочу вырубить управляющее устройство, воспоминания не нужны. И еще: как именно ты проводишь операции?

Ганс брезгливо поморщился.

— Нет, вы только послушайте! Бренда, что за труса ты привела? У него коленки трясутся.

— Я не трус, — не давая ответить Бренде, заявил Томас. — Просто ко мне в голову кто только не залезал.

Ганс хватил ладонями по столешнице.

— Кто сказал, что я полезу к тебе в голову? Ты не так сильно мне нравишься.

— Вежливых людей в Денвере не осталось? — пробормотал Минхо.

— Даю три секунды, народ. Потом вышвырну вас из моей квартиры.

— Так, все заткнулись, быстро! — крикнула Бренда и зашептала Гансу почти в самое ухо: — Дело важное. Томас сам очень важен, и ПОРОК пойдет на все, чтобы вернуть его. Этих гадов нельзя подпускать к Томасу и Минхо слишком близко, иначе их мозгами начнут манипулировать.

Ганс окинул Томаса пристальным взглядом ученого, рассматривающего образчик некой субстанции.

— По мне, так обычный мальчик. — Покачав головой, он встал. — Мне нужно пять минут, чтобы приготовиться.

Сказав это, он вышел через боковую дверь в соседнюю комнату. Оставалось гадать, узнал ли он Томаса, вспомнил ли, чем тот занимался для ПОРОКа до отправки в Лабиринт.

Вернувшись в кресло, Бренда вздохнула:

— Могло быть и хуже.

Ну да, все самое худшее еще впереди. Хорошо, что Ганс согласен помочь. Правда, чем больше Томас поглядывал в сторону соседней комнаты, тем сильнее нервничал. Сейчас совершенно незнакомый человек в антисанитарной обстановке вскроет ему череп.

— Зассал, Томми? — хихикнул Минхо.

— Забываешь, *muchacho*, — напомнил Хорхе, — что тебе предстоит та же операция. Пять минут — и седовласый дедуля будет готов. Мужайся.

— А, чем скорее — тем лучше, — ответил Минхо.

В висках появилась пульсирующая боль, и Томас, придвинувшись к столу, обхватил ладонями голову.

— Томас? — прошептала Бренда. — Тебе плохо?

Томас ответил было:

— Да просто...

Но слова застряли в горле; позвоночник пронзила острая боль. Через мгновение ее и след простыл, однако потом резко вытянулись как по струнке руки и ноги — и Томас, дрожа, съехал на пол. Ударившись спиной о твердую плитку, он вскрикнул и попытался восстановить контроль над телом. Не смог. Стопы сами собой сучили по полу, лодыжки бились о ножки стола.

— Томас! — завопила Бренда. — Что с тобой?

Томас соображал отчетливо, но не в силах был управлять собственным телом. Рядом возник Минхо и попытался его успокоить. Хорхе, выпучив глаза, застыл как громом пораженный.

Вместо слов с губ срывались только брызги слюны.

— Ты меня слышишь? — громко спросила Бренда. — Томас, ответь: в чем дело?

Внезапно страшная судорога прошла, конечности обмякли. Двигать ими сознательно, впрочем, тоже не выходило — как Томас ни тужился. Он вновь попробовал заговорить — тщетно.

— Томас? — в ужасе позвала Бренда.

Неким образом руки и ноги снова пришли в движение. Тело вопреки воле начало поднимать себя с пола. Томас хотел закричать и не смог.

— Прошло? — спросил Минхо.

Томас действовал, бездействуя, и оттого запаниковал. Голова развернулась в сторону двери, через которую вышел хозяин квартиры. Ни с того ни с сего Томас произнес:

— Я... вам... не позволю.

ГЛАВА ДВАДЦАТЬ СЕДЬМАЯ

Нечто чуждое — несмотря на отчаянное сопротивление — овладело мышцами.

— Они захватили тебя, Томас! — кричала Бренда. — Борись!

Томас толкнул Бренду — и девушка упала. Хорхе метнулся было защитить ее, но Томас опередил его — ударил, в кровь разбив ему губу.

— Я... вам... не позволю! — На сей раз это был крик. Такой сильный, что от натуги заболело горло. Мозг словно превратился в машину, запрограммированную выдавать одну-единственную фразу-предупреждение.

Бренда тем временем поднялась на ноги, Минхо недоуменно взирал на друга, а Хорхе — глядя на Томаса полными гнева глазами — утирал кровь с подбородка.

Предохранитель! Конечно же, он не позволит отключить имплантат. Томас хотел крикнуть друзьям, чтобы его усыпили, и не смог. Оттолкнув Минхо, он шаткой походкой направился в соседнюю комнату. На полпути схватил нож возле мойки. Томас пытался бросить его, но пальцы только крепче сжимались на рукоятке.

— Томас! — прокричал Минхо, выйдя к тому времени из ступора. — Борись, чувак! Гони этих уродов из головы!

Томас — ненавидя себя за слабость, за невозможность сопротивляться, — обернулся и поднял свое оружие. Говорить не получалось. Тело полностью превратилось в живой предохранитель, не дающий отключить имплантат.

— Чего, убьешь меня, кланкорожий? — спросил Минхо. — Зарежешь, как Чака? Ну давай, давай тогда! Кинь в меня нож!

Томас успел испугаться, что именно это и произойдет, однако в следующую секунду тело развернулось в противоположную сторону. И тут вышел Ганс. Похоже, он — главная цель. Тело Томаса убьет любого, кто способен извлечь имплантат.

— Какого черта? — произнес Ганс, изумленно воззрившись на Томаса.

— Я... тебе... не позволю.

— Этого я и боялся, — пробормотал Ганс и крикнул остальным: — Сюда, ребята, помогите мне!

Томас представил, как у него в голове крохотные паучки крутят лапками крошечные колесики механизма — того, что управляет им сейчас. Он стиснул зубы, напрягая волю, однако рука еще выше подняла нож, пальцы крепче сжали рукоять.

— Я те... — Договорить он не успел. Кто-то накинулся на него, выбив из руки нож.

Томас упал, кое-как выгнул шею — и увидел над собой Минхо.

— Никого ты здесь не убьешь, — предупредил друг.

— Слезь! С меня! — завопил Томас, а по чьей воле: ПОРОКа или по своей, — было уже не понять.

Минхо, пыхтя и отдуваясь, надежно прижал Томаса к полу.

— Не слезу! Пока мозги тебе не прочистят!

Томас хотел улыбнуться, но напряженные — все до последнего — мускулы не исполнили даже этой простейшей команды.

— Томас не вернется, пока Ганс не выключит имплантат, — сказала Бренда. — Ганс?

Седой опустился на колени рядом с Томасом и Минхо.

— Поверить не могу, что работал на этих людей. Работал на тебя. — Последнее слово, глядя Томасу в глаза, Ганс практически выплюнул.

А Томас беспомощно наблюдал за происходящим. Все нутро кипело от бесплодных усилий, попыток расслабиться и не мешать Гансу. В следующую секунду живот налился жаром, волна которого устремилась вверх. Томас взбрыкнул и начал высвобождать руки. Тогда Минхо, подобрав ноги, сел ему прямо на спину.

Предохранитель спровоцировал выброс адреналина, и Томас сумел-таки скинуть друга, вскочил на ноги и, подобрав нож, прыгнул на Ганса, ударил, но тот предплечьем отвел лезвие. Полилась кровь. И вот уже седой и юноша сцепились на полу. Как ни противился Томас, его рука продолжала колоть и рубить.

— Держите его! — крикнула где-то рядом Бренда.

Томаса схватили за руки. Кто-то дернул его сзади за волосы, и Томас, завопив от боли, махнул не глядя ножом. Слава Богу, Минхо и Ньют его пересилили, начали потихоньку стаскивать с Ганса. Спина ударилась об пол, нож вылетел из руки. Кто-то ногой оттолкнул его в дальний угол кухни.

— Я вам не позволю! — вопил Томас. Он ненавидел себя, хоть и знал, что не управляет собой.

— Заткнись! — прямо ему в лицо прокричал Минхо. Хорхе тем временем ухватил Томаса за руки. — Ты спятил, чувак! Они тебя с ума сводят!

Отчаянно хотелось сказать: да, мол, ты прав, я сам себе не верю. Минхо же обернулся к Гансу и крикнул:

— Давай уже прочистим ему череп!

— Нет! — закричал Томас. — Не-ет!

Он отбивался со звериной яростью, но четверо оказались ему не по зубам, тем более что каждый схватил его кто за руку, кто за ногу.

Они оторвали его от пола и вынесли в короткий коридор, где Томас умудрился сбить со стен несколько картин в рамках. Зазвенело стекло.

Томас кричал. Сил сопротивляться не осталось — всю энергию забирало восставшее тело. Бросив попытки пересилить предохранитель, Томас боролся с друзьями и Гансом, произносил запрограммированные слова.

— Сюда его! — прокричал Ганс.

Они вошли в тесную лабораторию: два стола с инструментами и койка; над матрасом висела грубая копия маски-вспоминалки.

— Уложите его! — скомандовал Ганс, и Томаса швырнули на койку. Но и тогда он не затих. — Кто-нибудь, перехватите эту ногу. Надо вырубить нашего драчуна.

Минхо, державший до того Томаса за одну ногу, всем весом налег на обе. Томас сразу же вспомнил, как они с Ньютом точно так же удерживали Алби во время Метаморфозы.

Ганс гремел инструментами на столиках. Потом порылся в ящиках стола и, вернувшись, приказал:

— Держите его как можно крепче!

Взревев на пределе возможностей глотки, Томас совершил последний рывок. Одну руку — ту, которую держала Бренда, — удалось освободить, и Томас врезал Хорхе.

— Хватит! — крикнула Бренда, пытаясь вновь удержать Томаса.

Тот выгнулся дугой.

— Я... вам... не позволю! — Еще никогда он не чувствовал такого отчаяния.

— Проклятие, да держите же его! — воскликнул Ганс.

Бренде все же удалось вновь схватить Томаса за руку и придавить ее собственным весом.

Внезапно что-то кольнуло в правую ногу. Странно было сопротивляться чему-то и одновременно желать этого всем сердцем.

Когда наконец в глазах начало темнеть и конечности ослабли, Томас вновь обрел контроль над телом.

— Ненавижу этих утырков, — сказал он и отключился.

ГЛАВА ДВАДЦАТЬ ВОСЬМАЯ

Одурманенный снотворным и обезболивающим, Томас видел сон.

Ему пятнадцать, и он сидит на кровати. В комнате темно, и только одинокая лампа на столе испускает желтоватое свечение.

Тереза, отодвинувшись от стола, сидит на стуле прямо перед Томасом. Лицо ее донельзя скорбное.

— У нас не было выбора, — тихо произносит она.

Томас одновременно и с ней, и не с ней. Он не понимает, о чем говорит Тереза, однако чувствует, что запятнал себя неким ужасным деянием. Они совершили нечто бесчеловечное.

Спящий Томас не помнит этого, но знает: хоть жертвы страшного поступка сами вынесли себе приговор, вина Томаса оттого не становится меньше.

— Выбора не осталось, — повторяет Тереза.

— Знаю, — безжизненным и сухим голосом произносит он.

Барьер, закрывающий доступ к памяти, на мгновение становится тоньше, и в уме проскальзывает страшное слово: «Чистка».

— Том, они сами хотели для себя такого конца, — продолжает Тереза. — Лучше сразу погибнуть, чем годами гнить, сходя с ума. Их больше нет. Способ они выбрали самый быстрый, а нам выбора не оставили. Что сделано, то сделано. Пора создавать новую команду. Мы зашли слишком далеко и не можем остановить эксперимент на полпути.

На мгновение в сердце вспыхивает ненависть к Терезе и тут же гаснет. Тереза просто пытается быть сильной.

— Не жди, что я приму это с радостью. — Так сильно Томас еще ни разу на себя не злился.

Тереза молча кивает.

Спящий Томас тянется к разуму Томаса юного, хочет прочесть его мысли, заглянуть в пока еще незапертую память. Создатели, чей мозг поразила Вспышка, теперь мертвы, прошли Чистку. Их место заняли бесчисленные добровольцы. Уже запущены в работу два параллельных Лабиринта, с каждым годом эксперимент набирает обороты, с каждым днем приносит все больше результатов. Медленно, но верно копятся образцы реакций для спасительной матрицы. Идет подготовка запасных участников.

Вот она, память юного Томаса, — бери не хочу. Однако Томас спящий меняет решение и, развернувшись, уходит.

Прошлое пусть остается в прошлом. Сейчас важно только будущее.

Томас погружается в темную бездну забвения.

Проснулся он без сил, с тупой болью в глазницах. Сон еще теплился в сознании, однако детали уже размывались: после Чистки и смерти Создателей их место заняли другие. Произошла утечка вируса, и Томас с Терезой вынуждены были уничтожить персонал лаборатории. Они двое — обладатели иммунитета, единственные, кто выжил. Томас поклялся себе больше никогда об этом не думать.

Рядом в кресле, уронив голову на грудь, дрых Минхо.

— Минхо, — шепотом позвал Томас. — Эй, Минхо. Проснись.

— А? Чего? — Друг медленно приподнял веки и закашлялся. — Что такое? В чем дело?

— Успокойся, я только хочу знать, как все прошло. Ганс отключил маячки? Мы свободны?

Минхо кивнул, зевая во весь рот.

— Ага, нас обоих отключили. По крайней мере Ганс говорит, что вырубил имплантаты. Чувак, ну ты нам устроил! Все помнишь?

— Еще бы. — Томас даже покраснел от стыда. — Меня словно парализовало, я не мог управлять собой.

— Настоящий ты не пытался бы отфигачить мне наследство!

Томас впервые за долгое время — и к собственной радости — рассмеялся.

— Это почему? Надо же сокращать популяцию будущих Минхонят.

— В общем, за тобой должок.

— Не спорю. — У Томаса теперь перед всей компанией должок.

В лабораторию вошли Бренда, Хорхе и Ганс. Взглянув на их серьезные лица, Томас тут же перестал улыбаться.

— Давайте еще раз заглянем к Галли, чтобы он вас взбодрил речами, — как можно непринужденнее предложил Томас. — Видок у вас, ребята, слишком подавленный.

— Есть повод радоваться, *muchacho*? — спросил Хорхе. — Пару часов назад ты нас чуть ножиком не покоцал.

Томас открыл было рот, собираясь попросить прощения, но Ганс велел замолчать. Посветил ему в глаза фонариком и сказал:

— Ты быстро идешь на поправку. Боль скоро уймется. С тобой пришлось повозиться, все из-за предохранителя.

Томас обернулся к Бренде.

— Так я здоров? Свободен?

— Операция удалась, — ответила девушка. — Убить нас ты больше не пытаешься — значит, имплантат обезврежен. И...

— И — что?

— Ну, ни от Терезы, ни от Эриса сигналов ты теперь принимать не сможешь.

Еще вчера Томас пожалел бы об утраченном «даре», однако сейчас вздохнул с облегчением.

— Ну и фиг с ней, с телепатией. Плохие новости есть?

Бренда покачала головой:

— Нет, но Ганс и его жена пакуют вещи. Рисковать им нельзя, они покинут этот дом. Правда, сначала Ганс даст тебе напутствие.

Ганс, чтобы не мешать, отошел до поры к дальней стене, а сейчас, опустив глаза, вновь приблизился к Томасу.

— Я бы пошел с вами и помог, однако у меня жена, единственный близкий человек. О ней я забочусь в первую очередь. Желаю удачи, пусть у тебя получится то, на что у меня мужества не хватает.

Томас кивнул. Отношение Ганса к нему заметно переменилось. Видно, старый доктор вспомнил, на что способен ПОРОК.

— Спасибо, — сказал Томас. — Если получится остановить ПОРОК, мы за тобой вернемся.

— Там видно будет, — пробормотал Ганс. — Многое решится.

Он отошел обратно к дальней стене. Видно было, что с собой по жизни седой хирург носит тяжкий груз мрачных воспоминаний.

— Что дальше? — спросила Бренда.

Времени на отдых нет, пора действовать.

— Найдем наших друзей и убедим вступить в войну. Потом вернемся к Галли. Единственное, что мне удалось в жизни, так это запустить эксперимент — пыточную для кучки подростков. Пора открывать список добрых свершений. Остановим ПОРОК, пока они не начали Переменные по новой, уже с другими людьми.

— Остановим? — впервые подал голос Хорхе. — Ты о чем это, hermano?

Чувствуя, как крепнет уверенность, Томас взглянул на латиноса.

— Примкнем к «Правой руке».

Никто не ответил.

— Лады, — нарушил молчание Минхо. — Только сначала давайте, что ли, поедим.

ГЛАВА ДВАДЦАТЬ ДЕВЯТАЯ

Ганс и его супруга посоветовали одну кофейню неподалеку от дома. Томас прежде не бывал в подобных местах. (По крайней мере не помнил, чтобы бывал.) У стойки выстроилась очередь: купив кофе с выпечкой, посетители шли к столику или покидали заведение. Томас беспокойно озирался на пожилую даму, которая то и дело ненадолго отнимала от лица марлевую повязку — чтобы отхлебнуть горячего напитка. В дверях стоял патрульный в красной рубашке и металлическом респираторе: каждые несколько минут он на выбор проверял посетителей на вирус при помощи портативного тестера.

Хорхе отправился за едой и напитками; Бренда, Томас и Минхо заняли столик. Рядом на скамейке у широкой витрины пристроился мужчина среднего возраста. К кофе он так и не притронулся: напиток давно остыл, даже пар из стаканчика не шел. Странный посетитель сидел, уперев локти в колени и глядя в стенку напротив.

Пустое выражение у него на лице сразу не понравилось Томасу. Глаза незнакомца словно плавали в глазницах, отражая слабые проблески блаженства. Указав на странного мужчину, Томас пошептался с Брендой. Та ответила: дескать, мужик скорее всего принимает анальгетики. Если его сцапают патрульные — наказания ему не миновать. Томас заерзал на месте.

Скорее бы этот чудак ушел.

Вернулся Хорхе с подносом: купил по сандвичу для каждого. Беглецы ели молча, запивая бутерброды дымящимся кофе. Да, им надо спешить, но Томас радовался, что можно хоть немного посидеть, восстановить силы.

Когда с обедом было покончено и все засобирались, Бренда осталась на месте.

— Ребята, — обратилась она к Хорхе и Минхо, — подождете нас на улице?

— Не понял, — устало возмутился Минхо. — Опять секреты?

— Нет, больше никаких тайн, обещаю. Просто надо коечто сказать Томасу.

Удивленный Томас вернулся на место.

— Иди, — сказал он Минхо. — Сам знаешь: у меня от тебя секретов нет. Бренда тоже в курсе.

Поворчав немного, Минхо все же вышел вслед за Хорхе. Вдвоем они встали на тротуаре у ближайшей витрины. Глядя на Томаса через стекло, Минхо изобразил на лице тупую улыбку и помахал ручкой. Издевается... Томас махнул рукой в ответ и обернулся к Бренде.

— Ну выкладывай, в чем дело.

— Понимаю, надо спешить, но у нас с тобой не так часто получается уединиться. Просто знай: в Жаровне я не всегда притворялась. Я полетела в пустыню по заданию и должна была проследить за ходом тестов, однако... благодаря твоей команде по-новому взглянула на вещи. Я теперь другая. Ты заслужил право узнать еще кое-что — обо мне, о Советнике Пейдж, о...

Томас жестом прервал ее.

— Пожалуйста, хватит.

Бренда удивленно отпрянула.

— К-как? Почему?

— Не желаю ничего знать. Ни-че-го. Меня интересует лишь то, что мы станем делать дальше. Прошлое — твое и ПОРОКа — меня не заботит. Проехали. Пора двигаться.

— Погоди...

— Хватит, Бренда, серьезно. Мы здесь, у нас есть цель. Разговоры только отвлекают.

Выдержав взгляд Томаса, она опустила глаза, посмотрела себе на руки.

— Тогда так: я просто верю в тебя. Ты идешь в правильном направлении. Можешь рассчитывать на мою помощь.

Обиды обидами, но двигаться дальше и правда пора, Томас говорил со всей серьезностью. Бренде не терпится рассказать некую тайну, и Томас, соображая, как бы ответить, посмотрел в сторону. Взгляд его вновь уперся в странного мужчину на лавке. Незнакомец достал из кармана какой-то предмет и прижал к сгибу локтя. Зажмурился на пару секунд, а после посмотрел перед собой затуманенным взором и запрокинул голову, коснувшись затылком витрины.

В этот момент вошел патрульный и направился прямиком к одурманенному наркотиком мужчине. Тот, ни о чем не подозревая, продолжал сидеть на месте. Подле патрульного суетилась болтливая женщина невысокого роста.

Томас, желая получше разглядеть происходящее, подался вперед.

— Томас? — позвала Бренда.

Прижав к губам палец, Томас кивнул в сторону наркомана и патрульного. Дело пахло керосином.

Красный тем временем пнул сидящего на скамейке в ногу, и тот очнулся. Двое мужчин о чем-то заговорили, однако из-за шума и суеты в кофейне Томас их не слышал. Недавно расслабленный и умиротворенный, незнакомец внезапно со страхом взглянул на патрульного.

— Пора выметаться отсюда, — сказала Бренда. — Немедленно.

— Зачем? — Воздух в помещении как будто сгустился. Томасу не терпелось увидеть развязку.

— Идем! — Бренда встала из-за стола и быстро зашагала к выходу. Томас собирался последовать за ней, как вдруг патрульный достал пистолет и прицелился в наркомана. Хотел протестировать его, но наркоман кинулся на Красного. Выбил и прибор, и пистолет — оружие скользнуло куда-то под стойку. Двое сцепились и, опрокинув стол, упали на пол.

Красный заорал. Его голос, проходя сквозь металлический респиратор, казался механическим, как у робота.

— У нас зараженный! Всем покинуть помещение!

В зале воцарилась паника, и люди скопом побежали к единственному выходу.

ГЛАВА ТРИДЦАТАЯ

Зря Томас медлил: надо было бежать следом за Брендой сразу. Несколько человек загородили проход, пытаясь протиснуться в него одновременно. Теперь и Бренде не вернуться обратно в кофейню. Томас, застыв у стола в нерешительности, следил за борьбой Красного и его жертвы.

Впрочем, бежать смысла нет — Томас иммунный; единственное — ему стоит опасаться испуганной толпы. В непосредственной близости от шиза народ обезумел. Неудивительно — есть риск, что хотя бы один да заразился. Надо лишь держаться от людей подальше, следить, как бы не затоптали.

Томас обернулся на стук в витрину: Бренда, стоявшая вместе с Минхо и Хорхе на тротуаре, отчаянно махала ему рукой, звала наружу. Но Томас хотел досмотреть, чем все закончится.

Красный тем временем поборол шиза и прижал к полу.

— Все кончено! Я вызвал подкрепление, — предупредил он жутким металлическим голосом.

Обмякнув, зараженный ударился в слезы. Только сейчас Томас сообразил, что, кроме него и Красного с шизом, в кофейне больше никого не осталось. Повисла зловещая тишина.

Красный взглянул на Томаса.

— Чего встал, парень? Смерти хочешь? — Не давая Томасу ответить, патрульный велел: — Раз уж ты здесь, окажи услугу: подай пистолет.

Он снова обратил все внимание на плененного шиза.

Происходящее казалось Томасу сном. Много он повидал насилия, но чтобы с людьми обращались вот так... Томас побрел к стойке, под которую скользнул пистолет.

— Я... иммунен, — запинаясь, произнес он, опустился на колени и кое-как вытащил из-под нее пистолет. Вернулся с оружием к патрульному.

Красный, даже не поблагодарив Томаса, забрал пистолет и, вскочив на ноги, прицелился шизу прямо в лоб.

— Паршиво, ой как паршиво. Все чаще и чаще случается. Сразу вижу тех, кто кайфом закидывается.

— Так он принимал кайф, — пробормотал Томас.

— Ты видел? — спросил Красный.

— Когда я вошел в кофейню, он уже сидел тут такой... странный.

— И ты никого не предупредил? — Лицо, не прикрытое респиратором, приобрело тот же оттенок, что и рубашка. — С ума сошел?

Чего это Красный так взъелся?

— П-простите... я не понял, в чем дело. Честно.

Зараженный лежал, скорчившись на полу, и всхлипывал. Красный наконец отошел от него и пристально посмотрел на Томаса.

— Как это не понял? Что за... Откуда ты?

Черт, ну и влип.

— Я... просто Томас. Я никто, так... — Что сказать? Какое оправдание придумать? — Я не местный, сэр.

Красный прицелился уже в Томаса.

— А ну сел, быстро! — Он мотнул пистолетом в сторону ближайшего стула.

— Стойте! Клянусь, у меня иммунитет! — Сердце колотилось в груди. — Я только поэтому...

— Опусти зад на стул! Живо!

Колени подогнулись, и Томас плюхнулся на указанное место. Сердце вдруг пропустило удар, когда Томас увидел в дверях Минхо, а за ним — Хорхе и Бренду. Их нельзя втягивать, нельзя подвергать риску. Томас замотал головой, давая друзьям понять, чтобы держались от него подальше.

Стоящих в проходе Красный проигнорировал, все внимание сосредоточив на Томасе.

— Если ты так уверен, что у тебя иммунитет, значит, против теста не возражаешь?

— Нет, — облегченно ответил Томас. Может, патрульный проверит его и сразу отвяжется? — Валяйте тестируйте.

Убрав оружие в кобуру, Красный достал тестер и поднес прибор к лицу Томаса.

— Глаза не закрывать, смотреть в окуляры, — велел он. — Пара секунд — и готово.

Желая поскорее разобраться с недоразумением, Томас выполнил приказ. Вновь он увидел цветные вспышки, вновь по лицу слегка ударило сжатым воздухом и кольнуло в шею — все как тогда, у городских ворот.

Убрав прибор и прочтя показания на небольшом экране, патрульный произнес:

— Нет, вы только посмотрите! Ты, черт возьми, иммунен. Теперь потрудись объяснить, как ты попал в Денвер и почему не знаешь закона о нелегальном употреблении кайфа. Как это ты не распознал наркомана?

— Я работаю на ПОРОК. — Слова вырвались сами собой, Томас даже сообразить не успел. Ему не терпелось поскорее отделаться от назойливого патрульного.

— Я верю тебе не больше, чем этому шизу. Он врет, будто Вспышки у него нет. Будто он принимает кайф просто так. Пока сиди смирно и не рыпайся, не то палить начну.

Томас сглотнул: он не столько испугался, сколько разозлился на себя — за глупость. Повезло же вляпаться в такую нелепую историю!

— Понял, — ответил он.

Патрульный его уже не слышал — прибыла «кавалерия»: четверо в защитных комбинезонах зеленого цвета, больших очках и пресловутых металлических респираторах. Перед мысленным взором замелькали образы: точно такую защиту носили те, кто спас Томаса от инфекции, занесенной ржавой пулей.

— Что стряслось? — механическим голосом спросил один из карантинщиков. — У тебя двое задержанных?

— Не совсем, — ответил патрульный. — Вон тот на стуле — иммуняк. Хотел, как в цирке, на задержание поглазеть.

— Иммуняк? — недоверчиво переспросил второй карантинщик.

— Правильно, иммуняк. Все ломанулись на выход, а он остался. Говорит: хотел посмотреть, что дальше. И это еще полбеды. Он сознательно не выдал шиза, который прямо здесь закидывался кайфом. Видел зараженного и пил себе спокойно кофе.

Все разом посмотрели на Томаса. Тот — не зная, что сказать, — просто пожал плечами.

Шиз тихонько всхлипывал, свернувшись калачиком. Патрульный отступил в сторону, давая дорогу четырем карантинщикам. Один из них сжимал в руках плотный синий предмет. У этой штуковины имелась трубка наподобие ствола, и карантинщик направил ее на больного словно оружие. Томас попытался вспомнить, для чего нужен этот угрожающего вида предмет, — не получилось.

— Вытяните, пожалуйста, ноги, сэр, — попросил карантинщик. — Лежите смирно, не шевелитесь. Постарайтесь расслабиться.

— Я не знал! — взвыл шиз. — Откуда мне было знать!

— Все ты отлично знал! — прикрикнул на него Красный. — Просто так для удовольствия кайф не принимают.

— Мне нравится, как он действует! — жалобным голосом оправдывался задержанный.

— В городе полно дешевых наркотиков. Хватит орать, замолчи. — Красный махнул рукой, словно прогоняя назойливую муху. — Всем плевать на тебя. Пакуйте этого слизня, ребята.

Зараженный свернулся на полу, руками подтянув колени к груди.

— Так нельзя. Я не знал! Просто выгоните меня из города. Обещаю, я не вернусь. Честное слово! — Он разразился новой порцией всхлипов.

— О, не волнуйся, из города тебя выпнут, — пообещал Красный и зачем-то глянул на Томаса. Он словно улыбался под маской. Глаза патрульного блестели азартом. — Смотри, смотри, иммуняк. Тебе понравится.

Ну и сволочь этот патрульный! Томас отвел взгляд и проследил, как четверо в зеленом осторожно приближаются к шизу.

— Вытяните ноги! — повторил один из карантинщиков. — Или вам будет очень больно. Вытяните ноги. Быстро!

— Не хочу! Дайте мне просто уйти!

Оттолкнув карантинщика, патрульный встал над больным и поднес к его голове пистолет.

— Вытяни ноги, или я пущу тебе пулю в мозг. Так всем будет проще. Ну, вытягивай, быстро!

Томас смотрел на патрульного и не верил глазам. Разве может человек совершенно не испытывать сострадания?!

Хныча и дрожа от страха, мужчина все-таки вытянул ноги. Красный, вверив его заботам карантинщиков, отошел в сторону и убрал пистолет в кобуру.

Карантинщик с синим предметом тут же встал над шизом и приставил ему к затылку трубку.

— Постарайтесь не двигаться, — посоветовал он... то есть она. Это была женщина, и ее голос, искаженный респиратором, прозвучал даже неприятнее, чем у ее коллег-мужчин. — Не то лишитесь какой-нибудь части тела.

Что бы это значило? — успел подумать Томас, и тут женщина нажала на кнопку. Из трубки потек синий гель. Вязкий, он окутал сначала голову зараженного, лицо, не дав закричать, затем шею и плечи. Двигаясь вниз по телу, гель застывал, и образовывалась полупрозрачная скорлупа. Всего за несколько секунд она покрыла половину туловища, заполнив каждую складку на коже и одежде, сковав движения больного.

Красный все это время смотрел на Томаса.

— Чего? — произнес тот в ответ на взгляд патрульного.

— Впечатляет, правда? — сказал Красный. — Смотри и наслаждайся. Когда шоу закончится — пойдешь со мной.

ГЛАВА ТРИДЦАТЬ ПЕРВАЯ

Сердце оборвалось.

Патрульный перевел полный садистского блеска взгляд на задержанного — гель к тому времени схватился уже на ногах, заковав несчастного в пластиковый панцирь. Карантинщица выпрямилась. Пустой пакет из-под геля, который Томас поначалу принял за некую разновидность оружия, она сложила и спрятала в карман комбинезона.

— Забираем его, — сказала женщина.

Когда задержанного подняли с пола, Томас вновь посмотрел на патрульного. Тот следил за выносом живого груза. Что, черт возьми, он имел в виду? Куда он поведет Томаса? Зачем? Если бы не пистолет, Томас давно бы сбежал.

Когда карантинщики наконец удалились, пришел Минхо. Он уже почти перешагнул порог кофейни, но тут Красный выхватил пистолет.

— Стой где стоишь! Не входи!

— Так он с нами, — указал Минхо на Томаса. — Нам пора идти.

— Никуда он не пойдет. — Патрульный вдруг замолчал, взглянул на Томаса, потом снова на Минхо и спросил: — Погоди-ка. Так ты тоже иммуняк?

Томас едва-едва успел испугаться за друзей. Минхо, моментально сообразив, что к чему, бросился бежать.

— Стой! — приказал Красный и ринулся к двери.

Вскочив с места, Томас приник к витрине: Минхо, Бренда и Хорхе, перебежав улицу, скрылись за углом. Красный сдался, не захотел преследовать их, а вернулся обратно в кофейню и навел пистолет на Томаса.

— За поведение твоего дружка мне следовало продырявить тебе глотку, и ты бы медленно истек кровью. Благодари Бога за то, что вы, иммуняки, такие ценные. Паршивый сегодня денек; я мог бы пристрелить тебя забавы ради.

Подумать только: Томас прошел невероятные испытания, а в конце совершил такой досадный прокол. Он даже не боялся — скорее был зол на себя самого.

— У меня день тоже прошел не лучшим образом, — пробормотал Томас.

— За тебя мне отвалят кучу бабок. Ничего личного, хотя ты мне с первого взгляда не понравился. Это я так говорю, чтоб ты знал.

Томас улыбнулся:

— Взаимно.

— Смешной ты парень. Поржать любишь, как я погляжу. Посмотрим, как после заката запоешь. Двигай. — Патрульный мотнул стволом пистолета в сторону двери. — Запомни, терпелка у меня слабая, не шучу. Только дернись, и я выстрелю тебе в затылок, а в полиции доложу, что ты был болен и вел себя агрессивно. У нас политика нулевого допуска, знаешь ли. Это значит: даже косо на меня смотреть не смей. Я за такое убиваю и имени не спрашиваю.

Томас прикинул шансы. Вот ведь ирония судьбы: он сбежал от наемников ПОРОКа лишь затем, чтобы попасться в руки обыкновенному муниципальному работнику.

— Не люблю повторять дважды, — предупредил Красный.

— Куда вы меня поведете?

— Придет время — узнаешь. А я слегка разбогатею. Топай давай.

В Томаса уже дважды стреляли, и он помнил: пуля причиняет адскую боль. Пойти с патрульным — единственный способ не нарваться на третье ранение. Глянув на Красного исподлобья, он наконец вышел за порог и остановился. Спросил:

— В какую сторону?

— Налево. Тихо-спокойно пройдем три квартала и снова повернем налево. Там меня ждет машина. Надеюсь, не надо напоминать, что будет, если ты вздумаешь хитрить?

— Вы пристрелите безоружного подростка. Чего тут неясного?

— Знал бы ты, как я ненавижу вас, иммуняков. Пошел, пошел. — Он ткнул Томаса в спину стволом.

Они прошли три квартала в полном молчании. Свернули налево. Было душно, Томас весь покрылся потом, а стоило утереть со лба испарину, как патрульный стукнул его по затылку рукояткой пистолета.

— Хватит дергаться. Не ровен час, я занервничаю и сделаю тебе дырку в голове.

Только невероятным усилием воли Томас заставил себя молчать. Всюду валялся мусор, стены домов на уровне человеческого роста были обклеены постерами: предупреждения о Вспышке, портреты Советника Пейдж, закрытые многослойными граффити. На перекрестке — пока не загорелся зеленый свет — Томас успел прочесть надпись на еще свежем, незакрашенном плакате:

Обращение муниципальных властей

!!!Остановим пандемию Вспышки!!!

Узнай о симптомах болезни, чтобы не заразить своих близких и соседей.

Вирус Вспышки (VC321xb47) — искусственно выведенный — вырвался из военной лаборатории во время глобальной катастрофы. Он вызывает прогрессирующую деградацию мозга, которая проявляется в спонтанных движениях, эмоциональных и умственных расстройствах.

Наши ученые, используя наисовременнейшее оборудование и технологии, проводят клинические испытания, однако стандартные методы лечения не помогают. Болезнь смертельна и передается воздушно-капельным путем.

Гражданам надлежит всеми силами бороться с распространением заразы. Помните о симптомах болезни, следите за собой, не становитесь источником опасности вирусного заражения. Наблюдайте за окружающими. Это первый шаг на пути к победе над вирусом.

О людях с подозрениями на Вспышку следует немедленно сообщить представителю власти.

Дальше говорилось об инкубационном периоде в пять — семь дней; среди ранних симптомов назывались: раздражительность и неуравновешенность, за которыми следуют слабоумие, паранойя и крайняя агрессивность. Все эти проявления болезни Томас неоднократно видел воочию, когда пересекался с шизами.

Красный подтолкнул Томаса в спину, и они пошли дальше. Томас все никак не мог забыть страшного содержания плаката. Та часть, в которой сообщалось о рукотворной природе Вспышки, вызвала смутное чувство, будто Томас знает, о чем речь. Прямым текстом ничего сказано не было, однако между строк он нечто увидел, и на мгновение захотелось вернуть себе память.

— Почти пришли.

Голос патрульного вернул Томаса на землю. Увидев совсем недалеко, в конце квартала, белую машину, Томас принялся отчаянно соображать — как выкрутиться? Вряд ли поездка с патрульным закончится добром. Но и на пулю нарываться не хочется.

— Сейчас ты тихо сядешь на заднее сиденье, — произнес Красный. — У меня там наручники припасены. Ты их сам на себя наденешь. Справишься? Обойдемся без глупостей?

Томас не ответил, цепляясь за надежду: вдруг Минхо и остальные где-то поблизости и думают, как его спасти? Надо отвлечь внимание патрульного, потянуть время.

Наконец они подошли к белой машине. Патрульный — постоянно держа Томаса на мушке — приложил к окну с водительской стороны ключ-карту. Щелкнули замки, и он открыл заднюю дверь.

— Полезай внутрь. Без геройства.

Томас медлил, украдкой оглядывая улицу — никого и ничего, только... что это? Краем глаза он уловил какое-то движение. Невдалеке по воздуху пролетел гудящий аппарат размером с легковушку, развернулся и направился в сторону Томаса.

Коп-машина.

— Я сказал, полезай внутрь, — повторил патрульный. — Браслеты в бардачке посередине.

— Вообще-то к нам летит коп-машина.

— Да, и что? Она просто совершает облет, следит за порядком. Оператор на моей стороне, то есть сегодня не твой день, здоровяк.

Томас тяжело вздохнул. Попытка отвлечь патрульного не удалась.

Где же друзья? Оглядевшись в последний раз, Томас полез в салон машины. В следующий миг раздался грохот пулеметной очереди. Патрульный, дергаясь и корчась, пятился. Пули рвали его в клочья и высекали искры из металлического респиратора. Красного прижало к стене ближайшего дома; пистолет выпал из руки, маска слетела.

Патрульный осел и завалился на бок. В глазах его застыли удивление и ужас.

Грохот стих. Томас замер, ожидая, что его расстреляют следующим. Коп-машина тем временем опустилась у самой раскрытой двери. Эти штуковины автоматические, но огневая мощь у них будь здоров. Из динамика на крыше беспилотника раздался голос:

— Вылезай, Томас.

Юноша задрожал. Этот голос он узнал бы где угодно.

К нему обращался Дженсон. Крысун.

ГЛАВА ТРИДЦАТЬ ВТОРАЯ

Удивлению Томаса не было предела. Оправившись немного, он вылез наружу. Коп-машина зависла в воздухе совсем рядом. Открылась боковая панель, и с экрана монитора на Томаса взглянул Дженсон.

Какое облегчение... Самого Крысуна на борту нет. Зато он через глазок камеры скорее всего видит Томаса.

— В чем дело? — спросил наконец Томас, все еще под впечатлением. На мертвеца он старался не смотреть. — Как вы меня нашли?

— Поверь, поиски потребовали немалых усилий и вдохновения, — как всегда пафосно, сказал Дженсон. — Кстати, я только что спас тебя от охотника за головами. Не стоит благодарностей.

Томас хохотнул.

— Он от вас и ждал награды! Чего вы хотите?

— Буду откровенен, Томас. Единственная причина, по которой мы не явились за тобой в Денвер, — это астрономически возросший риск заражения. Я вынужден соблюдать осторожность. Настоятельно советую тебе вернуться в лабораторию и завершить тесты.

С какой стати?! Нашел дурака! Впрочем, кричать и спорить не следует. Труп патрульного — довольно красноречивая демонстрация силы, вести себя надо как минимум не вызывающе.

— Зачем мне возвращаться?

Сохраняя бесстрастное выражение, Дженсон ответил:

— Обработав данные, мы наконец выбрали Последнего Кандидата. Это ты, Томас. Ты нужен нам, от тебя зависит будущее.

«Черта с два!» Но этими словами от Дженсона не отделаешься, поэтому Томас запрокинул голову, притворившись, будто думает.

— Покумекать надо, — сказал он.

— Рассчитываю на тебя. — Выдержав паузу, Крысун добавил: — Не могу не сообщить одной детали. Главным образом потому, что она повлияет на твое решение. Заставит осознать важность нашей просьбы.

Томас облокотился на крышу белой машины. Он вымотался — и физически, и душевно.

— Ну что там у тебя?

Дженсон поморщился, отчего еще больше напомнил крысу. Таким людям в радость сообщать дурные известия.

— Дело касается твоего друга Ньюта. Боюсь, ему грозит чудовищная опасность.

— Опасность? — Предчувствуя недоброе, Томас ощутил, как сводит желудок.

— Ты ведь в курсе, что он болен Вспышкой, и даже видел первые ее проявления?

Томас кивнул и вспомнил вдруг о записке в конверте.

— Да.

— Что ж, организм Ньюта довольно вяло сопротивляется вирусу. Еще до побега у него случались приступы ярости и расстройство внимания. Очень скоро Ньют начнет терять рассудок.

Сердце будто стиснула невидимая рука. Ньют лишен иммунитета, и Томас принял этот факт, но думал, что пройдут недели — если не месяцы, — прежде чем болезнь проявится в полную силу. Впрочем, Дженсон дело говорит: стресс и нагрузки спровоцировали ухудшение. А ведь Ньют совсем один, за чертой города...

— Ты бы мог спасти его, — тихо произнес Дженсон.

— Балдеешь, да? Тебе нравится издеваться над нами.

Дженсон покачал головой.

— Я всего лишь выполняю свои обязанности, Томас. И найти лекарство мечтаю больше остальных. Ну разве что за исключением тебя. Ты просто не помнишь этого.

— Сгинь.

— Надеюсь, приглашение ты примешь. У тебя есть шанс совершить великий подвиг, Томас. Жаль, что мы с тобой такие разные. Не забывай: надо спешить. Время уходит.

— Покумекаю на досуге. — Томас заставил себя повторить эту фразу.

Соглашаться с Крысуном неохота, однако иным способом время не протянуть. Если выбесить Дженсона, участь Томаса ожидает незавидная. Достаточно вспомнить патрульного — расстреляют из пулемета, и вся недолга.

Крысун улыбнулся:

— О большем просить не смею. Надеюсь, вернешься.

Экран почернел, панель закрылась, и коп-машина улетела прочь. Томас смотрел, как она исчезает за углом. Когда же гул ее двигателей стих, Томас наконец взглянул на патрульного — и тут же отвернулся. Не хватало еще мертвецов рассматривать.

— Вон он!

Томас резко обернулся — к нему по тротуару бежал Минхо. Следом за ним Бренда и Хорхе. Еще никогда Томас так не радовался друзьям.

При виде мертвеца Минхо резко встал.

— Сра... кто его так? — Он обернулся к Томасу. — С тобой-то что было? Не задело? Это ты стрелял?

Томас ни с того ни с сего чуть не рассмеялся.

— Ага, я вынул из кармана автомат и изрешетил чувака.

Минхо явно не оценил сарказма. Он хотел уже что-то сказать, но Бренда его опередила:

— Кто стрелял?

Томас ткнул пальцем в небо.

— Прилетела коп-машина и принялась палить. Потом у нее в боку открылась панель с экраном, а на экране — Крысун. Пытался убедить меня вернуться к ПОРОКу.

— Чувак, — произнес Минхо, — ты же не...

— Да выслушай меня! — вскричал Томас. — Я бы и не подумал к ним возвращаться, но они так сильно нуждаются во мне. Это можно использовать. Беспокоиться надо о Ньюте. Идем к бергу, проведаем его. Дженсон сказал, что Ньют слишком быстро поддается Вспышке.

— Вот прямо так и сказал?

— Ну да. — Томас уже жалел, что наорал на Минхо. — Я ему верю. Ты же видел, как Ньют ведет себя в последнее время.

Минхо взглянул на друга глазами, полными боли. Верно, он ведь знает Ньюта на два года дольше, чем Томас, и привязался к нему сильнее.

— В общем, надо его проведать, — повторил Томас. — Помочь как-нибудь.

Минхо, кивнув, отвернулся, а Томас вдруг испытал сильное искушение прочесть записку Ньюта. Нет-нет, не время, момент не пришел.

— Уже поздно, — сказала Бренда. — Если днем власти кое-как справляются с ситуацией, то на ночь просто отгораживаются от внешнего мира. Ворота города запирают.

Только сейчас Томас заметил, что на улице темнеет. Небо приобрело оранжевый оттенок.

Хорхе, хранивший до того молчание, произнес:

— Следует приготовиться к проблемам посерьезнее. Что-то странное творится, muchachos.

— В каком смысле? — спросил Томас.

— Люди словно испарились с улиц. Попадаются одни подозрительные типы.

— Просто народ перепугался из-за инцидента в кофейне, — напомнила Бренда.

Хорхе пожал плечами:

— Не знаю, не знаю... У меня от этого города мороз по коже, hermana. Он словно живой и готовит нам мерзкий сюрприз.

По спине у Томаса пробежали мурашки. Мыслями он вернулся к Ньюту.

— Если поторопимся, успеем к закрытию ворот? Можно выбраться иным путем?

— Попытка не пытка, — ответила Бренда. — Хорошо бы такси поймать. Ворота на другом конце города.

— Тогда вперед.

Они побежали вниз по улице. Заметив мрачное выражение на лице Минхо, Томас от души понадеялся, что друг не психанет в самый неподходящий момент.

ГЛАВА ТРИДЦАТЬ ТРЕТЬЯ

За целый час им не встретилось ни одной машины, не говоря уже о такси. Попадались редкие прохожие, да оглашали вечерние улицы жутковатым гулом коп-машины. Время от времени издалека доносились звуки, которые напоминали Томасу о Жаровне: чересчур громкие голоса, крики, нездоровый смех. И чем больше сгущалась над городом тьма, тем менее храбрым чувствовал себя Томас.

Наконец Бренда остановилась.

— Надо переждать до утра. Транспорт не достать, а идти слишком далеко. Завтра продолжим путь с новыми силами.

Не хотелось признавать, однако Бренда высказала здравую мысль.

— Должен быть способ выбраться из города, — возразил Минхо.

Хорхе положил руку ему на плечо.

— Бесполезно, hermano. До аэродрома миль десять, нас по дороге могут ограбить, подстрелить или просто до смерти отдубасить. Бренда права: сейчас лучше отдохнуть. Ньюту поможем завтра.

Казалось, Минхо готов врубить упрямца, но нет: согласился. Хорхе его убедил. Беглецы в огромном городе и совершенно в нем не ориентируются.

— Далеко до нашего мотеля? — спросил Томас. Хоть бы Ньют протянул еще ночь один.

— Несколько кварталов, — ответил Хорхе, указав налево, и повел остальных за собой.

До мотеля оставалось пройти всего ничего, когда Хорхе вдруг остановился. Прижав палец к губам, другую руку он поднял в предупреждающем жесте. От чувства опасности защекотало нервы.

— В чем дело? — шепнул Минхо.

Хорхе медленно огляделся по сторонам. Томас тоже обвел глазами окрестности, гадая, что встревожило старшего товарища. Темноту нарушал свет редких фонарей, и Томас видел вокруг мир, сотканный из жутких теней. И за каждой из них притаилось нечто ужасное.

— Дело-то в чем? — переспросил Минхо.

— Позади нас как будто кто-то шепчется. Больше никто...

— Вон там! — Вскрик Бренды громом разорвал тишину. — Видели?

Она указывала влево. Томас напряг зрение, но ничего не заметил. Лишь пустую улицу.

— Из-за того дома кто-то вышел и сразу шмыгнул обратно. Клянусь, я видела.

— Эй! — позвал Минхо. — Покажись!

— С ума сошел? — прошептал Томас. — Айда в мотель!

— Не ссы, чувак. Если нас хотят пристрелить, тогда чего тянут?

Томас устало вздохнул. Добром это не кончится.

— Надо было сразу вас предупредить, — сказал Хорхе. — Как только я услышал этот шепот.

— Может, ничего страшного? — ответила Бренда. — Если нам грозит опасность, то нельзя стоять посреди улицы. Идемте.

— Эй! — вновь крикнул Минхо, и Томас аж подпрыгнул на месте. — Эй, ты! Покажись!

Томас ударил его в плечо.

— Хватит уже, я не шучу.

Друг не обратил на него внимания.

— Мы ждем, выходи давай!

Кто бы ни прятался в тени, на призыв он не ответил. Минхо собрался пересечь улицу, однако Томас схватил его за руку.

— Ну уж нет. Даже думать не смей. Вокруг темно, вдруг это ловушка или еще что похуже? Идем, выспимся и завтра будем вести себя бдительней.

Минхо даже спорить не стал.

— Ладно, девчонка. Только я, чур, сплю на кровати.

В номере Томас долго ворочался, не в силах заснуть. Разум то и дело возвращался к мысли о том, кто бы мог их преследовать. И всякий раз Томас вспоминал о Терезе и остальных. Где они? Может, это Тереза шпионила за отделившейся от основной группы четверкой? Или же Галли и «Правые»?

Жаль терять столько времени — целую ночь. Ньют там один — вдруг с ним что-то случилось?

Наконец ход мыслей замедлился, гул вопросов утих, и Томас погрузился в сон.

ГЛАВА ТРИДЦАТЬ ЧЕТВЕРТАЯ

Утром он встал на удивление бодрым и отдохнувшим. Томас ворочался полночи, однако потом провалился в глубокий, восстанавливающий силы сон. Основательно помывшись в душе и позавтракав купленной в автомате едой, он приготовился встретить день.

Мотель покинули часов в восемь. Беглецы гадали, что ждет их по пути обратно к бергу. Они видели редких — очень редких — прохожих, гораздо меньше, чем накануне днем. Никаких подозрительных звуков и криков Томас не слышал.

— Что-то назревает, шкурой чую, — предупредил Хорхе, когда всей группой беглецы искали такси. — Народу на улицах маловато.

Томас всматривался в лица прохожих: все они глядели себе под ноги, придерживая рукой марлевую повязку, словно ее могло сорвать внезапным порывом ветра. Люди тщательно обходили друг друга стороной, а если кому-то случалось подойти слишком близко — тут же отскакивали. Одна женщина изучала плакат, копию того, что Томас разглядывал вчера вечером по пути к патрульной машине. И вновь он чуть не вспомнил нечто очень важное... но что? Что?! Так и с ума сойти недолго.

— Идем быстрей, — пробормотал Минхо. — У меня от этого стебанутого города мурашки по коже.

— Нам, кажется, туда, — указала направление Бренда. — Возле тех офисов обычно стоят такси.

Перейдя улицу, беглецы вышли на другую, поуже. С одной стороны тянулся пустырь, на противоположной стояло полуразрушенное здание. Минхо наклонился к Томасу и прошептал:

— Чувак, у меня в голове такой бардак творится. Все ужасы представляю — что мы застанем, когда найдем Ньюта.

Томас в собственных страхах признаваться не желал.

— Не волнуйся. Вот увидишь, Ньют никуда не делся, ждет нас.

— Верю. Как и в то, что ты вот-вот начнешь пердеть лекарством от Вспышки.

— Кто знает — может, и начну. Надеюсь, запашок нам понравится.

Минхо юмора не понял.

— Послушай, пока мы до Ньюта не доберемся, ничем ему помочь не сможем. Хватит заранее волноваться.

Прозвучало до боли логично и бесчеловечно, однако положение и без того дурное. Нельзя позволять эмоциям брать верх над разумом.

— Спасибо, подбодрил, — буркнул Минхо.

На пустыре стояли развалины кирпичного здания, поросшие плющом. В самой середине возвышалась секция стены — за ней Томас вдруг уловил какое-то движение, машинально встал и жестом велел остановиться Минхо. Тот уже собрался спросить, в чем дело, но Томас на него шикнул.

Бренда и Хорхе тоже остановились. Томас указал на развалины и сам постарался разглядеть получше то, что заметил: спиной к дороге сидел человек. Голый по пояс, он копался в земле, словно пытаясь найти нечто потерянное. Плечи незнакомца покрывали необычной формы шрамы, а середину спины уродовал длинный струп. Двигался он дерганно и… отчаянно, как показалось Томасу. Высокая трава мешала рассмотреть, что он делает.

Бренда шепнула:

— Пойдем дальше.

— Этот тип болен, — так же шепотом ответил Минхо. — Здоровый до такого не опустится.

Томас не сразу нашелся, что ответить.

— Идемте, — наконец сказал он.

Группа двинулась дальше, но Томас не мог оторваться от странного зрелища. Чем же все-таки занят тот человек?

Миновав квартал, Томас обернулся — обернулись и его спутники. Увиденное никого не оставило равнодушным. Всем хотелось взглянуть напоследок на странного человека. Внезапно тот подскочил на месте и посмотрел на них. Нижнюю половину его лица покрывала кровь. Вздрогнув, Томас попятился и наскочил на Минхо. Человек обнажил зубы в отвратительном оскале и вскинул окровавленные руки — словно прогоняя незваных гостей. Томас чуть не закричал, однако в следующий миг страшный незнакомец возвратился к прежнему занятию. Слава Богу, высокая трава скрыла его.

— Самое время уйти, — заметила Бренда.

По спине и плечам царапнули невидимые ледяные когти. Да, самое время. Точнее не скажешь. Группа остановилась, только пробежав два квартала.

Такси нашли примерно через полчаса. Уже в салоне Томас хотел обсудить увиденное на пустыре. Слова не шли на язык, при одной мысли о том незнакомце тянуло блевать. Слава Богу, первым заговорил Минхо:

— Тот ненормальный ел человека. Сто пудов.

— Может быть… — начала Бренда и запнулась. — Может, он только бродячего пса поймал? — Судя по тону, она сама себе не верила. — Впрочем, и собак-то есть — последнее дело.

Минхо фыркнул.

— Мы увидели то, что не положено видеть средь бела дня, во время прогулки по закрытому на карантин городу. Я верю Галли. Денвер кишит шизами, и скоро люди здесь начнут жрать друг друга.

Никто не ответил. Всю дорогу до аэродрома хранили молчание.

Пройти охрану труда не составило. Дежурившие на воротах, казалось, только рады были избавиться от гостей.

Берг стоял там, где его и оставили, — огромный, похожий на пустой хитин насекомого за пеленой марева от нагретого бетона. Вокруг царила полная тишина.

— Открывай скорее, — поторопил Минхо латиноса.

Командный тон нисколько не возмутил Хорхе. Тот вынул из кармана пульт управления и нажал кнопку — крышка грузового люка медленно стала опускаться, скрежеща петлями. Наконец нижний край пандуса ударился о бетон. Томас уже мысленно видел, как Ньют выбегает к ним, и на лице его светится радостная улыбка...

Однако навстречу не вышел никто, и сердце Томаса оборвалось.

Минхо тоже все понял.

— Что-то не так.

Томас еще стоял, а он рванул вверх по пандусу.

— Нам лучше прикрыть его, — сказала Бренда. — Вдруг Ньют совсем обезумел?

Тяжело признавать, но Бренда права. Не говоря ни слова, Томас побежал вслед за Минхо. Внутри было темно и душно — кто-то вырубил все системы: вентиляцию, свет.

Следом за Томасом поднялся Хорхе:

— Я включу питание. Иначе запреем тут и превратимся в высушенные мумии.

Латинос свернул в сторону кабины пилота.

Бренда осталась с Томасом в темноте, при свете редких иллюминаторов. Где-то в недрах судна Минхо звал Ньюта — друг не отвечал. У Томаса в груди словно образовалась небольшая черная дыра, и вот она начала всасывать в себя всю надежду.

— Я налево, — сказал Томас, показывая на узкий проход в общую комнату. — Ты иди к Хорхе, и вместе поищите вон там. Так эффективнее, пожалуй. Что-то явно случилось. Будь все хорошо, Ньют встретил бы нас.

— Я уж молчу про свет и вентиляцию, — добавила Бренда и, бросив на Томаса тревожный взгляд, пошла искать Хорхе.

Томас отправился в главное помещение. Минхо сидел на диванчике, глядя на листок бумаги. Увидев каменное лицо друга, Томас ощутил, как ширится в груди черная дыра, как утекает в нее последняя капля надежды.

— Эй, — позвал Томас. — Что нашел?

Минхо молча продолжал пялиться на листок.

— В чем дело?

Минхо поднял голову и произнес, протянув Томасу записку:

— На вот, сам прочитай. — Ссутулившийся Минхо, казалось, готов разреветься. — Ньюта нет.

Приняв бумажку, Томас прочитал написанное черным маркером послание:

«Они как-то сумели проникнуть на борт. Забирают меня, хотят отправить к другим шизам. Так лучше, спасибо за дружбу. Прощайте».

— Ньют, — шепотом произнес Томас, и имя друга повисло в воздухе как оглашенный смертный приговор.

ГЛАВА ТРИДЦАТЬ ПЯТАЯ

Друзья собрались в одной комнате. Хотели обсудить дальнейшие действия, но никто не находил слов. Четверо беглецов тупо смотрели в пол. Томас никак не мог выкинуть из головы предложение Дженсона. Правда ли, что, вернувшись в лабораторию, Томас спасет Ньюта? Он и мысли не допускал о возвращении в ПОРОК, хотя... ради друга можно и свободой поступиться.

Траурную тишину нарушил Минхо:

— Так, вы трое, слушайте меня. — Взглянув на каждого по очереди, он продолжил: — С тех пор как мы сбежали, я только и делаю, что мирюсь с вашими тупыми решениями. И даже не жалуюсь. Особенно-то. — Глянув на Томаса, он криво усмехнулся. — Прямо сейчас я оглашу свое решение, и вам остается только принять его. Не хотите — хрен с вами.

К чему клонит друг, Томас понял. И обрадовался.

— Да, нам предстоит большое дело, — говорил Минхо. — Примкнуть к «Правым» и вместе с ними спасти планету... ля-ля-тополя. Только сначала найдем Ньюта. Это даже не обсуждается. Все вчетвером полетим, куда бы ни пришлось, и спасем его.

— Его отправили в Дом шизов, — сказала Бренда, глядя в пустоту. — Скорее всего. На борт, наверное, проник один из красных патрульных, проверил Ньюта и, позволив ему оставить записку, забрал в Дом. Почти не сомневаюсь, что так и было.

— Занятно, — ответил Минхо. — Ты была в Доме?

— Нет, но такое учреждение предусмотрено для каждого большого города. В Домах за шизами присматривают до тех пор, пока они не переходят черту. Пока не становятся кончеными. Не важно, кто ты, в Домах всем несладко. Боюсь представить, какие ужасы там творятся. Работают в Домах иммунные и получают за службу огромные деньги. Те, кто иммунитета лишен, не хотят рисковать здоровьем. Если собираемся в Дом шизов, то надо сначала хорошенько продумать план действий. Боеприпасы у нас закончились, пойдем безоружными.

Несмотря на жуткое описание, в глазах у Минхо зажегся огонек надежды.

— Хватит рассусоливать и перетирать. Знаете, где ближайший Дом?

— Ну да, — ответил Хорхе. — Мы пролетали над ним. Он на другом конце долины, у самых гор на западе.

Минхо хлопнул в ладоши.

— Туда и летим. Хорхе, поднимай свое корыто с кланком в воздух.

Томас ожидал споров, хотя бы чисто символических, однако никто не стал возражать.

— С радостью отправлюсь в маленькое приключение, muchacho, — ответил, вставая, пилот. — На месте будем минут через двадцать.

Хорхе не обманул и в обещанный срок приземлился на опушке леса у необычно зеленого склона холма. Половина деревьев стояли высохшими, мертвыми, но другие словно ожили после продолжительной засухи. Сердце Томаса наполнилось грустью, стоило представить, как мир вскоре воскреснет и оправится от катастрофы... лишь затем, чтобы стать совершенно необитаемым.

Группа спустилась по пандусу. Всего в нескольких сотнях футов от берга проходил дощатый забор. Открылись ближайшие ворота, и наружу вышли двое с большими пушками на изготовку. Изможденные, они тем не менее держались настороженно и с оружием, судя по всему, обращаться давно привыкли. Понятное дело, услышали и увидели, как прилетел берг, — засуетились.

— Не самое хорошее начало, — заметил Хорхе.

Один из охранников что-то прокричал, но Томас не расслышал слов.

— Идемте поговорим с ними, — предложил своим Томас. — Это иммунные, иначе откуда у них пушки?

— Если только шизы не устроили бунт и не захватили Дом, — сказал Минхо и, загадочно улыбнувшись, взглянул на

Томаса. — В любом случае нам — внутрь. Без Ньюта мы никуда.

Высоко подняв руки и стараясь не делать резких движений, беглецы медленно пошли навстречу надзирателям. Меньше всего сейчас хотелось получить еще один разряд из пушки.

Оказалось, выглядят охранники не лучшим образом: грязные, потные, все в синяках и царапинах. Когда четверо гостей остановились у ворот, один выступил им навстречу.

— Вы откуда приперлись? — спросил брюнет и обладатель усов, он был на добрых несколько дюймов выше напарника. — Вы не больно-то похожи на убийц в белых халатах, которые сюда порой наведываются.

Ответил за всех Хорхе — как и тогда, у ворот Денвера.

— А мы никого и не предупреждаем о своих визитах, *muchacho*. Работаем на ПОРОК. Одного из наших взяли по ошибке и отправили к вам. Вот прилетели забрать его.

Просто удивительно, как Хорхе извратил правду, практически не солгав.

Охранника его слова, впрочем, не особенно впечатлили.

— Да чхать я хотел на вас, ваши дела и ПОРОК. Приезжали тут шишки, тоже вот так вот выпендривались: мол, я не я... Надо тебе с шизами пообщаться — милости прошу. В последнее время у нас тут особенно весело. — Отойдя в сторону, охранник изобразил пародию на приглашающий жест. — Приятно вам провести досуг в нашем Доме шизов. Если вас лишат глаза или руки, претензии не принимаются.

От напряжения воздух словно сгустился, хоть ножом режь. Только бы Минхо не вздумал острить, а то еще разозлит охранников... Томас, от греха подальше, решил сменить тему:

— Что, кстати, у вас тут творится в последнее время?

Усатый пожал плечами:

— Дом шизов — не парк развлечений — вот все, что вам нужно знать. — Больше он ничего не добавил.

Дело начинало попахивать керосином.

— Что ж, — произнес Томас. — Не подскажете, новых... — Он чуть не сказал «шизов». — Новых людей не подвозили? Вчера или позавчера? Учет ведете?

Второй охранник — бритый под «ноль», низкорослый и жилистый — откашлялся и сплюнул.

— Ты кого ищешь-то? Парня? Девку?

— Парня, — ответил Томас. — Имя — Ньют. Ростом чуть выше меня, длинные светлые волосы. Прихрамывает.

Охранник снова сплюнул.

— Да вроде видел. Но между «видел» и «расскажу» есть разница. У вас, народ, похоже, водятся большие деньжата. Поделитесь?

Томас полными надежды глазами посмотрел на Хорхе — от гнева лицо пилота сделалось каменным, — однако не успел тот ответить, как заговорил Минхо:

— Есть у нас деньги, кланкорожий. Говори, где наш друг.

Разозлившись, охранник ткнул в его сторону пушкой.

— Засвети карту, или разговор окончен. Мой ответ стоит самое меньшее тысячу.

— Он у нас кассир. — Взглядом прожигая в охраннике дырку, Минхо большим пальцем ткнул себе за спину, в Хорхе. — Жадный утырок.

Достав карточку, Хорхе помахал ею в воздухе.

— Живой я тебе деньги не отдам, а без моих отпечатков пальцев их с карты не снимешь. Получишь ты свою долю, hermano, только сначала проводи к нашему другу.

— Ладно, ладно, — ответил охранник. — Идите за мной. Запомните: если вдруг пересечетесь с шизом и потеряете какую-нибудь часть тела, советую бросить ее и бежать со всех ног... если, конечно, вам не ноги оторвали.

Развернувшись, он прошел в открытые ворота.

ГЛАВА ТРИДЦАТЬ ШЕСТАЯ

Внутри их ждали ужас и грязь. Низкорослый охранник оказался болтлив и по пути рассказал о здешнем кошмаре больше, чем хотелось бы знать.

Деревню для зараженных он описал как большую систему колец: в центре — столовая, лазарет, рекреация, а вокруг них — концентрические кольца убогих жилищ. Получается, Дома шизов — нечто вроде прощального подарка инфицированным, акт милосердия. Приюты для шизов, где они ждут конца, смерти рассудка. После их переправляют в отдаленные уголки страны, наиболее пострадавшие от солнечных вспышек. Авторы проекта Домов хотели предоставить больным шанс по-человечески провести остаток разумной жизни, и вскоре почти каждый город обзавелся собственным приютом.

Однако благая затея обернулась провалом. Места, переполненные людьми без надежды, сознающими, что скоро им суждено превратиться в обезумевший ходячий труп, вскоре стали рассадниками анархии и беспредела. Обреченные творили ужасные вещи, не боясь наказания даже за самые тяжкие преступления.

Группа шла мимо развалившихся деревянных домов — никто здесь не следил за порядком. Жизнь в приюте для шизов и правда ужасна. Один из охранников указал на разбитые окна и посетовал, дескать, не следовало их вообще стеклить. Битое стекло в Домах — первейшее орудие смертоубийства. Всюду валялся мусор. И хотя никого видно не было, Томас чувствовал: из тени за ними наблюдают. Вдалеке кто-то смачно выругался, потом с другой стороны донеслись крики. Томас еще сильнее насторожился.

— Почему бы не закрыть это место? — спросил он. — Тут ведь так плохо...

— Плохо? — переспросил охранник. — Это понятие относительное. Жизнь идет своим чередом. Что поделаешь? Нельзя же оставить шизов в городах за укрепленными стенами — вместе со здоровыми людьми. И нельзя забросить недавно заразившегося к конченым шизам — сожрут заживо. Правительства пока еще не настолько отчаялись, не велят расстреливать свежачков на месте. Такие дела. И потом, раз никто не хочет возиться с приютами, у нас, иммунных, есть шанс неплохо подзаработать.

На душе у Томаса было тяжело. Мир катится к чертям. Может, пора перестать думать только о себе и помочь ПОРОКу завершить тесты?

Бренда — у которой с самого начала с лица не сходила гримаса отвращения — наконец заговорила:

— Скажите уж прямо, как есть: вы здесь позволяете инфицированным вольности до тех пор, пока люди не съезжают с катушек окончательно, а потом с чистой совестью избавляетесь от несчастных.

— Можно и так сказать, — буднично ответил охранник.

Трудно его ненавидеть. Томас почти сочувствовал надзирателям.

Группа двигалась вперед, проходя дом за домом (сплошь грязные развалины).

— Где все? — спросил Томас. — Я-то думал, от больных прохода не будет. И что вы там говорили о недавних событиях?

В беседу вступил усатый. Слава Богу, хоть какое-то разнообразие.

— Кто повезучее, те спрятались по домам и торчат на кайфе. Остальные — которых побольше будет, — сидят в Центральной зоне. Жрут, развлекаются или готовят какую-нибудь пакость. Больных присылают слишком уж много и слишком уж часто. Не успевают увезти старых, как прибывают новые. Хуже того, в последнее время иммунные стали пропадать. День за днем наше число сокращается. Понятное дело, дальше так продолжаться не может. В общем, кипел наш котел, кипел... а сегодня взял да и лопнул.

— Нас становится все меньше и меньше? — переспросил Томас. Похоже, ПОРОК в срочном темпе наращивает ресурсы для Переменных, не заботясь о последствиях.

— Ага. За последние несколько месяцев пропало больше половины местных надзеров. Бесследно. Пшик — и нет их. А работу-то делать надо.

Томас застонал.

— Тогда давайте не приближаться к толпам. Или, еще лучше, оставьте нас где-нибудь в безопасном месте, пока ищете Ньюта.

— Согласен, — заявил Минхо.

Охранник пожал плечами:

— Любой каприз за ваши деньги.

Наконец надзиратели подвели группу ко второму от Центра кольцу и велели ждать. Томас с друзьями укрылся в тени ближайшей хижины. С каждым пройденным кругом шум становился громче и громче, и вот теперь, вблизи Центральной зоны, казалось, что прямо за углом творится нечто невообразимое. Томасу противно было сидеть и ждать, слушая безумный гвалт больных и гадая, вернутся ли надзиратели, приведут ли Ньюта.

Минут десять спустя из небольшой хижины на другой стороне тропинки вышли двое, мужчина и женщина. Томас готов был вскочить и броситься наутек, но тут заметил, что пара держится за руки и выглядит совсем не агрессивно.

Подойдя, женщина спросила:

— Вы когда приехали?

Пока Томас думал, что бы ответить, заговорила Бренда:

— С последней группой. Мы, кстати, друга ищем, он с нами приехал: блондин, хромает. Зовут Ньют. Не встречали такого?

Мужчина ответил так, словно ему задали самый идиотский вопрос:

— Здесь полным-полно блондинов. Как их отличишь? И что за имечко такое — Ньют?

Минхо раскрыл было рот, но тут шум из Центра усилился. Пара встревоженно переглянулась и умчалась обратно к себе в хижину. Они заперлись — Томас слышал, как щелкнул замок. Закрыв окно деревянным щитком, они выбили последние осколки стекла.

— Этой парочке, похоже, так же весело, как и нам, — заметил Томас.

Хорхе хмыкнул.

— Здесь и правда мило. Надо будет еще раз в гости заехать.

— Те двое здесь недавно, — сказала Бренда. — Не представляю, каково это — узнать свой диагноз, отправиться к шизам и каждый день видеть тех, кем тебе предстоит стать.

Томас медленно покачал головой. Какое же убогое место этот Дом шизов.

— Где же надзиратели? — нетерпеливо произнес Минхо. — Неужели требуется так много времени, чтобы найти человека и сказать ему: мол, за тобой друзья приехали?!

Еще минут десять спустя надзиратели наконец вернулись. Томас и компания прямо подскочили на месте.

— Что узнали? — не давая охранникам отдышаться, спросил Минхо.

Низкорослый беспокойно стрелял глазами по сторонам. Наглости как не бывало. Должно быть, так подействовал на него поход в Центральную зону.

Заговорил усатый:

— Мы там поспрашивали и, кажется, нашли вашего приятеля. По описанию похож и даже на имя откликнулся. Вот только...

Охранники недобро и как-то смущенно переглянулись.

— Что — только? — не выдержал Минхо.

— Ваш друг — очень ясно, смею заметить, — дал понять, что не желает вас видеть.

ГЛАВА ТРИДЦАТЬ СЕДЬМАЯ

Томаса будто ножом в сердце ударили. А каково сейчас Минхо!

— Отведите нас к нему, — коротко велел друг.

Охранник поднял руки.

— Вы что, не слышали?

— Вы свою часть сделки еще не выполнили, — напомнил Томас, на все сто согласный с Минхо. Раз уж они так близко подобрались к Ньюту, то ни за что не бросят его, не поговорив.

Низкорослый решительно покачал головой:

— Ну уж нет. Вы просили отыскать вашего дружка — мы нашли. Гоните бабки.

— Разве он сейчас с нами? — спросил Хорхе. — Пока мы его не увидим, никто из вас и доллара не получит.

Бренда же, молча встав рядом с Хорхе, кивнула в знак согласия. Вот и славно: все решили идти до конца, несмотря на просьбу Ньюта.

Надзиратели, явно недовольные, принялись злобно перешептываться.

— Эй! — прикрикнул на них Минхо. — Нужны деньги — ведите.

— Ладно, — ответил наконец усатый, и напарник бросил на него усталый, раздраженный взгляд. — Идемте.

Развернувшись, надзиратели пошли в обратную сторону. Минхо и остальные — за ними.

Томас думал, что навидался ужасов и грязи, однако ближе к Центральной зоне Дом нашел чем его поразить: совсем обветшалые дома, совсем грязные, запущенные улицы; на тротуарах лежат люди, сунув под голову сложенную одежду, смотрят в небо пустыми глазами. Балдеют под кайфом.

Надзиратели переводили стволы пушек на всякого, кто подходил хотя бы на десять шагов. В один момент мужчина совсем уже дикого вида: рваная одежда, волосы изгвазданы в какой-то черной слизи, кожа покрыта сыпью — накинулся на одурманенного наркотиком подростка и принялся его избивать.

Надо было вмешаться, и Томас остановился.

— Даже не думай, — предупредил охранник, не давая и рта раскрыть. — Топай дальше.

— Так ведь ваши обязанности...

— Заткнись, не тебе нам про нашу работу рассказывать, — оборвал его второй надзиратель. — Вмешиваться в каждую ссору или драку — это ни времени, ни сил не хватит. А то и жизни стоить будет. Те двое сами разберутся.

— Ведите нас к Ньюту, — спокойно напомнил Минхо.

Они пошли дальше, и Томас постарался не оборачиваться на булькающий крик. Наконец приблизились к высокой стене с проходом-аркой на открытую, полную людей площадку. Надпись крупными яркими буквами над аркой сообщала, что впереди — Центральная зона. За стеной царило бурное оживление, однако в чем его причина — оставалось лишь гадать.

Усатый остановился и сказал:

— Последний раз спрашиваю: вы точно хотите войти?

— Точно, — быстро и за всех сразу ответил Минхо.

— Ладно. Ваш приятель в зале для боулинга. Как только укажем на него — отдаете нам деньги.

— Веди уже, — сказал Хорхе.

Вслед за надзирателями группа миновала арку и вошла в Центральную зону. Остановилась, чтобы оглядеться.

На ум сразу пришло слово «психушка». Меткое определение, почти что буквальное.

Всюду были шизы. Переполненная ими площадка имела несколько сотен футов в диаметре, по периметру тянулись заброшенные магазины, рестораны и развлекательные салоны. Почти ни одно из заведений не работало. В принципе никто из собравшихся здесь не выглядел по-настоящему сумасшедшим — не то что напавший на подростка мужик, — однако в воздухе витал дух безумия. Общаясь, люди выражали свои чувства, эмоции как-то... чересчур открыто, преувеличенно. Кто-то истерично смеялся, дико сверкая глазами и сильно хлопая соседа по плечу. Кто-то безостановочно рыдал, сидя в одиночестве на земле или ходя кругами, пряча лицо в ладонях. То тут, то там начинались драки; нет-нет да остановится кто-нибудь и заорет во всю глотку — до покраснения, до взбухших жил на шее.

Местами шизы сбивались в настороженные, суетливые группы. Как и за пределами Центральной зоны, здесь нашлись те, кто принимал кайф, — наркоманы сидели или лежали, блаженно улыбаясь и не обращая внимания на царящий вокруг хаос. С оружием на изготовку прохаживались по площадке еще несколько охранников. Случись что — их сил явно не хватит на подавление бунта.

— Напомните, чтобы я не покупал здесь недвижимость, — попросил Минхо.

Томас не засмеялся — его переполнял страх. Не терпелось поскорее убраться отсюда.

— Где тут в кегли играют? — спросил он.

— Вон там, — ответил низкорослый охранник.

Он свернул налево, стараясь держаться ближе к стене. Бренда шла рядом с Томасом и при каждом шаге задевала его пальцами. Хотелось взять ее за руку, но Томас решил не привлекать к себе внимания. Там, где все непредсказуемо, лишних жестов лучше не делать.

Почти все шизы отрывались от своих занятий, когда группа проходила мимо. Больные провожали нежданных гостей взглядами. Томас старался смотреть себе под ноги, резонно опасаясь, что если встретится с кем-нибудь из шизов глазами, тот нападет или пристанет, вызовет на разговор. А люди свистели, откалывали грубые шуточки и кидали оскорбления в сторону незнакомцев. Проходя мимо заброшенного ночного магазина, Томас заглянул в разбитые, лишенные стекла окна: все полки были пусты.

Имелись тут и врачебный кабинет, и закусочная — темные, без света.

Кто-то схватил Томаса за рукав и дернул в сторону — женщина, всклокоченная брюнетка с царапиной на подбородке. Выглядела она вполне здоровой. Внезапно она нахмурилась и раззявила до упора рот, явив Томасу ровные белые зубы (которые, однако, не мешало бы почистить) и распухший бесцветный язык.

— Хочу поцеловать тебя, — сказала женщина. — Что скажешь, иммуняк?

Она рассмеялась, кудахча и хрюкая. Провела легонько рукой по груди Томаса.

Он отпрянул и пошел дальше. Надзиратели даже не остановились проверить, в чем дело.

Наклонившись к Томасу, Бренда прошептала:

— Ты чуть не пережил самый страшный момент в своей жизни.

Томас в ответ молча кивнул.

ГЛАВА ТРИДЦАТЬ ВОСЬМАЯ

От двери зала для боулинга остались только покрытые толстым слоем ржавчины петли. Над входом висела крупная деревянная табличка, настолько старая, что написанные краской слова совсем выцвели.

— Он там, — указал усатый. — Где наша плата?

Минхо подошел к дверному проему и, вытянув шею, заглянул внутрь. Потом обернулся к Томасу и встревоженно произнес:

— Вижу его в самом конце. Внутри темно, но я уверен — это Ньют.

Томас так торопился отыскать друга, что и не подумал о предстоящем разговоре. И зачем Ньют велел им убираться?

— Гоните бабки, — потребовал охранник.

Хорхе невозмутимо ответил:

— Получите вдвое больше, если поможете нам вернуться к бергу.

Надзиратели посовещались, и низкорослый ответил:

— Награду придется утроить. Половину давай вперед — хотим убедиться, что не бздишь.

— По рукам, *muchacho*.

Вынув карту из кармана, Хорхе приложил ее к карте охранника — деньги ушли со счета на счет. Внутренне Томас даже ликовал: хорошо опустошить закрома ПОРОКа во имя благого дела.

— Ждем вас тут, — предупредил охранник.

— Пошли, — позвал Минхо и первым шагнул в темноту.

Бренда нахмурилась.

— Что-то не так? — спросил Томас. Как будто в приюте что-то вообще «так»!

— Не знаю, — ответила Бренда. — Предчувствие дурное.

— Да, у меня тоже.

Она слегка улыбнулась и взяла Томаса за руку; вместе они вошли в игровой зал. Хорхе — следом за ними.

Томас — даже со стертой памятью — помнил о многих вещах из привычной жизни. Например, о том, что такое «боулинг» и как в него играют. Не помнил он только себя играющим в кегли. Местный зал для боулинга обманул ожидания: дорожки разломаны, обшивка с них содрана; всюду спальные мешки и одеяла; люди дремлют или пялятся в потолок. Бренда говорила, что только богатые могут позволить себе анальгетики. Насколько же здешние наркоманы утратили бдительность, раз открыто закидываются в таком месте?! Впрочем, беспечные долго не живут. Рано или поздно кто-нибудь да попытается отобрать у них наркотик любым способом.

Там, где прежде стояли кегли, теперь полыхали костры. Опасно разводить огонь в закрытом помещении... хотя у каждого из очагов сидел кто-нибудь, подбрасывая в пламя дрова. Пахло горелым деревом, в воздухе висел дым.

Минхо указал на крайнюю левую дорожку. Людей там скопилось не много — все в основном жались к середине. Несмотря на скупое освещение, Ньюта Томас заметил сразу: узнал по длинным светлым волосам, сутулой фигуре, — тот сидел спиной ко входу.

— Боюсь, снова облажаюсь, — признался он Бренде.

До Ньюта дошли без приключений, старательно обходя завернувшихся в простыни дремлющих шизов. Томас смотрел, как бы не наступить на кого-нибудь, — не хватало еще, чтобы за ногу укусили.

Когда до Ньюта оставалось шагов десять, он внезапно заговорил громким голосом, так что от стен отразилось звонкое эхо:

— Я вам, шанки стебанутые, что сказал? Убирайтесь!

Минхо остановился, и Томас чуть не налетел на него. Бренда стиснула Томасу руку, а он только сейчас понял, как сильно вспотел. Все решено, все кончено. Их друг никогда не станет прежним. Впереди у него лишь тьма и горе.

— Надо потолковать. — Минхо приблизился к Ньюту еще на пару шагов, переступив по пути через костлявую женщину.

— Не приближайся, — ответил Ньют тихим, угрожающим тоном. — Меня сюда не зря засунули. Поначалу уроды патрульные решили, будто я иммунный и от нефиг делать просто прячусь в берге, а когда узнали, что Вспышка разъедает мне мозг, у них глаза на лоб полезли. Патрульные талдычили потом, дескать, выполняют гражданский долг — и запихнули меня в эту крысиную нору.

Минхо не ответил, и тогда заговорил Томас — изо всех сил сдерживая эмоции:

— Зачем, по-твоему, мы прилетели, Ньют? Мне жаль, что тебя сцапали, жаль, что отправили сюда. Но мы можем тебя вызволить. Охране плевать, кто приходит и кто уходит.

Ньют медленно обернулся, и сердце Томаса ухнуло в желудок. В руках друг сжимал пушку и выглядел так, будто дня три кряду носился по горам и отстреливался от врагов. В его глазах пылал гнев (не чета, впрочем, истинному безумию).

— Э, э, полегче! — Минхо попятился, едва не наступив на костлявую женщину. — Мы же просто болтаем, и незачем в меня целиться из пушки. Ты где ее достал, кстати?

— Стырил, — произнес Ньют. — Забрал у охранника. Он меня... огорчил немного.

Руки у него слегка тряслись. Заметив, что указательный палец Ньют держит на спусковом крючке, Томас занервничал.

— Мне... фигово, — признался Ньют. — Вы молодцы, шанки, что прилетели, спасибо, но... здесь я и останусь. Для меня все кончено. Вы сейчас развернетесь, сядете в берг и улетите к чертям отсюда. Ясно?

— Нет, ни фига не ясно, Ньют, — возразил Минхо, повысив голос. — Мы сюда шли, головами рискуя, ты наш друг, и мы тебя забираем. Хочешь рыдать, пуская сопли? Ради бога, но только в кругу друзей. Не этих вот шизов...

Ньют вскочил на ноги, да так резко, что Томас попятился.

— Я сам шиз! — крикнул он, целясь в Минхо. — Я сам шиз! Как ты не поймешь, башка баранья?! Ты бы на моем месте захотел, чтобы друзья видели, в кого ты превращаешься? А? Захотел бы?

Ньют уже кричал во весь голос, его трясло.

Минхо молчал. Понятное дело. Томас и сам не мог подобрать слов для ответа.

— А ты, Томми, — понизив голос, произнес Ньют, — смел, по-настоящему смел, раз пришел сюда и просишь вернуться. Смотреть на тебя тошно.

Томас застыл как громом пораженный. Никто еще не говорил ему столь обидных слов. Никто и никогда.

ГЛАВА ТРИДЦАТЬ ДЕВЯТАЯ

Зачем Ньют порет такую чушь?

— О чем ты? — спросил Томас.

Ньют не ответил. Целясь в Томаса, он буравил друга жестоким взглядом, дрожал. Потом вдруг успокоился и, опустив оружие, посмотрел в пол.

— Я ничего не понимаю, Ньют, — тихо и настойчиво произнес Томас. — Зачем ты так с нами?

Ньют вновь обратил взор на Томаса — уже без прежней горечи во взгляде.

— Простите, ребята. Вам и правда лучше меня бросить. Мне с каждым часом все хуже и хуже. Вот-вот башню сорвет. Прошу вас, уходите.

Томас раскрыл было рот, желая возразить, но Ньют жестом заставил его молчать.

— Нет! Хватит болтовни. Просто... уйдите, прошу. Умоляю. Как никогда и никого прошу: выполните последнюю просьбу. Я встретил здесь компанию: парни, похожие на меня, хотят сегодня нагрянуть в Денвер. Я с ними.

Томас едва не выкрикнул: для чего шизам в Денвер?!

— Я и не жду, что вы поймете, но с вами мне больше не по пути. И так хреново, а будет еще хуже, если вы станете смотреть на меня умирающего. Или, не дай бог, пораню кого-то. Так что давайте прощаться. Валите отсюда и не поминайте лихом.

— Так нельзя, — ответил Минхо.

— Да чтоб тебя! — вскричал Ньют. — Ты не представляешь, чего мне стоит держать себя в руках! Я все сказал, проваливайте! Чего вам не ясно? Валите!!!

Томаса ткнули в плечо, и он развернулся — позади стояли несколько шизов. Тот, который ткнул его — патлатый, — был высок, широк в плечах. Вот он упер Томасу палец в грудь и произнес:

— Наш новый друг просил вас уйти. — Шиз облизнул губы.

— Не лезь не в свое дело, — огрызнулся Томас. Плевать на опасность. Сердце полнилось горем. — Прежде всего он НАШ друг.

Шиз пригладил сальные патлы.

— Он теперь один из нас. Значит, дело и наше тоже. Давайте оставьте его... в покое.

Минхо заговорил, опередив Томаса:

— Ты, шизоид, от болезни слухом повредился? Дело касается только нас и Ньюта. Сам вали давай.

Патлатый нахмурился и показал Минхо длинный осколок стекла. Из-под пальцев у шиза капала кровь.

— Наконец-то ты разозлился. А то мне скучно было.

Он полоснул осколком по воздуху, метя Томасу в лицо: тот присел и руками попытался отвести удар, — и в этот момент Бренда выбила осколок у шиза из руки. Минхо кинулся на обидчика и повалил его. Вместе они рухнули на костлявую женщину, и та завопила: «Убийцы! Убийцы!» Миг спустя по полу каталось уже три тела.

— Хватит! — крикнул Ньют. — Хватит!

Томас сидел, выжидая удобного момента, чтобы броситься на помощь Минхо. Ньют прицелился в кучу-малу. Глаза его горели яростью.

— Прекратите, или я стреляю! Насрать, в кого попаду!

Патлатый первым поднялся на ноги: для порядка пнул костлявую по ребрам, и та завопила, вторым встал исцарапанный Минхо.

В воздухе загудело, запахло озоном — Ньют пальнул в патлатого. Тот закричал и рухнул на пол, корчась и обливаясь слюной.

Вот как все обернулось. Ну и слава Богу. Хорошо еще, что Ньют не выстрелил в друзей.

— Я же говорил ему «хватит», — прошептал Ньют, а затем развернул оружие в сторону Минхо. Ствол дрожал. — Ребята, извините, пора вам сваливать.

Минхо поднял руки.

— Выстрелишь в меня? Пальнешь, дружище?

— Уходи, — сказал Ньют. — Я просил по-хорошему, теперь приказываю. Мне тяжело сдерживаться. Уходите.

— Ньют, пошли с нами...

— Уходите! — Ньют приблизился и поудобнее перехватил пушку. — Убирайтесь!

Ньюта нещадно трясло, глаза пылали безумием и злобой. Ньют потерян. Как жаль, невыносимо жаль...

— Идемте, — позвал Томас. Еще никогда он в собственном голосе не слышал столько печали. — Уходим.

Минхо с болью посмотрел в глаза Томасу.

— Ты шутишь...

Томас лишь мотнул головой.

Минхо ссутулился и опустил глаза.

— И куда катится мир?! — едва сумел он выговорить. Преисполненный горя, его голос прозвучал тихо-тихо.

— Мне жаль, — сказал Ньют и заплакал. — Я... буду стрелять, если вы сейчас же не уйдете. Быстрее!

Дольше Томас ждать не мог. Схватив Бренду за руку, а Минхо — за плечо, он быстрым шагом направился к выходу. Только бы Хорхе все понял и не отстал. Минхо не сопротивлялся, и Томас не смел взглянуть на него. Просто шел, переступая через шизов, к дверному проему, к Центральной зоне и толпам обезумевших больных.

Томас уходил, оставляя позади Ньюта. Друга, разум которого почти угас.

ГЛАВА СОРОКОВАЯ

Надзирателей и след простыл, зато шизов прибавилось. Почти все они ждали гостей-незнакомцев. То ли услышали пальбу и вопли подстреленного, то ли кто-то вышел и рассказал им о навестивших Ньюта иммуняках. Как бы то ни было, Томасу шизы показались все как один конченными и голодными до человеческой плоти.

— Нет, вы гляньте на этих клоунов! — прокричал кто-то.

— Ну не милашки ли? — ответили ему. — Идите поиграйте с шизами. Или вы одни из нас?

Томас не останавливался и шел дальше к арке. Он отпустил Минхо, но продолжал держать за руку Бренду. Пробираясь сквозь толпу, Томас в конце концов остановился и посмотрел людям в глаза, но увидел в них лишь жажду крови, зависть, безумие... Бежать? Нет, иначе они все разом накинутся, как стая волков.

Так, шагом, друзья достигли арки и вышли через нее. Ну наконец! Теперь — по главной улице, пронзающей кольца обветшалых домишек. Центральная зона вновь ожила, зашумела: послышались крики и смех. Чем дальше от сердца приюта уходил Томас, тем спокойнее становился. Спрашивать, как чувствует себя Минхо, он не осмелился. К тому же ответ известен заранее.

Внезапно раздались чьи-то вопли. Послышались шаги. Кто-то крикнул:

— Бегите! Бегите!

Томас остановился. И тут же из-за угла показались двое охранников, коротышка и усатый. Невооруженные, они устремились к крайнему кольцу домов, к выходу — к бергу.

— Эй! — окликнул их Минхо. — Вернитесь!

Усатый обернулся и крикнул в ответ:

— Бегите же, идиоты! Быстрее, за нами!

Не раздумывая и не теряя ни секунды, Томас пулей устремился вперед. Минхо, Бренда и Хорхе не отставали. За ними гналась целая толпа шизов — и все будто сорвались с цепи. Словно кто-то щелкнул переключателем, и они разом перешли черту, превратились в конченых.

— В чем дело? — задыхаясь, спросил Минхо.

— Психи выгнали нас из Центральной зоны! — ответил низкорослый надзиратель. — Богом клянусь, они готовы сожрать нас!

— Не останавливайтесь! — крикнул усатый.

Оба надзирателя резко повернули в едва заметный проулок.

Томас и его друзья продолжали бежать к выходу, где их ждал берг. Из-за спины слышались окрики, свист, и Томас рискнул обернуться: драная одежда, грязные лица и спутанные волосы... Толпа рвалась вперед, но догнать беглецов шанса не было.

— Им не поймать нас! — прокричал Томас, завидев внешние ворота. — Быстрей, быстрей, мы почти на месте!

И Томас сам прибавил ходу — так быстро он даже по Лабиринту не бегал. Страх попасть в лапы к шизам придавал сил. Вот наконец миновали ворота — ребята, не сбавляя темпа и не закрыв створок, побежали дальше. Хорхе на ходу достал пульт и нажал кнопку открытия люка.

Первым по пандусу взлетел Томас, за ним друзья — сползая по стенкам на пол, они оглянулись. Люк уже закрывался, а шизам оставалось еще бежать и бежать. Больные не сдались, продолжили погоню, крича и плюясь; один даже бросил камень, но тот не долетел до цели футов двадцать.

Едва люк захлопнулся, Хорхе поднял берг в воздух и завис в нескольких десятках футов над землей, дал себе и спутникам время отдышаться. Шизы не представляли угрозы — те, кто вырвался за ворота, серьезного оружия при себе не имели.

Томас вместе с Минхо и Брендой выглянули в иллюминатор. Внизу творилось нечто нереальное: беснующаяся толпа походила скорее на плод больного воображения.

— Вы только посмотрите на них, — сказал Томас. — Кто знает, чем эти несчастные занимались с полгода назад. Может, работали в престижной фирме, в офисе, а теперь вот гоняются за людьми словно дикие звери.

— Я тебе скажу, чем они занимались с полгода назад, — ответила Бренда. — Они сходили с ума от страха подхватить Вспышку. Понимая, что рано или поздно все равно заболеют.

Минхо вскинул руки.

— Да чего о них беспокоиться? Я что, один в приют заходил? Один навещал своего друга? Его, кстати, Ньютом зовут.

— Мы бы ему ничем не помогли! — прокричал из кабины Хорхе.

Томас поморщился. Ну никакого сострадания.

— Заткнись и крути баранку, кланкорожий! — ответил Минхо.

— Уж я постараюсь, — вздохнул Хорхе и защелкал рычажками на пульте. Берг снялся с места.

Минхо осел на пол словно тающий снеговик.

— Что будет, когда у Ньюта закончатся заряды в пушке? — пробормотал он в пустоту, глядя в точку на стене.

Что тут ответить? У Томаса в груди разлилась такая едкая горечь, что стоять он больше не мог и опустился рядом с Минхо. Берг тем временем набрал высоту и полетел прочь от Дома шизов.

Прочь, навсегда оставив позади Ньюта.

ГЛАВА СОРОК ПЕРВАЯ

Томас и Минхо наконец поднялись с пола и присели на диван. Бренда отправилась помогать Хорхе в кабине.

Времени подумать было предостаточно. Горе тяжким камнем легло на душу. С самого начала, с Лабиринта, Ньют постоянно находился рядом, помогая Томасу. И лишь теперь Томас понял, какого близкого друга потерял.

Ньют вроде бы еще жив, не мертв, но лучше бы, наверное, умер. Ему предстоит опуститься в глубины безумия, окончить дни свои в окружении кровожадных шизов. Стать одним из них. Думать о таком попросту невыносимо.

Наконец Минхо заговорил безжизненным голосом:

— Зачем он так? Почему не вернулся с нами? Еще и целился мне прямо в лоб...

— Все равно бы не выстрелил. Ни за что, — ответил Томас и тут же усомнился в собственном утверждении.

Минхо покачал головой.

— Ты его глаза видел? В них же ни капли разума не было. Не уступи я — Ньют спустил бы курок. Чувак, он совсем спятил. Ошизел до мозга костей.

— Может, оно и к лучшему...

— Чего-чего? — Минхо обернулся к Томасу.

— Может, вместе с разумом гибнет и личность? Вдруг конченый шиз не понимает, что с ним творится? И Ньют, которого мы помним, даже не мучается?

— Неплохая попытка утешить себя, ушлепок, — обиженно произнес Минхо. — Я с тобой не согласен. Ньют еще там, заперт в голове сумасшедшего, вытеснен. Кричит, не в силах вернуться. Это как если бы его заживо похоронили.

Представив себе картинку, Томас внезапно расхотел развивать тему, — уставился в пол и просидел так до самой посадки на аэродроме возле Денвера.

Томас растер лицо ладонями.

— Приехали.

— Кажись, я немного проникся идеями ПОРОКа, — глухо произнес Минхо. — Заглянул в эти глаза, увидел безумие в них. Я многих друзей потерял, но они погибли, а не сошли с ума. Когда видишь в таком состоянии кого-то очень близкого... почти родного... и у него Вспышка... Если бы у нас получилось найти лекарство...

Минхо не договорил, однако Томас прекрасно понимал, о чем друг думает. Он на секунду зажмурился. Жизнь перестала быть простой и понятной, черного и белого больше нет.

Наконец из кабины вышли Бренда и Хорхе.

— Мне жаль, — пробормотала девушка.

Минхо буркнул в ответ что-то нечленораздельное. Томас же кивнул и посмотрел Бренде в глаза, стараясь взглядом передать всю боль, жгущую изнутри. Хорхе присел рядом и уставился в пол.

Откашлявшись, Бренда напомнила:

— Понимаю, вам тяжело, но надо о будущем позаботиться. Как нам быть, что делать?

Вскочив на ноги, Минхо ткнул в ее сторону пальцем.

— Заботиться можете о чем угодно, мисс Бренда. А мы только что бросили друга посреди толпы стебанутых психопатов.

Он ушел прочь из общей комнаты, и Бренда взглянула на Томаса.

— Мне правда жаль.

Томас пожал плечами:

— Ничего. Когда я появился в Лабиринте, Минхо уже знал Ньюта два года. Дай ему время — оправится.

— Нам всем хреново, muchachos, — произнес Хорхе. — Надо пару деньков отлежаться. Обмозговать, что да как.

— Ну да, — пробормотал Томас.

Бренда взяла его за руку.

— Что-нибудь придумаем.

— Первый шаг сам собой напрашивается, — ответил Томас. — Начинать надо с Галли, идем к нему.

— Думаю, ты прав, — сказала Бренда и сжала его руку чуть сильнее. — Идем, Хорхе, — позвала она оборачиваясь. — Сообразим что-нибудь на обед.

Девушка и латинос вышли, оставив Томаса наедине с собой.

После ужасного обеда, во время которого ребята лишь изредка перебрасывались ничего не значащими фразами, все разбрелись по бергу. Томас шел коридорами и постоянно думал о Ньюте. Во что превратится брошенный друг? Как мало от него осталось... Осталось? Осталось!

Записка!

Очнувшись от потрясения, Томас побежал в уборную. В хаосе и неразберихе Дома шизов он совершенно позабыл о записке. Прочесть ее следовало еще там, в этом гнилом приюте. Похоже, момент, о котором говорил Ньют, уже упущен.

Запершись, Томас достал конверт из кармана и вскрыл. Лампы по краям зеркала роняли на лист бумаги мягкий теплый свет. В записке было всего два коротких предложения:

«Убей меня. Если ты и правда мой друг — прикончи меня».

Томас снова и снова перечитывал письмо в наивной надежде, что суть его переменится. От мысли, что друг настолько испугался Вспышки и заранее попросил об ужасной услуге, его затошнило. Не зря Ньют злился, особенно когда его нашли в зале для боулинга. Он просто не хотел становиться конченым шизом, а Томас... Томас его подвел.

ГЛАВА СОРОК ВТОРАЯ

О записке лучше никому не говорить. Да и зачем? Пора было двигаться дальше, и Томас приступил к действиям с неожиданным для себя хладнокровием.

Два дня команда провела на борту берга, отдыхая и составляя планы. Никто толком не знал Денвера, и потому разговоры рано или поздно сводились к Галли и «Правой руке». Последние желают остановить ПОРОК, и если корпорация собирается перезапустить тесты — с новым составом иммунных, — то работать придется заодно с «Правыми».

Галли. Надо к нему.

Утром третьего дня Томас принял душ и присоединился к остальным за завтраком. Было видно: после двухдневного простоя все хотят действовать. План составили такой: найти Галли и договориться о сотрудничестве. Все еще беспокоило предупреждение Ньюта: якобы группа шизов собирается напасть на Денвер, — однако с воздуха на подступах к городу никого заметить не удалось.

Наконец, приготовившись, все собрались у грузового люка.

— Говорить снова буду я, — предупредил Хорхе.

Бренда кивнула.

— Как только окажемся в городе, сразу ловим такси.

— Ну и ладно, — пробормотал Минхо. — Хватит уже языками чесать, идемте.

Томас и сам не сказал бы лучше. Ходьба, движение — вот что поможет забыть горечь от потери друга, забыть об ужасной записке.

Хорхе нажал кнопку, и крышка люка поползла вниз. Едва она успела открыться наполовину, как в образовавшуюся щель Томас увидел троих неизвестных. Когда же пандус опустился полностью, стало понятно: это не встречающая делегация.

Двое мужчин и одна женщина, в металлических респираторах. У мужчин в руках пистолеты, у женщины — пушка. Потные лица покрыты пылью и грязью, одежда местами изодрана, словно этим троим пришлось прорываться сюда с боями. Оставалось только надеяться, что они — дополнительные силы охраны на воротах.

— Это что еще такое? — произнес Хорхе.

— Пасть захлопни, иммуняк, — ответил один из мужчин в респираторе. Искаженные маской слова прозвучали еще более угрожающе. — Все четверо спускайтесь на землю, только спокойно. Будете сопротивляться, сами не обрадуетесь. Не пытайтесь хитрить.

Глянув им за спины, Томас с ужасом заметил, что ворота открыты настежь и в узком проходе валяются два мертвых тела.

Первым ответил Хорхе:

— Начнешь палить, hermano, и мы тебя задавим, как бульдозер. Одного ты, может, и снимешь, но остальные и тебя, и твоих дружков-отморозков уложат.

Блефует, видно же.

— Нам терять нечего, — ответил мужчина в респираторе. — Давай, если смелый, иди сюда. Двоих-то я точно кокну, даже моргнуть не успеете.

Он прицелился Хорхе в голову.

— Понятно, — ответил латинос и поднял руки. — Один — ноль в твою пользу.

Минхо застонал.

— Ах ты, ушлепок стебанутый, — произнес он и тоже поднял руки. — Вам тут лучше бдительность не ослаблять. Попомните мое слово.

Выбора не оставалось, и Томас, подняв руки, первым спустился по пандусу. Трое отвели группу к тарахтящему на холостых оборотах старенькому микроавтобусу. За рулем сидела женщина, на заднем сиденье — еще двое мужчин с пушками.

Один из конвоиров открыл боковую дверь и кивком велел пленникам проходить внутрь.

— Залезайте. Одно лишнее движение — и я стреляю. Говорю же, нам терять нечего. Невелика беда завалить одного-двух иммуняк, мир от этого не рухнет.

Томас забрался в пассажирскую часть салона, прикидывая на ходу шансы. Четверо против шестерых. Против шестерых с оружием.

— Кто платит за похищение иммунных? — спросил Томас, пока в салон садились его друзья. Он думал, хоть кто-то да подтвердит догадку Терезы, что иммунными торгуют как рабами.

Ему не ответили.

Наконец трое поджидавших беглецов у берга сели в машину и закрыли за собой двери. Взяли пленных на мушку.

— В углу лежат черные мешки на голову, — сказал главный из похитителей. — Надевайте. Предупреждаю: мне очень сильно не понравится, если кто-то станет подглядывать по дороге. Свои секреты мы предпочитаем хранить надежно.

Томас вздохнул. Невежливо спорить с хозяином положения. Он надел мешок на голову, и его окружила тьма.

Взревев мотором, микроавтобус тронулся в путь.

ГЛАВА СОРОК ТРЕТЬЯ

Дорога была ровной, однако длилась бесконечно. Ехать вслепую и думать о неприятных вещах — далеко не то, чего хотел бы Томас. И к тому времени как машина остановилась, его изрядно подташнивало.

Когда открыли боковую дверь, Томас машинально потянулся снять мешок с головы.

— Не снимай, пока не скажем, — предупредили его. — Медленно, без резких движений выходим из салона. Сделайте одолжение — не заставляйте вас убивать.

— А ты и впрямь ушлепок стебанутый, — прозвучал рядом голос Минхо. — Легко из себя крутого строить, когда вас шестеро и у всех пушки. Может, вы...

Минхо не договорил: послышались звук удара и громкий вскрик.

Томаса схватили чьи-то руки и с силой выдернули из салона. Он чуть не упал, а стоило восстановить равновесие, как его потянули дальше. Он едва-едва успевал перебирать ногами.

Он не смел жаловаться, когда его вели вниз по ступеням, затем — по длинному коридору. Наконец остановились; кто-то провел ключ-картой по панели электронного замка, щелкнуло — и открылась со скрипом дверь. Их ввели в какое-то помещение, и тут же раздалось многоголосое бормотание. Их ждали.

Женщина толкнула Томаса в спину, и он, чуть не упав, сделал несколько шагов вперед. Едва успел сдернуть мешок с головы, как дверь за спиной затворилась.

Их заперли в большой комнате. Бледный свет выхватывал из темноты лица десятков сидящих на полу или стоящих людей: грязных, исцарапанных, покрытых синяками.

Вперед выступила женщина.

— Что там снаружи? Мы тут всего несколько часов. Когда нас похитили, в городе творился настоящий кошмар. Как там теперь? Хуже?

Другие люди поднялись с пола и окружили Томаса.

— Мы улетали из Денвера, — ответил он. — Сегодня вернулись. Нас схватили у ворот. Что за кошмар в городе? В чем дело?

Женщина опустила взгляд.

— Правительство ввело чрезвычайное положение. Полиция, коп-машины, проверяющие — их вдруг не стало. Они будто разом исчезли. Мы пытались получить работу на стройке, и тут нас поймали. Мы даже сообразить ничего не успели.

— А мы работали охранниками в Доме шизов, — сказал один мужчина. — То и дело пропадали наши, ну мы и смылись в город. Нас прямо на аэродроме сцапали.

— Как же все рухнуло, да еще в один момент? — спросила Бренда. — Мы тут дня три назад были...

Мужчина резко и горько рассмеялся.

— В Денвере жило слишком много дебилов, веривших, будто вирус под контролем. Нарыв зрел долго и вот лопнул, окатив город гноем. Мир обречен, шансов нет. Вирус его погубит, это уже давно было ясно.

Томас оглядел собранных в подвале людей... и замер, увидев Эриса.

— Минхо, ты глянь, — сказал он, ткнув друга локтем в бок.

Паренек из Группы «В» уже заметил новоприбывших и узнал. Широко улыбаясь, он устремился им навстречу, а следом за ним — еще несколько девчонок из параллельного Лабиринта. Кто бы ни свозил сюда иммунных, свое дело он знает.

Эрис вроде даже хотел обнять Томаса, но сдержался и просто протянул руку.

— Рад видеть вас живыми.

— Мы тебя тоже. — Обида за все совершенное Эрисом в Жаровне куда-то ушла, испарилась. — Где остальные?

Эрис тут же помрачнел.

— Почти все пропали. Их взял другой отряд охотников.

Не успел Томас обмозговать услышанное, как подошла Тереза. Парень откашлялся, пытаясь убрать возникший в горле комок.

— Тереза? — кое-как проговорил он, застигнутый настоящей бурей самых разных, противоречивых эмоций.

— Привет, Том. — Печально глядя на него, она приблизилась еще на шаг. — Хорошо, что ты жив.

На глазах у нее выступили слезы.

— Рад, что и ты не пострадала. — Томас и ненавидел ее, и скучал. Хотелось наорать на нее за то, что бросила его в лаборатории.

— Вы куда запропастились? — спросила наконец Тереза. — Как в Денвер попали?

— Что значит — куда мы запропастились? — не понял Томас.

Несколько секунд Тереза молча смотрела на него, потом сказала:

— Нам о многом надо поговорить.

Томас прищурился.

— Что у тебя сейчас на уме?

— Я не... — У нее перехватило горло. — Мы друг друга недопоняли. Послушай, большую часть нашей группы вчера схватили охотники за головами и уже, наверное, продали в лабораторию ПОРОКа. Мне жаль, Фрайпана тоже увезли.

Перед мысленным взором тут же возник образ несчастного повара. Еще один друг потерян...

В разговор вмешался Минхо:

— Смотрю, ты не унываешь. Впрочем, как всегда. Я так счастлив вновь оказаться в лучах твоей благословенной ауры.

Тереза не обратила на подколку внимания.

— Том, скоро и нас отправят в лабораторию. Надо поговорить с глазу на глаз. Срочно.

Томас не желал признавать и показывать, что и сам хочет побеседовать с ней.

— Крысун уже со мной разговаривал. Скажи, что ты с ним не согласна. Не станешь умолять меня вернуться к ПОРОКу?

— Понятия не имею, о чем ты. — Тереза помолчала. Казалось, она усмиряет гордыню и гнев. — Прошу тебя.

Томас глядел на Терезу, пытаясь разобраться в своих чувствах к ней. Тем временем подошла Бренда. Присутствие Терезы ее явно нервировало.

— Ну, что скажешь? — поторопила Тереза и обвела рукой окружающих. — Здесь много не навоюешь, остается ждать. Ты не слишком занят, надеюсь? Уделишь мне минутку?

Томас чуть не закатил глаза. Указав на пару стульев в углу, он пригласил Терезу жестом.

— Поговорим. Только быстро.

ГЛАВА СОРОК ЧЕТВЕРТАЯ

Минхо сразу предупредил: дескать, не слушай Терезу, однако Томас все равно присел на стул, сложил руки на груди и уперся затылком в стену. Тереза опустилась напротив, подтянув под себя ноги.

— Итак, — начала девушка.

— Итак, — словно передразнивая ее, повторил Томас.

— С чего начнем?

— Поговорить — твоя идея, вот ты и начинай. Если сказать нечего, сразу и разойдемся.

Тяжело вздохнув, Тереза парировала:

— Может, оставишь ненадолго сомнения и перестанешь паясничать? Да, в Жаровне я творила ужасные вещи, но в конечном-то итоге все было во благо. Я спасала тебя и понятия не имела, что жестокость — часть Переменных. Поверь мне хоть ненадолго и поговори как с обычным человеком.

Выдержав небольшую паузу, Томас наконец ответил:

— Ладно, поговорим. Но ты бросила меня в лаборатории ПОРОКа, а значит...

— Том! — вскричала Тереза так, словно ей залепили пощечину. — Мы не бросали тебя! О чем ты вообще говоришь?!

— Нет, это ты о чем говоришь? — искренне возмутился Томас.

— Не мы бросили тебя! Ты бросил нас! Мы улетали последними. Только и разговоров было о том, как вы с Ньютом и Минхо вырвались на волю и засели где-то в окрестном лесу. Мы искали вас, но не нашли. Я даже начала верить, что вы каким-то образом добрались до цивилизации. Почему, думаешь, я так обрадовалась встрече?

В груди у Томаса вновь закипел гнев.

— По-твоему, я поверю в этот бред? Ты стопудово знаешь, что Крысун наплел: типа ПОРОК во мне нуждается. Типа я Последний Кандидат...

Тереза ссутулилась.

— По-твоему, я — средоточие вселенского зла? — Не дожидаясь ответа, она продолжила: — Если бы ты вернул себе память, как того требовала процедура, то убедился бы: я все та же Тереза, какую ты знал. Да, я жестоко обращалась с тобой в Жаровне и с тех пор всячески пытаюсь загладить вину.

Томас вдруг понял, что больше не может на нее злиться. Тереза ведет себя вполне искренне.

— Я не могу верить тебе, Тереза. Не могу.

Она взглянула на него глазами, полными слез.

— Клянусь, я ничего не знаю о Последнем Кандидате. Эту часть разработали уже после того, как мы отправились в Лабиринт. Точно скажу одно: ПОРОК не остановится, пока не получит матрицу. Готовится второй круг Переменных, ПОРОК собирает иммунных для испытаний. Я больше не могу заниматься этими зверствами, вот и сбежала. Хотела найти тебя.

Томас не отвечал. Какая-то часть его отчаянно желала поверить Терезе.

— Прости, — тяжело вздохнув, сказала она, отвернувшись и приглаживая волосы. Выждала несколько секунд и снова посмотрела на Томаса. — Я разрываюсь, понимаешь? Меня будто рвет на две части. Вначале я и правда верила, что найти лекарство реально и что ты позарез нужен ПОРОКу для опытов. Теперь все иначе. Даже вернув себе память, я больше не могу участвовать в эксперименте. Он никогда не закончится.

Томас всмотрелся в лицо Терезы. Боль в глазах говорила лишь об одном — она не лжет.

Не дождавшись ответа, Тереза заговорила вновь:

— Пришлось заключить сделку с собой. Я на все была готова, лишь бы исправить ошибку. Сначала думала спасти друзей, потом, если получится, помочь другим иммунным... Результат сам видишь.

Подумав, Томас ответил:

— Ну, мы преуспели не больше вашего.

Вскинув брови, Тереза спросила:

— Ты хотел остановить ПОРОК?

— Нас вот-вот продадут в лабораторию, так какая теперь разница?

Тереза ответила не сразу. Томас многое бы отдал, лишь бы оказаться у нее в голове — и не старым, телепатическим, способом. На какой-то миг ему сделалось грустно: в прошлом они с Терезой проводили уйму времени, были лучшими друзьями. А Томас ничего этого не помнит.

— Думаю, ты снова начнешь мне верить, Томас, если получится сделать что-нибудь вместе. Эриса и прочих убедить труда не составит, они со мной согласны.

Надо быть осторожным. Странно, как Тереза, едва обретя память, сразу ополчилась на ПОРОК.

— Там видно будет, — сказал наконец Томас.

Тереза нахмурилась.

— Ты все равно мне не доверяешь, да?

— Там видно будет, — повторил Томас.

Он встал и пошел прочь, стараясь забыть выражение боли у нее на лице. Хотя с чего ему волноваться о чувствах Терезы? После того-то, как она с ним поступала.

ГЛАВА СОРОК ПЯТАЯ

Минхо, Бренда и Хорхе вместе сидели в сторонке. Когда Томас вернулся к ним, Минхо как-то недобро взглянул на друга.

— Ну и что наплела эта ушлятина?

Томас опустился на пол рядом. К тому времени к их группке начали стягиваться люди, явно прислушиваясь, о чем идет речь.

— Ну? — поторопил Минхо.

— Тереза бежала из лаборатории, едва выяснив, что ПОРОК готовится заново провести Переменные и отлавливает для этого иммунных. Все как рассказывал Галли. А еще Терезе внушили, будто мы бежали первыми, — вот они и ломанулись якобы за нами. — Томас сделал паузу. То, что он скажет сейчас, Минхо точно придется не по вкусу: — Она готова помочь нам, если сумеет.

Минхо покачал головой.

— Утырок ты, утырок. Нечего было с ней вообще разговаривать.

— Ну спасибо. — Томас потер лицо ладонями. Минхо прав.

— Жаль вмешиваться в разговор, *muchachos*, — произнес Хорхе. — Вы одно поймите: можно целый день лясы точить, а выбираться-то из этой дыры надо. Уже не важно, кто на чьей стороне.

В этот момент открылась дверь и в комнату вошли трое охотников за головами. В руках они несли большие мешки. Следом шел четвертый — вооруженный пушкой, он предупреждающе водил стволом из стороны в сторону. Первые трое тем временем начали раздавать из мешков... хлеб и бутылки воды.

— Везет нам как утопленникам, — пробормотал Минхо. — Раньше-то хоть можно было во всем ПОРОК обвинить, а сейчас — сами виноваты.

— Ну почему же? — ответил Томас. — Сейчас тоже на них можно свалить вину.

Минхо ухмыльнулся:

— Отлично. Приглядись к этим утыркам.

В комнате повисла тягостная тишина: получив порцию воды и несколько булок, пленники тут же принимались за еду. Дабы не привлекать внимания охранников, говорить придется шепотом.

Минхо ткнул Томаса локтем в бок.

— Оружие только у одного. Хлюпик какой-то, повалю его на раз.

— Может, и повалишь, — так же шепотом ответил Томас. — Только не глупи: у этого хлюпика, кроме пушки, еще и пистолет. Поверь, словить пулю — не самый приятный жизненный опыт.

— Ага, ясно, но сейчас ты поверь мне. То есть в меня.

Минхо подмигнул Томасу, но тот лишь тяжело вздохнул: шансы, что бунт пройдет незамеченным, практически равны нулю.

Вот похитители приблизились к группке Минхо, Томаса, Бренды и Хорхе. Томас спокойно принял булочку и бутылку воды, тогда как Минхо свою порцию отверг — и очень резко ударил охранника по руке.

— Не надо мне твоих подачек. Отравишь еще...

— Хочешь голодным сидеть — фиг с тобой.

Только охранник отвернулся, как Минхо кошкой взвился вверх и повалил его вооруженного приятеля. Тот выронил пушку, и оружие стрельнуло само по себе — заряд ударил в потолок. Сверкнула молния. Похититель не успел опомниться, а Минхо уже дубасил его, свободной рукой пытаясь отнять пистолет.

Миг — и в комнате словно взорвалась бомба. Трое охранников, побросав мешки с продуктами, кинулись к Минхо, но не успели сделать и шага, как на них тут же повисли шестеро пленников. Хорхе помогал Минхо: схватил охранника за руку с пистолетом и бил ею об пол до тех пор, пока пальцы не разжались. Минхо ногой оттолкнул пистолет в сторону, и его подобрала какая-то женщина. Бренда тем временем схватила пушку и крикнула, прицелившись в похитителей:

— Сдавайтесь!

Минхо поднялся, оставив окровавленного противника. Остальных охотников за головами люди уложили рядом, чтобы были на виду.

События развивались так стремительно, что Томас дернуться не успел. Когда все закончилось, он словно ожил и принялся действовать.

— Надо их допросить, — сказал он. — И лучше до прихода подкрепления.

— Да пулю им в голову, и дело с концом! — воскликнул кто-то. — Пристрелим гадов — и мотаем.

Нашлись и сторонники такого решения — согласными криками они выразили готовность. Пока толпа не превратилась в банду хладнокровных убийц, надо допросить похитителей. Томас убедил женщину, схватившую пистолет, отдать оружие и после присел рядом с охранником, который до этого раздавал хлеб.

Приставив ствол к его виску, Томас предупредил:

— Считаю до трех. Говори, что с нами хотел сделать ПОРОК и где должен был произойти обмен. Раз.

Охотник за головами ответил без раздумий:

— ПОРОК? Они тут вообще ни при чем!

— Лжешь. Два.

— Нет-нет, клянусь! Мы с ПОРОКом не связаны. Я точно про них ничего не знаю.

— Правда, что ли? Тогда зачем ты ловишь иммунных и сажаешь под замок?

Стрельнув глазами в сторону подельников, охранник ответил:

— Мы работаем на «Правую руку».

ГЛАВА СОРОК ШЕСТАЯ

— То есть как это — на «Правую руку»? — переспросил Томас. Бред какой-то.

— Чего тут непонятного? — словно позабыв о пистолете у виска, произнес мужчина. — Я работаю на «Правую руку», будь они неладны. Не вдуплил?

Убрав пистолет, Томас присел на пол.

— Тогда зачем ловите иммунных? — ничего не понимая, повторил он вопрос.

— Мы так хотим, — ответил охранник, поглядывая на пистолет. — Остального ты все равно не узнаешь.

— Кончай его и переходи к следующему! — крикнули из толпы.

Томас снова приставил пистолет к виску охранника.

— Учитывая, что оружие у меня, ты ведешь себя чересчур храбро. Итак, еще раз считаю до трех, и ты говоришь, зачем похищаете иммунных. Иначе я сочту твои слова ложью. Поехали: раз.

— Ты ведь знаешь, что я не лгу, парень.

— Два.

— Ты меня не убьешь, по глазам вижу.

Попал в точку: Томас просто так не пустит пулю в голову незнакомцу. Убрав пистолет, он сказал:

— Если ты и впрямь работаешь на «Правых», то мы с тобой заодно. Выкладывай: в чем дело? Что происходит?

Охранник медленно принял сидячее положение, а вслед за ним — и его подельники. Окровавленный охотник за головами застонал от усилия.

— Хотите знать все — обращайтесь к боссу. Нам подробности неизвестны, без балды.

— Точно, — добавил другой охранник. — Мы сошка мелкая.

Подошла Бренда.

— Как нам добраться до этого вашего босса?

Охранник пожал плечами:

— Понятия не имею.

Минхо, застонав, выхватил из рук Томаса пистолет.

— Довольно с меня этого кланка. — Прицелился в ногу охраннику. — Убить мы тебя не убьем, но через три секунды прощайся с пальцами. Говори, или я точно стреляю. Раз.

— Сказал уже: нам ничего не известно, — разозлился допрашиваемый.

— Ясно. — Минхо спустил курок.

На глазах у пораженного Томаса охранник схватился за ногу и взвыл от боли. Минхо попал точно в мизинец — сквозь дырку в ботинке хлестала кровь.

— Да разве можно так? — вскричала женщина. Она вынула из кармана пачку салфеток и принялась зажимать рану на ноге у приятеля.

Невероятно: Минхо способен выстрелить в человека. В то же время Томас проникся к нему уважением: сам бы он ни за что не спустил курок, а ответы-то получить надо, сейчас или никогда. Томас оглянулся на Бренду — та пожала плечами. Значит, согласна с Минхо. Тереза взирала на происходящее издалека, и по лицу девушки Томас не мог понять, о чем она думает.

— Отлично, — произнес Минхо. — Пока сударыня благородно занимается ногой этого бедолаги, советую другим начать говорить. Если не скажете, что происходит, отстрелю еще палец.

Он помахал пистолетом перед носом у женщины и двух других охранников.

— Зачем «Правая рука» похищает людей?

— Сказано вам: мы не знаем, — ответила женщина. — Нам платят, и мы не задаем вопросов. Просто выполняем работу.

— Ты что скажешь? — Минхо навел пистолет на одного из охотников. — Сбереги пальчик-другой.

Охранник поднял руки.

— Мамой клянусь, ничего не знаю. Но...

Последнее слово он произнес неосознанно и уже пожалел об этом. Глянув на приятелей, он побледнел.

— Что — но? Говори, не стесняйся. Я же вижу, тебе есть чем поделиться.

— Нет, ничего.

— Устал я в партизан играть. — Минхо направил пистолет охраннику в ногу. — И считать задолбался.

— Стой! — вскричал охранник. — Я скажу, скажу... слушай. Можем отвести кого-нибудь из вас к боссу, сами с ним поговорите. Если только босс пожелает беседовать. Палец я просто так терять не хочу.

— Другое дело, — сказал Минхо и, отступив на шаг, жестом велел охраннику встать. — А ты боялся. Сейчас ты, я и мои друзья поедем к этому вашему боссу.

Толпа разразилась недовольными криками: никто не хотел оставаться.

Охранница вскочила на ноги и заорала на пленных:

— Вы здесь в безопасности! — Народ сразу притих. — Уж поверьте. Если поедем все, половина просто не доберется до места назначения. Эти ребята хотят рискнуть, так пусть рискуют головами. Снаружи пистолет и пушка мало чем помогут, а здесь — крепкие стены и ни одного окна.

Стоило ей договорить, раздался новый хор жалоб. Женщина обернулась к Томасу и Минхо и, стараясь перекричать гвалт, предупредила:

— Снаружи и правда очень опасно. Мой вам совет: возьмите пару человек. Чем вас больше, тем проще угодить в неприятности. Вас заметят. — Она оглядела комнату. — На вашем месте я бы выдвигалась как можно быстрее. Народ скоро совсем обозлится. Сдерживать их станет невозможно, тогда как снаружи...

Плотно сжав губы, она помолчала и закончила:

— Снаружи повсюду шизы. Убивают все, что движется.

ГЛАВА СОРОК СЕДЬМАЯ

Томас аж подпрыгнул, когда Минхо пальнул из пистолета в потолок. Люди замолкли. Минхо жестом велел говорить охраннице.

— Снаружи творится настоящий кошмар, — сказала она. — Беспорядки начались очень быстро, никто даже сообразить не успел. Толпы шизов появились на улицах из ниоткуда, словно прятались где-то, ожидая сигнала к атаке. Полиция была бессильна перед ними, ворота теперь открыты. К городским шизам присоединились больные из приюта. Город захвачен.

Она молча обвела взглядом собравшихся.

— Поверьте, снаружи ловить нечего. Мы не желаем вам зла. Точно я не знаю, что задумали «Правые», но по плану нас вместе с вами должны эвакуировать из Денвера.

— Тогда зачем с нами обращаются как с заключенными? — прокричал кто-то из толпы.

— Лично я просто отрабатываю деньги. — Обернувшись к Томасу, женщина продолжила: — Повторю еще раз: уходить отсюда глупо, но если уж решили, то идите вдвоем плюс провожатый. Шизы сразу замечают большую группу людей. Вооружен ты или нет — психи видят в тебе лишь ходячее мясо. Босс не обрадуется визиту толпы, его телохранители при виде фургона, полного незнакомцев, тут же откроют огонь.

— Пойдем мы с Брендой, — совершенно не думая, на автомате ответил Томас.

— Ни за что, — возразил Минхо. — Идем мы с тобой.

Тащить с собой Минхо — большой риск, он несдержан и скор на расправу. Бренда, напротив, обдумывает каждый шаг. И вообще Томас не хотел терять ее из виду. Так что все просто.

— Идем я и Бренда, — повторил он. — В Жаровне мы на пару неплохо справлялись. Сдюжим и на сей раз.

— Еще чего! — обиженно произнес Минхо. — Нельзя разделяться. Идти надо вместе, вчетвером.

— Минхо, кто-то должен остаться и следить за порядком, — совершенно искренне проговорил Томас. Правильно, грех упускать целую толпу иммунных, которых можно натравить на ПОРОК. — И... боюсь накаркать, но что, если с нами случится несчастье? Тогда ты, Минхо, доведешь наше дело до конца. ПОРОК схватил Фрайпана и бог знает кого еще. Однажды ты выдвинул мою кандидатуру на пост Куратора бегунов. Так вот, сегодня я твой Куратор, слушайся меня. Возможно, дамочка права: чем меньше нас будет, тем больше шансов не нарваться на шизов.

Томас, дожидаясь ответа, смотрел другу в глаза. Минхо тянул, медлил.

— Согласен, — сказал он наконец. — Хотя... если погибнешь, я не обрадуюсь.

Томас кивнул:

— Вот и славно.

Все же как важно, что Минхо еще верит в Томаса. Главное — вовремя пробудить в друге мужество.

Охотник по имени Лоренс — тот, что предлагал отвести их к боссу, — вызвался проводником. Он торопился покинуть полную разъяренных людей комнату. И не важно, что за опасности поджидают снаружи. Отперев большую дверь, Лоренс жестом подозвал Томаса и Бренду — те, вооруженные пистолетом и пушкой, пошли следом.

Втроем миновали длинный коридор и остановились у входной двери дома. В бледном свете потолочных ламп было видно, как встревожен Лоренс.

— Так, давайте определимся, — сказал он. — Если пойдем пешком, то на месте будем часа через два. Пешим легче ходить незамеченными по улицам города и прятаться. На фургоне доедем гораздо быстрее, но нас наверняка обнаружат.

— Скорость против скрытности, — произнес Томас и взглянул на Бренду. — Что скажешь?

— Едем на фургоне.

— Точно, — согласился Томас. Его до сих пор преследовал образ шиза с окровавленной мордой. — Меня пугает сама мысль, что придется идти пешими да среди бешеных людоедов. Так что фургон — самое то. Едем.

Лоренс кивнул:

— Понял, фургон так фургон. Теперь заткнулись и приготовили оружие. Перво-наперво надо попасть в машину и запереться в ней. Машина — прямо у выхода. Пошли?

Томас вопросительно глянул на Бренду, и вместе они кивнули — мол, веди.

Лоренс вынул из кармана стопочку ключ-карт и, один за другим отперев многочисленные электронные замки, медленно приоткрыл дверь, надавив на нее плечом.

Снаружи, в полной темноте, одиноко светил уличный фонарь. Интересно, на сколько еще хватит электричества, прежде чем город погрузится во тьму и умрет? Максимум — на несколько дней.

Шагах в двадцати от подъезда, в узком проулке стоял припаркованный фургон. Лоренс, быстренько выглянув наружу, посмотрел вправо-влево и снова спрятался за дверью.

— Вроде никого. Идемте.

Все трое выскользнули наружу. Томас и Бренда рванули к машине, а Лоренс наскоро запер дверь. От страха нервы Томаса гудели словно оголенные провода. Он постоянно оглядывался, ожидая, что вот-вот на него кинется шиз, но не видел никого. Слышался только безумный хохот вдали.

Лоренс отпер замки на дверях и юркнул в салон. Бренда — сразу за ним, третьим на переднее сиденье влез Томас. Лоренс, как только двери захлопнулись, запер их. Завел двигатель и хотел уже стартовать, как вдруг сверху раздался глухой удар, машину резко качнуло. Повисла тишина, затем кто-то кашлянул.

На крышу спрыгнул «заяц».

ГЛАВА СОРОК ВОСЬМАЯ

Лоренс вцепился в руль и дал по газам. В задние окна Томас никого не увидел. Выходит, спрыгнувший на крышу безумец каким-то образом удержался.

Тем временем на лобовое стекло свесилась женщина, пытающаяся на полной скорости спуститься с крыши. Взглянув на Томаса, она улыбнулась, обнажив два ряда идеально ровных белых зубов.

— За что она там держится? — прокричал Томас.

— Понятия не имею, — напряженно ответил Лоренс. — Долго все равно не протянет.

По-прежнему глядя в глаза Томасу, женщина принялась молотить кулаком по ветровому стеклу. Бум-бум-бум! Оскаленные зубы поблескивали в свете фар.

— Нельзя ли ее скинуть? — громко попросила Бренда.

— Будь по-твоему. — Лоренс резко нажал на тормоза.

Женщину бросило вперед, как заряд — из ствола пушки. Размахивая руками, она ударилась о землю, и Томас зажмурился. Когда наконец хватило смелости открыть глаза, он увидел, что женщина медленно встает на дрожащие ноги. Вот она вернула равновесие и посмотрела на машину. В свете фар женщину было видно отчетливо.

Сумасшедшая больше не улыбалась: отнюдь, губы ее скривились в отвратительной гримасе, — и половину лица ее ободрало при падении. Взглянув Томасу в глаза, она задрожала.

Лоренс утопил педаль газа, машина понеслась на больную. Женщина подобралась, словно изготовившись прыгнуть на фургон и остановить его, однако в последнюю секунду отскочила в сторону. Фургон промчался мимо.

Томас до последнего смотрел ей в глаза. И в решающий миг, когда столкновение казалось неизбежным, женщина нахмурилась, на лице отразилось сомнение. Она словно подумала: «Что же я творю?!»

Страшно-то как...

— В ней как будто борются безумие и рассудок.

— Скажи спасибо, что нам она одна попалась, — пробормотал Лоренс.

Бренда крепко сжала руку Томаса.

— Тяжело на такое смотреть. Я понимаю, каково тебе и Минхо потерять Ньюта. Каково было видеть его в Доме шизов...

Томас молча накрыл ее ладонь своей.

В конце проулка Лоренс свернул вправо — на широкую улицу. Впереди Томас заметил группу людей: кто-то дрался, кто-то рылся в мусорных баках, кто-то просто ел... кто-то, словно призрак, стоял в стороне, провожая пустым взглядом машину.

В салоне все молчали, как будто опасаясь, что речь привлечет внимание шизов снаружи.

— Невероятно, как быстро все случилось, — наконец сказала Бренда. — Думаете, шизы спланировали захват города? Они вообще способны спланировать нечто подобное?

— Трудно сказать, — ответил Лоренс. — Признаки краха мы подметили давно: стали пропадать горожане, члены администрации, больше становилось зараженных... хотя, по-моему, эти уроды прятались до поры до времени. Выжидали удобного случая, чтобы напасть.

— И правда, — сказала Бренда. — Похоже, больных стало больше, чем здоровых. Если баланс нарушен, то это всерьез и надолго.

— Да и нет разницы, как все случилось, — произнес Лоренс. — Главное — как быть нам. Оглянитесь вокруг: Денвер превратился в сущий ад.

Он притормозил и круто повернул направо, заехал в длинный проулок.

— Почти на месте. Теперь надо быть еще бдительней. — Погасив фары, Лоренс прибавил газу.

Постепенно Томас перестал различать что-либо во тьме. Он видел лишь смутные шевелящиеся тени — того и гляди прыгнут на машину.

— Может, сбавишь обороты? — предложил он.

— Не боись. Я тут сто раз ездил, дорогу знаю как свои...

Инерцией Томаса кинуло вперед и тут же дернуло назад ремнем безопасности. Под колеса угодило что-то большое и металлическое. Машина подпрыгнула раза два и встала.

— В чем дело? — прошептала Бренда.

— Не знаю, — еще тише ответил Лоренс. — Наверное, мусорный контейнер или еще что... Черт, испугался я.

Он тронулся с места. Вновь заскрежетало, стукнуло, громыхнуло. Наступила тишина.

— Прорвались, — не скрывая облегчения, пробормотал Лоренс и поехал дальше. Скорость он сбавил лишь самую малость.

— Включи хотя бы фары, — посоветовал Томас. Сердце все еще громыхало в груди. — Я вообще ничего не вижу.

— Вот именно, — поддакнула Бренда. — Этот грохот только глухой не услышал.

— Может, вы и правы, — ответил Лоренс, зажигая передние огни.

Голубовато-белый свет, ярче солнца, залил дорогу. Томас зажмурился, а открыв глаза, обомлел от ужаса: дорогу перегородила толпа человек из тридцати, стоявшая плотной стеной. Лица у всех были бледные, изможденные, покрытые царапинами и синяками. Одежда давно превратилась в грязную рвань. Шизы бесстрашно, словно восставшие из могил трупы, смотрели прямо на яркие огни летящего вперед фургона.

Томас задрожал от сковавшего тело холода.

И тут толпа расступилась, образуя проход. Пока остальные синхронно пятились к обочинам, один из шизов — видимо, главный — жестом велел пропустить фургон дальше.

— Нет, ты посмотри, какие вежливые, — прошептал Лоренс.

ГЛАВА СОРОК ДЕВЯТАЯ

— Может, они еще не конченые? — предположил Томас. Да нет, глупость сморозил. — Или просто не в настроении бросаться нам под колеса?

— Какая разница? — сказала Бренда. — Гони, Лоренс, пока шизы не передумали.

К счастью, Лоренса не пришлось просить дважды. Он надавил на педаль газа и рванул в образовавшийся живой коридор. Шизы, лепясь к стенам домов по сторонам проулка, заглядывали в лица пассажиров. Томас, видя царапины, кровь, синяки, безумные глаза, вновь содрогнулся.

Машина почти миновала живой коридор, как вдруг раздалась серия громких хлопков. Фургон занесло вправо, прямо на стену дома, и нескольких шизов буквально размазало. Вопя от боли, они стучали окровавленными кулаками по капоту машины.

— Какого дьявола? — взревел Лоренс, сдавая назад.

Машину стало опасно раскачивать. Двое раздавленных шизов упали, и на них мигом накинулись свои же. Томас поспешил отвернуться, его затошнило от страха. Корпус гудел от ударов со всех сторон, покрышки визжали, машина еле-еле ползла. Вокруг творился натуральный кошмар.

— В чем дело? — прокричала Бренда.

— Они нам шины прокололи! Или оси повредили. Не знаю...

Лоренс безостановочно дергал ручку переключения скоростей, и всякий раз удавалось сдвинуться лишь на несколько футов. Справа к машине подошла растрепанная женщина с лопатой. Перехватив черенок обеими руками, женщина со всей дури обрушила штык на боковое окно — стекло выдержало.

— Выбираемся отсюда, быстро! — прокричал Томас. Ничего умнее в такой ситуации предложить он не смог. Надо же было угодить в столь простую ловушку.

Лоренс не сдавался, переключая скорости, нажимая на педаль газа, но фургон лишь дергало взад-вперед. Кто-то прыгнул на крышу; шизы колотили в борта и стекла палками, руками, а то и собственной головой. Женщина с лопатой сдаваться не думала, и после пятого или шестого удара в стекле таки появилась трещина толщиной с волос.

От растущей паники перехватило горло. Стало трудно дышать.

— Сейчас лопнет! — крикнул Томас.

Одновременно с ним закричала Бренда:

— Вывози нас отсюда!

Машина сдвинулась на несколько дюймов, и женщина с лопатой промахнулась, зато сверху кто-то обрушил на лобовое стекло удар кувалдой — и в этом месте белым бутоном распустилась паутина трещин.

Фургон дернуло назад, и шиз с кувалдой слетел сначала на капот, потом на землю. К нему тут же подскочил собрат с длинной рваной раной на лбу и, отобрав кувалду, успел раза два садануть по ветровому стеклу, но распаленные шизы кинулись на него, намереваясь отнять столь эффективную игрушку. В этот момент зазвенело стекло в задней части салона. Томас, обернувшись, увидел, как сквозь дыру в окне лезет окровавленная, исполосованная осколками рука.

Расстегнув ремень безопасности, он перелез назад и схватил инструмент для уборки снега: с одного конца щетка, с другого — лезвие, — и преодолев второй ряд сидений, обрушил импровизированное оружие на руку. Еще раз, еще... Невидимый шиз взвизгнул и отдернул руку, вырвав заодно осколки стекла.

— Дать пушку? — крикнула Бренда.

— Нет! С ней в салоне не развернуться. Лучше пистолет!

Фургон опять дернуло, и Томас больно ударился челюстью о спинку сиденья. Мотнул головой и увидел, как снаружи мужчина и женщина вырывают остатки стекла в разбитом окне. Дыра становилась все больше, кровь лилась ручьями по обеим сторонам задней дверцы.

— Держи! — крикнула за спиной Бренда.

Схватив пистолет, Томас дважды пальнул в разбитое окно. Сраженные пулями психи упали, и крики агонии потонули в общем шуме: визжали покрышки, ревел перегруженный мотор, гудели борта под ударами.

— Почти вырвались! — прокричал Лоренс. — Черт, да что они с машиной сотворили?!

Водитель обливался потом. В середине паутины трещинок уже зияло небольшое отверстие. Шизы мало не легли на окна, из-за них больше ничего не было видно. Бренда схватилась за пушку.

Фургон подался назад, вперед, снова назад. Трясло не так сильно, и казалось, Лоренс вот-вот вернет управление. Сквозь дыру в заднем окне просунулись две пары рук, и Томас дважды пальнул. Услышал крики. В окно заглянула женщина: дикий оскал, зубы перемазаны сажей.

— Просто впусти нас, парень, — едва слышно из-за криков попросила она. — Нам бы еды. Есть охота. Впусти нас!

Последние слова она прокричала. Затем попыталась просунуть голову в отверстие. Томас поднял пистолет. Стрелять он не хотел, однако на всякий случай приготовился обороняться. Фургон снова рвануло вперед, и женщину будто выдернуло наружу, сорвало с окровавленных осколков стекла.

Томас ожидал, что Лоренс сдаст назад, но нет — подергавшись немного, фургон снова двинулся вперед. Проехал несколько футов, развернулся в нужную сторону. Проехал еще немного.

— Получается! — прокричал Лоренс.

На сей раз одолеть удалось футов десять. Шизы не отставали, бежали следом. Краткий миг тишины сменялся воплями и грохотом. В разбитое заднее окно просунулась рука с ножом — шиз рубил и резал воздух. Томас выстрелил.

Скольких он уже убил? Троих? Четверых? Убил ли он вообще хоть кого-то?

Оглушительно взвизгнув покрышками, фургон рванул вперед. Подпрыгнул раза два, переехав угодивших под колеса, набрал скорость и помчался дальше. Те, кто успел забраться на крышу, попадали на дорогу. Погоня отстала.

Томас рухнул на сиденье и посмотрел на промятую крышу. Глубоко и бурно дыша, он пытался успокоиться и поэтому не заметил, как Лоренс выключил уцелевшую фару, сделал еще два поворота и въехал в гараж. Дверь за ними тут же закрылась.

ГЛАВА ПЯТИДЕСЯТАЯ

Когда Лоренс заглушил мотор, тишина окутала Томаса. Слышно было только гудение крови в ушах. Томас закрыл глаза и постарался дышать медленно, расслабленно. Ни Бренда, ни Лоренс не проронили ни слова. Наконец водитель решился нарушить молчание:

— Они снаружи, окружили фургон. Ждут, пока мы выйдем.

Томас усилием воли заставил себя сесть и взглянуть вперед, сквозь лобовое стекло — в полнейшую тьму.

— Кто ждет? — спросила Бренда.

— Телохранители босса. Фургон они узнали, машина принадлежит им. Теперь надо выйти наружу и показаться. Для опознания... Думаю, в нашу сторону стволов двадцать смотрят.

— И что нам делать? — спросил Томас, совсем не готовый к еще одной схватке.

— Тихо и спокойно вылезаем из машины. Меня узнают сразу.

Томас перебрался на переднее сиденье.

— Выходим все разом или сначала пропускаем тебя?

— Да, я пойду первым, скажу, что опасности нет. Ждите моего сигнала: я постучу по борту. Готовы?

— Вроде да, — ответил Томас.

— Будет очень жаль, если нас пристрелят, — заметила Бренда. — Прорывались, прорывались... Я сейчас стопудово на шиза похожа.

Открыв дверь со своей стороны, Лоренс выбрался наружу. Томас, затаив дыхание, ждал сигнала, а потому, услышав громкий стук по борту, испугался не так сильно.

Бренда открыла дверь уже со своей стороны и покинула салон, Томас — за ней, вовсю напрягая глаза, пытаясь хоть что-то разглядеть в кромешной темноте.

Громко щелкнуло, и в лицо ударил луч ослепительно белого света. Томас машинально вскинул руки, прикрывая глаза. Потом по чуть-чуть приподнял веки и увидел направленный в его сторону прожектор на штативе-треноге, по обеим сторонам которого стояли темные силуэты. Оглядевшись, Томас насчитал еще человек десять, и все с оружием. Как, собственно, Лоренс и предупредил.

— Лоренс, ты? — позвал мужской голос, эхом отразившийся от бетонных стен. Кто же из них это сказал? Черт его знает.

— Я, я.

— Ты что с нашим фургоном сделал? И кого привез? Только не говори, что больных.

— Мы угодили в ловушку шизов в одном из проулков, а это иммуняки — им надо к боссу.

— Для чего?

— Им...

Не дав ему договорить, невидимый собеседник потребовал:

— Нет, пусть сами скажут. Назовитесь и отвечайте: зачем взяли в заложники нашего человека и разбили фургон? Их и без того мало осталось. Причина, надеюсь, убедительная?

Томас и Бренда переглянулись, как бы спрашивая друг друга, кому говорить. Бренда кивнула Томасу.

Похоже, спрашивал тот, кто стоял справа от прожектора. К нему Томас и обернулся.

— Меня зовут Томас, а это Бренда. Галли наш друг, мы вместе выживали в Лабиринте. Пару дней назад он рассказал нам о «Правой руке». Хотим помочь вам, но не так. Скажите, что у вас в планах и зачем вы крадете иммунных. Я думал, что ПОРОК похищает наших.

Мужчина внезапно рассмеялся.

— Надо проводить тебя к боссу. Хотя бы затем, чтобы ты избавился от глупой мысли, будто мы — второй ПОРОК.

Томас пожал плечами:

— Отлично, ведите.

Презрение к ПОРОКу охранник высказал вполне искренне. Правда, все равно непонятно, для чего «Правая рука» похищает иммунных.

— Не вздумай юлить, парень, — предупредил охранник. — Тебе же хуже будет. Лоренс, отведи их. Кто-нибудь, проверьте фургон — нет ли оружия.

Томас и Бренда молча проследовали за Лоренсом вниз по двум пролетам выцветшей металлической лестницы, затем через потрепанную деревянную дверь и дальше — по грязному коридору с облезлыми обоями на стенах и единственной лампочкой на потолке. Наконец Лоренс привел их в большое помещение. Лет пятьдесят назад, наверное, оно служило отличной переговорной, от которой остались обшарпанный стол да бессистемно расставленные по комнате пластиковые стулья.

По ту сторону стола сидели двое. Справа — Галли. При виде Томаса он, усталый и растрепанный, все же кивнул и слегка улыбнулся. (Если можно назвать улыбкой чуть заметный на изувеченном лице изгиб губ.) Слева сидел тучный мужчина, едва умещавшийся в тесном для него креслице.

— Так это и есть штаб «Правой руки»? — спросила Бренда. — Я разочарована.

Улыбка сошла с лица Галли.

— Мы переезжали столько раз, что уже со счета сбились. Но все равно спасибо за комплимент.

— Ну и кто из вас двоих босс? — спросил Томас.

Галли кивнул в сторону тучного.

— Не тупи, Томас. Главный тут — Винс. Прояви уважение, Винс рискует жизнью ради идеи порядка.

Томас примирительно поднял руки.

— Я никого не хотел обидеть. В прошлый раз ты вел себя так, что я принял тебя за главного.

— Ну вот, босс не я. Винс.

— А Винс что, говорить не умеет? — поинтересовалась Бренда.

— Довольно! — сильным раскатистым басом взревел тучный. — Наш город захвачен шизами, и у меня нет времени смотреть, как вы ребячитесь. Чего надо?

Томас подавил вспыхнувший было гнев.

— У меня один вопрос: зачем вы нас похитили? Зачем крадете людей? Галли нас обнадежил: мы решили, что обрели союзника, — а оказалось, все наоборот и даже хуже: те, на кого мы понадеялись, действуют ничуть не гуманнее врагов. Сколько вы хотели выручить с продажи иммунных?

— Галли, — только и сказал тучный, будто не слышал ни слова из произнесенной Томасом речи.

— Что?

— Ты доверяешь этим двоим?

— Да, — произнес тот, старательно избегая взгляда Томаса, и кивнул. — Им верить можно.

Упершись руками-бревнами в столешницу, Винс подался вперед.

— Тогда не будем тратить время, парень. Мы просто имитируем действия ПОРОКа, так задумано. Никто не продаст похищенных в лабораторию. Мы собираем иммунных и прячем.

— За-зачем? — спросил Томас. — Чего ради нас собирать?

— Планируем с вашей помощью пробраться в штаб ПОРОКа.

ГЛАВА ПЯТЬДЕСЯТ ПЕРВАЯ

Какое-то время Томас молча взирал на тучного. Если остальных иммунных похитил именно ПОРОК, то план «Правой руки» до смешного прост.

— Что ж, может выгореть.

— Рад, что тебе нравится. — По лицу тучного Томас не мог сказать, язвит собеседник или отвечает серьезно. — Контакт с ПОРОКом есть, встреча назначена. Продать «пленных» — наш единственный способ проникнуть на территорию врага и остановить его, помешать растратить столь ценные ресурсы на заведомо провальный эксперимент. Лучше направить все силы на сохранение выживших и здоровых, найти истинный путь к спасению рода человеческого.

— Как думаете, ПОРОК сумеет найти лекарство от Вспышки? — спросил Томас.

Винс рокочуще рассмеялся.

— Ты бы здесь не стоял, если бы сам хоть немного верил в успех ПОРОКа. Иначе зачем бежать из лаборатории в поисках мести? Ведь именно мести ты ищешь, да? Галли рассказал, через что тебе довелось пройти. — Винс сделал паузу. — Мы перестали верить... в лекарство. Уже очень давно.

— Нет, не мести мы ищем, — сказал Томас. — Дело вовсе не в нас самих. Вы хотите использовать ресурсы ПОРОКа более осмысленно, и мне это по душе. Что вы знаете о лаборатории? Что там творится?

Тучный откинулся на спинку, и стул под ним застонал.

— Я только что раскрыл тебе страшную тайну. Ради ее сохранности кое-кто из наших пожертвовал жизнью. Теперь твоя очередь отплатить доверием. Если бы Лоренс и его люди знали, кто ты такой, то немедленно привезли бы тебя к нам. Прости за холодный прием.

— На что мне ваши извинения? — ответил Томас, хотя извинения его и правда тронули. Впервые с ним обращаются по-человечески. — Скажите только, что вы задумали.

— Я молчу, пока ты сам не поделишься информацией. Есть что предложить взамен?

— Скажи, — шепнула Бренда, ткнув Томаса локтем в бок. — Мы ведь за этим сюда приехали.

Бренда права. С самого начала — едва Томас получил записку от Галли — чутье подсказывало, что верить «Правым» можно. Пришло время послушаться интуиции. К тому же без помощи обратно до берга не добраться.

— Ладно, — произнес Томас. — ПОРОК считает, что лекарство уже почти готово. Остался последний элемент — я. Они клянутся, будто говорят правду, но до этого лгали так часто и так изощренно, что я уже не могу определить, когда они искренни, а когда обманывают. Их истинные мотивы мне непонятны. Не знаю, в каком они сейчас положении.

— Сколько вас осталось на воле? — спросил Винс.

Томас прикинул и ответил:

— Еще четверо в укрытии, куда свозил иммунных Лоренс. Нас мало, зато мы обладаем знанием. Кстати, у вас-то большая группа?

— Трудный вопрос. Если считать тех, кто примкнул к нам за несколько лет, что мы тайно встречаемся и объединяем силы, тогда нас больше тысячи. Если же брать в расчет только наличных людей, здоровых и желающих идти до конца, то... боюсь, всего несколько сотен.

— Среди вас иммунные есть? — спросила Бренда.

— Почти нет. Мне самому не повезло. После денверского... апокалипсиса я почти уверен: у меня самого Вспышка. К счастью, большая часть наших людей пока не заразилась, однако в этом гибнущем мире здоровье — очень хрупкое преимущество. Мы лишь хотим обеспечить спасение остатков чудесной расы под названием «человечество».

Томас указал на пару свободных стульев.

— Мы присядем?

— Ну разумеется.

Едва сев, Томас начал засыпать Винса вопросами.

— Так что конкретно вы запланировали?

Тучный вновь разразился рокочущим смехом.

— Остынь, сынок. Сначала докажи, что у тебя есть информация для обмена.

Томас аж привстал от нетерпения. Вернувшись на место, он произнес:

— Мы много знаем о внутреннем устройстве лаборатории. Среди нас есть и те, кто вернул себе память. Главное, что ПОРОК ждет моего возвращения. Это наше преимущество, его надо использовать.

— И все? — спросил Винс. — Больше тебе нечего сказать?

— Я не говорил, что мы без помощи много навоюем. Или хотя бы без оружия.

Галли и Винс многозначительно переглянулись. Томас задел их за живое.

— Ну что?

Винс взглянул на Бренду, затем на Томаса и сказал:

— У нас имеется нечто получше оружия. Гораздо лучше.

Томас снова подался вперед.

— Что же это?

— Мы можем сделать всякое оружие бесполезным.

ГЛАВА ПЯТЬДЕСЯТ ВТОРАЯ

Томас не успел и рта раскрыть, Бренда его опередила:

— Как?

— Пусть Галли объяснит. — Винс жестом указал на изувеченного паренька.

— Хорошо. Представьте себе состав «Правой руки», — начал Галли, поднимаясь из-за стола. — Эти люди не солдаты. Они бухгалтеры, уборщики, сантехники, учителя... У ПОРОКа своя небольшая армия наемников, вооруженных по последнему слову военной техники. И к тому же отлично обученных. Даже если бы нам удалось захватить самый большой в мире схрон оружия и боеприпасов, армия ПОРОКа нас все равно задавила бы. Умением, опытом.

— Каков же план? — спросил Томас, не понимая, к чему ведет Галли.

— Единственный способ сразиться с наемниками на равных — это обезоружить их. Тогда есть шанс на победу.

— Хотите обокрасть арсенал? — спросила Бренда. — Сорвать поставку оружия? Или что?

— Нет-нет, ничего подобного, — мотнул головой Галли, и тут же его лицо озарилось шаловливой улыбкой. — Не важно, сколько людей у тебя в армии, главное — кто они. «Правой руке» удалось заполучить в свои ряды уникальный кадр.

— Кого же? — спросил Томас.

— Ее зовут Шарлотта Чизуэл. Она работала ведущим инженером в крупнейшей компании по производству оружия — оружия второго поколения, такого, на которое полагаются наемники. Им подавай пушки, пистолеты, гранаты — в общем, все с хитроумной электронной начинкой и передовой компьютерной технологией управления. Шарлотта выяснила, как можно обезвредить всю эту мощь.

— Серьезно? — с сомнением спросила Бренда.

Томасу рассказ Галли тоже показался неправдоподобным, однако он предпочел дослушать.

— Все виды оружия снабжены одним чипом, и последние несколько месяцев Шарлотта искала способ перепрограммировать его на расстоянии. Способ нашелся. Ей понадобится несколько часов на замену кода, а нам предстоит подкинуть в штаб ПОРОКа ретранслятор. Его подбросят во время передачи в лабораторию иммунных. Если план сработает, мы тоже останемся безоружными, но зато уравняем шансы.

— Может, даже получим преимущество, — добавил Винс. — Для наемника современное оружие как продолжение тела — такова плата за прогресс, — однако в реальном рукопашном бою эти солдафоны угрозы не представляют. На ножах, дубинках, лопатах и кулаках или с камнем в руке они драться не смогут.

Винс позволил себе коварную усмешку.

— В старой доброй драке мы их положим. Если не удастся отрубить их оружие, то мы погибнем, так и не успев начать штурм.

Томас вздрогнул, вспомнив, как они сражались в Лабиринте с гриверами. Примерно такого боя ждет Винс. Что ж, это лучше, чем лезть с голыми руками на пушки. А уж если и впрямь получится выключить оружие... Томас ощутил прилив адреналина.

— Каков план диверсии?

Винс помолчал.

— У нас три берга. На встречу полетит отряд в восемьдесят человек, самых сильных в группе. Передадим иммунных нашему контакту в лаборатории, установим «глушилку» — это самая трудная часть операции — и когда оружие станет бесполезным, взорвем одну из стен комплекса. Сквозь отверстие войдут остальные члены отряда, и как только захватят лабораторию, Шарлотта обеспечит нас работающим оружием — чтобы можно было удержать захваченное здание. Пан или пропал: мы либо возьмем штаб врага, либо все поляжем в бою. Если придется, мы все к чертям разнесем.

Томас и его группа в такой операции просто бесценны, особенно те из глэйдеров, что вернули себе память, — им же известен план здания.

Винс как будто прочел мысли Томаса.

— Если верить Галли, ты и твои друзья можете оказать неоценимую помощь: вам известен план лаборатории. К тому же на счету каждый боец — не важно, старый или молодой.

— У нас есть свой берг, — добавила Бренда. — Если только шизы не разобрали его на винтики. Корабль стоит у северных ворот Денвера. Пилот остался в укрытии с другими нашими друзьями.

— Где ваши берги? — спросил Томас у Винса.

Тот махнул рукой в дальний конец комнаты.

— Там. В целости и сохранности, под замком. Нам бы еще недельку-другую на подготовку, но выбора нет — Шарлотта уже закончила ретранслятор. Восемьдесят бойцов тоже готовы. Даем денек-два — поделитесь с нами знанием, — потом собираемся и вперед. Хватит лоск наводить, пора брать быка за рога.

Уверенности у Томаса прибавилось.

— Каковы шансы на успех?

— Эх, парень, парень, — мрачно произнес Винс. — Годами мы только и слышали, что о миссии ПОРОКа: дескать, все до последнего цента, все живые и материальные ресурсы надлежит посвятить делу, найти лекарство от Вспышки. ПОРОК утверждал, что иммунные найдены, осталось лишь выяснить, почему их мозг не поддается болезни, и тогда весь мир будет спасен! А в это время города рушатся: образование, безопасность, медицина, борьба с другими известными болезнями, благотворительность, гуманитарная помощь — все это умирает. Цивилизация летит в тартарары, вот ПОРОК и хозяйничает на планете.

— Я знаю, — ответил Томас. — Прекрасно знаю.

Но Винс уже не мог остановиться, изливая накипевшее за многие годы.

— Гораздо эффективнее было бы не искать лекарство, а остановить распространение болезни. ПОРОК захапал все деньги и самые блестящие умы человечества и, более того, дал нам ложную надежду. Люди уши развесили, поверили, что в конце концов отыщется волшебное средство, спасет нас от Вспышки. Если протянем чуть дольше, спасать уже будет некого.

Винс замолчал и устало посмотрел на Томаса в ожидании ответа. Комната погрузилась в тишину. С тучным не поспоришь — все, что он говорил, чистая правда.

Винс продолжил:

— Наши диверсанты вполне могут установить «глушилку», хотя лучше, если она уже будет работать к нашему прилету. Иммунные на борту бергов — пропуск в воздушное пространство ПОРОКа и на посадку, однако...

Выгнув брови, тучный взглянул на Томаса так, будто идея проста и очевидна.

Тот кивнул:

— Тут в дело предстоит вступить мне.

— Да, — улыбнулся Винс. — Здесь ты и вступишь в дело.

ГЛАВА ПЯТЬДЕСЯТ ТРЕТЬЯ

Томас ощутил странное умиротворение.

— Высадите меня в нескольких милях от лаборатории. Остаток пути проделаю самостоятельно. Если верить ПОРОКу, меня примут с распростертыми объятиями. Только объясните, как включить волшебный приборчик.

Лицо Винса озарилось неподдельной улыбкой.

— Шарлотта и объяснит.

— Можете рассчитывать на помощь моих друзей: Терезы, Эриса и других. Бренда тоже много знает об устройстве лаборатории.

Решение Томас принял быстро и окончательно. Рискованное предстоит дельце, но другого шанса на победу может и не подвернуться.

— Галли, — спросил Винс, — что дальше? Как мы провернем операцию?

Старый враг встал и посмотрел на Томаса.

— Шарлотта научит пользоваться «глушилкой», потом тебя отведут в ангар и на берге доставят как можно ближе к лаборатории. Пока штурмовая бригада готовится, ты проникнешь в штаб и включишь ретранслятор. И поторопись — чтобы все выглядело естественно, мы выждем несколько часов, затем привезем иммунных на продажу.

— Справлюсь, — пообещал Томас, пытаясь заставить себя успокоиться и дышать глубоко.

— Вот и отлично. Когда уйдешь, мы подтянем сюда Терезу и остальных. Надеюсь, ты не против еще раз прокатиться по городу?

Шарлотта — миниатюрная и невероятно деловая серая мышка — коротко и доступно объяснила принцип действия «глушилки». Прибор легко умещался в рюкзаке вместе с едой и теплой одеждой. Включенный, он сразу уловит сигналы от чипов и, внедрившись по ним в систему управления оружием, выведет ее из строя всего за час — и весь арсенал наемников окажется бесполезным.

Проще простого... Осталось незаметно внедрить прибор и активировать.

Галли решил, что Лоренс и отвезет Томаса с пилотом в ангар, откуда они полетят в сторону лаборатории. Значит, впереди — еще одна поездка по захваченному шизами городу. Правда, маршрут на сей раз выбрали наипрямейший. К тому же на горизонте забрезжил рассвет, и Томас почувствовал себя не в пример лучше.

Он добирал в дорогу припасы, которые чуть не забыл уложить в рюкзак поначалу, когда подошла Бренда. Он кивнул ей и слегка улыбнулся:

— Скучать по мне будешь?

Пусть это была и шутка, но услышать утвердительный ответ все же хотелось.

Бренда закатила глаза.

— Ишь чего удумал. Уже сдаешься? Глазом моргнуть не успеешь, как мы вернемся на базу, а потом долго будем вспоминать боевое прошлое и посмеиваться.

— Я тебя всего месяц знаю, — снова улыбнулся Томас.

— И что с того? — Обняв его, Бренда прошептала на ухо: — Меня и правда заслали в Жаровню, чтобы я втерлась к тебе в доверие, но ты стал мне настоящим другом. Главное...

Томас отстранился и заглянул Бренде в глаза, но так и не сумев ничего прочесть, спросил:

— Что такое?

— Просто... не дай себя убить.

Томас сглотнул, не находя что ответить.

— Ну?

— Ты тоже берегись, — только и сумел выговорить Томас.

Бренда поцеловала его в щеку.

— Ничего милее от тебя не слышала. — Снова закатив глаза, она улыбнулась.

Ну вот и славно, еще больше полегчало.

— Смотри, чтобы эти сопротивленцы не напортачили, — сказал Томас. — И чтобы план их не провалился.

— Прослежу, не бойся. Увидимся завтра.

— До встречи.

— Обещаю: если тебя не убьют, я тоже уцелею.

Томас обнял ее напоследок.

— Договорились.

ГЛАВА ПЯТЬДЕСЯТ ЧЕТВЕРТАЯ

«Правая рука» предоставила новый фургон. Лоренс сел за руль, пилот — молчаливая угрюмая женщина — рядом на пассажирское кресло. Впрочем, и Лоренс пребывал далеко не в лучшем настроении: его, во-первых, выдернули из защищенного здания, где он просто раздавал еду пленным, а во-вторых, заставили вести машину по кишащим людоедами улицам. Дважды.

Солнце отражалось от зданий. Город словно преобразился, если вспомнить предыдущую ночь. При свете дня Денвер выглядел как будто безопаснее.

Томасу вернули пистолет — заряженный, — и юноша заткнул оружие за пояс. Да, двенадцати патронов в обойме не хватит, если машина вновь угодит в засаду, но для спокойствия их оказалось более чем достаточно.

— Значит, план таков, — произнес Лоренс, нарушив тишину.

— Кстати, да, напомни, какой у нас план?

— Живыми добраться до ангара.

Звучит неплохо.

Больше никто не произнес ни слова. Ревел мотор, машина подскакивала на кочках и выбоинах. Томас невольно стал представлять все, что только может случиться страшного в ближайшие дни. Пытаясь отвлечься от мрачных мыслей, он сосредоточился на пейзаже с руинами города вдоль дороги.

До сих пор он заметил лишь несколько человек вдалеке. Горожане, поди, всю ночь не спали, боясь того, что может выскочить на них из темноты… или же сами кидались на прохожих.

Верхушки небоскребов, устремленные в бесконечность, сверкали под солнцем. Фургон ехал как раз через самое сердце города, по магистрали, заполненной брошенными машинами. Тут и там из салонов выглядывали шизы — будто готовили проезжающим ловушку.

Через несколько миль Лоренс свернул на длинное шоссе, ведущее к воротам в защитной стене. По обочинам тянулись звукоизоляционные барьеры, установленные еще в дни, когда на дороге царило оживление. Просто не верилось, что некогда существовал такой мир — мир, где не надо постоянно бояться за собственную жизнь.

— Дальше нам все время прямо, — пояснил Лоренс. — Ангар — самое надежное и защищенное место, так что осталось только доехать до него. Еще примерно часик, и мы поднимемся в небо. Будем лететь и радоваться.

— Вот и хорошо, — ответил Томас, думая, что после вчерашней поездки слова Лоренса прозвучали слишком уж оптимистично. Пилот промолчала.

Мили через три Лоренс вдруг сбавил скорость и пробормотал:

— Какого дьявола?

Снова обратив внимание на дорогу, Томас понял, в чем причина беспокойства водителя: впереди несколько машин ездили по замкнутому кругу.

— Надо их просто объехать, — сам себе сказал Лоренс.

Томас не ответил. И так понятно, что впереди — большие неприятности.

Лоренс поддал газку.

— Объезд мы будем искать до самой смерти. Сейчас попробую прорваться.

— Только машину не угробь, — резко предупредила пилот. — Если придется топать пешком, до ангара точно не доберемся.

Томас подался вперед и напряг зрение. Постепенно удалось разглядеть толпу из двадцати человек, которые дрались из-за большой кучи чего-то непонятного. В ход пошло все: арматура, кулаки, ногти, зубы... В сотне шагов от дерущихся ездили по кругу и врезались друг в друга машины. Просто чудом никто до сих пор не пострадал.

— Ты что задумал? — спросил Томас.

Лоренс даже не собирался сбрасывать скорость. Фургон был уже у места разборок.

— Тормози! — крикнула пилот.

Лоренс команду проигнорировал.

— Нет, будем прорываться.

— Ты нас всех убьешь!

— Нет, пронесет. Только заткнись и не мешай!

Вот они поравнялись с дерущейся толпой. Томас приник к боковому окну и заметил, что шизы рвут на части большие мусорные мешки: вытаскивают из них пакеты с продовольствием, шматы полусгнившего мяса, объедки... Удержать добычу в руках долго никто не мог, ее тут же отбирали. Кровь лилась из-под рассеченной ударами кожи; один шиз даже будто плакал кровью — так ему подбили глаз.

В этот момент Лоренс кинул фургон в сторону, и Томас посмотрел вперед. Машины — все старых моделей, облезлые, помятые — остановились, а три из них даже выехали на дорогу и перегородили путь. Лоренс не сбавил обороты, напротив — ускорился и помчался прямо в зазор между крайней правой и средней машинами. Внезапно крайняя левая рванула вперед, наперерез.

— Держитесь! — завопил Лоренс и прибавил скорости.

Томас вцепился в сиденье. Машины, между которыми они собирались проскочить, даже не сдвинулись с места, зато шедшая наперерез уже почти настигла фургон. Томас видел: им не успеть, — даже хотел крикнуть об этом, но было поздно.

Нос фургона вошел в спасительный промежуток, и в тот же миг их ударили в левый борт. Томаса швырнуло на перегородку между боковыми окнами — со страшным треском стекло вылетело из рамы и рассыпалось по всему салону. Фургон закрутило, Томаса нещадно кидало из стороны в сторону.

И только когда они врезались в бетонный барьер, ужасный скрип покрышек и металлический скрежет стихли.

Весь в ссадинах, Томас поднялся на колени, затем выпрямился. Все три машины, преграждавшие путь, теперь уносились прочь по шоссе в сторону города. Ни пилот, ни Лоренс не пострадали.

Потом случилось странное: в окно Томас увидел потрепанного шиза. Тот стоял шагах в двадцати от фургона. Лишь спустя секунду Томас признал в нем своего друга.

Это был Ньют.

ГЛАВА ПЯТЬДЕСЯТ ПЯТАЯ

Выглядел он ужасно: волосы выдраны клочьями, лицо в порезах, подбитое; рубашка разорвана и едва держится на костлявых плечах; штаны покрыты грязью и запекшейся кровью. Ньют, похоже, окончательно утратил рассудок, ушел за черту.

Впрочем, в Томасе бывшего друга он признал.

Лоренс что-то говорил, но Томас не сразу понял, что именно.

— Мы живы, машина цела. Стукнуло нас неслабо, но последние пару миль одолеем.

Лоренс сдал назад. Скрежет пластмассы и металла, визг покрышек разорвали тишину, и Томас словно вернулся на землю. В голове что-то щелкнуло, и он закричал:

— Стой! Останови фургон! Немедленно!

— Зачем? — удивился Лоренс. — С какой стати?!

— Тормози, тебе говорят!

Лоренс ударил по тормозам, и Томас, поднявшись с колен, хотел уже открыть дверь, однако водитель схватил его за шкирку:

— Ты чего творишь?!

Ну нет, его сейчас ничто не остановит! Достав пистолет, Томас прицелился в Лоренса.

— А ну отпустил. Отпустил, живо!

Лоренс вскинул руки.

— Э, полегче, парень. Что с тобой? Успокойся!

Томас подался назад.

— Там, снаружи, мой друг. Надо поговорить с ним. Если что-то пойдет не так — я побегу обратно к машине. Будь готов вывозить нас отсюда.

— Думаешь, тот урод на улице помнит, что он тебе друг? — холодно произнесла пилот. — Эти шизы все как один конченые. Сам не видишь? Дружок твой теперь просто животное. Если не хуже...

— Значит, я ненадолго, только попрощаюсь. — Томас открыл дверь и вышел спиной вперед. — Прикройте, если что. Мне обязательно надо попрощаться с ним.

— Я тебе потом люлей навешаю, вот увидишь! — прорычал Лоренс. — Быстро давай! Если вон те, что копаются в дерьме, пойдут в нашу сторону, — мы откроем огонь. И мне по фигу, даже если среди них твоя мамаша или какой-нибудь дядя Фрэнк.

— Договорились.

Сунув пистолет обратно за пояс, Томас направился к другу. Остальные шизы увлеченно дербанили кучу мусора, не замечая ни Томаса, ни фургона.

На полпути к Ньюту Томас остановился. Страшнее всего было смотреть ему в глаза, в эти колодцы безумия, полные дурного пламени. Как же Ньют поддался Вспышке столь быстро?

— Привет, Ньют. Это я, Томас. Узнаешь?

Внезапно взгляд Ньюта прояснился, и Томас от удивления даже попятился.

— Еще бы не узнать, Томми. Так быстро конченым не становятся. Ты всего пару дней назад приходил ко мне в приют. Приходил, забив на мою просьбу.

Слышать такое от друга было даже больнее, чем видеть, насколько он опустился.

— Тогда зачем ты здесь? Почему пришел... с этими?

Ньют обернулся и посмотрел на шизов, потом снова взглянул на Томаса.

— На меня порой накатывает полное безумие. Я даже не понимаю, что творю, я больше не я. В мозгу зудит и чешется, все бесит и раздражает. Я постоянно злюсь.

— Сейчас ты вроде нормальный.

— Ну да, типа того. Мне больше некуда податься, вот и мотаюсь с этими психами из приюта. Они грызутся что твои собаки, но их много, они в стае. Стая — это сила. Одному не выжить.

— Ньют, может, сейчас ты передумаешь? Едем с нами? Мы укроем тебя где-нибудь в безопасном месте. Тебе будет легче...

Ньют расхохотался, при этом странно подергивая головой.

— Уходи, Томми. Убирайся.

— Идем со мной, — умоляющим тоном попросил Томас. — Я тебя и связать могу, если так тебе спокойней.

— Заткнись, предатель ты стебанутый! — гневно проорал Ньют. — Я тебе записку оставил! А ты мою последнюю просьбу не выполнил! Снова в герои лезешь? Ненавижу тебя! И всегда ненавидел!!!

Нет-нет-нет, он врет, он сам не соображает, что говорит. Но разве не врет себе Томас?..

— Ньют...

— Все ты виноват! Ты мог остановить программу сразу после смерти Создателей! Ты ведь знал все заранее. Так нет же, захотелось стать героем и спасти мир. Ты пришел в Лабиринт. Только о себе и заботился. Признай! Хотел себе захапать всю славу? Надо было тебя сразу бросить в шахту лифта!

Ньют вопил, густо побагровев и брызжа слюной. Сжав кулаки, он похромал вперед.

— Я сниму его! — крикнул Лоренс из кабины. — Томас, отойди!

— Нет! — обернулся Томас. — Только он и я. Погодите! Ньют, остановись. Я знаю, ты еще меня слышишь и понимаешь.

— Я тебя ненавижу, Томми! — Ньюту оставалось пройти всего несколько шагов. Жалость и боль в сердце Томаса превратились в страх. — Ненавижу, ненавижу, ненавижу! После всего, что я для тебя сделал, ты отказываешься выполнить мою последнюю, единственную просьбу. Я прошел через такой кланк, а ты... Смотреть на тебя противно!

Томас отступил еще на два шага.

— Ньют, остановись. Тебя пристрелят. Стой и слушай меня! Лезь в фургон и дай себя связать. Нам нужен шанс!

Друга Томас не убьет. Просто не сможет.

С диким воплем Ньют бросился на него. Из кабины фургона вылетел искрящийся заряд, но в цель не попал — ударил в мостовую. Томас не мог пошевелиться, словно врос в асфальт, и тогда Ньют сбил его с ног. Из Томаса вышибло дух.

— Я тебе сейчас моргалы выдавлю, — оседлав Томаса и брызжа слюной, проговорил Ньют. — Научу уму-разуму. Какого хрена ты сюда приперся? Чего хотел? Думал, я обниму тебя, мы присядем у дорожки и перетрем за жизнь, за старые денечки в Глэйде?

Объятый ужасом, Томас мотнул головой. Свободная рука потянулась к пистолету.

— Знаешь, откуда у меня хромота, Томми? Я тебе не говорил? Нет, не рассказывал.

— Так откуда она? — спросил Томас, пытаясь протянуть время. Пальцы сомкнулись на рукоятке.

— В Лабиринте я хотел покончить с собой. Влез на чертову стену и спрыгнул. Алби нашел меня и дотащил до Глэйда, пока Врата не закрылись. Каждый день, каждую секунду, проведенную в Глэйде, я ненавидел, Томми. И виноват... во всем... только ты!

Ньют резко ухватил Томаса за руку с пистолетом и приставил дуло себе ко лбу.

— Пора искупить грех! Стреляй, пока я не стал одним из этих чудовищ-людоедов. Убей меня! Я попросил тебя о последней услуге. Тебя и никого другого!

Томас попытался отдернуть руку, однако Ньют держал крепко.

— Я не могу, я не посмею!

— Искупи свой грех! Искупи моей кровью! — завопил, содрогаясь всем телом, Ньют, а потом горячим шепотом добавил: — Убей меня, трус. Докажи, что ты не тряпка и способен на верный поступок. Подари мне достойную смерть.

Ужаснувшись, Томас произнес:

— Ньют, может, еще получится...

— Молчи! Заткнись! Я верил тебе! Не подведи хотя бы сейчас!

— Я не смогу.

— Сможешь!

— Нет! — Разве можно просить о подобном? Убить близкого друга...

— Либо ты меня, либо я тебя. Ну!

— Ньют...

— Не дай мне стать одним из них!

— Я...

— УБЕЙ МЕНЯ! — В этот миг взгляд Ньюта прояснился. Друг словно последний раз вынырнул из омута безумия и чуть спокойнее произнес: — Прошу, Томми, пожалуйста.

Чувствуя, как душа летит в черную бездну, Томас спустил курок.

ГЛАВА ПЯТЬДЕСЯТ ШЕСТАЯ

Томас закрыл глаза. Он слышал, как пуля пробила череп, ощутил, как дернулся и упал на асфальт Ньют. Потом Томас перевернулся на живот, вскочил и, не открывая глаз, побежал. Он не мог смотреть на дело рук своих.

Он тонул в чувстве вины и раскаяния, слезы текли по щекам.

— Залезай! — крикнул Лоренс.

Дверь фургона все еще была открыта — Томас прыгнул в машину, щелкнул замком, и фургон тронулся с места.

Все молчали. Томас смотрел перед собой и ничего не видел. Он выстрелил другу в голову, убил его. И не важно, что Ньют сам просил об этом, умолял... Он спустил курок. Руки и ноги дрожали; Томаса охватил озноб.

— Что я наделал? — пробормотал парень. Никто ему не ответил.

Остаток пути Томас помнил смутно. Пару раз пришлось отбиваться от шизов — в них стреляли зарядами из пушки. Затем фургон проехал в ворота защитной стены, за ограду небольшого аэродрома и дальше — в ангар за огромными дверьми, под мощной охраной.

Говорили мало. Томас так и вовсе молча исполнял указания. Наконец все трое погрузились на берг. Пилот проверила системы и включила зажигание; Лоренс куда-то запропастился. Томас лег на диван в общей комнате и уставился в решетку потолка.

Убив Ньюта, он только сейчас вспомнил, на что идет: свободный от власти и слежки ПОРОКа, Томас готовился добровольно отдаться им в руки.

И ладно. Что было, то было. Но до конца жизни его будут преследовать образы: Чак, истекая кровью, судорожно хватает ртом воздух; Ньют бешено орет на Томаса, а потом в глазах у него появляются проблеск рассудка и мольба — мольба о пощаде.

Томас смежил веки. Образы еще долго стояли перед мысленным взором, и заснул он не скоро.

Разбудил его Лоренс.

— Эй, проснись и пой, парень. Через несколько минут мы тебя сбрасываем и мотаем. Без обид.

— Прощаю. — Томас со стоном сел на диване. — Сколько мне топать до лаборатории?

— Несколько миль. Не бойся, шизы тебе вряд ли встретятся. Местность дикая, мороз... Может, наткнешься на злого лося или волки попытаются откусить тебе ноги. В общем, ничего страшного.

Томас ожидал, что Лоренс издевательски ухмыльнется, но нет. Водитель прибирался в углу.

— Возле грузового люка найдешь рюкзак и куртку, — произнес он, положив на место некий инструмент. — В ранце — вода и еда. Наслаждайся, так сказать, прогулкой по дикой природе.

Лоренс так и не улыбнулся.

— Спасибо, — пробормотал Томас, изо всех сил стараясь не провалиться обратно в темный колодец тоски. Никак не удавалось выкинуть из головы Чака и Ньюта.

Прекратив возиться с инструментами, Лоренс обернулся.

— Спрашиваю первый и последний раз.

— О чем?

— Ты уверен, что справишься? Про ПОРОК я слышал только плохое: они крадут людей, пытают, казнят... в общем, жонглируют жизнями. Только псих отправится к ним по собственной воле.

Томас, однако, бояться уже перестал.

— Я-то справлюсь. Это вы прилетайте.

Лоренс покачал головой.

— Ты либо самый отважный паренек, какого я знаю, либо отчаянный псих. Ладно, иди в душ и переоденься. В шкафу должна быть чистая одежда.

В этот момент Томас, наверное, выглядел как зомби — бледный ходячий труп.

— Хорошо, — ответил он и отправился в ванную, надеясь освежиться душой и телом.

Берг завис на месте и начал снижаться. Томас, ухватившись за поручень в стене, смотрел, как открывается грузовой люк. Петли скрипели, рев двигателей сделался громче. В грузовой отсек ворвался холодный ветер. Оказалось, что берг висит над небольшой опушкой посреди заснеженных сосен. В таком густом лесу пилот просто не сумел бы посадить судно.

Придется прыгать.

Корабль опустился еще ниже, и Томас приготовился.

— Удачи, парень, — пожелал Лоренс и кивнул в сторону опушки. — Я бы попросил тебя быть осторожным, но ты мальчик взрослый, о себе позаботиться сумеешь.

Томас улыбнулся, ожидая ответной улыбки, однако Лоренс сохранял серьезное выражение лица.

— Ладно, — сказал тогда Томас. — Установлю «глушилку», как только проникну в лабораторию. Уверен, все пройдет как по маслу.

— Если так, то я стану сморкаться маленькими ящерками, — неожиданно тепло проговорил Лоренс. — Совсем уж без проблем не бывает. Ну хорош уже, прыгай. Приземлишься — сразу топай вон туда.

Он указал налево, в сторону кромки леса.

Натянув куртку, Томас влез в лямки рюкзака и осторожно подошел к краю пандуса. До земли было фута четыре, и все-таки он побаивался. Спрыгнув наконец, Томас приземлился прямо в неглубокий свежий сугроб. Мягкая вышла посадка, однако Томас не радовался.

Он убил Ньюта.

Пустил пулю в лоб близкому другу.

ГЛАВА ПЯТЬДЕСЯТ СЕДЬМАЯ

Вокруг заваленной давно упавшими стволами опушки высились похожие на величественные башни сосны. Взревев соплами, берг улетел, и Томас, прикрывшись от ветра, взглядом проводил уходивший на юго-запад корабль.

Томас вдыхал свежий, морозный и напоенный ароматом хвои воздух. Это заповедная часть мира, куда не проникла зараза. Не многие сегодня имеют счастье лицезреть подобную красоту.

Подтянув лямки рюкзака, Томас пошел в направлении, указанном Лоренсом. Чем быстрее он доберется до места, тем лучше. Не останется времени вспоминать о Ньюте, хотя времени-то у него — одного посреди заснеженного леса — будет предостаточно. Под сенью древесных гигантов его окутал плотный запах смолы; Томас снова попробовал отключить разум, не думать вообще ни о чем.

Получалось неплохо — парень полностью сосредоточился на дороге. Кругом пели птицы, скакали с ветки на ветку белки, ползали по деревьям потревоженные и вырванные из спячки насекомые; воздух полнился чудесными ароматами. Чувства Томаса, непривычные к подобному разнообразию, пребывали в смятении. Большую часть жизни — сколько себя помнил — он провел в четырех стенах. Не говоря уже о Лабиринте и

Жаровне. (Просто невероятно, что эта раскаленная пустыня существует на одной планете с заснеженным лесом!) Интересно, вот если бы человечество совсем исчезло с лица Земли, как дальше жила бы природа?

Спустя час Томас достиг границы леса и вышел на голую каменистую равнину. Тут и там виднелись проплешины черной земли, с которой ветер сдул снежный покров, острые камни всех размеров; равнина резко обрывалась, и дальше синел океан — широкий, бездонный, лишь у самого горизонта переходящий в ослепительную голубизну неба. А на краю равнины, примерно в миле от Томаса, возвышался штаб ПОРОКа.

Огромный комплекс состоял из сообщающихся зданий; белые бетонные стены почти не имели окон — лишь редкие узкие щелки-бойницы. В самом центре высилось, подобно башне, цилиндрическое строение. Из-за холода и близости океана стены пошли трещинами, однако было видно: простоят они здесь вечно, ни человек, ни погода им не страшны. В памяти сразу возник образ населенной духами крепости-дурдома. Идеальное место для организации, которая всему миру не дает превратиться в этот самый дурдом.

От леса к комплексу вела длинная узкая тропинка.

В пугающей тишине Томас ступил на нее и зашагал по каменистой равнине.

Далеко, у подножия утеса, волны бились о скалы, но даже собственные шаги и дыхание Томаса звучали громче. К этому времени охрана наверняка засекла его и ждет в полной готовности.

Стоило подумать о страже, как справа раздалось клацанье металла по камню. Жук-стукач забрался на валун и светил в сторону Томаса красными глазками.

Томас вспомнил, как в первый раз натолкнулся на одно из этих устройств — еще в Глэйде. Как давно это было... кажется, в прошлой жизни.

Махнув рукой жуку-стукачу, Томас пошел дальше. Минут через десять он постучится в двери ПОРОКа и впервые попросит впустить, а не выпустить.

Преодолев склон, Томас ступил на обледенелый тротуар и пошел вокруг кампуса. Когда-то его, похоже, пытались благоустроить, однако цветочные клумбы, кустики и деревья давно погибли на холоде. Выжила только сорная трава. Томас шагал по мощеной тропинке и думал: почему еще никто не выбежал встретить его? Крысун, наверное, засел внутри и радуется, что Томас наконец вернулся в лоно ПОРОКа.

По мертвым клумбам прошуршало еще два жука-стукача, стрелявших по сторонам красными лучами сканеров. Томас заглянул мимоходом в одно из тонированных окон и, разумеется, ничего не увидел. Внезапно позади раздался грохот — близилась буря. От комплекса это массивное скопление туч отделяло еще добрых несколько миль, но Томас уже заметил сверкающие зигзаги молний. Он сразу вспомнил бурю на подходе к городу-призраку посреди Жаровни. Оставалось только надеяться, что на севере грозы бушуют не столь смертоносные.

Наконец тротуар вывел к главному входу — большим прозрачным дверям. Разум пронзила острая вспышка воспоминаний: побег из Лабиринта, коридоры лаборатории, выход через эти вот двери, ливень... Справа, на стоянке, среди легковых машин стоял видавший виды автобус. Наверное, тот самый, что переехал несчастную пораженную Вспышкой женщину, а после увез глэйдеров в убежище. (Там ПОРОК безжалостно играл с их сознанием, а потом через плоспер отправил в пекло Жаровни.)

И вот после всех мучений Томас вновь стоит у проклятого порога, вернувшись по собственной воле, и стучится в тонированное стекло, за которым ничего не видно.

Почти сразу же раздался лязг — это по очереди открылись замки, и одна из створок приглашающе распахнулась.

Внутри ждал Дженсон, который для Томаса навсегда останется Крысуном. Он протянул руку и поприветствовал:

— С возвращением, Томас. Никто не верил, но я не уставал твердить: ты придешь. Я очень рад, ты сделал правильный выбор.

— Давай уж сразу к делу! — отрезал Томас. Он выполнит условия Крысуна, пойдет с ним, однако паинькой быть не собирается.

— Отличная мысль, — заметил Дженсон, отступая в сторону и слегка кланяясь. — После тебя.

Томас вошел в штаб-квартиру ПОРОКа. Изнутри его пробрал холод, по силе не уступающий северному морозу.

ГЛАВА ПЯТЬДЕСЯТ ВОСЬМАЯ

Томас вошел в широкий, уставленный редкими креслами и диванчиками вестибюль и уперся в пустую стойку рецепции. В прошлый раз он видел совершенно иную картину, а сейчас здесь стояла яркая, красочная мебель, однако даже обновленный интерьер не мог рассеять мрачную атмосферу.

— Давай ненадолго заглянем ко мне в кабинет, — пригласил Дженсон, указывая на уводящий вправо коридор. — Мы скорбим о гибели Денвера. Такой город, такой потенциал... В то же время это знак, что нам надо непременно заканчивать работу. Как можно скорее.

— Что вы намерены делать?

— Мы все обсудим в кабинете. Наши ведущие специалисты заждались.

Мысли о «глушилке» в рюкзаке тяготили Томаса. Надо как можно скорее установить ее.

— Хорошо. Только мне бы для начала в туалет.

Идея — проще некуда, и самый верный способ остаться наедине с собой.

— Уборная как раз по пути, — сказал Крысун.

Обогнув угол, они пошли по темному коридору к мужскому туалету.

Кивнув на дверь, Дженсон предупредил:

— Подожду снаружи.

Не говоря ни слова, Томас заперся в уборной, вытащил из рюкзака «глушилку» и осмотрелся. Над раковиной висел шкафчик с туалетными принадлежностями, достаточно высокий, чтобы можно было спокойно оставить на его крышке ретранслятор. Смыв воду в унитазе, Томас открыл кран над мойкой и включил «глушилку». Поморщился, когда она пискнула, и спрятал прибор на крышке шкафчика. Подставил руки под струю горячего воздуха из сушилки и попробовал успокоиться.

— Закончил? — до омерзения вежливо спросил Дженсон, когда Томас вышел в коридор.

— Закончил.

По пути они миновали несколько криво висящих на стене портретов Советника Пейдж — точной копии плакатов, украшавших улицы Денвера.

— Меня представят Советнику? — спросил Томас, заинтересовавшись этой персоной.

— Советник Пейдж очень занята. Помни, Томас: завершить матрицу и создать лекарство — только полдела. Нам еще предстоит наладить поставки, чтобы лекарство могли получить все. Пока мы с тобой разговариваем, большая часть нашей команды трудится над этим не покладая рук.

— Ты так уверен в успехе? Почему меня считают ключом?

Глянув на него, Дженсон по-крысиному улыбнулся:

— Я не уверен, Томас, я просто знаю. Верю в победу всей душой. Не сомневайся, прием тебе окажут достойный.

Томасу вдруг вспомнился Ньют.

— Да что мне ваши приемы...

— Вот мы и на месте, — не обращая на него внимания, сказал Дженсон.

За дверью без таблички их ждали двое — мужчина и женщина, сидевшие у стола спиной ко входу.

Женщина была одета в черный брючный костюм; ярко-рыжая, она посмотрела на Томаса сквозь стекла очков в тонкой оправе. Мужчина же — худой, лысый и угловатый — носил зеленую больничную форму.

— Это мои помощники, — представил их Дженсон, присаживаясь за стол и жестом приглашая Томаса занять место между мужчиной и женщиной. — Доктор Райт, — указал он на женщину, — наш главный психолог. И доктор Кристенсен — наш главный хирург. Обсудить предстоит многое, так что извините за столь короткое представление.

— Почему я Последний Кандидат? — прервал его Томас.

Дженсон — дабы успокоиться и собраться с мыслями — начал беспорядочно передвигать вещи на столе. Потом сложил руки на коленях и произнес:

— Отличный вопрос. Изначально было несколько — прости — субъектов, которым предстояло... побороться за честь быть Последним Кандидатом. Под конец мы сократили список, остались вы с Терезой. Однако Тереза склонна подчиняться приказам. Все решила твоя строптивость, она помогла нам выбрать нужного Кандидата.

Вновь Томас сыграл им на руку. Непокорность и была нужна ПОРОКу. Всю свою ненависть Томас сосредоточил на этом человеке — Крысуне. Дженсон стал для него живым воплощением дьявольской организации и бесчеловечных опытов.

— Давайте уж к делу. — Как ни старался Томас выглядеть спокойным, нотки ярости все же проскользнули в голосе.

— Попрошу терпения, — невозмутимо ответил Дженсон. — Недолго осталось. И не забывай: сбор данных для матрицы — работа деликатная, тонкая. Мы имеем дело с твоим разумом, и малейшая ошибка обесценит результаты.

— Все верно, — добавила доктор Райт, убирая за ухо рыжую прядку. — Замдиректора Дженсон говорил, как нам важно твое участие, Томас, и мы рады, что ты принял верное решение.

Ее мягкий приятный голос звучал очень убедительно, профессионально.

Доктор Кристенсен откашлялся и заговорил ломким голосочком, который Томасу сразу же не понравился.

— Да и как иначе! Ты не мог не прийти, Томас. Целый мир стоит на краю гибели, и ты можешь помочь его спасти.

— Это вы так считаете.

— Вот именно, — сказал Дженсон. — Мы так считаем. У нас почти все готово, осталось сообщить тебе одну детальку, дабы ты осознал всю важность принятого решения.

— Одну детальку? — переспросил Томас. — Разве цель Переменных не в том, чтобы держать меня в неведении? Может, вы сейчас меня в клетку с гориллами бросите? Или заставите пройтись по минному полю? А то и вовсе в океан зашвырнете — плыви, мол, к берегу?

— Просто расскажите ему остальное, — попросил Дженсона доктор Кристенсен.

— Остальное? — не понял Томас.

— Да, Томас, — вздохнул Крысун. — Остальное. После всех Переменных, анализов и сборов данных, после испытаний, через которые пришлось пройти тебе и твоим друзьям, мы подошли к логическому завершению.

Томас молчал. Он едва мог дышать, горло сдавило от дурного предчувствия: он и хотел, и не хотел знать, что его ждет.

Упершись локтями в столешницу, Дженсон подался вперед и мрачно взглянул на него.

— Последний пункт эксперимента.

— Что за пункт?

— Томас, нам нужен твой мозг.

ГЛАВА ПЯТЬДЕСЯТ ДЕВЯТАЯ

Сердце часто-часто колотилось в груди. Нет, Крысун больше не проверял его, не испытывал: время проверок и тестов прошло, — и теперь тот, кого изучали подробнее и тщательнее, чем других подопытных, должен... совершить последний рывок. И лекарство якобы будет готово.

Что, если «Правая рука» не успеет на помощь?

— Мой мозг? — через силу выговорил Томас.

— Да, — проскрипел доктор Кристенсен. — Завершающий элемент матрицы станет доступен только благодаря Последнему Кандидату. До окончания Переменных мы не могли сообщить эту новость без риска для чистоты эксперимента. Вивисекция предоставит заключительные данные по реакциям. Ты не почувствуешь боли. Мы накачаем тебя сильнодействующими лекарствами и...

Доктор Кристенсен не договорил. Все трое ученых смотрели на Томаса, ожидая ответа, но он молчал. Сколько себя помнил, его неотступно преследовала смерть. Томас упорно цеплялся за жизнь, стараясь протянуть хотя бы еще один день, и вот пришел конец. Точно конец, потому как впереди — ни испытаний, ни борьбы, ни чудесного спасения. Предстоит сдаться. И надеяться на «Правых».

Томас ужаснулся внезапной догадке: а Тереза знала об этом? И если знала?.. Н-нет... Как же больно.

— Томас? — позвал Дженсон, прерывая ход его мыслей. — Понимаю, новость тебя шокирует, но ты должен усвоить: это не тест, я не лгу тебе. Это не очередная Переменная. Изучив ткань твоего мозга и сопоставив результат анализа с результатами изучения реакций, мы наконец завершим матрицу. Выясним, как именно твой мозг сопротивляется действию вируса. Испытания для того и нужны, чтобы не резать всех подряд. Мы не ради убийства их проводили, а ради спасения жизней.

— Мы годами собираем и анализируем реакции. Твои — сильнейшие, ярчайшие, — продолжила доктор Райт. — Мы с самого начала знали — и хранили это в тайне от субъектов, — что в конце концов нам предстоит выбрать одного-единственного, наиболее подходящего кандидата. Он и пройдет последнюю процедуру.

Онемев, Томас слушал дальнейшие разъяснения:

— Перед операцией мы погрузим тебя в глубокий сон. В месте надреза сделаем обезболивающий укол, в самом же мозгу нервов нет, вмешательства ты не почувствуешь. Впрочем, оно же тебя и убьет. После операции ты уже не проснешься, зато подаришь миру бесценные сведения.

— А если не сработает? — спросил Томас. Перед ним как живой стоял Ньют. Что, если бы он не погиб столь ужасной смертью? Кто бы еще пострадал?

Томас заметил беспокойство в глазах мозгоправа.

— Мы... продолжим работы. У нас есть все основания полагать...

Томас не удержался и перебил ее:

— Полагать?! Вы скупаете иммунных! Шлете за ними охотников! Запасаетесь... субъектами, — чуть не сплюнул он на последнем слове. — Планируете, если что, начать эксперимент заново.

Повисла тишина, которую нарушил Дженсон:

— Мы пойдем на все, чтобы найти лекарство. С минимальными потерями, если это возможно. Больше по теме сказать нечего.

— Зачем мы вообще разговариваем? Почему просто не привяжете меня к койке и не вырвете мне мозг?

Ответил доктор Кристенсен:

— Ты Последний Кандидат, мост между Создателями и нынешним составом группы, и потому мы выказываем тебе все возможное уважение. Надеемся на твою добрую волю.

— Дать минутку, Томас? — спросила доктор Райт. — Тебе тяжело, но и нам непросто. Ты идешь на великую жертву. Отдашь ли ты свой мозг во имя благой цели? Подаришь ли нам последний кусок головоломки, дабы мы сделали еще шаг на пути к спасению человечества?

Томас не знал, что ответить. Такой поворот... Столько всего случилось, и теперь требуется последняя жертва.

«Правая рука», наверное, на подходе. Образ Ньюта не покидает его.

— Мне надо побыть одному, — произнес наконец Томас. — Пожалуйста, оставьте меня.

Впервые Томас ощутил готовность отдаться в руки ПОРОКа, позволить врачам провести операцию. Даже если ничего в итоге не выйдет.

— Ты совершаешь подвиг, — заверил его доктор Кристенсен. — Не беспокойся, ты не почувствуешь ни капли боли.

Больше Томас слышать ничего не желал.

— Мне просто надо побыть одному перед операцией.

— Будь по-твоему, — согласился Дженсон. — Мы проводим тебя в палату, где ты и сможешь уединиться. Однако время не ждет.

Уронив голову на руки, Томас уставился в пол. План, составленный совместно с «Правой рукой», внезапно показался идиотским. Даже если удастся бежать с операции, как выжить до прибытия друзей?

— Томас? — Доктор Райт погладила его по спине. — Ты как? Есть еще вопросы?

Томас выпрямился и убрал ее руку.

— Идемте уже... куда там вы хотели меня отвести.

На плечи Томасу свалилась непосильная ноша. Воздух словно исчез из кабинета Дженсона, грудь сдавило.

Томас встал и вышел в коридор.

ГЛАВА ШЕСТИДЕСЯТАЯ

Следуя за докторами, он лихорадочно соображал. С «Правой рукой» никак не связаться, даже Терезе — и Эрису — не отправить мысленный сигнал.

Изгибы коридоров напомнили Лабиринт. Вот бы сейчас снова там оказаться. Жизнь в Глэйде была куда проще, понятнее.

— Чуть дальше по коридору и налево тебя ждет комната, — сказал Дженсон. — Там я приготовил пишущее устройство — на случай если захочешь оставить послание для друзей. Как-нибудь передам его.

— Я распоряжусь, чтобы тебе принесли поесть, — пообещала шедшая сзади доктор Райт.

Приторная вежливость и забота раздражали. Вспомнились истории из былых дней, когда убийцам, приговоренным к смерти, тоже подавали последнее угощение. Любое на выбор, стоило только попросить.

Остановившись, Томас взглянул на доктора Райт и произнес:

— Хочу стейк. И креветок, а еще лобстера, оладий и шоколадный батончик.

— Мне жаль, но... придется удовлетвориться парочкой бутербродов.

Томас тяжело вздохнул:

— Чистота эксперимента...

Войдя в комнату, он уселся в мягкое кресло. Перед ним на столике лежало пишущее устройство. Оставлять кому-либо прощальное послание Томас не хотел, однако чем еще было заняться? Он и не рассчитывал, что вот так все обернется. Надо же, ему — живому — вскроют череп и убьют, лишив мозга! Кто бы мог подумать... Оставалось только подыгрывать ПОРОКу и ждать прибытия кавалерии.

Главное — не увлечься, обратной дороги не будет.

Набив на планшете письмо для Минхо и Бренды — на случай если спастись не удастся, — Томас опустил голову на руки и стал ждать еду. Не спеша перекусил. Куда торопиться? Вдруг друзья не успеют? Пока совсем не припрет, Томас комнату отдыха не покинет.

Потянулись минуты тягостного ожидания. Он слегка задремал, а проснулся от стука в дверь.

— Томас? — позвал приглушенный голос Дженсона. — Нам уже давно пора начинать.

— Я... еще не готов. — Глупые слова, но в панике соображается туго.

Чуть помолчав, Дженсон произнес:

— Боюсь, выбирать не приходится.

— Но... — Не успел Томас собраться с мыслями, как дверь открылась и Дженсон вошел.

— Томас, тянуть больше нельзя. Хуже станет всем. Пошли.

Что делать? Как еще ПОРОК терпит? Как Томаса не схватили и не поволокли на операцию силой? Все, тянуть и правда больше нельзя. Вздохнув, он ответил:

— Веди.

— Следуй за мной, — улыбнулся Крысун.

Дженсон привел Томаса в палату, где ждала каталка с прикрепленными к ней многочисленными мониторами. Тут же был доктор Кристенсен: в хирургической форме и маске. Томас видел лишь его глаза, горящие огнем. Доктору не терпелось приступить к операции.

— Вот так, да? — спросил Томас. Желудок свело от страха, а в груди словно завелся червь и точил сердце. — Время вскрыть меня, как консерву?

— Мне жаль, — ответил доктор. — Пора начинать.

Крысун раскрыл было рот, собираясь что-то сказать, как вдруг завыла сирена. Ну наконец-то, «Правые» подоспели!

В палату ворвалась какая-то женщина и безумным голосом прокричала:

— Прилетел берг! Мы думали, что доставили иммунных... Диверсия! Мятежники штурмуют главное здание.

— Похоже, придется поторопиться, — произнес Дженсон, и сердце Томаса чуть не остановилось. — Кристенсен, приступайте.

ГЛАВА ШЕСТЬДЕСЯТ ПЕРВАЯ

Грудь сдавило, горло будто распухло. Все вроде бы ясно, а что делать — Томас не знает.

— Доктор Кристенсен, живее! — пролаял Дженсон. — Кто знает, чего ради здесь эти дикари. Нам надо торопиться. Я дам наемникам команду стоять насмерть.

— Погодите, — хрипло произнес Томас. — Я, кажется, передумал.

Бесполезно: теперь-то хирурги не остановятся.

Дженсон побагровел и, не обращая внимания на Томаса, приказал доктору:

— Любой ценой вскройте ему череп.

Только Томас хотел было возразить, как руку что-то кольнуло. По всему телу пронеслись волны жара, и он обмяк, рухнув прямо на каталку. Все, что ниже головы, онемело, и Томас с ужасом увидел, как Кристенсен отдает медсестре использованный шприц.

— Мне и правда жаль, — проскрипел доктор, склонившись над Томасом. — Выбора нет.

Они с медсестрой уложили Томаса на спину. Он только и мог, что слабо вертеть по сторонам головой. Резко, слишком резко жизнь сделала очередной поворот. Томасу уготована смерть. Если «Правые» не поспешат, если им не повезет, он точно погибнет.

В поле зрения появился Дженсон. Совершенно не глядя на Томаса — и уж конечно, не сказав ни слова утешения, — Крысун похлопал по плечу хирурга.

— Не подведите нас.

Он вышел из палаты, и в открытую дверь из коридора донеслись его крики.

— Сейчас мы быстренько кое-что проверим... — Голос доктора Кристенсена доносился будто с расстояния в сотню миль. — Затем перевезем тебя в операционную.

Он обернулся к подносу с инструментами. Томас лежал беспомощный, мысли вращались в голове с бешеной скоростью, в то время как доктор брал на анализ кровь и замерял череп. Он работал молча, почти не мигая, однако на лбу у него выступил пот. Значит, врач торопится. Сколько у него в запасе? Час? Два?

Томас смежил веки. Интересно, «глушилка» сработала? Найдут ли Томаса «Правые»? Да и так ли он этого хочет? Может, у ПОРОКа действительно есть шанс получить лекарство? Заставив себя дышать ровно, Томас попробовал пошевелить рукой или ногой. Не вышло.

Доктор резко выпрямился и, улыбнувшись под маской, объявил:

— Все готово! Прямо сейчас поедем в операционную.

Кристенсен вышел за дверь, и тележку с Томасом покатили следом в коридор. Над головой мелькали потолочные огни, и Томас в конце концов смежил веки.

Сейчас его усыпят, мир померкнет, и Томас умрет.

Он крепко зажмурился. Руки вспотели. Оказалось, Томас мнет в кулаках края простыни. Мало-помалу подвижность возвращалась.

Томас огляделся. Мимо проносились огни. Поворот, еще поворот. Да Томас окочурится со страху скорее, чем за него примутся доктора.

— Мне... — прохрипел он и больше не смог выдавить ни слова.

— В чем дело? — спросил Кристенсен.

Томас напрягся, пытаясь заговорить, но в этот момент коридор содрогнулся от взрыва. Доктора бросило вперед, и он, стараясь не упасть, случайно толкнул тележку. Томаса покатило дальше, он стукнулся о стену, потом о другую.

Подвижность все еще не восстановилась полностью. Томас так и лежал на каталке. Вспомнились Ньют, Чак, и нахлынула черная тоска.

Кто-то заорал со стороны, где прогремел взрыв. Ему вторили другие голоса, потом снова сделалось тихо. Доктор кое-как поднялся на ноги и побежал, толкая тележку дальше к операционной. Ворвался наконец в белую комнату, где его ждали коллеги.

— Нужно спешить! — пролаял Кристенсен. — Все по местам! Лиза, общий наркоз, живо!

Главному хирургу ответила низкорослая женщина:

— Мы еще не совсем гото...

— Не важно! Скоро все здание сгорит дотла.

Тележку подкатили к операционному столу. Колеса еще не перестали вращаться, а несколько пар рук уже перебросили Томаса на стол. Лежа на спине, Томас попытался охватить взглядом гудящую словно улей операционную. Вокруг суетились человек девять, если не десять. В предплечье что-то кольнуло — это низкорослая сестра ввела иглу капельницы. Только к рукам-то чувствительность и вернулась.

Зажгли свет, подкатили пищащие мониторы, загудела еще какая-то махина; врачи и сестры переговаривались, бегали, двигались словно в отрепетированном групповом танце.

Свет слепил глаза, комната начала вращаться, хотя Томас и лежал неподвижно. Страх становился сильнее.

Конец. Пришел неизбежный конец.

— Надеюсь, это не зря, — сумел наконец выдавить Томас.

Прошла еще пара секунд, и он погрузился в сон.

ГЛАВА ШЕСТЬДЕСЯТ ВТОРАЯ

Долгое время Томас не сознавал даже тьмы вокруг. Он понял, что спит, лишь на короткий миг, когда во тьме мыслей забрезжил слабенький лучик. Томас еще не умер, его мозг пока что исследуют, но вскоре, наверное, вынут и порежут на ломтики.

А пока что он жив.

В какой-то момент, продолжая парить в безбрежном океане тьмы, он услышал голос. Голос звал его по имени:

— Томас, Томас...

Он откликнулся на зов и полетел вперед.

ГЛАВА ШЕСТЬДЕСЯТ ТРЕТЬЯ

— Я верю в тебя, — услышал он женский голос, когда пытался прийти в сознание.

Невидимая женщина говорила одновременно и мягко, и властно. Кто же она? Томас застонал, силясь проснуться, заворочался на кровати.

Вот он наконец распахнул глаза. Заморгал от яркого света. Кто бы ни приходил будить его, он уже ушел — двери только-только закрылись.

— Погоди, — полумертвым шепотом позвал Томас.

Усилием воли он приподнялся на локтях и осмотрелся. В комнате никого. Слышны невнятные крики и отзвуки взрывов. В голове немного прояснилось; если не считать легкой слабости, чувствовал себя Томас отлично. Либо медицина за час шагнула далеко вперед, либо мозг все же остался при нем.

Рядом на тумбочке лежал желтый конверт, на лицевой стороне краснела надпись крупными буквами: «Томасу». Сев на кровати, Томас схватил конверт.

Внутри лежало два листа бумаги: первый — карта комплекса с отмеченными путями отхода; второй — письмо, подписанное лично Советником Пейдж.

Дорогой Томас!

Испытания окончены. Данных для создания матрицы у нас более чем достаточно. Коллеги не согласны со мной, однако я остановила процедуру, дабы сохранить тебе жизнь. Наша задача теперь — работать с данными и попытаться создать лекарство от Вспышки. Твоя помощь и участие прочих субъектов более не требуются.

Тебе осталось последнее, очень ответственное задание. Став Советником, я пришла к выводу, что комплекс необходимо оборудовать черным ходом. Он расположен в заброшен-

ной ремонтной мастерской. Прошу, Томас, спасайся сам, выводи друзей и как можно больше собранных нами иммунных. Уверена, ты понимаешь: время дорого.

На карте отмечено три маршрута. По первому, через туннель, ты доберешься до «Правых», они сейчас в другом здании у пролома. Вместе с повстанцами по второму маршруту отыщешь иммунных. Третий путь выведет к черному ходу. Это плоспер, который доставит вас в безопасное место. Там, надеюсь, вы начнете новую жизнь.

Забирай всех и беги.

Ава Пейдж, Советник.

Томас еще какое-то время сидел неподвижно. Мысли в голове вращались подобно бешеной карусели, и только далекий взрыв вернул Томаса к реальности. Он верит Бренде, Бренда верит Советнику — значит, пора действовать.

Сложив письмо и карту, Томас спрятал их в задние карманы джинсов. Потом встал и — удивившись, как быстро возвращаются силы, — бросился к двери. Выглянул в коридор — пусто. Стоило выйти из комнаты, как мимо промчались двое, но на Томаса даже не посмотрели. «Правые» учинили настоящий погром, вызвали хаос. Должно быть, это и спасло Томасу жизнь.

Достав карту, он изучил и запомнил путь к туннелю. Добираться до него недолго. Перейдя на легкий бег, Томас на ходу рассматривал второй и третий маршруты, а поняв, куда предстоит выйти, резко остановился, присмотрелся к карте внимательнее — вдруг неправильно прочел? Нет, ошибки быть не может.

ПОРОК упрятал иммунных в Лабиринт.

ГЛАВА ШЕСТЬДЕСЯТ ЧЕТВЕРТАЯ

На карте было обозначено два лабиринта — для Группы «А» и Группы «В». Само собой, они вырыты глубоко в скальной породе, под фундаментом лаборатории. В какой бежать? Не важно, главное — предстоит вернуться в Лабиринт. Внутри все сжалось от ужаса...

Томас собрался с духом и направился к туннелю.

Коридор сменялся коридором, и вот наконец Томас вышел к длинной, уходившей вниз лестнице, мимо пустых комнат добрался до небольшой двери. За ней увидел туннель — практически полностью погруженный во тьму. Вдоль всего узкого прохода с потолка свисали редкие лампочки без плафонов. Футов через двести Томас увидел лестницу, отмеченную на карте: она вела вверх и заканчивалась люком с замком-вентилем (прямо как дверь в Картохранилище).

Открыв замок, Томас надавил на люк со всей силы. В лицо ударил поток морозного воздуха. Оказалось, туннель выводит на обледенелую пустошь, где-то на полпути из леса к штабу ПОРОКа. Выбравшись наружу, Томас закрыл за собой примостившуюся под большим камнем крышку, выглянул из-за валуна и осмотрелся. Вроде бы никого. Правда, кругом темень, ночь и наверняка не скажешь. На небе — те же самые густые тучи. Так сколько времени он провел в лаборатории? Пару часов или целые сутки?

Карта Советника Пейдж показывала, в какой точке «Правые» проникли в штаб, — должно быть, взорвали стену. Тогда понятно, отчего грохот доносился аж до операционной. Сейчас и правда мудрее всего воссоединиться с «Правыми» — численность даст преимущество. Судя по карте, двигаться предстояло к дальнему концу комплекса.

Пригнувшись, Томас выбежал из-за валуна и устремился к ближайшему строению. Сверкнула молния, озарив белые стены и снег, и сразу же грянул чудовищный гром, от которого заложило уши.

Вдоль стены тянулись мертвые кусты; ничего, кроме них, Томас не заметил — никакого отверстия. За углом тоже ничего, просто внутренний дворик. Миновав два таких, перебегая от здания к зданию, он вдруг услышал голоса и, мигом припав к земле, прополз до кустов и лишь оттуда выглянул, стараясь определить источник звуков.

Ага, вот и место проникновения — в стене пролом, а во дворе валяется гора обломков. Из дыры бьет слабый свет, и на землю падают кривые тени. На камнях сидят двое в гражданском. «Правые».

Томас уже хотел встать и выйти к ним, как вдруг чья-то холодная рука зажала ему рот и дернула назад. Другая рука перехватила Томаса поперек груди. Как он ни старался, вырваться не удалось: его оттащили за угол, швырнули на землю и, перевернув на спину, вновь зажали рот.

Рядом с нападавшим появился второй.

Дженсон.

— Я очень разочарован, — произнес Крысун. — Мне разлад в организации не нужен.

Томас снова попытался вырваться, но его держали крепко.

Тяжело вздохнув, Дженсон сказал:

— Что ж, придется действовать грубо.

ГЛАВА ШЕСТЬДЕСЯТ ПЯТАЯ

Крысун достал нож с длинным узким клинком и придирчиво осмотрел лезвие.

— Усвой кое-что, парень: я человек отнюдь не жестокий, но ты и твои дружки довели меня до ручки. Терпение тает на глазах, хотя капля сдержанности еще осталась. Я не ты и думаю не только о себе: меня заботит спасение человечества — и проект будет завершен.

Томас заставил себя успокоиться и лежать смирно. Борьба не поможет, лучше сберечь силы для рывка в более подходящий момент. А вот Дженсон, похоже, в отчаянии, раз хватается за нож. Он во что бы то ни стало постарается вернуть Томаса на операционный стол.

— Вот молодец. Зачем сопротивляться, да? Гордись! Ты, Томас, спасешь мир. Ценой своей жизни.

Подручный Крысуна — коренастый брюнет — предупредил:

— Я сейчас уберу руку. Пикни только — и замдиректора Дженсон пустит в ход ножичек. Ты нужен нам живой, но пырнуть тебя пару раз не помешает.

Томас кивнул, и коренастый отпустил его.

— Умница.

Этого момента Томас и ждал. Правой ногой он ударил Дженсона в голову, извернулся и, уходя от коренастого, вскочил на ноги. Пнул Дженсона по руке с ножом — клинок отлетел к стене.

Стоило отвлечься, и коренастый повалил Томаса — оба упали на Крысуна. Тот попытался спихнуть с себя дерущихся, а Томас — чувствуя прилив адреналина — закричал, оттолкнув наемника. Он отчаянно молотил противника руками и ногами, пока наконец не удалось вырваться. Едва поднявшись, Томас метнулся к ножу, подобрал его и приготовился к атаке. Крысун и его подручный, ошеломленные, даже не успели встать.

Выставив перед собой нож, Томас предупредил:

— Дайте мне пройти. Просто отойдите в сторону, или я за себя не отвечаю. Буду резать и колоть, пока вы не сдохнете.

— Нас двое, ты один, — напомнил Дженсон. — Нож тебя не спасет.

— Ты видел, на что я способен, — не сдавался Томас, вкладывая в голос как можно больше угрозы. — Видел, как я действую в Лабиринте, в Жаровне.

Он сам же чуть не рассмеялся над иронией судьбы: во имя спасения человечества из него сделали... убийцу.

Коренастый усмехнулся:

— Ты же не думаешь...

Чуть отступив, Томас — точно как Галли — перехватил нож за лезвие и метнул его. Клинок вошел коренастому в шею. Крови поначалу не было совсем. Лишь когда наемник — с перекошенным от потрясения лицом — схватился за рукоять, из раны в такт пульсу забили алые струи. Раскрыв рот, коренастый рухнул на колени.

— Ты, мелкий... — прошептал Дженсон, ошарашенно глядя на подручного.

Не менее потрясенный Томас застыл на месте, однако стоило Крысуну взглянуть на него, как Томас очнулся и побежал — через дворик и за угол, к пролому в стене.

— Томас! — Дженсон ринулся следом. — Вернись! Ты понятия не имеешь, что творишь!

Томас ни на секунду не замедлил бега. Миновав кусты, за которыми совсем недавно прятался, он сломя голову устремился к дыре. Двое — мужчина и женщина, — сидевшие спина к спине у обломков, увидели его и резко поднялись, но не успели даже окликнуть, Томас сам прокричал на бегу:

— Я Томас! Я за вас!

Переглянувшись, двое «Правых» воззрились на юношу. Он жадно хватал ртом воздух, переводил дыхание. Потом обернулся и увидел силуэт бегущего следом Дженсона.

— Тебя повсюду ищут, — сказал мужчина. — Ты разве не внутри?

Он ткнул пальцем в сторону пролома.

— Где остальные? — задыхаясь, спросил Томас. — Где Винс?

Крысун совсем рядом, он догоняет. Дженсона перекосило от неестественной ярости. Точно как Ньюта. Да он больше не человек, он шиз. Крысун болен Вспышкой!

Остановившись, Дженсон произнес:

— Этот мальчик... собственность... ПОРОКа. Немедленно... верните его.

Женщина, и глазом не моргнув, ответила:

— ПОРОК для нас значит не больше, чем клякса птичьего дерьма. Будь я на твоем месте, старик, давно бы умотала отсюда. Внутрь не возвращайся, там жарко. Твоим дружкам скоро не поздоровится.

Не отвечая и тяжело дыша, Крысун переводил взгляд с Томаса на «Правых» и обратно. Наконец он медленно попятился.

— Вы даже не представляете, что натворили. Ваша тупость и гордыня погубят всех. Надеюсь, вы это поймете, когда будете гнить в аду.

И он скрылся во тьме.

— Это ты его так выбесил? — спросила женщина у Томаса.

— Долгая история. Мне нужен Винс или кто-нибудь еще, кто командует. Надо отыскать друзей.

— Притормози, парень, — ответил мужчина. — Пока что у нас тихо, все разошлись по местам и занимаются раскладкой.

— Раскладкой? — переспросил Томас.

— Ну да, раскладкой.

— Какой раскладкой?!

— Минной, тупица! Взорвем штаб к чертовой матери. Пусть ПОРОК знает: мы не шутим.

ГЛАВА ШЕСТЬДЕСЯТ ШЕСТАЯ

Томаса озарило. Винс чересчур фанатичен, его подручные взяли Томаса и его компанию в заложники, а сюда пришли не с обычным оружием — запаслись горой взрывчатки. Зачем? Они не захватить штаб хотят, им нужно все тут порушить. Томасу с ними не по пути. Они уже не отличают добра от зла.

Продвигаться надо аккуратно. Сейчас главное — отыскать друзей, потом пленных и всем вместе спастись.

— Эй, ты заснул? — спросила женщина, вырвав Томаса из задумчивости. — Смотри, крыша поедет.

— Да-да... отвлекся. Когда точно все тут взлетит на воздух?

— Уже скоро. Несколько часов бомбы закладывают. Минеры хотят, чтобы сдетонировали все заряды одновременно, хотя на такой трюк мастерства им не хватит.

— А как же пленные? Мы пришли спасать их.

Переглянувшись, двое пожали плечами.

— Винс надеется, что их успеют вывести.

— Надеется? В каком смысле?

— Надеется, и все тут.

— Мне надо с ним поговорить. — На самом же деле Томас рвался найти Минхо и Бренду. Вместе с ними он отыщет иммунных и уйдет через плоспер.

Женщина указала в сторону пролома.

— Иди туда, мы зачистили большую часть здания. Винс должен быть неподалеку. Осторожно, наемники еще прячутся по углам. Как злобные тараканы.

— Спасибо, что предупредили.

Томас нетерпеливо заглянул в дыру. В пыльной темноте больше не сверкали аварийные огни и сигналы тревоги.

Ступив внутрь, Томас поначалу ничего не увидел и не ощутил. Он двигался в полной тишине и за каждый угол сворачивал с большой осторожностью. Чем дальше он шел, тем ярче становились огни. Наконец впереди Томас заметил распахнутую дверь. Подбежал к ней и заглянул в проем: в просторной комнате разбросаны столы; некоторые опрокинуты на манер щитов, и за ними укрываются люди.

Все следили за широкими двойными дверьми в другом конце зала. Вжавшись в косяк, Томас получше присмотрелся к происходящему. За одним из столов укрылись Винс и Галли. Прочих Томас не узнал.

В дальнем левом углу, в небольшом кабинете, засели человек десять. Томас напряг зрение, однако лиц не разглядел.

— Эй! — как можно громче шепнул он. — Эй, Галли!

Галли немедленно обернулся. Томаса он заметил не сразу, а когда увидел, то даже прищурился недоверчиво.

Томас для верности помахал рукой, и Галли жестом велел ему подойти.

Оглядевшись еще раз и убедившись, что опасности нет, Томас пригнулся и побежал к своему старому врагу. Нырнул в укрытие и припал к полу. На языке вертелось миллион вопросов.

— Что случилось? — спросил Галли. — Что с тобой сделали?

Винс грозно глянул на него.

Что тут ответить?

— Так... сдал кровь из пальчика. Слушай, я знаю, где держат иммунных. Нельзя взрывать штаб, пока мы их не спасем.

— Ну так иди и спасай, — ответил Винс. — У нас одного подстрелили насмерть. Больше я людей терять не намерен.

— Вы же сами их сюда и привели! — Томас взглянул на Галли в поисках поддержки, однако тот лишь пожал плечами.

Придется отдуваться самому.

— Где Бренда и Минхо? Где все мои? — спросил Томас.

Галли мотнул головой в сторону боковой комнаты.

— Вон там заперлись. Говорят, без тебя с места не сдвинутся.

Томасу вдруг стало жаль изувеченного глэйдера.

— Идем со мной, Галли. «Правые» пусть занимаются своими делами, а ты поможешь нам. Разве ты не ждал помощи, пока был в Лабиринте?

— Даже не думай! — пролаял Винс. — Томас, отправляясь сюда, ты автоматически признал наши цели. Если сейчас ты не с нами, то против нас. Мы и тебя прикончим.

Томас не отрываясь глядел на Галли. В его глазах он увидел душераздирающую грусть и... доверие. Искреннее доверие.

— Идем с нами, — повторил Томас.

С улыбкой на лице старый враг ответил:

— Пошли.

На это Томас и надеяться не смел. Не дожидаясь, что скажет Винс, он схватил Галли за руку, и вместе они перебежали к двери в кабинет, юркнули внутрь.

Первым к Томасу бросился и заключил в медвежьи объятия Минхо. Галли смущенно наблюдал со стороны, как остальные — Бренда, Хорхе, Тереза и даже Эрис — приветствуют и обнимают друга.

От счастья закружилась голова. Дольше всех Томас задержал в объятиях Бренду. Но... хорошего понемножку. Пора действовать.

Отстранившись, он сказал:

— На разговоры времени нет. Скажу одно: мне помогли, поделились информацией. Надо найти иммунных, потом добежать до плоспера и покинуть здание, пока «Правые» тут все не взорвали.

— И где же иммунные? — спросила Бренда.

— Да, что ты выяснил? — добавил Минхо.

— Возвращаемся в Лабиринт. — Томас никогда бы не подумал, что скажет такое.

ГЛАВА ШЕСТЬДЕСЯТ СЕДЬМАЯ

Стоило Томасу показать письмо от Советника Пейдж, как все — даже Галли и Тереза — согласились, что от «Правых» пора уходить. Надо идти в Лабиринт.

Бренда знала дорогу. На всякий случай она сверилась с картой и отдала Томасу нож. Стиснув рукоять, он взглянул на клинок: его жизнь зависела сейчас от этого тонкого лезвия.

Все вместе они выбежали из кабинета и направились к двойным дверям. Винс и остальные криками призывали их остановиться: дескать, вы психи, вас убьют... — но Томас не слушал их.

Он первым скользнул в открытую дверь и припал к полу, ожидая немедленной атаки. Впрочем, в коридоре никого не было. Когда же к Томасу присоединилась остальная часть группы, он сорвался на бег — предпочел скорость осторожности. В сумрачном свете длинный коридор представлялся обиталищем призраков: словно духи — отнюдь не враждебные — всех мертвых сотрудников ПОРОКа затаились в углах и нишах.

Вслед за Брендой Томас свернул за угол, спустился по лестнице, срезал путь через старую кладовую, вышел в следующий коридор. Потом была еще лестница, поворот направо, налево... Не сбавляя хода, Томас постоянно озирался по сторонам. Бренде он доверился полностью. Он будто заново стал бегуном Глэйда, и на сердце — несмотря ни на что — сделалось легче.

В конце коридора свернули направо. Не успел Томас и трех шагов пробежать, как его повалили на пол.

На остальных тоже напали, но в темноте Томас не видел, от кого приходится отбиваться. Он молотил по темной фигуре кулаками и коленями, пытался достать ножом... Прозвучал вскрик. Женский. В правую щеку воткнулся кулак, второй удар пришелся по бедру, ближе к паху.

Томас изо всех сил оттолкнул нападавшего. Противник ударился спиной об стену и снова атаковал. Они с Томасом перекатились, врезались в кого-то еще. Орудовать ножом было трудно, и Томас сначала вмазал противнику в челюсть, а потом вонзил клинок в живот. Снова вскрикнула женщина. Определенно с ней Томас и дрался.

Он встал. Кому нужна помощь? Минхо вырубил наемника и продолжал его дубасить. Бренда и Хорхе отделали другого охранника — тот на глазах у Томаса поднялся с пола и убежал. Тереза, Гарриет и Эрис, привалившись к стене, переводили дух. Все целы, пора идти дальше.

— Вперед! — крикнул Томас. — Минхо, брось его!

Врезав наемнику еще раза два (для верности), Минхо встал и пнул его напоследок.

— Вот теперь все. Бежим дальше.

После второй длинной лестницы группа ввалилась в подвальное помещение. Томас замер. Да это же хранилище гриверов! Здесь оказались глэйдеры, бежавшие из Лабиринта. С тех пор чудовищ как будто не выпускали на волю; даже осколки стекла по-прежнему усеивали пол. Некогда сияющие белые поверхности контейнеров покрывал толстый слой пыли.

Когда Лабиринт еще только строили, Томас дневал и ночевал тут, в смотровой комнате. Ему стало стыдно за деяние своих рук и ума.

Бренда указала на лестницу. Томас вздрогнул, вспомнив спуск по слизистому желобу для гриверов. А ведь можно было спуститься по-человечески, используя лестницу.

— Где все? — огляделся Минхо. — Если сюда снова отправили испытуемых, то где стража?

Подумав, Томас ответил:

— Зачем наемники, если Лабиринт делает за них всю работу? Помнишь, как долго мы не могли отыскать выход?

— Не уверен. Что-то здесь не так.

Томас пожал плечами:

— Сидя тут, проблему не решишь. Если у тебя нет конкретного плана, давай подниматься и спасать иммунных.

— Конкретного плана? — переспросил Минхо. — У меня вообще плана нет.

— Тогда тем более надо подниматься.

По лестнице Томас попал в еще одну знакомую комнату — помещение с консолью, с которой он вводил код для отключения гриверов. С ним тогда был Чак: перепуганный, он все равно держался и помогал. Впрочем, победой насладиться не успел... Как же больно, как больно терять близких.

— Дом, милый дом, — пробормотал Минхо и ткнул пальцем в круглый лаз.

Когда Лабиринт работал на полную мощь, проход скрывала голограмма: бескрайнее небо за границей каменного коридора. Сейчас Томас прекрасно видел наверху стены Лабиринта. К ним вела приставная лестница.

— Поверить не могу, что мы возвращаемся, — сказала Тереза, подойдя к Томасу.

От ее слов лишь усилилось ощущение, будто группа — в доме с привидениями. Зато теперь Томас и Тереза на равных — пришли спасать жизни. Пришли покончить с тем, что некогда начали.

Хоть бы все получилось.

Томас спросил:

— Ну не безумие ли?

Тереза в ответ улыбнулась, первый раз за... Томас уже и не помнил, когда она последний раз улыбалась.

— Абсолютное безумие, — согласилась девушка.

Томас еще многого не помнил — о себе, о Терезе, — однако вот она, рядом, помогает. Большего пока и не требуется.

— Может, начнем подниматься? — окликнула их Бренда.

— Точно, — кивнул Томас. — Начнем.

Он поднялся последним. Пролез в круглое отверстие и по двум доскам, перекинутым через Обрыв, вошел в Лабиринт. Оглянулся на рабочую площадку внизу — никакой тебе бездонной пропасти, одни только черные стены. Снова посмотрел на каменный коридор.

На месте ярко-голубого солнечного неба теперь висел серый потолок. Голограмм больше нет, не работают. Нет Обрыва, нет иллюзии парящего в пространстве каменного монстра. Остались увитые плющом и паутиной трещин серые стены, но и того было достаточно. Монолиты, словно простоявшие здесь тысячу лет — как надгробия у могилы столь многих, — попрежнему завораживали своим видом.

Томас вернулся.

ГЛАВА ШЕСТЬДЕСЯТ ВОСЬМАЯ

Дальше группу вел Минхо. Ссутулившись, он бежал впереди, и сразу становилось ясно: Минхо гордился, что два года был Куратором бегунов. Томас озирался на стены под серым потолком. Странно вот так возвратиться в это место после побега, после всего пережитого.

По пути к Глэйду почти не разговаривали. Бренда и Хорхе скорее всего поразились величине Лабиринта. Ни один жук-стукач, ни одна камера наблюдения не передаст истинных размеров этой каменной ловушки. А что сейчас творится в голове у бедного Галли! Даже представить страшно.

Наконец группа вышла на финишную прямую, к Западным Вратам. Томас на бегу взглянул на то место, где он когда-то прятал в плюще ужаленного гривером Алби. Увидел спутанные, примятые лозы... Столько стараний — и все пропало втуне. Алби так и не оправился после Метаморфозы, погиб несколько дней спустя.

В жилах горящим бензином полыхнул гнев.

У самых Врат Томас перешел на шаг и перевел дыхание. По Глэйду бродили сотни людей, и среди них — какой ужас! — дети. При виде новоприбывших по толпе моментально пронеслось бормотание, но так же быстро стихло. Все взгляды устремились в сторону Томаса и его группы.

— Ты знал, что их так много? — спросил Минхо.

Даже глэйдеры здесь никогда не жили в таком количестве, однако поражало не число упрятанных в Глэйд иммунных. Дара речи Томас лишился, вновь узрев поляну, покосившийся Хомстед, жалкую рощицу, Скотобойню, поросшие сорными травами грядки, опаленное Картохранилище (его прокопченная дверь так и стояла нараспашку). Со своего места Томас увидел даже Кутузку.

— Эй, очнись! — Минхо щелкнул пальцами перед носом у Томаса. — Я вопрос задал.

— А? Что? Их так много... И Глэйд кажется меньше.

Вскоре, заметив их, из толпы выбежали старые друзья: Фрайпан, медаки Клинт и Джеф, Соня и прочие девушки из Группы «В». Все радовались встрече, обнимались.

Фрайпан хлопнул Томаса по плечу.

— Нет, ты прикинь: меня снова запихнули в Глэйд! Готовить не получается, нам просто трижды в день присылают упакованную еду. Кухня не пашет, электричества нет. Вообще ничего не работает.

Томас рассмеялся, чувствуя, как гаснет в нем гнев.

— Пятьдесят парней ты худо-бедно мог прокормить, а тут целая армия. Пупок бы развязался.

— Хохмач ты наш, Томас. Хохмачушка. Рад тебя видеть. — И тут глаза у Фрайпана чуть не вылезли из орбит. — Галли?! Вы привели Галли! Он живой?

— Я тоже рад тебя видеть, — сухо ответил Галли.

— Долго рассказывать. — Томас похлопал Фрайпана по спине. — В общем, он теперь за нас.

Фыркнув, Галли решил промолчать.

— Так, ладно, хорош радоваться, — подошел Минхо. — Чувак, как теперь быть прикажешь?

— Задача не такая уж сложная, — ответил Томас. Н-да, не сложная: всего-то вывести перепуганную толпу через Лабиринт, потом еще и через комплекс ПОРОКа. Кошмар, однако ничего не поделаешь. Коли взялся за гуж...

— Ты мне кланк-то не впаривай, — ответил Минхо. — Глаза разуй.

Томас улыбнулся:

— Зато у нас теперь столько бойцов.

— Ты взгляни на этих доходяг! — с отвращением произнес Минхо. — Половина младше нас, другие в жизни на кулаках не дрались.

— Шапками врага закидаем.

Томас подозвал Терезу и Бренду.

— Что делать будем? — спросила Тереза.

Если она и правда с ними, то здорово пригодится: понадобятся ее воспоминания.

— Разделим пленных на колонны, — сообщил Томас своим. — Здесь всего человек четыреста — пятьсот. Так что в колонну берем... человек по пятьдесят. К каждой приставим глэйдера или кого-нибудь из Группы «В». Тереза, ты знаешь, как добраться до ремонтной мастерской?

Взглянув на карту, Тереза кивнула.

— Тогда ты с Брендой поведешь нас. Я со своей колонной иду за вами. Так, каждый возьмите на себя по пятьдесят человек. Все, кроме Минхо, Хорхе и Галли, — они прикрывают отступление.

— Согласен, — равнодушно пожал плечами Минхо. Ничего себе, ему скучно!

— Как скажешь, muchacho, — добавил Хорхе.

Галли просто кивнул.

Следующие минут двадцать иммунных выстраивали в колонны, так чтобы в каждой оказалось поровну людей всех возрастов, разной комплекции. Иммунные, едва осознав, что их спасают, принялись живо исполнять команды.

Разделив людей, Томас и его друзья выстроились у Восточных Врат. Томас помахал руками, привлекая внимание.

— Слушайте сюда! ПОРОК намерен ставить на вас эксперименты. Ему нужны ваши тела и мозги. Эта организация уже давно собирает данные для лекарства от Вспышки. Пришел ваш черед, но вы заслуживаете лучшей доли, нежели участи лабораторных крыс. Вы — и мы, вместе — будущее. Однако не то будущее, которое видит ПОРОК. Мы пришли спасти вас, забрать отсюда. Впереди несколько зданий. Миновав их, мы достигнем плоспера, за ним — безопасное место. Если по пути на нас нападут — сражайтесь. Сильные должны любой ценой защищать...

Последние слова его речи заглушил громоподобный треск, словно раскололся камень. Потом наступила тишина, и только эхо разносилось по Глэйду.

— Это что еще такое? — прокричал Минхо, глядя в небо.

С Глэйдом ничего не случилось, стены стояли как и прежде. Томас хотел ответить, но вдруг треск повторился, на этот раз еще громче. Земля под ногами задрожала, как будто мир раскололся на части.

Люди заозирались по сторонам. Того и гляди начнется паника, и Томас утратит контроль над толпой.

Дрожь под ногами усиливалась, а с ней и грохот, каменный скрежет. В толпе закричали.

Внезапно Томаса озарило.

— Взрывчатка.

— Что? — прокричал Минхо.

— «Правые»! — Томас взглянул на друга.

Глэйд затрясло. Слева от Восточных Врат из стены вывалился громадный кусок — осыпая землю камнями, он завис вопреки гравитации под углом и начал падать.

Томас даже крикнуть не успел, когда глыба рухнула на одну из колонн. Онемев, он взирал, как из-под обломков ручьями вытекает кровь.

ГЛАВА ШЕСТЬДЕСЯТ ДЕВЯТАЯ

Крики раненых смешивались с грохотом и скрежетом, создавая ужасающий эффект. Лабиринт, дрожа, разваливался на куски.

— Уходите! — крикнул Томас Соне.

Повторять не пришлось: девушка скрылась в темных коридорах. Ее подопечные особого приглашения тоже не дожидались — колонна споро ушла следом.

Томас пошатнулся и, восстановив равновесие, подбежал к Минхо.

— Замыкай строй! Мы с Брендой и Терезой идем впереди!

Кивнув, Минхо подтолкнул его в спину. Томас обернулся на Хомстед — неуклюжее строение раскололось пополам будто желудь и рассыпалось. Бетонный бункер Картохранилища тоже разваливался.

Времени почти не осталось. Томас отыскал Терезу и вместе с ней побежал к Лабиринту. Бренда и Хорхе дожидались у входа, изо всех сил стараясь не допустить смертельно опасной давки.

Еще один кусок стены рухнул на грядки. По счастью, на этот раз никого не задело. Однако это не повод медлить — сам утес вот-вот обвалится!

— Иди! — прокричала Бренда — Я сразу за тобой!

Тереза схватила Томаса за руку и потащила вперед. Втроем — она, Томас и Бренда — миновали штыри замков и понеслись дальше, лавируя между спешащими к выходу людьми.

Пришлось попотеть, чтобы нагнать Соню. Похоже, у себя в Лабиринте она была бегуньей. Или же просто хорошо помнила карту — если схемы обоих Лабиринтов совпадают.

Земля по-прежнему тряслась, терзаемая новыми взрывами. Людей швыряло в стороны, они падали и снова поднимались, продолжая бег. Томасу пришлось перепрыгнуть через кого-то. Одному человеку на голову свалился камень (такие дождем сыпались со стен). Его хотели поднять, но крови натекло столько, что стало ясно — бедняге не помочь.

Обогнав Соню, Томас сам повел беглецов дальше.

Поворот, еще поворот, выход близко... только бы Лабиринт не рухнул им на головы. Только бы его разрушили первым, не тронув пока остальную часть комплекса. Внезапно пол под ногами подпрыгнул, и Томас упал, а когда приподнялся, то увидел, как в сотне шагов впереди каменные плиты вздыбились и половина их взорвалась дождем осколков и пыли.

Томас не остановился — побежал дальше, заметив узкий проход между стеной и развороченной частью пола. Тереза и Бренда проскочили следом, зато колонна замедлила ход.

— Торопитесь! — крикнул Томас через плечо. Он увидел отчаяние в глазах иммунных.

Выйдя из прохода, Соня стала помогать остальным — хватая за руки, тянула к себе, к выходу. Дело пошло быстрее, чем рассчитывал Томас, и тогда он со всех ног устремился к Обрыву.

Он бежал сквозь Лабиринт, и мир содрогался, разваливаясь на части. Кричали и плакали люди, но Томасу оставалось только вести выживших. Он бежал, сворачивая то налево, то направо...

Еще один правый поворот, за ним — длинный коридор, в конце которого Обрыв. Серый потолок переходит в черные стены. Круглое отверстие выхода и... здоровенная трещина пересекает некогда фальшивое небо.

Обернувшись к Соне и остальным, Томас крикнул:

— Быстрее! Ходу, ходу!

Он увидел бледные, перекошенные от ужаса лица. Люди падали и поднимались, бежали дальше. Вот Томас заметил, как мальчик лет десяти тащит за руку женщину, как та еле-еле встает на ноги. А вот камень размером с машину рухнул на пожилого мужчину, и того отбросило в сторону. Упав, мужчина так и не поднялся. Объятый страхом Томас тем не менее продолжил бег, не забывая поторапливать иммунных.

Наконец достигли Обрыва. Соня жестом велела Терезе идти дальше по доскам, в нору гриверов. Следом Бренда провела колонну иммунных.

Томас на краю коридора махал людям рукой, подгоняя. Как же медленно, что же они не спешат?! Весь Лабиринт вот-вот сложится как карточный домик. Один за другим освобожденные пленники сигали в провал. Интересно, Тереза догадалась спускать их по склизкому желобу? Так ведь быстрее, чем по лестнице.

— Теперь ты! — крикнула Соня Томасу. — Покажешь людям, куда дальше.

Уходить Томас боялся, точно как в первый раз — когда оставил друзей биться с гриверами и прыгнул в нору, где вводил потом с консоли код. Вот он напоследок оглянулся, посмотрел на некогда гладкий — а теперь сыплющий каменными глыбами — потолок. Справятся ли Минхо, Фрайпан и другие?

Втиснувшись в живой поток, Томас пробрался к дыре, потом быстро спустился по лестнице. Слава Богу, подвал пока еще цел, и Тереза, принимая людей у спускного желоба, показывает, куда бежать.

— Я помогу здесь! — крикнул ей Томас. — Веди группу вперед!

Он указал на двойные двери.

Тереза хотела было ответить, но осеклась, глянув Томасу за спину, и в ужасе округлила глаза. Томас вихрем развернулся. Покрытые пылью контейнеры начали открываться.

ГЛАВА СЕМИДЕСЯТАЯ

— Слушай! — Тереза развернула к себе Томаса. — В хвосте у гривера, — она указала на ближайшую гробоподобную капсулу, — есть отверстие, дышло. Просунь в него руку и нащупаешь выключатель, такой рычаг. Успеешь дернуть — тварь умрет.

Томас кивнул:

— Понял. Уводи людей!

«Гробы» продолжали открываться. Подбежав к одному из них, Томас заглянул внутрь: похожий на слизня гривер дрожал и корчился, всасывая через трубки питания жидкость и топливо.

Перегнувшись через край контейнера, Томас погрузил руку в слизистую плоть и принялся искать выключатель. Пыхтя от натуги, он шарил рукой в нутре гривера, пока наконец не нащупал твердую ручку, потянул за нее со всей силы и оторвал. Гривер тут же обмяк, словно пузырь желе.

Отбросив ручку выключения, Томас побежал к следующему контейнеру. За несколько секунд перегнулся через край, сунул руку в дышло и вырвал рычаг.

Подбегая к третьей капсуле, Томас оглянулся. Тереза помогала новоприбывшим подниматься на ноги. Люди спускались по желобу безостановочно, чуть не падая друг другу на голову. Вот из жерла вылетел Фрайпан, потом Галли и Минхо. Крышка третьего контейнера тем временем полностью раскрылась, трубки питания одна за другой отсоединялись от студенистого тела. Томас запустил руку в дышло и вырвал рычаг.

Когда он спрыгнул на пол, гривер из четвертого контейнера уже высунул нос. Помогая себе отростками, тварь выползала наружу.

Томас едва успел подбежать к ней и, запустив руку в дышло, зацепиться за выключатель. Голову ему чуть не срезала пара похожих на ножницы клинков. Увернувшись, Томас рванул-таки за рычаг, и тварь сдулась, утекла обратно в свой «гроб».

Последний гривер уже вылез. Шлепнувшись на пол, он осмотрел территорию через небольшой окуляр в передней части туши и — как его сородичи до того — свернулся в шипастый колобок. Взревел скрытым внутри мотором и, кроша бетон, помчался на группку людей.

Иммунные, только что покинувшие желоб, даже не успели ничего сообразить. Нескольких сразу посекло лезвиями.

Оглядевшись, Томас заметил упавший с потолка обломок трубы размером с руку и, подбежав, схватил его. Минхо тем временем набросился на гривера с пугающей, безумной яростью.

Громко крикнув, чтобы все уходили, Томас атаковал гривера. Тварь, словно поняв команду, развернулась и встала на дыбы. Из боков ее вылезло два новых механических отростка: один был снабжен циркулярной пилой, другой — четырьмя лезвиями.

Томас резко остановился и крикнул:

— Минхо, я отвлеку его! Выводи людей, пусть Бренда покажет им дорогу в мастерскую!

В этот момент один человек попытался отползти от гривера. Из студенистого тела выстрелил шип и пронзил тому грудь. Бедняга, харкая кровью, свалился на пол.

Томас бросился на тварь, готовый отбиваться от каких угодно смертоносных отростков, лишь бы вырвать заветный рычаг. Он уже почти добрался до цели, как вдруг справа вынырнула Тереза и кинулась на гривера. Монстр поймал ее и принялся вжимать в себя механическими конечностями.

— Тереза! — Томас растерялся.

Тереза кое-как обернулась к нему.

— Бегите! Спасайтесь!

С виду невредимая, она молотила по гриверу ногами, царапала его. Руки девушки тонули в студенистой плоти чудовища.

Перехватив покрепче обломок трубы, Томас примерился. Хотел врезать гриверу, но так, чтобы не задеть Терезу.

— Убира... — Договорить девушка не смогла: гривер почти утопил ее в собственном теле.

Томас замер. Слишком много народу погибло, слишком много. Больше он не станет смотреть, как кто-то жертвует ради него жизнью. Не допустит еще одной смерти.

Заорав, Томас разбежался, подпрыгнул и со всей дури хватил по гриверу обломком трубы.

Тварь выбросила ему навстречу руку с циркулярной пилой. Томас ушел от нее и ударил наотмашь — кронштейн пилы не выдержал и переломился. Само страшное оружие отлетело в сторону. Используя силу инерции, Томас погрузил обломок трубы в слизистую плоть, чуть не задев при этом голову Терезы, насилу выдернул — и вновь ударил, потом еще и еще...

Рука с клешней схватила Томаса за шкирку и отбросила на бетонный пол. Тереза тем временем сумела привстать на колени и теперь отбивалась от механических рук. Томас, поднявшись, ринулся в атаку и принялся колотить трубой по студенистой плоти и по всему, что из нее лезло. Чудовище тем временем отползло в сторону, крутанулось и отшвырнуло Терезу шагов на десять.

Томас перехватил одну клешню, другую отвел ногой. Встал на тело гривера и потянулся вниз. Запустил руку в дышло, принялся искать предохранитель. По спине резануло, все тело пронзила острая боль. Но Томас не останавливался, все глубже погружая руку в похожую на густую грязь плоть.

Вот пальцы коснулись твердого пластика, и Томас просунул руку еще дальше и схватился за рычаг, потянув со всей силы. Тереза в этот момент едва успела увернуться от пары лезвий. А потом в зале вдруг наступила тишина. Механическое ядро гривера умерло, и тварь рухнула на пол ровной овальной кучей жира. Смертоносные конечности вяло посыпались на бетон.

Томас, лежа на полу, втянул полные легкие воздуха. Тут к нему подбежала Тереза и помогла перекатиться на спину. Вся в порезах, вспотевшая, красная, она тем не менее улыбнулась:

— Спасибо, Том.

— Да не за что. — Хорошо вот так завалить противника и полежать немного, передохнуть.

— Уходим отсюда, — сказала Тереза, помогая Томасу встать.

Из желоба больше никто не появлялся, и Минхо, спровадив последних уцелевших через двойные двери, обернулся к Томасу и Терезе.

— Все, люди ушли. — Переводя дух, он уперся руками в колени. Потом со стоном выпрямился. — По крайней мере те, кого не раздавило и не порезало. Теперь понятно, почему нас впустили в Лабиринт так легко. Хозяева думали, что на обратном пути нас перехватят долбаные гриверы. Ладно, ребята, надо вам бежать вперед и помочь Бренде найти выход.

— Так она цела? — спросил Томас, чувствуя облегчение.

— Да. Ведет народ.

Не успел Томас пройти и двух шагов, как со всех сторон одновременно раздался грохот. Комплекс трясло несколько секунд, и снова стало тихо.

— Поспешим, — произнес Томас и побежал.

ГЛАВА СЕМЬДЕСЯТ ПЕРВАЯ

Из Лабиринта выбрались как минимум человек двести, и все они по непонятной причине встали. Томас протолкался мимо них в голову колонны. Заметил Бренду. Та пробилась к нему и, заключив в объятия, поцеловала в щеку. Хоть бы все закончилось на этом, хоть бы никуда больше не надо было бежать...

— Минхо заставил меня уйти, — пожаловалась Бренда. — Сказал, что поможет тебе, что людей увести важнее, а с гривером вы сами справитесь. Надо было мне остаться.

— Это он по моей просьбе тебя отослал, — ответил Томас. — Ты правильно поступила, иначе было никак. Скоро мы все отсюда выберемся.

Она слегка его подтолкнула.

— Тогда поторопимся.

— Хорошо. — Взяв ее за руку, Томас побежал к Терезе во главе объединенной колонны.

В коридоре стало еще темнее, и без того редкие лампы мерцали. Люди молча томились в ожидании. Вот Томас заметил в толпе Фрайпана — бывший повар ничего не сказал, только ободряюще улыбнулся. Хотя улыбка вышла похожей на усмешку. Вдали раздался грохот взрыва, и здание содрогнулось. «Правые» пока уничтожают дальние корпуса, но это ненадолго, скоро и сюда доберутся.

Оказалось, колонна стоит у лестницы — люди не знают, вверх им идти или вниз.

— Нам наверх, — подсказала Бренда.

Томас, не теряя ни секунды, махнул рукой остальным и побежал по ступеням. Бренда — сразу за ним.

Невзирая на усталость, Томас преодолевал один пролет за другим. На очередной площадке остановился перевести дыхание, оглянулся — иммунные не отставали. Бренда вывела Томаса через дверь — в следующий длинный коридор. Они миновали поворот налево, направо.

Снова лестница, за ней еще коридор, потом спуск.

Томас не сбавлял темпа. Оставалось надеяться, что Советник не обманула и впереди их ждет плоспер.

Где-то наверху прогремел взрыв, сотрясший здание целиком. Томаса кинуло на пол.

В воздухе повисла пыль, с потолка посыпались осколки плитки. Несколько секунд кругом скрежетало, слышался треск.

Убедившись, что Бренда цела, Томас крикнул в коридор:

— Все живы?

— Живы! — ответили ему.

— Тогда вперед! Мы почти на месте! — Он помог Бренде встать и побежал дальше. Хоть бы здание продержалось еще немного.

Томас, Бренда и остальные наконец достигли участка, обведенного на карте кружком, то есть ремонтной площадки. Раздалась целая серия взрывов — один ближе другого, — однако вреда они не причинили. К тому же беглецы почти добрались до финиша.

Мастерская располагалась позади гигантского склада; вдоль правой стены тянулись металлические полки с ящиками. Подбежав к ним, Томас жестом позвал остальных. К плосперу все должны подойти вместе. В дальнем конце склада имелась дверь — скорее всего она-то и ведет к заветной цели.

— Собирай всех здесь, — сказал Томас Бренде и направился к двери. Если Советник Пейдж солгала или действия беглецов просчитал кто-нибудь из ПОРОКа или «Правых», то всей группе конец.

В мастерской стояли столы, заваленные инструментами, кусками металла и запчастями. Дальнюю стену закрывало брезентовое полотно. Томас подбежал к нему, сдернул и обнаружил тускло мерцающий прямоугольник, обрамленный сияющим серебром, а рядом — пульт управления.

Вот наконец и плоспер. Советник не обманула.

Томас расхохотался. Ему помог сотрудник... нет, руководитель ПОРОКа!

Последний момент — прежде чем посылать на ту сторону кого-то, надо самому убедиться в безопасности перехода.

Вдохнув полной грудью, Томас заставил себя шагнуть в ледяные объятия плоспера... и вышел в обычный деревянный сарай. А впереди увидел бескрайнее море зелени: трава, деревья, цветы, кусты. Что ж, неплохо.

Возбужденный Томас вернулся назад. Цель близка, люди, считай, спасены.

Томас выбежал на склад и крикнул:

— За мной! Все сюда, быстрее!

Очередной взрыв сотряс стены и опрокинул стеллажи. С потолка посыпались пыль, обломки.

— Торопитесь! — кричал Томас.

Тереза немедленно стала направлять всех в сторону подсобки. Томас схватил пробегавшую мимо женщину за руку и потащил к мерцающему серому экрану.

— Вы знаете, что это, верно?

Женщина кивнула, изо всех сил сдерживаясь, чтобы не сигануть поскорее в плоспер.

— Видела такое устройство несколько раз.

— Можно вас оставить у пульта? Проследите, чтобы все прошли на ту сторону?

Побледнев, женщина все же согласно кивнула.

— Не волнуйтесь, — успокоил ее Томас. — Просто оставайтесь тут как можно дольше.

Уладив одно дело, Томас побежал к двери. Беглецы уже набились в подсобку, и пришлось попятиться.

— Ступайте в серый экран. По ту сторону не задерживайтесь, выходите наружу!

Протолкавшись через толпу, Томас выбежал на склад. Ко входу в мастерскую тянулась длинная очередь, в конце которой стояли Минхо, Бренда, Хорхе, Тереза, Эрис, Фрайпан и несколько девчонок из Группы «В». И еще Галли. Томас махнул друзьям рукой.

— Скажи, пусть там, в начале, поторопятся, — посоветовал Минхо. — Взрывы раздаются все ближе и ближе.

— Скоро весь комплекс рухнет нам на головы, — добавил Галли.

Томас глянул на потолок, словно крыша склада готова была обрушиться вот прямо сейчас.

— Знаю. Я уже передал, чтобы поспешили. Нам тут торчать не...

— Ну-ну, кого я вижу! — раздалось из задней части склада.

Люди заохали, заозирались. Оказывается, на склад вошел Крысун — через один из многочисленных коридоров, — и не один, а в сопровождении шести наемников. Но тем не менее преимущество все еще оставалось на стороне иммунных.

Прогремел очередной взрыв, и Дженсон — дабы перекричать грохот — сложил ладони рупором.

— Ну и место вы нашли, чтобы спрятаться! Тут скоро все обрушится!

С потолка падали, звеня об пол, металлические обломки.

— Ты знаешь, зачем мы сюда пришли! — прокричал в ответ Томас. — Поздно, Крысун! Мы уходим!

Дженсон приготовил неизменный нож с длинным клинком. Наемники последовали его примеру — вооружились кто чем.

— Кое-кого мы придержим, — сказал Дженсон. — Кто у нас тут? Умнейшие, сильнейшие и Последний Кандидат. Тот, кто нужен нам больше остальных и кто отказывается сотрудничать.

Друзья Томаса выстроились в линию, прикрывая отход иммунных, подобрали с пола трубы, длинные болты, зазубренные прутья от решеток. Томас нашел для себя гнутый обрывок толстого кабеля, с одного конца которого торчала оголенная жесткая проволока. Получилось почти что копье. В этот момент снова загрохотало, на пол обрушилась большая секция стеллажей.

— Еще ни разу в жизни я не видел такой жуткой банды! — прокричал Крысун. В глазах его полыхал огонь безумия, рот изогнулся в диком оскале. — Должен признать, мне страшно!

— Завали хавальник и давай приступим к делу! — крикнул в ответ Минхо.

Дженсон спокойно взглянул на подростков.

— С радостью.

Вспомнив всю боль, страдания, ужас, которыми наполнили его жизнь, Томас скомандовал:

— В атаку!!!

Подростки и наемники — стенка на стенку — побежали навстречу друг другу. Их вопли потонули в шуме сотрясшего комплекс взрыва.

ГЛАВА СЕМЬДЕСЯТ ВТОРАЯ

Грохотнуло, как никогда, близко. Большинство полок обрушилось, но Томас кое-как умудрился устоять на ногах и, увернувшись от летевшей в него крупной щепки, перепрыгнул через какой-то круглый механизм.

Галли, бежавший рядом, упал, и Томас помог ему встать.

Бренда поскользнулась, но равновесие удержала.

Подростки и наемники сошлись как солдаты в рукопашной. Томасу достался Крысун — будучи на полфута выше, Дженсон попытался было ударить его в плечо ножом, однако Томас опередил врага — ткнул кабелем в подмышку.

Завопив, Дженсон выронил нож, зажал рану и попятился, глядя на Томаса полными ненависти глазами.

Вокруг кипел бой, лязг металла резал уши. Кто-то бился с двумя наемниками одновременно; на Минхо напала могучая баба; Бренда боролась на полу с костлявым мужчиной, вооруженным мачете.

— Мне плевать, пусть я кровью истеку, — морщась, произнес Дженсон. — Главное — сначала верну тебя в лабораторию.

Новый взрыв сотряс склад, и Томаса бросило на Дженсона. Выронив кабель, он повалился на врага, и вместе они упали на пол. Одной рукой Томас молотил Дженсона по лицу, второй пытался оттолкнуть от себя как можно дальше. От удара слева Дженсону рассекло губу. Томас хотел еще врезать, и тут противник выгнулся кошкой, сбросил его на пол.

Не успел Томас опомниться, как Дженсон оседлал его. Прижав его руки коленями, Крысун принялся наносить быстрые удары по незащищенному лицу. Боль захлестнула Томаса. Адреналин хлынул в кровь. Нет, он не умрет, не сдастся так запросто. Упершись ногами в пол, Томас изо всех сил рванулся вверх.

Приподняться удалось всего на несколько дюймов, но и того хватило. Томас высвободил руки и, отразив серию ударов, сам врезал Дженсону по лицу — одновременно двумя кулаками.

Спихнув его с себя, Томас начал лягаться. Дженсон извернулся и, отведя очередной удар, вновь навалился на Томаса.

Обезумев, Томас бил почти не глядя. Они с Дженсоном катались по полу, не в силах побороть один другого. Удары сыпались градом, вышибая дух; очажки боли рвали тело словно пули...

Наконец Томас уловил момент и врезал Дженсону локтем по лицу. Ошарашенный, тот схватился за нос, и Томас начал душить его. Дженсон брыкался, размахивал руками, но Томас все сдавливал ему горло с невероятной силой и жестокостью. Прижимая Дженсона к полу всем телом, он уже пальцами чувствовал, как ломается гортань. Крысун выпучил глаза и вывалил язык.

Томасу отвесили подзатыльник, позвали по имени. Слов он не различил: жажда крови полностью овладела им, оглушила... Вот перед собой он увидел лицо Минхо — друг кричал что-то. Тогда Томас утер лоб рукавом и снова взглянул на Крысуна: бледный, избитый, тот лежал неподвижно.

— ...Мертв! — кричал Минхо. — Он ме-ортв!

Насилу заставив себя разжать пальцы, Томас слез с Дженсона, и Минхо помог ему встать.

— Мы всех в расход пустили! — прокричал он Томасу в самое ухо. — Пора уходить!

Взрывом разрушило стены с торцов, и гигантское помещение начало складываться внутрь. Полетел мусор, куски кирпичей, пыль повисла густым туманом, и Томас видел вокруг лишь смутные тени: кто-то падал, качался, вставал... Томас, обретя равновесие, устремился к мастерской.

Грохот оглушал. Бомбы словно рвались одновременно повсюду. Томас не удержался и рухнул, однако Минхо рывком поднял его на ноги. Потом он сам свалился, и тогда уже Томас поволок его дальше. Впереди вдруг появилась Бренда — глазами, полными ужаса, она взглянула на Томаса. У нее за спиной ждала Тереза.

Трудно было бежать, одновременно пытаясь сохранить равновесие.

Затрещало и загудело так, что Томас не выдержал и обернулся. Сверху падал изрядный кусок потолка. И падал прямо на Томаса, а он, не в силах пошевелиться, словно под гипнозом, смотрел на приближающуюся смерть. Вдруг его кто-то толкнул — это Тереза выпрыгнула буквально из ниоткуда, из тучи пыли справа. Томас ударился спиной об пол, сознание прояснилось, и в тот же миг кусок потолка придавил девушку, так что из-под обломков виднелись только ее голова и рука.

— Тереза! — не своим голосом закричал Томас и подполз к ней. Кровь заливала лицо девушки, руку ей раздробило.

Выкрикнув еще раз ее имя, Томас вспомнил, как падал, обливаясь кровью, Чак. Вспомнил Ньюта — как тот смотрел на него выпученными дикими глазами. Погибли три его ближайших друга, всех забрал ПОРОК.

— Прости, — прошептал Томас. — Мне жаль.

Тереза шевельнула губами, силясь что-то сказать, но смогла лишь едва слышно прошептать:

— Мне... тоже. Я... всегда... боялась за...

Томаса потащили в сторону, и он даже не смог воспротивиться. Болело и тело, и сердце. Терезы больше нет... Минхо и Бренда вздернули Томаса на ноги, и втроем они побежали к плосперу. В дыре, оставленной взрывом, уже занялся пожар. Дым вперемешку с пылью терзал легкие, Томас кашлял, но слышал только рев пламени.

Новый взрыв обрушил заднюю стену склада. Сквозь разломы и трещины рвались языки огня. Потолок без опоры просел окончательно. Падало и сыпалось то, что еще оставалось от комплекса.

А в мастерской Галли уже прыгнул в плоспер. Томас и остальные гуськом миновали проход между столами. Какие-то секунды — и спасения не видать. Грохот, скрежет, треск и гудение пламени за спиной сделались невозможно громкими, невыносимыми. Оглянуться Томас не смел, хоть и чувствовал, как смерть наступает на пятки. Он втолкнул в портал Бренду. Мир вокруг схлопнулся, и в самый последний миг Томас и Минхо сумели покинуть его.

Бок о бок они прыгнули в ледяное ничто.

ГЛАВА СЕМЬДЕСЯТ ТРЕТЬЯ

Томас кашлял и отплевывался. Сердце никак не могло унять бешеный ритм. Приземлившись на деревянный пол сарая, Томас хотел поскорее убраться подальше от плоспера — вдруг да вылетит из него осколок чего-нибудь, пришибет, — но тут краем глаза увидел, как Бренда нажимает кнопки на пульте и серая стена плоспера гаснет. Позади рамки теперь виднелись кедровые доски, из которых сарай и был сложен. Откуда Бренда знает, как управляться с порталом?!

— Томас, Минхо, на выход! — неожиданно скомандовала Бренда. С какой стати? Они же теперь в безопасности. — Осталось еще кое-что.

Подошел Минхо и помог Томасу встать.

— Мозги мои стебанутые дальше думать отказываются. Давай просто выполним просьбу барышни.

— Хорошо. — Томас посмотрел в глаза Минхо. Оба они часто дышали, переводя дух и словно бы заново переживая пройденные вместе испытания.

На какие-то секунды парни опять ощутили боль утраты от смерти близких и с ней же — облегчение. Похоже — только похоже! — что все позади.

Впрочем, для Томаса боль не ушла полностью. Невыносимо было видеть, как погибла ради него Тереза. И теперь, глядя в глаза лучшему другу, Томас едва сдерживал слезы.

В эту секунду он поклялся никогда не говорить Минхо о последней просьбе Ньюта.

— Хорошо — это ты верно подметил, кланкорожий, — сказал наконец Минхо без фирменной ухмылочки. По взгляду стало ясно: он все понял и разделяет боль Томаса. Вместе им вспоминать о потерях до самой смерти.

Минхо вышел, и Томас, выждав какое-то время, последовал за другом.

Едва ступив за порог, он встал как вкопанный. Перед ним раскинулась часть мира, которая, по слухам, давно перестала существовать. Зеленая, дышащая жизнью. С вершины холма Томас видел поле: высокую сочную траву, цветы, — по которому бродили спасенные им люди; кто-то радостно бегал и скакал. Справа склон холма переходил в долину, поросшую лесом, что тянулся на многие мили и упирался в скалистые горы. Острые пики пронзали безоблачное голубое небо. Слева же луговая трава постепенно сменялась короткой и колючей, начинался песчаный пляж. Океанские волны — темно-синие, увенчанные белыми шапками пены, — лизали берег.

На ум пришло одно слово: «рай». Томас надеялся, что однажды всем сердцем сумеет порадоваться этой красоте.

Позади хлопнула дверь; загудело пламя. Бренда вышла из сарая и плавно отвела Томаса подальше от горящего строения.

— Это ты для надежности? — спросил он.

— Для надежности, — ответила Бренда и улыбнулась так тепло и искренне, что от сердца даже отлегло немного. — Мне... жаль, что с Терезой так вышло.

— Да... — только и смог выдавить Томас.

Больше Бренда ничего не сказала, да и не надо было. Вместе с Томасом она спустилась с холма к остальным — израненным и усталым, победившим Дженсона и наемников в последнем бою. Томас встретился взглядом с Фрайпаном, как совсем недавно с Минхо. Потом все дружно обернулись и посмотрели на горящий сарай.

Спустя несколько часов Томас, болтая ногами, сидел на краю обрыва у самого океана. Закатный горизонт словно пылал огнем. Ничего прекраснее Томас в жизни не видел.

Минхо внизу командовал: жить решили в лесу, и он рассылал группы в поисках еды, назначал часовых и строителей. Вот и хорошо, больше ни капли ответственности Томас на себя не возьмет. Уставший душой и телом, он надеялся, что в этой части света их никто не потревожит. А остальной мир пускай разбирается со Вспышкой: лечить или не лечить? Поиски лекарства будут долгими, трудными и страшными. Томас участвовать в них не намерен.

С него хватит.

— Эгей! — окликнули его.

Бренда.

— Привет. Присаживайся, — пригласил ее Томас.

— Спасибо. — Девушка плюхнулась рядом. — Из окон лаборатории я тоже видела закаты. Правда, они казались не такими яркими.

— С ПОРОКом все кажется обманом. — Перед мысленным взором встали Чак, Ньют, Тереза, и Томас вздрогнул. Накатила тоска.

Несколько минут прошло в молчании. Томас и Бренда смотрели, как догорает день, как вода и небо из оранжевых становятся розовыми, потом пурпурными и темно-синими.

— Что сейчас творится у тебя в голове? — спросила Бренда.

— Ничего. Абсолютно. Устал я думать. — Томас сказал это совершенно серьезно, впервые почувствовав себя свободным и в безопасности. Дорого он заплатил за такое счастье.

Томас просто взял Бренду за руку. Больше он в ту секунду ничего не хотел.

— Нас около двух сотен, и у всех иммунитет, — заметила Бренда. — Неплохое начало.

Томас взглянул на нее. Откуда такая уверенность? Может, Бренда знает нечто такое, чего не знает он?

— Что ты имеешь в виду?

Бренда поцеловала его в щеку, затем в губы.

— Ничего. Совсем ничего.

Выбросив из головы лишние мысли, Томас притянул Бренду поближе к себе.

Сверкнув напоследок раскаленным краем, солнце спряталось за горизонтом.

ЭПИЛОГ

Окончательный меморандум «ЭТО ПОРОК». Дата: 232.4.10. Время: 12.45

Кому: Моим коллегам

От кого: Ава Пейдж, Советник

Тема: Новое начало

Итак, мы потерпели крах, но вместе с тем и победили.

Первоначальный вариант действий не принес плодов. Матрицу мы так и не собрали. Не нашли вакцины. Однако я предвидела подобный исход и разработала альтернативное решение — спасти хотя бы малую часть нашей расы. Мои партнеры — двое агентов-иммунных, успешно внедренных в группу испытуемых, — довели план до конца, что даст наилучший результат в борьбе за выживание.

Большая часть сотрудников «ЭТО ПОРОК» настаивала на том, чтобы возобновить эксперимент и обращаться с подопытными более жестко, копать глубже. Однако при этом они упускали из виду очевидный факт: иммунные — единственная надежда этого мира.

Если все прошло согласно моему плану, то мы отправили умнейших, сильнейших и отважнейших представителей цивилизации в безопасное место, тогда как остальным предстоит погибнуть.

Надеюсь, через столько лет ПОРОК отдал долг, ответил за преступления наших предшественников в правительственных кругах. Да, в отчаянии после природной катастрофы они пошли на крайние меры: для контроля численности населения выпустили на свободу вирус Вспышки. Ужасных последствий никто не предвидел. «ЭТО ПОРОК» пытался исправить ошибку, работал, искал лекарство. И хотя эксперимент окончился провалом, мы все же заронили семя будущего для человечества.

Не знаю, каким ПОРОК войдет в историю, но его единственной целью всегда было спасение мира. В конце концов часть его мы спасли.

Не зря мы внушали каждому из наших субъектов, что ПОРОК — это хорошо.

КОНЕЦ

СОДЕРЖАНИЕ

БЕГУЩИЙ В ЛАБИРИНТЕ 5

ИСПЫТАНИЕ ОГНЕМ 331

ЛЕКАРСТВО ОТ СМЕРТИ 575

Литературно-художественное издание

16+

Дэшнер Джеймс

БЕГУЩИЙ В ЛАБИРИНТЕ

Бегущий в Лабиринте
Испытание огнем
Лекарство от смерти

Сборник

Технический редактор О. Панкрашина

Подписано в печать 10.11.2014. Формат 60×90 1/16.
Усл. печ. л. 50. Доп. тираж 15000 экз. Заказ 4744/14 .

Общероссийский классификатор продукции
ОК-005-93, том 2; 953000 — книги, брошюры

ООО «Издательство АСТ»
129085, г. Москва, Звездный бульвар, д. 21, строение 3, комната 5
Наш электронный адрес: **www.ast.ru**
E-mail: **astpub@aha.ru**

ВКонтакте: vk.com/ast_neoclassic

«Баспа Аста» деген ООО
129085, г. Мәскеу, жұлдызды гүлзар, д. 21, 3 құрылым, 5 бөлме
Біздің электрондық мекенжайымыз: www.ast.ru
E-mail: astpub@aha.ru

Қазақстан Республикасында дистрибьютор
және өнім бойынша арыз-талаптарды қабылдаушының
өкілі «РДЦ-Алматы» ЖШС, Алматы қ., Домбровский көш., 3«а», литер Б, офис 1.
Тел.: 8(727) 2 51 59 89,90,91,92
Факс: 8 (727) 251 58 12, вн. 107; E-mail: RDC-Almaty@eksmo.kz
Өнімнің жарамдылық мерзімі шектелмеген.

Өндірген мемлекет: Ресей
Сертификация қарастырылмаған

Отпечатано в соответствии с предоставленными материалами
в ООО «ИПК Парето-Принт», 170546, Тверская область,
Промышленная зона Боровлево-1, комплекс № 3А,
www.pareto-print.ru